官邸

上

成田憲彦

Norihiko Narita

講談社

官邸　上　目次

（下巻目次）

■主な登場人物

総理大臣秘書官（政務・現代総合研究所）風見透
弁護士（風見の前妻）兼高由希子
UPS東京特派員　ケイコ・バンデル
内閣総理大臣（民主改革新党代表）宗像芳顯

■内閣

副総理・外務大臣（新世紀党代表）羽根毅
大蔵大臣（新党改革の風代表）武藤昌義
運輸大臣（社会民衆党委員長）山岡貞之
厚生大臣（中道党委員長）宮島悟郎
総務庁長官（公正党委員長）石川浩一郎
官房長官（民主改革新党）三国利克

■内閣官房

官房副長官（政務・新党改革の風）鶴井悠紀夫
官房副長官（事務）岩原伸哉
首席内閣参事官　筆坂信一
内閣参事官　蛯沢直巳

■総理大臣秘書官室

総理大臣秘書官（警察庁）金井匠
総理大臣秘書官（外務省）牧本晋太郎
総理大臣秘書官（大蔵省）尾崎健吾
総理大臣秘書官（通産省）草野峰雄
総理秘書官室付・主任　大沢園子
総理秘書官室付　瀬戸匡子
官邸事務所長補佐（秘書事務）持田和之

■与党

社会民衆党委員長（山岡後任）村野富一郎
社会民衆党書記長　赤木広志
社会民衆党書記長（赤木後任）久保田渉蔵
新世紀党筆頭幹事　財部一郎
新世紀党（財部側近）津村久夫
公正党書記長　市倉晃一
中道党書記長　米山貴信
新党改革の風代表幹事　園部博史

■野党

民自党総裁　河崎宏平

民自党幹事長　林嘉夫
民自党政調会長　橋川龍三
民自党渡良瀬派大御所（元総理大臣）曽根田雅弘
民自党竹中派領袖（元総理大臣）竹中昇
民自党渡良瀬派領袖（元副総理）渡良瀬通男
民自党改革派長老（元副総理）京藤丈晴

■衆議院
議長　有泉信雄
副議長　鷺坂譲
予算委員長（社会民衆党）岩城猛夫
予算委員会与党筆頭理事（社会民衆党）清家嘉男
予算委員会野党筆頭理事（民自党）中條桂
税制改革特別委員長（新世紀党）神谷晃
同特別委員会与党筆頭理事（社会民衆党）吉井重太
同特別委員会野党筆頭理事（民自党）青山翔一
同特別委員（社会民衆党）柴崎圭介
元衆議院議員（無所属・元総理）角田茂男

■参議院
議長　伊万里光次郎
予算委員長（民自党）葦原乙爾
予算委員会野党筆頭理事（民自党）梅川辰巳
税制改革特別委員長（社会民衆党）夏川鶴男

■現代総合研究所
理事長　百瀬俊輔
研究部長　加治木隆一
研究プロジェクト座長　神代秀雄
研究プロジェクト第一班主査　熊谷一太
研究プロジェクト第二班主査　陣内靖史

■マスコミ
政経新聞官邸クラブキャップ　網野裕
総理番（毎朝新聞）小林昭治
総理番（日本産業新聞）梨重繁夫
総理番（政経新聞）真壁竜平
総理番（社会経済新聞）泉川貞男
総理番（ＮＴＢ）来島良太
総理番（合同通信）辰野裕一
総理番（関東新報）山田豊和
官房長官番（太陽新聞）白井友哉

装幀＊多田和博

一　真紅の中央階段

その日の朝、風見透《かざみとおる》が官邸に着いたとき、閣議はまだ終わっていなかった。

永田町二丁目の官邸表門前では、所管の麹町署の制服の警察官たちが、進入する車を制止してチェックしていた。風見はその脇を通り抜け、門に立つ警察官に身分証明書を示して通り過ぎた。風見の自宅まで朝回りに来て一緒に地下鉄千代田線に乗ってきた二人の若い新聞記者のひとりが、記者証を取り出すのに手間取って足止めされている間、風見は立ち止まって待った。風見の正面に、二階建ての官邸がそそり立って見える。

官邸。正式には内閣総理大臣官邸だが、この世界では誰もが官邸と呼ぶ。高い塀を廻《めぐ》らし、厳重な警備で固められたその構内に歩み入ると、外部とは打って変わって静寂が支配している。官邸は角ばった鉄筋コンクリート造りの建物だが、外装に褐色のタイルが張られているので煉瓦造りに見える。瓦風の屋根は最近葺き替えたばかりで、緑色の濡れたような光沢を放っている。広い前庭の塀際の駐車スペースには、二十台ほどの黒塗りの大臣車が勢揃いし、あふれた幾台かは表玄関から突き出た大きく四角い車寄せの前の蘇鉄の植え込みの傍にも駐車していた。今はもの静かな光景だが、閣議が終わると記者たちにとりまかれた大臣たちが表玄関に姿を現し、踵《きびす》を接するように次々と横付けされる大臣車に乗り込んで走り去るのである。一陣の風が吹き抜けるような喧騒のひと時が去ると、官邸前庭はいつもの広々と空間の目立つ静寂に返るのだった。

車寄せの屋根の下の表玄関前には、黒の制服に白いネクタイ姿の守衛と、携帯無線機を手にしたSPが立っていて、風見を見ると軽く頭を下げた。守衛はもちろんのこと、SPたちも風見の顔を知っている。そのSPが玄関にいることで、総理の在邸が知れるのである。

表玄関を入り、中央にだけ赤絨毯の敷かれた数段の階段状の通路を上がって、開け放しになっているドアを抜けると、正面の中央階段に続くホールになっている。官邸の内部は一変して豪奢で華麗であり、ここが特別の場所であることが知られる。照明が輝き、鮮やかな赤とピンクの幾何学模様の厚い絨毯が敷き詰められたホールに、テレビ各社のカメラマンや助手たちが群れていた。床の上には人の通れるスペースを空けて取材用のテレビカメラがきちんと列を作って置かれている。閣議が終わって中央階段を降りてくる大臣たちを撮影するためのものので、場所取りのために置いてあるのだった。

風見はふたりの記者と会話を続けながら、正面の赤い絨毯の中央階段を足早に上がった。そのあたりは官邸の内部でも特にライト風の意匠を凝らしてデザインされた一角である。長いことニュースの映像だけでこの階段を見てきた風見には、その階段を上る要人たちが例外なく胸を張り、緊張に頰を紅潮させていたような記憶がある。つい最近まで風見は、毎日自分がその階段を上って出勤することになろうとは思ってもみなかった。

階段の手摺りにあたる部分は薄茶色の入り組んだ形のテラコッタの装飾的な造りになっていて、階段より大まかだがやはり段状になっている。その一段ごとに白いセメントの四角い台と花壇が置かれ、今は純白の胡蝶蘭が高貴な姿を連ねている。野趣に富んだ入り組んだ石や煉瓦の造型と、豪華な絨毯、眩《まばゆ》い照明、豊かな花々。それが官邸のすべてに通じる意匠とも言えた。

上りの中央階段の両脇は、狭い下りの階段である。ちょうどホールから下に降りる階段の中央部に上りの階段が設《しつら》えられた立体的な構造になっている。それが中央階段を陰影を帯びて浮かびあがらせ、あたかも中空に掛けられた橋のように見せている。

中央階段はまず五段上り、直進の長い踊り場が続いた後にさらに十二段上る。上りながら左右を見ると、窓越しに日本庭園風のこぢんまりした中庭が見える。上り切ると左右に走る廊下で、別のSPが立っていて黙礼した。正面の突き当たりには、日本画家池上秀畝の描いた岩頭の鷲の絵の衝立《ついたて》が立てられている。幅三メートル、高さは二メートルほどで、極彩色であるが、今は古びて見える。それでも両翼を広げた鷲の姿は力が漲《みなぎ》っていて、この建物の主の美と孤高を表しているようにも感じられる。その衝立てに遮られて閣議室のドアがあるのだが、今は閣議室への出入りはその左の閣僚応接室からと決まっていて、ドアは開けられたことがない。

衝立ての前で左に折れると、すぐ右手が閣僚応接室の入口で、少し進んでやや広くなったホールの右手が総理執務室のドア、そして突き当たりが総理秘書官室のドアになっている。総理執務室のドアは、総理本人の出入り以外には使われず、今は総理もほとんど隣の秘書官室から出入りしている。秘書官室のドアの前には受付台があって、総理が執務室にいるときにはいつも警護専門職の肩書をもつ年輩の池田進乃助が座っている。池田は秘書官室に出入りする人間をチェックし、総理の外出のときは玄関まで先導する。国会開会中の議事堂内の総理の先導も池田の仕事である。池田は官邸での勤務が長いだけに、ここでのしきたりと故事来歴については生き字引的な存在でもあった。

この日閣僚応接室の前から池田のいる受付台までは、立錐の余地がないほどに人間が溢れていた。いつもいる総理のSPたちや総理番の記者たちに加えて、閣議に連なっている大臣たちの秘書官やSP、それに各省庁のクラブの記者たちが、このホールで閣議の終わるのを待っているのである。彼らは閣議の終了とともに大臣たちに付き添っていなくなるから、それほどの混雑は週二回の閣議や、総理の執務室でよほど重要な協議が行われているときに限られていた。

「風見さん。消費税の税率は決まりそうですか」

一、二度家にも来た合同通信の若い記者が近づいてきて尋ねた。他の総理番の記者たちも集まってきて、足を止めた風見を囲んだ。

「年金も医療保険も保険料を据え置く代わりに、消費税を現行の三％から引き上げるという各党の合意で、この政権は出発したんだ。決まらないわけはないだろう」

「総理も決まると考えておられますか」

彼らの関心はあくまでも総理にある。風見に近寄ってくるのは、そばに仕える風見を通してカギカッコで引用できる総理の言葉が欲しいからである。

「昨夜の赤木さんの懇談では、社民党は七％は絶対に呑めないって言っていますけど。そのへんについて総理は何かおっしゃっていますか」

「赤木さんが何を言われたかは聞いていない」

赤木というのは、この連立政権を構成する第一党の社会民衆党、通称社民党の書記長の赤木広志のことである。赤木は年齢も当選回数もまだ若く、彼の書記長就任は、社民党のイメージ・チェンジのための演出といわれた。その赤木が昨夜の報道各社とのオフレコの懇談で、消費税を現行の三％から一気に七％にアップすることは呑めないと発言したらしいことは、風見も朝回りの記者から聞いていていた。今朝は全紙が「社民党、消費税大幅引き上げに反対強まる」と報じていた。

風見が「聞いていない」と答えたのは、見知らぬ多くの記者たちを慮《おもんぱか》ったからだったが、しかし質問した記者たちも、風見がこの場で本当のことを語るのを期待しているわけではない。そんなことをされたら、せっかくのネタを他のクラブの記者に横取りされかねない。

おとといの夜までは、記者たちの関心はもっぱら週明けに衆議院と参議院の本会議で行われる総理の所信表明演説の内容を聞き出すことだった。所信表明演説は、内閣参事官室が作業の中心になり、総理本人に官房長官、政務と事務のふたりの副長官、それと五人の総理秘書官が検討して仕上げるのである。今回は一同が集まっての検討会だけでも五回を数え、慎重のうえにも慎重に作業が進められた。四十年にわたって政権を保持してきた民主自由党を野党に転落させた本格的な政権交代後初めての所信表明演説であるだけに、マスコミ各社の関心も並大抵ではなく、新聞もテレビも、「所信表明演説、骨格固まる」、「国の基本政策は継承、所信表明に盛る」、「『開かれた市民国家』を提唱」などと、総理の周辺から記者たちが手分けをして暗示的にでも聞き出したことをつなぎあわせて、先を争って報道した。報道には正しいものも、見当はずれのものもあったが、見当はずれのものもあたかもその後に総理の側が内容を変えたかのようにして、いつの間にかつじつまを合わされてしまっていた。

その所信表明演説も、昨日の午後の臨時閣議で全閣僚に示されるとともに官邸詰めの永田クラブの各社の報道にしばりがかけられて、競争は終わった。聞き出してみたところで、報道できなければ競争する意味はない。今度各社が熱中し出したひとつは、この政権の表看板である日本構造改革プランのうちでも最も実現が難しいと見られている税制改革をめぐる与党各党間の調整、わけても消費税の引き上げに前向きな新世紀党と消極的な社民党の間の調整だった。

風見は軽く手をあげてそれ以上の記者たちの質問を遮った。それをしおに警護専門職の池田が秘書官室の分厚い木製のドアを開けてくれた。

八月の暑い日だった。ドアを入ってすぐは狭い秘書官応接室で、そこから続く秘書官室のドアは開け放しになっている。室内は地味なグレーの絨毯が敷かれ、五人の総理秘書官の大型の机が壁を背に離れて配置され、他には女性職員の机が二つ置かれている。キャビネットや書類棚、机の上に積まれた書類などで雑然とした雰囲気である。風見は「おはようございます」と言って、そのまま歩み入った。

「おはようございます」

透き通った声で応じたのは、何代もの内閣にわたって秘書官室ひと筋で過ごしてきた大沢さんだった。ひと呼吸置いて、自分でノート型のワープロを打っていた通産省からの草野秘書官が「おはようございます」と風見の方は見ずに答え、電話中だった外務省からの牧本秘書官は、受話器を置いてから同様に応じた。多分週末に総理に同行して軽井沢に行った疲れが取れないのであろう、総理執務室との境の扉に一番近い席で回転椅子を壁の方に向けていた警察庁からの金井秘書官は、しばらくしてから返事をした。前内閣から残留した大蔵省からの尾崎秘書官は、昨夜遅くまで本省との連絡にあたっていたらしく、まだ出勤していなかった。

総理の秘書官たちは、各省庁からの四人の事務秘書官が交代で務めるその日の当番秘書官を除き、毎日総理の出邸までに秘書官室に入っていればよい。朝、当番秘書官が官邸から棟続きの総理大臣公邸に総理を迎えに行き、総理が出邸する。何もなければ九時半が普通だったが、官邸で総理も出席する会議があれば、八時前ということもある。ただし朝イチの会議があるときは、会議に無関係な秘書官はそれが終わるまでに出勤していればよかった。閣議もそういう会議のひとつだった。

それでも、風見以外の事務秘書官たちの出勤は、比較的早かった。いずれも都内の至便な距離に自宅や官舎があり、車で出勤していたからでもある。郊外に住む風見だけが、高速道路の渋滞を嫌って、朝だけ地下鉄で通っていた。

大沢さんの下で秘書官室の用事を足している若い瀬戸さんは、秘書官たちのためにボーイ室に朝のお茶を入れにいっているに違いなかった。総理秘書官室に机を並べているのは、これで総勢である。

「風見秘書官、ふたつあります」

メモを見ながら大沢さんが言った。

「社民党の赤木先生が秘書官にお電話をほしいそうです。それと、ばんどうさんという女性の方からお電話がありました」

記者たちとの話題に出た赤木書記長から、直接電話があったというのである。もうひとりのばんどうという名前には思い当たるふしがなかったが、知らない人間から電話をもらうことは、ここでは珍しいことではなかった。

「赤木先生は党本部？」

「十時までは党本部で、その後は会館だそうです」

十時前だったので、風見は社会民衆党本部にかけた。

消費税のことかと思ったがそうではなく、選挙区の後援者を官邸見学にやってもいいか、総理は一緒に記念写真を撮らせてくれるかという話だった。

その件は即座に引き受けたが、風見はついでにオフレコ発言の真意を確かめた。

「先生、社民党は七％は呑めないと昨夜おっしゃられたそうですね。総理も大変気にされておられますけど」

「一気に四％アップはいくら何でもきついよ。もともとウチは、消費税廃止で売ってきた党だからね。でも、心配しなくても、最後は落ち着くところに落ち着くから」

「どのへんに落ち着きそうですか」

「皆が納得するところに落ち着くよ。財部《たからべ》さんだって、大蔵だって納得するところに。複数税率だってあるし」

どこに落ち着くかが問題の大蔵省の尾崎秘書官と違って、風見は連立与党がまとまってくれさえすればよかった。それにしても、赤木の楽天家ぶりは、時に暖簾《のれん》に腕押しという気分にさせる。風見の目には、発足当初から税制の抜本改革という難題を背負ったこの政権の未来はまだ見えていなかった。

程なく尾崎秘書官がやってきた。

「おはようございます」

声が先に聞こえて、この世界では秘書官バッグと呼ばれる大型の書類バッグを手にしながら、いくぶん前かがみの姿勢で入ってきた。席に着くと、電話を取り上げ、早速どこか担当の省庁のひとつと連絡を取り始めた。

「局長さん、いらっしゃいます？　総理秘書官の尾崎ですが」

その後しばらく風見にも立て続けに電話があった。要件は総理との面会希望からはじまって、祝電の依頼、秋の園遊会の総理枠の招待者についての問い合わせ、記者クラブからの照会、それに議員と政治評論家からの政治情報など様々で、脈絡もなかった。

瀬戸さんが戻って来た。色白の長身の姿勢を正して「おはようございます」と挨拶をしながらお絞りと日本茶を秘書官の銘々の机に配って歩いた。

と、秘書官室にブザーの響きが鳴りわたった。

「終わりました」

大沢さんが言った。閣議が終わったのである。

総理の執務室にあるいくつかのドアのどれかひとつが開くと、異なる音色のブザーが秘書官室に鳴り、事態が把握できるようになっている。今のブザーは閣僚応接室との境のドアのものである。閣議が終わって閣僚応接室に出てきた総理が、自分でドアを開けて執務室に入ったことを告げていた。他の閣僚たちは閣僚応接室からホールに出て、今ごろは記者たちに囲まれて取材を受けながら中央階段を降り、次々に表玄関から退出しているはずである。

総理執務室と秘書官室との間のドアは、これまでなら閉じられているのが通常だったが、この内閣になって知事時代からそうしていたという総理の意向で開け放しになっている。風見の席からは、応接セットの自分の椅子で客に応対する総理の姿はちょうど目線の先に見える。その椅子に今総理が座り、ソファーとその向かいの肘掛け椅子には、それぞれ羽根副総理兼外務大臣と武藤大蔵大臣が着席しようとしているのが見えた。副総理の隣には、三国官房長官が腰を下ろそうとして前かがみになったのが一瞬見え、すぐに見えなくなった。

大沢さんが執務室のなかを確認して、ボーイ室に電話をかけ、お茶を四人分運ばせた。程なく副総理、大蔵大臣と官房長官が秘書官室を通って退室した。副総理は「よお。やってるな」と誰にともなく声をかけ、大蔵大臣はいつもの口調で「ご苦労さま」と言いながら通り過ぎた。その後を官房長官が深刻な表情でふたりを追いかけるように出ていった。大沢さんも瀬戸さんも、そして風見も立ち上がって黙礼した。

外務省の牧本秘書官が、いの一番というように執務室に駆け込んだ。秘書官たちはいつも総理と直接打ち合わせるべき用件を様々に抱えている。牧本秘書官であれば、本省に上がってきた様々な外交情報や、就任祝いなど外国からの総理宛の来信について報告し、来月の国連総会のためのニューヨークでのスケジュールの細部について総理の意向を確認し、海外に発信する総理の親書にサインをもらうことなどが、多分とりあえずの用務に違いなかった。

打ち合わせを終えた牧本秘書官が、執務室を出て来て、

「風見秘書官」

と、風見の名を呼んだ。総理がお呼びだという意味である。風見は席を立って総理の執務室に歩み入った。

内閣総理大臣宗像芳顯《むなかたよしあき》は、執務机越しに背筋を伸ばし

て座り、風見の入るのを待っていた。長身でスポーツで鍛えた筋肉のしなやかさが紺色のスーツのうえからもうかがわれる。そしてその貴公子風の端正な風貌に、宗像藩五十四万石の藩主である宗像家の第二十二代当主としての気品もただよわせている。祖父の代まで遡れば日本の代表的名家である公家の四条家にもつながるのである。しかし、総理本人はつねづね自分の家系は武家であり、公家ではないと語っていた。

宗像総理の誕生は、四十年近い民自党支配に飽きていた国民に鮮烈な印象を与え、内閣発足直後の支持率は毎朝新聞調べで空前の七六％にものぼった。宗像総理のおかげで政治は茶の間にまで入り込み、国民に最も好まれるドラマのひとつになったとさえいわれた。その宗像総理がいま風見の目の前にいた。

「今朝、財部さんから電話をもらいました。新聞に社民党の状況は厳しいと出ているが、説得には自信をもっているという話でした」

と総理は、落ち着いた透明な声で言った。その声と、いついかなるときでも冷静さを失わない折り目正しい口調は、その後の予算委員会や税制改革特別委員会での野党との論戦の際の総理の最大の武器ともなった。総理が口にした財部というのは、新世紀党筆頭幹事の財部一郎である。

風見は総理の執務机の前に置かれた打ち合わせ者用の椅子に腰を下ろし、自分の耳に入っている社民党の状況はかなり厳しいことを述べて、社民党の税制改革プロジェクト・チームのメンバーの柴崎議員からの情報や、今朝記者たちから耳にした赤木書記長のオフレコ懇談の内容を伝えた。総理は赤木書記長の懇談のことは知らなかったが、

「左派が、この問題を山岡さんや赤木さんの責任問題にからめて使っていると、禰宜《ねぎ》からも聞いています」

と言った。山岡さんというのは、運輸大臣で入閣した社民党の山岡貞之委員長のことで、社民党の左派が、総選挙での大幅議席減に対する委員長や書記長の責任を追及する魂胆もあって、消費税の引き上げに抵抗しているというのである。禰宜というのは、宗像総理の親しい合同通信の政治部長で、昔からの総理の情報源のひとつでもあった。

風見としばらく状況分析をしてから、総理が言った。

「財部さんと直接会って腹を固めておいた方がいいでしょうね。宗像内閣を支持する同じ国民が、消費税引き上

げに賛成が三八％、反対が四二％というのでは、手足をしばられているようなものです」

「それはどこの調査ですか？」

「現代テレビの調査だそうです。草野秘書官が言っていました」

「そんな数字が放送されると、また社民党が勢いづきますね」

「情報公開法案に対する霞ヶ関の抵抗も強まっているようです。少し大がかりな仕掛けが必要になるかもしれません。財部さんの都合を聞いてセットして下さい」

「今週中ですか」

「代表質問が始まるまでにお願いします」

所信表明演説に対する衆議院での代表質問は、翌週の水曜日からだった。

「人目につかない方がよろしいですね」

「そうして下さい」

八党派のガラス細工といわれるこの連立政権の結束を維持するために、総理は与党各党に対して公平な対応が求められる。各党の代表者たちの協議でも、個々の政党が個別に宗像総理と折衝することを自粛する申し合わせがなされていた。だから宗像総理も、一堂に会した各党の党首や書記長、筆頭幹事や代表幹事らと顔を合わせることがあっても、特定の政党の指導者だけとの会談は控えていた。ましてこの連立政権の最大の実力者と自他ともに認める財部一郎が宗像総理とふたりだけで会うとなれば、他党からの強い疑心暗鬼を呼びかねない。

「お食事でもご一緒にされますか」

「そうしましょうか」

「夕食の方がよろしいですね」

「都合がつかなければ、昼でも構いません」

「はい」

官邸に入ってほぼ十日が過ぎ、総理の公式の面会や行事のアレンジには慣れたが、日頃番記者に囲まれて過ごす総理が人に知られずに誰かと会う会談のセットは初めてのことだった。しかしそういう話はよく耳にするから、多分大沢さんに相談すれば方法はあるに違いないと思った。

風見が秘書官室に戻ると、入れ代わりに草野秘書官が打ち合わせに入った。風見が席に腰を下ろすと、

「風見ちゃん、どう。何か入っている？　総理は何か言っていた？」

いつの間にか側に来ていたのは尾崎秘書官だった。税制改革は何といっても大蔵省の一大使命である。当然この問題をめぐる総理と本省との間の連絡と調整、そして情報の収集は、尾崎の当面の最大の任務だった。しかし総理と各党との関係や、国会における深謀遠慮に満ちた駆け引きなどの高度に政治的な事項は、政務を担当する風見の守備範囲であったし、総理が風見にだけ何かを漏らしていないとも限らなかった。だから尾崎は時々風見に声をかけて、事態の把握に遺漏のないように努めているのだった。大蔵省と張り合わなければならない理由は何もなく、内閣の政治目標が達成されればそれでよかった風見も、尾崎秘書官には協力の姿勢を貫いていた。

「赤木さんが、消費税の七％へのアップは呑めないって言ったらしいですね」

「そうらしいねェ」

さすがは大蔵省だった。話に聞いてはいたが、政界の動きについての情報収集力、それに根回しなどの政治家へのくい込みに関する限り、大蔵省の実力は何と言おうと他省庁に抜きん出ていた。

「総理は今朝財部先生から電話をもらったそうです。財部先生は、社民党説得に自信をもっているようですが、総理は状況は厳しいという認識のようですね」

「総理がそんなこと言っていた？」

「ええ」

「総理に弱気になられたら、困るんだなあ」

「ただ総理は、与党調整は財部さんに任せているから、財部さんが社民党を説得できれば総理にも異存はありませんよ」

「そうねえ」

尾崎秘書官としばらく状況を話し合ったが、風見は総理と財部一郎との会合については触れなかった。逆にその他の与党、特にやはり党内に税制改革への消極論を抱えた公正党や中道党の根回しは進んでいるのかと尋ねたが、

「大丈夫。そっちはバッチリだ」

と尾崎は請け合った。

再び総理の公務スケジュールが始まっていた。役所の説明などのほか、各界の様々な団体の長による総理への挨拶希望がなお目白押しだった。形式ばったことが嫌いな宗像総理は、「挨拶だったら、結構です」というのが口癖で、間に立つ秘書官たちも苦労していた。それでもぜひにと言えば、総理も「では、短めにして下さい」と

応じた。それでいていざ面会が始まると、時間を超過するのがつねで、次第に秘書官たちも要領をわきまえるようになっていた。

この日も十一時からは生命保険協会の丸山会長と梅沢副会長の挨拶があり、その後には全国経営者協議会の今岡議長や、近県の葛城知事などの挨拶が続いた。生命保険協会は尾崎秘書官のルートで、全国経営者協議会は草野秘書官のルートでそれぞれ面会希望が来たが、知事の面会は県の秘書室が、直接風見のところに依頼してきたものだった。

総理と面会する者は、記者クラブの希望により面会冒頭のカメラ取材が行われる場合には閣僚応接室で待機するが、それ以外は秘書官室のドアから入ったすぐの秘書官応接室で案内を待つことになる。

秘書官応接室などと名付けられているが、秘書官室の隣の狭い空間だった。窓際の一画と衝立てで囲んだコーナーに椅子を並べて、二組の客が待てるようになっている。せせこましいながらあちこちに観葉植物が置かれ、室内は緑が豊かである。官邸にはもっと贅を尽くした応接室もあるが、総理が空き次第案内できるように、大臣であろうと知事であろうと、執務室に近い秘書官応接室で待機してもらうのである。そして順番が来ればアレンジを担当した秘書官が客を総理の執務室に導くのだが、予定はいつも遅れ気味だった。

風見は担当の葛城知事の到着を確認し、挨拶をかねて予定が五分ほど遅れていることを詫びてから、執務室の様子に気を配った。先客が退室したので、執務室の総理に「葛城知事をご案内します」と告げてから、知事の許《もと》に赴き、「お願い致します」と言った。

大物知事として知られ、テレビで見慣れた顔だったが、会うのは初めてだった。高齢にもかかわらず、若いと聞いていたが、本当に血色がよく、肌の色艶は見事なものだった。

執務室に案内すると、総理は立ち上がって「これは、これは」と言いつつ、身を屈《かが》めるようにして知事の手を握った。自ら知事の経験をもつ総理にしてみれば、大先輩である。

総理は知事を応接セットに誘った。昭和四年の竣工とはいえ、今や世界の経済大国の日本の総理大臣の執務室は、二十坪ほどの広さしかない。新しく建てられた高層建築の庁舎の大臣室の方がはるかに広く、ゆったりしている。天井には大型の四角い照明が嵌め込まれ、床には白い花柄の模様が織り込まれた鶯色の厚手の絨毯が敷き詰められていて、一角に応接セットが設えられている。当初は濃い茶色の皮の椅子だったが、就任後総理の希望で今は絹糸で刺繍した淡いベージュの椅子に替えられていた。一方の側にサイドテーブルを添えて一人用の肘掛け椅子が置かれており、それが総理の場所だった。サイドテーブルは二つあり、右手のサイドテーブルにはメモ帳が、左手のサイドテーブルには電話機が二台置かれている。そしてその総理の場所に向かって右手にソファー、左手に一人用の大型の肘掛け椅子が三脚並べて置かれている。

知事は総理の導くままにソファーの総理の椅子近くに座った。風見は応接セットの後方のスツールに腰を下ろして二人を見守った。総理の後ろの棚には巨《おお》きな花瓶が置かれ、ふた抱えもあるピンクの薔薇の花が豊かに生けられていた。花は他にも執務室のそこここに飾られていた。官邸は花の豊かなところだった。

知事の訪問は、総理の就任祝いだった。儀礼的な応接が続いたが、しばらくして知事は、総理は長らく地方分権を持論としてこられたが、自ら内閣を組織されて、本気でその実現に邁進されるおつもりかと尋ねた。

「この内閣の成立の経緯もありますから、とりあえずは二十一世紀の社会保障の財政基盤の確立のための税制改革、それにわれわれの主張してきた情報公開法案とNPO法案の成立に力を注ぐつもりです。しかしいずれ、地方分権にも手をつけたいと考えています」

と、総理は率直な語り方をした。

「中央の役人が、地方は分権を受け入れる能力も覚悟もないと言ってみたり、地方が権限を握ると、目下のゼネコン汚職どころでは済まなくなるとか言ってみたりして、私は憤慨にたえないのです。総理以外にも、今度の内閣には自治体首長経験者が多くおられる。ぜひ地方分権を宗像内閣の看板にしていただきたい」

「市町村に力をつけることが必要だと思っています。人口で三十万はなければ何もできません。その基礎自治体を全国で三百。都道府県は七つから十一の道州に再編する必要があるでしょう」

「ほう。日本再編計画ですか。宗像総理だけあって気宇壮大な。いろいろご研究されておられるご様子ですな。すでに構想はまとめておられるのですか?」

「そういうわけではありませんが、自分なりに考えてきた問題ではあります。税制改革など抱えていなければ、本当はすぐにも手を付けたいのですが」

「ご同情申し上げますな。消費税の引き上げは、いかに国民に不人気とはいえ、これはこれで責任ある政治の大切な仕事だとは思いますが、やはり民自党政権とは全く違う何か思い切った改革を実現されて、ぜひ歴史に名を残す内閣になっていただきたいと念願しています」

「恐れ入ります。私も小手先だけではない本物の地方分権を手掛けたいとは思っています。この内閣の本当の課題としてやり遂げたいものです」

「並行してやる手もあるでしょう。どうせ審議会を立ちあげても、答申まで一年も二年もかかるのですから」

「ご指摘の通りです。研究してみたいと思います」

「それにしても地方分権はままごと遊びではありません。何よりも財政的裏付けがなければ。税制の抜本的改革では、ぜひ地方消費税の実現をお願いしたい」

「財政の点は私も痛感してきたところですし、よく研究してみます」

　開け放たれた秘書官室の入口に、金井秘書官が遠慮がちにちらりと顔を見せた。次の日程が控えているという合図だった。風見は頷《うなず》いてみせて、総理と知事の会話がひと区切りついたところで間に割って入った。

「そろそろいかがでございましょう。次のご予定がございますので」

　これは失礼したというように知事がにこやかに立ち上がり、総理がまたいつでもおいで下さいと告げながら再び知事の手を握った。

「絵を掛け替えられましたね。ご趣味ですか」

　ソファーを離れながら、知事が言った。官邸のことには精通しているということを、知事はそれとなく告げてもいた。執務室に飾られる絵画は、これまでは日展の入選作を借りるのが恒例だったが、宗像総理になってからは、総理の旧知の吉岡画伯の白い雪山シリーズの絵に取り替えられていた。

「親しくさせていただいている方の絵です。これまでは掛ける高さも少し高過ぎたようですね。座ったまま、自然に眺められるように、多少低く掛けてみました」

「感性を大切にされることは、宗像総理にふさわしい。私はどんな絵が掛けられていようと気にしない政治家は信用しないことにしているのです」

「ありがとうございます」

　風見は、秘書官室のドアまで知事を送った。部屋を出た知事を、たちまち総理番の記者たちが取り囲むのが目に入った。翌日の朝刊の総理の動静欄のデータを揃えるとともに、総理と会話を交わした客からその内容を取材するのも彼らの任務だった。

引き続き他の秘書官のプログラムが進んでいる間、風見は総理から申し渡された財部一郎との隠密の会合のアレンジにかかった。

財部の日程を管理しているのは、いつも財部に同行している若手の秘書の高桑だった。宗像内閣が発足すると、風見は早速高桑から挨拶され、自宅や事務所、自動車電話の番号や高桑の携帯の番号を記したメモを渡されていた。閣僚、党首や書記長レベルの与党の幹部、その他総理が直接連絡を取る必要のある重要人物の連絡先のメモは、その後も増え続け、今の風見には最も大切なデータのひとつだった。

高桑は携帯電話に出なかったが、程なく折り返し高桑の方からかかってきた。風見は用件を告げ、翌週の火曜日までに一時間ほど時間をもらえないかと尋ねた。

調整がついたのは火曜日の昼時だった。この日総理は正午から東亜ホテルで開催される日本商工連盟の新旧会頭のパーティに出席して挨拶をすることになっており、そのまま密かにホテルで財部と会うことを風見は考えた。

そこで、誰と会うということは言わずに、どうすればいいのか大沢さんに相談した。大沢さんは即答した。

「東亜ホテルの部屋を二部屋取りましょう。一方で表に出てもかまわない方とお食事していただいて、途中で別の部屋に移っていただくのです」

「総理は一人で食事中ですという説明を信じる記者はいないだろうからね」

「実際に総理と食事をする相手がいないとだめですわ。記者さんたちは必ず相手の人に、どんな話でしたか、食事は何でしたかと質問することになります」

記者たちの言い分は、総理大臣は最高の公人であるというものである。その公人が誰と会い、何を話したかは、一部始終が国民に報道されなければならないというのが、彼らの論理だった。

「深夜、番記者たちがいなくなってから総理が公邸を抜け出すという話をよく聞くけれど」

「さあ。それは兵頭さんに聞いて下さい」

兵頭というのは、総理の主任ＳＰの兵頭警部のことで、大柄で目付きが鋭く、いつも口を真一文字に結び、真面目一徹という感じの人だった。後に風見は、そのとおり兵頭警部に聞いてみた。

「秘書官、それだけは絶対にやらないで下さい。内緒で抜け出さないというのは、新聞記者たちとの間で紳士協定になっていますから。見つかったら以後公邸と官邸のあらゆる門に二十四時間張り番がつきますから。絶対にやらないで下さい」

風見が本当にやりかねないと思ったのか、警部は真顔になって力むような言い方をした。

実際問題として、前後に必ずパトカーと覆面パトカーが付く総理車が、こっそりと公邸を抜け出すことは不可能だった。パトカーはいらないといっても、総理に万が一のことがあれば、SPたちのみならず警視総監や国家公安委員長の首まで飛ぶのだから、兵頭警部がうんという可能性は皆無だった。

「官邸には、脱出用のトンネルがあるという話もあるけど」

と風見は、話の続きで大沢さんに尋ねた。

「今はないそうです。その話は、池田さんがご存じだと思いますけど」

たまたま池田進乃助が顔を出してその話になったが、太平洋戦争当時、防空壕と脱出用の二本のトンネルが官邸南庭に掘られたが、戦後南側に首都高速道路を建設する際埋め戻されたと池田は語った。

「よろしければ、東亜ホテルに電話をしてみますが」

と話の最後に大沢さんが言った。

大沢さんは、様々な助言はするが、風見の判断なしに行動することは決してなかった。

風見の指示で、大沢さんが東亜ホテルに電話をした。

「こちらは総理大臣官邸の秘書官室ですが」と名乗り、条件に合う部屋がないかを尋ねた。

大沢さんと瀬戸さんの机は、風見の机と接してすぐ前にある。それはこの部屋で風見が首席秘書官であることの証でもあった。大沢さんの電話をする様子を風見は見守った。

「当日は、宗像総理も伺わせていただきますので、場合によっては警護官が下見をさせていただくかもしれませんので、よろしくお願いいたします」

と大沢さんは電話を切った。実際にはSPの先遣隊が必ず事前に下見をして様々な注文をつけ、当事者たちにとっては大騒動ということになるのだった。それでも、VIPたちの応接に慣れた東亜ホテルなら、大過はないはずだった。

大沢さんによれば、ホテル側は当日商工連盟のパーティの会場から離れたところに、外からは気づかれずに人が移動できる二室を用意することができるとのことだった。また相手には密かに入室を済ませておいてもらうために、早めに来てもらってホテル側のスタッフが人目につかないルートを案内するという話だった。

「記者たちが部屋まで入ってくることはない?」

「ホテル側が規制してくれますし、警護官たちだって心得ていますから」

「そうすると、一方の部屋で記者たちにも説明のつく総理の会食相手を探すのがとりあえずの仕事だな」

「途中で総理が抜けたことを、黙っていて下さる方が必要ですわ」

「分かっている」

と言ったものの、その後この種の仕事に手慣れたのとは違って、風見は気が重かった。宗像総理とホテルの個室で二人きりで会食するのが不自然でない大物で、それでいて記者たちの目を欺《あざむ》くための囮《おとり》に駆り出されるだけだと聞かされて、誇りを傷付けられないような人物が果たしているだろうか。しかも総理の隠密の行動を洩らすという誘惑に負けない口の堅い人物でなければならなかった。妙案の浮かばない風見は、とりあえず高桑を再度呼び出し、火曜日の昼で確定するので、よろしくお願いすると伝えた。「承知しました、秘書官」と、高桑は力強く答えた。

それにしても大沢さんは、最後まで宗像総理が誰と会うのかを尋ねなかった。それが彼女が長くここに置かれている理由のひとつでもあった。


正午になった。大沢さんがリモコンで、風見のすぐそばのキャビネットの上にあるテレビのスイッチを入れた。

NTBの昼のニュースのトップは、ここ数日の円の高騰が一服したというものだった。しかしゆっくりとニュースを見ている暇はない。これから全秘書官が総理に従って、昼食のために一階の小食堂に降りるのである。

総理が執務室から出、秘書官室を通ってホールに出た。SPたちが素早く配置に就き、番記者たちが取り囲んだ。

官邸や院内で総理が大勢の人間たちに取り囲まれて歩いている光景は、テレビなどでもお馴染《なじ》みだが、そのときの人の配置には決まりがある。先導は池田進乃助で、総理の前にSPのサブキャップ、後ろにSPのキャップと秘書官が一人付く。SPたちがさらに前後を固める。その他はぶらさがりと称して歩きながら総理に取材する番記者たちで、従来は勝手に空いた場所に付いていたが、この内閣になってからクラブとの話し合いで、質問をする記者だけが横に付き、その他の記者たちは直接総理の前後や左右には付いてはならないことにした。総理の返答は、質問した記者が聞き取って、後で他社の記者たちに伝えるのである。

その一団が、二階の執務室から一階の小食堂に向かって、秘書官室右手の階段を降りていく。一団のなかに加わる秘書官は一人だけで、総理のそのスケジュールを担当する秘書官が普通だが、特に誰ということのないときは、その日の当番秘書官が付き添うことになっている。他の秘書官たちは、一団のあとから付いていく。

小食堂への階段は、狭くヘアピン・カーブのように何度も折れ曲がるぐるぐる階段だった。螺旋《らせん》階段ではないのだが、螺旋階段を降りていくような気分になる。それでも官邸のすべての廊下と階段がそうであるように、きちんと赤い絨毯が敷き詰められていた。

階段を降り切った左手が小食堂、通称小食の入口である。そのまま進むと、左手が総理がよくミス桜とかスポーツ選手などの客と会う大きなシャンデリアのある喫煙室、さらに進んだ左手が政務次官会議や事務次官会議のほか小規模のパーティなどが開かれる大食堂《おおしょくどう》、通称大食である。反対の右手は、玄関ホールに出る上りの階段になっている。

官邸は玄関のある表と呼ばれる部分と、奥の裏と呼ばれる部分では高さが違う。もともと官邸の敷地は、表と裏で約二メートルの高低差があって、設計者はその高低差を活かして官邸を建てた。表玄関は高い方にあり、従ってそこから総理の執務室や秘書官室のある裏二階に行くために上りの階段があり、また小食《しょうしょく》や大食《おおしょく》、喫煙室のある裏一階に行くために下りの階段があるのだった。裏二階は地上から高い位置にあるので、表二階に行くのには何段かの階段を上るだけで足りた。

総理と草野秘書官はすでに小食に入っており、風見たちが着くと、ボーイがドアを開けてくれた。

小食は、さほど広くはないこぢんまりした英国調の部屋で、すぐ上に中二階の部屋が設けられている関係で天井が低く、茶色やオレンジ色などの落ち着いた色調で統一されている。絨毯は赤に金色の幾何学模様が織り込まれていて豪華だが、絵や家具の効果もあって、官邸の部屋のなかでは最もアットホームな雰囲気がする。中央に純白のクロスをかけた長方形のテーブルが置かれているが、長い一辺も十人座ると窮屈である。小規模の会合や、執務室では窮屈な人数での総理の勉強会、それに外国の首脳との会談などに使われていた。

総理が毎日昼食をとるのもこの小食だった。秘書官たちも同席し、中央の総理の左手に風見が座り、向かい側に他の秘書官たちが席を占める。都合が許すときは官房長官も同席し、そのときは総理の真向かいに着席する。給仕には、ボーイ長の柴井さんをはじめ、二、三人のボーイがあたる。

給仕が始まった。普段官邸の厨房を預かるのは、花月亭である。花月亭といえば、大正・昭和の政治史の本をひもとくと、政党の会合が頻繁に開かれた料亭としてしばしば登場する。今は料亭をたたみ、官邸の調理だけを手掛けている。もっとも官邸大ホールで総理主催の午餐会や晩餐会が開かれるときは、都内の三つの名門ホテルが交代で担当し、大勢の調理師たちが派遣されてくる。

この日の昼食はミニステーキで、三国官房長官も少し遅れて同席した。総理と同じ民主改革新党の衆議院議員である。結成から日の浅い民主改革新党の衆議院議員たちは、ほとんどが先日の総選挙で新党ブームのおかげで初当選を飾った一年生議員だったが、三国官房長官はかつて民自党所属で二期衆議院議員をつとめたことがあり、落選中に民主改革新党に参加して復帰した同党唯一の三年生議員だった。

宗像内閣の発足にあたって、官房長官の人事をめぐっては連立与党の内部で深刻な争いがあった。当初は、総理と政治的な同盟関係にあった新党改革の風党首の武藤昌義がそのポストに意欲を燃やし、総理も一時そのつもりだった。しかし、武藤の魂胆を警戒した財部一郎が反対し、暗に新世紀党から出すことを求めた。そんなつばぜり合いがあって、結局武藤は税制改革の所管の大蔵大臣に回り、官房長官には総理の民主改革新党から三国利克が就任したのだった。その意味では、与党の結束を重視して無難を旨とした人事であり、もともと目立つ政治家でなかった三国は弱い官房長官と見られていた。

それでも、本人は張り切っていたし、就任してみればそこそこに役目を果たしているとの評価もあった。ただ少し口が軽いのが欠点なのと、これまで特に情報のパイプと呼べるほどのものを持っておらず、官房長官室に風見を呼んで情報を求めるようなことも時々あった。

「官房長官、社民党の動きについては、何か入っていますか」

と食事をしながら総理が尋ねた。

「先程、赤木書記長と電話で話しました。社民党内では今税制改革プロジェクト・チームで検討していて、今月中には代議士会と参議院議員総会の了承を取って、最終的に三役会議で決定したいということのようです。全国代表者会議は、今回はやらないと言っていました」

「左派に不穏な動きがあるようですね」

総理が言った。

「赤木書記長も、左派の動きには神経を尖らせているようです。無理がきかないとこぼしていました」

「七％は社民党は呑みませんかね」

「税率もそうですが、目的税化と複数税率に、赤木書記長はこだわっていました。七％まるまるでなくとも、アップ分の四％だけで十兆円弱。もし基礎年金の国庫負担率を二分の一とすれば、高齢化のピークの二〇二五年度には十六兆円も要るのですから、まるまる基礎年金に注ぎ込んでも、硬直化の心配はないと言っていました」

目的税化というのは、消費税の引き上げ分を、国民の誰もが納得する経費にのみ充てようとするものである。現在のように一般財源で政府が自由に使途を決めることができるのだと、相変わらず無駄な公共事業に使われるなどの批判が出る。そこで老後の基礎年金の財源にしか使わないというようなことで、理解を求めようとする狙いだった。しかし目的税化は、予算編成にあたって自由に使うことのできる財源を増やしたいと目論む大蔵省の忌避するところだった。

「目的税化は、大蔵はどうしても呑みませんか」

と総理は、これまで何度もそうしているに違いないのだが、尾崎秘書官の方を向いて言った。

「収入ごとにあらかじめ使い途が決まっているのなら、政府が予算を編成する必要はないことになりますから」

「複数税率もだめですか」

総理が続けて聞いた。

複数税率というのは、ものによって消費税の税率を変える方式で、前々から社民党は、食料品の税率を低くすることにこだわっていた。

「食料品が三％のままですと、その他は十％にせざるを得ません。それでもいいのなら結構なのですが」

大蔵省もそれほど頑《かたく》なでなくてもいいのにと風見は思

うことがあった。絶対死守と大蔵が全省をあげて抵抗しながら、逆らい切れないとみるや最後に掌《てのひら》を返したように変わることも何度か見てきた。それなら大蔵省が反対していることでも、かまわずに突き進んでもよさそうなものである。しかしその本心は分からず、政治が最後まで大蔵と対決することは予算や徴税で報復を受けかねない不安に加え、いかに立場が上とはいえ知識のない患者が医者と争うような確信のなさがあった。

与党の代表者たちが調整してくれていることですから、とりあえず見守りましょうというのが、総理のその場の結論だった。

デザートになると、私はこれでと退席した官房長官を除いて、総理と秘書官たちだけで今しばらく話が弾んだ。

草野秘書官が、この十日ほどの宗像内閣の評判について、記者たちから取材した結果について話した。記者会見のセットなどの広報関係は通産省からの秘書官の担当で、草野秘書官は暇があると別棟の記者クラブに足を運んで、各社のキャップたちと話し込んでいた。

「スタイルというものが政治においてもつ意味を、記者たちは今真剣に考えていますね。政策と政治体質以外に、政治にはスタイルというものもあったのか、というわけです。先日の総理の初記者会見で、総理が質問する記者をボールペンで指された例のポーズ。それが国民に受けて、記者たちはこれまでの民自党政権下で身に付けてきた政治常識が通用しなくなったことを嘆いています。これからは政治をどういう尺度で計ったらいいのかと」

「人の前に立つと、一番困るのは手なんですよ。島袋先生が、何でもいい、モノを持てと教えてくれました。目の前にはボールペンしかなかった。だからボールペンをもっただけのことです」

「私も何人かの知人に聞いてみましたが、皆政治が変わったことを実感させる記者会見だったと言っていました」

金井秘書官が言った。

「欧米の政治リーダーたちならどうということはないのですが、日本ではそれが似合う総理が少な過ぎましたからね」

事あるごとに欧米との比較を持ち出すのは、海外経験の豊富な牧本秘書官の役目だった。

聞きながら、権力者が側近たちの追従《ついしょう》の言葉に囲まれて暮らすことは危険だと風見は思っていた。しかしその風見自身、総理に面と向かうとまだ追従しか言えなかった。

それにしてもあの記者会見で、年金と医療保険の保険料据え置きの見返りの税制改革の年内実現に政治責任をかけるなどと言ってくれなければよかったと風見は思った。記者会見冒頭に用意した所信を述べた後の記者たちとの一問一答で、税制改革の年内実現は宗像総理の政治公約ですかと聞かれ、「はい」と答えて、同じ記者に続けて、ということは年内に実現しないときは政治責任を取るということですねと聞かれて、「そういうことです」と総理は言下に答えたのである。

何とか切り抜ける方法はあったはずだと、熱気に満ちた記者会見室の秘書官席でそのやりとりを聞きながら風見は思ったものだ。執務室に戻って、秘書官たちを集め、総理が感想を求めたときにも、風見はそう言った。

「仕方がないでしょう」

と総理はこともなげに言った。

そんな簡単なことではないと、風見は官房長官にも言った。質問した記者は、民自党宮下派の幹部の湊川大祐と親しいという話も入ってきた。しかし程なく財部一郎が「大したものだ。度胸が違う」とベタ褒めしているという話も伝わってきた。これからの日本の政治指導者は、国民に痛みを強いることでもごまかさずに明確な方針を示し、それが実現しなければ責任を取るという姿勢と覚悟が必要だというのである。それを耳にすると、風見もそれが新しい政治だと思わないこともなかった。しかしせっかく権力を握ったからには、できるだけ長くそれを握り続けることも政治のように思えた。総理の発言を踏まえて風見は、「いいですか。腹をくくって下さい」と尾崎秘書官にも言ったが、「僕なんか、毎日くくりっ放しだよ」と尾崎は答えた。

その日の午後は、総理は役所のブリーフィングや内外の要人の訪問などで、ほとんど切れ目のない日程が続いた。風見は担当する総理日程がなかったので、尾崎秘書官や内閣参事官室とも話し、それに旧知の衆議院議事部の幹部を尋ねて意見を聞いたりして、当面の臨時国会の日程の検討に時間を費やした。

日本の構造改革プランのうち、連立政権成立時の合意書によってまず成立させなければならないのは、NPO（非営利団体）法案と情報公開法案、そして税制改革関連法案であった。市民のボランティア活動を促進するためのNPO法案と、官僚支配に風穴を開けるための情報公開法案は、各党が野党時代に共同で提出した法案があるから、それを多少手直しすれば足りた。残された問題は、大蔵と協議中のＮＰＯに対する税の優遇措置のほかは、情報公開法の施行時期、それに特殊法人も情報公開の対象とするか否かに絞られてきていた。施行時期については、霞ヶ関は準備を口実にできるだけ遅らせようとしていたが、公布後一年で施行し、三年間の経過措置を定めるという方向で集約されつつあった。総理自身は、特殊法人も適用対象としたい意向だったが、当の特殊法人と霞ヶ関の猛烈な抵抗を受けて、連立与党全体としては見送りの空気が強かった。

いずれにしてもこれらはほぼ見通しが立ってきていたが、最大の難題は税制改革関連法案だった。もともと民自党政権の崩壊は、税制改革に失敗したことに端を発していた。国の長期債務の累積に対処するために、財政審議会は行政改革による経費削減と、社会保障費の膨張を賄うために消費税を現行の三％から引き上げることを両輪とする財政再建案を答申した。しかし、有権者の反発を恐れた民自党は消費税を据え置き、そのしわ寄せとして医療と年金の保険料の大幅引き上げと年金の給付額の引き下げに踏み切った。場当たり的な対応に終始した民自党のやり方は、かえって国民の批判を招いた。野党が提出した内閣不信任案に、民自党内で執行部の事なかれ主義への批判を強めていた羽根毅と財部一郎のグループが同調して、不信任案が可決された。その結果衆議院の解散と総選挙を経て成立したのが、この宗像内閣だったから、将来の社会保障のビジョンの提示と、その財政基盤の確立、そのための国民負担の公平化は、この内閣がやるべき第一の仕事だった。

総選挙で羽根や財部らの新世紀党、武藤らの新党改革の風、宗像の民主改革新党などの新党が異口同音に主張したことは、年金や医療は現在の社会保険方式よりも税方式を基本とする方が、負担の公平化の点で望ましいということだった。それは当時の民間のエコノミストたちの論調とも一致していた。世論調査では、この主張に理解を示す国民は三八％、反対は二四％で、分からないが三七％だった。その頃は国民の間でも消費税引き上げが多数派だったが、しかしいざ宗像内閣が消費税引き上げに取り組み出すと、賛否は逆転していた。国民は気まぐれだったが、それでも主権者は彼らだった。そしてこの国民世論の変化に励まされて、連立に参加した社民党の中で左派を中心に消費税引き上げへの消極論が再び力を得てきていたのである。

　与党案がまとまる時期は、今なお判然としなかった。総理も官房長官も、法案審議のための臨時国会は、九月上旬には召集したいと再三口にしていたが、それはもはや不可能な話だった。

　今開かれているのは、総選挙後の特別国会である。この特別国会で宗像芳顯の首班指名が行われて、宗像内閣が発足したが、お盆とも重なるので、この後は新総理の所信表明演説と各党の代表質問だけで閉会になる。与党側はとりあえず九月上旬に臨時国会を召集しておいて、法案ができあがったところで国会に提出することで、総理発言とのつじつま合わせを考えた。しかし野党の民自党は、特定の法案の審議を目的とする臨時国会は、召集日にその法案を提出するという慣例をたてに、応ずる気配はまったくなかった。長い与党時代には、国会の様々な慣例を悪弊といきり立っていた民自党が、いざ自分たちが野党になると、掌を返すように慣例慣例と言いたてる変わり身の早さは見事だった。

　臨時国会の召集日当日に法案を提出したからといって、すぐその日から法案の審議が始まるわけではない。まず総理の衆参での所信表明演説に一日を費やし、間に一日を置いて所信表明に対する代表質問がある。代表質問は、第一日が一時から衆議院で、第二日が十時から参議院、一時から衆議院で、第三日が十時から参議院でというのが一応の慣行である。これで計五日が費やされる。

　さらに予算委員会を開かなければならない。予算委員会は予算を審査する委員会であるし、今回は予算を提出するわけではなかったが、予算委員会の総括質疑は、総理以下全閣僚の出席が義務づけられるとともに、国政の万般何を質問してもよい場である。予算委員会はおそらく衆参一日ずつでは済まず、民自党からは政権交代により質問事項も多いので、衆参一週間ずつという常識外の話も聞こえてくる。

　それからようやく衆議院本会議での税制改革法案の趣旨説明と税制改革特別委員会での趣旨説明と続く。その特別委員会も、総括質疑、一般質疑という手順を踏まなければならず、公聴会の開催も必須である。最後に締め括り総括質疑を行ってようやく特別委員会での採決、続いて衆議院本会議での採決を経て、同じ手続きを参議院でも繰り返すことになる。総括質疑や一般質疑に何日を要するかは、もっぱら特別委員会の理事会や非公式の理事懇談会での与野党の折衝に委ねられており、公聴会の日程をどうするか、締め括り総括の日取りをどうするかも与野党間の交渉事項である。もし野党が大幅な日数を要求し、あるいは日取りの設定に反対すれば、審議はいくらでも遅延する。あまつさえ、宗像総理が税制改革法案の年内成立に政治責任をかけ、達成できない場合には責任を取ると初記者会見で表明したことから、民自党は勇み立っていたのである。

風見は、様々に検討を加え、総理の公約を守るためには何としても十一月十二日までに法案の衆議院通過を図り、参議院の通過と成立は、それからほぼ一ヵ月後の十二月十日を一応の目標とすることにした。与党は与党で法案通過に独自の目算をもつだろうが、とりあえず総理の心づもりとして風見はその案を総理に報告した。

いずれにしても、恒例である翌年度予算の年内編成のための時間を考えるなら、法案の参議院通過は十二月二十二日より遅らせることはできなかった。しかし、これまでの野党とは違う「責任野党」を標榜し、真に国家国民のために必要なことなら、政権に協力することもやぶさかでないと言いつつも、本音では宗像内閣の打倒と政権復帰を目指す民自党の抵抗は、目に見えていた。法案の年内成立を公約した宗像総理の初記者会見での発言が、再びずっしりと風見の心の奥深くに淀んだ。

午後六時半からは論説懇があった。論説懇というのは、総理が永田クラブ加盟の報道各社の論説委員と懇談し、完成した所信表明演説について説明し、質問に答えるものだった。実際の所信表明演説は、週明けの月曜日に午後二時から衆議院本会議で、三時から参議院本会議で行うことになっている。総理本人が事前にマスコミに説明することなど過剰なサービスともいえたが、しかし権力が最も気を遣うのは、世論をリードするマスコミの反応だった。それに演説で述べたいことを事前に懇切丁寧に説明しておけば、こちらの狙いも伝わるし、無用の誤解も避けられる。そこで論説懇なる慣行が発達したのだった。

秘書官たちは総理から、論説懇で何か注意すべきことがあればあらかじめコメントを提出しておくように命じられていた。とりまとめは尾崎秘書官が配下の植野事務官を使って行った。総理秘書官室に詰めるのは、五人の秘書官のほかは大沢さんと瀬戸さんだけだが、秘書官たちの下働きのために他に四名の男性職員が配属されている。ただ秘書官室には収容し切れないので、普段は同じフロアーの離れた一室の秘書官室分室にいる。四人のうち一人は大蔵省派遣の若手職員の植野重之、一人は外務省派遣の若手職員の田上尚久で、二人は専属的にそれぞれ大蔵省派遣の秘書官と外務省派遣の秘書官の下働きを務め、残りの二人が官邸職員である。一人は総理大臣官邸事務所長補佐の肩書を持つ持田和之、残りの一人が総理秘書官室付の若い及川雅文だった。本省派遣の直属のスタッフを持たない警察庁からの金井秘書官と通産からの草野秘書官、それに風見の手助けは、この二人が担当することになる。もっとも金井秘書官も草野秘書官も、出身省庁のほか担当する省庁を自在に使えたから、この二人の他に手足がないのは風見だけだった。

秘書官たちは、それぞれの担当に従って論説懇のためのコメントを分担した。各省庁の所掌事務は、四人の事務方の秘書官が手分けして分担し、どの省庁の所掌にも属さない政治的な事項、例えばこの連立政権を宗像総理自身どう評価するか、総理の政治理念は何かといったものは風見が分担するのである。そしてでき上がったものを尾崎秘書官のところに集め、それを若い植野がワープロで打った。風見は、今回の政権交代の意義、宗像内閣の提唱する「変革の政治」と「開かれた市民国家」の意味、日本が約半世紀ぶりに経験する連立政権の今日的意義といったものについて説明を補い、税制改革については各論への深入りは避けて、これを実現することで政治が公約を守って問題解決能力を示し、国民の信頼を回復する意味について述べた。

総理の執務室には、執務机と応接セットのほか、六人ほどが取り囲んで着席できる小テーブルが置かれているが、総理はそこに秘書官たちを集めてメモに目を通した。時間が限られていて、総理は「まあ、こんなところでしょうね」と言っただけだった。

午後六時二十八分に、総理は当番の草野秘書官を従えて執務室を出た。論説懇の会場は、大客間だった。

秘書官室を出て右手の方向に数段の階段がある。そこを上って進むと、右手が官房長官室と官房長官秘書官室で、そのまま進んで突き当たりのボーイ室、あるいは湯沸かし室と呼ばれる部屋の前で左に折れ、少し進んだ右手が大客間である。廊下を挟んだ向かいは、政務と事務それぞれの官房副長官室になっている。

大客間は、官邸の表玄関のすぐ上に位置する部屋である。政治的な重要事件があると、よくテレビの中継で記者がレポートするときなどに映る官邸の表玄関の大きな車寄せの屋根の上にいくつか並んでいる四角い縦長の窓が、大客間の窓だった。大食と小食の中間ほどの広さで、剝《む》きだしの太い木の柱が特徴だった。青い絨毯を敷き詰め、壁もカーテンも落ち着いた色調のものが使われている。関係閣僚会議や学識経験者などによる審議会の会合などに使われ、中央に会議用の大きな角型のテーブルが置かれ、周囲の壁際にもびっしりと椅子が置かれている。椅子は、総理や各大臣の秘書官たち、会議に立ち会う役人たちのためのものだった。様々な会議の度に、風見は立ち会う役人の数の多さに驚いた。しかし総理の論説懇は、政府の会議というわけではないから、役人たちはいなかった。

総理の一行に続いて部屋に入ると、各社の論説委員たち二十数名ほどがすでに着席していた。テーブルの一方の中央に、総理の席を空けて三国官房長官と鶴井副長官、それに事務の岩原副長官も顔を揃えていた。風見は他の秘書官たちとともに総理の後ろの椅子に腰を下ろした。

論説懇では、まず茅沼内閣副参事官が参加者たちに配られた総理の所信表明演説原稿を朗読し、続いて総理が自ら演説の狙い、強調したい点などを逐次説明した。

「導入部では、政権をお預かりすることになっての責任の自覚とともに、まずこの政権の歴史的な位置付けというものに触れさせていただきました。東西の冷戦が終焉して、国内政治でもイデオロギーによる保革対立が意味を失ったわけです。ですから、冷戦時代に構築されたわが国の政治体制は、今後現実的で責任ある政策を展開していく足枷《あしかせ》に転化しつつあるということ、それだけに民自党の長期一党支配のもとで進んだ政治、経済、社会の硬直化を打破するための『変革の政治』を推し進めていく必要があるということを強調し、そこで十二行目にありますように、『今や、戦後史の回り舞台は回転し、新しい政治の地平が開かれたのであります』と述べさせていただいたわけです」

総理は続けて、発足の経緯からしてこの政権が担うことになった税制改革について、その意義を強調し、ただその具体案については、現在連立与党間で精力的に調整してもらっている最中であり、結論が得られ次第臨時国会を開き、何としても年内に成立を図る決意であることをテキストに即して説明した。さらに当面の経済運営、規制緩和などの経済改革と行政改革をはじめとする硬直したわが国の各種システムの「構造改革」への意欲、さらにそれらの改革の先に、民自党政権下で特に一九七三年の第一次石油ショック後に顕著になった官僚主導体制が、日本の経済・社会の柔軟な活力の発揮を阻害してきたことの反省を踏まえ、市民社会の自発性と創造性を重視する「開かれた市民国家」を構築していく必要性を説いた。そしてそのために当面必要な具体的措置として、情報公開法とNPO法の重要性を強調した。また、これらの改革をパッケージとした「日本構造改革プラン」の意義についても説明した。

外交関係では、まず過去のわが国の侵略行為や植民地支配についての「深い反省とお詫びの気持ち」こそが、わが国の外交の出発点であること、そのうえに立って国際社会に貢献する「責任ある国際国家」を目指すことを説明した。各論的には、日米関係を基軸としつつ、アジア地域との一層の緊密化を図ること、期限切れの近づいている核不拡散条約の扱いについて、無期限延長を支持するものの核保有国に究極的には核廃絶を求めていく方針であることなどについて述べた。

そのほか総理が触れたのは、自由貿易体制の維持と強化のためのウルグアイ・ラウンド交渉取りまとめの努力、対アメリカ・ECなどの貿易黒字縮小のための対応策、地球環境の保護・エイズ対策・文化遺産保護などを中心とする日本の国際貢献のあり方、それにわが国の教育・文化と科学技術の振興などだった。最後に再びこれらの政策を担う約四十年ぶりの非民自党連立政権の積極的意義についても言及した。

引き続き質疑応答に移った。参加者たちが口々に質問し、総理がひとつひとつに答えていった。

「総理、過去のわが国の侵略行為の反省とお詫びの気持ちという表現が用いられていますが、総理は初記者会見では、『侵略戦争』という言葉を使われたわけですね。侵略行為というように表現を改められた理由は何でしょう」

「別に表現を変えたとは思っていません。同じ意味ではないでしょうか。ただ、『侵略戦争』という言い方は、ちょっとドギツイかなという気もしますね」

実は総理の初記者会見で、太陽新聞のキャップの稲村が、「先の戦争について、総理はどのようなご認識をお持ちでしょうか」という質問をし、総理が「私は、侵略戦争だった、間違った戦争だったと思っています」と答え、大きな反響を呼んでいた。政権交代の成果が早速目に見える形で現れたと多くの賛辞が寄せられる一方で、民自党ではタカ派議員を中心に「英霊とその遺族に対する冒瀆である」という激しい批判が渦巻いた。連立与党でも保守系の議員の間では不満がくすぶっていた。

記者会見の後、宗像総理は官房長官や副長官、秘書官たちと「侵略戦争」の表現を再検討した。「先の戦争」にはアメリカとの戦争も入るが、それまで侵略戦争と言えるか、またアジア諸国との戦争のうちにも個々には防御的な戦闘もあったという批判が予想された。結局まるごと「侵略戦争」とするのでは舌足らずの点もあり、所信表明では「侵略行為」という表現でさりげなく軌道修正することにしたのだった。

「総理にお尋ねしていいのかどうか分かりませんが、責任ある国際国家の『国際国家』は、英語には何と訳すのですか」

「さあ。何と訳すのでしょうね」

どっと、笑いが起きた。総理は、後ろの牧本秘書官を振り返った。牧本は「インターナショナル・ステイト」と小声で呟《つぶや》いたものの、はっきりとは答えなかった。

「どうせ外務省が英訳を作るでしょうから、外務省から答えさせましょう」

「総理。総理が知事時代から最も重視されてきた地方分権についての言及がないのですが、優先度を下げられたということですか」

「地方分権を実現するためには、五、六百本の法律をいじる必要があって、周到な準備が必要です。連立政権の合意書にも入っていますし、いずれ本格的に取り組まなければならない課題です。一九八二年以降のフランスのミッテラン政権の地方分権がひとつのモデルになるでしょう。その実例について、私も研究中です」

その後も、宗像色を出すのに苦労した点とか、構造改革についてもう少し具体的にとか、ウルグアイ・ラウンドのコメの市場開放に関する新政権の方針はとか、税制改革の年内成立の見通しはとか、総理に直接質問が許されるこの貴重な時間を無駄にすまいとする質問が次々に出され、総理も努めて丁寧に答えた。最後に日本産業新聞の論説委員が尋ねた。

「岩原副長官にお尋ねしますが、宗像総理で五人目の総理に仕えられるわけですが、政権交代があって所信表明作成のプロセスに変化がありましたか？　過去四人の総理の所信に比べて宗像総理の所信の特徴など、よろしければ」

指摘されたように、官僚のトップとして官邸の要《かなめ》の役を務める岩原伸哉副長官は、竹中昇総理以来これで五人の総理に仕える。今回は単なる総理の交代にとどまらない政権党の交代を伴ったものだっただけに、岩原副長官が内閣発足を前に「けじめをつけさせていただきたい」と宗像総理に申し入れたことは風見も知っていた。しかし余人をもって代えがたい人材であり、宗像総理は留任を懇請し、かつて政務の副長官として仕事を共にしたことのある財部一郎も直々に会って、強く慰留していた。では政権が軌道に乗るまでということで留任したのだったが、目配りに秀でていて、つねに奇を衒《てら》うことのない正論を吐く岩原副長官の実力と人となりには、風見もすぐ尊敬の念を覚えるようになった。

「所信表明と施政方針は性格が違います。所信表明はこれまでも総理個人の考え方が中心で、事務方は最小限度のご協力をしただけです。今回の所信表明は、政権交代ということもありましょうし、宗像総理ご本人の哲学ということもありましょうが、やはり冒頭と締め括りが従来と違います。それだけに事務方のタッチは以前より少ないでしょう。字数は今回は七千字で、従来は六千二百字から六千五百字くらいですから、やや長めでしょう。総理がお読みになって、二十二、三分というところです」

そろそろ時間だった。三国官房長官が、「では、よろしいですか」と言い、総理が「よろしく」と言って立ち上がった。すばやく草野秘書官が付き添い、SPたちがとりまいて総理は退室した。廊下ではまた番記者たちが総理に付き従うのが見えた。

風見は、出席者のなかに旧知の政経新聞の黒岩がいるのに気付いて近寄った。

「大役だなあ。慣れた？」

と黒岩は言った。

「マスコミの相手が一番疲れますよ。それはそうと、所信表明はどうですか」

「抽象的だなあ。税制改革は具体案がないし、開かれた市民国家も言葉が踊っているだけで、宗像総理が本当にやりたいことが伝わってこないしね」

「厳しいんですね」

「悪く書く社は一社もないから心配しなくていいよ。社の中には政権の力量を疑問視する見方もあるけど、この宗像さん人気だ。当分悪口を書けるはずはないだろう」

「批判は何でも教えて下さい。批判が耳に入らなくなることが一番恐いんです」

「分かった。それよりもう解放されるんだろう？　一緒に飲まないか」

「予定が入っているんです」

「じゃあ、また話を聞かせてよね」

「ええ」

秘書官室に戻ると、総理と各秘書官たちとの個別の打ち合わせが続いていた。それが終わると、全秘書官が勢揃いして総理と日程の打ち合わせをした。それぞれの秘書官を通してアレンジされた日程を大沢さんがワープロで打った日程表に基づいて、これはどういう日程で、どこに出向き、あるいは誰が来るのか各担当の秘書官が総理にごく簡単な説明をするのである。誰の担当でもない日程は、その日の当番秘書官が説明する。

翌日は土曜日で、南庭での政府広報用の写真撮影と、夕方の映画鑑賞が予定されていたが、いずれも総理の個人事務所の秘書が付き添うことになっていた。その翌日の日曜日の日程はまったくの空白だった。月曜日の当番秘書官は牧本で、十時から所信表明演説決定の臨時閣議が開かれることを説明した。その後ふたつほど要人の訪問があって、昼には昼食をかねて連立政権の最高意思決定機関として設置された政府与党最高首脳会議の第一回の会合が開かれることになっている。この日程は風見が説明した。説明といっても、「十二時から第一回の政府与党最高首脳会議です。小食です」と言っただけだった。

午後は二時から衆議院本会議、三時から参議院本会議で、所信表明演説だった。官邸に戻って、さらにいくつかの表敬訪問と、五時からは農水省の総理説明が組まれていた。

「コメの作柄の説明にちょっとお時間をいただきたいのですが」

尾崎秘書官が言った。

「悪いのですか」

「かなり悪いです」

打ち合わせはそれだけだった。

「じゃあ、いいですか。お疲れさま」

総理は言い、大沢さんと瀬戸さんが立って見送る秘書官室を通って執務室を出た。SPたちと草野秘書官が付き添い、また記者たちに取り囲まれて質問を受けながら公邸に戻っていった。


こうして風見が正式に総理秘書官に就任してから十日余り経った日の総理の公式日程の時間は、ようやく終わった。しかし、風見の仕事がすべて終わったわけではなかった。

八時半から旧知の高名な政治学教授の佐竹茂と、ホテルで遅い夕食をとることになっていた。それまで時間があったので、風見は総理の民主改革新党の議員や労組に電話をして必要な情報収集をした。その電話が終わったとき、池田進乃助が、

「秘書官、こういう方が秘書官にお会いしたいとお見えになっておられますが」

と丁重な仕種で名刺を手渡した。それには「UPS通信記者　ケイコ・バンデル」と印刷されていた。

その名に、風見は不意を衝《つ》かれたような思いがした。と同時にこの日官邸に着いて最初に大沢さんが「ばんどうさんという女性の方からお電話がありました」と伝えたのは、彼女のことであったのかと今にして思った。

風見は秘書官応接室の入口に赴いた。池田がドアを開けると、SPたちや番記者たちも去ってひっそりとした秘書官室前の赤絨毯のホールに、ケイコが立っていた。

すらりとした姿勢と背中まで届く長い髪は、四年前と変わらなかった。純白のパンツ・スーツ姿で、化粧も濃くなり、口紅の朱が艶やかな輝きを放っていた。風見の脳裏に焼き付いているTシャツとジーンズ姿のケイコからは一変していた。風見は一瞬、さなぎが蝶になったのかと思った。

ケイコは知的でかつ妖艶なところがあった。細面で、目が長く、鼻筋が通っていて、非常に聡明な雰囲気を漂わせている。しかし小さな唇には厚みがあって、軟らかに伸縮する。それがひどく妖艶な感じも与えるのである。やや長身であることもあるが、手足が長く感じられる。指も長く、形が整っている。そして日系であるが、色が白い。

「お忙しいのではありませんか」

ケイコは事務的な口調で尋ねた。お久しぶりですとか、お会いしたかったとか、一瞬風見が予期した言葉を、ケイコは告げなかった。しかし声の芯に、彼女の微《かす》かな感情の揺らぎのようなものが聞き取れたようにも思った。

「総理はもう公邸に戻られました。しばらく時間があります。どうぞ」

傍にいる池田を慮って風見は言い、秘書官応接室の衝立ての一角に招き入れた。

四年前、風見はワシントンのシンクタンクとして知られるグラデン研究所に十ヵ月ほど客員研究員として滞在した。そのとき夏休みのアルバイトに来ていたのが、ジョン・ウイリアムズ大学の大学院に在籍していた日系三

世のケイコ・バンデルだった。幼いときに母親がドイツ系人と再婚してバンデルを名乗っているが、生粋《きっすい》の日系人である。日本政治を専攻していて、風見に近づいて来たのは彼女の方からだった。当時は多少ぎこちないながら、日本語も不自由なく話せたので、風見も何かにつけ重宝したし、ひとり身のワシントンでの自由もあった。それに彼女は、風見の目には女性としてのあらゆる魅力を身に付けていた。

特別区内や近郊の名所に連れていってくれたのは彼女だったし、食事も何度もした。風見のアパートにも来た。危険な瞬間は何度もあったが、その度に風見の優柔不断がドラマの進展を阻んだ。あの最後の夜に、ケイコが風見の胸の中に崩れながら、「**I want you to want me.**（私のことを欲しいと思って欲しいの）」と言ったとき、風見は何も答えることができなかった。二人の間はぎこちないものになり、それから程なく予定を終えた風見はワシントンを離れた。

「ジャーナリストになったんだね。日本にはいつから？」

四年前にケイコに語り掛けたときの優しい口調が戻ってくるような気が、風見はした。

「今年の六月からです。宮下内閣の不信任案が提出される少し前でした」

ケイコは続けて、アメリカや海外の新聞にニュースを配信するＵＰＳに入社した経緯や、その東京事務所が有楽町の宝ビルにあること、永田クラブには常駐していないものの、官邸の通行パスが三枚だけ与えられていて、自分もかなりの頻度で官邸に顔を出していると語った。

「官房長官の記者会見にも出るの？」

「はい」

「日本語は上手になったね」

「記者会見での話を聞き取るのに、まだ苦労しています」

ちょっと沈黙が続いてから、ケイコが言った。

「風見さんが宗像総理の秘書官に決まったと聞いて、大変ビックリしました。……いろいろお話を聞かせていただいて、構いませんか？」

「どんな話に興味があるの？　アメリカにはどんなニュースを送っているの？」

「今後の見通しの記事が中心です。税制改革はいつ成立するのか、与党の結束は保てるのか、宗像内閣はどれくらい続くのかとか。政界の細かな動きは追い切れないですから」

「そういう見通しは、僕の方が知りたいな。総理周辺が宗像内閣は三年続くと発言したという話が、アメリカの新聞に載ったら、それだけで予測不能なリアクションが出るだろうけど」

「ご迷惑になるようなことは書きません。見方のヒントや、日本ではどういう構図で政治問題になっているのかを外国人が理解する手掛かりになるものを教えていただきたいのです。それと誰に話を聞けというサジェッションと」

「そういうことなら構いませんよ。話を聞きたいときは、連絡して下さい」

「うれしいですわ」

助かりますとか、ありがとうございますとかでなく、ケイコは主観的な心情の動きを表現した。

「あなたの連絡先は、この名刺のとおりでいいのですね？」

風見はもう一度池田進乃助を介して渡された名刺に目を落とした。

「はい。……それと、携帯電話の番号をお教えしておいて、いいですか？」

「教えて下さい」

ケイコは風見の手許の名刺を受け取って番号を書き込んだ。その間、自分の携帯の番号も教えるべきか風見は迷っていた。官邸から与えられた携帯の番号は、記者たちには教えていなかった。ケイコは普通の記者たちとは違ったが、それでも今教えるべきか風見は決断できなかった。

「僕は官邸に連絡してくれればつかまります。……自宅の番号も必要ですか？」

「知っています」

「どうやって知ったの？」

「新聞記者ですもの」

それからしばらく、宗像政権や日本の政治について話をした。いろいろ話した中でケイコが持ち出した話題のひとつは、思いがけず官邸だった。ケイコはこの日本政治の中枢が、「官邸」という普通名詞で表現されることに興味を示した。

「アメリカのホワイトハウスやイギリスのダウニング街十番地、韓国の青瓦台のように固有名詞で呼ばれずに、本来は普通名詞の言葉が日本ではどうして最高権力の館を意味するのでしょうね？　しかも『総理大臣官邸』や『首相官邸』と呼ぶのは素人で、この館を取り囲み、仰ぎ見る人々にとっては、それはどうしても『官邸』でなければならないのだということを、この頃知るようになりました」

それは思いがけない指摘であった。しかし考えてみれば官邸だけでなく、御所とか宮城《きゅうじょう》などという呼び名も、厳密には普通名詞だ。少なくともバッキンガムとかエリゼーなどとは違う。

「日本では、最高権力は固有名詞をもった個性ではなく、普遍だということなのかな。固有名詞で呼ばれると、ワン・オブ・ゼムになってしまうということだろうか。確かに長すぎるから短く呼んでいるという以上の意味があるのかもしれない」

風見は、確信のもてないままに言った。

「日本で政治の取材を続けて、私も日本政治のなかで官邸という言葉がもつ重力のようなものを理解することができるようになりました。永田町も霞ヶ関も官邸の方を向いていて、官邸の意図とか意向を絶えず気に掛けています」

「さあ、それはどうかな。日本は大統領制でなく、議院内閣制だし、同じ議院内閣制の国の中でも官僚と与党の力が強いから、官邸の力は制約されている。それに官邸は本来はただの施設に過ぎない。総理と官房長官、それに政務と事務の官房副長官と彼らのスタッフ、それに内閣参事官室のスタッフがいるけれど、それで日本の統治機構上ひとつのユニットを造っているわけではない。内閣などと違って、組織図のどこを見ても官邸など出てこないのだよ。だから、本来統一的な意思が問題になり得る余地もない。常駐する人間で一番多いのは、官邸事務所の職員たちだけれど、彼らの担当は施設管理で、機構的にも総理府所属だ。だから官邸は、建物に過ぎないんだよ。僕は自分を総理のスタッフだと考えていて、官邸の一員だという自覚はないよ」

「建て前的にはその通りだと思いますが、日本の政治のなかで官邸という言葉がもつ意味、マグニチュードはやはり特別なものがありますわ。総理を中心に、常時顔を合わせることのできる一群の人々がひとつの建物にいる意味は大きいと思います。何と言っても、日本の権力の中枢、あるいは奥ですわ」

風見は不満だったが、それ以上は言わなかった。官邸がケイコの言ったように見られていることは、確かだった。

しばらく話してから、風見は事務所に戻るというケイコを中央階段の上まで送って出た。岩頭の鷲の屏風絵の前で、風見は中空に架かる橋のような赤い絨毯の階段を降りていくケイコを見送った。やがて今はひと気のないひっそりとした玄関ホールに降り立ったケイコが、振り返ってお辞儀をした。ひどく日本人めいて見えた。それにしても風見には、不思議な巡り合わせのように思われてならなかった。ケイコと四年ぶりに再会し、その彼女を見送る場が総理官邸の真紅の中央階段であるということは、彼のかつての人生における見通し、予測、予感を超えて今目の前で現実に生じている出来事であった。

八時過ぎに風見は、車を通称内玄《ないげん》と呼ばれる内玄関に出させ、官邸を出た。内玄は表玄関が閉まった後の出入口で、表玄関に向かって右手にある。そこを出た左手が記者クラブのある官邸別館である。風見が車に乗ろうとすると、そのクラブの方から二、三人の記者が駆けてきた。

「お帰りになるんですか？　戻って来ますよねえ」

太陽新聞の白井、NTBの来島など、いずれも風見の番記者だった。白井を除いて総理番の彼らは、総理が公邸に戻った後は、風見の動向に注意し、もし風見が帰宅するのであれば、直ちに車で追いかけて風見の到着からさして間を置かずに風見の自宅にやってくる。そんな夜回りの記者たちの相手をするのが、風見の一日の最後の仕事になるのだった。しかし今日はまだその時間ではない。

「戻って来る」

「何時頃ですか」

「分からない」

「相手はバッジですか？」

「今日は、バッジじゃない」

バッジとは、国会議員のことである。

風見は運転手に命じて車を出させた。

ホテルで若手の議員たちとの勉強会を終えた佐竹教授と食事をし、官邸に戻って来たのは十時過ぎだった。秘書官室の前には二、三人の記者たちがうろうろしていたが、風見の番記者たちではなかった。案の定尾崎秘書官と若い植野が残っていた。職員は、大沢さんも瀬戸さんも池田進乃助も帰っていて、他は草野秘書官が中抜け中で十一時に戻って来るという話だった。

風見は十一時十分に秘書官室を出た。再び内玄に待たせた車に乗り込んだが、記者クラブは窓に煌々《こうこう》と灯りがともっているものの、外に人の動きは見えなかった。西門を出て裏手の坂を下り、霞ヶ関ランプから首都高に入った。

両側に幾重にも重なって迫るビルの赤や青のネオンの谷間を縫って夜の首都高速を走るのは爽快だった。巨大な街、そして巨大な社会だった。この街の狭い一角の官邸に巣くい、全国津々浦々を動かしている一握りの人間がいるというのは、どう考えても不思議だった。それは確かにケイコの言ったように日本の権力の中枢、あるいは奥かもしれないが、しかし動かしていると考えるのは、錯覚のような気もした。権力が動かし得ない部分の方がはるかに大きいと、風見は思うことがあった。若者たちの間での様々な流行や、歌手の人気やCDの売り上げ、夜の盛り場の喧噪、御大師様や成田山の初詣での人出、骨董品をあさるマニアたちの好み、昼食の人気メニューと店の行列の長さ、病院で繰り広げられている生死のドラマ、そういうものは権力が動かすことのできないものだった。そしてそれらに熱中している人たちは、そもそも権力などに関心はなかった。この社会には、そういう権力が触れることのできないものの方が、はるかに大きく多いのではないかと、風見は思うことがあった。

箱崎を過ぎて高速六号線に入り、左手の隅田川の向こうに夜空を焦がして広がるネオンの海を眺めながら車は疾駆した。風見は自動車電話を取り上げ、財部一郎の側近でかねてから親しい衆議院議員の津村久夫の宿舎に電話をしたが、まだ帰っていないらしく応答がなかった。

しばらくすると携帯電話が鳴った。出ると草野秘書官だった。

「総理と話したけれど、日曜日の五時から今後の宗像政治の基本方向について総理が全秘書官たちと打ち合わせをしたいと言っている。場所は公邸だ」

「基本方向って？　新たな政策課題とか？」

「税制改革が本当に実現するかどうか分からないし、実現せずに即退陣ということになるかもしれない。しかしもし無事に実現することができたら、その次に取り込むべきことを今から用意しておかなければ、八党派の連立というガラス細工のこの内閣はもたないというのが、総理のお考えだ。難題を抱えるのは大変だが、しかし絶えず難題を抱えていなければ空中分解してしまう、というようなことを言っておられた」

「税制改革の次は、地方分権と行政改革でしょうね」

「それは、一筋縄ではいかないテーマだと僕は思うけれどもね」

「草野さんたちがどれだけ支えてくれるかですよ。まあ、分かった、五時にね」

「よろしく」

首都高を降り、しばらく地上を走って、大通りから風見のマンションに向かう小道に入ると、マンションの玄関近くに数台の黒塗りの車が止まっているのが見えた。

玄関の前で車が止まり、風見が運転手にねぎらいの言葉をかけて降りたつと、止まっていた車のドアが開き、記者たちが駆けてきた。ＮＴＢの来島、日本産業の梨重、合同通信の辰野、毎朝の小林、社会経済の泉川、それに新顔の一人だった。

「早いな。僕より後に出たんだろう」

「風見さん、霞ヶ関から入られたでしょう。箱崎からの方が早いんですよ」

来島が言った。マスコミのハイヤーの運転手たちは、一刻も早く現場に駆けつけるという運転ぶりに慣らされているのだった。

「私はずっとお待ちしておりました。官房長官の懇談から回りましたもので」

小林が言った。

「風見秘書官。初めて伺わせていただきます」

新顔の一人が名刺を差し出した。特報通信の淡倉という記者だった。

「まだ時間があるかな。入るかい？」

午前零時十五分前だった。じゃあ、ちょっとだけと記者たちは言い、風見に付いてきた。オートロックのドアをキイで開け、一緒にエレベーターに乗って付いてきた記者たちを部屋に招き入れた。金曜日のことで部屋は散らかっていたが、もう気にする間柄ではなくなっていた。

「来島、冷蔵庫にビールが入っているからみんなに出して」

「はい。グラスはこっちの棚でしたね」

玄関のチャイムが鳴った。風見の代わりに小林が開けに出た。太陽の白井だった。白井は風見の番記者のなかでは最年長で、かつ総理番ではなく、記者たちの間ではそれより格上の官房長官番だった。白井は以前から風見と付き合いがあり、そのため太陽は官房長官番の白井を風見の担当にしていた。

記者たちはソファーに座り、座り切れない者は床に胡座《あぐら》をかいた。ＮＴＢの来島が口火を切った。

「社民党の委員長選挙の見通しはどうですか」

宗像政権への参加を決断した社会民衆党の山岡委員長

は、党内から総選挙での社民党の敗北の責任を問題にされて辞意を表明し、委員長選挙が九月の初旬に行われることになっていた。山岡委員長は再出馬に意欲を示していたが、情勢は厳しくなっていた。もし再出馬辞退に追い込まれれば、左派が委員長を握る可能性もあった。税制改革に消極的な左派の委員長が誕生すれば、その実現に政治生命をかけると明言した宗像内閣は窮地に追いやられることになる。

「その前に今日は、何だい。完オフだね」

記者たちとの懇談の方式には何通りかある。呼び名や定義は社によって異なるが、一般にはオンレコは、発言した内容をカギ引用で記事に使うことが許されるものである。記者会見など正式のオンレコの場での発言は、発言者の名前も出るし、発言してから「今のはナシ」と言っても取り消しできない。しかし記者懇と称するこのような場でのオンレコは、発言者の固有名詞の代わりにクレジットと称して「政府首脳」、「政府筋」、「〇〇党首脳」などの表現が用いられる。ときどき、官房長官がこう語り、これに関連して「政府首脳」はこれこれと語った、という記事を見掛ける。これはどちらも官房長官だが、前者は記者会見かぶらさがりでの発言、後者は記者懇での発言という意味である。

風見は多くの場合「首相周辺」である。例えば「首相周辺は、『税制改革の実現に向けて、首相は指導力を発揮する決意を固めた』と語っている」というのがそれである。ちなみに新聞は伝統的に「総理」の代わりに「首相」の語を使う。テレビは、字幕は「首相」、アナウンサーの原稿は「総理大臣」である。

オフレコはカギ引用はだめだが、発言の趣旨は報道してよいものである。これによれば「首相周辺は、税制改革の実現に向けて、首相は指導力を発揮する決意を固めたと語っている」となる。一見オンレコと差がないようだが、発言が問題となったとき、オフレコだと「自分はそういう言い方では言わなかった。記者がそう取っただけだ」と弁解できる余地があるから、その差は大きい。そして完オフは一切の報道を禁じ、ただ記者たちが出来事の背景を理解したり、情報を整理するためにのみ用いてよいものである。

直接記事にならなくても、完オフの意義を軽視することはできない。あらぬ誤解を避けて、マスコミに事情をきちんと理解してもらっておくという以上に、記者たちの見方を誘導する効果がある。秘書官に就任してからの短い期間に、風見が痛切に感じていることのひとつは、カギ引用は正しくても、それに続けて記者の主観的な見方にもとづく記事がきわめて多いことである。例えば「首相は、『消費税の引き上げ幅は与党にお任せしていますから』と、余裕の表情で語った」という記事も、「首相は、『消費税の引き上げ幅は与党にお任せしています』と、人まかせの対応に終始した」という記事も共に可能である。しかし無論このふたつでは、書かれる方にすれば天と地の差がある。

実際にどちらになるかは、記者が仕込んだ背景情報しだいである。官房長官や風見ら総理の周辺や与党は、完オフで「与党だって総理の立場は分かっているんだからね。少し揉《も》めてみせて、程々でまとまるよ。だから総理も余裕をもっておられる」という見通しを語り、野党の民自党は「宗像は、何しろ殿様だからね。何でもよきにはからえだ。財部のいいなりだよ」という情報を流す。それは陰で繰り広げられるすさまじいばかりの情報戦である。そして何分にも、政治部の記者はこれまで長年にわたって政権党であった民自党の議員とのつながりの方が強いのである。毎夜様々な政治家によって行われる記者との懇談での発信量は、圧倒的に民自党の側からの方が多かった。風見としては、オンレコよりも、完オフで民自党に対抗する方が賢明だと考えていた。

完オフという風見の申し出に記者たちは、

「結構です」

と答えた。

「社民党も、税制改革を使命とするこの連立政権の合意書に署名したことを忘れてもらっては困る。それに今月中に具体案を決めるのだから、来月に委員長が代わっても、大勢には影響があるはずもないよね」

「そうは言っても、もし左派から委員長が出たら、ちょっとピンチじゃないんですか？」

「社民党の左派は、人事で勝利できれば、政策には意外と寛容なもんだよ」

「だいたい与党の税制改革案は、まとまるんですか」

合同通信の辰野が話題を変えた。

「まとまるよ。まとまらなければ、宗像内閣は総辞職するよ。東久邇内閣の在任五十四日の最短記録を更新することになるけれど、そんなことを社民党を含めて連立与党が選択すると思うかい？」

「社民党と財部さんの対立は、相当深刻だという話もありますけど」

「財部さんが、最後まで突っ張って、せっかくできたこの内閣を台無しにすると思う？」

そのとき電話が鳴った。出ると総理だった。コードレス電話を手にして、風見は記者たちのいる居間から寝室に移って話をした。

「草野さんにもお願いしておきましたが、少し長期的な政策を考えておきたいと思うんです。宗像内閣のスケジュール表は、内政と外交について尾崎さんと牧本さんから出してもらったものがありますが、政策的な肉付けも必要だと思うんです」

「草野さんは、税制改革実現後に何をやるかというようなことだと言っていましたが」

「論説懇で話していて感じたのですが、地方分権を実現するのに五百本も六百本も法改正が必要です。そのひとつひとつを今から準備するというわけにはいきませんが、どんなテーマがあるか、どこにどんな準備をさせておくかを整理しておかないと、タイムリーに政策を打ち出していくことができなくなると思います。事務秘書官には差し障りのあるテーマも多いでしょうから、風見さんも考えてみて下さい」

「承知しました」

居間に戻ると、誰からですかと聞かれ、総理だと答えると、

「オーッ」

というどよめきが起きた。

「税制改革案がまとまったとか？」

「ただの事務連絡だよ」

「総理が事務連絡をしてくるんですか」

「電話はこまめな人だから」

「意外と殿様じゃないんですね」

それからなおしばらく記者たちの質問に答えた。太陽の白井と一般に支局経験の長い合同通信の辰野を除き、ほとんどは入社して三、四年の支局勤務を終えてそれほど間のない若い記者である。彼らは日中総理に質問するときと同様、風見の前では一切メモを取らないものの、終わってから懇談の内容をメモにしてクラブの上司に上げる。そのメモは風見もいくつか目にしたことがあるが、人間テープレコーダーとしての訓練を経たかなり正確なものだった。スタイルは風見の発言内容だけをまとめたり、Q&Aの形に整理したり様々であるし、内容の取捨選択もある。しかしできるだけ風見が実際に使った言葉遣いを生かして、一時間の懇談をB5判二枚から三

枚でかなり正確に再現する。若い彼らが直接記事を書くことはほとんどなく、彼らの役割は情報を集めるための歯車のひとつで、記事は複数のメモを使ってクラブの先輩記者が書くことが多かった。

もう午前一時を過ぎていて、お開きの時間だった。最後に聞かれたのは、土日の予定と月曜日に家を出る時間だった。つねに付き合うわけではないにしても、取材対象の風見のスケジュールはつかんでおかなければならない。そして誰からというわけでもなく、風見がいいと言うのに、自分たちが使ったグラスを洗い、元どおりの棚に戻した。

「ありがとうございました。お休みなさいませ」

「お休みなさい」

一人一人が丁寧な挨拶をして風見の部屋を辞していった。

いつものとおりの長い一日が、ようやく終わった。後は一刻も早く寝るだけだった。

風見は留守番電話のランプが点滅していたものの、記者たちがいたので聞いていなかったことを思い出した。見ると二件の録音があった。風見は再生のスイッチを入れた。

最初は近くにできたセレモニー・ホールの案内で、若い女性の声で、結婚式と葬儀の利用のための会員制システムへの入会を勧めていた。それが途切れて、ためらいがちに少しかすれた女性の声が再生された。思わず風見は電話機の方を見た。

「大変なお仕事につかれましたね。お体にさわられないように案じています。由加梨もお姿が映ったニュースを繰り返し見ています。立派に務めを果たされますよう、二人でお祈りいたしております」

二年前に別れた妻の由希子だった。風見は慌てて聞き直しのためのスイッチを押した。

二　ガラス細工の政権

翌朝、風見はどこか遠くで電話が鳴っているのを聞いているような気がした。いや、鳴っている夢を見ているのかもしれなかった。焦点の定まらないぼやけた意識の波間に、この八月に入ってからの日々の光景が、フラッシュバックのように浮かんだ。……

日本の代表的シンクタンクのひとつとされる現代総合研究所の主任研究員であった風見のもとに、連立政権の次期首班に内定し、軽井沢で政権構想を練っていた宗像芳顯から直接秘書官就任依頼の電話があったのは、国会で首班指名が行われる少し前の八月二日のことだった。

風見は大学で政治学を修めた後、私立大学で教鞭を執ったが、学内の内紛に巻き込まれていたときに誘いを受けて、創立間もない現代総合研究所に移籍した。日本の多くのシンクタンクと同様に、経済や産業、金融などの調査と研究が中心の現代総合研究所では、風見のような政治アナリストは主流とは言いかねた。それでも近年の政治経済学や公共選択論の流行を受けて、現代総合研究所では経済政策の策定とともに、その政策を実現するための政策過程のあり方の分析や提言を重視する姿勢も強めていたから、風見も自分の専門を生かすことのできる多くのプロジェクトに関わることができたし、むしろここでは貴重な存在ですらあった。

現在の風見の専門は、制度論的な立場からする現代日本の政治分析である。欧米の事情にも明るかったことから、次第にマスコミなどにも重宝がられるようになり、それとともに国会議員の勉強会の講師なども頼まれるようになった。いきおい親しい政治家も増え、政治倫理法案の審議の際には、複数の野党会派の共同推薦で、衆議院の特別委員会の公述人にも選ばれたことがある。そんなことが重なり、国会や永田町の実際の仕組みについても知るとともに、風見は「実務にも通じた」という評価を受けるようになった。

ある日、「日本政治の現状と課題」というテーマで、青山にある民主改革新党の本部に来て話をするように招かれた。出席者の多くは党の若手スタッフだったが、終わり頃にその年の春に民主改革新党を結成し、続く参議院選挙で議席を得て新党ブームの火付け役として注目を集めていた党首の宗像芳顯も顔を出した。終わって名刺を交換したとき、「風見さんの『冷戦構造と五五年体制』は興味深く読ませていただきました。学者の観念的な分析と違って、説得力がありました」と宗像は言った。それが初めての出会いであった。

それから時折宗像芳顯から電話がかかってくるようになった。政策の助言を求めたり、政治の見通しを尋ねたりがほとんどだった。そのうち年が明けて、政局が緊迫してきた。

その頃政治の焦点となっていたのは、バブル崩壊後の景気対策で一気に膨らんだ国債発行残高と各種の特別会計の隠れ借金などによってもたらされた財政硬直化への対応と、急速な高齢化の進展で危機的な状況に陥っている年金や医療保険などの社会保障制度の立て直しだった。財政審議会は消費税引き上げ、年金と医療保険の抜本改革、行政改革などの総合的施策を提言した。政府税制調査会の研究班も、消費税の三％から七％への引き上げを勧告する報告書を提出した。しかし消費税の導入で選挙で苦杯を舐《な》めた経験をもつ民自党内では、消費税の引き上げに対する抵抗感が強く、医療保険改革のための患者の自己負担の増額と薬剤費の抑制策も、医師会の反対で実現しなかった。そのしわ寄せは、結局年金と医療保険の保険料の大幅な引き上げと、年金給付額の段階的引き下げ案となった。

このような財政上の問題に、国民負担の公平化や、そもそもの社会保障のあり方の議論が重なって、民間エコノミストを中心に、年金と医療保険について、従来の社会保険方式から消費税を財源とする税方式への移行論が強く唱えられるようになった。先進国に例のない速いテンポで高齢化の進む日本では、年金財源のいわゆる賦課方式は世代間の負担の不公平を生み出しており、一方の医療保険制度にも様々な歪みが生じていたのである。

この議論に乗ったのが、民自党の第一派閥の竹中派の内紛からこの年の始めに同派を割って誕生し、虎視眈々と出番をうかがっていた二十一世紀フォーラムだった。フォーラムの代表は、改革派を自任する羽根毅が務めていたが、実権は財部一郎が握っていると言われていた。

財部は、かつて民自党の幹事長も務め、「剛腕」とも言われる人物である。その二十一世紀フォーラムが、民自党の問題先送り体質と、国民への負担の押し付けを批判して野党の社民党、公正党、中道党が共同で提出した宮下内閣不信任決議案に同調し、決議案は可決された。宮下総理は直ちに衆議院を解散した。

解散を受けて、二十一世紀フォーラムはメンバーの衆議院議員三十八人と参議院議員八人が民自党を離党し、新世紀党を結成した。羽根が党首に、財部が筆頭幹事に就任した。ところがその新世紀党に先駆けて意表を衝いて離党したグループがあった。民自党の党改革委員会の事務局長を務め、知事仲間として宗像芳顯とも近かった武藤昌義を代表とする若手衆議院議員十人のグループで、彼らは新党改革の風を名乗った。党改革に熱心であった武藤らは、民自党の改革と再生が不可能なことを痛感して、密かに離党のタイミングを狙っていたのだった。その点では二十一世紀フォーラムと軌を一にしていたが、しかし財部の支配する二十一世紀フォーラムとは志を異にするグループだった。

総選挙は、七月十八日の快晴の日曜日に執行された。新世紀党、新党改革の風、それに宗像芳顯の民主改革新党が参入して、新党ブームの吹き荒れた選挙となった。宗像自身も参議院議員を辞し、この選挙の候補者の一人として名乗りをあげた。大方の予想に反して投票率は五〇・三％と振るわなかったが、社会保障財源と消費税の引き上げ問題、それに四十年ぶりの政権交代の是非を最大の争点として、連日テレビの特番が組まれ、党首たちは引っ張りだことなった選挙だった。

結果は民自党が一議席増とはなったものの、党の分裂で失った過半数を回復できず、一方新世紀党と改革の風は大幅に改選議席を伸ばし、衆議院選初陣の民主改革新党は予想を上回る三十五議席を獲得した。代わりに野党第一党として、本来なら政権交代の中軸となるべき社会民衆党は、解散時の百三十四議席を七十議席に減らす大敗を喫した。その他の公正党、中道党、労働者党などの政党は、微増または微減にとどまった。

総選挙後の政権は、従って政党の合従連衡《がっしょうれんこう》によることになった。改革の風と民主改革新党、それに反体制の労働者党を除く野党各党は、解散直後に新世紀党の音頭で久々の政権交代に向けて一致結束を誓い合っていた。政策担当者による政策協議は難航したが、それでも解散の引き金となった税制改革と社会保障費の財源をめぐっては、「国民が安心して暮らせる二十一世紀の社会保障制度の確立をめざす。その財源に寄与することも考慮して、間接税を重視する抜本的税制改革を実現する」という表現で、かろうじて折り合っていた。

焦点は改革の風と民主改革新党の対応だった。両党には、選挙結果の判明直後から、民自党と野党連合の双方から働きかけが強まっていた。

もともと知事仲間の宗像芳顕と武藤昌義は、政治的協力関係を誓い合い、選挙期間中から新世紀党などの動きからは一歩距離を置いていた。党首会談には顔を出していたが、政策協定には加わらなかった。それでも宗像と武藤にははっきりと分かる温度差があって、ちょっとした言い回しの差からも、宗像が武藤よりも非民自勢力の結集による政権交代に傾斜しているのが窺われた。

選挙戦もたけなわの頃、風見は宗像から電話を受けた。午前中に現代総合研究所に、宗像の秘書を名乗る女性から電話があり、「宗像がぜひ風見先生とお電話でお話しさせていただきたいと申しております。宗像は遊説から午後の十時半に羽田に戻りますが、その頃先生はどちらにいらっしゃいますか」と尋ねられた。

その夜の十一時過ぎ、風見の指定した自宅に宗像が電話をかけてきた。

「どうですか。選挙戦を見ていて風見さんの気づいたことを何なりと言っていただきたいのですが」

と宗像党首は言った。

「政権交代の必要性について、どうしてもっと明快におっしゃらないのですか。少なくとも当日投票所に行く国民は、政権交代を求めていますよ」

「分かりにくいですか」

「分かりにくいと思います」

宗像は納得したようだったが、その後の演説でも政権交代の必要性についての主張がそう明確になったようには思われなかった。

しかし選挙結果を受けて財部一郎が動いた。財部は民自党内が宮下総裁の責任問題で混乱している間に、極秘に宗像芳顕と会談し、非民自による政権交代実現のために宗像を首班に推挙したいと申し入れた。そして間髪を入れず野党各党の根回しを終えた。財部の申し入れを知った武藤は躊躇したが、結局宗像はこれを受けた。

残された難問は、連立政権樹立の政策協定だった。わけても社民党の対応が鍵となったが、それでも自衛隊、安保、原発、君が代などについては、「すでに確立した国の政策は、憲法の理念をさらに生かすように努めつつ、これを継承する」という表現で折り合うことができた。最後まで難航したのは、やはり税制の抜本改革だった。しかし山岡執行部は、労働者連盟会長の山際徹の強力な後押しもあって、非民自政権樹立のために消費税引き上げを容認する腹をすでに固めていた。この問題について最終的に政策協定では、「高齢化社会における社会保障関連支出の増加、その負担の公平化等の要素も考慮して、消費税の水準の適正化に努める」と表現された。総選挙の際の政策協定に比べると、消費税の言葉が入ったのは一歩前進だったが、しかしまだ「引き上げ」ではなく「適正化」にとどまった。それでも非民自勢力による「連立政権樹立の覚書」が整ったのだった。

七月二十九日、社民党、新世紀党、公正党、民主改革新党、中道党、新党改革の風、それに小会派の市民党と参議院の民主連盟の八党派の党首が、マスコミの大挙して押し掛けるなか国会近くの永田ホテルに集まった。そして「連立政権樹立の覚書」に調印後、宗像芳顕を各党連立の内閣総理大臣候補とすることを全会一致で決定した。

風見は歴史が動き出したことに深い感銘を受けて、毎日のニュースを熱心に追った。しかし宗像はまだ風見の知る多くの政治家のひとりにとどまったし、ましてや自分が官邸に入ってその宗像を支える立場に立とうとは、夢にも思っていなかった。

風見が宗像芳顕からしばらく途絶えていた電話をもらったのはその翌日だった。

「政策の相談に乗っていただけますか。今マスコミを逃れて、赤坂パシフィック・ホテルにいますので、来れるなら車を回します」

連立各党の首班候補に決定して後、宗像は所在をくらまし、マスコミ各社が懸命に追っていることは、風見も親しい記者から聞いて知っていた。指定された二十三階のスイートに通ると、宗像はひとりでいて、話をしている間にも頻繁に電話が鳴った。ブルーを基調とする室内には、小人数が囲むことのできるテーブルがあって、そこで話をしたが、宗像はすでに様々な政策課題について突っ込んだ検討をしていた。だから多くの場合風見の方が聞き役だったが、意見を求められてまず指摘したことは、総理大臣のリーダーシップの発揮のための権限強化とスタッフの拡充だった。もっともその多くは後に岩原内閣官房副長官によって、内閣法と国家行政組織法の改正が必要なことと、当面は予算とポストがないことを理由に、今後の課題とされた。

「私が申し上げたことも含めて、メモにしていただけますか」

話の最後に宗像はそう依頼した。

「やってみましょう」

部屋を辞して、ロビーに降りると、何度か政治関係の取材を受けたことのある旧知の太陽新聞の白井とばったり顔をあわせた。

「風見さん、今日は何の用です？　まさか宗像さんと会われてきたのではないでしょうね？」

「宗像さん、このホテルにいるの？」

「所在不明なんです。もし分かったら教えて下さい」

「僕には分かるはずはないけれど、いいですよ」

後で聞いたが、宗像はホテルでは従業員用のエレベーターを使って出入りしていた。

風見は現代総合研究所に戻り、同僚の研究員たちの手も借りて政策課題についての網羅的なメモを作ってファックスで送った。翌々日、宗像は週末を過ごすために軽井沢の別荘に移った。そしてその軽井沢からの電話で、総理秘書官への就任を依頼されたのだった。

確かに風見にとっては、大きな選択であった。研究所の上層部と相談したが、理事長の百瀬は、

「大変な話だなあ。しかし希望してなれるものでもないし、君の研究にもプラスになるだろう。戻ってくる気があるのなら、ポストは空けておくから」

と賛成してくれた。風見は承諾の返事をし、早速研究所の人事部が内々に内閣官房人事課と手続きの打ち合わせに入った。翌日には宗像芳顕も東京に戻って、再び隠密に赤坂パシフィック・ホテルの元の部屋に居を構えた。風見も頻繁に呼ばれ、政策や官邸内の体制などの話をした。やがて各省派遣の四人の秘書官予定者も、そろって部屋を訪れた。尾崎と牧本は、大学の卒業年次で風見より一年上だったが、金井と草野はまったくの同年だった。風見ともども、秘書官予定者たちは互いに手分けして、早くも政権発足に備えて活動を始めた。首班指名が迫るにつれ、目の回るような忙しさになった。事務方の岩原副長官も密かに顔を出し、必要な事項を宗像に説明し、内閣発足後のスケジュールについても打ち合わせた。

マスコミから逃れていた宗像も遂につかまり、翌日からは虎ノ門のホテル・ミレニアムに居を移し、風見たちもその十一階のスイート・ルームに通った。

この頃の重要問題のひとつは、首班指名が終わった後の組閣のスケジュールだった。首班指名は八月六日の見通しで、通常であればその日のうちに組閣のはずである。しかしたまたまヨーロッパの某国の国王が崩御して、その国葬に参列するため天皇陛下が日本を離れることになっていた。帰国は九日の予定だった。天皇の不在中の新総理の親任式と閣僚の認証式は、国事行為の臨時代行を行う皇太子によってできないことはない。岩原副長官は組閣は早く終えるべきという意見だった。その相談のため財部一郎が宗像のところに電話をかけてきた。しかし宗像は、

「親任式と認証式はやはり陛下にお願いすべきでしょう」

と言下に答えた。

程なく財部が「さすがに家柄の格が違うなァ。宗像さんは、見識があるよ」と感心しているという話が風見のところにも伝わってきた。

組閣人事も極秘に進められた。連立各党は、書記長や筆頭幹事、代表幹事を中心に連立与党責任者会議を組織していて、事実上の中心には財部がいた。その財部が頻繁に宗像と連絡を取り、人事を進めている気配が感じられた。やがて宗像は、固く口止めをしたうえで、風見にも組閣人事の一端を洩らし、意見も求めた。秘書官就任の内定が報道されてからは、旧知の記者たちから風見にも探りを入れる電話が頻繁にかかってきた。しかし風見は、

「組閣人事なんて雲の上の話が、まだ就任していない秘書官予定者に分かるはずはないだろう」

とかわしていた。

宗像から財部一郎への連絡を命じられたのも、その最中だった。連立に参加する各党の党首が一堂に会する党首会談は七日の午前十時から、人事の要望を聞く各党との個別会談は同日の午後一時から、そして各党への組閣名簿の発表は九日の午前九時からにしたいので、了承を取っておいてほしいというのである。宗像がどういう案件で自ら財部と連絡を取り、どういう案件で風見に連絡させるのかは、その後も判然とはしなかった。

風見は財部の側近と言われる衆議院議員の津村久夫とは親しかったが、財部本人とは一、二度顔を合わせた程度だった。財部が自分のことが分かるか、風見には自信

がなかった。

　財部事務所で所在を尋ねて、言われた番号に電話をした。

「はい、はい」

　これがあの財部一郎かと思うきわめてのどかな口調で本人が出た。

「宗像総理の政務秘書官に就任する予定の風見でございます。今後先生には、よろしくご指導下さいますようお願いします」

「はい、はい」

　風見は総理の伝言を伝えた。

「こういうことで先生にご了解いただけますなら、ありがたいと申しております」

「で、宗像さんは、いつ天皇さまの親任式に行くの？」

「九日に新閣僚ともども皇居に参ります」

「親任式が済まなければ、本当の総理じゃないんでしょう？　それで閣僚の任命ができるの？　昔はまずいったん総理が宮中に行ったものだよ」

「明治憲法下では、組閣の大命を受けるために総理がまず呼ばれましたが、今は国会の指名ですから、総理の親任式と閣僚の認証式は続けてやります。親任式が済むと正式に内閣が発足してしまい、そのとき閣僚がいないと、総理がいったん全閣僚を兼任する手続きが必要になるからです」

「ホウ。キミはどこでそういう知識を仕入れたんだい？」

「政治アナリストとして、日本の統治の仕組みや手続きも勉強させていただきました」

「そんならボクも、いろいろ教えてもらうよ。それはそうと、宗像内閣は税制改革をやり遂げなければならないんだ。逃げるわけにはいかないんだ。その代わり、本気でやるつもりなら、ボクも現場で汗をかく覚悟はできている。宗像さんには、そう言っておいてくれ」

　財部一郎が、自ら税制改革特別委員会の筆頭理事を務めるつもりだという話が流れていた。

「承知致しました。今後とも、よろしくご指導下さいますように」

「はい、はい」

　飛ぶ鳥を落とす勢いの財部一郎と話をしたそれが最初だった。

　八月六日になった。風見の脳裏には、議事堂全体がどよめいていたようなその首班指名の夜とその後の官邸入りの光景が、今も鮮烈に甦《よみがえ》る。

当日風見は、前内閣からただひとり残留してすでに官邸にいる尾崎秘書官から、午後五時に衆議院の民主改革新党の控え室に集合するように連絡を受けた。また大沢さんからも初めて電話をもらった。

「秘書官のお車は、二六三七で、運転手は越山といいます。衆議院の中庭でお待ちしていますから、首班指名後の新総理の挨拶回りが終わりましたら、総理の官邸入りからできるだけ遅れないように官邸にお入り下さい」

言われたとおり午後五時に議事堂内の民主改革新党の控え室に行くと、風見以外の四人の秘書官予定者たちもすでに集合していた。程なく、宗像芳顕と、官房長官に内定していた三国利克も到着した。

普段は会議用のテーブルと椅子で、せせこましい部屋だったが、この日はテーブルが片付けられ、椅子だけが置かれていた。中央の椅子に宗像が座り、その隣に三国が座った。部屋の外は、記者やカメラマンたちが溢れている。しかし室外での喧騒をよそに、室内の関係者たちは、ほとんど何も語らず、無言で待機した。

五時四十分から隣の部屋で、本会議前の民主改革新党と新党改革の風の合同の議員総会が始まり、宗像と三国も加わった。風見たちは顔を出さなかったが、ドアの開け閉めのたびに、立錐《りっすい》の余地なく人で埋まった部屋の様子がうかがわれた。煌々とテレビのライトが輝き、立て続けにカメラのフラッシュが焚かれ、拍手と歓声で溢れかえっていた。

六時から衆議院本会議の予定だったが、手順を話し合う各派協議会が手間取った。各派協議会というのは、議院運営委員会に相当するが、総選挙後の特別国会で院の構成がまだ終わらず、議院運営委員会が正式に発足する前には、各党の関係者はこのような協議会を設置して話し合うことになっていた。それが手間取ったのは、連立側の不慣れと、少数派に転落した民自党の抵抗に加えて、いざ四十年ぶりの政権交代に直面してみると、ルールがはっきりしていないことが次々と出てきたためだった。

なかでも揉めたのは議長と副議長の選出についてだった。これまでは第一党で政権党でもある民自党から議長が、野党第一党の社民党から副議長が出ていたが、連立側は当然新しい議長は連立側から出すものと考えていた。ところが民自党は、三権分立のもとでは国会の役員の構成は政権の帰趨とは無関係であり、これまでのルールも第一会派から議長を出すというものだったと言い張った。政権党と第一会派が一致していたこれまでは問題とならなかったこの種の話が、次々と出てきたのだった。

確かに参議院では議長は第一会派から出すことが慣例になっているが、衆議院でははっきりしていなかった。連立側は数で押し切ることにした。しばらく抵抗はしたものの数で劣る民自党も最後には折れて、副議長を取ることに甘んじた。

そんなことで、本会議が始まったのは十時過ぎだった。議長には連立側の事前の調整に従って、予定どおり社民党元委員長の有泉信雄が選ばれ、副議長には民自党が立てた鷺坂譲が当選した。鷺坂は、無派閥で政界浄化に熱心な民自党の長老議員だった。風見はかつて政界浄化の方策について相談を受けたことがあって個人的に親しかったから、一言居士で党内で煙たがられてもいた鷺坂を民自党が副議長候補に決めたことを知って、感心もし、心から喜んだ。

首班指名の投票に入ったときには午後十一時を過ぎていた。風見たちは、控え室のテレビでその様子を見守った。本会議場で議員たちが氏名点呼を受けて、次々に登壇し、事務局の職員に名札を渡し、投票箱に投票する。いわゆる堂々巡りである。すべての投票が終わると、職員が投票箱を開いて票を数え、何度も確かめてから結果を記入した紙を有泉新議長の隣の河井事務総長に渡した。事務総長がそれを点検し、有泉議長に渡して指で示しながら二言、三言告げている。いよいよその瞬間である。

「投票結果を、事務総長より報告致させます」

議長が言い、河井事務総長が立ち上がって結果を読み上げた。

「宗像芳顯君、二百六十二票。河崎宏平君、二百二十四票。志村清吾君、十五票」

テレビを見守る秘書官予定者の誰からというでもなく、「ようし」という声がかかった。衆議院に少し遅れて本会議を開いた参議院は、もともと議長の改選期でなかったから混乱もなく、そのうえ議員数も少なく投票は短時間で終わり、すでに宗像芳顯の指名を議決していた。だから衆議院の指名で、宗像総理誕生の手続きは完結するのだった。

テレビの画面は、正式に宗像総理が誕生する一瞬を映し出していた。有泉議長が、日頃甲高い声をさらに甲高く張り上げて、衆議院の議決を宣告した。

「右の結果、宗像芳顯君を、衆議院規則第十八条第二項

により、本院において内閣総理大臣に指名することに決しました」

歓声と万雷の拍手のなかで、宗像芳顯が立ち上がった。無数のカメラのフラッシュを浴びながら、長身をまげて折り目正しく頭を下げた。その姿が画面に大写しになる。歴史が変わった一瞬だと、風見も思った。

本会議場の出口には、衆議院の衛視たちのほか、初日の当番の草野秘書官と総理のSPたちがすでに行ってい るはずだった。国会の指名を受けても、天皇の親任式が済んでいない以上、今の時点で総理大臣はあくまでも宮下亨一である。しかし、国会の首班指名手続きが終われば、SPたちも、車も、そして官邸も、宗像芳顯が総理であるとして動き出すのである。宮下総理は、この日の午前中に職員たちから花束を贈られて官邸を後にしており、再び総理として官邸に戻ることはない。民自党の総裁も、宮下内閣で官房長官を務めたことのある河崎宏平と交代していた。日本の政治は今から、連立政権と宗像総理を軸に回転を始めることになる。

宗像新総理がいったん控え室に戻ってきた。ほとんど午前零時に近かった。あくまでも冷静沈着であるが、顔が上気している。「おめでとうございます」と風見たちが言うと、軽く頷いた。

それから新総理は、議長、副議長、それに民自党をはじめとする各会派の挨拶回りに出、最後に民主改革新党と改革の風の議員たちが待つ隣の部屋に戻った。本会議の開会前にも増して、拍手と歓声、そしてマスコミの大攻勢だった。指名の挨拶を済ますと、総理は議事堂中央部二階の院内大臣室前で行われる「立ち止まりぶらさがり」と称される報道各社とのインタビューに向かった。各社のカメラの前で、司会者からいくつかの質問を受けるのである。質問はあらかじめ通告されており、朝からマスコミ担当の草野秘書官と打ち合わせていた。総理自らが推敲に推敲を重ねて、「身を縮めて天命に従う」と述べる手はずになっていた。それが終わると、そのまま総理車で官邸に入るのである。

総理がインタビューに向かったところで、風見たちも控え室を後にした。車の待つ中庭に向かう途中の二階の廊下で、背後からどよめきのようなものが迫ってきて風見は立ち止まった。首班指名に先立って本会議で選挙された有泉新議長と鷺坂新副議長の挨拶回りの一団だった。幾人もの制服の衛視たちと、その他はおそらく事務局の職員と秘書たちなのだろう、相当の数の一団が胸を張って整然と歩いていた。あちこちでカメラのフラッシュが光り、テレビのライトがあたった。風見が道を譲るために脇に寄って速度を緩めると、歩きながら鷺坂副議長が声を掛けてきた。

「風見君、宿願の政界浄化の手助けをしてもらおうと思ったら、宗像君にさらわれてしまったな。私にとっては惜しいことだが、ぜひ力を尽くしたまえ」

「鷺坂先生、おめでとうございました」

「日本の政治も、変わらなきゃいかん。老骨に鞭打って最後のご奉公だよ」

新議長に就任した有泉元委員長は、社民党の歴代委員長のなかでも特に日本国憲法の理念ということにこだわった人である。その人が議長になり、民自党で正論ばかり吐き過ぎると煙たがれていた鷺坂が副議長に選ばれたということは、風見にとっては、宗像政権の誕生と並んでいかにも日本の政治が変わったことを実感させる出来事のように思われた。

一階の渡り廊下から、院内の喧騒が嘘のような暗い中庭に出ると、何台も車が止まっていた。二六三七の車番の公用車はすぐ見つかった。傍らに立つ中年の男に、

「越山さんですか」

と声を掛けると、

「風見秘書官でいらっしゃいますね。どうぞ」

風見が乗り込むと、車は中庭を抜けて正面に回り、まだ多くの黒塗りの車が整然と並ぶ広くほの暗い構内を進んで衆議院の南門を抜け、道路の突き当たりにある官邸に向かった。官邸の表門前は、内に入ろうとする車で混雑していた。警官たちが一台一台車を止めて確認している。越山運転手が顔を出して、「首席秘書官」と叫ぶと門はすぐ開いた。

表玄関に横付けされた車を降りて、駆け込むように内に入ると、ホールは報道陣で溢れかえっていた。中央階段に向かう通路の両側に、脚立を並べ、何段にも重なってテレビカメラやスチールカメラが並び、人間が鈴なりである。総理はすでに官邸入りしたようだった。その瞬間を後に風見も、テレビの映像で繰返し見たが、すさまじいばかりのフラッシュの嵐の中を、宗像新総理がゆっくりと総理車から降り立ち、カメラマンたちの注文を受けて左右を見渡しながら、確かな足取りで歩いた。風見が着いたのはその直後で、カメラマンたちは風見には関心を示さなかったが、風見には宗像総理到着の余韻のようなものが、なおも辺りを支配しているのが感じられた。

風見は足早に中央階段を上り、突き当たりで折れて秘書官室に入った。官邸の内部を見たこともなかった風見が、こうしてあっという間に秘書官室に入り込んでしまったのだった。

さすがに秘書官室には限られた人しかおらず、風見は初めて大沢さんと瀬戸さんに挨拶した。隣の総理の執務室には、いわゆる五室長、三課長などの官邸の主だったスタッフが訪れていて、事務方の責任者の岩原副長官から紹介を受けているところだった。それが終わると、「秘書官紹介」という手続きがあって、風見たちも執務室に整列して、一人ひとり岩原副長官から紹介を受けた。実際には秘書官たちは、総理の指示を受けてすでにフル稼働していたのだが、紹介が終わると、「よろしくお願いします」と宗像総理が悪戯《いたずら》っぽく言った。

総理が宿泊中のホテルに引き揚げたときは、午前一時を過ぎていた。それから風見は、大沢さんからとりあえず必要な説明を受けた。大沢さんと瀬戸さんが帰ったのは、午前二時過ぎだった。

しかし風見は帰るわけにはいかなかった。翌日の午前十時からの連立与党の党首会談での総理挨拶を用意しなければならなかった。風見がすることがあると言うと、秘書官室分室の持田和之と及川雅文も残ると言う。

「あなたたちは、勤務時間は何時までなんですか。二時過ぎですよ」

「いいえ、秘書官が残っていらっしゃる限りいます」

風見は分室のワープロを持って来させたが、風見の使い慣れたJISのキーボードではなかった。そこで風見が原稿を手書きし、及川がワープロに入れた。与党党首たちに対する総理の挨拶原稿に、風見は「先日はホテルの一室にお集まりいただきましたが、本日はここ官邸にお集まりをいただきました」と書いた。終わったのは、午前四時だった。風見は最後の浄書を二人に託して、車で初日の官邸を後にした。

翌日の与党党首会談と、引き続いての総理と各党党首との個別会談を経て、正式の組閣は八月九日の月曜日に行われた。

これまでの民自党政権では、総理執務室に陣取る総理と新官房長官、それに幹事長、総務会長、政調会長、参議院議員会長の党四役によるいわゆる組閣本部で、閣僚の人選が行われた。といっても、派閥の集合体である民自党では、すでに派閥推薦などによって全閣僚の顔ぶれは決まっていて、組閣本部では形式的に名簿を了承するだけだった。厳重に封印されているとはいえ、閣僚名簿ができ上がっている点では今回の内閣も同様だった。しかし初の非民自党連立政権だけに、土曜日の各党からの意見聴取を経て宗像総理がとりまとめた閣僚名簿を、まず連立与党の党首会談で発表するという手続きが必要だった。その党首会談が午前九時からだった。

定刻に連立各党の党首と書記長、筆頭幹事たちが、次々と車で官邸に乗りつけた。玄関ホールにはすでに大勢の報道陣が待機しているが、党首たちは今回は上りではなく下りの中央階段を通って裏一階の喫煙室で待機した。喫煙室は独立の部屋ではなく、大食と小食に挟まれた天井の高いホールで、真鍮の金具に円形にいくつも電球が取り付けられた古めかしいながら豪華なシャンデリアが輝き、絨毯もカーテンもオレンジ系の色彩で統一された美しい一角である。入口近くの壁の一部は一見煉瓦造りの大きな暖炉を模した装飾的な造りになっていて、奥の左右の壁には、二枚の日本画の大作が飾られている。一枚は海に沈む夕日、もう一枚は青い木々の間を疾駆する白馬を描いている。

壁に沿ってコの字形に大型の肘掛け椅子が並べられており、到着した党首たちはその椅子に座って待機した。議席の多い政党の党首ほど中央に近い席に座る。正面中央の椅子がひとつ空席になっているのが総理の席である。総理の椅子の背後は南庭を望む大きな窓であるが、厚手の白いレースのカーテンが掛けられていて庭は見えない。その上にオレンジ色のビロードのカーテンが左右に引かれ、豊かな房のカーテン留めでとめられている。

出席者が揃うと、報道室が会議前の様子を撮影する頭撮りのためのテレビカメラのクルーや新聞社のカメラマンたちを入れる。銘々がカメラを抱えて、まるで修学旅行の生徒たちのように整列し、報道室の職員に先導されて撮影場所に到着し、そこで九十度向きを変えて待機する。それが済むと大沢さんのところに「全員揃いました」と連絡が来るのである。

党首会談の担当は風見である。風見は総理の執務室に赴き、「全員揃われました」と告げた。総理が執務室を出、風見が従う。兵頭警部はじめSPたちがすばやく陣形を整える。先導役の池田進乃助がホールへのドアを開けて待っている。一同がホールへ出て、番記者たちが付く。

「毎朝の小林と申します。よろしくお願いします」

「はい」

「思ったような組閣ができましたか？」

「各党の協力のおかげで、満足のいく組閣ができたと思います。後ほど官房長官から発表がありますが、国民も歴史の新しい一章が始まったことを実感して下さるでしょう」

「組閣人事がまったく漏れませんでしたね」

「組閣前に閣僚名簿が堂々と報道されるなど、おかしな話です。今回はきわめて正常にもの事が進んでいるということではありませんか」

昼食に小食に行くのと同じ階段を下りていく。しかし下り切ったところで小食には入らず、そのまま直進する。記者たちが立錐の余地なく立っているが、一団が近づくと左右に分かれて道を開けた。さらに報道室の職員が、カメラの列の中央部を空けてあり、そこを通り抜けて総理はカメラのライトとフラッシュを浴びながら正面中央の席に赴く。風見はすでに回り始めているテレビカメラに写らないように、壁際に立った。

総理の右手は与党第一党の社民党の山岡委員長、そのさらに右に赤木書記長が座っている。反対の左手は第二党の新世紀党の羽根党首、その隣が筆頭幹事の財部一郎で、一番端の椅子に三国官房長官が座っていた。総理は羽根毅と談笑している。山岡委員長が何かささやき、総理は今度は山岡委員長と話し始めた。他の党首や書記長たちも銘々話している。そうやって三分ほどが過ぎた。池田進乃助が喫煙室に面した小食の扉を開けた。風見が合図すると、総理が立ち上がって小食に移った。他の党首や書記長たちも従った。全員が入ると扉は閉じられた。

小食のテーブルの中央に総理が着席した。党首の中にはどこに座るのか迷っている人もいて、風見が誘導した。永田町は、席の座り方のやかましい世界である。

喫煙室の頭撮りには加わらなかった両副長官も、小食で待っていた。政務の副長官には、新党改革の風から鶴井悠紀夫が就任していた。風見は、総理の後ろの壁際の椅子に着席した。カメラを前にした喫煙室での談笑とは打って変わって、党首たちは一言も喋らなかった。

「ご一任をいただいておりましたので、組閣名簿を発表させていただきます」

総理が言い、鶴井副長官が出席者たちに名簿を配った。表向きとはいえ、さすがに組閣人事は秘書官にはタッチできないことだった。

一同はしばらく配られた名簿に見入っていた。風見は財部一郎の様子を窺ったが、風見の目には財部は見入るふりをしているだけのように見えた。

「それにしてもよく漏れなかったね。大月さんの法務大臣なんて、僕も知らなかったよ」

羽根党首が言った。羽根自身は早々と新聞で報じられていたとおり、副総理兼外務大臣だった。民間からは大月法務大臣と茅野文部大臣の二人が入閣し、女性は茅野文部大臣のほか、小村経済企画庁長官と若宮環境庁長官の三人だった。参議院のみの会派である民主連盟の芦沢代表を除き、与党の党首はすべて入閣し、宗像総理と同盟関係にある武藤昌義は、政権の命運をかける税制改革の所管大臣の大蔵大臣だった。その他注目の社民党の山岡委員長は運輸大臣に就任した。

次第に党首たちは饒舌になった。

「何点くらいだろう。これは聞かれるよ」

と誰からともなく話が弾んだ。

「点数は皆さんがお付け下さいということじゃないかな。九十点と言っても、八十点と言っても、こちらから数字を出すと、必ずアレコレ言われる」

「少なくともわれわれとしては、合格点ということを言うべきではないかな」

「合格点はいただけるのではないでしょうか、ということでいかがでしょうか」

と最後に総理が言い、皆が同意した。

「セールスポイントは、与党の党首はすべて入閣、それに女性、民間人、若さの四つでしょうね」

公正党の市倉書記長が言い、平均年齢は何歳かという話になった。出席者からあの人は何歳、この人は自分より上だとか下だとかいう発言が続いたが、正確には記者会見までに内閣参事官室に計算させておくことになった。

「うちは六人のうち五人がシャドー・キャビネットのメンバーですから、面目が立ちました」

社民党の山岡委員長が言った。社民党は、政権政党をめざすということで、前年からイギリスの影の内閣を模したシャドー・キャビネットを組織していた。

「知事経験者も多いね」

誰かが言った。宗像総理、武藤蔵相が知事経験者だった。

「農水大臣の大林さんは、市長ですよ」

羽根党首が言った。

「ウチの海老原さんも、市長経験者です」

山岡委員長が、建設大臣の社民党の海老原賢一の名を挙げた。

「日本もアメリカ型になったんだねェ。天下を取るには、衆議院議員なんかやっていてもダメかもしれない」

どっと笑いが起き、羽根党首が、

「さっきの市倉書記長の四つのセールスポイントに、自治体首長経験者も加えるべきだよ。地方の時代の内閣にふさわしいじゃないか」

と言い、皆が賛成した。組閣が済み、自分も間違いなく入閣したことを知って、党首たちはホッとし、和気あいあいの雰囲気だった。

岩原副長官が、最近拡大しつつあるゼネコン疑惑に関連して、新閣僚の記者会見ではゼネコンから政治献金は受けているかという質問が出る可能性があるが、不確かな場合には「受けていない」とは絶対に言わず、「問題があるという報告は聞いていない」と答えるように注意を喚起した。

官房長官が、

「名簿発表は九時半からです。これから外に出られると、ワッと記者たちが寄ってきますが、くれぐれも名簿をお渡しにならないようにお願い致します」と述べ、岩原副長官が、

「いろいろなクラブの記者が来ておりまして、どのクラブから出たということで大問題になりますから」と補った。

組閣名簿が確定すると、総理秘書官たちがまずしなければならないことは、閣僚候補者たちのいわゆる呼び込みである。その場にいる党首たちは、そのまま待機してもらえば済むが、いない候補者たちには電話をして、

「総理が官邸までお越しいただきたいと申しております」と告げるのである。その電話は、風見を除く四人の秘書官たちが分担することになっていた。

そのために風見のほか、党首会談には牧本秘書官が立ち会っていて、会談の途中で総理が、

「では、閣僚名簿はこういうことでよろしいですか」と尋ね、一同が、

「結構です」

というのを合図に名簿をつかんで秘書官室に駆け上がっていった。

呼び込まれた閣僚候補者たちは、官邸に到着すると、お馴染みの光景だが、カメラのフラッシュを浴びながら玄関ホールから中央階段を上がり、閣僚応接室に通って

待機する。今頃はすでに呼び込みが始まっているはずで、早い人はそろそろ到着し始めているかもしれなかった。

党首会談が終わり、総理は執務室に移った。

「もう大分お揃いになっていらっしゃいます」

と秘書官室に戻った風見に、池田進乃助が言った。

総理執務室に、総理と三国官房長官、それに岩原副長官が待機した。風見の役は、閣僚応接室との境のドアを開け、閣僚候補者たちをひとりひとり総理執務室に招き入れることだった。呼び込みを受けて官邸入りする新閣僚の姿は、組閣の度にニュースで見慣れていたが、中央階段を上った後に彼らがどうしているのかを見るのは初めてだった。ドアを開けると、扉を閉ざした閣僚応接室で、新閣僚たちは緊張した面持ちで、互いに口も利かずにじっと椅子に座っていた。

順序として風見はまず、副総理兼外務大臣の羽根毅に声をかけた。

「羽根先生、お願い致します」

執務室では、招き入れた閣僚候補に、まず総理が「○○大臣をお願いします」と告げる。政治的な課題や重要な指示は、事前に用意したメモを片手に総理が述べるが、所管についての細々《こまごま》した案内は岩原副長官がした。各省の所管と課題がすべて頭に入っていて、資料は一切見ずに次から次と言葉が出てくる岩原副長官の能力に、風見は改めて感心した。総理に挨拶するなり、岩原副長官に向かって「予算ではお世話になりました」と礼を言っている社民党の閣僚もいて、風見は五五年体制の一端を覗いた気にもなった。三国官房長官は程なく、閣僚名簿発表の記者会見のために退席した。

大沢さんがメモを持って入って来て、風見に示した。

「大月法務大臣の所在がつかめません」というものだった。議員は、心当たりのある者は議員会館で待機するから、連絡が取れないようなことはない。問題は民間人で、秘書官たちは民間人は必ず名簿に連絡先を明記してくれるよう総理に直々に頼んでいた。総理も請け合って、自宅の番号が記入されていたのだが、電話に出た夫人は、

「出ておりまして、さあ、行き先は聞いておりません」

と言うばかりだった。風見は大月要が呼び込みを受けるために東亜ホテルに宿を取ったことを知っていた。風見は、メモ用紙にホテルの名を書いた。大沢さんは素早く退室した。

すべてが終わって秘書官室に戻ると、付け放しのNT

Bのテレビは、新閣僚の記者会見の模様を映し出していた。記者会見自体は見慣れた光景だったが、かつての野党の花形闘士たちと、女性、民間人などで、自画自賛でなく確かに新鮮さが感じられると風見も思った。

その後総理は執務室で閣僚の任命書類を決裁し、辞令書である官記に署名し、初閣議の開催と宮中席次の決定などの必要な執務を行い、筆坂信一首席内閣参事官から午後の宮中での親任式の要領について説明を受けた。そしてモーニングに着替えた後、玄関ホール横で報道各社のぶらさがりインタビューを受け、午後一時からの親任式と認証式のために皇居に向けて出発した。同行は、皇居行きを一手に引き受けている金井秘書官だった。

閣僚たちは、三時半に官邸に戻り、まず全閣僚が総理執務室で総理から補職辞令の交付を受けた。皇居で閣僚たちが天皇の前で総理から受ける官記は、国務大臣に任ずるというものである。その国務大臣を大蔵大臣とか、通商産業大臣とか、科学技術庁長官とかに任ずるのが補職辞令であり、それは総理単独の権限だった。ニュースで見る皇居での厳粛な認証式と違って、補職辞令の交付は、全閣僚が一度に総理執務室に入って、総理が傍らに立つ筆坂首席参事官がもつ漆塗りのお盆から次々に辞令を取り、「○○さん、××さん」と名前を呼び、あたかも先生が採点済みの答案を教室で生徒に返すときのような要領で行われた。自分が現代総合研究所で主任研究員の辞令をもらったときの方が、よほど厳粛だったと風見は思った。

それから初閣議が行われた。普段は閣議室と閣僚応接室で着席する際の席順の決定と、営利目的の兼職の自粛の申し合わせなどの形式的なものにとどまるのだが、このときは鹿児島県の台風被害の発生を受けて、対策本部の設置を決定した。死者・行方不明者が百名を超すと、対策本部を設置することになっているのである。それは政権交代によっても行政は停滞することなく、新内閣が機敏に対応していることを示す意味もあった。

閣議終了後、乾杯と恒例の記念撮影が行われた。記念撮影はこれまでは表玄関から入ったホール右手の通称西階段で行われるのが通例だった。しかし今回は宗像総理の発案で芝生の南庭で行われた。雨天の場合は屋内に変更されることになっていて、マスコミ担当の草野秘書官は、朝から何度も今にも降りそうな曇り空を見上げていたが、幸いに雨にはあわなかった。グラスを片手の乾杯も同じく南庭で行われ、その光景は鮮やかなカラー写真で翌日の朝刊各紙を飾った。

あれから十日余りが経ったのである。

……電話がなおも鳴り続けているような気がした。いや本当に鳴っているのだった。

風見は飛び起きると、隣の居間の受話器を取った。時計を見ると、まだ七時前だった。

「風見さん。日本産業の梨重です。今朝の毎朝の記事、本当ですか？」

「家では毎朝は取っていないんだ。何があったんだ？」

「日本再編計画を推進、一面トップです。宗像首相は、日本を七から十一の道州と三百の市町村に再編する日本再編計画を推進する構想を固めた、とあります」

昨日総理と面会した葛城知事が喋ったんだ、と咄嗟《とっさ》に風見は思った。しかし毎朝だけとはどういうことだろうと、まだ完全には覚醒し切らない頭の片隅で同時に考えた。

「毎朝だけなのか？」

「毎朝だけです。やっぱり小林の特ダネですか？」

「いや、ガセネタだよ。そんな構想なんてない」

「本当ですか？　税制改革のメドがつきしだい具体化に着手する予定、とありますよ」

「心配するな。税制改革は、海のものとも山のものともつかない段階だ。そんなことを考えている余裕はないんだ」

しかし梨重は食い下がり、宗像総理はそもそもの持論の地方分権をどう実現する算段なのかと、しつこく聞いた。

「審議会か、与党で検討してもらうか、いずれ手をつけるとしても、今はおたまじゃくしにもなっていない。日本再編計画なんて姿も形もないから、安心しろ」

ようやく電話を切ったが、とにかく毎朝新聞を見てみなければならない。風見は自宅では三紙を取っていたが、それだけで郵便受けは一杯になり、官邸に行けば全紙を見ることができたから、秘書官になってからも購読紙は増やしていなかった。駅のキヨスクで買うために着替えていると、また電話が鳴った。今度は特報通信の淡倉だった。

「あれはねェ、ガセネタだ。とにかく毎朝が手許にないんだから、後でまた掛けてくれ」

と風見は乱暴に電話を切った。

駅のキヨスクでは、カゴに入れられたままで、一面の見出しが読めた。梨重が言っていたように、「日本再編計画を推進」という大きな活字が躍っている。さらに縦見出しでは、「七から十一の道州、市町村は三百に」とある。中央の写真は、手にしてみると、宗像総理の顔写真だった。

記事は「宗像芳顯首相は、二十日までに税制改革後の政権の重点政策として、地方分権の推進のための『日本再編計画』の構想を固めた」と書いてある。さらに「人口が少なく財政的に弱体な基礎自治体が多いことが、地方分権の推進の障害となっているとの認識から、市町村合併の促進により全国をおよそ三百の基礎自治体に再編成することを柱とする考え」、「財政基盤の強化のために地方消費税の導入も前向きに検討するとしている」、「首相としては、四十年ぶりの政権交代で高い内閣支持率を得ているが、政権の看板である消費税の引き上げが国民に不人気であることから、今のうちに次の政策課題を提示して、民自党政権との違いを強くアピールするねらいがあるものと見られる」といった記事が続いている。

出所ははっきりしていた。しかしデタラメだと一蹴できそうで、意外に難しいことに凪見は気づいた。「日本再編計画」なるものは存在しなかったが、記事も別段そういう計画が文書としてまとめられたとか、正式に採択されたといっているわけではない。あの日葛城知事が「ほう。日本再編計画ですか」と言い、確かに総理との間で「日本再編計画」の語が出ている。総理は、葛城知事に向かってそれを否定してみせなかった。

「二十日までに……構想を固めた」というのも、マスコミ特有の言い回しだったが、二十日より前だとも後だとも言えなかったし、「固めた」わけではないと反論しても、毎朝としては「総理がそういうお考えをもっておられるということであれば、やはり二十日までに固めたことになるのではないですか」と論駁できた。

「消費税の引き上げが国民に不人気であることから、今のうちに次の政策課題を提示して、民自党政権との違いを強くアピールするねらい」は、明らかにデタラメだった。しかしそこがデタラメだというと、ではその他は本当なんですね、ということになりかねない。

凪見は取って返すと、マンション一階の郵便受けから、他の三紙を取り出してみた。各紙の一面トップは、政経新聞は「国会にインターネット構想」と題して衆参でホームページ導入の検討が進められているという記事、日本産業新聞は「大畠産業、プロジェクト・ファイナンスを本格導入へ」という経済記事、太陽新聞は「島にウミネコが帰ってきた」という、カラー写真入りの日本海の離れ小島の話で、どこを見ても日本再編計画の話は載っていなかった。

風見は気が付いて昨日の夕刊も広げてみた。昨夜は記者たちとそのまま自室に直行して、夕刊を取っていなかったのである。官邸でも、一面の大見出しを眺めただけで、詳しくは読んでいなかった。

案の定、各紙に葛城知事の総理との面会の記事が出ていた。しかしいずれも今朝の毎朝とはトーンが違った。政経と日本産業は一面だがベタ記事、太陽は二段だが二面だった。政経は「葛城知事、首相と会談」の見出しで、「葛城恒一知事は、二十日午前表敬のため首相官邸を訪れて、宗像芳顕首相と十五分余り会談した」とあって、『地方分権も実現して下さい』と知事が激励すると、首相は『そのつもり』と応じたという」となっていた。他紙も似たり寄ったりである。

出来事の輪郭がようやく見え始めてきたと風見は思った。

総理と面会後、秘書官室からホールに出た知事は、番記者たちに取り囲まれ、「総理とはどういうお話でしたか？」と質問される。ここまでは風見も見ていた。昨日の夕刊から察するところ、知事は「『地方分権も実現して下さい』と激励したら、総理は『そのつもりです』と答えておられました」という表現で記者たちに語ったのだろう。カギ引用の部分が各紙ともほぼ同じであるから、ここのところは間違いなさそうだ。そこからが推測になるのだが、多分毎朝だけが知事に追加取材したのである。それは多分総理番の小林ではなく、官邸クラブでもないだろう。夕刊を読んで、ここをもう少し葛城知事に聞いてみたら何か出るかもしれないと考えた記者がいても不思議はない。自治省担当の内政クラブ、あるいは知事の県の記者クラブである鍛冶橋クラブかもしれない。電話か面会かは分からないが、単独で知事に接触して思いがけない掘り出し物をつかんだということになる。

しかし風見に言わせると、毎朝は安易すぎた。これだけの記事を書くには裏付け取材が足りな過ぎる。宗像総理の著作である『今、改革とは』や『都邑再興』などから、総理の地方分権に関する考え方を抜き出して記事を膨らませてはいるが、総理の発言としては葛城知事との会談で出たことしかない。他にあるとすれば、知事の解説を、記者が総理自身の言葉と受け取って書いてしまったと思われる個所くらいである。これは誤報というより、捏造《ねつぞう》と言っていい話だと、風見は思った。

マンションのエレベーターに乗り込もうとしたところで、携帯電話のベルが鳴った。出ると太陽新聞の白井だった。風見は、官邸から与えられた携帯の番号を白井にだけは教えていた。

「毎朝の日本再編計画ですけれど」

「大丈夫。あれは誤報だよ」

「誤報ですか。人騒がせな、朝から」

「それはこちらが言いたいセリフだよ」

「それにしても七から十一の道州とか、市町村は三百にとか、宗像さんの言い出しそうなことですよネ」

白井は疑っているようだった。

「もっともらしいところが曲者なんだが、総理の著作をいろいろ調べていることは確かだ」

「でも、毎朝だって捏造することまではしないでしょうし。根拠は何なんでしょうネ」

「こちらが聞きたいよ。とにかく、総理がそんな計画を具体的に考えているわけではないから、心配しなくていい」

話しながら、風見は自室に戻った。何とか白井からの電話を切ると、留守番電話の録音ありの赤いランプが点滅していた。再生のスイッチを押すと、合同通信の辰野とNTBの来島だった。二人とも、またお電話しますと告げていた。

風見は総理に電話をしなければと考えたが、せっかくの土曜日に朝早くから総理を起こすわけにはいかなかった。九時を回ってからにしようと思った。

またしても電話が鳴った。出ると今度は尾崎秘書官だった。

「風見ちゃん、ビックリしたよ、もう。あんな計画が出るんだもの。今頃地方は蜂の巣を突っついたような騒ぎだよ、きっと」

風見は尾崎には本当のことを言った。

「葛城さんらしくないねえ。手堅い手法で売ってきた人でしょう。その辺は当然分かっているはずなのに」

「口止めしなかった僕が悪いんです」

風見は反省した。

「それにしてもこの話は、早いところ消さないとね」

「消します。消し方は僕の方で考えます」

「それとトバッチリは、金井ちゃんのところにも来るよ。彼にも事情を話しておいた方がいいだろうネ。僕の方から電話しておこうか？」

自治省担当は金井秘書官である。当然自治省や関係省庁から、金井秘書官のところにも電話が殺到しているだろう。

「お願いします」

もう八時を回っていた。寝足りなかったが、寝ると昼過ぎまで寝ることになるだろう。風見は、コーヒーを入れ始めた。と、また電話が鳴った。

「もしもし。風見秘書官はいらっしゃいますか？」

その声にはピンと来るものがあった。

「風見です」

「財部だけれど」

財部一郎から掛ってきたのである。いよいよ大事になったと咄嗟に風見は思った。

「日本再編計画だけれどもネ、あれはどこから出た話なの？」

「実は昨日、葛城知事がご挨拶に見えられ、総理が地方分権のあり方について前々からの持論を述べられました。知事は『まるで日本再編計画ですな』と感心されておられましたが、その話を毎朝が知事から取材して、針小棒大に書いただけのことです。ご心配をおかけして申し訳ありません」

「そういう話なの。アハッハハハ」

財部は快活に笑った。余裕のある口調になってさらに続けた。

「葛城知事が名付け親にせよ、日本再編計画というのは、いい名だな。総理のご見識のなせるわざだと思うよ。ただ、ガラス細工と呼ばれるような連立だからネ。出し方には気をつけてもらわないと」

「不注意で、申し訳ありません」

「税制改革が上がったら、ぜひ一緒にやりましょうと、総理に言っておいて下さい。それと書記長さんたちには、事情を説明しておいた方がいいな。地方分権の具体化にあたっては、あらかじめ総理が各党のご意見をうかがいたいと言っておられたということで」

「官房長官から言ってもらった方が、よろしいでしょうか？」

「それほどの話でもないだろう。秘書官からでいいでしょう」

「承知致しました」

「お願いしましたよ」

電話を切って、風見はふーっと息をついた。ともかくも、この問題は乗り切れたと思った。しかし尾崎秘書官に約束したように、この話を消す仕事があり、財部一郎から命ぜられたように、連立与党の書記長たちに弁解する仕事があった。風見は気が重かった。すると、また電話が鳴った。今度は留守録にまた掛けるとメッセージを残していたＮＴＢの来島だった。

「日本再編計画だろう？」

「朝から、電話が殺到しているんでしょうね」

「来島。これから言うことは、完オフでもない。そもそも取材でないという前提で話してほしいんだ。取材したいんだったら、後で改めて聞き直してくれ」

「分かりました」

「昨日葛城知事が表敬訪問に来たとき、来島は番に付いていたよね？　知事は執務室を出た後、どういう説明をしたんだい？」

「なるほど、出所は葛城知事ですか。……葛城さんは、『地方分権もやって下さい』と激励しておいたというような話だったと思いますが」

「毎朝だけがその後知事に別途取材したようだな。総理との雑談の内容を、さも進行中の計画であるかのように知事が話したということのようだ」

「しかし総理が本当に話したことなら、その弁解は通らないかもしれませんね」

「そんなこと言うなよ。日本再編計画だって、知事が『それならまるで日本再編計画ですな』と言っただけだ。そんな計画は、計画として存在しない。こういうことができたらいいな、という願望だけでは、『計画を推進』ということにはならないだろう？　アイツを殺したいと心の中で考えているだけでは、殺人罪にならないのと同じだ。その意味で毎朝は誤報なんだ」

「微妙なところですね」

「来島に相談したいことは、そういうことではないんだ。他の秘書官とも話したが、この件は消すことにする。どうやったら消せる？」

「平日であれば、総理にぶらさがりで聞いて、総理が否定すれば消えますけれどもネ。ただ今日は土曜日ですから」

「公邸に合同と特報がいるだろう。分かった、彼らに聞かせればいいんだ」

総理が官邸にいるときは、各社の総理番の記者たちがいるが、総理が公邸に戻った後は合同通信と特報通信の記者だけが公邸の入口近くの番小屋にいて、総理の動静を取材している。取材した内容は、そのつど総理動静として加盟する新聞社やテレビ局などにファックスで送られる。各社はそれを見て自由に記事を書く。来島がヒントをくれたので、風見は通信社に総理のぶらさがりをさせることを思い付いた。

「来島、感謝するよ。今日公邸番が総理にぶらさがりをして総理が否定する。で、この件はなかったことになり、毎朝は誤報になる。そういうことだ。もうこの件は追うだけ無駄だ」

「分かりました」

九時が過ぎるのを待って風見は公邸に電話をした。総理の郷里から来ているお手伝いの波多野さんが出て、しばらくして総理と代わった。

「今朝の毎朝はご覧になられましたか？」

「恐れ入りましたね。あんなに大袈裟に書かれては」

風見はこれまでの経過を説明し、財部一郎の電話の内容も伝えた。そして公邸の番記者にぶらさがりで聞かせるので、否定してほしいと頼んだ。

「財部さんが、各党に総理があらかじめご意見をうかがうと言っておけと言われたのなら、私の方からも記者にそのつもりだと説明しておきましょう」

風見はさらに、葛城知事の知事室に今後は注意していただきたいと言っておきましょうかと尋ねたが、総理はその必要はないと制した。

総理との電話後、風見はやはり留守録にメッセージを残していた合同通信の辰野に、自分の方から電話をした。

「辰野は今日は公邸ではないのか？」

「私ではありません。多分中村だと思いますが。確認しましょうか？」

「誰でもいいんだ。電話して、今朝の毎朝の日本再編計画の件、総理に直接ぶらさがりで聞かせろ。こういうことは、総理の口から直接説明してもらった方がいいだろう？」

「はい。そうします」

それから風見は、草野秘書官の自宅に連絡した。草野は、

「連絡しようと思っていたところだ」

と述べ、この話は消すという風見と尾崎の方針に、

「それでいいだろう。お手をわずらわせて、申し訳ない」

と答えた。

それから書記長たちを自宅や議員宿舎、党本部でつかまえて、財部に言われたとおり経過を説明した。「地方

分権の推進策の検討の段階では、あらかじめ総理から各党にご意見をお伺いすることになると思いますので」とも伝えた。書記長たちは、予想したよりも日本再編計画を気にしていないか、人によってはまるで無関心だった。異口同音に「了解しました」と言ってくれたので、風見はほっとした。

書記長たちに連絡する合間に、風見は十一時半に迎えに来てくれるように車を手配した。平日のラッシュ時と違って、土曜日のこの時間帯は、車の方が楽だったからである。

赤坂に寄って昼食を済ませてから、風見は官邸に向かった。いったん秘書官室に寄ってから公邸に入った。公邸は官邸と棟続きである。秘書官室分室の横の狭い階段を降りると、赤い絨毯の広い廊下に出る。その突き当たりは厚い木製のドアで仕切られている。インターフォンを押すと、公邸のＳＰ室から返答がある。「風見です」と告げると、「風見秘書官」と伝える声が聞こえて、別のＳＰがドアを開けに来てくれる。

公邸は歴代内閣を通じて空き家の期間の方が長く、都内に私邸を持つ宮下前総理も使わなかったから、内部は荒れていた。昭和四年当時には充分モダンな住宅だったと思われるが、今は風見でも住む気にはなれなかった。しかし私邸のマンションでは、警備で他の入居者に迷惑をかけることになるから、最小限の手を加えて、総理は三日前に沙貴子夫人とお手伝いの波多野さんと共に移り住んでいた。大学生の長男と長女は私邸の方にいて、時折夕食がてらに顔を出すだけだった。

「家族も一緒に住めないのよ」

思慮深い夫人が、風見にも不満を隠さなかった。後に総理夫妻がワシントンを訪問したとき、クックス大統領が夫妻をホワイトハウスの居住区での朝食に招いてくれた。高い天井の室内には壁画が描かれ、ヨーロッパの城を思わせた。

「あなた。公邸もあれほどでなくていいから、何とかならない？」

風見の目の前で、夫人に言われて、総理も普通の家庭の亭主なみに困っていた。

官邸から入ると、一方が公邸の玄関で、内部には総理の書斎を含む居住用の部屋の他に、応接室が三つある。第一応接は総理の事務所の三人の秘書が使っていた。第二応接は少人数の客の応接に使われ、それより広い第三応接は、総理が民主改革新党の本部から大きな木製のテーブルと椅子を持ち込んで、会議室として使っていた。

目方秘書に聞くと、総理は書斎だと言う。

入口で「風見です」と告げると、「どうぞ」という返事があって、入ると総理は寛《くつろ》いだ服装で机で書類に目を通していた。

「ぶらさがりは、いかがでしたか？」

「地方分権についてはまだ白紙だと、否定しておきました。まず日本構造改革プランの第一段階の法案成立に目鼻をつけてから、与党各党のご意見を伺ったうえで、具体策の道筋の検討を始めたいと言っておきました」

「ありがとうございました。これで一件落着ですね」

「ご苦労様でした。あんなことをデッチ上げられては、堪りませんね。どれだけの大騒動になるか、少しは考えてもらわないと。……しかし、それはそれとして、毎朝の記事は読み直してみると、なかなかインパクトがありますね。日本再編計画というのは、気が利いていて、いいかもしれない。政権の目玉になるとは思いませんか？」

「今はそれどころではありませんから」

「宗像内閣の表看板が、消費税の引き上げというのは、気の進まない話です。改めて考えてみても、七から十一の道州と、三百の市町村というのは、やはりいい線だと思うんですね。現在三千二百ある市町村のうち、人口二万人未満が約七割です。仮にこれを他と合併させれば、千に整理できる。その辺から始めて最終的に三百にもっていく。私は、行政改革は地方分権から、地方分権は基礎自治体の規模の適正化から、というのが持論なんです。回り道のようでいて、受け皿づくりから始めないと、最終的に行政改革も実のあるものにならない」

「実のある行政改革をやろうとするほど、一筋縄ではいかなくなると思いますけれど。草野さんも、そんなことを言っておられました」

「霞ヶ関出身の事務方の秘書官には、不向きのテーマですね。風見さん、案をまとめてもらうのに誰か適当な人はいませんかね。現代総研はどうですか？」

「地方財政をこなせる人は若干いますが、地方自治法制を含め分権問題全般となると、外部スタッフを動員する必要がありますね。現代総研が間に入れば、依頼主は隠せるでしょうが」

「最終的には地方制度審議会に諮るか、新しい審議会を作る必要があるでしょうが、まず私がシナリオのひとつももっていなければ。粗いものでいいんです。問題点を列挙して、それとどの法律をいじらなければならないか。実現の手順のフローチャートもほしいですね。百瀬理事長には、私から頼んでみましょう。費用の点は、官房長官に言っておきます」

「与党の根回しもあると思うのですが」

「財部さんには言っておきましょう。火曜日でしたか？　財部さんは、一緒にやりましょうと言ってくれたわけでしょう？」

「ええ」

「毎朝が、高い内閣支持率がありながら、消費税の引き上げが国民に不人気で、民自党政権との違いをアピールするねらいがあると書いていたのは、正しいと思うんですよ」

「分かりました。現代総研の方に話してみます」

言いながら、せっかく毎朝の報道を誤報に仕立て上げたのに、これでは特ダネになるではないかと、風見は思った。

四時過ぎに風見は官邸を出て、運転手に赤坂見附に寄らせ、地下鉄の駅の人込みに紛れて夕刊を買った。

日本産業には一面のベタ記事で「地方分権は税制改革後に」と題する記事が載っていた。「宗像芳顯首相は二十一日午前、一部の新聞で地方分権の具体的構想が報道されたことについて、『そのような構想は白紙だ』と否定し、現在は日本構造改革プランの法案成立に全力をあげる姿勢を強調した。そのうえで税制改革に目鼻がついた段階で、連立与党の意見を聞いたうえで、地方分権の具体化の検討に入る方針を明らかにした。公邸で記者団に語った」。政経の見出しは、「日本再編計画を否定」となっていたが、内容は大同小異だった。そして毎朝は何も載せていなかった。

毎朝が正しいと、風見はつぶやいた。

翌日午後五時、全秘書官が公邸第三応接に集合した。政権の課題全般をチェックし、それを長期的なスケジュール表に描いてみて、準備を要するものについては作業の分担を確認するなど、いわば政権運営の鳥瞰図を描く作業が行われた。

総理が鶯色の開襟シャツ姿で、分厚い資料を片手に現れて、正面に着席し、口を開いた。

「税制改革については、与党で協議をしてもらっているところです。厚生年金の国庫負担率を二分の一に引き上げる点は、引き上げ時期だけがまだ決着していませんが、これも与党の協議事項ですから、見守ることにしましょう。岩原副長官は、中断中の年金審議会を再開してほしいと再三言っていますが、政権発足早々また支給開始年齢の引き上げを答申されてもかないませんから、待ってもらっています。年金の問題は、やはり高齢者福祉プランと一緒に考えた方がいいでしょう」

「福祉プランについては、厚生省で作業中で、来年の六月にはかなりまとまったものが出てくることになっています」

尾崎秘書官が言った。草野秘書官が口をはさんだ。

「年金審議会と老人保険福祉審議会とバラバラで大丈夫でしょうか。退職後の高齢者の生活設計という大きなくくりでの検討が必要ではないでしょうか。縦割り行政はあくまでもわれわれの側の都合に過ぎず、国民の生活自体はひとつですから。今総務庁で高齢者の経済状況の実態についての調査を進めていますが、その結果も踏まえて生活と福祉を統一的な視点から捉える場が要りませんか？　学習院大学の大越さんのシルバー・ボンド構想もそこで扱えると思うんです」

「シルバー生活審議会というか、もっと大がかりに林田さんのときの臨調のようなものが要るかもしれませんね。生活重視もアピールできますし」

と総理が賛意を示したが、尾崎秘書官が疑問を呈した。

「現在作業中の老人保険福祉審議会に、来年六月の答申は要らなくなったなんて言うわけにはいきませんね」

「スッポリ新組織の下部機関にしてしまうとか、技術的な対応はいくらでも可能でしょう。どういう組織が可能か、テーマは何か、既存の審議会との関係はどうなるか、尾崎さんと草野さんで少し詰めて下さい」

「はい」

風見が口をはさんだ。

「もし審議会とか調査会を作るのであれば、NPOを活用する仕組みにするのが大切だと思うのです。NPOのもつ情報、専門知識、人材の活用は、欧米では行政の新しい流れになっていますし、日本でも福祉系のNPOはこれからの高齢者福祉を支える重要なパワーです」

「NPO法は成立後、施行まで半年かかりますし、どれだけ認証希望が出るかも不確かです。こちらは総理も急ぐようにとのことですから、今回は時間的にも間に合わないと思われます」

と尾崎が異議を唱えた。しかし総理が、

「大切な視点ですね。それも含めて、検討してみて下さい」

と指示した。

次は景気対策だった。

景気はバブル崩壊後低迷し、薄日が射したと思うと腰折れ状態が続いていた。民自党政権も、早くも六月に補正予算をやるなど、何度も景気対策をうっていたが、底這い状態が続いていた。

「景気対策で今使えるのは財政投融資だけだと思いますね。それも宮下内閣でやれるものはやっているので、何か残っているものはありますか？」

と総理が尋ねた。

「金融はバブルのツケが残っていますし、もう限界です。できることはありません」

と尾崎秘書官が率直な言い方をした。

「冷え込みが激しいのは、何といっても機械です。円高が追い打ちをかけています。アジア諸国の生産の拡大という構造的な問題もあります」

通産省出身の草野秘書官の意見だった。

「とにかく住宅と、中小企業の円高対策を強化する意味で、財投をギリギリ活かすしかないでしょうね。ただ金融については、これまで異常に長く続いている低金利政策をいつまでも続けるのか、金利生活者への影響の観点からも、政権の哲学が問われるところかもしれませんね」

と総理が自説を述べた。

「金利はいじれません。いじったら、不良債権を抱えたノンバンクが総崩れになります」

「ゼネコン、商社、流通なども、低金利でかろうじてもたせている状態です。それを潰したら、銀行にも跳ね返ります」

金利では尾崎秘書官と草野秘書官が共同戦線を張った。草野秘書官が続けて言った。

「財投以外の景気対策というと、やはり規制緩和だと思います。規制緩和の効果を長期的なものと考えるのは誤りで、即効的に投資を誘発する効果もありますし、内外価格差の是正が国民の実質購買力を増やし、景気の牽引力となることも考えられます」

「それは大切な点ですね。規制緩和は岩原副長官と藤村室長にも、早急に各省からリストを出させるようにお願いしています」

藤村室長というのは、藤村国男内閣内政審議室長のことである。総理が続けて言った。

「いずれにしても、追加の緊急経済対策はやらざるを得ませんし、第二次補正も必要です。与党からもせっつかれています。財投による住宅と規制緩和が柱になりますかね」

尾崎と草野が同意した。二人でさらに検討することになった。

「さっき円高の話が出ましたが、円の国際化はどうですか？」

と総理が話題を変えた。尾崎が言った。

「中長期的には重要な検討課題ですが、円が激しく動いているときにその話を出すのは危険です。とにかく少し落ち着いてくれませんと」

「しかし円高だから円の国際化が必要になります。日本の国際金融市場の整備など、難しい問題があるのは事実ですが、検討を始めておく必要はあると思います」

と、通産省出身だけに、通商問題に敏感な草野が言った。これも検討課題になった。

話は外交に移り、九月下旬の国連総会出席、前内閣から決まっている十一月中旬のAPEC、即ちアジア太平洋経済協力会議の第一回非公式首脳会議のための訪米、時期は未確定だが年内の韓国訪問と年が開けての中国訪問、宮下内閣下で始まった日米総括協議の締め括りのための日米首脳会談、それにイギリスのボイヤー首相、ロシアのエヤーナフ大統領の訪日のスケジュールが確認された。

「北方領土問題という言い方はよくないと思うんです。『平和条約による国境画定問題』という言い方を考えて下さい」

総理が言い、牧本秘書官が検討を約束した。外交問題については、牧本秘書官に委ね、他の秘書官が口をはさむことはほとんどなかった。

次は安全保障政策だった。今度は金井秘書官の出番だった。

「これまでの防衛計画の大綱は、ソ連が北海道に上陸してくるのに備えるといった陸偏重だったと思うんです。海空重視で見直しが必要でしょうね。どういう組織と手順で見直しを進めるか、金井さんの方で検討してみて下さい」

金井秘書官は了承したが、逆に総理に質問した。

「AWACS予算に対する社民党の対応は、どうなりそうでしょうか？」

防衛庁は、AWACS（早期警戒管制機）四機の購入費を初めて来年度予算の概算要求に盛り込む方針をすで

に固めていた。しかしその導入は、これまで社民党が頑強に反対してきたもののひとつだった。総理は、

「防衛庁には、既定方針通り要求させて下さい。社民党は、最後は私が説得します」

と請け合った。

次に総理が切り出したのは、行政改革と地方分権だった。

「最終的にはここまで行かないと、宗像内閣の存在意義はないことになります。曽根田内閣の行政改革は、増税なき財政再建ということで、財政的観点が先行していましたが、今度は国の役割の再吟味から始まって、最後は権限の問題まで行き着かざるを得ないでしょう。よく明治維新と戦後改革に続く第三の改革の時代といわれますが、戦後改革では官僚機構はほとんど手つかずだったわけです。明治国家の解体という百年に一度の改革になるかもしれません。どこから手をつけるか、ご意見があれば聞かせて下さい」

「昨日の毎朝の日本再編計画ですが、あれは誤報だったとして、総理ご自身は、七から十一の道州と三百の基礎自治体というのは、やはり理想だとお考えですか?」

尾崎秘書官が最初に口を切った。

「理想でしょうね。知事時代の経験からしても、市町村は大きな所と小さな所では実力が違い過ぎて、小さな所にはとても何かやらせることなどできない感じでしたね。それでいて補助金はふんだんにもらい、不相応な箱物ばかり造っている。羽振りのいいすねかじりなんです」

「州には何をやらせるのでしょう? 相当国から権限を委譲するということでしょうか?」

金井秘書官が尋ねた。

「権限は市町村に下ろすべきでしょう。州は調整と、市町村単独でできないことをサポートするのが仕事です。今の都道府県は強すぎます。州は今の都道府県よりもっと弱くてもいい」

「三百市町村というのは、地域特性や歴史を無視して強引にまとめるという感じで、うまくいくのでしょうか。フランスは、それらを重視して三万六千の市町村があるわけです。地理的歴史的条件による住民のまとまりも無視できないと思うのですが」

フランスを持ち出したのは、牧本秘書官だった。

「行革審の第五次答申がもうすぐ出ますので、そのうちの地方分権の推進についてより突っ込んだ案を地方制度審議会に諮ってみるのが妥当だと思われます。新行革審

を発足させて、地方分権に絞って諮問をするか、地方分権審議会に衣がえする手もあるかもしれません」

と尾崎秘書官が、できるだけ既存の審議会などの枠組みを尊重する立場から発言した。草野秘書官が、一味違うことを言った。

「こういうことは、政治主導でなければ進まないと思いますよ。われわれに地方分権について検討しろというのは、にわとりにどうやったらケンタッキー・フライドチキンの売り上げを増やせるか、検討せよというようなものです」

「それはうまい言い方ですね。宗像内閣としては、消費税の引き上げだけで終わるわけにはいきません。あの内閣で日本はこういう風に変わったというものが、何か必要です。歴史に痕跡を残すようなものが要ると思うんです。私も考えてみますから、皆さんも何かあれば言って下さい」

最後にそう言って総理が引き取った。これで秘書官たちに対する手続きを総理はクリアーしたのだと、風見は思った。

それから社会と個人、家族の意味、連帯と自立、男女共同参画などの話に移った。政権の哲学につながる話である。制度的には、基礎年金の三号被保険者、いわゆるサラリーマンの妻の問題など難しい点もあるが、基本的な考え方では秘書官の全員が家族を重視する立場だった。しかしこの問題は、文明論的な色彩も帯びており、各人が言いっ放しで終わった。

最後に、文化の日にはどうするか、官邸のお月見はどうするか、といった官邸行事の話になった。宮大工とか漆の名人とか伝統文化の香りの高い人間を招いて官邸で月見をやれたら最高だと、総理が宗像家四百年の当主の顔をのぞかせた。

「税制改革の最中でしょうから、あまり浮かれている風でなく、総理大臣表彰か文部大臣表彰を受けたくらいの方をお招きする方がよろしいと思います」

と金井秘書官が真面目な顔で言い、そんなことも含め、皆が自由な発想で構想を練ることになった。

お手伝いの波多野さんが用意してくれた夕食を全員で食べて、解散したのは夜の八時だった。内玄では合同通信と特報通信が待っていた。

「当面の政策課題全般を皆で点検した。……それと、日本を土台から改造するためには、何が必要かということについても知恵を出し合った。ただし、喫緊《きっきん》の課題が目白押しだから、今すぐ始めるわけではない。当分は各自の胸の内で温めることになったが、総理はよく考えておられるよ。宗像政治のビジョンが、徐々に形を取り始めた。いずれ葉が繁り、花が咲くだろう」

「どんな花が咲きそうですか？」

「国民が宗像内閣に期待しているものは、何なのか。財政再建だとか、社会保障の立て直しなんて、家の修繕みたいなものだよ。宗像内閣としては、それとは別に立派な建物を建てなければならない。政権構想を固めてから政権を取ったわけではないんだ。税制改革関連法案の成立の見通しがつく頃には、総理の頭の中には日本再生の確固たるビジョンができ上がっていると思うよ。……ただ、手続きは守るから心配しなくていい。不意打ちで何かを持ち出すことはない」

それだけ言うと、風見は車を出させた。

翌日の月曜日は、午前十時から総理の所信表明演説決定のための臨時閣議があり、正午から第一回の政府与党最高首脳会議が開かれた。

連立政権になったことで、政治の意思決定システムは、民自党の単独政権時代とは様変わりしていた。最高首脳会議は、週に一度の政府と与党の最高首脳による連絡調整の場である。政府側からは総理と大臣たる連立与党の党首、それに官房長官と政務の副長官が出席し、その他必要に応じて他の大臣も出席する。税制改革が仕上がるまでは、伊藤自治大臣も定例のメンバーになることになっていた。

一方与党側からは、与党責任者会議のメンバーである五会派の書記長、筆頭幹事、代表幹事が出席した。社民党の赤木広志書記長、新世紀党の財部一郎筆頭幹事、公正党の市倉晃一書記長、中道党の米山貴信書記長、それに総理と武藤蔵相の統一会派である民主改革新党・新党改革の風からは、園部博史新党改革の風代表幹事である。

毎週月曜日を定例とし、先立って開かれる与党責任者会議の協議結果の報告を受け、政府側からも説明すべきことがあれば説明し、その後参加者で自由に今後の政策課題などを話し合うのである。昼食を兼ねて通常は官邸小食堂で開かれ、国会開会中は院内閣議室でも開かれた。同席は風見、それに官房長官と副長官の秘書官各一名ずつに限られた。

正午に喫煙室にメンバーが揃うと、総理が赴き、頭撮りがあって、……という例の手順を踏んで、総理を先頭に立ち上がって次々と小食に移った。全員が入ったところで風見たちも入室して、壁際の席に着いた。

　まず全員で食事をする。もっとも陪席の風見たちは食べない。その間出席者どうしで思い思いの話が交わされた。頃合いを見計らって、官房長官が口を切った。

「今日は第一回ということで、最初に総理からご挨拶をいただきます」

　総理は座ったまま、

「何かとご苦労をおかけします。すでに先週お手許にお届けしていると思いますが、本日二時から衆議院で、三時から参議院で所信表明演説をやらせていただきますので、よろしくお願いします」

　と述べ、続けて、

「税制改革についてはとりまとめにご努力をいただいておりますが、何分にも時間が限られております。何卒早急のとりまとめをお願い致します。また、それと関連して、臨時国会の召集時期についても注目が集まっております。国会の問題につきましては、第一義的には与党側のご判断にお任せ致しますが、一日も早い召集にご努力いただきたいと思います」

　と挨拶した。それを受けて武藤大蔵大臣が、税制改革の所管大臣として与党側に協力要請を行い、続いて三国官房長官が、一時回復基調に乗ったと見られたのに、再び腰折れの懸念が強まっている景気について政府の取り組み方針を説明した。先週の閣議で緊急経済対策閣僚会議の設置を決定したので、月内にも第一回の会合を開く予定であること、それに合わせて従来の発想にとらわれない景気対策のメニューを検討中であることなどが中心だった。次に与党を代表して、責任者会議の座長の社民党の赤木書記長が発言した。

「与党側が政府を支える仕組みとして、われわれ責任者会議のほかに、政務幹事会と政策幹事会を設置することにしまして、この後二時から合同会議を開きます。政務幹事会には国会運営を、政策幹事会には政策のとりまとめを担当していただくことになっておりまして、各幹事会で調整ができたものが責任者会議に上がってくることになっています。役所の方でも、スリムになってやり易いと好評のようであります」

　それから銘々が意見を述べたが、政治家たちの関心はやはり景気に集中した。円高や冷夏の悪影響、第二次補正予算の必要性や政府としての景気判断の的確さの要請などが語られた。外交スケジュールの質問も出、総理がとりあえず九月下旬の国連総会出席と、十一月のAPEC非公式首脳会議のためのシアトル訪問の予定を紹介し、

「税制改革優先ですから、金曜日に出て日曜日に戻るということで、国会審議に影響の出ないように事務方に検討してもらっています」

と述べた。

「国連総会はニューヨークで、ワシントンには行かないのですね？」

そう言ったのは、食事中は雑談の中心にいて、会議が始まってからは黙っていた財部一郎だった。

「そうです」

「実質は米国重視でも、最初からワシントンに行かないのはいいと思う。ニューヨークまで行っていながらね。われわれはこの段取りを頭に入れておく必要があると思う」

と、財部が全員に諭すように言った。

「それから第二次補正予算ですが、税収見積りの問題もありますから、十月二十日より前にはやれないようです」

と、総理が話題を変えて言った。

「景気の動向次第だけど、臨時国会で第二次補正をやるのは早くて十一月下旬、多分十二月に入ってからでしょう」

財部が付け加えた。

最高首脳会議はそれから臨時国会召集時期に話が及び、総理は遅くても九月十七日召集、できれば十日召集で責任者会議の努力を要請し、責任者も努力を誓ったが、公正党の市倉書記長が、こちらの心づもりが民自党に知れるのは交渉に響くと警告し、内密にすることにした。最後に副長官の記者会見での発表と参加者への個々の取材では、今日は顔合わせと税制改革実現の決意の確認だけだったとすることで意思統一をして散会した。

秘書官室に戻ってから風見は慌ただしく食事をとり、それから尾崎秘書官と牧本秘書官に個別に、それぞれの担当に関することで最高首脳会議で出た話を伝えた。

午後二時少し前に総理は当番の牧本秘書官と院内に向かい、風見も傍聴のため院内に赴いた。

現代総研時代も、何度か本会議の傍聴をしたが、議場に入る前の飛行場のハイジャック防止のためのような厳重な検査に辟易《へきえき》させられた記憶がある。しかし今は秘書

官バッジを付けていたから、車で衆議院の南門から中庭に回り、渡り廊下で降りてフリーパスで三階に上がり、総理秘書官をはじめ各大臣秘書官たちの傍聴席でもある外交官席で、総理の所信表明演説を聴いた。

本会議場は広く、議事堂内の廊下やホールの内装が大理石であるのに対して、彫刻を施した木製の華麗な造りになっている。天井はステンドグラスである。風見の左手の一般傍聴席は、人が鈴なりで、国民の関心の高さをうかがわせた。

演説はすでに始まっていた。議長席の下の演壇で、宗像総理は長身の姿勢を正し、顔だけをかがめて原稿を読んでいた。時折顔をあげると、カメラのフラッシュが集中した。

冷静沈着な総理の声はよく響いたが、民自党席からの野次は凄まじかった。テレビの国会中継でも野次は聞こえるが、マイクが離れた音は拾わないようになっているので、それほどには感じられない。しかし木製の本会議場内は、野次の声が反響して、騒々しさは並大抵のものではなかった。連立与党席からの歓呼と拍手も負けてはおらず、四十年ぶりの政権交代を契機として、攻守ところを変えた凄まじい攻防の火花が散っていた。

所信表明演説は三十分足らずで終わり、三時からの参議院本会議でも総理は同じ演説を繰り返すだけである。風見は中庭に待たせていた車に戻った。そして大沢さんに電話をして、翌日の総理の会食の下見に行くので、東亜ホテルに連絡を取ってほしいと告げた。程なく返答があり、ホテルでは営業の川崎課長代理を訪ねるようにとのことであった。

東亜ホテルに着くと、営業の部屋も川崎課長代理もすぐに分かった。

「ご案内致します。一部屋ご用意させていただきますが、生憎《あいにく》一部屋がただ今使用中でございまして、空いている一部屋のみご確認いただきまして、もうひとつは必要なら同じ間取りの別の部屋をご覧いただきたいのでございますが」

「結構です」

案内された部屋は格好のものだった。青い絨毯に白い椅子が置かれ、照明も内装も豪華だった。広さも申し分なかった。これはいいと思ったが、もうひとつの間取りも確認することにした。案内されて部屋に歩み入ると、風見は思わず声をあげた。

「これは素晴らしい」

部屋の一面全体がガラス窓になっていて、皇居前の美しい風景がパノラマのように望まれた。明るい気品のあるロココ調の部屋だった。

「この部屋をメインにしましょう。総理とお客様が二人で食事できるようにセットして下さい。途中で給仕しなくて済むように弁当にして下さい。窓を透して、外から見えることはないでしょうね？」

「よほどガラスに顔を近づけない限り、大丈夫でございます」

「お客様は、人目につかずに入れるという話でしたが」

「後ほどご案内いたします。恐れ入りますが、お客様はどなた様でございましょう」

「財部一郎先生です。内密にお願いします」

「財部先生でございますね。承知いたしました。決して漏れることはありませんので、ご安心下さい」

風見は順路も下見したが、ホテル側は定められた時刻に人を出して、財部一郎を案内してくれることになった。

風見は満足した。あの広い窓を透して皇居前広場を眺望する気品のある部屋で、宗像総理と財部一郎が、ふたりだけで日本の将来について語り合うことは、美しいことのように思われた。


官邸に戻ると、フラッシュ・ニュースで、所信表明演説に対する各党党首たちのコメントが入っていた。当然与党の党首たちは賞賛し、野党の党首たちは貶《けな》していた。

「新政権の哲学が、全く感じられません。代表質問で追及させていただきます」

と民自党の河崎総裁は批判していた。

風見は財部の高桑秘書に電話し、部屋に通ってもらう手順を説明した。

「承知しました、秘書官」

高桑はいつものとおり力を込めた返答をした。

しかし、表向き総理と食事をしてもらう相手はまだ見つかっていなかった。単に総理と食事をしてもらう相手ならいくらでも探しようはあったが、囮の役を快く引き受けてくれるような親切気と暇があって、かつ口が堅い大物など、いるはずはなかった。

「しようがないな。われわれ秘書官が総理と昼食をすることにしようか」

風見は仕方なく、大沢さんに言った。

「結構ですが、各秘書官には風見秘書官の方からお願いして下さいね。皆さんには東亜ホテルまで行っていただかなければなりませんから」

風見が話をもちかけると、金井と尾崎はふたつ返事だったが、草野秘書官が疑問を呈した。

「誰と会うの？　ひょっとしてこの人じゃないだろうね」

草野は右手と左手の人差し指でTの字を作った。

「実はそうなんだ」

「大丈夫かな。見つかったらことだぜ」

「下見をして来た。見つからない」

「東亜ホテルで秘書官たちと食事なんて、記者たちが納得すると思う？　何で官邸に戻って食べないの、という話になるぜ」

「まずいかな」

「まずいんじゃないの」

やがて総理と牧本秘書官が院内から戻ってきた。総理が外に出ているときは、秘書官室にはその動静が刻々と入ってくる。多くは表門のSPの詰め所を通じて、「三時二十七分、院内出ました」、「三時三十二分、参議院本会議終わりました」、「三時三十三分、表門入りました」などという具合である。しかし、表門を通ってもなかなか秘書官室に到着しないことがある。記者たちのぶらさがりに、立ち止まって丁寧に答えているときなどである。この日もそうだった。やがて池田進乃助が先に秘書官室に顔を出し、「お帰りです」と告げた。続いて総理が牧本秘書官を従えて現れ、秘書官室を通って執務室に入った。

風見は、戻ってきたばかりの牧本秘書官にも、財部一郎の名は伏せて意見を聴いてみた。

「僕はいいと思うね。こんな忙しい身なんだから、ホテルに来たついでに、たまにメシでも食っていくか、というのは当然の話だよ。今後恒例にしてもいいくらいだ」

そこで草野秘書官には、

「客は絶対見つからない自信があるから、とにかくやってみるよ。皆さんに東亜ホテルまで行っていただくのは申し訳ないけど」と伝えた。

「僕はどうせ総理に同行するからかまわないけど、本当に大丈夫かな。まあ、いいや。ところでせっかく東亜ホテルに行くのなら、食事は千代満の大名御膳にしてもらえるとありがたいんだけど」

その日の残りの総理日程は、幾人かの知事など自治体関係者の表敬訪問を中心に、さしたる問題もなく終了した。風見は翌日の総理の昼食の表向きの相手に適当な人が見付からなかったことを詫びた。

「皆さんとでも、いいじゃないですか」と総理は言った。

風見は大沢さんに、川崎課長代理に必要な連絡をしてくれるように告げた。

翌日の正午少し前に、総理は日本商工連盟の新旧会長のパーティに来賓として出席するため、草野秘書官を伴って東亜ホテルに向かった。総理のパーティ出席はたかだか十分程度だったから、残りの四人の秘書官も総理が出発すると銘々の車でホテルに向かった。広い日比谷通りを右折して、黒塗りの秘書官車は次々とホテルの別館の玄関に乗り入れた。快晴の美しい日だった。

部屋に着くと、テーブルには人数分の食事が用意され、豪華な椅子を並べた談話コーナーも設えられていた。秘書官たちは、

「いいねえ。さすがだねえ」

と喜んでいる。そこに川崎課長代理が顔を出したので、風見は尋ねた。

「もうお見えですか?」

「はい、お見えになられておられます」

風見は記者たちが入れる場所からは死角になる通路を通って、財部のいる部屋に入った。窓の眺望が美しい部屋の中央に設えられた丸テーブルに向かって、固い肉付きの中背で、黒い髪に精悍な風貌の財部一郎が一人でお茶をすすっていた。

「わざわざお呼びたてして、申し訳ありません。それと、先日はご心配をおかけいたしました」

と風見は頭を下げた。

「総理のお召しだから、張り切って来たよ」

と財部は言い、

「言っておくけど、僕はこういうの平気だからね」

「はあ」

「非常階段を昇り降りしたこともあるし。これからも、お召しがあれば、どこへでも行くから」

「今後もお願いすることがあるかもしれません。……総理ももうすぐ参ると思いますので、今しばらくお待ち下さい」

丁重に言って風見は秘書官たちの部屋に戻った。ちょうどそれを待っていたように、

「お見えになられます」

と部屋のドアを開けて、タキシード姿の給仕係が告げた。

風見は廊下に出て、総理を待った。

長い廊下の向こうから、大勢のＳＰたちに囲まれた総

理の一団が歩いて来る。正確なリズムを刻むその歩調は、見事だった。ＳＰたちは、女性もいるが、多くは筋骨隆々の大男たちである。しかし長身という点では宗像総理も遜色がない。背筋と両手を伸ばし、上体がまったく揺れないのが総理の歩き方だった。目的地に向かって、確信に満ちて歩を進める屈強の一団のようにそれは見えた。

「お待ちしておりました」

風見はそう言って迎えた。総理は頷いた。

ＳＰたちも立ち入らない室内では、秘書官が全員立って待っていた。

「わざわざ申し訳ないですね」

と総理は秘書官たちをねぎらい、「お見えですか？」と小声で風見に尋ねた。

「お見えです」

「じゃあ、皆さん、また戻りますから」

風見は総理を案内しドアを開けて、「お見えになられました」と告げてから総理を先に通した。

「これは、これは。お呼びたてして恐縮です」

総理は言い、財部一郎に歩み寄った。財部もテレビ・ニュースなどでは見たことのないニコニコ顔で迎えた。

総理と財部は握手した。

「お待たせしたのではありませんか？」

「根がせっかちなものですから、勝手に早く来ただけです」

秘書が付いて定刻どおり姿を現す大物政治家の多い永田町では、財部は確かにせっかちな方だった。個々の政治家が時間についてどういう感覚をもっているかは、秘書官にとっては意外に重要な情報だということを、風見はその後も学んだ。

「それでは総理。私は部屋に戻っておりますので、何かありましたら、携帯でお呼び下さい」

風見は給仕係に、お茶を出したら座を外しているように告げて、秘書官たちのいる部屋に戻った。

秘書官たちは、満足気に彩り鮮やかな弁当を頬張っていたが、風見が戻ると、

「財部一郎だってね」

と金井秘書官が言った。風見は頷いた。

「内容は、後で分かる？」

尾崎秘書官が聞いた。

「総理が話してくれればです」

「何といっても、二人が腹を割って話し合うのはいいこ

とだよ。片や総理、片やこの政権を造った立役者なんだから」

と草野秘書官が言った。

時間を気にする風見をよそに、総理が戻ったときは予定の一時間を優に超えていた。デザートも済ませて寛いでいた秘書官たちも、すぐ全員が総理について部屋を出た。出しなに風見は、再び顔を出した川崎課長代理に「では、後はお願いします」と頼んだ。「かしこまりました」と川崎は答えた。

再び長い廊下を総理とSP、それに秘書官たちの一団が歩いた。はずれのエレベーター・ホールで待っていた記者たちが、一団の後ろについて、それぞれ顔見知りの秘書官から取材している。

「総理のメニュー選択は確かだね。やっぱり千代満はうまいよ」

草野秘書官が答えていた。エレベーターが来た。ホテルによっては総理が乗るまで空のエレベーターを待機させておいてくれるのだが、東亜ホテルの別館はエレベーターの数が足りなかった。扉が開くと、すでに客が乗っている。SPたちがドカドカと乗り込み、客の前に立ち塞がるように立った。客はビックリしたように、宗像総理の顔を見ている。一階に着いてSPと秘書官たちが降りると、総理が客に「どうぞ」と手で示した。「いえいえ、どうぞ」。客は身を縮めるように言った。

総理は当番の草野秘書官とパトカーに護られた車列で帰り、他の秘書官たちは銘々の車で帰った。

官邸に戻った総理の許には、三国官房長官や岩原副長官、そして外務省やら通産省の幹部たちの出入りが激しかったが、客が途切れると風見は執務室に呼ばれた。

「有意義でしたか」

「有意義でしたね。社民党の説得には、自信を示してくれました。消費税は七％までもっていきたいが、最悪五％もあり得るとのことでした。その場合には、引き上げの施行時期の影響はどうか、年金や医療保険をどうしたらいいか、地方交付税にどう手をつけたらいいか、政府保有株の売却見通しなども含めて、大蔵省にいろいろなケースについて試算させているとのことでした。目的税化は、自分はいいが、大蔵省が固くてと言っていました」

「ゴリゴリやっているようで、落とし所も考えているのですね」

「むしろ二人で議論したのは、国民にどう大義名分を示すかです。マスコミの世論調査でも、反対理由で最も多いのは、まず行政改革などで財源を捻出すべしです。民自党案の年金、医療の保険料の大幅引き上げを白紙に戻す代わりに、消費税を引き上げるという流れできたのは事実だけれど、国民はそれだけで納得しているわけではない。そこで私の方から、例の日本再編計画を持ち出しました。税制改革法案が先行するにしても、私としては政府も血を流すということを、具体的な計画で示さないと、国民は納得しないと思うんです」

「財部さんの反応は、どうでした？」

「計画には賛成だけれど、今は手が回らないからと、最初は渋っていました。でも、総理がそうおっしゃるならと賛成してくれました。で、あの人はいったん腹を固めると、あとは早いんです。私の方が発破《はっぱ》をかけられて、早く案をまとめてくれと言うんです。与党の方は自分で根回しするけれど、責任者会議で出すとすぐ官僚に流れるので、時期を見たいと言っていました。風見さん。早急に進めてもらえますか。現代総研には風見さんに打診してもらってから、私が百瀬理事長にお電話しましょう」

「分かりました。今日のうちに行ってきます」

「それと、日本再編計画には、自分もいろいろ意見があるので、要所要所で教えてほしいということと、風見さんから津村さんに緊密に連絡を取らせてほしいと言っていました」

「承知しました。お話はそんなところでしたか？」

「来年度予算については、少しめりはりを付けさせていただくと、私の方から言っておきました。補正の話もしました。財部さんは、十一月下旬か十二月上旬には第二次補正が必要になるだろうと言っていました。それと、政府委員制度の廃止に手を付けたいと言うので、これは私の持論でもありますから、検討してくれるように言っておきました。後は外交です。財部さんは日米基軸論者だから、これはすこぶるスタンスがはっきりした話でした。ただ外交は総理の専権なので、自由におやり下さいと言っていました。自分はサポート役に徹すると」

総理との話を済ませて、秘書官室に戻ると、大沢さんが電話で答えていた。

「私は直接承知しておりませんが、総理から各秘書官にお話があったのではないかと思います。……ショウカドウ弁当です。字についてはこちらでは責任を負えませんから、辞書でご確認いただくのが一番だと思いますけど」

総理動静について記事を書く官邸クラブからの問い合わせだった。

風見は総理から指示された日本再編計画の依頼で現代総研に行くために、電話で直属の上司だった加治木研究部長のアポイントを取ってから、車を表玄関に出させた。

秘書官室を出ると、所在なげにしていた番記者たちが寄ってきて、昼の会食について尋ねた。

そのうちの一人の社会経済新聞の泉川が言った。

「風見さん。われわれから見て通路の左手の部屋でしたよね。あそこは反対の右手の部屋の方が、眺めが素晴らしくていいんですよ。せっかく総理が行かれたんですから、そちらにすればよかったのに」

風見はドキリとして泉川の顔を見た。泉川はただニコニコしていた。

翌日の各紙朝刊は、政治面のいわゆる箱記事で、東亜ホテルの昼食会のことに触れていた。大沢さんの助言にもかかわらず、メニューは「和食弁当」となっていた。

「これから代表質問の答弁書きで秘書官たちに苦労をかけるのを首相が気づかって」と書いた新聞もあれば、

「首相が秘書官たちに『昼空いてる』と声をかけて、さり気なく気配りをしたもの」と書いた新聞もあった。どうやら記者に聞かれて、秘書官たちは銘々出まかせの話をしたらしい。

「総理に付き従うのが仕事の秘書官たちに、総理が『空いてる』と聞いたと書くというのは、秘書官の何たるかをまるで理解していないということだね」

と風見は、大沢さんを相手に言った。

「来て半年か一年の記者さんたちですもの」

と大沢さんは、理解のあるところを見せた。

三　エース級の人材

　別れた妻の由希子から思いがけない留守番電話があったのに、風見の方からそれに答える電話をしなかったのは、今なお由希子のことを許していない気持ちが心のどこかにあったからだ。いや、彼女の行為は二年が過ぎた今も、風見には謎というほかなかった。

　風見の側に落ち度があったというわけではない。それは由希子も認めているはずだ。もちろん、自分でそれとは気づかないにしても、落ち度のない夫などいるわけはない。しかし不倫とか、暴力とか、借金とか家出とか、家庭生活を破壊するような決定的な原因を風見が作ったという事実はなかった。

　由希子に何があったのか。それが分からないことが風見を苦しめた。むしろ好きな男ができたと言ってくれた方が、よほどすっきりしただろう。これこれの理由で愛想が尽きたとか、あるいは罵《ののし》ってくれた方が気は晴れたかもしれない。彼女はただ「自分を見失いたくない」と言い張っただけだった。

　風見と由希子は晩婚同士だった。由希子は弁護士で、大学の五年後輩である。知り合ったのは二人とも卒業してしばらく経ってからで、由希子が司法研修所の修習生の時だった。修習が終わって渉外弁護士事務所に入所してすぐに結婚し、程なく由加梨が生まれた。弁護士としての開業、結婚、妊娠、出産、育児と続き、彼女が大変だったことは、誰よりも風見が一番よく知っている。その頃はまだ私大にいて、自由になる時間もあったから、風見も努めて家事を手伝った。それが現代総研に移って、自由が利かない身になると、それだけ由希子の負担が増えたのは事実だった。家政婦を頼むようになったが、そのうちバブルが弾けて渉外弁護士としての仕事も思うようにいかなくなった時期が、由加梨の私立中学受験に向けて親の負担が増える時期と重なった。家政婦任せにできない苦労が、風見よりもますます由希子にかかったことは間違いない。

ある夜、風見が目を覚ましたのは多分隣に寝る由希子が起こしたからだった。意識が鮮明になるのとほとんど同時に、

「負けそうで、怖いわ」

と由希子がしがみついてきた。驚いた風見が身を起こすと、由希子は泣いていた。問い詰める風見の傍らで、由希子はいつまでも嗚咽を止めなかった。さすがの風見もついに癇癪を破裂させた。

「何でもいいから、胸のうちをぶちまけてみろ。自分の気持ちを表現できなくてどうするんだ。弁護士だろう」

それでも由希子はまともに答えなかった。

「もういいの。眠って。明日も時間どおりなんでしょう」

風見は暗黒の世界を眺めるように、暗い天井を見続けていた。傍らで由希子が息をひそめているのが分かった。自分たちがそういう夫婦になってしまったことに、風見は暗澹とした。しかし、いつ寝入ったか分からないうちに寝入っていた。

翌朝目が覚めると、由希子はすでに身繕いを済ませて朝食の用意をしていた。風見が起き出すと、

「あらあら、由加梨遅れちゃうわ」

と普段と変わらない様子で、娘を起こしに行った。


自分にとって由希子は何であり、由加梨を含めた家族は一体何だったのかと、今なお風見は思う。共同体としての国家が崩壊して、人々が本当に結束する場は家族しかなくなった。しかしその家族さえもバラバラになって、人々は生きていけるのだろうか。個人の一層の自由を尊重するという考えは分かる。愛情で結び付けばいい、という理屈もないわけではない。しかし愛し合う男女と家族はやはり違うはずだった。

自分たちが家族だった証は何なのだろう。確かに由加梨がいる。しかし最近は日本でも、家族を前提としない出産と育児が増えていた。

家計を自分ひとりで支えていたわけでないことが、こんな結末になった背景のひとつであったと風見はいつも思う。収入では、波があったとはいえ、確実に由希子の方が上だった。かつての妻たちのように、生活のために夫への従属に耐え続けるという立場に由希子はなかった。互いに経済的に自立する男女は、どうすれば家族になれるのか、という問題は、今なお風見を捉え続けていた。

風見が由希子を愛したことは確かなことだった。無論風見がこれまでに愛した女は、由希子だけではない。し

かし結婚という形や、由加梨のことを抜きにしても、由希子が風見の生涯において並外れた特別の地位にある女だったという事実は消えない。由希子の豊かな黒髪や、思慮深い瞳や、官能的な赤い唇や、相好を崩して笑ったときのあどけなさは、決してこれを失うまいと風見が心に誓ったものだった。しかしその由希子を、結局風見は失ってしまったのである。

総理が財部一郎と会った日、総理に言われて現代総研を訪れて戻ってから、風見は由希子と由加梨が暮らすマンションに電話をした。日曜日の午後に、風見は電話をしようか迷い続けた挙げ句に、結局ふんぎりがつかないままに公邸での打ち合わせに出掛けてしまった。平日の昼日中に電話したのは、日中であれば由希子も由加梨も留守で、由希子がそうしたように、留守番電話に声を吹き込んでおけば足りると考えたからだ。「お電話ありがとう。元気でやっていますから、心配しないで下さい」というメッセージだけを残すつもりだった。

秘書官室分室の向かいに、簡易ベッドを置いた空き室があって、秘密の電話をするときはそこを使っていた。このときもその部屋から掛けたのだが、数回の呼び出し音の後、由加梨が出た。

「もしもし、兼高ですけど」

もう中学二年生になって大人びた由加梨の声がした。四ヵ月前にも話はしたが、この日言葉は風見の喉元にたぎり、すぐには出てこなかった。

「由加梨？　パパだよ。どうして家にいるの？」

「パパ？　ママが身体を壊さないかしら、食事はキチンとしているのかしらって心配していたわ」

「今日は学校じゃないの？」

「熱を出して、休んだの。パパは大丈夫なの？」

「ああ、大丈夫だ。由加梨こそ、病院には行ったのかな？」

「午前中にママが連れて行ってくれたの。テレビのニュースを見て、少し瘦《や》せたんじゃないかって、ママが言っていたわ」

「いやいや、瘦せちゃいないさ。どこも悪いところはないって、ママに言っておいてね」

「今度テレビに出るのはいつ？」

「用事次第で、総理の後ろについたときに映るだけだよ」

「できるだけパパの用事作ってって、宗像さんに言っておいてね」

「そうだね、宗像さんに頼んでみようか。パパが元気なところ、由加梨も見ているの?」

「うん。研究に没頭してきたパパに、気の遣い方が分かるかしらって、ママが言っている」

「ママによろしくね。由加梨も勉強してるかな?」

「してる。ママったら、叱るときは、パパだって心配してるでしょうという言い方するのよ」

「じゃあね。元気でね」

「うん。じゃあね。また掛けてね」

「分かった。また掛ける」

中学二年に進級したお祝いに掛けて以来の電話だった。

離婚について話したとき、由希子は弁護士らしく、風見が定期的に由加梨に会う回数や会い方などの細かな条件を持ち出そうとした。しかし、会いたいときには会う、と風見は宣言した。それだけが風見が勝ち取った条件だったが、由希子と由加梨の生活を侵害しないという枠だけははめられた。

由加梨の声を聞いて受話器を戻すと、風見は目頭に熱いものが込み上げてきた。あまりの忙しさと緊張感から、精神的な支えになってくれる何かを、これまで以上に必要としている自分を感じた。それは特別な何かでなくてもよい。由希子は弁護士だが、政治についてのアドバイスとか、税制改革を始め宗像内閣の政策についてのヒントになるような論評を期待しているわけではない。「無理しないでね」という一言や、「頑張って」という励ましのごく日常的な会話だけでよかった。そして由加梨の電話は、そういう人間が遠く離れていても自分にはなおいるのだということを教えていた。しかしそれは、ガラス窓の向こうの存在だった。手を伸ばそうとしても、窓に遮られて、手は届かなかった。

日本再編計画についての現代総研での依頼は、とりあえず順調に運んだ。

大変な作業であることは間違いない。三千二百の市町村を三百にまとめる手順も大変だが、まず道州制のそもそもの基本的なコンセプトから検討しなければならなかった。日本国憲法では、国の下にあるのは「地方自治」という枠内での地方公共団体に過ぎないから、アメリカやドイツのような連邦を構成する主権をもった州と同じように考えることはできない。総理が現在の県より弱いものと言っているのはひとつの手掛かりだったが、国、道州、市町村の三者について、現在から移行可能で、かつ実際に機能するどのような枠組みがあり得るのか。

枠組みの検討のほかに、作業は大きく二つある。ひとつは三者の組織、機関、事務と権限の配分と調整手続きなどの検討である。国家行政組織法、各省設置法、そして地方自治法の抜本的な見直しが必要である。地方自治のほか、行政法と行政学の専門家が必要になる。

もうひとつは財政的観点からの検討である。道州や市町村の独自財源をどうするかは、葛城知事も言っていたように、疑いもなく日本再編計画が成功するか否かの最も重要なポイントである。しかし、それは今日の日本において霞ヶ関が日本列島の隅々までを支配する構造そのものにメスを入れるということでもある。現在国と地方を合わせた収入の七割近くが国の収入で、逆に支出の七割近くが地方の支出なのは、霞ヶ関がその握る金を補助金、あるいは地方交付税交付金として地方に配って、地方に仕事をさせつつ、一層の援助を求める地方を従属させているからである。地方に独自の財源を与えることは、この仕組みを壊すことだから、霞ヶ関の抵抗はただならぬことになる。

無論抵抗の前で立ち止まっていては、日本再編計画は成り立たない。まずは霞ヶ関が懸命にあら捜しをするのに耐えるだけの充分に練れた財政プランを作成する必要がある。そのためには、国家財政と地方財政の専門家のほかに、財政法や税法の専門家の協力が必要だった。

現代総研の研究部長室で加治木部長を相手に、風見は総理の依頼で極秘だが、プロジェクト自体は商業ベースで考えてもらって構わないと述べたうえで、そういう研究プロジェクトを早急に立ち上げてもらうことが可能か話し合った。当面の作業は粗いデッサンを描くだけだから、人さえ集めることができれば何とかなりそうだった。財政の専門家は現代総研にもいたから、行政と法律の専門家を追加する必要があった。

「実務的には官僚ＯＢがいた方が何かと重宝するけれど、役所に筒抜けになってはまずいんだろう？」

と加治木部長は気遣ってくれた。風見は頷いた。

「それもありますが、官僚の発想を破るということが大切だと思うんです。日本の政治も、そういうものを実現できる一歩手前に来ているのは確かですから」

人選はどうにかなるだろうと部長は言ってくれた。問題はむしろ時間だった。

「理想的には一ヵ月。遅くても二ヵ月以内。きちんとした報告書にまとめる必要はありません。極論すると、Ａ

4判一枚でいいんです。せいぜい二、三枚でしょう。政治家が使うのですから」

部長も最も時間のかかる執筆作業が要らなければ、何とかなるだろうと応じてくれた。

部長が一番こだわったのは、発注と納品の形式だった。

「総理府あたりからの依頼調査ということになるのかね？」

「官房長官とまだ詰めていませんから、分かりませんが、多分そうではないと思います。役人の目に触れないようにやるわけですし」

「そうすると、どこの経費になるのかい？　何かね、……例の官房機密費というやつかね？」

「もしかしたら、そうかもしれません」

「官房機密費というのは、振り込みで来るのかい？」

「さあ、まだ見たことも、触ったこともありませんから」

それは本当だった。

部長は経理上、きちんとした契約相手があり、書類が整う必要があると言った。それは当然だったが、どういう手続きになるのか、書類を整えて支出する機密費というのも変な話だとは思いつつ、風見も確信がもてなかった。


いずれにしても、百瀬理事長に相談してみなければと、加治木部長が言った。それは風見の予想した結論でもあった。こんな案件を引き受けるのに、理事長に内緒というわけにはいかなかったし、現代総研での百瀬の力と存在感は絶対的だった。

幸い百瀬はいて、加治木部長と風見は理事長室を尋ねた。

百瀬はすこぶる協力的で、「了承したので、宗像総理からの電話も不要だ」と言ってくれた。のみならず、加治木に向かって言った。

「ウチの自主研究でもいいじゃないか。枠はまだあるんだろう？」

「はい。多少はありますが」

「だったら、それでいいじゃないか」

「何でしたら、民主改革新党からの依頼調査という方法もあると思うんですが」

と風見は口をはさんだ。

「それは、いいアイデアだね」

と加治木部長が飛び付いたが、百瀬は、

「それでは総理に近過ぎて、参加していただく先生方に勘ぐられてしまうよ。自主研究にしよう。報告書にまとめないことが不自然でないように、本格的な研究のための企画研究ということにすればいいだろう」

と言い、それが結論になった。早急に現代総研内の担当者を決め、外部スタッフを組織化してくれることが決まって、凧見は現代総研を辞した。

凧見は官邸に戻ったが、その日から三日間は、全秘書官に大きな仕事が待っていた。国会での代表質問に対する総理答弁の準備である。

総理の所信表明演説が終わると、一日置いて演説に対する代表質問が行われる。国会の正式の用語では「質疑」と呼ばれるが、マスコミなどでは普通「質問」で通っている。衆議院で二日間、参議院で二日間行われるが、二日目の午前が参議院、午後が衆議院なので、日数としては合計三日間である。

質問者の枠は与党にも配分されるが、与党の質問はどうせ馴れ合いだから、注目を集めるのは野党の方である。一番手は、野党第一党というのが長年の慣行である。各党とも質問者には党首や幹事長、書記長クラスを立て、今回は民自党は衆議院では河崎総裁、参議院では菊井参議院議員会長があたることになっていた。もうひとつの野党の労働者党は、衆議院で二日目に志村委員長が、参議院で北畠副委員長が予定されていた。与党は衆議院では与党責任者会議の座長でもある社民党の赤木書記長、参議院で同じく社民党の柳沢副委員長が立って、こちらは与党として総理にぜひこの点をアピールして欲しいと考える答弁を引き出すための質問を行うのである。

本会議にしても委員会にしても、質問の内容は事前に通告される。一問一答方式の委員会の場合は、通告されるのは項目だけだが、それだけでは答弁準備ができないので、詳細を聞き出すために、各省の政府委員室が質問予定者に面接していわゆる質問取りを行う。しかし本会議では、質問者も演壇で原稿を朗読するだけであり、通常はその原稿そのものが政府側に提出される。もっともこれを癒着と批判する労働者党だけは、原稿そのものではなく、質問要旨と称して要点だけを記したものを提出してくるが、実務的には不都合はない。内閣参事官室が入手したその原稿や質問要旨が官邸に回って来るのが、早くて質問前日の夕刻、遅いと夜の七時、八時頃である。

質問が揃うと、答弁準備の作業が始まる。答弁の最終責任者は、もちろん答弁に立つ総理本人、また他の閣僚が答弁に立つときはその閣僚本人である。しかしそれらをサポートする仕組みが、長年の慣行として発達している。各大臣の答弁の準備はそれぞれの省庁が行うが、総理の答弁は、全省庁にまたがるうえ大臣の答弁以上に影響も大きく、政府をあげての取り組みがなされている。総理の手に渡るその最終答弁案の作成責任者は、総理秘書官である。

質問原稿を入手すると、院内の内閣参事官室でまずこのなかから答弁が必要な質問事項を抽出して、問表《といひょう》と呼ばれる質問事項の一覧表を作成する。質問原稿のかなりの部分は、一方的な演説に過ぎず、これらには答弁を要しない。延々と演説をぶったあと、「以上縷々《るる》申し上げました点について、総理のご所見を伺いたい」などというのもある。この場合には、形式論理上質問と考えられるものをすべて抽出することになる。省略すると、質問者やその所属する会派が答弁漏れがあると騒ぎ出して、その場で答弁の追加を求められる事態も想定されるので、この作業は慎重に行われる。

次にこのようにして抽出した質問事項を三種類に分類する。第一は、所管省庁が責任をもって答弁案の作成にあたるものである。例えば「ウルグアイ・ラウンド交渉に臨む政府の方針如何」、「深刻な台風被害にどのように対処しているか」、「政府の今後のエネルギー政策の方向は」など、政策課題に対する見解や、政策内容についての質問がこれである。複数の省庁の所管にまたがる場合には、作成責任の省庁と協議先の省庁を定める。

第二は、いずれかの省庁が責任を負うような事項ではないが、一応所管省庁に参考のためのメモを提出してもらうもので、内部的には「メモ出し」と呼ばれる。例えば「防衛費の削減を党是とする社民党が連立に加わったことにより、来年度の防衛費は削減する方針か」というような質問に対する答弁がそれである。最終的には高度な政治判断に属する事項だが、一応「防衛関係費の限度を定めた中期防衛力整備計画は、昨年末減額修正したばかりであり、この中期防のもとで深刻な財政事情も踏まえつつ、今後政府部内で真剣に検討するつもり」という参考メモが、財政当局との協議も経たうえで防衛庁から上がってくる。

そして第三は、純粋に政治的な事項であるか、あるいは総理の政治家としての見識を問うものであるために、省庁では答弁案を作成しないものである。内部的には「作成せず」と呼ばれる。例えば「税制改革が行き詰まった場合には、解散する用意があるか」、「宗像総理は、財部一郎氏の新国家主義の主張をどう評価するか」というようなのがそれである。省庁ではそんな質問への答弁は書けないし、またどう答えようと役人たちには関係がなく、関心もない。

内閣参事官室は各質問をこのように分類して、第一の各省庁が責任をもって答弁作成にあたるものと、第二の「メモ出し」を、協議先が必要なものはそれも指定して政府委員室を通じて各省庁に割り振る。割り振られた省庁は、最近定められた「三時間ルール」によれば原則として三時間以内に、答弁案またはメモを内閣参事官室に提出する。内閣参事官室はそれを揃えて、総理秘書官室分室を通じて秘書官たちの手許に届ける。各秘書官たちはそれぞれ分担して上がってきた答弁案やメモをチェックし、必要があると判断すれば加筆訂正して総理に渡す。そして第三の「作成せず」については、最初から総理秘書官のうちの誰かが書き下ろして作成し、総理に渡すのである。

民自党政権の時代には、風見のような政務秘書官は、答弁作成にはタッチしないのが普通だった。人によっても相違するが、政務秘書官はむしろ総理の政治資金や、派閥事務、選挙区や後援者との関係などを処理し、政策は各省からの秘書官たちに任せていた。しかし風見は、政策以外ではもともと宗像総理とはつながりのない人間である。政治資金や選挙区、後援者との関係などは総理の個人事務所が引き続き担当して、官邸に入ってからもほとんど風見は触れたことがなかった。しかし日本政治の専門家という触れ込みであったから、役所と関係のない「作成せず」の答弁案は、ほとんど風見が書くことになった。

各省庁作成の答弁案やメモは、厳密に三時間ルールに従えば九時か十時には出てくるはずだが、実際には十時過ぎからポツポツ出始め、大部分が揃うのは午前二時か三時過ぎとかだった。だから最後に目を通す総理の秘書官たちは、早くて十時過ぎ、普通は十一時過ぎから作業に入る心づもりでいれば充分で、夕方総理が公邸に戻った後は、いったん外出して、食事をし、人に会ったり本省で打ち合わせをしたりして、十時か十一時頃に戻って来るのである。

しかし風見は最初から自分で作業に取り掛かれる「作成せず」をいくつも抱えていたので、すぐ作業に入れる。そこで風見たちの補佐のために以後三日は毎日明け方まで作業をし、官邸に泊まり込むことになる秘書官室分室の持田和之と及川雅文を伴って、近くの中華料理屋で夕食をとり、戻るなり早速作業に取り掛かった。

民自党の河崎総裁の「作成せず」は、「総選挙の結果は民自党が一議席ながら増加しているのであり、民意は『非民自党政権』というのは独断ではないか」、「宗像政権は、これまで理念も政策もまったく異にして来た八党派の野合ではないか」、「衆議院の一年生で経験不足の宗像総理は、与党内の一部実力者のロボットに終わるのではないか」、「連立与党の八党派は、将来統一するつもりか」などであった。「作成せず」以外で風見が担当したのは、長年議論のある選挙制度改革についての総理の見解と、ゼネコン汚職でまたしても人々の関心を集めている政治資金規正法の強化に関する数問の「メモ出し」だった。担当からいえば金井秘書官だったが、「これはもう、専門家にお任せします」と金井は風見に譲った。これらは自治省のメモが出て来るから、それを添削することにした。「メモ出し」があるので、「作成せず」が終わったからといって、早く帰れるわけではない。

風見は、「民意が『非民自党政権』というのは独断ではないか」という質問には、「有権者が党分裂によって失われた民自党の過半数議席を回復させなかったのは、明らかに『非民自党政権』を選択した証」と書き、「野合ではないか」という質問には、「四十年ぶりの政権交代を待望する国民の熱い期待に応えるために一致結束したもので、野合という批判はあたらない」と書いた。「一部実力者のロボットに終わるのではないか」という問いに対しては、「内閣にも与党にも私の目指すものを率直にお話しし、その方針のもとでご協力をいただいている。連立政権は、政府与党最高首脳会議、責任者会議などの合議制による民主的な政策決定手続きを構築しており、ご指摘のような点はご懸念に及ばない」とした。最後の「八党派は、将来統一するつもりか」の問いの答弁案は、「総理大臣といえども一党の党首にすぎず、八党派全体の進路について責任をもってお答えできる立場にはないが、私としては、各党の主体性も尊重しつつ、将来にわたり確固たる結束を維持すべきと考えている」とした。

書き出してみると、それほど難しい作業に思われなかった。しかし政治的影響を考えて一字一句を慎重に選ぶ必要があり、さらりとかわすか、反論するか、それを超えて逆襲するかなどのスタンスの選択にも工夫を要した。

九時と十一時の二度にわたって公邸の総理から風見に電話があり、

「いかがですか。でき上がったものがあれば、その分だけでも打ち合わせをしましょうか」

と告げてきた。翌日の衆議院本会議は午後一時からだから、午前十時から答弁案について総理と秘書官の打ち合わせが予定されていたが、せっかちは宗像総理の顕著な性癖のひとつであった。

「私の分だけは書いてはみましたが、まだワープロができておりませんので、でき次第お持ちします」

と風見は九時の電話で答え、十一時の電話があったときは、打ち上がっていた四つだけを持って公邸の総理の許に赴いた。

総理は書斎でポロシャツ姿で机に向かって、役所からの資料を読んでいたが、風見が行くと、机の前の椅子に風見を座らせ、答弁案に目を通した。

総理は、最初の「有権者が党分裂によって失われた民自党の過半数議席を回復させなかったのは、明らかに『非民自党政権』を選択した証」との風見の案文を、「民自党が過半数を上回る候補者を擁立しながら、二百二十三議席の獲得に終わったのは、有権者が明らかに『非民自党政権』を選択した証」と訂正した。続く「野合ではないか」という質問に対する「四十年ぶりの政権交代を待望する国民の熱い期待に応えるために」という部分を「国民が待望する今最も必要な政権交代を実現するために」に直した。そして実力者のロボットに終わるのではないかという質問に対する答弁は、「合議制による民主的な政策決定手続き」の部分を、「各党が対等な立場で活発に議論する政策決定手続き」に改めた。最後に、八党派の将来の統一の可能性については、「責任をもってお答えできる立場にはないが」を「……なく、各党それぞれのお考えもあろうが」に改めた。その他総理は、風見が随所に「国民各位」と書いていたのを、統一的に「国民の皆様」に変えた。

総理は、大学卒業後しばらく新聞記者として働いたし、幼少の頃、宗像家第二十一代当主の父親から漢文の素読《そどく》を教え込まれた素養もあった。概して風見の文章がやや理屈っぽかったのを、もっと感覚的で生き生きとした表現に改めた。文章には自信がなくもなかった風見だが、直されてみると、多くは総理の表現の方が国民に訴える力が強いと認めないわけにはいかなかった。

「とりあえず用意できているのは、これだけです。他の多くは各省庁から上がってくるのがおそらく二時か三時ですので、お約束どおり明日の十時から打ち合わせをさせていただきたいのですが」

用意してきた原稿が尽きたところで風見は言った。

「そうですか。皆さんにはお手数をおかけしますね」

と総理も納得した。

秘書官室に戻ると、ようやく全員が顔を揃え、各秘書官たちの答弁チェックは佳境に入りつつあった。

答弁の作成にも各秘書官たちの個性が現れていた。

答弁案が到着すると、所管省庁に根拠となった資料一式をファックスで送らせ、その資料をマーカーで印をつけながら丹念に読んで、疑問点をすべて電話で問《と》い質《ただ》しているのは、金井秘書官だった。彼の出身の警察関連の質問はほとんどなく、多くは担当の宮内庁、法務省、防衛庁などの答弁で、無論これらのなかでは防衛庁関連のものが突出している。

「お送りいただいた資料から、冷戦終結後の安全保障体制をこのように結論付ける根拠は何でしょう?」

手を動かしていないときは電話中だという点では、秘書官たち全員がそうだった。答弁前日の深夜の秘書官室の電話は、ほとんど塞《ふさ》がりっぱなしである。金井秘書官はさらに、なぜ「核兵器の一層の軍縮」と書き、「核兵器の廃絶」と書かなかったのか、説明を求めている。しばらくして、

「そうすると、核兵器の廃絶の方が分かりやすいですね。それでよろしいですか。助かりました」

とようやくのことで電話を切った。

外務省出身の牧本秘書官は、所管は外務省一省しかなかったが、「外交一元論」の立場から外交はすべて独占的に担当するということで、範囲は広かった。彼は上がってきた答弁案には積極的に筆を入れる方で、論理は鋭く、文章力は卓越していた。その牧本が電話で話している。

「長過ぎるよ。わが国としては、『地球的な諸問題の解決に従来にも増して積極的な役割を果たしていかなければならない』という表現で、どこが悪いの? 君が答えられなかったら、そう直させてもらうからね」

各省の答弁作成責任者は、普通は所管課の課長だが、実務的には課長補佐、外務省だと首席事務官どまりで作成している。その彼らも午前零時を過ぎれば家に帰っていて、役所に残って問い合わせに備えているのは若い課員である。筆頭課長級で議論に優れる牧本秘書官に敵《かな》う

はずがない。牧本秘書官は、気になる部分は本省に確認しつつ、どんどん自分流に書き改めている。

担当部署の意向を丁寧に確認しているのは、尾崎秘書官である。

「尾崎でございます。夜分申し訳ございません。あ、山本さんでございましたか。最近のスコアーはいかがでございますか？」

それから控え目に質問して、らちがあかなければ課長の自宅に電話し、それでもらちがあかなければ時間帯によって局長の自宅に電話していた。丁寧だが、しつこいことはしつこかった。それでも彼は、秘書官たちのなかでは人一倍役所間の調整と意思の疎通に意を用いていた。それは半分は彼の個性、半分は大蔵省の流儀だった。尾崎秘書官には分室の植野事務官が終始付き添い、すべてを補佐していた。

通産からの草野秘書官は、担当省庁から答弁案が上がってくる前に電話をして、こちらの問題関心を伝え、担当省庁の労力を節約させていた。

「向こうが原子力政策について質問してくるのは、これまで反原発で売ってきた社民党を意識してだけど、八党派の覚書があるんだから、社民党のことは気にしなくていいよ。『原子力発電は、今後ともわが国の安定的なエネルギー供給には不可欠』という点と、『今後とも国民の理解と協力を得つつ』という表現が入ればいいんじゃないかな。いずれにしても、一時までには送ってね」

やはり各省は、エース級の人材を送ってきているのだということを、答弁準備を通して風見は実感した。

もうひとつ風見が学んだことは、国会答弁が一面政府の政策形成の重要な機会でもあるということである。世間では「国会答弁」という言葉は、言葉を操って追及をかわし、内容的には何も約束しないための技術という意味で用いられ、それはそれで当たっていないことはない。しかし表現をめぐる官邸と省庁、そして省庁間の攻防が、政府の政策形成のための実質をまったく伴っていないわけではなかった。一字一句をめぐる調整が、そのまま当事者間での政策の合意を意味したり、あるいはその後の折衝に影響を及ぼすということも、少なくないのである。

答弁案の多くは、午前二時過ぎまでには上がってきたが、景気動向の見通しと対策に関する数問だけはいつまでも上がってこなかった。作成担当は経済企画庁だったが、協議先に大蔵省と通産省が入っており、上がってきた案文も尾崎と草野の二人でチェックすることになっていた。しびれを切らして、尾崎秘書官が状況確認の電話を入れたが、三省の間で、「現下の景気の状況に適切に対応するために」という文言の前に「幅広い観点から」という表現を入れるか否かですでに一時間以上議論して、まだ折り合いがつかないのだという。「幅広い観点」が入ると、それを口実に何かにつけ金を出させられかねないことを心配して、大蔵省が抵抗しているのだろう。尾崎秘書官と草野秘書官は、

「われわれは入れても入れなくてもいいということで、もう折れ合っちゃったよなあ。早く向こうも折れ合ってくれないかなあ」

と言っている。

風見は、自治省のメモ出しで上がってきた選挙制度と政治資金関係の数問にも筆を入れ、ワープロ浄書のために秘書官室分室に回した。答弁は一問ごとに別々にB5横長の縦書きに、質問要旨と答えを浄書するのである。

「僕は勝手に直してしまったけど、やはり自治省に言っておいた方がいいかな」

風見は隣の席の草野秘書官に聞いた。

「そりゃあ、言っておいた方がいいよ」

自分の作業を続けながら、草野秘書官は答えた。

「風見さん、担当者の意見も聞いておいた方がいいよ」

向こうから金井秘書官も忠告してくれた。それがやはり霞ヶ関の仁義というものなのだろうと風見も思った。

「実は電話したんだけど、出ないんだよ」

と風見は弁解した。各省庁から上がってくる答弁には、答弁作成責任者の名前と、役所と自宅の電話番号が記されている。実は先刻その番号にかけてみたのだが、役所も自宅も応答がなかったのである。

「鳴らし方が足りないんだ。出るまで鳴らしているんだよ」

金井秘書官が再び忠告してくれた。

時間は午前三時に近かった。自宅にかけ、辛抱強く待っているとようやく相手が出た。

風見は名乗ったうえ、提出されたメモについて、一部を改めさせていただきたいと述べた。

「どのようにでしょう?」

「選挙制度改革を目指すつもりかという問いに対する答えで、『選挙制度審議会からの答申もあり、これを尊重させていただくが、具体的手順や日程については、今後慎重に検討して参りたい』というのは、『選挙制度審議

会の答申、与野党の議論の進展、国民世論の動向等を踏まえて、今後充分検討して参りたい』としたいのですが。提出していただいたのですと、原則的に選挙制度改革をやるということが強く出過ぎるかなという感じがしまして」

「審議会の答申に対しては、総理は法律上尊重義務があるわけですから、やはり原則やるということになるのではないでしょうか」

「与党の中には選挙制度改革に強硬に反対してきた政党もあり、税制改革を控えた今の時期にこの話を持ち出すことは、連立与党の足並みを乱す心配があるからです」

「そういうご配慮は分かりますが、総理の判断材料として、審議会の答申、与野党の議論、国民世論の三つが等価だというのでは、選挙制度審議会設置法の趣旨に反するのではないでしょうか」

「それでは、『選挙制度審議会の答申を尊重させていただくのは当然だが、同時に与野党の議論の進展や国民世論の動向にも充分配慮しつつ』ではいかがでしょうか」

「『同時に』というのは要るのでしょうか。審議会の答申だけでは決められないというニュアンスが、強く出過ぎるのではないでしょうか？」

「じゃあ、『同時に』は取りましょう」

「それなら結構です」

選挙制度は風見の専門でもあったが、政府の方針ということになると、やはり日本の官僚機構は甘くはないことを知ったと思った。「メモ出し」であっても、官僚機構はメモを出してそれで終わりということではない。

他に政治資金関係の答弁があったが、こちらはちょっとした言い回しの問題で簡単に済んだ。風見は電話を切って、担当課長との協議に従って原稿を書き直した。

風見が分担したものをすべて終え、秘書官室分室のワープロに回し、その校正も済ませて作業が完了したのは午前四時に近かった。

牧本秘書官は二時前に「さあ、万全だ」と言って帰り、三時には金井秘書官が「申し訳ない。終わりました」と続いた。経企庁からの答弁を待っていた草野秘書官も少し前に「寝るぞ、寝るぞ」と言って帰っていった。残っていたのは、風見と尾崎秘書官だけで、尾崎はまだ終わっていなかった。それでも、尾崎が風見に、

「ちょっと一杯やろうよ」

と言って秘書官応接室で、植野も加えてビールを飲んだ。

「風見ちゃんも頑張るね。タフだねえ」

「尾崎さんも、守備範囲が広いから大変ですね。税制改革はすべて検討中で済むからいいけど、景気からウルグアイ・ラウンドまで、万般だものね」

「なんの、なんの。この特別国会やって、次の臨時国会やって、税制改革を仕上げなければね。風見ちゃんも、協力頼むね」

「当然ですよ。じゃあ、私はもう終わりましたので」

「お疲れ様」

内玄から出ると、記者クラブの灯りも消えていて、辺りは暗かった。さすがに近づいてくる記者もいない。毎夜の自宅での番記者たちとの懇談も、答弁準備の間はなかった。


翌日、答弁についての総理と秘書官たちとの打ち合わせは、当初の約束の午前十時より早く、九時から公邸の第三応接で行われた。この日午前中の総理日程は空白で、出邸は正午だった。

風見の知る限り、答弁の最終的な準備の仕方は、歴代総理によって様々であった。役所と秘書官たちの作業自体はどの内閣でも基本的には違わないのだが、案文を受け取ってその通りに読んだ総理もいれば、秘書官たちと打ち合わせることもなく、自由に筆を入れた総理もいた。しかし、現代総研で若手の書いたレポートに筆を入れる立場にもあった風見は、どんなに自信があっても執筆者に確認せずに文章をいじることの危険を知っていた。だから宗像総理が、秘書官たちと打ち合わせをしたうえで最終的に自分で筆を入れる姿勢は正しいと思った。

秘書官たちのほか、総理に乞われて新党改革の風の学者政治家の田崎秀夫議員も加わった。田崎議員は、秘書官たちの用意した答弁に丹念に目を通し、自発的にアドバイスもし、総理から、

「田崎さん、ここはどうですかね」

と尋ねられて、意見も述べた。少数だが、なかには田崎議員と担当秘書官に調整と書き直しが委ねられた答弁もあった。

答弁は役所から上がってきたものも、風見が書き下ろした「作成せず」も、それらに手を加えてワープロ浄書をし直したものも、作業の過程ですべてのバージョンが逐次秘書官全員に配られていた。さらに朝来たときには、徹夜の秘書官室分室が準備した完全版のセットが各秘書官の机の上に置かれていたから、風見もすべてにパラパ

ラと目を通していた。しかし、総理の全問のチェックに立ち会っていると、いろいろな意味で興味深かった。

事務秘書官たちの用意した答弁には、大きく二つの特徴があって、その二つとも総理には不満のように受け取れた。

第一は、概して長過ぎるということだった。役所の作る答弁には決まったパターンがあって、最も典型的なパターンは、「○○については」とまず問題を限定するところからはじめて、続けて「××××××であり、△△△△△△と受け止めている」と、政府の立場からの事実や問題点についての認識を披瀝する。さらに続けて、「このため政府としては、かねてから○○○○○○などの施策を講じてきたところであるが」とこれまでの努力を具体的に説明したうえで、さらに「今後××××××についても、慎重に検討して参りたい」と締め括る。結論は「慎重に検討したい」であって、「する」とは言っていないし、あくまでも「慎重に」であって、期限も明示していないから、要するに実行については何も確約しないいわゆる国会答弁ということになる。いずれにしてもこのパターンを律儀に守ると、どうしても長くなるのである。

「最初の『高齢者の雇用問題については、……が重要と考えており』という部分も、次の『かねてから』から、『ところであり』までも要らないのではありませんか？『いずれにせよ』も不要で、いきなり最後の『目下雇用対策審議会でご検討をいただいているところであり、その結果を踏まえて対応して参りたい』でいいのではないでしょうか？　むしろその最後の部分の前に、『高齢化社会を迎えて働く意欲のある高齢者の方々にもできるだけ雇用の機会が提供されるように』というようなことを入れた方がいいと思いますね」

個別的にはそれなりのやり取りがあったが、秘書官たちも概ね短くすることには同意し、総理は不要な部分を次々に削っていった。

第二は、質問者が様々な聞き方をしているのに、答弁が一言一句同じということだった。例えばわが国のＰＫＯへの協力について、「今後ともＰＫＯについては、積極的な取り組みが必要と考えるが、総理のご決意のほどをお示しいただきたい」と問われようと、逆の立場から「わが国が憲法で禁じる武力行使に巻き込まれることがないように、ＰＫＯの運用は慎重であるべきと思うが、総理はどう考えるか」と問われようと、答えは「今後の国連平和維持活動（ＰＫＯ）へのわが国の協力については」で始まる一言一句が完璧に同文の答弁が用意されているのだった。

これは労力の節約もあるが、同じ政策テーマについては同じ説明をしなければどちらが本物の政府の方針なのか疑問を生むし、丁寧に答弁する相手と簡単に済ます相手が出ることは、国会対策上もまずいという役所的な判断にもよっている。

「少しくらい変わりませんか？」

と総理は言い、ＰＫＯについては金井秘書官と牧本秘書官も同意して、二人で工夫して政策として違いはないが、やや答え方の異なる表現に改めた。

個々の表現についても総理は注文をつけた。

「今後の財政運営については、なかなか困難なものがあり、というこの『なかなか』は何か別の言い方はありませんかねェ」

「いろいろ検討させましたが、『非常に』とか『きわめて』というほどではありませんし、『やや』でも、『それなりに』でもありませんので、ここはやはり『なかなか』ではございませんでしょうか」

尾崎秘書官が防戦している。

「『相当に』では、ダメなのですか」

「そういう突き放した言い方ではなく、一生懸命やっているけどなかなか困難だというのが、気持ちの問題として、この『なかなか』という表現に表れていると思いまして、ここはやはり『なかなか』ではないでしょうか」

明らかに総理は納得していなかったが、それ以上は言わなかった。

質問者ごとに順番に進んで風見の番が来たが、幸い答弁の趣旨を変更されるほどのことはなかった。それでも総理は、いくつかの表現をほとんど機械的に訂正した。

こうして打ち合わせは終了した。

総理は昼過ぎに出邸し、秘書官たちと手短に昼食を済ませて一時十分前には当番の金井秘書官と院内に向かった。

秘書官室ではＮＴＢの国会中継で、代表質問と総理の答弁を見守った。民自党の河崎総裁は熱の籠もった質問ぶりだったが、総理は淡々と答弁原稿を読んだ。訂正されたとはいえ、風見が用意した答弁案もその通り読み、尾崎秘書官と争った「なかなか」もその通り「なかなか」と読んだ。テレビでも民自党からの野次は尋常でなかったから、実際には声が掻き消されるほどなのだろうと風見は思った。それでも与党席からの負けじとばかりの盛大な拍手にも助けられ、総理は動じる風もなく、相変わらずのよく透る声で答えていた。

本会議が終わって三時半に総理は官邸に戻ってきた。

「野次にも怯《ひる》まれませんでしたね。それにしても民自党の野次のひどさは、中継で国民に見てもらうには絶好でした」

「明日も大いに野次ってくれるといいと思っているんですよ」

総理は余裕を見せて笑った。

翌日の朝刊は、電機メーカーの中国での合弁事業の記事を優先させた日本産業新聞を除いて、全紙が衆議院の代表質問を一面トップで扱っていた。「税制改革の年内実現を再び公約」という見出しを掲げたところもあれば、「非民自連立政権は国民が待望——野合批判に反論」という見出しも、「規制緩和に意欲、戦後補償は法的には決着済み」という見出しもあった。太陽新聞の見出しは、「連立各党の主体性を重視——将来の統一に否定的」というものだった。風見は本文を読んだ。

「八党派は将来統一するつもりかと、連立与党の提携関係の今後について河崎氏がただしたのに対し、宗像首相は『八党派全体の進路について答える立場にない』としたうえで、『私としては各党の主体性にも配慮しつつ、将来にわたり確固たる結束を維持すべき』との考えを示した。これは、新世紀党の財部一郎筆頭幹事や公正党の市倉晃一書記長が、将来は連立与党を統一して民自党を上回る一大新党を結成すべきと最近主張しているのに対し、首相としてはこれを牽制し、民主改革新党の主体性を確保する考えを示したものとみられる。また河崎氏が財部氏の『国際社会で責任分担を』の主張を念頭に置いて『ミニ超大国路線』を選択するのかと迫ったのに対し、首相は『ミニ超大国路線を目指すつもりは毛頭ない』と明言した」と、太陽は書いていた。

そういう見方は、風見には思いのほかだった。風見は無論、非民自新党をめぐる財部や市倉の最近の主張も、それを踏まえた河崎総裁の質問の狙いも分かっていた。そのうえで様々な主張のバランスを取り、どれか特定の主張や路線に荷担したと取られないように答弁を書いたつもりだった。太陽の「これを牽制し」という表現は、風見には驚きだったし、そのつもりはまったくなかった。

太陽の記事は、政治信条的にはむしろ宗像総理に近い河崎総裁が、総理と財部一郎との間に楔《くさび》を打ち込もうとし、総理がこの機会を利用して、財部や市倉の路線との違いを浮き立たせてみせたという構図が目立った。しかし、それはあまりにも作られた構図であった。総理が「ミニ超大国路線を目指すつもりは毛頭ないと明言」し、これが財部一郎との「微妙な路線の相違を浮き立たせる」ものだったと太陽が別のところで書いていたのも、事実と違っていた。その答弁も無論風見が案文を書いていたが、総理もそれを見て、

「ミニ超大国路線なんか採らないのは当たり前です。財部さんだって、オレの路線がミニ超大国路線だって、と一蹴するでしょうね」

と笑っていた。風見もそのつもりで答弁案を書いたし、総理もこれにはまったく筆を入れなかった。総理本人はもとより自分にも取材せずに、どうして太陽がそういう記事を書けるのかは、風見には分からなかった。

各紙を読んでいると、その他にも様々な見方が出ていて興味深かった。総理が答弁の推敲に十分時間をかけたことは各紙が紹介していたが、その推敲した原稿を読んだだけの答弁ぶりを、ある新聞は、「そっけなさが目立った」と書き、ある新聞は「棒読み」と書き、ある新聞は「淡々とした調子」と書き、さらにある新聞は「野次にも動じないしたたかさ」と書いた。

代表質問と総理の答弁を報じる新聞記事から総じて風見はふたつのことを学んだ。ひとつは、推敲を重ねて文章を書くということは、これまでも風見が日常的にしてきたことだったが、その同じことをしても、総理答弁であれば影響がまるで違うということだった。それが権力というものだと風見も思った。だがそれだけなら、事前に十分予想した範囲のことである。風見にとっての発見はむしろ、権力の世界のことも実は特別のことではなかったということだ。これまでは風見も漠然と、権力の世界には、厳密で精緻な手続きや、あらゆる情報の集積と綿密な分析、最高度の頭脳の動員、世間には知らされていない秘密のノウハウ、そんな特別な何かがあると夢想していたと言ってよかった。しかし現実に直面したのは、例えば総理答弁について言えば、あくびを噛み殺しながらの書きなぐり、ふと気づいて頭を掻きつつの訂正、気紛れの挿入と削除、思い付きの言葉、総理の「まあ、いいですか。時間もありませんし」のひと言での許容などだった。風見はまた、組閣の党首会談や総理執務室での総理と閣僚候補者との間で交わされていた誰でもがして

いるような日常的な会話を思い起こした。新聞が大々的に報じる権力の内側の出来事とは、知ってみればこういうことだったのである。

総理答弁の新聞報道を読んで風見が学んだもうひとつのことは、報道によって伝えられている世界は、真実にある程度は近いが、実はそれからは少し、時にはかなりずれた世界でしかないということだった。新聞は確かに現実に起きたことをなぞっている。しかし所詮はなぞっているだけだったし、特に記者の地の文章に入っていくと、意図的なあるいは無知による記者の見方が強く出て、本物の姿とすこぶる違っていることが珍しくなかった。いや、その方が普通だった。そして記者たちは、本物らしく見せるために、様々な意味での辻褄合わせをしていた。

それは所詮架空の世界だったが、いかにも辻褄が合い、人々が納得するように、真実よりも真実らしさが好まれた。本当の出来事の間抜けさ加減は隠蔽された。偶然は「陰謀」に置き換えられ、過失や無知は「故意」に置き換えられた。やがて真実の一部が露呈して、辻褄合わせが破綻《はたん》すると、今度は事態は変化し、登場人物たちの心は変わったかのように報じられるのだった。そして再び真実からずれた辻褄の合った嘘の世界が始まるのだった。

二日目と三日目の代表質問と総理答弁、そして新聞の報道は、このようなことの繰り返しであった。

二日目と三日目は、参議院で十時から本会議があるために、総理との答弁打ち合わせは公邸で朝八時から行われた。こんな時間に全員が揃うのも大変なので、打ち合わせに時間差を設けることになって、家が遠隔なうえに朝に弱い風見はできるだけ遅い時間にしてもらうようにした。一番手には尾崎秘書官が名乗りを上げた。連日答弁準備に最後まで残っている尾崎が、打ち合わせの最初を厭《いと》わない頑張りに風見は脱帽した。

二日目は、午前十時からの参議院本会議が十一時四十分頃には終わって、午後一時から衆議院本会議が予定されていた。その一時間ほどの間に、昼食と残余の答弁打ち合わせを済ませなければならないうえに、どうしてもという政治家の面会が二件予定されていた。昼食も打ち合わせも面会も、院内で行われることになっていたので、風見ら秘書官たちは、十一時四十分の参議院本会議終了に遅れないように院内に入った。

銘々の車で衆議院の中庭の渡り廊下の前まで行き、中央付近のエレベーターで二階に上がるのである。エレベーターを降りたところに院内総理大臣室があった。

議事堂で衆議院と参議院の真ん中にある中央玄関を使うことができるのは、国賓などの特別の場合を除けば、開会式に出席する天皇に限られる。玄関を入って天井に四季の壁画が描かれた豪奢なホールを抜け、中央階段を上り詰めると三階で、突き当たりは議事堂の総工費の一割を費やしたという絢爛豪華な陛下の御休所である。その御休所と隣の皇族室のすぐ下の二階が、秘書官室、大臣室、院内閣議室、総理室の四室になっている。

総理室のドアから出入りできるのは、総理本人と秘書官などの総理に随行する人間に限られ、それ以外は誰であろうと秘書官室が出入口となる。秘書官室を入った左手の大臣室を通り、さらにそれに続く院内閣議室を抜けて総理室に入るのである。秘書官室の右手は官房長官室で、そのさらに右が内閣参事官室になっている。

秘書官室は、椅子やテーブルが置かれたかなり広い部屋で、総理が院内にいるときは、大沢さんか瀬戸さんかのどちらかが連絡などのために詰めている。加えて先導役の池田進乃助と、お茶を出すためにボーイ室の誰かがおり、総理が本会議や委員会に出席中にはSPたちの控え室にもなる。

秘書官室は総理秘書官の専用ではなく、大臣の秘書官たちがいることもあるが、大臣が奥の部屋に入っているとき以外は、彼らは政府委員室を利用することの方が多い。その他ここは新聞記者たちの出入り自由の部屋であるし、院内で総理に面会する人々の待合室でもあるから、様々な人間がいる。特に閣議や政府与党最高首脳会議などが開かれているときや、誰かが総理に面会しているときなどには、記者をはじめ大勢の人間で溢れかえっている。このため総理の秘書官たちは、その奥のどの部屋でも自由に出入りできる特権を生かして、総理が不在のときにも大抵は奥にいた。

隣の大臣室は、国会開会中は原則として院内で開かれる閣議の前に閣僚たちが揃ってカメラの頭撮りが行われるところであるから、テレビのニュースなどでよく人の目に触れている部屋だった。二階に位置するので、正面の真鍮製の唐草模様の窓枠のある大きな窓を透かして、庭の木々の緑の繁りのちょうど先端が美しく望まれる。濃い緑色の布張りの豪華な椅子が並べられ、重厚にも清々《すがすが》しくも感じられる。

その奥の閣議室は、その名のとおり院内で閣議を開くときに使われるが、官邸閣議室が閣議以外の用途には一切使われることがないのに対して、ここは政府与党最高首脳会議や、その他の会議にも使われ、昼にはテーブルを汚さないようにクロスを掛けて総理と秘書官たちの食事の場としても使われる。官邸閣議室のテーブルがやや変形の円卓なのに対して、院内閣議室では細長いテーブルをロの字形に並べて使っていた。

そして一番奥が院内総理大臣室だった。

これまでの三室に比べるとむしろ狭く、淡い茶系統の内装で、議事堂内の部屋に共通の豪華さはあるが、特別のものではない。総理の机と応接のための長椅子や肘掛け椅子に丸テーブル、それに陪席者のためにいくつかの椅子が置かれている程度だった。壁の一部が暖炉の仕様になっていて、鏡が嵌め込まれている。

それでも風見は、ここに来ると権力者の部屋を実感した。議事堂というところは、政治家や、秘書、役人、記者、カメラマン、参観者など大勢の人間たちの出入りする場所である。それらの人々で時には騒然とするこの巨きな建物の中で、いくつもの部屋を通り抜け、ようやく達することのできる奥まった一室だった。出入りの場所は幾人もの衛視たちによって警護され、客との面会も多くは大臣室で行われるので、院内総理室は官邸の総理執務室よりはるかに限られた人たちしか出入りしない部屋であった。議事堂の最も位置取りのよい場所に、行政府の長の部屋があるのは、三権分立に反しているようにも思われるが、それは議事堂が建てられたのが戦前の天皇制下であったことによる。窓越しに美しい緑を望むこの部屋の宗像総理の姿は、それにしても、いかにも国会議員七百六十三名の過半数の指名によってこの一室を与えられた人間のように見えた。

秘書官たちはその総理室で参議院本会議から戻った総理を迎えた。議員の二件の面会を済ませてから、閣議室で食事をしたが、国会開会中総理が院内で食事をするときは内閣法制局長官が同席するという慣行があって、小谷長官も加わった。

食事が終わってから慌ただしく一時からの衆議院本会議の答弁の残りの打ち合わせをした。細かな問題がいくつか残っていて少し手間取った。

本会議の時間が迫った。秘書官室で待機していた瀬戸さんが総理室に現れた。この日は草野秘書官の当番だったが、事情があって衆議院本会議だけ代わって欲しいと頼まれ、風見が請け合っていた。

「そろそろ本会議が始まりますので、お願いします」

と瀬戸さんは言い、総理室のドアの前に立った。総理が答弁資料を手にして立ち上がり、風見が後ろに付いた。総理が近づくと瀬戸さんがドアを開けた。開けている間はブザーが鳴り響くのだった。廊下に待機していた衛視とSPたちが従い、さらに記者たちが付いた。記者のうち一人が素早く総理の左隣に寄った。

「政経新聞の牛島と申します。よろしくお願いします」

「はい」

「代表質問も二日目ですが、いかがですか。答弁は官僚の作文を読み上げているだけという見方もありますが」

「そうですか？　私は自分の言葉で語っているつもりですけど」

実情を知る風見にしてみれば、総理の返答に嘘はなかった。原稿を読んでいるにしても、それは総理自らが手を入れたものである。これだけ答弁の言い回しや表現というものにこだわった総理は、近年いなかったのではないかと思われた。多分民自党が「官僚の作文の棒読みだ」という見方をマスコミに流しているのだろう。しばらく中断しているが、自分の記者懇でも取り上げ、記者たちに総理の推敲ぶりをきちんと理解してもらっておく必要があると、風見は思った。

衆議院の本会議場は同じ二階にあって、総理室からそれほどには離れていない。しかし衆参の正玄関からそれぞれの第一委員室に入るときなどは、概して官邸より格段に長い距離を記者たちと歩くことになる。それだけに、時には記者たちの反問や執拗な食い下がりを許して、鬼門ともなりかねないものだった。歴代総理の失言や、様々な批判や騒動の種となったいわずもがなの発言は、これまでもほとんど院内で出ていた。

本会議場への入口は、「ひな壇」と「議席」では異なる。ひな壇というのは、本会議場の正面の演壇の左右にある閣僚席のことで、一般の議席より一段高く、そのうち総理の席は向かって左側の、演壇に最も近いところにある。ひな壇に着席するのは、総理として本会議に臨むときで、このときはひな壇のすぐ後ろの扉から入る。これに対して法案の採決など一議員として議事に参加するときは、総理といえども議席に着席し、出入りは一般の議員たちと同じ議場の扉からである。そこで総理に付き添う秘書官やSPたちは、本会議のたびに総理の向かう先を「ひな壇」とか「議席」といって区別するのだった。

この日の総理は、先日の所信表明に対して代表質問を受ける身であるから、当然「ひな壇」だった。同じ扉から出入りするのは、閣僚など限られた少人数の人々で、「議席」のときのように、本鈴を待つ大勢の議員や付き添いの秘書たちのなかに混じることはない。

本鈴が鳴って総理が入ると、風見は三階の傍聴席に回って傍聴した。秘書官の傍聴席は、外交官席と表示されている所で、文字通り在京の外国の外交官のための席でもあるが、普段は演壇の正面の一般傍聴席と違ってほとんど空席である。そこからは、ひな壇や演壇は右手に見える。

演壇では民自党の若手の市村議員が声を張り上げて質問原稿を読んでいた。総理はひな壇の自分の席でボールペンを片手になお答弁原稿を推敲し、時折隣の羽根副総理やさらにその隣の三国官房長官と相談したりしていた。質問が終わり、市村議員が演壇を降りて、速記者席に質問原稿を置いて自席に戻ったのを見計らって、有泉議長に代わって議長席についていた鷺坂副議長の声が響いた。議長と副議長は、しばしば交代で本会議の進行役を務める。

「国務大臣の答弁を求めます。内閣総理大臣、宗像芳顯君」

総理が答弁原稿をもって立ち上がり、議長席に一礼して演壇に立った。時折市村議員の方に顔を上げながら原稿を読み上げた。

すべてが想定され、予定された通りのことだったが、ほどなく議場がざわつき出し、何人かの議員たちが左右の短い階段を上って、閣僚席後ろの議長席寄りの事務次長の席に集まった。全部で十名近くいる。議員たちは総理の答弁とは無関係に額を寄せ合って何か話している。それがなかなか終わらない。

総理は、一通り答弁が終わると、

「残余の質問につきましては、各国務大臣から答弁致させます」

と述べて、与党席からのやんやの拍手とともに席に戻った。

議長職を務める副議長に名前を呼ばれて、その後羽根副総理兼外務大臣、武藤大蔵大臣、山岡運輸大臣、枝村科学技術庁長官、宮島厚生大臣の答弁が終了したが、なおも壇上での話し合いは終わらなかった。顔触れから、議場内交渉係の肩書をもつ議院運営委員会の理事たちのようだった。

「ただ今協議中でございます。しばらくお待ち下さい」

鷺坂副議長が二、三度言って、ようやく協議は終わった。与党の筆頭理事が副議長と総理に何事かを告げている。

「続いて、志村清吾君」

ようやく副議長が次の質疑者を呼んで中断していた議事が再開された。

その質問が終わり、答弁に立った総理が再び、「残余の質問につきましては、各国務大臣から答弁致させます」と頭を下げたところで、風見は総理を迎えるために傍聴席を離れた。

ひな壇の出入口の扉に着くと、衛視たちと兵頭警部を始めとするSPたちもすでに揃っていた。他の大臣たちの秘書官やSP、それに総理の番記者たちも待機している。

程なく扉が開いて総理が退出してきた。ここからは真っすぐ官邸に帰るのである。陣形を組んで歩き出したが、今度の番記者の質問は、臨時国会の召集時期の見通しだった。総理は、「与党にお任せしています」と応じていた。

衛視たちが衆議院正玄関に降りるエレベーターのドアを開けて待機していた。それに乗る。記者たちは同乗できない。一階に着くと、玄関には同行のSPから携帯無線で連絡を受けて、総理車が待っていた。窓にレースのカーテンの掛かった国産の黒塗りの大型車である。SPの一人が総理車のドアを開けている。総理が乗り込み、風見は素早く反対側に回って他のSPが開けて待っているドアから総理の隣の席に乗り込んだ。SPが勢いよく重たいドアを閉じた。助手席に兵頭警部が乗り込んだ。他のSPたちはバラバラッと走って、前のパトカーと後ろの覆面パトカーに分乗した。先導のパトカーが走り出し、総理車が続いた。

衆議院の通用門の前では、警察官が出て交通を規制している。三台の車は軋《きし》みを立てて右折し、道路の突き当たりの官邸に向かう。官邸前の交差点は信号規制がなされており、官邸の表門も開け放たれていて、車は勢いよく官邸車寄せに滑り込んだ。パトカーは先まで進み、総理車が表玄関に横付けになるようにして停車した。

車中で風見は、本会議で議場内交渉係が壇上に集まったのは何だったのですかと総理に尋ねた。

「戦争責任については、記者会見で申し上げた通りで、所信表明ではその不十分な点を補わせていただいたと答弁したことに対して、民自党が国会軽視だ、答弁のやり直しを求めると騒ぎ出したということです」

「そうですか。答弁原稿を見て私も気にはなっていたのですが、申し上げるべきでした」

自分の書いた答弁原稿でなかったので遠慮したことを、風見は反省した。それにしても、民自党の抗議ぶりが目に見えるようだった。彼らの論拠は、「記者会見は、国権の最高機関か？」というものである。記者会見で話し、国権の最高機関ではその足りない点を補ったなどというのは、本末転倒で、国会軽視も甚だしいというわけである。

日頃は折り目正しい言葉遣いをする総理が、珍しく口調を変えて言った。

「彼らは、国民に向かって語るということを認めないいんだなあ」

「日本は代表制民主主義で、自分たちがその代表なんだというのが彼らの主張ですから。……決着はどうなったのですか？」

「議運で然《しか》るべく協議すると言っていました」

官邸に着くと、車の停車位置の左右に待機していた二人のＳＰが、素早く総理と風見の席のドアを開けた。日頃行き慣れていない場所では、総理の席のドアは、周囲の安全を確認してからでなければ開けないが、官邸ではそういうことはない。

一足先に戻っていた池田進乃助と、守衛長の大崎雄一郎が先導した。

院内を出るときに傍らについた番記者が、再び横に付いた。質問をしながらハアハアと息を切らしている。議事堂の正玄関上の二階で総理がエレベーターに乗るのを見届けた後、彼らは一目散に院内を駆け抜け、通りを横切って全速力で官邸に戻るのである。風見も別の機会に全力で通りを渡る記者たちの姿を目撃したことがあるが、本当に血相を変えて必死に走っていた。

総理の答弁については、後日三国官房長官が衆議院議院運営委員会に呼ばれて、以後気を付けますと陳謝し、問題の部分を会議録から削除することで決着した。

官邸に戻って一息つくと、風見には別の仕事が待っていた。

民主改革新党の参議院議員で国際派で知られる大鷹亮三の紹介で、アメリカの日本研究者として名高いナサニエル・ボートン教授が来日し、総理との面会を希望していた。外国人による総理との面会希望が官邸に伝えられるのには、二つのルートがある。ひとつは外務省ルートである。外務省の所管部局から牧本秘書官に伝えられ、彼が担当することになるが、これは外交そのものである。面会には外務省が立ち合い、事前に総理に必要な予備知識を提供するための総理レクが行われる。首脳会談や外交案件がらみのときは念入りな勉強会が企画されるが、表敬訪問だけの場合は、相手がどういう人物か、その国と日本との関係はどうなっているかや、話題になるエピソードなど、直前に十分間だけのレクという場合もある。最近ではアメリカのギルバート上院貿易小委員長、小笠原匡子国連難民高等弁務官、コルビック・エストニア首相などの訪問は、このルートで行われた。

もうひとつは風見のルートである。多くは仲介の政治家がからみ、最初から風見に言ってくる場合もあり、外務省に断られて回ってくる場合もある。外務省に言わせると、これは外交ではなく、総理の個人的な付き合いに過ぎない。当然通訳はもとより、事前レクの労も外務省は取らない。

ボートン教授の面会希望は、最初から風見のルートで来た。総理は知事時代に、県の催し物にボートン教授を招聘したことがあって、教授の訪問を歓迎した。その面会が、午後四時からだった。日程はすでに公表してあり、記者クラブから報道室を通して頭撮りの希望が出ていて、許可を求められた風見も許した。

頭撮りがあるときは、面会者は閣僚応接室で待機する。カメラが入って準備が整ったところで、担当秘書官が執務室との間のドアを開け、総理を入れ、続いて自分も入る。総理と客が握手して着席し、しばらく会話を交わす。その間カメラが回り、フラッシュがたかれる。程々のところで秘書官が声を掛けてドアを開けると、総理が先に立って執務室に入る。本当の会話はそれから執務室で行われるのだが、それまでの閣僚応接室での様子は多くはその日のテレビのニュースで放映され、翌日の新聞記事になるのだった。

「頭撮りは、壁中でよろしいですね？」

報道専門官の肩書をもつ報道室の柏木が確認に来た。

閣僚応接室での頭撮りのやり方には、「正面」と「壁中」のふたつがある。正面というのは、総理が閣僚応接室の入口の正面の、南庭に面したガラス窓を背にして着席するもので、客は総理の席を空けて左右に着席して待つ。与野党の政治家などと会うときは、ほとんどこの正面が採られる。

　これに対して壁中は、総理が閣僚応接室の入口から見て左手の、執務室との境の壁を背にして着席する方法である。執務室のドアから出てすぐ右の椅子に総理が座るので、客はひとつ空けてさらに右の椅子で待機する。外国からの客や、喫煙室を使うまでもない小人数での文化人や各界の著名人などと会うときは、概ね壁中が採られる。このときは、カメラマンたちは入口から入った後左に向きを変えて待機するのである。

「それでいいでしょう」

　風見も同意した。

　外務省ルートではなかったから、総理への事前レクは風見がしなければならなかった。風見は、教授の日本研究者としての業績と、特に邦訳も出て日本でも話題を呼んだその『日本――日出《いづ》る国か、没する国か』の論旨、それに教授の近況などを、現代総研から取り寄せた資料で簡単に説明した。

「『日本――日出る国か、没する国か』は私も読みましたがねェ。忘れちゃいましたけど」

「感銘を受けましたということで、よろしいのではないでしょうか」

総理と話しているうちに、準備ができたという連絡があった。客が閣僚応接室に入ったところで、報道室の係員が廊下に待機していたカメラを室内に入れ、そのうえで連絡をしてくるのである。

　執務室から閣僚応接室へのドアは秘書官が開けるが、その際にはノックをするか、ロックのノブを一度カチャッと動かし、カメラマンたちを身構えさせる約束になっている。風見はノブを動かしてからドアを開けた。少し開けたところで、自動ドアのように開くのは、内にいる池田進乃助がその後を開けるからである。テレビのライトが光り、スチールカメラのストロボが一斉に瞬くなかを総理は閣僚応接室に歩み入った。ボートン教授と、同席の紹介の大鷹議員が立って迎えた。総理は教授と握手を交わし、大鷹議員には「お忙しいなか、お連れいただいて」と声を掛けた。

　風見も入り、総理の脇に立った。

「今回は日本はいつからですか?」

「今週の日曜日からです。総理にお時間を割いていただいて、恐縮です」

　教授の日本語はよどみがない。

「知事時代にわざわざ来ていただいて以来ですね。『日本——日出る国か、没する国か』は今でも日本で読まれていますが、今は何か新しいご著書を準備中ですか？」

「日本の歴代内閣の外交政策の変遷について、来年早々には出したいと考えています。宗像政権の章で何を書くべきなのか、総理から直にお話を伺うことができるなら、これ以上の幸せはありません」

二人の話の間も、テレビのライトは煌々と輝き、間断なくカメラのシャッターとモーター・ドライブの音が響いた。時計を見ていた報道室の柏木が合図したので、

「後は執務室の方でいかがでしょうか」

と風見は声を掛けた。総理が立ち上がり、風見の開けたドアを通って執務室に入り、ボートン教授と大鷹議員が続き、最後に風見が入ってドアを閉じた。

執務室では、総理がいつもの定位置に座り、教授が長椅子に、大鷹議員が向かいの肘掛け椅子に座った。風見は、長椅子に教授からはやや間を空けて座った。

総理が口を切った。

「クックス大統領とは電話で話しましたが、九月に国連総会で訪米の際にぜひ会いたいとのことでした。国連に行くと、月曜、火曜がつぶれて国会との関係でちょっと問題なんですが、行けると思います。十一月には前政権からの約束で、ＡＰＥＣ、アジア太平洋経済協力会議の非公式首脳会議でシアトルに行く予定になっていますし、訪米がふたつ続くわけですが、ボートンさんから、何かご助言がいただけるとありがたいですね」

にこやかな笑みを浮かべた教授が、とどこおることのない日本語で答えた。

「アメリカとの交渉のために、一番大切なことは、人間関係をきちっと作っておくということです。アメリカは人間関係で動く国です。日本は役所で動きます。アメリカは個人のネットワークで動きますし、動かせます。海崎内閣のときは、ホワイトハウスに知った人がいなくて、うまくいきませんでした。宮下総理とクックス大統領の関係もよくなかったです。宮下総理は、マンデーレ大使ともその前のコレット大使ともよくありませんでした。マンデーレは、ウエットですが、いい人で、私は宗像さんとうまくいくと思います」

「クックス大統領は、日米総括協議について、政府調達、自動車、保険の三つを言っていました。ぜひこれをいい方向でまとめましょうと話しました。事務レベルの話し合いはすでに始めていますが、十分詰めさせたいと考えています」

「ワシントンには経済について発言する三つの主要なグループがあります。ひとつ目は金融界、ふたつ目は産業界、ここはクックスはもっと輸出振興策に力を入れるべきだと主張しています。三つ目は純粋な経済学者たちで、彼らは日本の内需拡大を重視しています。それぞれに考え方が違いますから、全部を満足させることは難しいと思います。ただ規制緩和は、三つを共通に満足させるテーマです。宗像総理がこれをおやりになれば素晴らしいと思います」

「少し時間がかかりますが、政府としては九月中旬までに、差し当たりの規制緩和案をまとめたいと思っています。政権交代で民自党の族議員がいなくなった今が規制緩和のチャンスです。消費者重視の社会資本の整備もしたいと考えています」

「主計局が喜んでいるそうですね。総理のビジョンで大いにおやりになるべきだと思います。アメリカ政府で誰が宗像さんのお役に立つか、今考えているところです。十年前、参議院議員の時代に総理はハーバードに来て下さいました。そのお礼を今したいと考えています」

「そういえば、そういうこともありましたね。知事時代にお見え下さったときのことはよく覚えていますが。とにかくボートンさんには、今後も何かにつけてアドバイスしていただきたいと思います」

「ハイ、喜んでさせていただきます」

三十分ほどで面会は終わった。風見はボートン教授に、自分も日本政治の研究者であると自己紹介し、秘書官室を通って、教授を送って出た。ホールには記者たちが待ち構えていて、口々に尋ねた。

「総理とは初めてですか？」

「ハーバードにも来て下さいましたし、知事時代にもお訪ねしましたし、旧知です」

「総理とは、どんなお話を？」

「いえいえ、それはお話しできません」

日本人よりよほど口が固かった。

「宗像政権の発足をどうご覧になられていますか？」

「クックス大統領も、『変化』と言っています。日本の政権交代には、アメリカも期待しています」

「何か、クックス大統領のメッセージをお持ちになられたというわけではありませんか？」

「宗像さんはクックス大統領と直接電話で話していますから、私がメッセージを持ってくる必要はないですね」

「日米総括協議の見通しについて、総理は何か言っておられませんでしたか？」

「宗像さんとの会話については、私が言うことはありません」

翌日の新聞の箱記事は、「ボートン教授は、首相との会話の内容については『言えません』の一点張りだったが、果たしてこの旧知の親日家は、難航が予想される総括協議打開の知恵を授ける心強い味方だったのか、それとも米国の意向を持参した強敵だったのか」と書いていた。


ボートン教授の面会が終わると、風見は衆議院第二議員会館に財部の側近の津村久夫を尋ねた。

議員会館は議事堂の裏手、官邸の並びにある。一番近い衆議院第一議員会館に行くときは歩いて行ったが、それより遠い衆議院第二議員会館と参議院議員会館に行くときは、車を使った。

議員会館は入口を入るとすぐに、エレベーター・ホールに続く大きな階段があり、階段の上では制服姿の衛視が人の出入りをチェックしている。階段の右手に銀行の窓口のような窓がいくつも並んでいて、その前はいつ来ても人が溢れている。議員に面会を求める人々と、彼らが記入した面会証を受け付け、議員の部屋に確認を取り、ノンカーボンの控えを取って面会証を返してくれる窓口である。風見も以前は議員に会うときは、そのつど面会証に記入していたが、秘書官になってからは、背広の襟に常時つけている秘書官徽章と、身分証明証代わりの徽章携帯証を示すだけで、自由に出入りできた。

津村の部屋は六階にあった。エレベーターで上がると、廊下にはいくつもドアが並んでいる。議員の部屋のドアである。しかし議員の部屋は、行ったことのある人なら誰でも知っているが、驚くほど狭い。一人分三十九平方メートルしかなく、しかもそれを議員本人の部屋と秘書の事務室に分けて使っている。議員本人の部屋はまだしも、秘書の部屋は私設秘書も含めると時には四人も五人もの秘書が机を並べていて、とても事務室などと呼べるようなものではない。与党の議員の場合は、ひっきりなしに訪れる役人や選挙区からの訪問者の待合室でもあり、部屋によってはそのための腰掛けも用意されているが、時に客は立って待たなければならない。

津村の部屋にも幾組かの客が待っていたが、津村と話し中だった客が帰ると、風見はすぐに通された。

津村は、民自党の事務局出身である。議員の秘書から政治家になった者は多いし、政党の事務局出身者でも、社民党の書記局上がりというのはかつては少なからずいた。しかし、民自党の事務局出身の議員というのは珍しい。民自党の事務局の人間というのは、政治の世界の内側にいるようでいて、実は政治と距離を置いている。秘書が議員と政治的にも一体であるのに対して、民自党の事務局員の多くは、事務的業務への公正中立な従事者に徹し、個々の議員との政治的なつながりをむしろ避けている。様々な派閥と互いに政敵の政治家が同居し、権力闘争の渦巻く民自党の中で、特定の政治家とつながりをもつことは、むしろ危険なことだった。それは公務員に準じた安定した待遇を与えられている職員としての地位を危うくすることにつながる。

民自党の職員が政治色の薄いもうひとつの理由は、国対や選対などを別にして、多くの場合彼らは政策にタッチしないからである。事務局の仕事は、いわば会議屋である。会議は議員だけということもあるが、民自党が政権にあった時代には多くは役所も加わった。民自党にとって政策スタッフは事務局ではなく、役所であり官僚機構なのである。事務局は、役所も加わる各種の会議の日程と出席者や案件を確認し、部屋を確保し、出欠を調べ、資料を用意し、必要であれば弁当も手配して、当日の運営の裏方を務めるとともに、記録を取る。彼ら自身が政策を考えたり、まとめたりする機会は少ない。この点でも自ら政策に関わる社民党の書記局や政審のスタッフが、政策を通じて政治にのめり込んでいくのとは違っている。

津村もそういう事務局にあって、審議役にまで進んだが、大変な勉強家であり、傑出した発想の持ち主でもあったことから、事務局員の枠をはみ出しがちだった。財部は民自党の幹事長時代にそんな津村に目をつけて、何かにつけて頼るようになった。そして渋る津村を説得して、郷里の福井から出馬の準備をさせていたところにあの解散総選挙になって、彼も今では新世紀党の一年生議員であった。

財部が津村を重宝している理由はいろいろある。ひとつは文章を書けるということ、ふたつには津村の経験と見識、そして三つには財部に対する津村の忠誠心があった。もともと政治家になりたくてなったわけでもなく、自分を頼りにする人がいるのでなければ、さっさと郷里の福井に帰って定年後の晴耕雨読の生活を送りたいと公言する津村は、財部にしてみれば確かに信用できる相手だった。さらに財部が津村を重宝する四つ目の理由は、財部の周囲では津村だけが、財部を怖がらずに諫言《かんげん》できる存在だということだろうと風見は思っていた。それも津村が、政治家になりたくてなった人間でないから可能なことだった。

風見はそんな津村と国会研究で親しくなった。そして特に思いがけず総理秘書官に就任してからは、風見にとって津村は単に財部一郎とのパイプ役にとどまらず、与党各党や国会の動きについての重要な情報源のひとつにもなった。

「総理が財部さんと会ったんだってね。聞いたよ」

風見が応接セットに腰を下ろすと、秘書の部屋との境のドアを閉めるなり津村が言った。

「財部さんは、何と言っていましたか?」

「自慢してたよ。総理からお召しだったって」

「へェ。民自党の幹事長まで務めた人が、そんなことを自慢するんですか? この政権の生みの親であり、宗像を総理にしてやった男ということになっているんですよ」

風見は感心して言った。

「宗像さんは特別だからね。総理の方から言ってきたんだって、聞きもしないのに言っていたから、呼ばれて嬉しかったんだよ」

風見は、東亜ホテルの一室で財部一郎に挨拶したときのことを思い出した。あのとき財部は、「総理のお召しだから、張り切って来た」と言い、「僕はこういうの平気だからね」とか「これからも、お召しがあれば、どこへでも行くから」と言った。津村の言っていることには嘘も誇張もないのだろう。それにしても風見は、財部の思いがけない一面を見たような気がした。

「それはそうと、日本再編計画をやるんだってね。財部さんから、風見秘書官と充分連絡を取ってくれって指示がきたよ」

「そうなんです。総理からも津村さんと緊密に連絡を取るように言われているんです」

風見は、現代総研への研究依頼を手短に話した。

「現代総研が引き受けてくれたら、間違いはないだろう。それにしても宗像さんは、大きなことを考え始めたね。財部さんも、感心していたよ」

「総理としては、この内閣を税金を上げた内閣というだけで終わらせるわけにはいかないんです」

「おいおい、風見さんよォ。消費税を上げることは内閣の立派な仕事だよ。口当たりのいい話ばかりして、ツケを子孫に回すということをせずに、将来まで展望して国民生活の設計図をキチンと描くことは、実は政治がこれまで放棄してきた仕事だ。学校の先生だって、子供の頃は人気取りばかりする先生をいい先生だと思っていても、厳しく指導してくれていた先生の方が本当はいい先生だったと、大人になってから分かるようなものだよ」

「それは総理も自覚されておられますよ。消費税は上げます、だけで医療の保険料を据え置くから消費税は上げます、だけで国民が納得するかどうか。電気代は値上げしないが、代わりにコメやタクシー代を値上げするというのと変わりませんからね。国民は、民自党政権のもとで進んだ利権と既得権益の構造が、巨大なムダと不公正を作り出していることを知っているから、消費税を上げるといっても、簡単に結構ですとは言えない。今すぐ間に合わなくても、消費税引き上げ法案の審議過程で、そんな歪んだ仕組み自体を変えるんだということを明確にしないと、国民は承知してくれないと思うのです」

「分かってる。財部さんも、やっぱり総理はいろいろ考えてるよと言っていた。今革命をやろうとしているのに、もう次の革命のことを考えていると感心していた。ただ、大変なことだなァ、ともね」

「一筋縄でいかないことは、総理も重々分かっています。霞ヶ関との闘いになるでしょう。霞ヶ関と民自党が手を組んで政権を攻撃してくるかもしれない」

「心しなければいけないことだよなァ。とにかくやろうよ。財部さんも、やるんだと言っていた。僕自身は、三百市町村がいいのか、疑問ももっている。それは都市の論理だと思うよ。地域を守り、僕の出身地のような僻地の農村を守るためには、大きけりゃいいということでは済まないと思うんだ。でもそういうことは、計画案の中で議論していこう」

津村が賛成してくれたことに、風見は安堵した。

話はそれから、与党の税制改革案の取りまとめの見通しに移った。風見は消費税は現行の三％から一気に七％にもっていきたいが、五％もあり得るという、財部が総理に語った見通しについて触れた。

「そう、財部さんがそう言っていた？」

津村は少しばかり意外そうな顔をした。

「財部さんには、七％に固執して連立潰してもいいのかって、大体七％だと民自党に攻め立てられる、五％くらいが穏当だと言ってきたんだよ。僕なんかには、五％で国民に対する責任を果せるのかと、相変わらず強気なところをみせていたのにね。これは、アレの効果だな」

津村はひとり合点したような顔をした。そして、

「面白いものがあるんだよ。風見さんも、見たろうけど」

と言い、秘書室に向かって、「おーい」と声をかけて、顔を出した秘書に、

「月曜日の政経新聞のアレ、取ってあるだろう？　財部さんの載っているアレ」と言った。

しばらくして秘書がもってきたのは、月曜日の政経新聞だった。津村は政治面を開いて、風見に示した。それは宗像総理と財部一郎を題材にした政治漫画だった。

幼稚園児の財部一郎が、畳の上に寝転がり、手足をバタつかせて駄々をこねている姿が描かれていた。財部の顔はいかにも図太く、腕白の男の子という感じである。そして「消費税は七％じゃなきゃ、イヤだよ」と言っている。傍らで和服姿の宗像総理のママが、畳に正座して、「皆で決めたら、守るのよ」と、優しく財部に言い聞かせている。

その漫画は風見にも記憶があった。官邸に入ってからは、新聞を読むときには政治漫画にも必ず目を通している。連立政権が発足して以来、宗像総理と財部一郎は、政治漫画の格好の素材だった。総理が殿様姿で御輿《みこし》に乗り、八党派の党首や書記長が担ぎ、財部一郎の顔をした担ぎ手が気難しそうな顔で、赤木書記長らしき担ぎ手に、「もっと力を入れて」と注意しているのもあった。やはり殿様姿の総理が馬に乗り、道が右と左に分かれていて、右の道で財部らが「こっち」と言い、左の道で山岡委員長や赤木書記長らが「こっち」と言っているのもあった。

宗像総理は、毎日の政治漫画を楽しんでいた。漫画を眺めて、一人で、

「えへへへへへ」

と喜んでいることもある。

「事務所に切り抜きさせているんです。大切に保存します」

と風見にも言っていた。

「月曜日の政経新聞を見てね、これはイイと思って、財部さんと話をするとき、目につくようにそこを広げて机の上に置いておいたんだよ」

と津村は説明した。

「財部さんが机に座ったとき、こっちから様子を見ていたんだけど、手に取って見ていたからねェ」

「本当に見たんですかねェ？」

「見たよ。そのあと、あんたも少しは社民党に譲ったらどうだと意見をして、『いつまでも頑張っていると、また漫画に描かれますよ』って言ったら、露骨にイヤな顔をしてたからね。そうかい、早速漫画を見せた御利益《ごりやく》が現れたかい」

と津村は盛んに喜んでいた。

大丈夫、財部さんもそういつまでも頑張らない、税制改革をめぐる与党協議はそろそろまとまるよ、というのが津村の見通しだった。風見も喜んで、今後ともよろしくお願いしますと述べて、津村の事務所を後にした。

その日は最終日の代表質問の答弁準備に最後の力を振り絞ったが、夜の八時過ぎに公邸に目立たないように大蔵省の幹部たちが訪れ、尾崎秘書官も同席して、総理との打ち合わせが行われたことは風見も気付いていた。津村の話と重ね合わせて、いよいよ税制改革案の最終取りまとめの段階に入ったのだと風見は思った。

その翌日は午前と午後にわたって参議院の本会議での代表質問が行われたが、さして難題もなく、翌日の新聞も「答弁三日目で、首相にも議場を見渡す余裕が」と書いていた。それは間違いでなかった。一方総理の留守中の秘書官室では、総理に同行した尾崎秘書官は別にして、三人の秘書官全員が自席で眠りこけていた。尾崎秘書官とて、多分本会議中は院内総理室か大臣室で睡眠を補っているはずである。風見だけが一睡もせず、本会議の様子を伝えるテレビ画面に見入っていた。

「だんだん皆さん方のタフ度が分かってきました。肉体派かしらと思った順にダメでしたね」

大沢さんが言った。一番痩せ型で、何かあると朝は勘弁してほしいと言う風見だったが、予想を超えて体はもっていた。

午後二時半過ぎに代表質問は終わり、その後衆議院の「議席」に移って、前々年度の決算報告の採決に参加した総理は、二時四十五分に官邸に戻って来た。そして代表質問が終わるまでと待ってもらっていた数々の日程をこなし、夕方には訪欧前の両陛下のお茶会に出席のためいったん皇居に参入し、戻ってから週末を過ごすために軽井沢に出発した。同行は宗像事務所の秘書で、風見はもとより、秘書官の全員に寝たい放題の週末が約束されたのだった。

しかし、総理が出発してから事態が大きく動いた。九

時近くに秘書官室に戻って来た尾崎が、部屋に入るなり、

「風見ちゃん、まとまったよ、まとまったよ」

と興奮した面持ちで言った。夕方から断続的に開かれていた与党責任者会議で、税制改革と年金及び医療保険改革の基本方針についての与党案がまとまったというのである。

税制改革案の取りまとめのために、与党は責任者会議のもとに税制改革プロジェクト・チームを設置して、宗像内閣の発足早々から各党間の意見の調整と具体案の検討に当たらせていた。メンバーのほとんどはこれまで各党で税制問題に取り組んできた議員たちで、座長の神谷晃は、民自党時代に党税調の小委員長を務め、もともとこの問題に深くかかわってきた人物である。メンバーたちは臨時国会で税制改革特別委員会が設置されたときは、全員が与党側の委員会理事となり、神谷は特別委員長に就任する予定になっていた。

そのプロジェクト・チームが与党案の取りまとめに全力をあげてきたものの、消費税のアップ率、実施時期、複数税率などは各党間で激しく意見が対立し、責任者会議の判断に委ねられていた。責任者会議ではこれまで公式、非公式の協議のほかに、赤木書記長と財部筆頭幹事など、メンバーどうしの隠密の話し合いも行われ、その模様は様々なルートで総理の耳にも、また総理を通して風見の耳にも達していた。そうした努力の結果ようやく今夜与党としての改革案がまとまったのだった。

尾崎秘書官が示した「税制改革大綱骨子」によれば、新たな消費税率は五％で、財部一郎が大幅に譲歩した形になっていた。実施は翌々年の四月一日からで、複数税率の採用は見送られた。大蔵省が最後までうんと言わなかったのであろう。大蔵省にしてみれば、仮に引き上げ幅が圧縮されても、将来再引き上げの機会はあり、消費税の基本構造に手をつけられる方を嫌がったのだと思われる。その他プロジェクト・チームですでに各党が合意していたものとしては、現行消費税の欠陥の象徴のように言われているいわゆる「益税」の解消のため、免税点を現行の年間課税売上高三千万円から二千万円に引き下げ、簡易課税制度の適用を現行の年間課税売上高四億円以下から半額の二億円以下に引き下げることとし、さらに経過措置の限界控除制度については、三年後の廃止を謳《うた》っていた。また、納税義務者である業者の自己記録に頼り、容易にごまかしを可能にして信頼性に欠けると批

判の強かった帳簿方式から、先進諸国で一般的なインボイス方式への切り替えについては、消費税引き上げの時期までに結論を得ることとされていた。その他租税特別措置の一部の見直し、公益法人の軽減税率の引き上げ、法人税の引当金制度の見直し、交際費課税の一層の強化、ＮＰＯ法が成立した場合の税の優遇措置などの来年度の税制改革についても、プロジェクト・チームでの合意の通りとなった。以上の内容で土日のうちに文章表現の細部をプロジェクト・チームで詰め、大綱骨子を大綱に仕上げることで与党間で合意が成立したのだった。

さらに政策幹事会の部会で検討されていた年金と医療保険制度の抜本改革の基本方針も、責任者会議で最終的に了承された。年金については、老人保険福祉審議会で検討中の高齢者福祉プランが来年の六月にまとまってから、それも踏まえて年金を含め高齢者の生活のあり方を総合的に検討する新たな審議会を発足させることになった。先週の日曜日に公邸で秘書官たちと検討したプランの一部が取り入れられていたのは、おそらく総理の指示で尾崎秘書官と草野秘書官が役所に根回ししたためであろう。老齢基礎年金の国庫負担率の引き上げについては、引き上げ幅は明示せずに、引き上げの方向で審議会で検討してもらうことになった。

医療保険については、医療費の抑制に重点が置かれ、医師会が反対している薬剤費の参照価格制度を原則的に導入するとともに、いわゆる出来高払い制から定額制に移行する方針を明らかにした。医療費の透明性の向上を図る方針も確認され、患者の自己負担については、自己負担額の総額が増えない範囲で医療費の膨張の抑制に資する負担方式を検討することとされた。しかし、それ以上の具体的な内容については、医療保険福祉審議会での検討をまつことにされた。年金と医療保険は、当面は立法措置は必要ないから、臨時国会で法案を提出することにはならない。

与党としての方針は一応決まったが、これですべての手続きが済んだわけではなかった。当初の暗黙の合意では、責任者会議で成案が得られたなら、それを政府与党最高首脳会議で了承し、その後閣議で決定して政府案として確定するはずだった。しかし赤木書記長の強い要請で、責任者会議の案をいったん各党に戻してそれぞれの党内手続きにかけ、各党ごとの結論を政府与党最高首脳会議に持ち寄って然るべく決定することになったのだった。理由は専《もっぱ》ら社民党の党内事情で、成案をこれまで蚊帳の外に置かれてきた代議士会と参議院議員総会にかけて了承を得なければ、とても党内がもたないというのである。その条件も、財部一郎をはじめ他党の責任者たちは呑んだ。

新たに決定されたその手続きに、風見は一抹の不安を感じた。社民党の代議士会や参議院議員総会では、反消費税派、あるいは反新世紀党派や反連立派が勢いづき、「われわれがキャスティング・ボートを握っているんだ」という自信に裏打ちされて、「四％まで抑え込め」とか「消費税の引き上げは、将来の検討課題にしろ」という議論が、力を得ないとも限らない。しかし、尾崎は楽観的だった。

「大丈夫。ここまで来たんだから」

尾崎の楽観は、多分大蔵の楽観であり、自信でもあった。

尾崎秘書官は総理車に電話して報告し、総理の指示で「税制改革大綱骨子」を軽井沢の別荘にファックスで送った。

ともかくも、税制改革の実現を当面の最大の政治課題とする宗像政権は、いよいよ最初の正念場に突入しようとしていた。

四　プレスとの闘い

軽井沢の総理の遅い夏休みの様子は、テレビで知ることができた。週末は寝て過ごした風見も、昼と夕方のニュースの時間帯には起き出して、チャンネルを回した。来客の様子やら並木道を長女の楓《かえで》さんと散策する姿が映し出されていた。

日曜日にその総理から電話があった。

「与党案に対する新聞の見方は、いろいろですね」

と総理は言った。

土曜日の朝刊各紙では、与党の税制改革大綱骨子と年金と医療保険改革の基本方針が大きく報じられ、日曜の紙面には取りまとめの経緯や今後の見通しの記事が載っていた。総理が言うように、風見が購読する三紙だけでも見方の違いが窺われた。太陽新聞は「通じなかった剛腕」という小見出しで、「七％を主張していた新世紀党の財部一郎筆頭幹事や公正党の市倉晃一書記長も、結局ガラス細工の連立政権に配慮せざるを得なかった」と書き、逆に政経新聞は「消費税廃止を党是としてきた社民党も、これで消費税引き上げ法案の成立に責任を負わされる立場になった」と述べていた。そして日本産業新聞は「まがりなりにも合意にこぎつけたのは、発足したばかりの連立政権を壊すまいと与党各党が自制したため」と書いていた。

「新聞が口を揃えるときはロクなことを書きませんから、このくらいがいいですよ」

と風見は答えた。新聞が一致するときは、政権批判で同一歩調を取るときだという意味で言ったのである。総理は笑って続けた。

「ところで税制改革大綱は、一度各党に戻すことになったそうですね」

「はい。代議士会と参議院議員総会にかけたいという社民党の希望だそうです。採決での落《お》ち零《こぼ》れを防ぐ意味でも、党内手続きを踏んでおく必要があるという判断のようです」

「財部さんから電話をもらいましたが、党内手続きを要求した左派の本当の狙いは、山岡委員長の首だと言っていました。左派はその手続きを使って税制改革大綱を揺さぶってみせて、最終的には山岡さんの委員長選再出馬阻止を取ろうとしているということのようです」

「そうですか。あり得る話かもしれませんね」

山岡委員長は、総選挙での大幅な議席減の責任を問われて辞意表明に追い込まれていたものの、九月の委員長選挙では再出馬を狙っていた。税制改革大綱を問題にするふりをして、左派が本当のところ狙っているのは、山岡委員長の再選出馬辞退だと財部は見ているのである。確かに政治は、表向きの説明通りに動いているわけではない。それは風見が官邸に入ってからの短い間にも、いやというほど見てきたことである。

「それと、禰宜がまたメモを送って来ましたが、左派が金曜日の夜に浅草のすき焼き屋に集まったそうです」

合同通信の禰宜部長が、またメモのファックスを送ったのだろう。

「すき焼き屋の話は知りませんでした。会合の内容は何だったのですか？」

「よくは分からないようです。出席者のひとりは、ただの懇親会だと言っているそうですが、そんな話は信用できません。かなり重要な集まりだったようです。代議士会と参議院議員総会は、火曜日だそうですね。おかしなことにはならないとは思いますが、社民党内の動きについて、少し情報を集めてもらえますか？」

「分かりました。やってみます」

風見はまず、社民党の税制改革検討チームの柴崎圭介の福島の事務所に電話を掛けた。柴崎は社民党の中では風見の最も親しい議員のひとりで、衆議院税制改革特別委員会のメンバーにも予定されていたから、風見も頼りにしていた。しばらくして中年の女性が出て、出掛けているので連絡が取れ次第電話をさせると言った。女性は、夫人か少なくとも家族の誰かだった。社民党の議員は、地元に多くの私設秘書を置いている保守系の議員たちとは違っていた。

風見は続いて太陽の白井の携帯に掛けてみた。白井はすぐ出た。どこだと聞くと、家だという。

「社民党の左派が金曜日の夜に浅草のすき焼き屋に集まったという話だけど、聞いている？」

「ええ。その話はかなり流れています。八雲という店です。浅草では有名な店らしいです」

「店はどうでもいいんだけれど、どんな話をしたんだろう?」

「内容は分かりません。まったく漏れていないようです。結束の固い連中ですから」

代わりに白井は、判明しているメンバーの顔ぶれを教えてくれた。梶川、山本、祝田、大西、佐々木、岩城、後藤、満川などだった。梶川、大西、佐々木は参議院議員で、他は衆議院議員だった。岩城は衆議院の予算委員長に就任した人物である。これは要注意だった。大西と満川、後藤は女性議員である。

「出席者が全員分からないかな。人数だけでも」

「分かれば、ご連絡します」

「それと、与党の税制改革大綱をいったん各党に戻すという手続きになったことは聞いていると思うけど、社民党の様子はどうだろう?　すんなり通るかなァ?」

「すんなりとはいかないでしょうね。何分にも、消費税の導入のときには牛歩をやった政党ですからね。与党になったからといって、党の魂を売っていいのかというくらいの議論にはなるでしょうね」

「左派が本当のところ狙っているのは、山岡委員長の再選出馬辞退だという見方もあるんだけれど」

「それは、あり得る話かもしれませんね」

風見が総理にしたのとまったく同じ答え方を白井はした。しかし白井からは、それ以上のことは聞けなかった。

風見の顔なじみの議員は社民党にも多いが、親しいのは右派の議員に限られた。社民党の派閥対立は、民自党のそれよりもすさまじいと言われていた。だから右派の議員に尋ねてみても、左派の本心を知ることはできない。ましてやすき焼き屋に集まった結束の固いグループが本当に考えていることなど、彼らも分かるはずはない。

風見は思い出して、社民党の左派出身で、労働者連盟が束ねた選挙共闘で当選して、今は参議院の民主連盟所属になっている広田晋の青森の事務所に電話をした。幸い広田はいた。

「総理秘書官の風見でございます。就任以来慌ただしく過ごしておりまして、まだご挨拶も致しておりませんでした」

「おお－、風見君か。すっかり偉くなって。ときどきテレビで見ているよ。総理のかばん持ちも結構似合うじゃないの」

「まだ慣れませんものですから、何でも手探り状態の毎日です」

広田に社民党の代議士会と参議院議員総会は無事に済みそうか尋ねた。

「騒ぐやつはいるけど、了承されないなんてことはないよ。そんなことは心配しなくていい。財部を相手に赤木はそこそこ頑張ったというのが、左派の評価だよ」

「勢いづいて、もっと下げろという話にはなりませんか?」

「そこまで馬鹿な連中じゃないよ。そんなことをすれば、財部のことだ、社民党を切って民自党と手を組むよ」

「そんなことはないと思いますけど」

「そのくらいのことは、当然考えているよ。悪いことは言わない。財部の動きには注意しておいた方がいいよ。自分の権力のためには、何だってやるヤツだからね。今は宗像さんを御輿に載せて担いでいるけれど、いつだって放り出せるヤツだよ。宗像さんも、その辺は分かっているとは思うけれどもね」

「充分注意させていただきます。ところで、左派が税制改革大綱で騒ぐのは、山岡さんの委員長選挙への再出馬阻止が狙いだという見方がありますが」

「そりゃあ、だいたい山岡が悪いんだよ。総選挙であれだけ負けておきながら、自分はノウノウとして大臣だ。選挙で敗北して出世したのは、社会民衆党の歴代委員長の中では山岡だけだからね」

「山岡委員長の再選は難しいですか?」

「そりゃあ、山岡自身が決めることだよ。出馬すれば、まア、勝つだろうね。政治家としてそれでいいのか、ということだ」

必要な話は大体聞けたので、電話を切ろうと思ったが、最後に広田は重要なことを教えてくれた。

「代議士会とか議員総会で否決するなんてことはないよ。採決になれば、否決するのには過半数がいるだろう?　それだけの数は集められない。危ないのは、参議院だよ。民自党に同調して何人かが造反すれば即否決だ。そのくらいは、小学生の算数でも分かることだ」

「そんなことを考えているんですかね」

「考えているかどうかは、俺にも分からん。これは正直な話だ。ただ、俺がもし消費税の引き上げを葬り去ろうとすれば、そうするね。注意しなければならないのは、代議士会や参議院議員総会で、華々しく執行部批判をやる連中じゃない。黒川なんて、あんなすぐにドンパチやるようなやつは、線香花火みたいなものさ。ちょっと鼻薬を嗅がせればすぐ大人しくなる。恐いのは、何も発言しないヤツだよ。代議士会や議員総会では、ジーッと聞いているだけのふりをしているヤツらだ。特に女が恐い。消費税なんて、女はてんから受け付けないからね」

「参議院では、先生にもお世話になります」

「俺は大丈夫だよ。昔の俺なら、ひと暴れもふた暴れもしたけれど、今じゃ会長のいいなりだからね」

会長とは、労働者連盟の山際徹会長のことである。

風見は今後ともよろしくお願いしますと言って、電話を切った。

しばらくして柴崎から掛かってきた。選挙区の川に歩行者専用の橋を架けた落成式に出ていたのだという。風見は浅草のすき焼き屋に集まったグループの顔触れを伝えて、何か見当がつくか尋ねてみた。

「面白い組み合わせだなあ」

柴崎はまずそう言った。

「それは左派だけじゃないよ。梶川は参議院の左派の闘士だけど、大西、満川、後藤は反消費税とマドンナ・ブームで当選してきたヤツらだよ。系統としてはむしろ市民派に近いね。ま、いずれも反新世紀党、反山岡委員長には違いない」

「予算委員長の岩城先生も入っているようですが、岩城先生は大丈夫なんでしょうかねえ」

「あれはもともと純粋の左派ではない。大臣になれると思っていたら、予算委員長どまりだったんで、何かやらかそうとしているのかもしれないな。野党時代に長らく予算委員会の筆頭理事をやってきたんだけれど、分からん男だよ。本人は百戦錬磨のつもりらしいけど、それほどの男でもない」

「不穏な匂いがしますかね？」

「火曜の代議士会や参議院議員総会はどうということはないよ。揉めるのはウチのお家芸だけれど、落ち着くところに落ち着くのもウチのお家芸だから。風見さんが言った顔ぶれの連中が何を言うか、僕も注意しておくよ」

「山岡さんの委員長選再出馬はどうなりますか？」

「僕は、山岡さんは出馬すべきだと思うよ。ただあの人は、何でもものすごく真面目に考える人だからね。もし出馬辞退になると、左派は国対委員長の村野さんを担いでくるだろうな。こちらは誰なのか、まだ山岡さんの去就がはっきりしないから、名前は出ていないけれどもね」

だいたい状況は分かったと思った。風見は礼を言い、電話を切った。

この日の情報収集で分かったことは、火曜日の社民党の代議士会と参議院議員総会は、揉めるには揉めるが、税制改革大綱自体が不承認となるようなことにはならないであろうこと、むしろ法案が参議院に移ったときの社民党の動きの方が要注意であること、山岡の委員長再選はかなり厳しそうであること、委員長選挙では左右両派の激突が予想されることなどであった。

月曜日には、総理は朝のうちに軽井沢の別荘を発《た》ち、午前十時半に公邸に到着の予定であったから、風見はそれに間に合うように官邸に入った。しばらくして総理が出邸した。

総理が執務室に入ると、待ちかねていたように李甲紘韓日協力会議議長らの表敬訪問のための外務省の事前レクが始まり、引き続き喫煙室での表敬訪問、執務室に戻っての田畑内閣広報官の報告があった。それが終わって、風見がこれまでの状況を報告した。総理はさらに情報収集を指示した。

この日の政府与党最高首脳会議は、第一関門の税制改革大綱がまとまったことで、恒例の喫煙室での頭撮りの段階から一種和やかな雰囲気だった。特に赤木書記長の笑顔が目立ち、カメラも大綱をめぐる交渉で思いのほか存在感を示したとされる書記長を重点的に撮っているように思われた。しかし財部一郎や公正党の市倉書記長の様子も、普段と変わっていたわけではなかった。

小食に移ると、この日の食事はうな重だった。総理をはじめ、日本の最高権力者たちが、揃って前かがみになって箸を動かしていた。

食事をしながら、その時々の話題を語り合うのも恒例だった。風見は、壁際の椅子に座って最高首脳たちの会話の様子を見守った。この日は冷夏とコメの不作が話題に上った。

「コメに実が入らないそうですな。穂が垂れてこなくて、立ったままだそうです」

「北陸と東北、それに北海道もよくないそうです」

「今年は、鮎もダメらしいですな」

「日照不足で、川底の岩に藻が生えないのだと、農水省が言っていました」

と総理が、農水省のレクチャーの内容を伝えた。

「松茸はいいそうです。採れ過ぎて困っているくらいだとか」

話題はそれから、思いがけず政治漫画に移っていった。

「総理はこの頃、相撲取りが多いですな。昨日は土俵入りでしたし、今日の関東新報はチャンコ鍋でしたな」

「全部を通すと、やはり殿様が多いでしょう」

「漫画で見ると総理は、ハンサムなだけでなく、意外に特徴のある顔をしておられるのですな。それにしても、描かれる方の気分はどうですか？」

「大いに楽しませていただいているんです。事務所にはちゃんと切り抜きさせています」

　総理が答えた。

「財部さんも出番は多いですな」

「俺なんて、ヒドイものだよ。化け物みたいにしか描いてくれないから」

「こちらが期待するようなのは、描いてくれませんよ。連中もあれで飯を食っているわけだし」

　食後のデザートのメロンも食べ終わって、三国官房長官が口を切って会議が始まった。

「それでは、党側で税制改革大綱と年金及び医療保険改革の基本方針を取りまとめていただきましたので、赤木書記長の方から」

　赤木書記長が「骨子だけ」と断って、それでもかなり時間を割いて、税制改革については新しい税率にとどまらず消費税の見直しの細部や、租税特別措置など一般の税制改革の内容まで説明した。年金と医療保険改革、情報公開法案と今回税優遇が決まったＮＰＯ法案についても触れた。

　続いて武藤蔵相が、担当大臣の立場から発言した。

「税制の抜本改革につきまして、与党間で夏休み返上で精力的にお取りまとめをいただきまして、厚く御礼を申し上げます。法案化の作業も、順調に進んでおります。新政権の日本構造改革プランの第一弾として、閣法で法案化を進めて参りたいと考えております」

　年金・医療保険の担当大臣である中道党委員長で厚生大臣の宮島悟郎が続けた。

「私の方からも一言。えー、年金と医療保険の改革の基本方向につきましても、おまとめをいただきまして、心より御礼を申し上げます。各界の利害が絡む問題でありますが、明確な方向を打ち出していただき、役所も喜んでおります。この方向に従いまして、今後審議会等で細部を詰めさせていただきます。今回は法案はございませんが、いずれ法案でもお世話になると思いますので、今後ともよろしくお願い申し上げます」

　しかし参加者の関心は、やはり税制改革にあった。武藤蔵相が法案化作業の進捗状況について説明した。

「法制局との折衝は、目下精力的に進めております。そろそろ法案の印刷にも入らないとなりませんし、土曜、日曜にも、主税局の幹部に集まってもらいまして、印刷局ともすでに交渉を始めています」

「法案は、九月十七日には間に合うの？」

羽根副総理が言った。連立与党は九月十七日には臨時国会を召集したい腹づもりだった。

「大丈夫です。間に合わせます」

「九月十七日ということは、まだ公式には言わない方がいいでしょう。自然に漏れるのはいいが、公式に言ってしまうと、召集できなかった場合には責任問題になるから」

と、それまで黙っていた財部一郎が言った。全員が頷いた。

「それで、社民党さんの方は大丈夫なの？　明日でしょう？」

市倉書記長が赤木書記長の方を向いて言った。

「各党の皆様には、わがままをお許しいただきましたが、党内の方は根回しも進んでおりますから。大蔵省も熱心にやってくれていまして、大蔵省が来たと喜んでいる議員もいます」

「手続きを踏むというのは、我が党のしきたりでございまして、ご理解をいただきましてありがとうございます」

と山岡委員長が立場上弁解した。市倉書記長が続けた。

「ウチは今日の午後の幹部会で手続きを済ませます。各党の党内手続きが済んでから、水曜の午前中に責任者会議を開いて与党として正式決定しますが、やはりその日のうちに政府与党最高首脳会議をやった方がいいでしょう。水曜の午後は総理は大丈夫ですか？」

「総合防災訓練の視察に、神奈川県の開成町に行くことになっています。ヘリコプターで戻ってきますから、夕方なら大丈夫です」

「官房長官のところで調整してもらって」

園部代表幹事が言った。政府与党最高首脳会議の事務局は、官房長官室である。

「正式に決まったら、総理は記者会見をされるのですか？」

と米山書記長が聞いた。

「当然させていただきます。マスコミが勘弁してくれるはずもありませんし」

予定の時間が迫っていたが、赤木書記長が「あと二つ」と急いで付け加えた。

「人事院の勧告が出まして、一・三二%、四千八百円で、予算には一・一%しか計上されていないということですが、ここはもう民自党政権ではないんだということで、早めの完全実施をお願いするということで、与党責任者の足並みが揃いましたので、政府に申し入れさせていただきます」

公務員労組を最大の支持基盤とする社民党にとって、公務員給与の引き上げに関する人事院勧告の完全実施は、つねに最大の関心事のひとつだった。それだけにこれまでは民自党によって、どんな取引にも使えるトランプのババのように利用されてきていた。社民党としては今回は民自党政権下では例のない、何の取引とも絡ませられない迅速な完全実施を獲得して、与党入りの成果をアピールする絶好の機会だったから、赤木書記長も真剣だった。大蔵大臣が言った。

「人勧の実施については、官房長官が総務庁長官と相談して取りまとめるのが手続きとなっております。財政当局としましては、そこで決まりましたなら、尊重させていただきます」

「官房長官、いかがですか?」

書記長は、三国長官の方を向いて言った。

「検討します」

長官は何と答えていいか分からないままに、国会答弁のような言い方をした。

「石川長官、どうでしょうか?」

今度は斜め前に座っている公正党委員長で、総務庁長官の石川浩一郎に尋ねた。

「善処するように努めます」

「総理、いかがですか?」

と書記長は最後に総理に詰め寄った。ますます国会じみてきた。

「それでは、総務庁長官と官房長官の方で話し合って、早めに結論を出してみて下さい」

「ハイ、了承しました」

「了承しました」

「ありがとうございます。総理のご決断をいただきまして深く感謝します。我が党のみならず、与党全体の意思でもありますから。……次に、財部さんから提案がありまして、政府委員制度を廃止して、国会の議論を政治家同士のものに改めていくべきだということで、与党の方で検討を始めさせていただくことになりました」

政府委員というのは、国会の委員会で大臣に代わって答弁する局長や審議官などの各省の役人で、政治家が官僚に依存している象徴のように言われていた。そんな政府委員制度は廃止すべしという議論は、昔からあったが、最近それを最も熱心に主張しているのが財部だった。この話は確か、東亜ホテルでの総理と財部の秘密の会談でも出ていたはずだった。

名前の出た財部が、後を引き取った。

「この点については、総理の民主改革新党の選挙公約にもありましたし、総理の参議院の代表質問に対する答弁でも触れられていました。われわれとしては、今後とも総理が示されたビジョンを具体化するということでやらせていただきたい。政府委員の廃止は、政府の方から廃止しますとも言えないでしょうから、当然議員立法ということになる。ご了承いただけるなら、検討に入らせていただきたい」

「結構です。よろしくお願い致します。ただ政府にも関係があることですから、官房長官とも緊密に連絡を取っていただけるとありがたいです」

と総理が答え、財部が応じた。

「無論です。では、ご了承がいただけたということで」

最後に総理が法案提出後の国会での与党の協力を要請し、この日の政府与党最高首脳会議は、予定の午後一時をややオーバーして終了した。

午後は総理はあらかじめ時間を確保していて、支援者に贈るための揮毫をし、また儀礼叙勲のための勲記の署名をした。大沢さんが墨をすって、総理は執務室でワイシャツの腕をまくって筆を揮《ふる》っていた。

風見は尾崎秘書官と、急遽開かれることになった水曜日の政府与党最高首脳会議の段取りについて話し合った。総理も言っていたように、この日は総合防災訓練の視察があって、官邸に戻ってくるのは午後三時半だから、臨時の最高首脳会議を開くとするとその後である。午前中に与党が責任者会議で正式決定するから、後日に延ばして間延びさせるのは確かに適当でない。そのためには、すでに決まっている日程を動かして時間を空けなければならないが、幸い動かせないような外交日程や会合への出席の予定はなかった。いくつかの省庁のレクと議員の面会、それに新任の総理に対して恒例となっている内閣法制局長官の日本の法制についてのレクの第二回目が入っていたが、いずれも時間の変更は容易だった。

最高首脳会議での正式決定の後には記者会見もしなければならないから、途中から草野秘書官にも入ってもらった。最高首脳会議はどうせセレモニーだから、実質的なことで一番重要なのは、記者会見のための総理のレクである。それは大蔵省が来て、尾崎秘書官が同席してやる。これまでも何度かやっているから、直前レクは三十分もあればいいだろう。

一応の見通しとして、四時から政府与党最高首脳会議、五時半か六時から総理記者会見とし、最終的には官房長官秘書官室と大蔵省で調整してもらうことにした。全体を円滑に動かすためには、総理の日程のほか、官房長官、大蔵大臣、自治大臣等への事前レク、政府税調、大蔵大臣記者会見等を互いに連動させなければならないし、政府としての説明のロジックも統一しなければならないから、結局大蔵省がすべてを統括することになる。年金・医療保険改革の基本方針に関する厚生省の想定問答と、情報公開法案とNPO法案に関する総務庁の想定問答は、両省庁に作成させ、直前レクでは尾崎秘書官が説明することにした。

夕方近くに民主改革新党の代表幹事である一年生議員の笠間哲夫が来て、民主改革新党の役員会で、税制改革大綱など日本構造改革プランのすべてが了承されたと総理に報告して帰った。民主改革新党としての党内手続きはこれで済んだ。

火曜日、風見は社民党の午前中の代議士会と午後の参議院議員総会の様子を見守った。と言っても、秘書官室にいて、相変わらず次々に掛かってくる総理への面会依頼や問い合わせ、事務連絡などの電話の合間合間に、社民党事務局で総務部長を務める非議員の中田耕一に電話をして様子を聞いたのである。柴崎圭介は代議士会に入っているし、それに事態の進行についての客観的な情報は、中立的な立場の人間から取った方がいい。柴崎などの政治家だと「大丈夫、大丈夫」で終わってしまいかねない。中田は表裏のない誠実な人間で、連立政権には好意的だった。

「今は黒川先生が、演説されているところです。我が党の衆議院議員の半数以上は、必ず消費税を廃止すると有権者に誓って当選してきた人たちだと言っています。まだ続きそうです」

最初に電話したとき、中田はそう言った。黒川というのは、民主連盟の広田晋が線香花火のようなと形容した議員である。

二度目に電話したときは、中田は「総選挙で消費税廃止ないし凍結を打ち出さなかったことが、社民党が議席を大幅に減らした原因ではないかという点に議論が集中していますと言った。右派も反論し、かなり騒然としているという。事前に予想されたとおり、左派は山岡委員長の責任に的を絞ってきているのである。風見はめぼしい発言者の名前を聞いてみたが、浅草のすき焼き屋に集まったグループで発言しているのは、祝田だけだった。やはり広田の言ったように、彼らはジーッと聞いているだけのふりをしているのである。これは危険な兆候だと風見は思った。総選挙での敗北の責任については、山岡委員長は、「敗北は私の不徳の致すところ」と責任を認めているという。山岡らしい正直な言い方だった。しかし一方で山岡委員長と赤木書記長は、「反消費税を自制したからこそ、国民が求める四十年ぶりの政権交代を実現することができた。また連立に加わることができ、その成果は例えば人勧の早期完全実施について、昨日総理が官房長官と総務庁長官に迅速な検討を指示したことにも現れている」と反論しているとのことだった。昨日の政府与党最高首脳会議で、赤木書記長があれほど人勧の早期完全実施にこだわったのは、今日のことが念頭にあったからだったのである。

三度目に電話したときは、「そろそろ了承されます」と中田は言った。本当に広田や柴崎が言っていたとおりに進んでいると風見は思った。

そして四度目は、十分後に中田の方から掛かってきて、「今、代議士会で了承されました」と告げた。山岡委員長が「それでは、拍手でご承認を」と言い、「反対!」という声も飛び交ったが、あれだけ税制改革大綱や執行部に対する批判で騒然とした割には、はっきりと拍手が勝り、「では、多数の拍手をいただきましたので」という山岡委員長の言葉にも余裕があった。

風見は、東北経済連盟会長の挨拶や、総務庁行政管理局長や定例の外務次官のブリーフィングなどの午前中の日程の合間合間に、総理に経過を報告した。総理は前日に風見が伝えた見通しで楽観したせいか、代議士会の細かな動きにはあまり関心を示さなかった。

この日の昼にはキャップ懇があった。

キャップ懇というのは、内閣記者会、別名永田クラブ、通称官邸クラブの新聞、通信、テレビなどの常勤十九社のキャップと総理が昼食を共にし、懇談するもので、クラブ側からは早い段階から希望が出ていたが、政権発足から一段落したこの時期を選んで行われた。官邸キャップは、社により相違するが、概ね本社の政治部次長、いわゆるデスクに上がる直前の経験豊かな記者で、大きな社になると十人を超える官邸クラブの常勤記者を統括している。きわめてフランクな懇談だから、総理もこの日は何も準備せずに出席した。

キャップ懇は小食で行われる。草野秘書官とともに、総理に付いて小食に入ると、すでに十九社のキャップたちと三国官房長官、それに鶴井、岩原の両副長官と、田畑内閣広報官が着席していた。それだけ入ると、小食のテーブルはびっちりである。小食は天井の低い部屋だから、圧迫感すら感じられる。風見はいつものとおり壁際の椅子に座った。後ろは小窓で、レースのカーテンを透かして官邸東側の芝生と植え込みが美しく見える。

恒例により、キャップ懇の食事はカレーライスである。総理も出席者たちも黙々とカレーライスを食べた。デザートが済むと、幹事社が口を切った。

「それでは今日は、総理にお忙しい時間を割いていただきました。懇談ということで、記事にはしないようにお願いします。それでは自由に質問して下さい」

銘々が質問し、総理が答えていった。記者会見と違って、寛いだ和やかな雰囲気である。総理は椅子の背もたれの後ろに手を回し、足を組み時にはほどいたりしながら、余裕をもって答えている。しかしキャップたちにしてみれば、総理と直接話せる貴重な機会であるし、四十年ぶりの政権交代と非民自党政権の成立で、日本が一体これからどうなるのか、聞きたいことは山ほどで、和やかながらも真剣に質問した。

「総理になられてみて、イメージされていたのとギャップはありましたか？」

「それほどギャップはありませんね。日本の総理というのは、大体こんなものだと思っていましたから」

「官邸は、暮らしやすいですか？」

「かび臭いところですね。一番ひどいのは執務室の匂いです。しかし、匂いだけ古めかしくて、歴史の重みがないですね」

「執務室の模様替えをされたようですが」

「板張りの牢獄みたいなものでしたよ。余計な金を使ったと、民自党には叱られましたけどね。執務室の机も換えたんです。ひどいチャチなものでした。官邸の創建以来終戦直後までの総理が使っていたのが、倉庫に眠っていまして、今それを使っています。ホワイトハウスでも、クックス大統領は、ケネディ大統領の机を使っているそうです」

「長年民自党が使っていた官邸は、やはり使い勝手が悪いですか」

「閣僚応接室も、何人かはカメラから見て後ろ向きに座っていまして、頭しか写りません。全員顔が写るように、幅を取らない肘掛けのない椅子と換えるようにお願いしているんです」

「閣議室は、公開されませんね」

その質問には、岩原副長官が答えた。

「曽根田内閣で、内閣百年ということで一度写真を撮っていただいたことがあります。そのうち閣議のとき、頭撮りしてもらうのも一方法かもしれません」

「総理になると、周囲が伝えたいと思う情報しか入らなくなり、情報不足になると言われていますが、どうですか?」

「そういうことはありませんね。いろいろなルートで情報は入ってきます。情報に飢餓感はありませんね」

「ところで、いよいよ税制改革大綱がまとまりましたね。総理が期待されていたような内容になりましたか?」

「与党各党が真剣な議論をしておまとめいただいたものです。私としては、これを尊重させていただきたいと考えています」

「総理としては、七%を期待されておられたのではないですか?　日本の財政の現状からすると、五%では整合性の取れたものにはならないと思うのですが」

政経の網野だった。明日はこれでくるな、と風見は思った。

「その点については、明日お話しさせていただきます。……明日の記者会見は、もう流しているのね?」

総理は後ろの草野秘書官を振り返って尋ねた。

「はい」

「伺っています」と、キャップたちも口々に言った。

「まあ、明日はお手柔らかにお願いします」

総理が笑いながら言い、キャップたちもつられて笑った。

「これで政権の日本構造改革プランの第一弾が揃ったわけですが、さらに日本をどのように根本的に作り替えていくのか、宗像ビジョンとでもいうべきものが、今ひとつはっきりしないという見方もありますが」

懇談とはいえ、いよいよ質問は核心に近づいてきたと風見は思った。

「特別国会の所信表明で、私なりにお話しさせていただいたつもりですけれどもね。開かれた市民国家ということで、私は今度国会にお願いする法案のなかではＮＰＯ法案と情報公開法案を重視しているんです。そちらの方は、皆さんの関心は今ひとつのようですが」

　軽い失笑のような笑い声が、再び舞い上がった。

「先々週でしたか、一部の新聞で日本再編計画というのが報道され、総理は白紙だと否定されましたが、何かああいう骨太の構想を準備されているということはありませんか？」

「私なりに、いろいろ考えているつもりですがね。与党のご意見も伺わなければなりませんから、私の独断でというわけにはいきませんが、日本構造改革プラン関連法案の国会審議の過程では、私なりのビジョンも出していきたいとは思っています」

　風見は緊張した。キャップたちに向かって、何かある、本当は何かが進行していると公言しているようなものである。記者たちの取材が激しくなるだろう。約束に従って総理のその発言は記事にはならないが、クラブに戻ったキャップたちは、配下の記者たちに探り出せと指示するだろう。もし正規の組織で検討が進んでいるなら、中心は内閣内政審議室のはずだ。一番太い総理とのルートは尾崎秘書官だから、彼がマークにあうだろう。地方分権に関わることで、自治省が担当していると見られたら、金井秘書官がしつこく食い下がられる。政府のシンクタンクを自任する通産省で密かに作業が進められていると睨《にら》まれたら、草野秘書官がターゲットにされる。そしてもし、学者のブレーンやシンクタンクが絡んでいると見当をつけられたら、自分が狙われることになる。そうだ、彼は現代総研から来たんだ。現代総研をマークせよということになるかもしれない。

　しかし多分そんなことにはならないだろうと、一方で風見は思った。ここにいるキャップたちは、所詮サラリーマンである。配下の記者たちもサラリーマンである。朝から夜遅くまで取材に明け暮れているが、自分で何かをつかまなければ食べていけないフリーのジャーナリストたちとは違う。キャップに言われたから質問はしてみても、否定されたらそれを報告するだけで済ませるだろう。官邸クラブがカバーする範囲は広く、かつ持ち場は明確に区分されている。自分たちの持ち場を日々フォローするだけで、手が一杯なのである。持ち場を超えて、市中の民間のシンクタンクまで出かけていく、ということにはならないだろう。

総理に質問し、耳を傾け、笑っているこの単純な顔つきのキャップたちの胸の内は分からなかった。総理をはじめ政治家たちに対して記者たちが疑心暗鬼になるのと同様に、風見もまた記者たちに対して疑心暗鬼になっていた。

「中心はやはり、地方分権ですか？　先日、日本構造改革プランの成立に目鼻が付いた段階で、地方分権の具体化の筋道を考えたいというご発言がありましたね」

「地方分権は重要ですが、地方分権だけが重要というわけではありません」

「総理は、道州制がご持論でしたね？」

「今の県は、中途半端なんです。そのクセ何でもかでも詰め込んでいますからね。ただ今すぐ道州制を実現できるか、本当にやるとすればそれなりの研究と手続きが必要でしょうね」

「三百市町村はいかがですか？」

やはりキャップたちは狙いをつけている。どこかで日本再編計画を作っているはずだ、探せということになるだろう。特に毎朝は、せっかくの記事が誤報扱いにされたのである。毎朝のキャップは風見は知らなかったが、尻尾《しっぽ》をつかんでやると思っているかもしれない。もう一度すっぱ抜けば、これはもう編集局長賞ものである。

しかし総理も、キャップたちが何を聞こうとしているかは、すでに気がついている。巧みに尻尾をつかまれないようにしている。

「三百という数が本当にいいのかどうか。私自身はひとつの考え方ではあるとは思いますが、もしこの問題に手をつけるとすると、その段階になってから、じっくり考えてみる必要があるでしょうね」

何か特定のものに近づき過ぎていると、出席者の全員が思っていた。ここは記者会見での追及の場ではないのである。ひとりが話題を変えた。

「八党派のガラス細工と言われていますが、将来の政界再編成はどうなるとお考えですか？　財部さんなどは、八党派は将来新党に移行すべしと言われていますが、総理の率直なお考えはいかがですか？」

「先のことは分かりませんね。四十年ぶりの政権交代ということで、非民自が結集したわけですが、いずれきちっとした対立軸を作っていく必要があるでしょうね」

「これからの日本にとって、対立軸は何でしょうか？」

「それは今からの政治の様々な議論の積み重ねの中から、自ずと形成されてくるでしょうね。アプリオリなものではないと思いますが、私は国家対市民社会というのは、ひとつの軸にはなり得るとは考えています」

「財部さんは、一般的には国家の側だと見られていると思いますが」

「さあ。どうでしょうか。最近は、健全な中間層などということも強調されていますし」

財部一郎が、最近の月刊誌のインタビューで、これからの日本にとって重要なのは、健全な中間層の育成だと発言したことは、風見も知っていた。

「社民党との関係は、いかがでしょう。今日の午前中も、税制改革大綱をめぐって代議士会で大分揉めたようですが」

「そんなに揉めましたか？　あの程度の議論は、開かれた民主主義の政党として当然の範囲だと思いますがね。拍手の数も皆さんが予想していたよりは多かったようですし」

「すると、今後とも社民党とは協力していかれるわけですね？」

「社民党なくしてこの連立政権は成り立ちません。何しろ与党第一党ですからね。山岡委員長をはじめ執行部の方々にも、困難ななか積極的なご協力をいただいていますし。政権としても、社民党に対して塩を送らなければと思っています」

「塩というのは、具体的には何ですか？」

「何がいいのか、考えてみましょう」

キャップ懇は、この後も民自党の今後についてどう見ているかや、臨時国会の見通しなどの質問を中心に一時まで続いた。一時ちょうどに三国官房長官が「では、時間ですから」と遮り、総理が「明日はひとつお手柔らかに」と言って立ち上がった。

午後、風見は午前中と同じように、社民党の中田総務部長をルートに、同党の参議院議員総会の議論の様子を逐次つかんだ。参議院は反消費税で当選してきた議員が多いだけに、衆議院よりも税制改革大綱に対する不満が強く出されたが、逆に総選挙での敗北に対する執行部批判は少なかった。参議院の左派の闘士である梶川淳造が、終わり近くに長い演説をぶったが、浅草のすき焼き屋のグループの発言は、代議士会と同様やはり少なかった。民主連盟の広田に言われて、参議院の議論の行方に特に注意を払っていた風見だが、手掛かりになるようなものは、つかめなかった。最後にやはり拍手で了承されたが、拍手の数は衆議院よりやや少ないという印象だったと中田部長が伝えてきた。

総理が次々に面会をこなして、その後皇居に出向き内政、外交、政治日程についての内奏を済ませて戻った四時四十五分に、山岡委員長から総理に電話が掛かってきた。本人が官邸の代表で風見の内線に掛けてきたので、風見は交換を呼び出して総理の内線に回させた。そして執務室に入り、「山岡委員長からお電話です」と伝え、総理の机の電話機を操作して、受話器を総理に渡した。

「無事了承されたようで。お疲れ様でございました」

それから、「ええ」とか「なるほど」、「いやいや」などと言い、最後に「関係閣僚会議に出られるのですね？あと十分ですから、じゃあ、その時にでも」と言って電話を切った。

「代議士会も議員総会も、余裕をもって了承されましたと言っていました。それと、キャップ懇で言った『社民党に塩を送らなければ』という私の発言は、もう委員長の耳に入っていました」

情報が永田町を駆けめぐるのは早い。オフレコの懇談だといっても、重要な政治家の発言などは、あっという間に知れ渡る。

「必ず入ると思っていましたが、もう入りましたか」

「私も委員長選挙での山岡さんの応援のつもりで言ったのですが、これほどの特急便で届くとは思いませんでした。えらく感激して、ご配慮に感謝しますと何度も言っておられました」

「塩を送られた先は、社民党ではなく、山岡委員長だったわけですか」

「そうです。露骨な言い方をしては、特定の政党への内政干渉になりますからね。もっとも社民党の議員たちの耳に入ってくれなければ、塩になりませんがね」

そんな話をしているところに、この日の当番の草野秘書官が入ってきて、

「お話し中ではありますが、緊急経済対策閣僚会議が始まります」

と告げた。

六時少し前に総理が経済対策閣僚会議から戻って来た。しばらくして、池田進之助が風見に、「山岡大臣がお見えです」と告げた。

風見が立っていくと、大柄の山岡委員長が、秘書官応接室のドアの前で、番記者たちに囲まれている。

「代議士会と参議院議員総会の結果報告だけです」

と記者たちに答え、風見を見ると、

「閣僚会議では、総理とお話しする時間がありませんでしたもので」

と言った。

それは風見も心配していたことだった。会議の進行の手順からして、総理が山岡大臣と話すような時間はない。もちろん会議が終わってから、総理は山岡大臣の傍に歩み寄り、言葉を交わすことはできる。しかし全閣僚と多くの役人たちが見ている。総理もそんな場所で話をすることはためらったはずだ。

「総理はただいま来客中でございますので、しばらくお待ち下さい」

風見は山岡委員長と同行の運輸大臣秘書官を秘書官応接室の衝立ての中に案内した。

「すぐ終わると思いますが。大臣は、この後のご予定は？」

「私は大丈夫です」

「長引くようなら、メモを入れますから」

「いいえ、大丈夫です。それと風見さん、税制改革大綱は代議士会と参議院議員総会で無事了承されましたから」

「承っております。総理も委員長のご努力に感謝しておられました」

長らく野党の社民党の委員長を務める山岡貞之は、霞ヶ関に知った官僚は少なく、総理秘書官のなかで顔馴染みは風見だけだったから、何かあると言ってくる先は風見だった。

ほどなく副長官と内政審議室長が退出したので、風見は総理にその旨告げてから山岡大臣を案内した。総理と大臣の会話であるから、風見は立ち会わなかった。その代わり大沢さんに言ってボーイにお茶を二つ運ばせた。

十五分ほどして山岡大臣は退出した。出しなに風見に、

「いろいろ、ありがとうございました」

と丁寧に礼を言った。総理に劣らず折り目正しい人だった。あの二人は、二人きりのときはどんな言葉遣いで話し合っているのだろうと、風見は思った。

執務室に風見が呼ばれた。

「山岡さんは、委員長選挙には出ませんね」

風見が入るなり、総理は執務机越しに立ったまま言った。

「そうおっしゃっていましたか？」

「私の印象です」

「委員長選挙への再出馬を辞退されたら、運輸大臣も辞任されたいと言われるかもしれませんね」

「運輸大臣は続けてもらいます。内閣は党とは関係ありません。党の問題でいちいち大臣に辞任されていたら、内閣はもちません」

総理が語気強く言ったので、風見は驚いた。

一週間後、山岡委員長は訪問先の韓国で委員長選挙への出馬辞退を表明した。後日の委員長選挙で新委員長が決まると、山岡氏は直ちに総理に運輸大臣の辞任を申し出たが、総理は辞表を受け取らず、山岡氏も納得して大臣の職務を続けることになった。


翌日の水曜日は防災の日で、午前十一時から官邸大ホールで防災功労者表彰式があり、その後総理は秘書官たちと早めの慌ただしい昼食をとってから、総合防災訓練の視察に神奈川県開成町に出かけていった。遠路であったから、皇居前広場に設けられた臨時ヘリポートと開成町の臨時ヘリポートの間を、陸上自衛隊のヘリコプターで往復した。同行は金井秘書官である。

総理の出発後、夕方の記者会見で幹事社が最初にする四問の質問内容が草野秘書官を通じて入ってきた。第一問は「政権の看板の日本構造改革プランの最初のパッケージが揃ったわけだが、改めてその意義は何か」。第二問は「消費税の新たな税率について、七％の意見もあるなか五％に決まったが、この税率を総理はどう評価するか。また国民の間では引き上げ自体に反対が強いが、どのようにして国民の理解を得るつもりか」。第三問は「臨時国会での関連法案の審議の見通し如何。いつ頃までに成立させるつもりか」。第四問は「日本構造改革プランの第二段階のパッケージとして、今後どのような政策を重点的に進めるつもりか」であった。

この質問に対する総理答弁を、尾崎、草野、風見の三人の秘書官で手分けした。第一問と第四問は尾崎秘書官と草野秘書官の共同担当、第三問は風見の担当で、第二問は尾崎秘書官から大蔵省に送られた。

風見は、「臨時国会での関連法案の審議の見通し如何。いつ頃までに成立させるつもりか」という質問に対して、ほとんど即座に「国会での審議については、第一義的には与党にお任せしている。政府としては、すべての法案について一日も早い成立を願っている」と書いて、植野事務官のワープロに回した。

尾崎秘書官と草野秘書官の第一問と第四問の答えも程

なく書き上がった。第一問の答えは「日本構造改革プランの意義については、特別国会の所信表明演説でも述べさせていただいたところ。パッケージの個々の政策にはそれぞれの狙いもあるが、全体としては、民自党の長期政権下で進んだ政治、経済、社会の硬直化を打破し、時代状況の変化にも対応して、私の目指す開かれた市民国家を実現する第一歩と考えている」であった。また第四問に対する答えは「当面は第一段階の関連法案の成立に全力をあげるが、今回のパッケージ以外にも、すでに規制緩和など、構造改革のための様々な政策に着手している。年金・医療保険改革の基本方針の具体化も当然進めて参るが、今後のことは、パッケージの第二弾という形を取るべきかどうかという点も含めて、政府及び与党で充分検討して参りたい」であった。

大蔵省に回した第二問の答えについては、程なく大蔵から記者会見前のレクの際に説明したいという返事が来た。結果的にその内容は、「新たな税率は、与党に精力的にご検討をいただいた結果であり、尊重させていただく。私としては、財政再建や二十一世紀に向けての安定的な社会保障システムの確立と、国民の新たな負担との兼ね合いを考えると、目下のところこういう税率になるものと受け止めている。与党内の様々な意見の集約であり、国民にも充分ご理解いただけるものと考えているが、なお国会審議等を通じて一層の理解が得られるように努めて参りたい」であった。五％の根拠を、「目下のところこういう税率になる」としたのは、これは究極の税率ではないという大蔵省の意思表示であった。それにしても、露骨過ぎないかと、風見は少し心配になった。

総理は午後三時過ぎに総合防災訓練を終えた。官邸表門のSP室を通じて、「三時十一分、開成町へリポート、離陸しました」という連絡があった。続けて「三時三十三分、皇居前、到着しました」と連絡があり、さらに「三十九分、表門入りました」という連絡があった。しばらくしてから、秘書官室前にいつもの一団が到着した気配がして、執務室に戻って来たのは四十一分だった。

政府与党最高首脳会議は、四時からだった。いつもの通りであった。会議の進行も滞りなかった。赤木書記長が、「本日十一時からの責任者会議で、与党側として最終決定させていただきました」と報告し、「内容は前回ご報告させていただいたとおりですから、省略させていただきます」と述べた。

三国官房長官が「では、これをもちまして最終決定ということで」と言い、参加者が口々に「賛成」とか「結構です」と言い、実質的な会議は終わった。

しかし会議の時間は二十分間取られていた。小食の外には官邸クラブのみならず、与党クラブ、大蔵省のクラブの財政研究会などの多くの記者たちが詰め掛けている。少し実質的な話もしたことにしないと具合が悪い。

今更長々と政府側が感謝の言葉を述べる必要もなく、話は自然と次の課題である法案成立のための国会対策になった。

「民自党の方はどうなの？　相変わらず方針が決まらないようだけれど、情報は入っているの？」

と、羽根副総理が言った。

「消費税引き上げ反対でくるんだろうけど、もともと向こうが引き上げを潰したから、内閣不信任案が通り、選挙で負けて、政権交代になったんだ。今回の引き上げ案に反対することは、いつまでも野党でいたいということだと、われわれとしては主張することができる」

市倉書記長の意見だった。

「河崎総裁も、林幹事長も、対応を決めかねているらしい。もともと決断のできる人たちではないうえに、万年与党で野党としてのノウハウがまったくないからね」

と米山書記長が言った。

「改革派は政府案でいいじゃないかと言っているらしいね」

羽根副総理が、民自党に残っている改革派の動向に言及した。段々に参加者たちは、自信を感じて饒舌になった。

「民自党としては、税制改革法案では勝負しないということではないかな？」

「景気と消費税引き上げの関係は突いてくるだろうね。しかしわれわれの案では引き上げは、再来年の四月からだからね、先のことは分かりませんで凌《しの》げるよ」

黙って各人の話を聞いていた財部一郎が、ようやく口を切った。

「五％にしたことで、民自党は高過ぎるという批判の論拠を失った。しかし油断しない方がいい。民自党はそんなに甘い政党ではない。野党としての知恵はいくらでも出てくる。ただわれわれとしては、衆議院も参議院も過半数を押さえているのだから、何があろうと一糸乱れぬ結束を維持して、粛々とやらせてもらえばいい。この基本さえ押さえておけば、恐れることはないと思う」

「同感です。われわれとしては、粛々とやらせてもらうということで、意思統一したらいい。民自党さんがどう出るかは、民自党さんの考えることで、われわれの関知しないことだ。どう出ようと、われわれとしてはただ粛々とやらせてもらう、ということをわれわれの基本方針にすればいい」

と米山書記長が言い、皆が賛成して、それが政府与党最高首脳会議の結論になった。風見は、すでに書いた記者会見での幹事社の質問に対する答えを、再検討しなければならないと考えた。

最高首脳会議が終わって小食を出ると、喫煙室側の出口には普段より多くの記者たちが党首たる大臣や書記長たちの出てくるのを待っていた。その多くが総理記者会見に流れていくのだろう。

執務室に戻ると、記者会見の事前レクのための大蔵省と厚生省のスタッフがすでに待機していて、直ちにレクが始まった。厚生省については、想定問答だけ出させ、尾崎秘書官が説明する予定であったが、厚生省自身が短時間でもいいからどうしても直接総理にレクをさせて欲しいと希望し、岩原副長官を通じても強く言ってきたので、加わってもらうことになった。

記者会見での総理の冒頭発言の草稿と、記者会見想定問答、それに幹事社からの四問に対する答えの浄書が、風見の机の上にも置かれていた。風見は、「臨時国会での関連法案の審議の見通し如何。いつ頃までに成立させるつもりか」という質問に対して自分が書いた答えをもう一度眺めた。「国会での審議については、第一義的には与党にお任せしている。政府としては、すべての法案について一日も早い成立を願っている」という答えを、政府与党最高首脳会議での議論を踏まえて、「国会での審議については、第一義的には与党にお任せしているが、粛々とご審議いただけるものと考えている。いずれにしても、政府としては、すべての法案について一日も早い成立を願っている」に改め、植野事務官に至急打ち直すように指示した。

総理記者会見は、当初六時からの予定でクラブに流したが、民放が少しでも早くして欲しいということで五時半からになった。

予定時間の約一分前に総理は執務室を出た。SPに囲まれ、全秘書官が同行した。番記者は付いているが、ぶらさがりはない。NTBの来島が一行にピッタリと付いて、携帯電話で連絡している。総理記者会見はNTBが予定の番組を中断して必ず生中継する。NTBの放送センターがすでにスタンバイしていて、五時半きっかりにスタジオでアナウンサーが原稿を読み始める。全神経を官邸に向けている放送センターと、総理との接点に来島がいる。その来島が、携帯電話で、

「総理、執務室を出ました」

と告げている。

人々は儀式に向かう一団のように、整然と歩いた。一団の中心にいる総理の手には、冒頭発言の原稿と、答弁資料が握られている。その手は大きくは振らず、体も揺すらず、屈強な体格の胸を張って総理は歩く。池田進乃助が先導し、総理の前にはSPのサブキャップの渡嘉敷警部が大股で歩き、後ろにはキャップの兵頭警部がいつもの鋭い目つきで付いている。兵頭警部と並んで草野秘書官が付き、その後ろに牧本、風見、さらに後ろには金井、尾崎の秘書官が付いている。その他多くのSPたちや番記者たちが付いている。来島の他に、小林、梨重、辰野、宇垣、真壁、泉川などもいる。誰も口を利かない。

「中央階段を下ります」

来島が連絡する。真っ赤な絨毯を敷き詰めた華麗な中央階段を、一団は二列になって下りる。

「総理、玄関ホールに下りました」

また連絡する。

玄関前で左に折れ、記者会見場に通じる廊下に出る。それにしても、番記者たちはなぜ付いているのか？　総理記者会見では彼らのような若手は質問はできない。質問するのは、ほとんど会見場の前の席に陣取ったキャップやサブキャップ、あるいは今日のようなテーマの会見であれば、大蔵省担当の財政研究会のキャップやサブキャップなどである。それでも、総理に付くのは彼らの特権でもあり義務でもある。もし途中で総理が躓《つまず》いて転んだりすれば、記事にするのは彼らなのである。……なおも一団は、確信に満ちた足取りで、黙々と歩く。間近に迫った目的場所の会見場に続く廊下を、列を作って歩く。来島が最後の連絡をする。

「総理、会見場に入ります」

ドアをくぐるとそこはライトが眩しく輝く記者会見場であった。カメラのフラッシュが一斉に光った。ホールのような部屋で、大学の教室などで見る小さな折り畳み式のテーブルの付いた椅子が一杯に並べられ、ビッシリと記者たちが座り、室内は早くも熱気に満ちている。入口から入った右手の壁一面に鼠がかったブルーの幕を垂

らし、その前に総理が立ったまま話す演卓が設けられている。従来は総理は背の低い卓で椅子に座って会見したが、宗像総理になってから、アメリカの大統領も使っている立ったままの演卓を用いるようになった。長身でスポーツマンの宗像総理は、立ち姿が映えた。記者たちの席から見てその円卓の右側の椅子に、大蔵大臣、厚生大臣、自治大臣、官房長官、政務と事務の官房副長官の六人がすでに座っている。官房長官と両副長官は総理記者会見には必ず同席するが、その他の大臣は今日の記者会見に特に関係のある大臣として同席するのである。

ドアから入った左側、記者たちの席の後ろにはズラリと脚付きのテレビのカメラとスチールカメラが並んでいる。その数は多く、総理に向けられた銃口のようだった。銃口に譬《たと》えるのはこの場合いかにもふさわしかった。カメラに写り始めたときから、記者会見は総理にとってはすでに戦いなのである。官邸クラブのみならず、国会映放クラブや国会写真クラブのカメラマンたちもいるから、その数は尋常でなく、撮影のために会見場全体が煌々とライトに照らし出されていた。

総理は一人中央の演卓に進んだ。卓にはびっしりとマイクが立てられている。演卓に向かって左側、ちょうど歩いて来る総理の正面の壁際に一群のカメラマンたちがいて、総理はしばらくそちらを向いて写真を撮らせた。SPたちは総理から距離を置いてそれぞれ配置についた。ドアから入ったすぐ左の壁側に五脚並べられて空席になっている椅子が、総理秘書官の席である。間違って座られないように、「総理秘書官」と書いた紙が置いてある。風見たちは素早くその席についた。腰を下ろして顔を上げた風見は、総理をではなく自分を見ている視線を感じて、そちらの方を見た。記者席のケイコ・バンデルだった。

少し離れた中央より手前のやや後方の席にケイコは座っていた。長い髪を垂らし、淡いブルーのブラウスと濃紺のタイトスカート姿だった。記者の中には女性記者もちらほらいたが、彼女たちと比べても、ケイコの肌の白さと手足の長さは際立った。思いがけずケイコが尋ねてきた後、風見は永田クラブの会員名簿をめくってみたが、ケイコのいるUPS通信は、確かにクラブのオブザーバー会員になっていた。しかしそれは古い名簿だったから、ケイコの名前はまだなかった。

目線が合うと、ケイコは大きな瞳で風見を見詰めたまま頭を下げた。親しそうに微笑みかけるというわけではない。むしろ緊張気味にさえ感じられた。記者たちの顔、顔のなかで、ケイコの瞳には力があった。風見を見ている時間が異様に長いように感じられた。その時、会見場前方右手で立ったままマイクに向かった田畑内閣広報官の声が響いたので、風見はそちらを向いた。先に目線をそらしたのは自分の方だったと、風見は思った。

「それではただ今より、総理記者会見を開かせていただきます」

広報官が言ったのはそれだけだった。総理が口を開いた。

「最初に私の方から冒頭発言ということで、少し発言をさせていただきまして、それから質問にお答えさせていただきます」

総理は演卓の上に原稿を置き、ときどき目線を落としながらも、できるだけ読み上げる感じにならないように冒頭発言を行った。

「この度、連立与党のご協力のもとに、この内閣の発足にあたり国民の皆様にお約束を致しました日本構造改革プランの最初のパッケージの諸政策を取りまとめました。税制改革大綱、年金及び医療保険改革の基本方針、情報公開法案、NPO法案であります。税制改革大綱に基づき消費税法改正法案その他関連法の改正法案を、現在取りまとめ中でありまして、情報公開法案、NPO法案を含む諸法案につきましては、近々臨時国会をお願い致しまして、ご審議を頂戴したいと考えているところであります」

続けて総理は、日本構造改革プランの意義について説明した。それは風見たちにしてみれば、何度も耳にして諳《そら》んじているものだった。幹事社の最初の質問でも聞かれるから、重複になり、もっと簡潔なものでよかったと風見は思った。しかし冒頭発言の原稿は、昨日の夕方にはすでにでき上がっており、大蔵省はそもそもから始める官僚の作文のつねとして、総理の所信表明演説や初記者会見での総理発言を引っ張り出して、自己完結的で完璧な作文としてこれを書いたのである。幹事社の質問が出てから重複を削るのには、時間がなさ過ぎた。

総理はさらに税制の抜本改革について説明した。高齢化社会の進展による社会保障システムの危機や、バブル崩壊後の急速な財政赤字の累積が強調されていた。このまま放置すれば、「ツケは必ず国民自らに返ってくる」と説かれ、総選挙での各党の公約、国民の審判により成立した非民自党連立政権が担うべき課題と、「政治の責任」が強調されていた。しかし五％の数字にはさらりと触れただけで、根拠は示されなかった。五％の説明にこだわると、それが唯一正当な数字だということになり、将来の再引き上げの余地は狭められる。それでは再引き上げのときに、また新しい理屈を考え出さなければならなくなる。

記者たちは、熱心にメモを取っている。ほとんどの記者が下を向いて手を動かし、ぼんやりと総理の顔を見ている記者などはいない。携帯用の小型のテープレコーダーを回している記者も多かった。風見はケイコの方を見た。彼女も下を向いて熱心にメモを取っている。日本語で書いているのだろうか、それとも英語だろうかと風見は思った。彼女もやはりテープレコーダーを回していた。

総理はさらに年金と医療保険改革の基本方針について説明した後、情報公開法案とＮＰＯ法案の意義にも触れた。ここは総理が手を加えたところかもしれなかった。

「政策情報と根拠となるデータを公開し、それを用いてＮＰＯをはじめ国民のボランタリーな団体や自治体が、それぞれの立場から政策をまとめ、その政策が国会、政党、内閣及び各省庁に還流することで、国の政策もまた吟味され、鍛え上げられていくという仕組みを構築する必要があります」

と総理は語った。その言い回しを総理から聞いたことがあったから、おそらく総理が加筆した部分に違いない。それにそんな仕組みは、霞ヶ関の最も嫌がるところである。総理はそこで勝負したいと思っているのだろう。そしてそれは消費税率が五％か七％かということより、実は日本の統治システムにとっては、はるかに影響の大きい改革だった。おそらく総理は、そこにこそ自分の痕跡を残したいと考えているのだろう。

「何卒国民の皆様のご理解とご協力をたまわりますように、切にお願い申し上げる次第であります」

と述べて、十分足らずで総理の冒頭発言は終わった。

続いて最前列に座った記者の一人が、

「それでは最初に幹事社の方から、いくつか質問をさせていただきます」

と述べ、事前に通告されている質問をした。

それに対して総理は、原稿を見ることなく、しかし概ね風見たちの用意した原稿に沿った答弁をした。ただし第二問の五％の税率の評価に関する「……兼ね合いを考えると、目下のところこういう税率になる」という部分は、「……兼ね合いを考えますと、現在の様々な制約のもとでは、結局このような税率に落ち着かざるを得ないのではないかと思っております」と答えた。大蔵省の表現の露骨さを、さすがに総理は巧みに消したと風見は思った。風見の書いた第三問に対する答弁は、短くロジックも常套的なものだったし、「粛々と」という部分は政府与党最高首脳会議で総理自身も聞いていたから、ほとんど原稿どおりだった。

それにしても、短時間であれだけの答弁をマスターした宗像総理の能力は賞賛に値した。一時間足らずのレクでは、これから行われる通告なしの各社の質問に対する想定問答もやったのである。幹事社の四問に対する答弁の説明に費やしたのは、五分かせいぜい十分だろう。暗記ではなく、理解の能力だと風見は思った。質問の狙いは何で、答弁のポイントは何かということをまず理解しなければならない。この点とこの点を言い、なるほどこはこういうロジックで説明するのか。これは記者たちが突いてくる点だから、こういう理屈で予防線を張っておく必要がある。ここところは、ロジックの要だから、必ず言及しておかなければならないわけだ。そういう理解力が何よりも必要だ。理解せずにただ棒暗記するだけでは、どこかで脱線したり、次の言葉が思い浮かばなかったりすると、後は支離滅裂になってしまう。そういう総理に仕えると、秘書官たちは苦労することになる。その点宗像総理は完璧だった。

四問が終わると、幹事社が、

「それでは後は各社から、自由に質問して下さい」

と言った。

しばらく間があった。

しかし「それでは」と言ってすぐ帰るわけにはいかない。必ず質問はあるのである。しかもこれからが主戦場であり、総理には神経を張り詰めた戦いなのである。幹事社とは別の最前列の日本産業新聞の記者が口を切った。

「総理。日本構造改革プランの意義ということでご説明をいただきまして、それはそれでわれわれも理解するわけです。しかしプランの具体的な内容は、多様というか、まあ失礼ですがゴッタ煮みたいなものですね。情報公開法案があり、NPO法案があり、税制改革があり、年金、医療があるのかもしれませんが、まあこの二つは関連がありということなわけです。法案もあれば基本方針にとどまっているものもあります。日本構造改革という名前は付けていますが、何かとってつけたような感じも、正直われわれとしてはするわけです。今回のは考えてみると要するに民自党政権の積み残しですね。後始末のようなものですね。一応ご説明はありましたが、どうしてこれが日本の構造改革になるのか、もう少し分かりやすく説明していただきたいのですが」

最初の質問にしては、意地悪な質問だった。しかし悪意というほどではない。いや、きわめて素朴で率直な質問だと言えるのかもしれない。日本構造改革プランの第一弾と書きながら、その書いている記者たちが、「これで日本の構造改革なのかなあ？」と多少の違和感を感じているのだろう。政権交代をアピールするためだけの、とってつけたようなものではないかと内心思っているのだろう。しかし彼らは書き続けなければならないから、自信をもって日本の構造改革と書けるように、総理の口から何かピッタリした言葉が欲しいということなのだろう。

こんな質問に対する答えは、当然大蔵省の用意した想定問答には載っていない。そんな質問に対する答えは、総理自らの政治家としての見識で、というのが大蔵の、あるいは官僚たちの言い分である。想定問答に載っているのは、当然彼らの立場からして総理にこういう内容で言ってもらいたいと思うテーマ、あるいはこれと異なる説明をされたら困るというテーマに重点が置かれている。

従ってこういう質問内容に総理が何と答えようと、彼らには関係がなかった。しかし、もちろんまったく無関心というわけではない。さあ、総理はどう答えるのか。初記者会見はそこそこだったが、御祝儀記事が期待できず、むしろ消費税の引き上げなどという記者たちも身構えざるを得ないテーマの記者会見で、どの程度の力量を発揮するのか。自分たちの試合ではないが、注目の投手の投球ぶりを、ひとつ見させてもらおうと彼らは思っている。風見の目には、霞ヶ関の官僚たちが、テレビの前で、興味の溢れるまなこで、腕組みをしながら見詰めている姿が目に見えるようだった。

「確かに、民自党政権の積み残しと言えないこともないでしょう。しかしなぜ積み残されたのかを考えますと、それらは今日の日本が直面し、あるいは必要としながら、政官業の癒着や族議員政治などの旧来の構造が、解決を不可能にしていた課題だったからです。民自党政治は、要するに高度成長期型の政治です。今回扱っているテーマは、いずれも日本社会の成熟化に伴い生じた新しい課題としての共通性があります。片や高齢化、片や情報化と市民の自立化。離れ小島のように見えても、海面下では日本社会の成熟化という共通項でつながっています。ですから、これらの課題を解決するには、日本の政治、経済、社会の構造改革なしには不可能です。また、これらを解決することによって、さらに日本の構造改革が推し進められるでしょう。確かにゴッタ煮かもしれませんが、その鍋の中には民自党政権では料理できなかった、栄養満点の肉や野菜が入っているのです。構造改革鍋と言ってもいいでしょう」

まあ上出来の部類だろうと風見は思った。霞ヶ関の観客たちも、第一球はまずまずだと思っているだろう。

「二点お伺いを致します。第一点は臨時国会の召集時期ですが、現在九月十七日召集という説が流れていますが、それでよろしいのかどうか。第二点は、法案の成立見通しですが、先程の幹事社の質問では、与党に任せているということでしたが、しかし年内成立は総理ご自身が政治公約とされたことですね。与党任せでよろしいのかどうか。あるいは総理ご自身がリーダーシップを発揮されるおつもりか。またされるとすると、どのように発揮されるのか。その辺をお伺いします」

自分が書いた答弁原稿に関わることであったから、風見は少し緊張した。確かに「与党にお任せしている」ということと年内成立を自らの政治公約としていることが、厳密には整合性に欠けることは風見も気が付いていた。想定問答であれば、こういう場合には「更問《さらとい》」というのを立てる。最初の質問に対して答えて、それに対してさらに突っ込まれた場合にはこう答えるというのが、更問である。しかし風見が書いたのは、幹事社質問に対するもので、幹事社の場合にはさらに突っ込んでくることはないから、更問はない。九月十七日に召集することはまだ公式には表明しないと政府与党首脳会議で合意されたこととあわせて、再び総理の力量が問われる場面だった。

「第一点の臨時国会の召集時期ですが、私としては一日も早く決定したいとは思っておりますが、法案化作業等の準備もございますので、見通しがはっきりし次第速やかに決定する所存です。第二点の法案の成立見通しですが、年内成立の私の政治公約については、与党にもご承知いただいているところですから、与党もそのつもりで、粛々と審議を進めて下さるものと考えています。また先程はあくまでも第一義的には、与党にお任せすると申し上げたわけで、私自身のリーダーシップが必要なときは、当然リーダーシップを発揮させていただきます。どういうふうにというお尋ねもあったかと思いますが、それはその時々の様々な状況、場面に応じて、ということになろうかと思います」

なんでこれで秘書官に答弁を書かせるのだと、風見は思った。しかしもしかしたら、ソツがなさ過ぎるかもしれない。政治家としては、もっと論理的にはスキがあり、その代わり信念が前面に出る答弁でもいいのかもしれなかった。

「総理。総理は先程、鍋の中には栄養満点の肉や野菜が入っているとおっしゃられたわけですが、今回の税制改革大綱を見ますと、本当に国民にとってですね、栄養満点なのかどうか。幹事社の質問に対して、兼ね合いということを言われたわけですね。しかし年金にせよ、医療保険にせよ、足りなくなるから消費税を上げるというのでは、旧来の政権がやったことと同じで、構造改革にはならないという見方もあります。国民もそのへんが分かっているから、消費税の引き上げには反対しているわけで、七％でなく五％だから国民は納得するという問題ではないと思われるのですが、そのへんはいかがですか」

いよいよ本題に入ってきた。風見はきちっと見ていなかったが、このへんは大蔵省の想定問答があるのだろう。

「もちろん政府としましても、単純に足りなくなるから、消費税を上げて欲しいと申し上げているわけではありません。法案化は先になりますが、今回年金・医療保険改革の基本方針も取りまとめましたことは、これらの改革の見通しを同時に提示することにより、消費税引き上げに対する国民のご理解を得る趣旨によるものであります。例えば医療保険につきましては、薬剤費の参照価格制度の導入、出来高払いから定額制への移行という、医療費の抑制のためのきわめて大きな政策転換の方向を打ち出させていただいたわけで、これはもう族議員政治と手を切ったこの連立政権にして初めて実現したわけです。年金につきましても、来年六月の老人医療保険福祉審議会の高齢者福祉プランの策定後、それを踏まえて年金を含め高齢者の生活のあり方を総合的に検討することとしたわけで、これらはやはり政府の努力として評価いただけると思うわけであります。そのうえでなお、活力ある高齢化社会を実現するためのコストとして、国民の皆様にもご負担をいただきたいと考えているわけです」

「そうしますと、年金・医療保険改革の具体案がまとまり、法案化した段階で、あるいは高齢者の総合的な生活のあり方について具体的なプランができた段階でですね、収支の全体像を国民に示したうえで、これこれの率の消費税の引き上げが必要だということで、初めて消費税の引き上げの議論が出てくると思うのですね。一方の方はまだ具体化していないのに、とりあえず国民の負担だけ増やしておいてくれというのは、国民の理解を得られるかどうか。その点については、いかがでしょうか」

政治の戦い、あるいは官邸の戦いは、根回しや裏工作も無論あるが、最大のものは発する言葉をめぐる戦いである。国会答弁や記者懇なども含めれば、官邸のエネルギーの半分以上は、言葉の準備、調整や推敲、いったん発せられた言葉のフォローのために割かれている。

そしてその言葉の戦いの最大の戦場のひとつが記者会見だった。語気鋭い質問や品のない野次が飛び交う国会と比べると、その雰囲気はまだしも紳士的とは言えたが、しかし手強さでは勝っている。とりわけ「各社」ではどこから弾が飛んでくるか分からないし、弱みを見せると集中的に叩かれる。それに結果は明日の新聞を見てみなければ分からないという手応えのなさもある。

風見には、冷静沈着な総理が、内心では全神経を集中させて戦っているのが分かった。

「消費税の引き上げは、今決めても実際には、再来年の四月一日からです。将来年金や医療の具体的な施策が決まった時点で、それに見合った消費税の引き上げ率を決めて、即実施というのもひとつの方法かもしれませんが、やはり不意討ちといいますか、そういうやり方でなく、国民に対して長期的な見通しをあらかじめ提示しておくというのもひとつのやり方だと思うわけです。またそもそも消費税の引き上げは、年金や医療保険のためだけではないわけですね。トータルな国の財政赤字が、すでに危機的な状況にあるわけです。これを放置しておけば、そのツケは必ず子孫に回るわけですから、この点でもきちんとした見通しをつけておく必要があると思うのです」

最前列の政経の網野が質問した。

「先程も出ましたが、五%は兼ね合いと、こういうご説明であったわけですね。しかし基本はやはりこれだけかかるから、だからこれだけ税収が必要だと。超高齢化社会を迎えて、年金・医療のコストは膨大なわけです。今回の七%でもとても賄えないと言われているわけです。今回の与党の議論を見ていると、コスト計算よりも、大幅と小幅というか、要するに与党内の引き上げ消極派との政治的妥協の印象が強いわけです。コスト的に五％で充分だとお考えかどうかというのが第一点。第二点は、国会審議の過程で、あるいは将来的には、再引き上げはないのかという点について、お願いしたいのですが」

「先程も申し上げましたとおり、活力ある高齢化社会を維持するには当然コストがかかるわけで、政府としては国民にいくらでもご負担をいただけるのなら、こんなにありがたい話はありません。もしそうなら、政府としてもどんどんサービスのレベルを上げていきたい。しかし、やはり限界というものはあるわけで、皆さんのご家庭でも、収入はこれこれしかないから、頑張ってそれでやろうということは、やはりあるわけです。政府としましても、苦しいけれど工夫して、頑張ってやっていこうと、こういうことですね。それから、将来の再引き上げについては、全く考えておりません」

三列目の記者が質問した。

「先程の幹事社の日本構造改革プランの第二弾についての質問に対する答えでは、本当は国民が宗像内閣に対して最も期待していると思われる行政改革、それと総理が従来力を入れられてきた地方分権が触れられていませんでした。これらの課題についてはどのように取り組まれるおつもりでしょうか」

「本内閣としては、規制緩和を重点的施策のひとつとして、すでに積極的な取り組みを始めておりまして、規制のあり方に関する有識者による検討会も設置の方向で検討中であります。これは存外影響の大きい、実質ある行政改革と理解しております。行革審の第五次答申も近々出る予定で、相当に内容のあるものになると聞いておりますし、これで行革審のすべての答申が出揃うわけですから、政府としましては、行政改革実施本部の会合を開きまして、積極的な対応をして参りたいと考えております。……行政機構の根幹に手を付けるという意味での行政改革や、ご指摘の地方分権は、私としては大変に関心のある政策テーマでありますが、時機を見る必要もあろうかと思いますし、どのように手を付けていったらいいのかという点も含めて、今後検討させていただきたいと思います」

「しかし総理の地位にあられるわけですから、関心のある政策テーマがあれば、速やかに手を付けていく。それがリーダーシップではないでしょうか。国民も総理のそのようなリーダーシップを期待していると思うのですが」

「とりあえず今は大変大きな宿題を頂戴しているわけですから、その実現に全力を挙げていきたいと思っているわけです。譬えて言いますと、カラオケに行っても、自分だけでマイクを握るわけにはいかない。まあ、私の番が来ましたなら、存分に歌わせていただきたいと、こういうことでございます」

ちなみに翌々日の太陽の政治漫画には、この発言が使われた。ステージで財部一郎がマイクを握って身振り手振りよろしく歌っており、市倉書記長が次を待っている。総理が後ろで「僕も歌いたいのに」と呟いている。それはまたしても作られ過ぎた構図だった。

「税制改革の問題に戻りますが、年金・医療保険の財源不足を補うものは、消費税で当然なんだという認識というか、議論がまかり通り過ぎていると思うわけですね。資産課税の強化とか、不公平税制の是正とか、同じく税にしても財源はいろいろあると思うわけですが、なぜ消費税なのか、その点はいかがでしょう」

「年金・医療保険は広くすべての国民に関係するものですから、そのための税源としては、やはり国民に広く薄くご負担いただくものの方が望ましいのではないでしょうか。例えば年金財源を資産に求めますと、資産家がなぜわれわれだけが国民全体の制度の穴埋めをしなければならないのかということになるわけです。消費税に対する国民の不満が強いことは承知致しております。ですから、今回簡易課税制度の適用範囲の引き下げや、限界控除制度の三年後の廃止などを打ち出し、またインボイス方式への移行も検討させていただくことと致しまして、いわゆる欠陥消費税を本来のものに改めたうえで、こう改めたんだからということで、活力ある高齢化社会の実現のためのコストとして、国民の皆様にもご負担いただきたいとお願い致しているわけです。先の総選挙でも、そのような議論がなされていたはずですが」

「ワシントン・タイムズのエリック・バートンと申します。相変わらず日本は、世界のすべての国から貿易黒字を集めていますね。日本の貿易黒字を減らすために、宗像さんは、どのような努力をされますか」

「この問題は本内閣のきわめて優先的なテーマのひとつであります。その削減のためには、内需の拡大、そのための規制緩和、生活重視の政策の推進、さらに市場アクセスの改善などを組み合わせ、着実に推進して参りたいと考えています。先程も申し上げましたが、現在すでに重点的に取り組んでおります規制緩和は、輸入や対日投資の促進には、特に効果があるものと考えています」

　この後も質疑応答が続き、総理記者会見は予定をややオーバーして、午後六時二十八分に終了した。秘書官室に戻ると、尾崎秘書官が「やー、よかったよ。よかったよ」と言い、草野秘書官も「総理はよくやった」と言い、牧本秘書官も「なかなかだったね」と言った。

　翌日の日程の打ち合わせを済ませると、総理は直ちに公邸に戻った。ぶらさがりでは、記者会見で出番のなかった総理番の記者たちが、「国民の理解が得られたとお考えですか？」と聞いていた。彼らの特権であり、これこそ彼らの世界なのである。

　食事もそこそこに、公邸で七時半から外務省のスタッフに、官房長官、両副長官、それに田崎秀夫議員も加わって、九月二十五日からの国連総会と日米首脳会談の第一回目の勉強会が予定されているのである。牧本秘書官が立ち会うことになっている。

　確かに大変な仕事だと風見も思った。つい今し方、消費税引き上げをめぐってベテラン記者たちの追及を凌いだと思ったら、今度は一転して世界の平和と日本の役割、日米貿易摩擦とアメリカの対日要求の問題に頭を切り替えなければならないのである。肉体的な大変さよりも、様々な状況に対応し、萎縮することなく絶えず気持ちを大きくもち、なおかつ神経を張り詰めさせて、考えるべきは考え、暗記すべきは暗記するための精神的な負荷は、大変なものだろう。

　無論、「総理勉強会資料」が渡され、「想定問答」が渡され、「日米首脳会談のポイント」が渡される。霞ヶ関の完璧な家庭教師のチームが付いているのだ。しかし、夕方の記者会見でも、事前レクは一時間足らずだったのである。それであれだけの会見をこなさなければならない。想定問答に、すべてが載っているわけではない。

　記者会見のレクに比べると、日米首脳会談の勉強会は、もっと時間をかけて、何回も念入りに行われる。記者会見の場合には、仮に失言しても何とか挽回する方法はあるが、日米首脳会談で間違ったことを言えば、影響は比較にならない。のみならず、あのしたたかなクックス大統領と差しでやらなければならないのである。突然何かを言い出され、頷いたりして、「サンキュー。ミスター・ムナカタはＯＫと言った」とでも言われたら、それだけでたちまち日米関係は予定外の方向に走り出してしまう。

霞ヶ関の家庭教師チームは、無論相手に合わせて教師役を務める。不安であれば回数を増やすし、どうしても覚えきれないと分かると、できの悪い受験生に指導するのと同じように、「これとこれだけを覚えて。後は何を言われても、帰ってから検討しますと答えて」と指導することになる。「俺は頭が悪いから」と率直に言ってくれる総理の方が、多分やりやすいに違いない。しかし、宗像総理の場合は、誇りがそんな真似を許さない。とすれば、総理にかかる心理的プレッシャーはますます大きなものになる。

そのうえ宗像総理は、勉強させられるだけで満足しないだろう。国連総会の演説には自分で手を入れるだろうし、日米首脳会談の台本にも注文をつけるだろう。そしてそれは、国会答弁をめぐる以上に、外務省との間で軋《あつ》轢《れき》を生むだろう。

しかし外交は風見の担当ではなかった。日本再編計画の内密の仕事を別にすれば、日本構造改革プランの諸法案の成立のことだけをとりあえず考えていればよかった。

電話が鳴って瀬戸さんが出て、

「風見秘書官。お電話です」

と言った。

秘書官室の直通である。秘書官室の直通は秘書官室全体の共用電話で、各秘書官の席でも取れるが、大沢さんや瀬戸さんがいれば二人のうちいずれかが出る。秘書官各自の直通電話の場合には、どんなに鳴りっぱなしでも二人は手を出さない。秘書官室直通は、マスコミ、官邸のことをある程度知っている政治家、風見にかけてくる場合の役人、その他名刺を交換した相手などが多い。

風見は机の上の電話機の赤く点滅しているボタンを押して出た。

「風見です」

「もしもし、バンデルです」

ケイコだった。風見は突然胸に熱いものを感じた。

「お忙しいですか? 今、お話をしてもいいですか?」

「大丈夫ですよ。どうぞ」

「よろしければ、今日の総理の記者会見について、教えていただきたいことがあるのですが」

「どんなこと?」

「宗像さんは、日本をどのように変えようとしているのでしょうか」

「それは、なかなか難しい質問ですね。あなたの予備知識次第だけれど」

「勉強してきたつもりですが、風見さんから見たら小学生のようなものでしょうね」

風見にひとつの思い付きが芽生え、膨らんでくるのが分かった。

「今夜は、食事はまだですか？」

「はい。まだです」

「一緒にします？」

「構わないんですか？　お忙しいのではありませんか？」

「いいや。大丈夫」

「では、どうすればいいのですか？」

手っ取り早いのは、どこかのホテルで会い、そこのレストランで食事をすることだった。しかしこの近辺や赤坂周辺のホテルには、四六時中政治家やマスコミがうじゃうじゃいる。そんなところでケイコと会うわけにはいかなかった。

「今はどこにいるの？」

「事務所にいます。有楽町です」

有楽町か。政治家はいないかもしれないが、しかし誰がいるか分からない。

風見はちょっと考えて、芝にあるガーデン・ホテルを思い付いた。近くに東京クラウン・ホテルがあって、そこは常時政治家のパーティなどが開かれているが、ガーデン・ホテルはそこから少し離れた街並みに溶け込んだ小さなホテルで、そちらの方まで来る政治家はいないし、マスコミもまずいないだろう。風見はホテルの名を告げ、知っているかと尋ねた。

「聞けば分かると思います。行ったことはありませんが、必ず行きます」

そこのパール・ルームというレストランで七時四十五分に会うことにした。

日比谷通りが混んでいて、風見は少し遅れて着いた。外はすでに暗く、ネオンが美しく輝き出していた。ロビーからゆったりした螺旋状の階段で二階に上がって、パール・ルームの扉を潜った。こぢんまりした瀟洒な店で、照明を少し落とし、客のいるテーブルにはキャンドルが点《とも》っていた。その数はまだあまり多くはなかった。奥まったテーブルにケイコはすでに来ていて、風見が入っていくと、立ち上がって頭を下げた。日本人に見えるが、日本人にしては長身で、スリムで四肢が長い。

「せっかくこの間来てくれたのに、一度も連絡しなくてごめんなさい」

「いいえ。お忙しいことはよく分かっていますわ。今日記者会見でお会いしたので、お電話する勇気が出ました」

まず食事をした。風見は網焼きステーキを食べ、ケイコは鱸《すずき》のムニエルを食べた。食事をしながらの会話はあたりさわりのないものに終始した。

「どこに住んでいるの？」

「五反田です。山手線一本で行けるように」

「いいですね。僕も山手線の近辺に移ってこようかな？」

「風見さんはどちらに住んでいらっしゃるのですか？」

「僕は郊外です」

ひとり身になって郊外に住んでいる理由はなかった。しかし引っ越しなどにかけては、風見は人一倍不精だった。その不精さの故に、知らず知らず由希子に負担をかけていたのかもしれなかった。

「日本には、もう親戚と呼べる人はいないの？」

「静岡に伯父がいます。十八歳で日本に帰って、アメリカの輸入雑貨の卸をやっています」

グーズベリーのケーキのデザートを済ませてから、風見は「さあ」と切り出した。

「宗像総理が、日本をどう変えようとしているかという質問だったね」

「ええ。幼稚な質問で済みません」

「そんなことはない。今日の記者会見の言葉を使えば、総理の認識は、日本が高度成長型の社会から、成熟社会になったということだね。成熟社会の意味はいろいろあるけれど、まず右肩上がりの経済の終焉、人口構成の成熟化、つまり高齢化、社会の様々なサブグループの自立、特に市民や住民パワー、それもかつてのような反対運動型ではない、ボランティア活動などにも精を出すタイプのパワーの台頭、国際化などかな。環境的条件としては、当然冷戦の終結の影響も大きい。冷戦下の表向きのイデオロギー対決のもとで、どんどん経済成長を実現するというかつての日本の姿からすると、随分遠いところに来てしまったわけだ」

「メモを取っていいですか？」

「どうぞ」

同意しながらも、風見はちょっと寂しい気がした。ケイコと自分の関係は、所詮新聞記者と取材対象の関係に過ぎないのだろうか？　しかし風見は続けた。

「日本のいろいろな仕組みは、高度成長期に作られたんだ。今日のメイン・テーマの税の仕組みにしてもそうだ。毎年確実に国民全体の所得が上昇したし、傾斜のきつい超過累進課税の所得税が中心だから、毎年増税しているのと同じで、きわめて豊かな税収がもたらされた。当然その使い方が問題になるし、それを決めるのが政治の役割だった。そこで利益誘導型の政治が発達した」

「右肩上がりの経済が終焉すると、所得税中心の税体系は、安定的な収入をもたらさなくなったということですね」

「もちろん、収入の確保の問題が第一だけれど、公正な負担とは何かということも含めて、改めて社会の仕組みの根本が問われている。潮が引くと、見えなかったゴツゴツした岩肌が露出するように、これまでは右肩上がりの経済で隠されていた様々な問題が吹き出してきたわけだ」

風見はさらに熱中して続けた。

「高度成長期にはどんどん税収が増えていったから、気前よく免税点を上げ、低所得層の税率は低く抑えた。今、そのツケが来ている。彼らは税金を払わないことは既得権だと思っている。地方が今年も公共事業の予算を回せと騒ぐのを、既得権政治と批判している彼らが、税金を払わないことは自分たちの既得権だと考えていて、改革に抵抗する」

「日本を変えることは、大変ですか？」

「敗戦とか、大恐慌とか、そんな有無を言わせない力が働くときと違って、平時に改革をすることは大変だと思うね。既得権の網の目の上に、既存の仕組みがガッチリとでき上がっている。総理といえども、それを変えることは容易ではない」

「霞ヶ関の力は強いですか？」

「霞ヶ関なしには日本は動かない。しかも誰かが霞ヶ関を統括していて、総理の意向に従ってその霞ヶ関を動かすことができるというものではない。僕以外の残り四人の総理秘書官は、霞ヶ関から来ているけれど、その銘々が守備範囲を棲み分けている。四人の秘書官によって、総理が霞ヶ関の互いに独立したそれぞれの部分と直結していることは、日本の統治システムの重要な秘密なんだ」

「日本はどういう方向に進みますか？」

「成熟し、国際化した時代にふさわしい方向には進んでいくだろう。ただ遅々としてね。総理はなんとかしてそのスピードを上げたいと努力している。それに、スピードの問題だけでもない。どういう方向にもっていったらいいのかと、真剣に考えておられる。一九六〇年代に、近代化論が流行った頃は、世界のすべての国はいずれ近代国家というひとつの姿に収斂していく、違いはスピードだけだという認識があった。今は違う。ゲームの理論などによって、様々な条件と、それぞれの国の戦略的な対応によって、多様な姿に収斂していくということが、段々分かってきた。グローバル・スタンダードということが言われているが、スタンダードとモデルは違う。モデルとしては、多様なものがあり得る。日本の姿は何なのか。それを総理が真剣に考えていることは、事実だ」

いつしかケイコは、メモを取るのを止めていた。じっと風見を見詰めている。風見が熱中して語る事柄の中味を見詰めているのか。それとも風見自身を見詰めているのか、風見は判断がつき兼ねた。

「記者会見のメモは、英語で取っていたの、日本語で取っていたの?」

ちょっと間があってから、話題を変えて風見は聞いた。

「もちろん英語ですわ。漢字では、とても追いつけませんから。どう英語にしていいか分からない単語は、そのまま、ローマ字表記というんですか? それで書いておいて、後で考えることにしています」

ケイコの頭の中の回路は、やはり自分とは違うのだと、風見は思った。心理的な回路も違うのかもしれない。風見も英語はもちろん使えるが、ひとりで考えたり、感じたりするときには当然日本語だ。

いや、それは乗り越えられるはずだと風見は思った。自分の英語も、アメリカ人からすればどの程度かは分からないが、それなりに心の襞《ひだ》は伝えられるはずだ。ケイコの日本語はそれ以上なのである。理解し合い、信頼し合い、求め合っていくことはできるはずだ。

かつてアメリカで、「私のことを欲しいと思って欲しい」と告げた女が、今目の前に座っている。自分に妻がいることを承知のうえで、求められることを求めたのである。そして今では、自分は自由の身になっていた。風見は、激しく心が揺れた。

「記者会見の様子をテープレコーダーで録音していたね。後で聞き返しても、分からない単語はいろいろある?」

「それはありますわ。今日もゲンカイコウジョセイドとか、テイガクセイは分かりませんでした。でも日本人スタッフが聞いてくれます。彼女たちも結構分からないけれど、調べてくれます」

「分からない言葉があれば聞いてね。喜んでお手伝いするから。あなたの携帯電話の番号も聞いていていたね。僕の方から掛けてもいい?」

「ええ。いつでも構いませんわ」

「アメリカのことも聞きたい。日本にとって、アメリカとは何なのか、アメリカと今後どのように付き合っていくのかは、今なおものすごく大きな問題だから」

「アメリカにとっての日本だってそうですわ」

「さあ。それはどうかな？」

「……お嬢さんは、大きくなられましたか？」

不意にケイコが話題を変えた。何故自分の家族のことに触れるのだと、風見は思った。しかし、努めて平静にケイコを見詰めて言った。

「ええ、大きくなったよ。会ったこともないクセに。あなたはまだ家族はいないの？」

「アメリカに母と養父がいますが、私の家族はまだです」

「そう」

風見は再びケイコを見詰めた。ケイコはテーブルの上に両手をきちんと乗せている。キャンドルの光にも、細く長く、白い手であることが分かる。爪は形良く整えられ、パール色のマニキュアが施してある。すぐ届く距離にそれはあった。風見が手を伸ばしてその上に自分の手を重ねるのに、充分近い距離にそれはあった。

室内の明かりは落とされていた。豆粒のような電球がいくつもキラキラ輝く照明と、テーブルの上のキャンドルが、室内のすべてのものに深い陰影を与えていた。紛れもない日本人の顔だが、知的で聡明な顔立ちである。その瞳には、男を魅了する陰影のようなものがある。その瞳が、臆することなく風見を見詰めている。

今手を伸ばしてケイコの手の上に重ねれば、暗黙のメッセージを伝えることができる。二人の間の垣根は瞬時にして取り払われ、二人は長いこと待ち望んでいた人間と人間としての、あるいは男と女としての理解に到達することができる。アメリカでのケイコの告白に、今ようやく答えることができる。

風見は迷った。人目を避けてここで会っている。これからも、周囲の視線や、写真週刊誌のカメラなどには、充分気をつけなければならないだろう。しかし、……よしんばホテルから、あるいはホテルの個室から二人で出てくるところを見つかっても、風見は独身なのである。ケイコも独身だ。総理秘書官であろうと、不倫でない恋愛や、再婚の自由は許されて当然だ。世間にも、その程度の寛大さはあるだろう。

しかし。……しかし、そうだ、ケイコはアメリカ人で、しかも新聞記者だった。当然アメリカの国益に従って記事を書いている。そのうえ今は日本の大幅な貿易黒字によって、日米関係は緊張の度を増している。レストランから出てくるところを目撃されただけなら、情報交換だとか、クックス政権の対日戦略について話を聞いていたのだと、言い逃れをすることはいくらでもできる。しかし、……ホテルの部屋から出てくるところを目撃されたなら、二人の関係は何だ、国家の最高機密を洩らしたろうと、騒ぎ立てる人間が必ず出てくる。興味本位のジャーナリズムや、野党や、どこかに身を潜めている総理の政敵の格好の標的にされるだろう。「総理周辺に米国のスパイ」という扇情的な見出しが、週刊誌を飾るだろう。政治スキャンダルになり、総理も最後には自分を庇《かば》い切れなくなるだろう。

分別が、かろうじて風見の手を押し止《とど》めた。

五　百鬼夜行

連立政権が消費税の引き上げを含む日本構造改革プランの諸法案を取りまとめ、程なく臨時国会の九月十七日召集も正式に決定したことから、焦点は野党の民自党の対応に移っていった。

民自党はジレンマに立たされていた。政権側が増税を打ち出し、野党がこれに抵抗するというのは、政治では通り相場だった。もともと議会は、恣意的に増税しようとする王に対する貴族と市民の抵抗の場として始まった。政府も増税など、できれば避けたいのは当然のことだが、国家の運営のコストが増えると、現実問題として増税は避けられない。しかし野党にとっては、それは国民の不満や怒りを背に公明正大に政府を攻撃する絶好の機会だから、激しく抵抗する。わが国における消費税導入法案や、それに先立って廃案となった売上税法案の際にも、野党は国民世論を味方に徹底的に抵抗した。

民自党も当然そうくるはずだった。宮下内閣で、財政審議会の答申を無視して消費税を据え置いたのだから、あくまでも引き上げに反対することで、党としての政策の一貫性も保てることになる。

しかし、政府与党最高首脳会議で公正党の市倉書記長も指摘していたように、民自党はその政策のおかげで政権を失ったのである。無論消費税を据え置いたこと自体が、批判を受けたわけではない。据え置きの代わりに、そのしわ寄せとして年金と医療の保険料の大幅な引き上げに踏み切ったことが、批判の直接の原因であった。ということは、もし民自党がまたしても消費税の据え置きの方針を採るというのであれば、当然「結構ですが、では年金と医療の財源不足は、今度は何で埋めるのですか？」ということになる。やはり保険料の大幅な引き上げでという話では、それこそ市倉書記長の批判が当てはまることになり、「では、当分野党のままで」という結論に落ち着く。

民自党の内部では、消費税の据え置きを可能にする代替財源をめぐって、いろいろな政治家が知恵を絞っていた。行政機構の簡素化、公務員数の大幅削減、特殊法人改革などの行政改革や、国有財産の売却、たばこ税の引き上げ、資産課税の強化、公共事業の抜本的見直しもあった。しかしいずれも「本当にできるのか?」、「消費税に代わる財源としては小さ過ぎる」、「現実的でない」、「民自党の支持基盤を掘り崩すことになる」などの批判の前に沈黙した。

政府の税制改革案の中には、民自党が本気で反対する改正点も少なくなかった。益税の解消のための免税点や簡易課税制度の適用対象の引き下げや、限界控除制度の三年後の廃止などは、もともと民自党の支持基盤である中小企業が強く反対するものだった。法案には盛り込まれていないが、帳簿方式からインボイス方式への切り替えの検討も、民自党としては到底容認できないものだった。従ってこれらを中心に政府を攻撃しようという議論もあったが、税率に比べるとイッシューとしての迫力に欠けるし、いかにも民自党が一般の消費者を敵に回してまで、支持基盤の既得権益の擁護に走る政党であるかを宣伝するようで、賢明でないという議論が勝った。

しかし総理は初記者会見で、税制改革が年内に実現しなかった場合には責任を取ると明言していたのである。どんなに「責任野党として、協力すべきは協力する」と表向き言おうと、民自党が何とかして税制改革法案の成立を阻止したい魂胆を抱いていることは、疑いようがなかった。成立阻止に成功すれば、宗像内閣の退陣ということもあり得るだろう。そのために必死になっていることは、風見の目にも明らかだった。

「民自党が、このまま手をこまねいているはずはありませんね。どう出てくるのか。ただ、民自党のことですからね、民自党に知恵を出してもらいましょう」

と総理は余裕の表情で言った。

かつて財部一郎が「甘い政党ではない」と言い、今また総理が「このまま手をこまねいているはずはない」と述べた民自党は、果たして混乱を脱して、その戦略を明確にし出した。それは、風見を含め大方の意表を突く「消費税の七%への引き上げを求める」というものであった。

その戦略は、九月七日の各紙朝刊に「民自党で消費税七%論が台頭」という類の見出しで、一斉に報じられた。「民自党政策首脳」が語ったとされていたから、民自党の橋川龍三政調会長が、記者との懇談で話したということであろう。そのニュースは、七日の朝、与野党を問わず、各党の本部やホテルなど永田町のあちこちで開かれている朝飯会での最大の話題となった。政府案が五％なのに対して、野党が七％への引き上げを求めるなどというのは、前代未聞のことである。与党各党の議員の間では「なぜだ」、「狙いは何だ」と疑問と警戒の言葉が交錯し、民自党の議員の間では「正気か？」、「本当にやるのか」、「とんでもない話だ」という当惑と不満の声が渦巻いた。

七％論を新聞で読んだとき、風見は虚を衝かれたように思った。そして民自党の発想の幅の広さに改めて感心させられた。風見には民自党も野党に転落した以上増税に反対するはずだという、思い込みがあったと言ってよい。しかし政治の凄さは、そんな前提を易々《やすやす》と乗り越えるところにあった。そして乗り越えてみると、そこには充分なリアリティをもって再び政治の暗闘の舞台となり得る新しい地平が広がるのだった。

その日は火曜日で閣議の日だったが、朝九時から全閣僚が出席して大客間で月例経済報告があり、閣議は十時からだった。月例経済報告は三十分ほどだから風見は九時二十分に秘書官室に入った。当番の金井秘書官と、経済問題の会合には欠かさず出る尾崎秘書官と草野秘書官は大客間らしかった。今日の月例経済報告では、「景気は足踏み状態」という厳しい認識が打ち出されることになっていて、総理も経済担当の尾崎と草野の両秘書官も、また新しい難題を抱え込むことになっていた。

秘書官室には大沢さんと瀬戸さんのほかは、牧本秘書官だけだった。

「風見さん」

と、風見が席に就くと牧本秘書官が、自分の席から話し掛けてきた。

「民自党は一体何を考えているんですか？」

牧本は手が空くと、大きな背もたれの秘書官席の椅子にゆったりと身を沈めて、ときどきパイプをくゆらす。この時もそうだった。

「窮余の策ということでしょうね。消費税引き上げ反対だけでは、民自党が長年批判し続けてきた社民党そのままの抵抗政党に堕すし、対案を絡めた方がいろいろと攻撃のテクニックを駆使しやすいということでしょうね」

「例えば？」

国会に条約の承認を求めることはあっても、在外公館職員の給与法の改正などは別にして、重要法案を手掛ける機会に乏しい外務省は、他の省庁に比べると法案をめぐる国会での与野党の攻防に慣れているとは言えない。条約であれば、その締結は政府の専管事項だから、野党は対案を持ち出すことができない。従って野党の戦術としては結局は単純に反対するしかなく、条約承認をめぐる国会での攻防は、昭和三十五年の日米安保条約の改定をめぐるときのように、熾烈ではあっても、テクニックとしては野党は審議の引き延ばし、座り込み、本会議開会阻止、そして与党は強行採決と単独審議など単純であって、手の込んだものではない。

「対案があれば、自分たちの法案も審議してくれということで、審議時間を余計取らせることができますよね。ただ反対反対と言うだけなら強行採決で突破できますが、一応対案を出してくると、マスコミも妥協などと言い出していろいろやりにくくなります。妥協案を作ろうということになって、六％などという話が出ると、それだけで社民党は動揺しますよね。与党のわれわれの意向を無視して、民自党と妥協するのかということになって、本会議では造反票も出るかもしれない」

「造反が出たって、民自党と妥協できれば成立するわけでしょう？」

「税率で妥協させておきながら、益税の扱いなどで最終的に妥協せず、連立をグニャグニャにされて終わるかもしれない。そこを警戒しなければならないわけです。仮に税制改革法案があがったって、先があるんですから、連立をそんなにさせられてはたまったものではない」

「やはり連立としては民自党が何を持ち出してきても、原案で粛々とやるしかないということですか」

「そういうことです」

外交問題に特化し、内政にはほとんど関心を示さない牧本秘書官が、これだけ内政の課題に興味を示してくるのは、珍しいと言えた。それは、税制改革の実現がこの政権に対してもつ重さを意味していた。そしてまた、牧本が言ったように、誰が考えても、政権側は苦労の末に取りまとめた原案で粛々とやるしかなかった。ただ、民自党の狙いは気になった。

九時半過ぎ、総理が月例経済報告から戻ってきた。同行して来た尾崎秘書官がそのまま総理に付いて執務室に入ったが、後を追うようにやって来た鶴井副長官が入ったので、尾崎は出てきた。そして風見の席に来て、傍らに置いた折り畳み椅子に腰を下ろしながら言った。

「民自党はどうなっているんだろうね。何を狙っていると思う?」

「そっちには何か情報は入っていないんですか?」

「様子を聞いてもらうように頼んでいる。少しはつかめると思うけど、これまでそんな気配はまったくなかったからね」

「でも大蔵省としては、民自党が七%を言い出したことは悪い話ではないでしょう? もしかしたら、妥協で六%になるかもしれない」

「風見ちゃん。そんな、まさか大蔵がしかけたなんて思ってるんじゃないだろうね。この先予算だってあるんだし、連立を大事にしていかなければならないときでしょう? 大蔵がそんなこと考えるわけないじゃない」

「冗談ですよ。疑っているわけではありません」

大蔵のことが頭に浮かんだのは、尾崎の顔を見たからで、風見とて別段そんなことを考えていたわけではなかった。

風見は、民自党の窮余の策だという自説を述べた。国会経験が豊富な尾崎は、風見の指摘した単純な消費税据え置き論では克服できない国会審議上の種々の弱点をすぐ理解した。

もうひとつ風見が尾崎に話したのは、財部が五%で妥協した魂胆だった。新聞は社民党が固くて財部の豪腕も通じなかったように書いていて、それも間違いではないが、実は財部の隠された狙いのひとつは民自党に攻撃の手掛かりを与えないことだった。政府与党最高首脳会議で財部は、「五%にしたことで、民自党は高過ぎるという批判の論拠を失った」と発言していた。また津村久夫は、七%だと民自党に攻め立てられると自分が進言したと語っていた。だから財部はもし与党が七%の案をまとめたなら民自党が五%の対案をぶつけてくるのを見越して、連立側を五%で決着させたのである。四%で対抗するのでは迫力に欠けるから、民自党としては、単に引き上げ反対の抵抗野党にならないためには、七%論しか選択肢がなかったとも言える。

「なるほどねえ。しかし、七%で民自党には展望があるのかねえ?」

と尾崎は言った。

それは確かだった。民自党あるいは橋川政調会長は、七%への引き上げ論を掲げて、今後どのような戦略を展開しようとしているのか? 社民党を抱える連立を揺さ振り、ヒビを入れようとしている狙いは窺われたが、具体的に何を考えているのかは、目下のところは想像の域を越えなかった。尾崎と風見の間では、とにかく手分けして情報を集めようという以上の結論は見つからなかった。

執務室は鶴井副長官が入ったままで、しばらくして岩原副長官が加わった。そのうちに閣議の時間になり、報道室が、閣僚が全員揃い、準備ができたと連絡してきて、総理はそちらに加わった。頭撮りの後、両副長官も陪席のため閣議室に入った。

民自党にも風見の知る政治家は多い。しかし思いがけず連立の側に仕える身になって、いかに個人的に親しい議員ではあれ、彼らから直接情報を取るのは気が引けた。まして風見は秘書官に過ぎない。敵対する民自党の議員と話をすることは、それだけで政治的行為である。それは連立側の政治家がやることで、風見には控えるべきことのように思われた。

風見はまず太陽の白井に電話をして、民自党の動きを聞いた。白井は手許に特に情報はないが、何か分かれば連絡すると言った。それから風見は社民党の柴崎圭介に電話して、議員の間では何か流れていないか聞いた。柴崎はこれから民自党の議員に聞いてみようと思っているところだと答え、やはり分かれば連絡をくれると言った。

しばらく経って尾崎が風見の席にきた。二人で秘書官応接室に行ったが、衝立ての中では牧本秘書官が外務省の役人と打ち合わせをしていて、奥の椅子には多分金井か草野を待っている別のチームがいた。そこで尾崎と風見は、閣議中で総理の不在の執務室に入って、打ち合わせ用のテーブルで話をした。

「二つ入ってきたよ」

と尾崎は切り出した。

ひとつは、今朝大蔵省主税局の税制第二課長が、民自党の税制調査会の幹部会の朝飯会に出て、「なんで局長が来ないんだ。民自党が協力しないで、税制改革が実現すると思っているのか」などと嫌みを言われながらも、依頼された事項の説明もし、会議の様子も見てきたという。それによれば、税制調査会長の坂東好雄から、「橋川政調会長から、連立頼むに足らず、あくまでも第一党の民自党が国家国民に対する責任を果たすという大きな立場から、消費税の七％への引き上げを検討してもらいたいという依頼がございました」という説明があった。参加者の間では賛否両論があり、賛成論を述べたのは竹中派と渡良瀬派に多かった。理由付けは、どちらかというと建て前論に終始したが、うちひとりが「七％を掲げておけば、七％以上が持論の財部の動きを牽制することができる」と述べたという。明確な反対論を述べたのは、宮下派からの副会長のほか二人だけであった。「七％なんて言って、選挙はどうするのだ」というのがその論拠であった。しかし多くの者は、ぶつぶつ言いながらも判断がつき兼ねている様子で、会長、会長代理、副会長らでさらによく検討し、方向が決まったところでまた幹部会を開くというのが、この日の結論だったという。

大蔵省がもたらしたもうひとつの情報は、新世紀党の羽根毅や財部一郎もかつて属した竹中派のオーナーで元総理大臣の竹中昇が、「七％もあるわな」と橋川政調会長に示唆したという話であった。橋川政調会長は、今も竹中派の所属である。親分の竹中昇の意を受けて動いている可能性は充分にある。

風見が注目したひとつは、この話が大蔵省ルートからあがってきたということである。今の主税局長の加瀬淳一郎は、竹中総理の秘書官を務めた人である。加瀬局長自らの情報かどうかは分からないが、大蔵省はそれ以外にも竹中昇本人とその周辺に、今なお幾本もの太いパイプをもっているから、竹中の動きが伝わってきても不思議ではない。

目下のところ情報はそれだけだったが、風見は尾崎ととりあえずの状況を分析した。まず民自党は、七％でまとまるのかという問題があった。風見は、民自党としてはそれしかないという意見だった。風見には、今朝新聞を読んで「民自党で消費税七％論が台頭」という見出しを見たとき、一瞬「やられた」と思った印象が強く残っていた。それは虚を衝く鮮やかな戦略に思えた。これまで風見が考えてきた民自党にとってベストの国会戦略という、理詰めの議論に訴えるものが、それにはあった。

これに対して尾崎は、

「選挙を戦わなければならない政党にとって、政府案を上回る増税なんて、これは大変なことだよ」

と控え目な言い方ながら確信するように言った。それは多分、これまで主税畑を歩んで来て、政党にとって税金を上げると主張することが、どんなに大変であるかを、間近でまざまざと見てきた尾崎の体験に根差していた。

「仮に竹中さんが言い出したとしても、まとまらないと思うけどもね」

と尾崎は言った。しかし風見は別の見方をした。

「政権を失ったことが、民自党にとってどんなに大変なことか。民自党は必死ですよ。何とかして宗像政権を倒さなければと思っている今の民自党には、何でもありです。選挙なんて、そんな先のことを考えているときか、ということになりますよ」

「まあ、それも一理あるねえ」

と、最後には尾崎も半分同意した。

しかし党内基盤の弱い河崎総裁や、弁は立つが巨体に似合わない繊細な神経の持ち主という評判の林幹事長が、本当に民自党内をまとめ切れるかは、風見にとっても未知だった。それと派閥領袖でない河崎が総裁に就任したことに示されるように、総選挙での敗北と政権からの転落で、民自党の派閥構造は揺らいでいた。功罪はあるものの、これまでは派閥がしっかりしていたことで、民自党はどんな困難な課題でも意思決定ができたのも事実だった。今の民自党では、竹中元総理が言い出したことでも、本当に意思決定に辿り着けるかは、誰が見ても覚束《おぼつか》なかった。

次に尾崎と風見が考えたことは、もし民自党が七%でくるなら、連立はどうすればいいかということだった。民自党が消費税七%をどんな形で使ってくるのかは分からなかった。しかし社民党と他の連立与党との間を裂こうとしていることだけは確かだった。風見が尾崎に念を押したことは、仮にマスコミが与野党の妥協を勧めても、絶対に民自党と妥協しようなどとは考えるべきでないということだった。言いながら、こんな風に自分たちにプレッシャーをかけ、疑心暗鬼に陥らせているだけでも、民自党としては七%論の意味があるように思われた。

尾崎は神妙に「分かっている」と呟いたが、ふと思い付いたように言った。

「もしかしたら、竹中さんの狙いは、民自党内の改革派の動きを封じることにあるのかもしれないな。政府案が五%で民自党が据え置きだと、消費税の引き上げを説いてきた彼らは、政府案に賛成するかもしれない。しかし民自党自身が七%の法案を出すと、五%の政府案には賛成できなくなる」

「なるほど」

尾崎の見方は、確かに本質を衝いていた。風見も直ちに同意した。

「財部さんが、民自党の反撃に手掛かりを与えないように七%から五%に下りたら、今度は民自党が連立の揺さ振りと、自党内の改革派封じに、七%を打ち出そうとしているわけだ。改革派が政府案に乗り、それをきっかけに民自党を再び割ることを恐れているんだ。神経戦になるな」

「風見ちゃん、とにかくわれわれも頑張ろうよ」

「頑張りましょう」

それがとりあえずの二人の結論になった。

席に戻ると、太陽新聞の白井から電話があった。民自党の様子が分かったら教えて欲しいと頼んでいたことへの返答であった。

「今朝民自党本部で湊川幹事長代理が、七％論は良策とは思えないとぶらさがりで発言したようです。どこに落ち着くとしても、少し曲折があるかもしれませんね」

と白井は言った。湊川幹事長代理は、いずれ宮下前総理の跡目として宮下派を受け継ぐと見られている民自党の若手有力リーダーのひとりである。民自党における財部一郎のライバルのひとりは政調会長の橋川龍三だが、財部と橋川はもともと竹中派に属し、対立しつつも相通ずるものがある。湊川はもっと異質な、ある意味でより本質的な財部のライバルである。もっとも、財部と湊川は衆議院初当選の同期生で、ともに二世議員でもあることから、若い頃には友人関係にあった。

「理由は何なの？」

「政権の安易な増税を批判するのが、野党の役目だと言ったそうです。しかし当然隼町はそうは受け取っていません」

隼町というのは、隼町クラブのことで、民自党担当の記者クラブである。民自党政権の時代には、隼町クラブで修業して、民自党の有力議員とのパイプを築くのが政治記者として成功する絶対の条件であった。しかし今や隼町クラブは野党クラブでしかなくなった。これまで様々な努力を重ね、せっせと築き上げてきた有力議員とのパイプが無意味なものになることに、不安を感じている記者は多かった。

「隼町はどう見ているわけ？」

「湊川さんは、どうやら社民党の反消費税派と手を結ぼうと考えているようです。子分の日下部や宮本が、社民党の左派と会っているという話もあります。あんたらは、財部のような国家主義者に協力するのか、われわれで反消費税のリベラル連合を作ろうという話を持ち掛けているようです」

「裏で左派と手を結んで、本気で政府案を否決させようとしているんだな。そうか、最初から参議院に狙いをつけているんだ」

風見は、民主連盟の広田晋が、参議院で民自党に同調して社民党の何人かが造反すれば即・否決だと言っていたのを思い出した。

「湊川さんにしてみれば、せっかく左派に手を差し伸べているときに、民自党が消費税の七％への引き上げを求めるなどという、そんなぶち壊しは止めてくれということだと思うんですけれどもね」

「なるほどねえ。何かこう、地雷原の中を歩いているようだな」

「民自党のなかにも色んな動きがあるようで、どんなことになるのか、隼町も見通せていないようです」

「分かった。これからも何かあったら教えてくれ」

「はい」

風見はその話を尾崎に伝えた。

「いろんなものが出てくるんだねえ」

尾崎は感心した。このへんになると、感心の領域である。

閣議が終わって総理と執務室に入った羽根副総理、武藤大蔵大臣、伊藤自治大臣、三国官房長官が、総理との打ち合わせを終えて出てきた。大蔵大臣が立ち止まって風見を手招きしたので、風見は立って行った。武藤昌義とは、武藤が民自党党改革委員会事務局長のとき、改革委員会で欧米の政党の話をさせられたとき以来の知り合いである。

「民自党はどうかね。七％でまとまりそうかね？」

「今朝湊川さんが、良策じゃないと批判したそうですが、まあまとまるんじゃないでしょうか。出所は、竹中さんだそうです」

「ほーう」

「民自党としては、あれしかないのではないでしょうか。連立側としては、据え置き論よりやっかいだとは思いますが」

そのとき尾崎が、「風見秘書官。総理が」と呼んだ。総理が空いたので尾崎が入り、「風見秘書官も一緒に」と言われたらしい。大蔵大臣も、「じゃあ」と言い、風見は執務室に入った。

入りながら、出所は竹中だと告げたとき、なぜ武藤蔵相は「ほーう」と感心してみせたのかという思いが、一瞬風見を捉えた。この情報は大蔵省情報なのである。すでに武藤の耳に入っていて当然だ。いや、朝からの月例経済報告と閣議で、その時間がなかったのだろうと風見は思った。

　総理は執務机越しに座っていて、尾崎と風見は机の前の打ち合わせ者用の二脚の椅子に腰を下ろした。総理は別段緊張した様子も見せず、むしろリラックスしていた。

　尾崎と風見は、今朝から集めた情報と、二人の状況分析の結果を報告した。湊川大祐と宮下派の動きは風見が報告した。

「私は、民自党は七％でまとまると思いますね」

　報告が一段落したところで、総理が言った。

「今朝、市倉書記長が電話をくれました。昨夜遅く、手嶋さんから電話があったそうです」

　手嶋というのは、多分竹中昇の側近の手嶋和男のことであろう。

「民自党は七％でまとまると断言したそうです。そのうえで、連立も民自党の対案にも配慮した国会運営をして欲しいと注文してきたそうです。話はそれだけだったようですが、市倉さんは、社民党を切り捨てて自分たちと手を結ばないかというメッセージと受け取ったようですね。書記長は、連立は粛々とやらせてもらうことになっている、とだけ答えておいたと言っていました」

「手嶋さんは、市倉さんが公正党の国会対策委員長のときの民自党の国会対策委員長でしたね？」

「そうです」

　知事時代の空白があるとはいえ、人事情報はやはり風見より総理の方が詳しかった。風見がさらに尋ねた。

「手を結ぶというのは、財部さん抜きでですか、それとも財部さんも一緒にですか？」

「そんな詳しい話には、当然なっていません。市倉書記長としては、いずれにしても危険な話だと思ったから、一切取り合わなかったということです。ただまたアプローチがあるかもしれないとは言っていました」

「総理としては、民自党とはあくまでも手を結ばないということで、よろしいのですね？」

「もちろんです」

「分かりました」

　このときの話はこれで終わった。後に何かの折に尾崎が、

「いやー。風見ちゃんは、いつも総理と、あんな凄い話をしているの？」と聞いた。

「政務担当ですから」と風見は答えた。

　総理の午後のスケジュールは、日本自動車工業協会会

長、韓日経済協議会会長、運輸省レク、防衛次官、国連大使などで、二時四十五分から十五分間、東京ハウスのチェリー・ルームで開かれる日本生命保険協議会の年次大会に出席のため、二時三十五分に官邸を出、三時八分に戻ってきた。

総理が戻ってしばらくしてから、総理の直通電話が鳴った。総理の直通は、総理本人のほか、風見と大沢さんが取れる。大沢さんが席にいて取れるときは、大抵は大沢さんが取る。取り次いでよいものか判断に迷うときは、風見に聞く。誰々さんですけれど、おつなぎしてよろしいでしょうかと、風見の判断を求めるのである。風見がだめだと判断したときは、風見が出て断るか用件を尋ねる。しかし総理の直通に掛けてくるのは限られた人だけだから、そういうことは稀である。そして閣僚や与党の党首や書記長など、当然つないでよい相手のときは、大沢さんは「○○先生です。おつなぎします」と風見に言っただけでつなぐ。

「財部先生です。おつなぎします」

この日大沢さんは、そう言って電話を保留にし、素早くメモを書くと、執務室の総理に見せに行った。執務室では運輸省レクの最中であった。程なく尾崎秘書官を含め航空局長ら運輸省レクの数人のチームが、総理の電話の間執務室から出されてきた。しばらく秘書官室で立って待っていたが、時間がかかりそうなので、尾崎が案内して秘書官応接室で待機した。

ランプが点いているから、風見の席でも話し中であることが分かる。かなり長い電話だった。終わって運輸省のチームが呼び戻され、レクが再開された。それが終了して出てきた尾崎が、

「風見秘書官」

と呼んだ。風見は執務室に入った。

「七％論の正体が段々見えてきました。思ったよりスケールの大きな話のようですね」

執務机に座り、背広を脱いでワイシャツ姿になった総理は、風見が入って机の前の椅子に腰を下ろすなり言った。宗像総理は、来客の際は別にして、秘書官たちと応接コーナーで話をするということはほとんどない。ソファーに座りながら、ひとりで新聞を広げて読むということもない。新聞を読むときも、執務机に座って読むのである。

「どういうことでしょうか」

「金曜日に曽根田さんと竹中さんが会談したようです」

民自党の曽根田雅弘と竹中昇のふたりの元総理が会談したというのである。曽根田は退陣後に派閥を渡良瀬通男に譲って、今は大御所の地位にある。そういえば、大蔵省から上がってきた今朝の民自党の税制調査会の幹事会の様子では、七％の賛成論をぶったのは、竹中派と渡良瀬派に多いということだったと風見は思い出した。

「曽根田さんは、税制改革を踏み絵にして、連立を七％賛成派と反対派に色分けし、七％派と民自党を提携させる保保の救国連合を説いたようです。どうやら、保保で動き出すつもりらしい」

連立は社民党を切って、民自党と手を結ぶべきだという意見である。具体的には連立内の保守派が民自党の七％に賛成し、反対する社民党を切り捨てるための七％だということである。

それにしても、またひとつ別の魂胆からする七％論があったのである。

「百鬼夜行ですね」

と風見はため息交じりに言った。総理は笑って続けた。

「今日、曽根田さんが人を介して会いたいと言ってきたので、財部さんもそのへんのことが分かったということです」

「財部さんは、何と答えたのですか？」

「今はまだそれが許される時期ではないと、とりあえず断ったそうです。ただ、いつでも会えるように、窓口は開けておくそうです」

「曽根田さんは別にして、民自党は、財部さん付きの保保には乗らないでしょうね」

「私もそう思います。竹中派と宮下派は絶対ダメでしょうね」

「しかし竹中さんは、曽根田さんの話に乗ったのですか？」

「そこがよく分からないと、財部さんも言っていました。竹中さんのことだから、この話は使えると思ったんでしょうね。いずれにしても、竹中さんは、曽根田さんのように大きな目標を掲げて真っ直ぐ進んでいく人ではない。人々の動きを見ながら、政治カレンダーだとか、法案修正の落とし所とか、そういうテクニカルな小道具を出したり、引っ込めたりしながら、流れを作り出していくようでも、流れに乗っていくようでもある、というのが竹中さん一流のやり方ですから。テクニカルなところでは、もしかしたら、風見さんといい勝負になるかもしれない」

　総理はそう言ってニヤッと笑った。

「滅相もありません。しかしそんな保保で本当に動くのですか？　河崎総裁は宮下派で、林幹事長は永井派で、ともに竹中派と渡良瀬派とは距離がありますし、ふたりとも派閥の長ではないわけです。今民自党では派閥はほとんど機能していませんから、派閥の領袖だとか大御所だとかが手を結んでも、どれだけのことができるのか、ということもあると思います」

「財部さんも、野党に転落した今の民自党には、へそがないと言っていました。曽根田さんからの会談の誘いに財部さんが乗らなかったのも、どれだけモノになる話か確信がもてなかったからだろうと、私は思っていますがね」

「保保の見通しが立ったら、財部先生は乗るつもりなんでしょうかね？」

「それは分かりません」

「総理はどうされます？」

「私はそんな話には乗りませんよ。そんなことのために総理を引き受けたわけではない」

「民自党が七％で攻勢をかけてきて、連立が粛々とだけでは済まなくなったら、どうされますか？」

　それは総理に対してするのには不躾《ぶしつけ》な質問だったが、風見にとっては必要な質問でもあった。日頃総理が風見に状況を詳しく話して聞かせる理由は、大きく二つあった。ひとつは、風見に的確な情報を集めさせ、最善の戦略を助言させるためである。そのためには、総理がもつ情報を風見に共有させておく必要があったのである。今ひとつは、風見に相手をさせながら、自分の考えを整理するためである。風見もそれを知っていたから、時にはあえて総理に様々な質問をしてみた。無論、風見としても、総理の本当の気持ちを知っておかなければ、補佐役としての務めを全うできないという事情もあった。

　連立が粛々とだけでは済まなくなったらと、風見に問い掛けられたときの宗像総理の反応は、一言で言うなら余裕であった。それは考え抜き、すでに総理の心にある納得のいく決断が生まれていたことを意味していた。総理はいつもの透明な声で、平然と言った。

「民自党の攻勢で、粛々とで済まなくなれば、解散させていただくだけのことです。消費税七％と五％で国民の信を問えば、どちらが勝つかは目に見えています。本当は、民自党が七％の法案を提出したら、すかさず解散したいくらいです」

　風見は机越しに、まるで今日の午後の予定でも語るように何らの心の動揺も、昂揚感もなしに、解散という二文字を口にする総理の顔を見詰めた。総理と親しく、風見も旧知の政治評論家の藤代晴夫は、風見と話をするときはいつも総理のことを「殿様」というが、しかし総理にふさわしい言葉はむしろ戦国の動乱の時代の武家なのである。この政権が城攻めにあい、籠城することになっても、総理は平然としているだろうと風見は思った。

　風見はまた、答弁の原稿を書いたり、国会審議の日程に思いをめぐらしている自分の役割と、総理の役割の違いを思った。それは秘書官に与えられている権限と責務、秘書官が考えるべき戦略と、総理に与えられている権限と責務、総理が考えるべき戦略との違いでもあった。風見が民自党の七％論に感心しているときに、総理はすでにその弱点を見抜き、自分に可能な対応策を考え、勝利を確信してさえいるのだ。それは駆け引きの入り組む政治の世界で、ゴルジアの結び目を一刀のもとに切り捨てる行為にも等しかった。

　しばらく沈黙してから、風見は尋ねた。

「それは、財部先生も了解されている話ですか？」

「いいえ。財部さんとは話していません。もちろん財部さんに限らず、与党のリーダーの皆さんに抜き打ちでというわけにはいきませんが、しかしいずれにしても、解散は私の権限です」

　言うまでもなく、解散は総理の専権事項であり、世に言う総理の伝家の宝刀である。

「総理のお覚悟は分かりました。そのつもりでどうしたらいいかを考えさせていただきます」

「お願いします」

「それと、これまで伺った曽根田さんと竹中さんの会談などの話は、尾崎秘書官にも伝えてよろしいでしょうか？」

「尾崎さんから先に流れないようにして伝えて下さい。会談の件は、どうせそのうちどこかから洩れてくると思いますがね。曽根田さんから財部さんに会談の申し入れがあったことは、伏せておいて下さい。……それと、解散のことは、私と風見さんの間だけのことにしておいて下さい」

　解散に関することはすべて、政界では最高の機密である。過去には、解散を示唆する言葉をいったん口にして取り消しただけで、退陣に追い込まれた総理もいるのである。もし風見が、総理は税制改革で行き詰まれば解散する覚悟を決めていると番記者にでも洩らせば、それは確実に翌日の新聞の一面トップの大見出しになる。永田町は大騒動になり、洩らした風見は直ちに辞表を提出しなければならないことになる。

「分かりました」

と風見は答えた。

宗像政権に重大な影響を及ぼす政治的出来事で、この頃進行していたもうひとつは、山岡委員長の再選出馬辞退で混沌となっていた社会民衆党の委員長選挙の行方である。

山岡委員長の後継に右派から名乗りをあげたのは、副委員長で参議院議員の久保田渉蔵であった。久保田は陸軍士官学校時代に敗戦を迎え、教師となって教え子たちの貧しい生活に触れて社民党に入党し、参議院の三年生だった。温和さと激しい気性の両方を備え、姑息な手練手管を嫌う信念の人であり、社民党も変わらなければというのが最近は口癖になっていた。

久保田の対抗馬に左派が担ぎ出したのが、国会対策委員長の村野富一郎だった。村野はもう七十近い高齢で、大衆政治家を信条として、清貧に甘んじ、風貌も言動もいかにも古き良き時代の社民党といった感じの人だった。もう一人名乗りをあげた深見啓三は最左派で、反安保闘争で名を上げた人だったが、こちらはもともと党内に支持の広がりがなく、いずれ村野富一郎に譲るかたちで下りることになると見られていた。

これらの動きは新聞でも報じられていた。候補者が一名で無投票当選の場合を別にすれば、社民党の委員長は議員と党員の投票で選挙されることになっていた。久保田対村野の一騎討ちになると、議員の投票でも、党員の投票でも、村野が勝ちそうだという情報は、風見のところにも入っていた。

危機感をもった新世紀党や改革の風の議員や、宗像政権に好意的なマスコミ幹部から、久保田の当選のために「官邸もテコ入れをすべきだ」という意見が風見の許にも寄せられた。しかし山岡委員長の再選のために「塩を送る」発言をした総理も、山岡が出馬を辞退した以上は、与党第一党の党内抗争に手を出すべきではないという考えだった。

「力でねじ伏せることはできませんし、裏で左派と取引しても、民自党時代とは別のもうひとつの複雑な政治を作るだけです」

と総理は言っていた。

風見は労働者連盟の青木政治部長に電話をして、委員長選挙の見通しについて尋ねた。

「今票読みをやっていますが、深見さんは下りますから、久保田さんと村野さんになると、やはりかなりはっきりと村野さんの方が強いですね。実はわれわれとしては、久保田さんに書記長候補の方に回るようにすでに説得を始めているんです。このまま委員長選挙で激突しては、委員長ばかりでなく、書記長も左派に回り、社民党のバランスが失われることを心配しているんです。久保田さんの今後のこともありますからね。ただ久保田さんは例のとおり頑固でね。山岡さんの弔い合戦をやらしてくれと、現段階では説得は成功していません。ただ委員長選の立候補の受付は明後日ですから、まだ十分時間はありますし、見通しはもっているつもりです」

「人事は社民党内のことですから、こちらが全然タッチすることではありませんが、村野さんが委員長になられた場合にも、日本構造改革プランの法案の成立にはご協力していただけるわけですね？」

「それはわれわれもサポートします。村野さんも、消費税五％は代議士会で了承したことだと明言していますからね。ただ、秘書官。民自党は七％でくるようですが、連立としてはやはり五％で粛々とやっていただくことになると思いますよ。総理も繰り返し言っておられることですし」

「それは大丈夫だと思いますが。ただ税制改革だけで、この政権の仕事がすべて終わるわけではありません。これから日本の構造改革に向けた政策課題が次々と土俵に上ってくるでしょう。それは民自党が政権党として作り上げ、ある意味では社民党が野党として支えてきたものを壊すということです。誰がなられても、社民党の新執行部のご協力が要りますし、何かにつけ連盟のサポートをお願いすることになると思いますが」

「日本が変わらなければならないということは、われわれもすでに選択したことです。社民党の尻を叩いてここまでやってきました。これからもご協力させていただきますし、われわれの方としてもご協力いただかなければならないこともあると思います。ただ、将来のことは分かりませんが、ひとつ社民党のことも大切にして下さい。総理も以前に社民党にも塩を送らなければとおっしゃって下さいましたし」

総理がキャップ懇で社民党にも塩を送らなければと発言したのは、山岡委員長の再選支援のためであった。山岡委員長の再選出馬辞退によって、その意味は失われたが、しかし言葉は残った。左派主導の社民党になって「お約束の塩をお願いします」などと言われたら、最悪の事態である。

「それはもちろんです。連立与党の第一党ですから」

と言いはしたが、風見は少し憮然として電話を切った。

風見は続けて津村久夫に電話した。津村は個人的に山岡委員長と親しい。社民党委員長と旧民自党職員というのも、変な組み合わせだったが、民自党で津村の親しい議員が、国会坂本竜馬の会というのを始めて、津村は事務局役のようなことをやらされていた。この会に山岡委員長も参加して、そのとき以来の仲だという。総選挙後の連立政権の発足にあたっては、津村は何役もこなしたが、財部に言われてやった山岡委員長の陰のブレーン役もそのひとつだった。

「社民党の委員長選挙は、久保田さんは厳しそうですね。書記長狙いに切り替えたらどうですか?」

「財部さんに言われて、もうやってるよ。山岡さんからも言ってもらったし、今日僕が久保田さんとも会ってきた」

確かに財部一郎の動きは素早い。総理に似てせっかちな性分から来ているのだが、しかし先に先に動くのは、彼の持ち味でもあった。

「脈はありますか?」

「僕はあると思うね。あの人は薩摩だし、僕はなにせ竜馬の会だからね。今日は竜馬が薩長同盟の話をさせてもらいに来たと言ったら、ウーンと唸っていたよ。だから、脈はおおいにあると思うんだ」

「長州は新世紀党ですか」

「連立政権全体だよ。一党一派のためにやってるんじゃないからね」

「これは失礼しました。……しかし選挙自体は、村野さんで決まりですか。これはどうにもなりませんかね?」

「どうかなるんだったら、とっくにやっているよ。山岡さんにはもう少し頑張ってもらいたかったところだけどね。選挙に持ち込まれてしまったら、もう手はないね」

「私もそう思いますけどもね」

「ただ、風見さんよ、久保田さんに書記長を確保してもらった方が、政権にとってはベターだよ。政権運営の要は、与党責任者会議だからね。村野さんにでも出て来られてみなさいよ。正直な人だけど、テンポが合わないからね。そうじゃのー、と言ったまま黙りこくってしまわれたら、財部さんも市倉さんも血圧が上がるよ。赤木さんは、若いけどテンポのいい人だからね。これはやれる、これはダメという仕分けが早くて、意見の違いは違いとして、やりやすかったようだよ。財部さんも、すっかり惚れ込んでたみたいだけどもね。だから、赤木さんが交代するなら、久保田さんの方がいいんだよ。天は連立を見捨てていないんだよ」

結局それが結論になった。風見は事の経過を総理に報告した。天は連立を見捨てていないという津村久夫の見通しは、総理を満足させた。

社民党の委員長選挙をめぐる情勢は、その後も二転三転した。村野委員長、久保田書記長で妥協が成立しかかったが、新委員長の政策方針の文言をめぐって「消費税の五％への引き上げを承認し、それを超える引き上げが行われた場合には連立政権を離脱する」と明記した村野派の原案に久保田派が激しく反発し、再び久保田渉蔵の立候補は避けられないものとなった。労働者連盟や自治体労連の必死の仲介工作が行われたが、立候補受付の九日中にはまとまらず、受付の延長という超法規的措置を経て、翌十日にようやく妥協が成立した。その内容は、委員長村野富一郎、書記長久保田渉蔵で、新委員長の政策方針は「消費税の五％への引き上げを承認し、その実現の立場から引き続き連立政権を支える」という何とも玉虫色のものだった。この結果委員長選挙の立候補届け出は村野富一郎のみで、直ちに無投票当選が確定し、村野新委員長は九月二十五日の社民党臨時党大会で正式に承認されるとともに、この党大会で久保田書記長をはじめとする新執行部が選出される見通しとなった。

九月七日には、風見はまだまだ仕事があった。社民党の委員長選挙をめぐる電話での情報収集の後、現代総研の加治木研究部長から電話があって、依頼されていた日本再編計画の研究プロジェクトの体制が整ったので、担当の研究員の猪瀬進を報告に行かせたいというのである。しかし風見は自分の担当する次の総理日程まで間があるのを確認して、自分から大手町の現代総研を訪ねた。

風見がそうしたのも、霞ヶ関、従って事務秘書官たちの間にも、すでに日本再編計画についての疑心暗鬼と警戒心が生じていたからである。その発端は、過日の総理の記者会見での「カラオケに行っても、自分だけでマイクを握るわけにはいかない。私の番が来たら、存分に歌わせていただきたい」という発言であった。

霞ヶ関では、この発言について二通りの解釈があった。ひとつは、総理は本当に何かを考えているというものである。その解釈は、キャップ懇での「私なりにいろいろ考えているつもり」という発言と照らし合わせると、説得力をもっていた。ただ、考えているのは当たり前のことである。問題は、具体的な検討がどこかでなされているかどうかであったが、霞ヶ関のどこかで検討されているような気配はなかった。そして霞ヶ関で検討されていさえしなければ、どこかで学者たちが知恵を絞っていようと、そんなものは取るに足らなかった。霞ヶ関で生じた最も大きな疑心暗鬼は、自治省は大蔵省や総務庁が何か検討させられているのではないかと疑い、大蔵省や総務庁はそれぞれ相手方かあるいは通産省が何か命じられているのではないかと疑うという類のものだった。もっとも、個人的なネットワークを駆使しても、それらしいものは何も出てこなかった。

もうひとつの解釈は、総理の言葉どおりに受け取ればいいではないか、というものであった。総理は記者会見で、「行政改革や地方分権は関心のある政策テーマだが、時期を見る必要がある」と言い、「今は構造改革プランの諸法案の成立に全力を挙げていきたい」と語ったのである。きわめて当然のことであり、結局のところその言葉以上でも以下でもないというのが、最も穏当な解釈ということになった。

ただ、宗像総理が次のテーマとして行政改革か地方分権か、あるいは両者を組み合わせたかなり大胆な何かをやりたがっていることは、疑いようがなかった。地方分権については、かつて毎朝のスッパ抜き記事が出た日に、総理自らこれを否定しつつも、税制改革の目鼻がつき次第その具体化の筋道を検討したいと記者たちに語っていた。さらに先月の下旬、総理が全秘書官を集めて、政権の政策課題全般を検討した際に、「宗像内閣は、消費税の引き上げだけで終わるわけにはいかない」と言い、「歴史に痕跡を残すようなものが要る」とか、「明治国家の解体という百年に一度の改革になるかもしれない」とまでも言い、さらに日本再編計画は内容的には自分の「理想」だと述べたという話が、徐々に霞ヶ関に漏れ始めた。総理は並外れたことを構想しているのかもしれない。そんなことはできるはずはないが、この宗像人気のもとで言い出されると厄介なことになるという認識は、各省で一致していた。永田町はともかく、霞ヶ関は身構え始めた。総理にその気があると知って、どこかの省庁が入れ知恵しないとも限らないし、積極的にどこかがしかけるかもしれない。そのことを考えると、万全の防御態勢が必要かもしれないし、あるいはどこかが動き出す前に自分の方から打って出たほうがいいかもしれない。各省庁が様々な魂胆で、様々なことを考え始めた。

総理記者会見の翌々日の午前中、総理が訪欧の旅に発たれる天皇皇后両陛下を羽田空港に見送りに行っている間、風見は草野秘書官から「ちょっと」と声を掛けられた。

秘書官応接室で、草野秘書官は風見に言った。

「総理があんなことを言うものだから、いろいろ聞いてくるところがあってね。僕は、この間総理が財部先生と会ったとき、何かそんな話をしたんじゃないかと思っているんだ。毎朝新聞に日本再編計画が出て、財部さんがあなたのところに電話してきた話は聞いた。そのためだけではないが、あのとき総理はわざわざぶらさがりをやらせて否定したんだ。そんな微妙な連立の上に乗っている総理が、少なくとも財部先生と話を通じずに、あんなことを言うとはちょっと考えられないんだ」

「それはなかなか理詰めで、説得力に富む推理だね。あり得る話だね」

「あなたはこの件には、絡んでいないの？」

「絡んでいない。総理からは何も聞いていない」

同僚の秘書官に嘘をつくのは心苦しかった。しかし総理から内密にするように言われていたし、「霞ヶ関出身の事務方の秘書官には、不向きのテーマ」という言い方で、風見の特命事項とするように指示されていたのである。しかもあのとき総理は、地方制度審議会に諮るか、新しい審議会を作るかして、最終的には政府の正規の手続きに乗せることを示唆していた。今はまだ総理自身が懐にもっているシナリオが欲しいだけで、いきなりそれを霞ヶ関に突き付けて、有無を言わせず実行を迫るというような、荒っぽい手法を考えているわけではない。つまり事務方の秘書官たちを窮地に陥れるようなことを考えているわけではないから、風見としても、彼らに迫りつつある危険を隠しているというほどのことでもなかった。

草野が相変わらず落ち着いた口調で言った。

「前にも言ったと思うけど、これは一筋縄ではいかないテーマだからね」

「僕もそう思う。ただ中味は何か知らないけれど、総理はやりたがっておられるね」

「僕自身はね、あまり霞ヶ関的人間じゃないんだ。全然反対しているわけではない。総理がおやりになりたければ、おやりになればいい。何でも賛成というわけにはいかないけれど、協力はするよ。ただ、総理が自分で作ろうと、ブレーンを集めて作らせようと、霞ヶ関に内緒で何か作って、それをいきなり手品でも見せるようにパッと出してみたところで、そんなものはまったく動かない」

「それは分かりきったことだよ。それは総理自身よく分かっている。国会答弁にしたって、記者会見にしたって、どんなに見識をもっているつもりの政治家であろうと、霞ヶ関の協力なしには何もできないことは、総理はすでに一月足らずのうちに学習したと思うよ」

「だから、やるなら協力していいと思うんだ。……通産省としてね」

「そうか、なるほど。話があると言ったのは、そういう用件だったわけね。でも、総理と秘書官たちの打ち合わせの席で、われわれに地方分権について検討させるのは、にわとりにケンタッキー・フライドチキンの売り上げを増やさせるようなものだと言ったのは、草野さんなんだよ。こういうことは、政治主導でなければ進まないとも」

「他の秘書官たちのいるところで、それはひとつ、通産省が担当させていただきます、などと言えるはずはないだろう」

「なるほどねえ。そうか。なかなか、大したものだねェ」

風見は笑いながら言った。しかし草野は余裕をもって続けた。

「あなたも、研究者からこの世界に来て、その程度のことは勉強しなきゃあ。ただ、正直言うと、僕もそこまで計算ずくであぁ言ったわけではない。政治主導でなければ進まないというのは、率直に思ったことだし、事実だ。いずれにしてもわれわれに指示がない以上、総理から下りているとすれば、あるいは今後下りるとすれば、あなたのところしかないはずだ。いや、総理のあの確信に満ちた言い方からすれば、もう下りているはずだね。われわれとの打ち合わせがあってから、キャップ懇であぁ言い、記者会見であぁ言った。せっかちな総理のことだ。何も手を付けていないはずはない」

「何も言われていないけれど」

「まあ、いい。無理に言ってもらおうとは、最初から思っていない。ただ、僕の問題関心だけを伝えておくよ。仮に日本再編計画をやるとする。当然国の権限のかなりを州に下ろすことになる。官僚機構がこれだけ権限を握っている国家というのは、異常だからね。将来の方向としては当然のことだ。僕は役人として、今の権限を死守しようなどとは全然思っていない。さっきも言ったように、僕はあまり霞ヶ関的人間じゃないからね。大いにやってくれたらいい。ただ権限を州に下ろすと、今の一府二十一省庁はいらないことになる。必然的に中央省庁の再編ということになる。それも結構だ、やったらいい。そこでだ。通産省として関心があるのは、マクロ経済を手掛け、総合経済政策官庁に脱皮することなんだ」

「それはねえ。先の先の話だよ」

「われわれは、先の先の、さらにその先を考えて動く人種だからね。もっとも僕は、通産省一省の利害だけからそう言っているわけではないけれどもね」

「僕はタッチしていないけれど、問題関心は、分かった。覚えておくよ。それにしても、今日は随分勉強させてもらった。総理秘書官室の内部に、そんな暗闘があるとは知らなかった」

「暗闘のない世界はないよ。逆に言えば、暗闘などというおどろおどろしい言葉を使う必要はないんだ。それは日常生活のうちだよ。別に食うか食われるかをやっているわけではない。銘々がそれぞれの持ち場を真面目にやっている。それだけのことが理屈上、マスコミ風に言うところの暗闘ということになるわけだ」

「しかし霞ヶ関からの秘書官は、大変だね。その点では僕は気楽だ」

「秘書官たちの間では、あなたが一番警戒されていないのは事実だ。世界が違うからね。ただ、あなたも見ているように、われわれが日々角を突き合わせているわけではない。むしろ和気アイアイさ。僕と尾崎は、パリのOECDで一年間一緒だった。尾崎の人柄もある。歴代の大蔵と通産の秘書官のなかでは、一番うまくやっていると思うよ」

「そのようだね」

「大蔵でも主計と主税は全く違う世界だ。主計というのは、どんな予算をつけても、終わると必ず『ありがとうございました』と言われる。そういうことに馴れ、それを当然と思う人間たちの集まりだ。しかし主税は、一円の税金を集めるために、あちこちに頭を下げて回る世界だ。大蔵の総理秘書官は、主税が向いていると僕は思うよ。尾崎はそういう主税の人間だからね」

「僕のように違う世界から来た人間には、そういうことは分からないからね」

「僕と尾崎だけでなく、全員がこれだけ仲がよくて、一致団結している総理秘書官室は、近年例がないというのが、官邸の職員たちの評判だよ。これまでは、口も利かない秘書官同士というのが、必ず出てきたからね。われわれが一致団結している理由は、ふたつある。ひとつは四十年ぶりの政権交代で、全員が張り切っているし、気分が高揚している。ふたつ目は、やはり総理の人柄だと思うね。何と言っても殿様だから、家臣団の扱い方には慣れているよ」

「しかし、これまでは草野さんたちの行政に対して政党と国会で完全に棲み分けてきたわけだけど、仮に僕が日本再編計画を担当するとなると、あなたたちの世界と無関係というわけにはいかない。秘書官室の平和と和気アイアイを損ねないようにしないとね」

「そうさ。それが今日の僕からの最大の忠告さ」

草野はそう言うと、風見の目を見てにっこり笑い、自分の席に戻っていった。


そういう経緯があったから、風見は特に草野の動きに注意していた。しかし草野もその後再びこの件に触れることはしなかったし、風見の動きを警戒している風もなかった。それでも用心するに越したことはないから、加治木部長が担当者を寄越《よこ》すと言ってきたのを断って、風見の方から現代総研に出向いたのである。

大手町の現代総研の研究部長室の応接コーナーで、加治木部長がプロジェクトの概要を説明した。担当の猪瀬、下山の両研究員が同席した。猪瀬はまだ三十代の中堅の研究員で、専門は国家財政だった。下山はそれより若く、地方財政と公共事業の経済効果を専門にしていた。

プロジェクトの座長は、慶応義塾大学の神代教授で、スタッフは早稲田の熊谷教授、中條助教授、立教の金子原教授、駒沢の陣内教授、筑波の西岡助教授、都市問題調査会の新庄研究員、自治体研究所の幣原研究員、和田研究員、それに現代総研から五名の計十四名だった。研究班を二班に分け、第一班は「国と地方の編成」研究班で、組織構成、権限関係が中心で、主査は熊谷教授である。第二班は「財政」研究班で、国と地方の財政関係を担当し、主査は陣内教授だった。まず全体会議を二回開いて、問題意識の共有化を図る。第一回は九月二十二日、

第二回は十月十五日である。

　風見は仕上がり時期を気にしたが、年内いっぱいはかかりそうだという。風見はちょっと考え込んだ。当面の課題の日本構造改革プランの関連法案の審議は、順調にいっても衆議院通過が十月いっぱい、参議院はさらに一ヵ月はかかるから、成立は早くとも十二月に入るだろう。中旬以降は予算の編成で慌ただしくなるが、できれば来年度予算に生かせるものは生かしたい。日本再編計画のような大事業が、右から左に予算化できるようなことはあり得ないが、しかし審議会経費や委託研究費など、霞ヶ関で言う「芽出し」のための何らかの経費はできることなら計上しておきたい。

「できれば、十一月中に欲しい気もしますが、しかし作業の都合もあるでしょう。とりあえず予定どおり進めていただいて、こちらの状況に応じて督促させていただくとか、中間報告をまとめていただくとか考えたいのですが」

　と風見が言って、それを基本に、状況に応じて神代座長と熊谷、陣内の両主査に機動的に動いてもらうことで合意した。

　続けて加治木部長が、三先生にどうやって宗像総理の問題意識を明確に共有してもらうかが、このプロジェクトの成否のポイントだと思うという問題提起をした。最初からボタンの掛け違いがあっては困るが、一方で依頼先を秘匿しなければならない、何か適当な方法はないかというのである。総理の名が出たので、風見は猪瀬と下山の様子を窺ったが、二人とも平然としていた。多分二人とも依頼の出所は聞いているのだろう。

「三先生には、総理からの依頼だということは、まだお話しされていないのですね？」

「風見君が内密にと言うから、あくまでもウチの自主研究ということにしてあるんだ。それにしては、いやに急《せ》かせると内心思っているかもしれないけど、別段不審に感じている様子ではないようだ。猪瀬君、そうだろう？」

「はい。何もおっしゃってはおられません」

　風見は再びちょっと考え込んでから言った。

「三先生には、直接総理から話してもらった方がいいかもしれませんね。私だって、どれだけ総理の意図を正確に理解しているか分かりませんからね」

「それができるのかい？　内密にしなけりゃならないっていうこともあるんだろう？」

「ですから、内密に総理に会っていただくのです。……

ただ、この話は将来は地方制度審議会かあるいは新設の審議会かに乗せることになります。総理に会っていただくとすると、もしかして審議会も含めて最後までやっていただくことになるかもしれません。特に神代先生はそうなるでしょう。お名前は私も承知していますが、そこまでお付き合いいいただいてよろしい先生ですか？　特に権力志向が強かったり、何でも自分で仕切りたがる学者だと、後々扱いに困るんです。学界での地位争いも絡むでしょうしね。これまで民自党べったりで来た人も困ります。不向きだったら、最初から最後まで総理とは無関係にしておいた方がいいかもしれませんね」

「神代先生は、理事長がご推薦下さいました。地方自治では権威ですし、私もお伺いしましたが、大変実直な方で問題はないと思いますが。もしかしたら地方制度審議会に関係されているかもしれませんね」

猪瀬が言った。

「それは下山君、ちょっと確認して」

加治木部長が言って、下山が審議会名簿を調べに行った。

「陣内先生は、政府税調だったはずです」

猪瀬が付け加えた。

「それも調べてもらおう」

「熊谷先生はどうですか？　お名前は聞いたような気がしますが」

「地方分権で最近売り出してこられた行政学者です。審議会には関係されておられないかもしれませんし、ちょっと反権力的かもしれませんが、それは反民自党ということで、政府として使えない人ではないと思いますけど。それと民自党べったりの人は、最初から除外してありますから、外部スタッフには一人も入っていません」

と、やはり猪瀬が言った。下山が持参した『職員録』で、神代は地方制度審議会委員、陣内は政府の税制調査会委員であることが判明した。熊谷は見当たらなかった。いずれにしても、学界での地位や派閥はよく分からないものの、理事長からの推薦などの情報を集めて三人を選び、実際に会った猪瀬が学識人格ともに問題はないと思われると言ったので、凪見もその三人でいくことにした。

「じゃあ三人の先生に、総理に会っていただきましょう。二十二日に第一回の会合だとすると、その前がいいですね。多分、総理公邸に夜こっそり来ていただくことになると思います。ただ、十七日から国会が始まりますし、二十五日から国連総会で、今公邸での夜の打ち合わせが頻繁ですから、どういう時間帯になるか分かりません。もしかしたら帰って総理の日程を調べてご連絡します。その後に三先生のご都合を伺って下さい」

「どういう風に公邸に行ったらいいの?」

「それも追ってご連絡します。それと三先生とどなたがお見えになられます? 部長はこの研究プロジェクトにずっとお付き合いいただけるのですか?」

「そのつもりだけど。私と、猪瀬君にも行ってもらわなければ」

「多分こちらで用意した車で公邸に入っていただくことになると思うのですが、車には四人しか乗れないと思うんです。二台にすると目立つので、三先生の他は一名でお願いしたいのですが」

「じゃあ、どうする? 私も宗像総理のご意向は伺っておかなければならないし」

「それは、部長が、どうぞ」

猪瀬が言った。風見はちょっと考えて、思い付いて言った。

「猪瀬君だったら大丈夫でしょう。こんな青年が総理に会いに来たとは、新聞記者も思わないでしょうから。新聞記者に怪しまれなければいいのです。公邸の秘書への用事で来たと、堂々と入って来て大丈夫ですよ。記者に聞かれたら、民主改革新党でアルバイトをしている者だとか言えばいい。そうだ、下山君も来たらいい。ますます総理に用事とは見えないでしょう。その代わり二人とも車なしで歩いてきて下さい。道と入り方は後で教えます」

「これは大分おおごとになってきたね」

加治木部長が誰にともなく言った。


風見は官邸に戻ったが、総理は日程が立て込んでいて、空いたと思うと他の秘書官が入ったりで、報告する時間がなかった。しかしこの日の最後には風見が担当する総理日程があったから、そのときに報告すればよかった。

その総理日程は、衆議院予算委員会の委員長や与党理事と総理との懇親会であった。臨時国会が迫ってきており、開会中総理が特にお世話になる衆参の議院運営委員会と予算委員会の委員長、与党理事、さらに従来の言い方で言えば与党各党の国会対策委員長に相当する与党政務幹事会メンバーと懇親会をもつことは、政務担当の鶴井官房副長官が持ち込んできた話だった。国会間近になると、総理がそうやって現場で汗をかいてくれる与党の人々に礼を尽くすのが、慣例であるらしい。

総理は無論快く引き受けたが、条件がひとつ付いた。会場は黒塀すなわち料亭でないことというものだった。料亭政治の廃止は、宗像内閣成立直後に打ち出された方針だった。その話を伝え聞いて、宗像ファンのつもりでいた料亭の女将や芸者たちはみんな息巻いていて、総理府の請願陳情係にも「特定の産業の存在意義を否定するがごとき発言は、許されない」という抗議が寄せられていた。総理が就任直後に「私は議員バッジをひけらかして歩くのは嫌いだ」と言って、院外では議員バッジはつけないと発言したときも、全国のバッジ業者から抗議が寄せられて、民自党の代表質問でも取り上げられた。それで総理もこの頃は少し弱気になっていたが、しかしいったん打ち出した方針は変更するわけにはいかなかった。総理自身は洋食でも一向に構わなかったが、何しろ招待する年配の議員たちは圧倒的に和食党だったから、そんな場合にはホテルの和食の料理屋が使われた。女将や芸者たちは、どこが違うのかということだったが、総理に言わせると密室性が違うのだという。風見は秘書官になっても、伝え聞く民自党政権時代の政務秘書官と違って、ほとんど料亭とは縁がなかったが、しかしそれは分かるような気がした。確かに料亭は、様々な意味で伝統的なスタイルの政治には便利なところだった。

そんなことで、一連の総理の懇親会の初日のこの日の会場は、ホテル・ニュー紀尾井のオフィス館にある和食の千代紙だった。その同行が風見の役目だった。

懇親会が終わると総理は公邸に直行するから、秘書官たちとの翌日の日程打ち合わせを済ませてから、六時五十分に総理は執務室を出た。兵頭警部をはじめSPが付き、池田進乃助が開けて待つドアからホールに出ると、いつものとおり番記者が付いた。

「日本産業新聞の梨重です」

「はい」

「今日の東京市場で円高がさらに進みました。今朝の月例経済報告でも、経済の動向に対する厳しい見方が示されましたが、このまま円が続伸すると、景気への影響も心配されるわけですが、円高をどのようにご覧になられておられますか」

「急激な変化は好ましくありません。少しテンポが速すぎるように思っています。輸出産業、特に中小企業への影響は、私も心配しているところです」

「米国が協調介入に消極的という観測もありますが」

「その問題は、通貨当局に任せてあります。大蔵省、日銀もアメリカ側と密接に連絡を取っていると承知しています。状況に応じて、適切な対応が取られるものと思っています」

「民自党で、日本構造改革プランは後回しにして、政府が策定中の緊急経済対策に早急に大規模な財政出動を追加すべきだという議論が強まっていますが」

「政府の緊急経済対策でも、景気刺激のための措置は考慮しています。ただ何かあるとすぐ大規模な財政出動というのが、正しいのかどうか。日本経済の構造はもう少し変わってきているのではありませんか？　規制緩和のような構造改革を推し進める政策の方が、今の日本にはふさわしいと思いますね。為替の問題にしても、円高だドル高だと右往左往しないで済むように、円の国際化を進めるのも、ひとつの手かもしれませんし、そのためには金融の思い切った規制緩和が必要かもしれません。まあ、いろいろ研究してみる必要があると思っています」

　円の国際化というのは、国際取引の決済に円が使える範囲や地域を広げていこうというものである。そうすれば、円高だとか円安だなどという為替レートの問題は、少なくとも今ほどには大きな影響をもたないことになる。そのためには、円に関する現在の様々な規制を思い切って緩和する必要があるのである。

　その最後の部分を、総理は表玄関の総理車のドアの前で立ち止まって話した。記者たちは総理の周りで首を揃えて聞いていた。風見は車の反対のドアのところで総理の話が終わるまで待ち、総理が乗ってから乗り込んだ。SPがドアを閉め、兵頭警部が助手席に乗り込み、SPたちがばらばらっと先導のパトカーと後続の覆面パトカーに分乗し、車列は素早くスタートした。表門がいっぱいに開かれていて、信号規制もなされている。車列は表門を出て右折し、すぐタイヤを軋ませながら左折した。車が傾いた。

　ぶらさがりでの総理の答えに、風見は不安を覚えていた。総理は丁寧に答えたつもりに違いなかったが、ぶらさがりで話すには、多くの点で明らかに踏み込み過ぎていた。市場を相手にするときは、総理の発言は慎重のうえにも慎重でなければならないのである。円の国際化の話は、先日の総理と秘書官の打ち合わせでも出ていて、検討課題になっていた。ただそのとき尾崎は、円が激し

く動いているときにこの話を出すのは危険だと言ってい
た。それもちょっと気になった。

しかし経済問題は風見の担当でなかったし、ホテル・ニュー紀尾井までの短い時間に、日本再編計画の研究プロジェクトについて報告しなければならなかったから、心配している余裕はなかった。

風見が経過を報告すると、総理は頷いた。

「神代さんは知っています。行革推進審の部会で、専門委員を務めていただきました。神代さんなら、結構だと思いますよ。私も思い付くべきでした」

知事を辞めた後、総理は行政改革推進審議会の地方分権部会長を務めたことがあって、そのとき研究班の専門委員として神代教授の協力を得たというのである。それなら、教授はすでに地方分権に関する総理の基本的な考え方を熟知しているはずだし、最後まで手伝ってもらうことも可能である。陣内教授は名前だけ、若手の熊谷教授のことは知らないと総理は答えた。

「総理から日本再編計画の狙いや意図などについてお話しいただき、研究にあたってのご注文もつけていただきたいのですが」

「結構です」

「空き時間を先程チェックしたところでは、十六日の記者会見、終了予定は午後六時半ですが、その後八時から公邸で牧本秘書官扱いの日程が始まるまでの一時間余りしか残っていないのです。内密にということで、他の秘書官たちとの日程調整の交渉もやりにくいものですから」

「それで結構です。食事を一緒にとることにしましょう。三津橋さんに言っておいて下さい」

「はい」

三津橋というのは、公邸詰めの総理の秘書の三津橋信子のことである。公邸には総理の個人事務所の男性秘書の目方、女性秘書の三津橋、吉田の三人が、必要に応じて交代で詰めている。

「プロジェクトの先生方には、この時間で何とかスケジュールを調整していただきます。……これで公邸の日程も、土日を除いて、当分まったく隙間なしですね」

「まあ、仕方ないでしょう」

総理は風見の方を向いて、苦笑するような笑い方をしてみせた。少しは書類を読む時間も欲しいと言う総理だったが、仕方のないことでもあった。

信号で車列が止まった。急ぐときはサイレンを鳴らして赤信号でも渡るが、普段は総理車といえども信号に従うのである。

　ホテル・ニュー紀尾井のオフィス館が見えてきた。角形のモダンな高層建築である。ホテルなどでは、総理もSPに囲まれて一般の通路を通ることも多い。若い女性の一団などがいたりすると、歓声が上がり、「宗像さん、がんばってー」などと声がかかることもある。総理も手を振って応え、随行の秘書官も悪い気はしない。しかし建物内で総理の通るルートを決める最大の基準は、国民と接することではなく、安全性である。総理の行くところには必ずSPの先遣隊が出て、周囲を確認し、ルートも決めてある。この日は車列はオフィス館の玄関ではなく、道路から屋内駐車場に入り、内部をしばらく進んで、ドアを開けて待機しているエレベーターの前で止まった。エレベーターで六階に上がって降りたところがエレベーター・ホールで、そこのすぐ右手が会場の千代紙の和室の玄関であった。

　総理は、柿色に様々な千代紙細工の形が染め抜かれたのれんをくぐり、石造りのたたきで靴を脱いで上がった。風見は中までは同行しない。普段からそうしているのかは知らないが、上がりかまちのところに大きな衝立てが置いてあって、中は覗けない。総理がその衝立ての向こうに消えると、中から歓声と拍手が聞こえてきた。衆議院予算委員長と与党の理事たちは、すでに勢揃いしていたようだった。

　千代紙の玄関には二人のSPが立ち、兵頭警部や渡嘉敷警部をはじめとする残りのSPたちは、千代紙の入口に近い小さなホールに置かれた白いソファーで待機した。

　風見はどこか電話をするのに適当な場所がないか探したが、客たちが通り、思った場所が見つからなかった。そこでSPたちが座っているソファーの脇に行き、杉山というSPに、「人を近づけないで」と言ってから、屈み込んで携帯電話を掛けた。

　風見が掛けた相手は、尾崎秘書官であった。出発時の官邸での総理のぶらさがりについて報告しておかなければと考えたのである。

　風見の報告を受けた尾崎秘書官は、風見以上に事態を深刻に受け止めた。

「円の国際化だなんて、言っちゃったの？　世界が日本政府の方針表明だと受け取るよ」

「総理もひとつの手かもしれないとか、いろいろ研究してみる必要がある、と言っただけなんですけどもねえ」

「そんなディテールなんて、飛んじゃうよ。金融の自由化だって、手順があるんだから。実現するにしたって、先の先の話だよ。分かった。すぐ大蔵大臣にフォローしてもらうよ」

「緊急記者会見なんて、大袈裟なことされちゃマズイと思いますけどもねえ」

「それはよく言っておくよ。総理に迷惑がかからないようにやらせるから。いずれにしても、通信社のフラッシュがすぐ流れるから、その備えもしておかなければならないし」

「後はお任せします」

「風見ちゃん。ありがとうね」

いずれにしても、風見の担当でなかったから、それ以上のことはできなかった。

風見はときどき千代紙の玄関先を覗いてみた。相変わらず衝立ての向こうから、賑やかな声が聞こえてくる。浅草のすき焼き屋の会合にも参加したという社民党左派の岩城予算委員長の甲高い声も聞こえ、それに笑い声も混じった。社民党、新世紀党、公正党、中道党、それに民主改革新党と改革の風の統一会派の理事たちがいるのである。鶴井副長官も参加しているはずだった。総理が何かを言う間一瞬座が静まり、それからドッと弾けたように年配の男たちの笑う声が続いた。とりあえず座は盛り上がっているようだった。

風見はホールに戻った。小一時間もすると、総理の番記者たちが集まってきた。彼らは官邸でのぶらさがりのメモ合わせをし、それをワープロで整理してキャップに上げ、それから総理を追ってやって来たのだった。懇親会が終わると、総理はすぐ退出するし、官邸と国会以外の場ではぶらさがりも認められていない。しかし総理の後から出てくる参加者たちから、懇親会の様子やら総理の発言を取材するのが彼らの目的であった。

毎朝の小林、日本産業の梨重、社会経済の泉川、合同通信の辰野、ＮＴＢの来島など、太陽の白井と政経の真壁を除く風見の主だった番もいた。白井は直接の担当は総理番より格上の官房長官番だったから、こういう場には来ない。

「今夜の懇談はここで済ませてしまおう。自宅は今日はなしだから、クラブに戻ったら流しておいてくれ」

「はい」

風見が言い、記者たちが集まってきた。風見の知らない記者もいる。ホールのSPたちがいるのとは別の一角に、ガラスのテーブルを挟んで長椅子や一人用の椅子がいくつか置かれていて、そこに陣取って懇談が始まった。

「今日はオンレコですか。珍しいですね」

「オンレコでいい」

「たまにはいいだろう」

そのうえで、最初に風見の方から質問した。

「官邸を出たときの総理のぶらさがりだけどもね、皆はどういう風に受け取った？」

「円の国際化というのは、具体的に検討が始まっているんですか？」

総理に直接質問していた梨重が言った。

「やっぱり皆もそう受け取ったか。ただ総理も、ひとつの手かもしれないとか、いろいろ研究してみる必要がある、と言っただけだ。総理は言葉を選ばれたんだ。そこを理解してもらわないと」

「でも、総理が口にするということは、大きいですよね」

「いずれそういう方向での検討というか、研究は始まるだろう。総理は問題提起をしたということだ。重要なことは、円高になると、すぐ不景気だ、大型の補正予算だ、真水《まみず》はいくらだという話になるが、そういうパターンはそろそろやめにした方がいいということだ。そういうパターンが日本経済の構造改革を遅らせたし、公共事業に巣くう既得権益層を作り出したということだ。補正予算主義からの脱却と、為替を含む日本経済の構造改革の問題提起だということだよ」

「しかし総理の仕事は、問題提起よりも、実現することにあるわけですから、具体的にいつ、どういう手順で実現するかということが重要だと思うんですが。例えば金融制度調査会に諮問するとか、そのために特別の審議会を作るということだと、国民も具体的な政策として理解できると思うんですが」

「そのへんは尾崎秘書官の領分だから、僕からは言えないけど。ここは完オフだけど、今度作る規制緩和研究会では、そのへんもやることになるんだと思うよ」

「民自党の消費税七％論の話を伺ってもいいですか？」

「ああ、今日はそっちの方が大問題だったな。いいよ。ただし、ここからは完オフにしよう」

「はい。それで、どうですか。民自党は七％論でまとまると見ておられますか」

「僕はまとまると見ているよ。少なくとも国会対策上からは妙手だ。よく考えたよ」

「でも国民は呆れていますよ。据え置きから掌を返したように政府案を上回る七％なんて、袋叩きにあいませんか」

「それは民自党に心配してもらおう。ただ、民自党は今や何でもありだからね。第一党の民自党が国家国民に対する責任を果たすという大きな立場から、なんて言っているけど、党利党略以外の何ものでもないことは、明白だ。連立としては、当然そこを叩くことになる」

「国家国民に対する責任なんて、それは誰が言ったんですか？」

「橋川さんが言ったとかいう話だけどもね。直接聞いたわけではないけれど」

「民自党が七％で頑張ったら、どうしますか？　粛々となんて言っていますけど、連立は強行採決をやるんですか？」

「強行採決という言葉は何かと誤解を生むから、われわれとしては粛々とと言っているんだ。本当にそうするかどうかは、君らがどう書くかにもよるだろうね。君らが妥協しろと書くなら、妥協という手もあるかもしれないし、七％なんて国民を愚弄《ぐろう》していると書くなら、民自党を蹴散らしていくだけだ。君らはどう書く？」

「さあ、どうですかねえ」

「僕らが記事を書いているわけではありませんから」

「小林、それは逃げだ。君らが日本の世論を作るんだぜ」

「僕なら、国民を愚弄していると書きますね。ふざけてますよ、本当に」

梨重が言った。来島が口をはさんだ。

「いっそ、解散したらどうですか？　連立は大勝利ですよ」

「おいおい、解散なんて軽々しく言うものじゃないよ。この間総選挙をやったばかりなんだ。総理も、税制改革法案を含む日本構造改革プランの諸法律案を、この国会で成立させることしか考えていないよ」

話を続けていると、兵頭警部が傍に来て告げた。

「秘書官。今デザートが運ばれました。あとはお茶だけです」

兵頭警部は、ひとつひとつ今何が出ているかをチェックしているのである。情報は立ち番のSPから来るのだろう。休んでいるように見えても、絶えず目を配り、無線で総理車を手配させるなど、つねに状況に対応している。

「じゃあ。白井さんと、それに真壁にも、今日の懇談は終わったと言っておいてくれ」

「分かりました。ありがとうございました」

「ありがとうございました」

風見は兵頭警部たちと、千代紙の玄関に立った。石造りのたたきに出席者たちの靴が一列に並べてある。総理の靴は、真ん中の一目で分かる場所にあった。黒い革の靴であるが、ウエスタン・シューズ風の洒落た靴である。風見は感心して眺めていた。

「それでは」、「どうも、どうも」、「よろしく」などという声が聞こえ、総理が真っ先に姿を現した。仲居が差し出した靴べらで靴を履いた。風見とSPたちが付いた。近くのエレベーター・ホールでエレベーターが待っている。駐車場まで降りて、エレベーターのすぐ前で待っていた総理車に乗る。車列はすぐ動き出した。

「いかがでしたか？　岩城委員長もいらっしゃいましたね」

風見は、ほんのりと赤らんだ顔の総理に語り掛けた。

「任せて下さい、予算委員会は順調そのものでやりますから、などと自信たっぷりのことを言っていました。こちらも下手《したて》に出ておきましたよ」

総理は上機嫌だった。


「まあ、とりあえずお任せするしかありませんね。予算委員会で、税制改革法案をやるわけでもありませんし」

「任せてみましょう」

「それと。……官邸を出られたときのぶらさがりで、円の国際化のことをおっしゃられたので、一応尾崎さんにご報告しておきました。大蔵省の心づもりもあるかと思いまして」

「そうですか」

総理は答えたが、上機嫌さは消えていた。

総理車は官邸表門から入ったが、表玄関には向かわず、記者クラブの裏手の道を通って公邸の門を入り、玄関の前で止まった。こちらから入ると、公邸は古ぼけた煉瓦造りの建物に見える。総理車から降りると、公邸番の合同通信と特報通信の記者が待っていた。年長の合同通信の記者が言った。

「先ほど、大蔵省の黒河内財務官が緊急記者会見をして、総理が言及された円の国際化は、政府としては長期的な研究課題ではあるが、具体的に考えているわけではないと発言されました。総理にはご連絡がありましたか？」

「いいえ。今聞きました」

「今後どのように政府の方針を確立されていかれます

か？」

「私も具体的に考えているなどとお話ししたつもりはありません。別に財務官が私と異なったことを発言したということではないようですが」

「総理とされては、やはり円の国際化を進められるおつもりですか？」

「ですから、そういう研究も必要ではないかと申し上げたわけです。研究することによって、一長一短が明らかになるでしょう。政府の具体的な方針は、もちろんそれから決まることです。いいですか？」

「はい。ありがとうございました。お休みなさいませ」

総理と風見は公邸に入った。玄関で兵頭警部は、「それでは今夜はこれで」と挨拶した。

「お疲れさまでした」

と、総理は労《ねぎら》った。

風見は何と言ってよいか分からなかったが、言った。

「尾崎秘書官に報告して、出過ぎたでしょうか」

「いや。記者にも言ったように、財務官も私と別なことを言ったわけではないようですから」

「はい」

風見は総理に挨拶して、内部の通路を通って官邸の秘書官室に戻った。尾崎秘書官がいて、風見の顔を見ると、

「総理、戻った？」

と聞いた。

「ええ。財務官が円の国際化は具体的に検討しているわけではないと記者会見されたようですね」

「放っておくと、円への期待感で、円買いが止められなくなるんだ。円はさらに急騰する。大変なことになるんだよ」

それは確かにそうかもしれなかった。円の国際化が進めば、円の使い出は増すし、金融の規制緩和は対日投資を増加させる。いずれもドルではなく円でもとうという誘因になり、円高要因である。それを見込んで円への投機が始まる。市場の怖さということは、風見も言葉では知っているが、本当に知っているわけではなかった。

「財務官は、武藤さんに、盟友の宗像総理の発言を否定させるようなことはできないと、泥を被ってくれたんだよ。総理が戻られたんなら、僕ちょっと行ってくる」

そう言って尾崎は出ていった。

円高がさらに進むのを放置しておくことはできない。もし円高がさらに加速すれば、その原因は総理の不用意な発言にあるということになるだろう。輸出産業は打撃

を受けて、景気はさらに厳しさを増し、それは発足間もない宗像内閣の最初の躓きにもなりかねない。確かに大蔵省は、宗像総理を救ったと言えるかもしれないのである。風見はちょっと暗い気持ちになった。

翌日の日本産業新聞には、三段見出しで、「円の国際化で政府に混乱」という記事が載った。総理が記者団に対して円の国際化方針と、そのための金融の大幅な規制緩和を示唆し、これに対して黒河内財務官が緊急記者会見を開いて、事実上総理発言を否定したという内容だった。「総理周辺は、『総理は問題提起をしただけ』と解説するが」と、風見のオンレコの懇談の発言も引用されていた。いずれにしても、突然の総理発言から始まって、財務官の記者会見、そして総理が公邸で記者団に対して財務官の発言を「追認」するまでの間、政府は混乱したというのが、記事のポイントだった。

「この記事は何だ」と、風見はほとんど言葉に出して言った。総理は円の国際化について、ひとつの手かもしれないと言い、いろいろ研究してみる必要があると述べただけである。しかしこの記事では、総理の発言の細部はすべて捨象され、単に円の国際化を「示唆した」となっていた。そして黒河内財務官がその総理発言を「事実上」否定したというのである。それも問題だが、総理が財務官の発言を「追認」したというに至っては、風見としては誤報と言いたいところだった。総理は記者たちに、「別に財務官が私と異なったことを発言したということではないようですが」と語ったのである。明らかにそれは「追認」とは違うし、翻って財務官が総理の発言を「事実上否定した」というのも、間違っていることになる。

風見は憤懣やる方なかったが、しかしそれがマスコミであり、世間であった。世間は、ましてや市場は、ひとつひとつ解説を受けながら動いているわけではない。「なに、宗像総理が円の国際化に言及した？」というだけで、世の中は動き、そこから逆に総理が「示唆した」とされてしまうのである。そしてその市場の性急さをたしなめた財務官は、総理発言を「事実上否定した」というロジックが、自動的に組みあがってしまうのである。

しかしそういう弁解が、現実の前には無力であることは、風見も知っていた。大切なことは、そういう世の中の性急さと付き合うことなのだ。風見が総理のために日本産業の記事を批判しても、それは逆に世の中との付き合い方に慣れていない総理の政治的資質や技量に対する疑問を、引き起こすことになるだけであった。

総理発言に対するリアクションは、日本産業の記事だけにはとどまらなかった。東証平均株価が、この日四百十三円五十六銭の大幅下落を記録したのである。円高は黒河内財務官の緊急記者会見によって再加速に至らなかったものの、依然騰勢気味で、加えて昨夜のぶらさがりでの総理発言から、策定中の緊急経済対策での思い切った財政出動の上積みに総理が消極的であることが明らかになり、それが市場の失望を買ったというのである。

翌日の民自党本部では、部会の朝食会から、またしても宗像批判が吹き荒れた。異口同音に「経済が分かっていない」という批判が投げかけられた。一昨日の総理のぶらさがりでの発言も、様々に脚色されて流布された。生きた経済も総理発言のもつ重さもまったく理解せずに、見てくれだけの「構造改革ごっこ」にうつつを抜かす総理を戴くことは、子供にジャンボジェットを操縦させるようなものだというのである。自分で墜落するのは勝手だが、国民が乗せられているのでは堪らない。早く熟練した信頼に足るパイロットに交代してもらわねば、という非難と中傷が渦巻いた。


宗像総理は、反撃に出た。

盟友の武藤蔵相の尻を叩いて、アメリカに円高阻止の協調介入を働きかけさせたのである。「大蔵がやらなかったら、自分が直接クックス大統領に電話する」と、決然として一歩も引かない姿勢を示した。

武藤蔵相も黒河内財務官を説得して、抵抗する財務官をその日のうちにワシントンに派遣した。米政府内でも、過度のドル安がニューヨーク株の下落につながるという警戒感が生まれ、クックス大統領自らも「四十年ぶりに日本に誕生した改革派の宗像政権を、窮地に立たせるわけにはいかない」と語ったと報じられた。

ベルマー財務長官が、議会の証言で、「強いドルはアメリカの利益」と発言し、協調介入は一気に現実味を帯び、円は反落した。追い討ちをかけるように協調介入が行われ、その後一週間で円は七円余り下落し、円高の流れは阻止された。

協調介入の働きかけの過程では、尾崎秘書官も奮闘した。黒河内財務官に怒鳴られながらも、必死に総理のために協調介入への働きかけを進言したと、草野秘書官から聞いた。

こうして円高を阻止したのは、宗像総理であり、またクックス大統領の共感を呼んでいる宗像総理の改革の姿勢だ、ということになった。民自党からは、日米総括協議の決着を控えて、宗像はクックスに借りを作ったという、犬の遠吠えのような批判も出されたが、当面の円高を阻止したことは事実だった。

　円が反落するとともに、東証株価も回復し、宗像政権は当面の窮地から脱出した。

六　国会戦略

民自党の新消費税率七％案について、風見は夜の記者懇で、国会対策上の小道具と、党内の改革派を政府案に賛成させないための防御装置というその狙いを盛んに流した。おそらく与党も、尾崎と大蔵省もやっていただろう。すぐにマスコミもそういう見方で埋め尽くされた。もっとも民自党といえども今は野党である。テレビでも新聞でも、野党の動きの扱いは小さかった。

当然ながら民自党案は国民に不評だった。党内に動揺が広がるなかで、民自党は必死に次の手を考えた。そして景気が停滞感を強めていることを奇貨として、景気対策として大規模な所得減税が必要だ、将来の消費税七％はそのための財源だと言い出した。やがて六兆二千億円という前例のない大規模な恒久的所得減税と、三年後に消費税七％という民自党の対案が、党内の異論を押え込む形で同党の役員会と総務会で了承された。早期の第二次補正予算の要求を含む同党の緊急経済対策と税制改革大綱も、やがて正式決定になった。

政府の税制改革案は、年金や医療保険など二十一世紀の社会保障システムの基礎を築くことに主眼があったが、民自党案は、それを一応言葉で謳っただけで、肝心な具体案は先送りし、一方で景気対策の狙いが強調されていた。恒久的な減税であれば、本来は二十一世紀の日本のあるべき姿とか、所得階層別の負担のあり方などの議論が避けて通れないが、民自党案の新たな税額表は、実質的には所得税と住民税の一律の定率減税と変わらなかった。将来の日本をどう作り上げていくかなどということは、民自党には関心のないことだった。

国民の批判の強い「益税」などの消費税の欠陥の是正は、現行の三％を七％にする以上、民自党としても無視できないものだった。しかしその内容もまた、免税点や簡易課税制度の適用対象などすべての点で、政府案の是正内容を半分に値切っただけの安易なものだった。限界控除制度については、三年後の廃止を明記する政府案に対して、三年後の「見直し」を謳っていた。要するにすべてが安直であり、一応形は整っていても、家に譬《たと》えると安普請であることは歴然としていた。

民自党の議運理事を通じて、法案化に時間が掛かるから、臨時国会で予算委員会が終わっても、税制改革法案の審議の開始は少し先にして欲しいという要請が内々に来た。連立側は、「政府だって、急かされて法案化したんだ。そっちも早くしろ」と答えたが、見込みは薄かった。こういう無下《むげ》に否定できないところで、時間を稼がれていくのである。それも民自党が単に政府案反対でなく、形だけでも対案をまとめたことの成果であった。

民自党案の全貌が明らかになったので、国会がどのような展開になるか、風見は考えた。景気対策を振りかざして、第二次補正予算の要求と所得減税を絡めて攻めてくる。補正には所得減税を入れるべきだ、そのためにも民自党の税制改革法案に譲れと主張することは、はっきりしている。政府としても、現在準備中の緊急経済対策が近々まとまれば、第二次補正は当然必要だが、所得減税は予定していない。経営者やエコノミストのなかには、バブルの崩壊後民自党内閣の手で様々な景気対策が打たれながら思った効果がなかった以上は、所得減税が最後の切り札だと説く者も多く、それを持ち出されると政府は苦慮することになる。

もし所得減税要求を呑むと、その規模と先行期間が問題になる。民自党案は平年度で六兆二千億円、消費税の引き上げに対して三年先行の所得減税である。消費税を引き上げるまでのつなぎ財源は赤字国債だから、単純に計算して元本だけで十八兆六千億円の借金ができる。三年後消費税を四％引き上げて七％にすると、年間九兆六千億円の増収になるが、六兆二千億円の所得減税は続くから、純増は三兆四千億である。のみならず税率の一％相当分は地方消費税として地方に回すとしているから、国の手取りは実は一兆円しかない。利息を払うと手許に残るのは三千億円とか四千億円で、これでは何年経つと元本を返済できるか覚束ない。こう考えると民自党案は、ちゃっかりと新たな利権のためにばら撒く地方消費税分の二兆四千億を別にすれば、要するに六兆二千億円の所得減税をやるというためだけの案であり、見方を変えると七％という国会対策上の武器を手に入れるためだけの案であった。

それでも民自党案では、大規模な所得減税が可能になるのは事実である。これに対して消費税を五％にする政府案では、消費税の増収効果は年間四兆八千億にとどまるから、仮に地方には一円も回さなくても、六兆二千億円の所得減税は最初から不可能である。可能なのは二兆かせいぜい三兆どまりだろう。その程度の所得減税でも消費税の引き上げ効果は半減し、二十一世紀の社会保障システムの基盤作りどころではなくなる。しかし民自党は、この景気の低迷を甘く見るべきでない、二兆や三兆では話にならない、六兆二千億の減税は最低限のギリギリのものだ、と言うだろう。当然国民も財界も、大幅な所得減税に越したことはない。減税規模で押し切られると、必然的に民自党案の消費税七％を呑まざるを得なくなる。社民党は反発し、連立政権は瓦解する。

悪夢を見ているようなものである。理念や将来への展望といったものは何もなかったが、国会戦略という点からだけ考えると、民自党案はよくできていた。しかし無論、単純に民自党の筋書きどおりに進むわけではない。連立側もそんなことは百も承知である。しかしそれではどうするか。

「大蔵省はどうするつもりですか？　所得減税要求には、抗し切れないかもしれませんよ」

と風見は尾崎に言った。

「頭が痛いんだよ。妙案がないんだよ」

尾崎も困っていた。しかし大蔵省の魂胆ははっきりしていた。大蔵省は国庫の収入を減らす所得減税などやりたくないのである。だからギリギリまで「今、所得減税をやる余裕はない」と言い続け、いざとなってからそのときの政治状況も睨みながら、何をするかを考えればいいのである。今はまだ大蔵省は何も考えていなかった。

総理は余裕をもっていた。

「煎じ詰めると結局五％か七％かの議論なのですから、相当の逆風が吹くことは民自党も覚悟しているでしょう。だから、やはり解散を一番恐れているらしい。第二次補正、第二次補正と騒ぎ立てているのも、補正が上がらないうちは解散できないようにする環境作りが本当の狙いのようです。だから、内心では早急に第二次補正をやられることを一番警戒しているようです」

と総理が解説してくれた。おそらく合同通信の禰宜政治部長あたりが耳に入れているのだろう。しかし、ありがちな話だった。ぶらさがりで総理が早期の第二次補正に消極的な姿勢を示したとして、東証株価が下落し、民自党は「経済が分かっていない」と一斉に非難したが、本当はホッと胸をなで下ろしていたのである。早急に気前よく補正を組まれ、民自党が消費税の七％への引き上げ案を出した途端に解散されたら、民自党は壊滅するということは、民自党自身も分かっていた。

月曜日に風見は、知恵を借りようと思って、財部側近の津村久夫に電話をした。津村はまだ選挙区の福井にいるから、電話をさせると秘書が答えた。程なく津村から電話が掛かってきた。

「民自党の所得減税要求には、苦慮すると思いますよ。いいかげんな案ですが、政府をてこずらすという点では、さすがによくできています」

しかし津村は、自信に満ちた声で答えた。

「風見さんよ。忘れてもらっては困るけど、民自党の国対は僕がやっていたんだからねェ」

確かに元民自党事務局の津村は、長らく同党の国会対策委員会事務局で知恵を出していたのである。

「そんなのはどうにでもなるんだよ。所得減税が必要だったら、やればいいんだ。僕はそんなのは赤字国債でいいと思うけど、将来の消費税の引き上げ分を財源にするなら、そうすればいいんだよ。ただ、そういうのはね、税制改革法案の本則でなく、附則で書くんだよ」

附則というのは、経過措置などについて規定する法律の付け足しの部分で、ルールそのものを書く本則とは異なっている。

「なるほど。本則の五％は譲らないということですね」

「景気対策だから、どうせ時限措置でいいんだよ。六兆を三年間はいらないな。二年間で十二兆円。附則で二％上乗せして三年で返してもいいし、一％上乗せして六年で返してもいい。社民党からだって所得減税の声が出ているんだから、社民党に決めさせればいいんだよ。社民党が所得減税をしてくれと言ったら、その関連のことだけ附則で書けばいい」

「連立の合意の本体の五％に手をつけるわけではないから、社民党も納得するということですね」

「そうそう。……そうだ、財部さんにも、電話が掛かってこないうちにこちらから言っておこう」

やはり国会政治を学問的に研究しているだけでは駄目だと、風見は思った。

夕方、財部一郎が総理に電話をしてきて、財部なりの考えを伝えた。津村の言った落とし所はその通りだが、財部は大蔵省と通産省を使って、財界に将来の消費税七％を不可避とする六兆二千億の恒久減税要求は、非現実的だと言わせると言った。民自党と妥協することになるかどうかは分からないが、いずれにしても民自党の所得減税要求に対して厳しい世論を作っておく必要があるというのである。総理も賛成して、労働者連盟の山際会長にも同じ役割を果たしてもらうと述べた。

「経済連盟の植木会長と山際会長には、内密に官房長官に行ってもらいます。それとご趣旨は分かりましたが、当面は私自身は所得減税に対しては前向きとも、後ろ向きとも取れる発言しかしませんから、ご承知おき下さい」

と総理は言い、財部も賛成した。民自党案に対する当面の対応は決まった。

民自党の緊急経済対策がまとまり、橋川政調会長が総理に申し入れに行きたいので、日程を取って欲しいという依頼が、火曜日に三国官房長官を経由して風見のところに回ってきた。風見は水曜日の午前十時五十五分からの日程を取った。一応十分間の予定だが、次は総理と官房長官、両副長官の打ち合わせだから、時間は多少延びても構わないとも伝えた。

橋川龍三政調会長は、民自党のホープと言われた人である。高名な官僚出身議員だった父親の死後、サラリーマンから転身して跡を継いだ二世議員である。厚生大臣を二度務めて厚生族として頭角を現したが、その後民自党の行政改革調査会長、幹事長、蔵相を務め、間違いなく将来の総裁候補の一人だった。民自党時代の財部一郎と竹中派の主導権を争ったライバルでもある。なかなかの男前で、若い女性はともかく、年配の女性には根強い人気があった。

その橋川政調会長が水曜日の約束の時間に、緒方則夫政調会長代理とともにやって来た。野党に転落した民自党幹部の初めての官邸訪問である。おそらく中央階段前の玄関ホールに大勢のカメラが待機して、表玄関に到着した政調会長の様子を撮影したはずで、その映像はテレビの夜のニュースでも流れるだろう。しかし執務室の総理や、秘書官室の風見には無論その様子は分からない。総理の執務室には三国官房長官と鶴井副長官がすでに入っていて、秘書官室にいた風見のところに、「準備ができました」と報道室の柏木が告げに来た。

「お見えです」

風見は執務室に入って告げた。ワイシャツ姿になっていた総理は、執務机の椅子に掛けてあった紺の上着を取って腕を通した。用意ができたのを見計らって風見が閣僚応接室へのドアのノブを動かして合図をしてから、ドアを押した。いつものとおり、閣僚応接室側にいる池田進乃助がその先を開ける。テレビのライトが眩しく輝き、一斉にシャッター音が響くなかを総理、官房長官、副長官が入り、最後に風見が入った。池田がドアを閉じる。

閣僚応接室正面の窓を背に並べられた椅子の前に、年に似合わないほど黒々とした髪をヘアークリームで固めた橋川政調会長と、額の禿げ上がった緒方代理が立っている。二人とも政治家らしいよそ行きの笑顔を浮かべている。向かい側には、カメラをはじめ報道陣が立錐の余地なく立っている。総理は笑顔で、

「お待たせをしまして」

ときわめて日常的な挨拶をしながら、橋川会長、続いて緒方代理と握手した。二人は三国官房長官、鶴井副長官とも握手した。

「どうぞ」と総理が勧めて全員が着席した。風見はドアの近くに立った。総理と来客の様子を見守っていると、左手のコーナーに伝書鳩を飛ばす少女の小さなブロンズ像が台座に置かれてあるのが目に入った。像は青く塗られ、少女の手に乗る鳩だけが金色だった。

「内装を変えたって聞いていたけど、全然変わっていないじゃないの」

橋川が室内を見回しながら、わざと打ち解けたとも尊大とも取れる口調で言った。昔は自分たちの城だったと言っているようにも聞こえる。閣僚応接室はそれほど広い部屋ではないが、豪華で気品に満ちており、紫とグレーの色調の地に白と青のカトレアの花の図柄が織り込まれた分厚い絨毯や、銀に梨地の枝垂れ桜のような模様が入った壁、壁の一面に掲げられた富士山の絵、天井の真鍮の枠に入った四角い照明、左右に曲線を描いて大きく引かれたグレーのカーテンとその下のレースのカーテンの窓、……そういう内部の様子は宮下内閣の頃と変わっていなかった。

「変えたのは執務室の方なんです。ここは椅子だけ替えてもらいました。以前は肘掛けのある椅子でしたから、閣僚全員がコの字形に並べませんでね。頭撮りのときに後ろ姿で写る人もいましたものですから」

総理が少しも身構えたところのない率直な口調で弁解した。

「無理に並んでも、全部写るのには、よっぽど広角レンズを使わなきゃね。広角というのは、あれは端の人は歪んで写るんだなあ」

橋川が機嫌良く愛敬を振りまくときによく見せる、眉

を上げて額に太い皺を寄せ、目を細めた表情になって言った。人によっては小馬鹿にされたと受け取りかねない表情である。幹事長時代にテレビでよく見かけたその表情をすると、額だけでなく目尻にも何本も大きな皺が入ることに、そばで見ていて風見は初めて気づいた。

「そうなんですか」

総理はちょっと押され気味である。カメラは橋川政調会長の趣味だった。

「それはそうと、まず緊急経済対策をお渡ししなければ」

橋川が手にしてきた封筒の中から民自党の緊急経済対策案を取り出して、立ち上がった。総理も、その他のメンバーも立った。

「じゃあ、総理。お渡ししますからね。記者の皆さんも、これはわれわれが官僚の手を一切借りないで作った案ですからね。しっかり書いておいて下さいね」

橋川が案を手渡しながら報道陣に向かって言った。総理も受け取るポーズのままカメラの方を向いた。カメラのフラッシュが集中する。

受け渡しの儀式が済んで一同はまた着席した。しばらく緊急経済対策案について当たり障りのない話があってから、風見が「では、そろそろ」と言ったのをしおに総理を先頭に一同は執務室に移った。ドアをくぐるとき、橋川は、

「敷居が高そうだね」

とおどけた調子で言ってみせた。風見は総理の席のテーブルの上に残された民自党の緊急経済対策案を取って後に続いた。

執務室では応接コーナーのいつもの定位置に総理が座り、橋川政調会長はソファーに座った。

「では改めて、われわれの緊急対策案を説明させていただきます」

橋川が先刻総理に手渡したのとは別のコピーを改めて参加者に配り、これまでとは口調を変えて、妙に真面目くさった真剣な表情になって言った。橋川の表情は多彩で変化に富み、喜怒哀楽も表に出やすい。それは宗像総理とは正反対である。

「先程記者諸君にも言っておきましたが、今回の案は役所の力を借りないでわれわれの手だけで作ったものである。このことをまず強調させていただいたうえで、われわれの基本認識は、日本経済は今重大な岐路にあるというものです。バブルの傷痕に苦しんでいる今、このまま経済を失速させると、債務デフレの問題など様々な問題

が出てくる。そこで、国民も思い切った経済対策を待望しているわけで、早期に大型の第二次補正、所得減税を除いて真水で十兆四千億、それともう一段の金融緩和、今年度からの恒久的な所得減税の三本柱で事態に対処すべきであるということです。このいずれについても、これまで政府が積極的な姿勢を示していないことに対しては、率直に不満を申し上げておきます」

「政府も明日緊急経済対策を発表することにしているんです」

　と総理が口をはさんだ。

「円高差益還元と規制緩和だけだそうじゃないですか。総理、ここはやはり思い切った財政の出番ですよ」

「政府としても、生活者重視の社会資本整備を進める予定です」

　と三国官房長官が言った。

「公共事業の国費がわずかに一兆円だとかいう話を聞いていますがね。あと住宅金融公庫の貸付枠の追加で二兆円ちょっとですか。それでは話にならないということは、明日発表があってから言わせてもらいます」

　政府の緊急経済対策の内容は、マスコミの取材合戦によって部分的に漏れ出していた。だから橋川がそれらの内容に言及しても不思議はなかったが、しかし橋川の口振りからして、おそらく役所から直接聞いているに違いないと風見は思った。民自党政権時代には、政府の正式発表前でも党の側から全容が漏れて報道されるのが普通だった。しかし今回は、与党の八党派は要求を集約することができず、結局各党の要求を羅列して提出しただけで、案作りは政府の手で進められてきた。その内容が民自党に漏れているようだった。

「四月に宮下内閣でお作りいただいた新総合経済対策の十三兆二千億円がまだ未消化であるうえ、地方負担分が重荷の自治体も出始めています。公共事業を大幅に上積みしても消化し切れないところが出てくるでしょう。それと政権の基本的な考え方として、従来型の公共事業でなく、経済の構造転換を進めるような対策を打ち出したいと思っているんです」

　と総理が説明した。

「総理、われわれの案は従来型の公共事業ではなく、いわゆる新社会資本整備で、これからの日本の飛躍台になるものです。その柱のひとつに挙げてある電線の地中化は、これからの高度情報化時代を切り開くものです。それとこれは補助事業ではない。そのへんはわれわれも充分目配りしています。ところで経済対策を発表したら、税収見積りが出る前に第二次補正の編成作業に入るわけね」

「時期はまだはっきりしません。新総合経済対策の執行もあるので、今年度の税収見積りがまとまってからでもいいのではないかとも思っていますが」

「すると、かなり遅くなるんじゃないですか？　総理、そんなノンビリしたことでいいんですか？」

「大丈夫ですよ。状況によってはどうにでも対応しますよ。この連立は民自党政権時代より、よほど意思決定が早いという評判ですから」

「そうだろうな。強権支配という話もあるし」

橋川はニヤッと笑うように言った。総理が苦笑しながら言った。

「そんなことはまったくありませんよ。それよりも、六兆二千億の所得減税というのは、本当にそんなに要るんですか。しかも三年先行でやったら、民自党案のように消費税を七％に上げたって、追いつかないと思いますけどもね」

「ですから、金融の一段の緩和を打ち出しているんですよ、総理。債務デフレ対策もあるけど、つなぎの国債の利子負担の軽減の狙いもある」

「なるほど」

総理が感心して、橋川がしたり顔をしている。

「民自党としては、七％は絶対譲らないわけですか？　民放のどこかのニュース番組で、緊急アンケート調査をやったら、あまり国民受けがよくなかったようですが」

総理が痛いところを突いた。前日の文化テレビの緊急電話アンケート調査では、民自党案の支持率は、税率と同じ七％にとどまっていたのである。

今度は橋川が苦笑した。また表情と声の調子が変わった。

「正直あれには参っているんだ。三年先行が理解されていないんだなあ」

「ああいう世論調査の結果を拝見すると、政府も五％にしておいてよかったですよ」

総理も笑いながら言った。座が少し和んだようだった。

「ただこれは、われわれとしてはやらせていただくしかないですよ。今更降りられないもの。政府は五％から上には上がってこないつもり？　財部さんも、本当に五％でいいわけ？」

「社民党がいますからね。民自党の七％への逆風を見て、財部さんも納得したと思いますよ」

「そうだろうな。七％論を続けなければならないのは、なかなか辛いものがあるんだなあ。政府の方は、本当に所得減税はやらないの？」

「今は私としては、どっちつかずのことしか言えないですね。これだけ赤字国債の発行残高が累積しているときに、無責任なことは言えませんから」

「あれこれ注文をつけていたわれわれが野党になったんで、大蔵もすっかり自信をつけているみたいねえ」

「いや、理不尽なごり押しがなくなっただけですよ。ところで今度の代表質問は、橋川さんですってね」

「そうなんだよ。今事務方に書かせているけどもね。予算委員会もやれって言われていましてね」

「予算委員会も橋川さんですか。これは手強いですね」

「総理も猛勉強中だとかいう話じゃないですか」

そんなことまで漏れている。秘書官たちが直接言うはずはないから、やはり役所のどこからか漏れているのである。

「日米首脳会談もありますから、今は勉強漬けなんです」

「ＡＰＥＣの非公式首脳会議も行かれるんでしょう。皆総理になると外遊したがるねえ」

「いやあ、外遊はその前が勉強漬けで、結構大変みたいですよ」

「クックスは前任のブレイスより国益志向が強くて、一筋縄ではいかないようですね。通商代表部のカーチスが強硬派ということになっているけど、本当は一番の強硬派はクックス本人らしい。まあ総括協議では数値目標は呑まない方がいい」

「ええ。私も呑むつもりはありません。で、橋川さん、規制緩和要求は何か入っていないのですか？」

「そこに一覧が載っていますよ。山手線内での容積率規制の撤廃と、自社株購入の規制の緩和、化粧品等に対する独禁法の適用除外の見直しなど、十三項目です」

「化粧品は明日の緊急経済対策でもやります。でも十三項目はいかにも少ないですね。もうちょっと何か出して下さいよ」

「総理は規制緩和は御熱心ですからなあ。じゃあ、そのうちわれわれの方でも見直し作業をやりましょう」

「お願いします。まとまったらまたお持ち下さい」

「何だか、応援に来るみたいだなあ」

橋川がまた額に皺を寄せる例の表情で笑いながら立ち上がった。十分の約束がかなり超過していた。

他の参加者も立ち上がったが、橋川政調会長が秘書官室の方に歩きかけると、総理が手招きをして、二人が応接コーナーの脇で立ったままひそひそ話を始めた。橋川が真面目な顔で総理の言葉に耳を傾け、「いやあ。僕じゃないな」などと言っている。しばらく話が続いてから、橋川が「じゃあ」と言い、肩から先に歩くような歩き方で出ていった。

風見は受け取った民自党の緊急経済対策の文書をどうするか、総理に尋ねた。

「尾崎さんに回しておいて下さい」

総理は無関心そうにそう指示した。

橋川政調会長が総理執務室を出た後のことは、夕方のテレビのニュースで知った。記者団に囲まれて中央階段を降りた玄関ホールで、橋川会長が各社の立ち止まりぶらさがりに答えて、

「この景気の岐路の重大な局面で、政府が即効性のある施策を中心とする本格的な財政出動のための一日も早い第二次補正予算も、所得減税も真剣に検討していないことに、率直に抗議の気持ちを述べさせていただきました」

と述べる姿が画面に大きく映し出されていた。

「総理は何と言われていましたか」と司会者が尋ねた。

「第二次補正の期日ははっきりせず、所得減税についても白紙というお話でしたので、これらの点についても強く抗議をさせていただきました」

積極財政の立場に立つ民自党が、政府に対して申し入れを行うとともに、政府の消極姿勢に強く抗議したというのが、ニュースの組み立てだった。

まあ、間違いではないと風見も思った。確かに橋川政調会長は、所得減税と真水で十兆円を超える景気対策の申し入れに来て、政府の姿勢に抗議して帰ったのである。しかしいつものことだったが、ニュースという表の世界の話になると、あらゆるディテールは飛んでいた。

橋川政調会長との立ち話は何だったのかと、午後に風見は総理に尋ねた。

「所得減税について民自党の本音を聞くルートは、あなたでいいんですかと尋ねたんです」

「橋川会長は、何とおっしゃっていましたか？」

「自分は政策責任者で、最初から最後まで民自党の政策の建て前を言う立場にあるから、適任じゃないということでした。まあ、橋川さんはもともと根回しの得意な人でもありませんしね。じゃあ、誰がいいか聞いたんです

が、河崎総裁も林幹事長もほとんど当事者能力をもっていないということで、やっぱり竹中さんと話をつけなければ動かないと言っていました。側近の手嶋さんあたりがいいんじゃないかと、橋川さんは言っていましたがね。風見さんは手嶋さんはご存知ですか？」

「まったく存じ上げません。連立ではやはり市倉書記長がお親しいんでしょうが、ちょっとルートとしてはどうでしょうかね」

「本当にまとめるとなると、私と河崎総裁しかあり得ないことは分かり切ったことです」

「早い段階から、民自党と交渉するというようなことが表に出てもまずいですから、そのへんは慎重にお願いします」

「当分は民自党と話をするつもりはありませんよ」

総理はきっぱりと、粛々とやるという連立の方針を繰り返してみせた。

翌十六日の木曜日は、午後五時から六時まで官邸大ホールで経済対策閣僚会議が開かれ、政府の緊急経済対策が決定された。

柱は規制緩和、円高差益の還元、それに即効性のある景気対策として住宅投資の促進や社会資本整備の推進、中小企業支援などのための財政措置で、金額に換算できないものもあるが、一応金額が示されたものを合計すると総額五兆九千億円の対策であった。規制緩和は、地ビールの育成のためのビール製造免許の基準引き下げ、車検手続きの簡素化、携帯電話の売切制の導入、スーパーなどの開店時での酒類の小売免許の付与、宅地開発促進のための開発規制の緩和、化粧品等独禁法の適用除外となっている一部の品目の価格維持制度の見直しなど九十四項目であった。各大臣を督励して省庁から当初提出させたものに、経済連盟などからの要望事項も加えて大幅に上積みし、これまで掛け声だけでなかなか進まなかった規制緩和の流れを一気に加速するものになっていた。円高差益還元は、最近の円高による輸入品の値下がりの恩恵を国民とも分かち合おうというもので、電気料金二千三百億円の十一月からの引き下げ、航空料金の割引範囲の拡大など公共料金の引き下げが中心である。民間の一般輸入消費財の値下げについては、政府の所管外のことだが、生活関連輸入物資について監督官庁から各業界に値下げの協力要請を行うこととされた。

即効性のある景気対策としての財政措置は、まず住宅投資の促進のための措置として、住宅金融公庫の貸付枠十万戸分二兆五千億円の追加のほか、住宅の取得及びリフォームの促進のための住宅減税が盛り込まれた。社会資本整備は、スロープの設置など公共施設のバリア・フリー化の推進や、美術館の建設など、国民の生活の質の向上のためのものが中心で、地方分を含めて一兆五千億円である。他に災害復旧事業費の追加が四千五百億円、公共用地の先行取得三千億円などが含まれた。税制では、上述の住宅減税のほか、教育支援のための特定扶養控除の引き上げ、流通業などの投資減税、中小企業のリストラ支援など、総額で九百億円の減税が盛り込まれたが、民自党の主張する所得減税は盛り込まれなかった。その他円高に苦しむ中小企業の支援のための融資枠の拡大など、政府系金融機関の融資の拡充も加えられた。

経済対策閣僚会議に出席するため、総理は五時少し前に当番の草野秘書官を伴って執務室を出た。担当の尾崎秘書官のほか、今回は風見も民自党との論戦に備えるために、内閣内政審議室の封筒に入れられて全秘書官に届けられている資料を手にして、総理の一団の後ろから大ホールに赴いた。前日に尾崎が「出る?」と尋ねたときに、「出る」と返事をしておいたので、秘書官席に風見の分も確保されているのである。

大ホールは、表玄関を入って中央階段の右手を奥に進んだところにある官邸で最大のスペースの部屋である。広い空間に高いかまぼこ型の天井が特徴だが、赤に点々と黄色の紋章のような模様が織り込まれた鮮やかで豪華な絨毯、鯉のぼりのうろこのような奇妙な内装で飾られた壁面、楔形の縦長で天井にまで食い込む窓、花びらをかたどった巨大なシャンデリアなど、意匠に富む豪華な造りである。海外からの賓客を迎えての総理主催の晩餐会や午餐会、国民栄誉賞や様々な功労賞の表彰式、オリンピックのメダリストたちや各界の功労者などを招待してのパーティなど多目的に使われていたが、全国知事会など大客間や大食堂では収用し切れない大人数の会議もここで催される。今回の経済対策閣僚会議には、全閣僚のほか、連立与党の責任者会議のメンバーとそれらの党派の政策幹事も出席することになっていたから、会場には大ホールが選ばれた。

総理の一団は、中央階段を降りて大ホールに向かった。大ホールの入口前のスペースは、無地の真っ赤な絨毯が敷き詰められ、そこに太い円柱形の柱がある。それは不思議な装飾のある柱だった。官邸の内装の基調をなす茶色のテラコッタの上に、セメントで造られた古代ローマの戦士の円形の盾のような飾りがいくつも貼り付けられているのである。石造りの野趣と、絨毯やカーテンやシャンデリアの優雅さと華やかさのコンビネーションが官邸の内装の特徴だったが、この柱は古代のモニュメントを想わせるような官邸の野趣味を代表していた。

大ホールに入るときは背中になって見えないが、このスペースの壁には、横山大観の富士山の絵が掛けられている。官邸に数多くある名画の中でも飛び切りの名画で、時代によって場所を変えたが、今はこの場所に落ち着いている。

大ホールの入口には、カメラマンや記者たちがいっぱいに群れている。会議の冒頭の頭撮りと取材のために待機しているのである。その人の群れに開かれた通路を通って大ホールに入ると、広い内部は鮮やかな緑の布を掛けたテーブルがいっぱいにロの字形に並べられ、大勢の出席者がすでに着席していた。テーブルの後ろの壁際に並べられた椅子には、びっしりと各省庁の役人が座っている。

総理の席は、入口から入った右手の中央である。総理の左には官房長官、さらにその左には小村佳江経済企画庁長官が座っている。総理の右隣は羽根副総理で、さらに右は山岡運輸大臣である。風見は、尾崎や草野たちといっしょに総理の後ろの椅子に着席した。着席してから見ると、総理の向かいは社民党の赤木書記長、公正党の市倉書記長など与党責任者会議のメンバーが座っていたが、財部一郎は欠席で、代わりに政務幹事の松崎源三が出席していた。赤木書記長は二十五日の臨時党大会で交代することになっているが、残りの任期の間、全力投球しようという意欲が漲って感じられた。

総理が到着したので、報道陣が入れられた。多数のカメラが、会議前に勢揃いして談笑している参加者たちの様子を撮っている。広いホールは、テレビカメラの照明とスチールカメラのフラッシュが交錯し、モーター・ドライブの甲高い音で満たされた。入口付近には大勢の記者たちが立って、会議前の様子を取材し、メモを取っている。

しばらく取材が続いた後、経済対策閣僚会議が始まった。司会役の小村経済企画庁長官が、予め事務方の用意した議事次第の台本を読み始めた。カメラが一斉に長官に向けられた。

「ただ今から、経済対策閣僚会議を開催致します。本日の議題は、緊急経済対策についてであります。本件につきましては、関係各省庁との打ち合わせのうえ、お手元の資料のとおりまとまりましたので、事務当局より報告させ、ご審議していただきます」

頭撮りはここまでで、報道陣はいったん退出させられた。記者やカメラマンたちがぞろぞろと大ホールを出て行くのを待って、小村長官が再び口を開いた。

「では、緊急経済対策の説明を経済企画庁調整局長から行います」

ロの字形のテーブルの入口に一番近いところに座っていた兼子経済企画庁調整局長が、緊急経済対策の内容について説明した。兼子局長の向かって左には浅川経済企画庁次官、さらにその左には藤村内閣内政審議室長が座っている。説明では「規制緩和」、「規制緩和推進のための措置」、「円高差益の還元」、「財政措置など」、「経済構造改革」の各項目について、それぞれの概要が紹介された。

それが済むと、再び小村長官が発言した。

「事務方からの説明は以上でございます。では、これより今回の対策について、各位のご意見をお聞かせ下さい」

そして次々に大臣を指名して、発言を求めた。

「栗林通商産業大臣、ご発言願います」

と小村長官は言った。それは長官の手元の台本に、

「(経済企画庁長官)

栗林通商産業大臣、ご発言願います」

と書かれているからである。台本には続けて、「栗林通商産業大臣より発言」と書かれている。通産大臣はまた、通産省の役人から与えられた発言要領の原稿を読むのである。

「通産省としましては、規制緩和はわが国経済の構造改革のための喫緊の課題であるという認識のもとに、他省庁との共管分を含め、十六項目を提出させていただきましたが、今後さらに一層の推進に努めてまいりたいと考えております。円高差益の還元につきましては、電力料金と大手三社のガス料金の引き下げ、航空運賃の割引範囲の拡大のほか、輸入消費財につきましても、関係業界に対して文書をもって協力を要請することと致しております。今般の緊急経済対策におきまして、流通業等の投資促進と中小企業のリストラ支援のための税優遇措置について、特段のご配慮を賜りまして、厚く御礼申し上げます。……」

「続いて、海老原建設大臣、ご発言願います」

社民党の海老原建設大臣が手元の原稿を読み始めた。

「今回の対策では、住宅建設の促進を景気回復の柱に位置づけていただきました。住宅金融公庫の貸付枠の大幅な追加、住生活の質の向上のためのリフォームの促進の税制措置など、住宅の量及び質の確保について、特段のご配慮をいただきましたことに対して、厚く御礼を申し上げます。この際、建設省と致しましても、良質な住宅の供給、良好な居住水準の確保と、景気への効果を考慮して、容積率の各種緩和制度の活用の促進を図るとともに、建築資材の基準認証に関わる外国検査データの受け入れ等の規制緩和に努めたところであります。……」

「続いて、伊藤自治大臣、ご発言願います」

伊藤自治大臣が、手元の原稿を読み始めた。

「今回の緊急対策における公共事業の地方負担分は、五千億円となっております。また地方単独事業につきましても、切れ目なく積極的に推進していくことが求められております。しかしながら、バブル崩壊後の税収の低迷は地方において特に深刻で、前政権の新総合経済対策の執行上の負担もあり、地方財政は著しく悪化致しております。自治省としましては、今回の対策の執行のための自治体の起債の承認につきまして、弾力的な運用に努める所存でありますが、その償還のための地方交付税の配分等につきましても、今後特段の配慮をお願い致します。……」

こんな調子でひとわたり各大臣の発言が終わると、続いて連立与党の発言に移った。

「続いて、社民党の赤木書記長、ご発言願います」

その後赤木書記長、米山書記長、財部一郎の代理の松崎政務幹事、市倉書記長、園部代表幹事の順で発言した。

彼らもそれぞれの党のスタッフが作成したか、役人に書かせた原稿を読んだが、棒読み口調の多かった各大臣とは少し違っていた。内容も、今後さらに政府で検討して欲しいと彼らが望む対策の要望が多かった。雇用調整助成金の拡充、特定求職者雇用開発助成金の拡充等の再就職支援システムの整備、一般公共事業の上積みによる地域雇用対策の強化、政府系中小企業金融機関の融資の拡充などが言及された。市倉書記長だけは、そういうことを避けて、構造改革を中心としてわが国経済を抜本から立て直すというこの政権の強い意思を表明することの大切さを説いた。政府と与党の二元論の立場に立たず、一言で「この政権」と言い切ったのも、連立政権の中枢の一角を占める市倉書記長の自負と自信の表れでもあった。

　もうひとつ与党側が言及したのは、緊急経済対策取りまとめの手順であった。赤木書記長は、

「今回の緊急経済対策は、迅速な点は評価致しますが、事前の与党との調整が必ずしも充分ではなかったうらみもあり、今後充分与党とも相談をしていただきたいと、申し上げげさせていただきます」

　と述べ、他にも二、三人が言及した。与党が統一要求をまとめられなかったのが原因だったが、しかし党側には見切り発車した政府に対する不満も燻《くすぶ》っていた。

　与党側が発言し終わったところで、小村長官が台本の次の個所を読んだ。

「貴重なご意見をありがとうございました。緊急経済対策につきましては、原案のとおり決定することとし、私から閣議に報告致したいと思います。それでは、カメラが入りますのでしばらくお待ち下さい」

　報道室のスタッフに誘導されて、再び大勢のカメラマンたちと記者が入場した。準備ができたところで小村長官が発言した。

「それでは、総理からご発言願います」

　最後に総理が立ち上がって締め括りの発言を行った。すべてのカメラが総理に集中し、記者たちがメモを取った。

「今般の緊急経済対策は、このところ再び停滞感の強まっている経済の再活性化を目指すためのものでありますが、その手法としては、一時的な景気刺激のみを主眼とするのではなく、同時に生活者重視とグローバル化に対応するための経済社会の構造改革の推進に資する施策を網羅することに配慮致しました」

　と総理は、用意された挨拶原稿に従って述べ、さらに続けた。

「規制緩和は、市場経済への適合と個人の自発性を尊重する社会の構築を主眼とするとともに、経済のグローバル化に対応するものであります。今回の九十四項目を第一弾として、今後さらに精力的に既存の規制を洗い直し、順次緩和を進めて参りたいと考えております。規制緩和は、決して中長期的な効果のみを目的とするものではなく、現下の経済状況に対する即効的効果も期待できるものと確信致しております。円高差益還元もまた、内外価格差を縮小してわが国経済の活性化に資するうえで、重要な柱となるものと考えております。景気の刺激のための財政措置につきましては、波及効果と国民の生活の質

の改善という観点から住宅を中心とし、また社会資本の整備にあたっても、公共施設のバリア・フリー化の推進など、これからの公共施設整備のあるべき方向を示す諸施策に重点的に資金を配分することと致しました。政府としましては、今回の緊急対策により、当面の景気の停滞状況が克服されるとともに、わが国の経済が安定した持続的成長の道に復することを期するものであります」

総理は最後に、政権発足直後に取りまとめを指示してわずか一ヵ月足らずで緊急経済対策がまとめられたことに対して、関係者に謝意を表明した。

「今回の対策は、明日からの臨時国会に政府が提出を予定していますわが国の構造改革のための諸法案と一体となって、日本の再生に貢献するものであると確信致しております。一ヵ月足らずという短い期間に、充実した内容の対策を取りまとめて下さいました関係各位に厚くお礼を申し上げます」

こうして経済対策閣僚会議は終わった。小村長官が終了を宣告すると、まず総理が立ち上がった。どんな会議でも、終わると最初に総理が退出するのである。総理は引き続き記者会見に臨むことになっていたが、いったん執務室に戻った。風見も総理の一団に付いて大ホールを後にした。

全閣僚と与党の代表者が官邸大ホールに集まり、大勢の役人たちの見守るなか、あらかじめ用意された台本に従って順番に原稿を読んで終わった経済対策閣僚会議の様子は、風見にこの国の政策決定システムについて考えさせた。

官僚がすべてを用意して、政治家は与えられた原稿を読むだけという批判は当たっていない。風見は経済担当ではないから、取りまとめのプロセスの逐一を見ているわけではないが、総理は内閣発足直後に秘書官たちと政策課題について検討したことを基本にして、閣僚懇談会で自分の構想について語り、小村経済企画庁長官をはじめ各閣僚にも指示して計画をまとめていったのである。具体化の過程では浜野副長官や藤村室長にも指示を出し、また尾崎秘書官や草野秘書官を通じて各省にも意向を伝えていったはずである。特に大きかったのは自分たちの権限の喪失につながる規制緩和に消極的な各省を何度も督励してリストの上積みを図り、あるいはできるだけ小出しで済ませようとする大蔵に指示して額を膨らませていったことである。総理と総理に協力した各閣僚の指導性は明らかで、今回の緊急経済対策が官僚の作文というのは、当たっていない。

風見が痛感したことは、もっと根源的な日本の政策決定システムのことだった。なぜ日本では、例えばホワイトハウスのオーバル・ルームに大統領のほか財務長官や商務長官、労働長官、通商代表部代表、経済担当大統領補佐官、経済諮問委員長などが一堂に集まり、それぞれの意見を述べ、その場で大統領が判断して計画が決定されるというようなことが行われないのだろう。あるいはなぜダウニング街十番地の首相官邸の閣議室で、閣僚たちが口角泡を飛ばすような議論を繰り広げ、首相が最終決断をするというようなことが行われないのだろう。日本では最後に全員が集まるときは、先刻の大ホールでの経済対策閣僚会議のように、出席者が順番に原稿を読み上げ、司会者が「原案のとおり決定することとし」と述べるだけだった。

結局日本では、ピラミッドの底辺まで含めた組織全体のコンセンサスが形成された後でなければ、何事も決まらないということだった。大臣たちは官僚機構と相談し、しぶしぶであろうと彼らの同意を取り付けなければ何も動かなかった。官僚はまた部下の同意を得なければ何もできなかったし、部下はさらにその部下や業界団体の同意を得なければ動けなかった。もっと難しかったのが、組織と組織との間での合意だった。要するに情報と専門性や技術、権限が分散し、全体の合意のためには、それに先立って小グループ間での合意の積み重ねが必要だった。そして合意が得られれば、残っているのはこの日の経済対策閣僚会議のようにセレモニーだけだった。総理はそんな日本の意思決定システムに挑戦していたが、しかし総理といえども強固に根づいたこのシステムは、一朝一夕には変えられなかった。

風見に強い印象を残したもうひとつは、経済対策閣僚会議での大臣たちの発言だった。それは事務方の各省庁の役人が書いたものだったが、そこにはある共通のパターンがあった。まず自分の省庁がいかに努力したかを訴え、一方で他省庁の配慮に感謝し、さらに今後の一層の協力や配慮を要請するのである。配慮や協力をしてくれた相手、従って感謝や今後の要請の対象は、よく聞いてみると財政当局、つまり大蔵省主計局のことであった。何度も繰り返された「厚く御礼申し上げます」とか「特段の配慮をお願いします」という言葉は、要するに大蔵省主計局に対して向けられているのだった。

風見は、大蔵省主計局について、「どんな予算をつけても、終わったら、どうもありがとうございましたと言われる役所」と述べた草野秘書官の言葉を思い出した。日本における主計局支配の真骨頂を、この日の経済対策閣僚会議でまざまざと見たように風見は思った。

六時十分からの緊急経済対策に関する記者会見が済むと、総理は執務室に戻ったが、秘書官たちとの翌日のスケジュールの打ち合わせが終わっても、しばらく執務室に残った。その間風見が一足先に公邸に赴き、すでに到着しているはずの現代総研の加治木部長や日本再編計画研究プロジェクトの神代教授らの相手をすることになっていたからである。

出席者たちを秘密裏に公邸に入れるために、風見はハイヤーを近くのホテルの駐車場に手配していた。総理が官邸にいる限り、公邸の番小屋はカラだから、その車で公邸に入ってもらったのである。猪瀬と下山には、官邸表門から警備の警察官に公邸の目方秘書に面会だと言って入るように指示し、表門から公邸の玄関への行き方はファックスで送ってあった。

公邸にいくと、目方秘書が「お見えになられています」と告げた。三津橋秘書が「お食事はもうお出ししてよろしいですか？」と尋ねたので、風見は出すように指示した。

第三応接に入ると、加治木部長以下一行六人がテーブルに着席していた。

「わざわざお越しをいただきまして。総理も程なくお見えになられますので、しばらくお待ち下さい」

挨拶をしてから、風見は人々の席の配置を指示した。

程なくホテル・ミレニアムのレストラン四季から取り寄せた和食弁当が出された。その直後に廊下に人々の気配がして、総理が戻ったようだった。「お疲れさま」という声が聞き取れたのは、当番の草野秘書官を労ったのだろう。第三応接のドアが開いて、総理が姿を現した。風見は草野秘書官が事態に気づかないか気になったが、総理が公邸に戻るなり応接室に入ることはよくあったから、直接目撃されない限り草野秘書官といえどもそこまで勘ぐることはないだろう。

全員が立ち上がった。

「これは、これは。お待たせしまして」

「ご無沙汰致しております。総理ご就任の際にはお祝いも申し上げませんで」

神代教授が長軀を折って、白髪混じりの頭を深々と下げた。

「行革推進審のときは、お世話になりました。今回も神代先生にご出馬いただけると聞いて、大船に乗ったつもりでおります」

「滅相もございませんが、できることは喜んでお手伝いさせていただきます」

風見が出席者を紹介し、それから食事をした。

「激務と聞いておりますが、大変でございましょうね」

旧知の強みで、食事中も神代教授がまず話しかけた。

「今も緊急経済対策の記者会見をやってきました。ようやくまとめましたが、景気がどう反応してくれますか。民自党はどうせ規模が足りないと言うでしょうし。明日臨時国会が召集されますが、所得減税をめぐって激突ということになるかもしれません」

「国連総会にもいらっしゃるのですね？」

「二十五日に出発しますが、総会演説と日米首脳会談だけでとんぼ返りです。帰ったら予算委員会で、引き続き税制改革特別委員会です。ウルグアイ・ラウンドの決着も迫っていますし、よく皆さんに申し上げるのですが、大波小波です」


食事が終わると、風見が司会をしてまず加治木部長に日本再編計画の研究プロジェクトの体制と手順を説明してもらい、それから内容に入った。ここでも風見が議論を誘導した。

「ポイントは、七から十一の道州、三百の基礎自治体ということで、よろしいのでしょうか？　無論道州の基本コンセプトを描き、どのような権限を配分するかという作業はありますが」

「結構です。ただ憲法の枠内でお願いします。私自身は、護憲的改憲ということを言っていますが、内閣として憲法改正を持ち出す状況にはありませんから」

熊谷教授が自分の意見を述べた。

「私は憲法の枠内でもかなりのことが可能だと思っています。少なくとも、機関委任事務は廃止すべきです。国と地方の関係は、あくまでも役割分担で、支配と従属の関係ではないということで考えさせていただいてよろしいですか？」

「結構です。それでお願いします。私は、地方自治法なんか廃止してもいいと思っているんです。あれは地方自治を保障する法律ではなく、地方を縛る法律ですから。地方議会での傍聴人の取り締まりから、監査委員の退職の仕方、物品管理のやり方まで、国が法律で一律に縛る理由なんてありませんよ。自治は、任せてこそ自治なんです」

「地方が、任せられてもどうしていいか分からないと言うから書くんでしょうね。まあ、地方自治は育ちませんね」

と神代教授が口をはさんだ。熊谷教授が続けた。

「私も地方自治法はいらないと思います。自治体編成法と国と自治体の関係を規律する法律の二つがあれば充分ですね」

「それはぜひ打ち出して下さい。国・自治体関係法では、国と自治体の間での権限と事務の配分についても、基本的な考え方とともに、国から州と市町村に委譲するものの具体例を書いてください」

「はい」

「七にしましても十一にしましても、道州になって、その下は将来的には三百の市町村だとしますと、現在の四十七の知事の大半は失業するわけです。いかに地方分権と言いましても、知事たちが自分たちの行き場がないとなると、なかなか進まないと思われるのですが、その点はいかが致しましょう」

と加治木部長が尋ねた。きわめて本質的な疑問点だった。

「経過措置が必要かもしれませんね。新たに設けられる州知事は、公選によるのでしょうが、経過的に現在の都府県の区域を管轄する副知事とか知事補というようなポストを置いて、現在の知事が任命されるようにするとか。その点はひとつ検討してみて下さい」

風見が疑問を呈した。

「総理。州知事は公選ですか？　全国を七つの道州に分けてその知事が公選だと、その七人の知事が結束したりすると、総理大臣より強大な存在になるかもしれませんね。ドイツでは連邦も州も議院内閣制で揃えてありますが、ドイツ式のシステムは考えられませんか？」

神代教授が頷きながら、総理に尋ねた。

「総理のお考えは、住民に近い基礎自治体を規模を拡大して強化し、州及び国は補完原理に徹するというものでしたね」

「そうです」

「そうしますと、公選の知事を戴く州は、やはり強大になり過ぎるのではないでしょうか。州内の市町村長が州知事を選挙するということにすれば、権力の源泉は市町村ということになり、より総理のご趣旨が生かされるのではないでしょうか」

「なるほど。それは妙案かもしれませんね。州は市町村の後見役ないし調整役という役割に徹する意味でも、直接の権力基盤をもたせない方がいいというのは、なるほど一理ありますね」

総理も同意してそれが結論になった。

次に問題になったのは、州の区域の設定方法、市町村合併の進め方と期間などで、様々な意見が出たが、総理が集約して指示した。

「州の区域は、国に審議会を設置してその答申によって法律で定めることにしましょう。市町村については市町村側の自発的な合併によるしかないでしょうが、移行まで何段階かに分けた長期計画が必要ですね。細部は結構ですから、第一段階、第二段階というように、段階分けした移行手順の概要を考えてみて下さい。その間に関係者の行き場所も決まるでしょう。移行が終わるまで、長期間を要するのは当然ですが、長過ぎても間延びします。最長十年くらいで検討してみていただけますか」

「分かりました」

話は財政に移った。総理が基本的な考えを述べた。

「現在は国が財政収入を確保して、これを補助金や地方交付税交付金で地方にばら撒くことで地方を従属させているわけですから、この仕組みを改めることが基本ですね。地方に大幅な課税自主権と税率決定権を与える必要があります。しかしまったく無制限にというわけにもいかないでしょうから、国が基本的な枠組みを作って、その枠内で地方が自主性を発揮するというようにして下さい」

「はい」

「それから既存の税目、所得税や法人税、固定資産税などの税収を国と州、市町村でどのように配分するか、地方に引き渡すべき税目はないか、洗い直してみて下さい」

「承知しましたが、消費税はどうしましょう」

「諸外国ではどうなっていますか?」

「アメリカのセールス・タックスは州税、ヨーロッパの付加価値税は国税ですが、連邦国家では国税と州税両方ということもあります」

「消費税を地方税にすると、税率の引き下げ競争が起きるでしょうね。それと消費水準に影響を及ぼしますから、地方によって差があると問題が大きいかもしれませんね。国税の方が良いような気もしますが、経済学的な観点からもよく検討してみて下さい」

「はい、やってみます。それと自治体による財政状況の調整のための仕組みが必要ですね。国の後見と基金などによる州ないし市町村の共助の仕組みが考えられますが、いかが致しましょう?」

「最終的には国の後見をはずすことはできないでしょうが、最初から国が関与しない仕組みを考えて下さい。それと自治体が自分のところの税金を安くして、すぐ調整システムに頼るというモラル・ハザードが起きないように工夫してみていただけますか」

「分かりました」

　議論が一巡したところで、総理が日本再編計画を実現した場合どの程度の効果があるか、シミュレーションができないかと言い出した。

「例えばGDPがこれだけ増えるとか、……いや、逆の方がいいでしょうね。日本再編計画をやらなければ、将来十年とか二十年にわたって、GDPでこれだけ損をするという試算の方が、インパクトがあるでしょうね。そういうことは可能ですか?」

「いくつかの前提を置けば、マクロでのシミュレーションは、技術的には可能でしょうね。そのへんは現代総研さんのお得意なところだと思いますが」

　と陣内教授が言った。話を向けられた加治木部長がちょっと困った顔をしながら、猪瀬に尋ねた。

「どうかね、猪瀬君」

「鯉川さんや柴山君に手伝っていただけるなら、あくまで目安の数字ということで何とかできるのではないかと思いますが」

「もちろん目安で結構です」

　総理が促すように言った。

「正確さを求められると困りますが、あくまで目安でよろしいということであれば、やってみますが」

「お手数をおかけして恐縮ですが、ぜひお願いします」

　最後に風見がスケジュールと、でき上がった日本再編計画の使い方について総理に確認した。

「先生方にはご努力をお願いしますが、相当の作業を要するプロジェクトですから、年内いっぱいはかかると思われますが、総理、そんなスケジュールでよろしいでしょうか」

「ご無理は申しませんが、できるだけ早くまとめていただけますか。しかし、年内いっぱいはやむを得ないでしょう。国会の進み方を見ながら風見秘書官を通じて連絡を取らせていただきますが、状況によってまとまったところまでお出しいただくことになるかもしれません」

「それと、でき上がったものは、どのような形で表に出ることになりましょうか。未定ということだと思いますが、一応先生方にご了解をいただいておかれてはいかがでしょうか」

「そうですね。私の案ということで最初から完成品を全部出してしまうと、その後がスムースにいかないと思います。少しずつ滲ませていくか、場合によっては誰か他の人にどこかで打ち上げてもらうことになるかもしれません。せっかくおまとめいただいても、ストレートな形では表に出せないかもしれませんので、その点はご理解いただきたいと思います」

「それはもう、政治でございますから、総理のお使いになられやすいようにお使い下さい。われわれの方はいずれにしても、総理のお役に立てればということで努力させていただきます」

「ありがとうございます。無論先生方には、何らかの形で表に出た後は、ぜひ雑誌やテレビなどで援護射撃をお願いします」

全員が頷いた。打ち合わせは終わった。総理は風見に、

「牧本秘書官との打ち合わせは、書斎でやりますから、その間に先生方にお帰りいただいて下さい」

と指示し、参加者に礼を述べて退出した。

風見は牧本秘書官が総理の書斎に入ったのを確認してから、猪瀬と下山には、公邸の玄関から出て公邸番の記者には「目方秘書と会って来た」と答えるように言い、次に携帯電話で運転手に待機場所を指示して、誰にも見つからないように他の参加者たちを車まで送って出た。


政府と民自党の双方の準備が整って、九月十七日の臨時国会の召集日を迎えた。開会式も所信表明演説もない静かな召集日だった。

天皇皇后が訪欧中で、十八日の土曜日まで帰国しなかったから、当初連立は天皇の臨席を仰ぐ開会式は後回しにして、召集日に総理の所信表明演説を済ませるつもりであった。しかし民自党が強硬に反対した。明治二十三年の日本の議会政治の開始以来、戦前はもとより戦後に限っても、開会式前に所信表明演説を行った例はないというのである。はじめは「責任野党として、協力すべきは協力する」とか、「われわれも国会運営では苦労してきた。あまりやかましいことは言わないから」と言って

いた民自党は、この頃になると、かつての野党どころでない重箱の隅を突っつくような細かな話を次々と持ち出していた。いつの間にか、自らの呼び名は「責任野党」から「最強野党」に変わっていた。それは多分、予想を超える宗像内閣の高支持率に直面したからでもある。

連立与党内では、議院運営委員会での採決という強行論も台頭した。天皇は十八日に帰国するが、二十日の月曜日には、前日来日するアルゼンチンのメナン大統領夫妻の歓迎の宮中行事が立て込んでいるから、多分開会式は二十一日以降にならざるを得なかった。二十三日の木曜日が秋分の日だし、二十五日からは国連総会への出席と日米首脳会談で総理は訪米し、帰国は二十八日になる。玉突き式に日程が遅れていくのである。

民自党の強硬な抵抗と、採決すれば連立が勝つという現実の前で、妥協が成立した。十七日は召集と議席、会期決定などの院の構成、それに政府の日本構造改革プラン関連法案の国会提出のみ。開会式は二十一日火曜日の午後二時からで、三時から衆議院本会議、四時から参議院本会議で所信表明演説、二十二日の午後に衆議院で代表質問、二十四日の午後に参議院で代表質問、そして予算委員会は総理の帰国後ということになった。通常は衆参合わせて三日間の代表質問を、午後をフルに使ってやる代わりに二日間に短縮したことと、所信表明演説と代表質問との間に日を置かないことで、かろうじて総理の訪米前に代表質問を済ますという当初の目的は達成したものの、しかしこの先の長い国会審議の道程が案じられた。

召集日には、政府与党最高首脳会議が初めて院内で開かれた。正午少し前に総理は風見を伴って官邸を出、衆議院南門を通って国会構内に入り、衆議院正玄関車寄せで総理車を降りて、議事堂本館内に入った。

正玄関には壁面いっぱいに衆議院の全議員の名前が掲げられていて、登院するとボタンを押してランプを点けるようになっている。総理はカメラのフラッシュのなか自分でそのボタンを押してから、衛視たちがドアを開けて待機していたホールの古めかしくスピードの遅いエレベーターで二階に上がり、そこから徒歩で議事堂の西側の院内総理大臣室まで行った。官邸より長い道程のぶらさがりに付いたのは、風見の知らない記者だった。

「いよいよ臨時国会が始まりますが、決意のほどはいかがですか」

「準備は万全です。本日の閣議で日本構造改革プランの諸法律案を閣議決定し、直ちに国会に提出させていただきました。後は一日も早く成立させていただきたい気持ちでいっぱいですね」

「民自党が反対して、税制改革特別委員会の設置が決まらないようですが」

連立与党は日本構造改革プランの諸法案のうち、消費税法改正案をはじめとする税制改革関連法案は、税制改革特別委員会を設置して、そこに付託するものと考えていた。残りの情報公開法案とＮＰＯ法案は、常任委員会である内閣委員会に付託するつもりだった。しかし民自党は、「連立側が日本構造改革プランのパッケージと宣伝している以上、構造改革特別委員会を設置して、情報公開法案もＮＰＯ法案も含めて、全部を同特別委員会に付託すべきだ」と主張していた。議院運営委員会の理事懇談会での協議が繰り返されたが、民自党に労働者党も同調して、召集日当日になっても決着していなかった。

民自党の魂胆は明白だった。ひとつの委員会で、今日は情報公開法案、明日はＮＰＯ法案と長々と審議を続け、税制改革関連法案がすんなりと通らないようにしようというのである。

「これまでは与党の方からひとつの委員会でやってくれと頼んだものだ。それを野党のわれわれの方から言わせるなんて、この政権は一体何を考えているんだ」

と民自党は居丈高な態度を変えなかった。確かにこれまでは、この種のものは与党の方が同一の委員会でやりたがったのは事実である。ばらばらだとエネルギーが分散し、どこかの委員会で強行採決をすると、他の委員会が止まり、全部の法案を仕上げるのに余計に手間がかかることになるからである。欧米のように法案を逐条的に議論せず、関連法案の一括審査という簡便な方法を採用している日本の国会では、ひとつの委員会に何本法案が付託されようと、まったくと言っていいほど影響はない。

しかし表向きひとつのパッケージと宣伝しているものの、今回はひとつの委員会で一括審査をするには、法案の性格の違いが大き過ぎた。過日の記者会見で、日本産業新聞の記者から「ゴッタ煮」と評されたような要素は確かに否定できなかった。もしすべてがひとつの委員会に付託されると、当然民自党と労働者党は、各法案ごとの分離審査を要求するだろう。しかも与野党の対立点の少ない情報公開法案とＮＰＯ法案の審査から始めようと主張し、なおかつ重箱の隅を突っつくような議論をして、容易には通さないだろう。後ろに控えている肝心の税制改革関連法案は、前の法案がつかえているお陰で「寝る」ことになる。国会用語でいういわゆる「まくら」である。政権側としては、情報公開法案とＮＰＯ法案は民自党も体を張ってまで成立を阻止するというようなものではなかったから、別の委員会に付託しても、税制改革関連法案よりも先に委員会を通過するという見通しをもっていた。だから対決法案となる税制改革関連法案だけを特別委員会でやろうと考えていたし、それが本来の国会の仕組みにも適《かな》っているはずだった。

「国会運営のことですから、政府としては与党にお任せしています」

と総理は答えた。この種の質問に対する定番の答えである。

「与党には議運での採決論も浮上していますが」

「ですから、与党にお任せしています」

「いきなり強行突破では、宗像内閣の評判に傷がつくとはお考えになりませんか」

しつこいやつだと風見も思った。風見は総理の左後ろに付いているから、総理の左横の記者はすぐ目の前にいる。その記者が長身の総理と張り合うかのように、姿勢も気持ちも背伸びして聞いているのが、目障りだった。いずれにしても三権分立なのだから、総理としては与党に任せるとしか言いようがないのは分かり切った話だ。歴代総理のなかには、こういう場合には返事をしなかったり、君はどこの記者かね、小学校ではちゃんと勉強したのかね、などと辛辣な答えを返す総理もいた。しかし相手の記者は、世間体に敏感な宗像総理はそういうことはしないと甘く見ている。

「国会の判断で、国会法と衆議院規則に従った解決がなされるのではありませんか。それで行政府の宗像内閣の評判に傷が付くとは考えていませんが」

少し考えてから総理がゆっくりとそう答える間に、院内総理大臣室に着いた。衛視がドアを開け、総理と風見が室内に入った。院内を総理が歩くときは、衛視やＳＰや新聞記者など大勢の人間が付くが、総理室に入ることができるのは総理本人と秘書官だけである。

「しつこい記者ですね」

部屋に入ってから風見が言った。

「本当に、堪らんですねえ」

総理がめずらしくぞんざいな言い方をした。

「でも院内に来ると、あの手の質問ばかりです。国会が緊迫するたびにしつこく聞かれます。ご覚悟下さい」

風見が言うと、総理は風見の方を向いてニヤッと笑った。

程なく院内閣議室との境のドアがノックされた。開けると報道室の柏木専門官で、「お揃いです」と告げた。

風見が付いて総理は閣議室を通り、その隣の院内大臣室に赴いた。大勢の報道陣の間を抜けて総理は、正面中央の席についた。

院内大臣室は国会開会中に院内で閣議を開く場合の頭撮りにも使われるが、官邸の閣僚応接室よりよほど広く、天井も高い。官邸閣僚応接室が、絨毯にしてもカーテンにしても色彩に富み絢爛としているのに対して、この部屋は重厚である。正面の総理や羽根副総理、山岡大臣たちの背後は、真鍮の唐草模様の窓枠の大きなガラス窓で、庭の木々の茂りが望まれる。その窓を縁取って、海老茶色のカーテンが左右に引かれている。壁は濃いチョコレート色の板張りであるが、椅子が豪華である。緑色の地に萌黄《もえぎ》色の草の模様が入っている大型の椅子である。それが室内にコの字形に配置され、椅子の前には木製の小さなテーブルが置かれている。風見は出席者たちの椅子の背後に回って頭撮りの様子を見守った。

出席者たちはカメラのライトを浴びてしばらく談笑してから、総理を先頭に隣の院内閣議室に移った。

院内閣議室ではロの字形に並べたテーブルに鮮やかな濃いブルーの布が掛けられているが、食事のときはさらに白いクロスがかけられる。その席で全員が食事をした。この日は洋食で、官邸のボーイたちが出向いてきて給仕をした。食事中の最初の話題は、昨日の緊急経済対策の総理の記者会見だった。パネルを使ったのがよかったと人々は褒めた。この日の朝刊は全紙が、パネルを使って説明する総理の写真を掲載していた。

「カラーにしたかったのですが、とても間に合わないということで、白黒で我慢しました」

と総理が言った。市倉書記長が尋ねた。

「外遊の日程は固まりましたか?」

「大体固まりました。国連総会のことはすでにお話ししていますが、十一月のシアトルのAPECは土曜日に会議です。金曜の夜に出て、金曜の朝着いて、土曜の朝にクックスや韓国大統領と会談します。カナダから、バンクーバーまで来てくれないかと言ってきています。クレメインタイン首相がバンクーバーの出身だそうです。そこまで行くと、日曜日中に帰ってこれるか分からないのです。国会は月曜日にも審議があるでしょうから」

「民自党も、国会運営のことはあまり言わないと言っていたのに、今じゃ総理がいなければ審議は一切なしという調子ですからなあ」

食事が終わると、三国官房長官が口を切った。

「それでは、いよいよ臨時国会も召集となりました。エー、開会中は最高首脳会議はこの場で開く場合と官邸で開く場合がございます。その都度ご連絡致しますので、お間違いのないようにお願いします。政府の方は本日の閣議で日本構造改革プランの諸法案を決定し、国会に提出させていただきましたので、担当大臣の方から各法案の概要について簡単にご説明いただきます」

石川浩一郎総務庁長官が情報公開法案とNPO法案について、武藤昌義大蔵大臣が税制改革関連法案について説明したが、全員耳にたこができるほど聞いていることだから、説明はごく手短に済まされた。終わると市倉書記長が発言した。

「役所のなかには、情報公開法案について、密かに民自党に廃案や修正を働きかけている者がいるという噂がありますが、真偽のほどはいかがでしょうか？」

「本当かい？」

「いや、私も耳にした」

「けしからん」

「本当なら大変なことだ」

参加者たちが口々に言った。園部代表幹事が尋ねた。

「役人たちの間で、何か異論の残っている点はあるのですか？」

それには石川長官が答えた。

「政府部内で充分議論を致しまして、各省納得のうえですから、そういうことはないと確信しますが、強いて言えば施行が再来年の四月になっているのを、準備にもう一年欲しいというのがひとつ。もうひとつは、非公開処分に不服がある場合の行政訴訟の管轄裁判所を、請求者の住所地の高等裁判所としていますが、裁判のたびに出掛けていくのは大変だから、東京高等裁判所か少なくとも被請求機関の所在地の高等裁判所にして欲しいという点が、まあ最後まで揉めたといえば揉めました。しかしそれも最終的に各省とも納得したわけですから、ご指摘のようなことはないと確信します」

「それらの点、特に施行期日はですねェ、本当に民自党が要求し、それでスムースに法案が成立するなら、マア妥協の余地はないことはないと思うんだが、しかし役人が陰で動いているとなると、放置できないですなあ」

と中道党の米山書記長が、持ち前の低音で言った。

「見つけたら、辞表を出させるくらいのことをしないと。甘い態度をみせたら、民自党と違って連立は手緩《てぬる》いということで、この先何をやられるか分からない」

「場合によっては、踏み絵を踏ますくらいのことはやらないと。役所と民自党の癒着が断ち切れていない。連立に対する忠誠心を試さないと」

与党側の人々が同調した。政府側は沈黙していた。それまで黙っていた財部一郎が発言した。

「別にわれわれに味方しろというのではない。その時々の政権に忠実な官僚システムを作らなければ、これからの日本はやっていけなくなる」

赤木書記長が引き取った。

「それではひとつ、政府の方でしかるべき対応を取っていただくということで」

「閣僚懇談会で、官房長官から各閣僚に注意していただくようにしましょう。与党も目を光らせているということで。皆さん方も、厳しい監視をお願いします」

総理が官房長官に指示して、この件は落着した。官房長官が続けて言った。

「それでは、与党側から国会の状況についてお願いします」

赤木書記長が発言項目のメモを見ながら言った。

「当面の国会日程については、ご承知のとおりです。予算委員会は、総理が国連総会から帰国されてからということだけで、日取りは決まっていません。税制改革特別委員会は、さらにその後ということになります。民自党には早く法案をまとめるように要請していますが、何だかんだと先延ばししています」

「特別委員会の設置の方は、どうなりますか」

羽根副総理が尋ねたので、赤木書記長はそちらに顔を上げて答えた。

「民自党が構造改革特別委員会に一本化するように要求して、労働者党が同調しています。連立としては、この点は譲りません。本日の本会議は議席の指定と会期の決定だけで、税制改革特別委員会をはじめ特別委員会の設置は来週の火曜日の本会議に回してあります。それまでに決着させます」

「あまり長引かせない方がいいですな。抵抗されているという様子が何度も記事に出て、露出度が高まるのは避けた方がいい」

国会対策委員長と書記長の経験のある宮島厚生大臣が言い、赤木書記長が答えた。

「大丈夫です。遅くとも火曜日の議運では採決します」

「何だか、与党になった実感が湧いてきたなあ」

万年野党だった社民党の伊藤自治大臣が言って、出席者たちがドッと笑った。総理も笑っている。それから真面目になって言った。

「ここに来るときのぶらさがりで、いきなり強行突破では、宗像内閣の評判に傷がつかないかと記者に尋ねられました」

「けしからん記者ですな。どこの社ですか?」

「合同通信だと思います。与党にお任せしていますが、国会法、衆議院規則に基づいてやることになるでしょう、と答えておきました」

「マスコミというのは、われわれがちょっと毅然とした態度を見せるとすぐ強行だと騒ぎ立て、逆に融和的な態度に出ると、野党ペースとか与党の顔が見えないと書くものです。マスコミにちょうどいい国会運営などありませんよ」

「そうそう。民自党も最強野党だなんて言っているんだから、われわれも最強与党くらいのつもりでやらないと」

民自党に通じている役人がいると指摘されたときと違って、今度は大臣たちも威勢が良かった。総理が向かいの席に座っている責任者会議の座長の赤木書記長を見ながら言った。

「いずれにしても、国会運営のことは与党にお任せするしかありませんので、よろしくお願いします」

「総理からお任せをいただいたということで、特別委員会の設置に限らず、今国会の運営全般について、責任者会議の方でただ今皆さん方からご指摘いただいた方向でやらせていただきます」

と赤木書記長が請け合った。「賛成」、「異議なし」という声があがった。

次いで武藤大蔵大臣が発言した。

「今日の記者会見で、消費税法案で民自党と妥協するのかと聞かれましたので、一般論としては合意形成に努めるが、六兆二千億円の恒久減税などはこの財政状況では不可能な話で、あくまでも政府案がベストと答えておきました」

「しかし所得減税の要求は、なかなか難物です。エコノミストたちが言い出し、財界でも労働界でも同調する声が強まっています。今政権としては緊急経済対策を打ち出したばかりですから、やるとは言えないが、景気の動向次第ではいずれ無視できなくなってくるかもしれない」

と市倉書記長が懸念を表明した。

「私も今日の記者会見で、所得減税の見通しを聞かれました。やはり政府として緊急経済対策をまとめたばかりで、その効果を見守りたいと言っておきました」

そう言ったのは、伊藤自治大臣だった。中道党委員長の宮島厚生大臣が続けた。

「私も聞かれましたので、厚生省としては消費税の引き上げは、二十一世紀の社会保障システムの整備のための財源と理解しており、所得減税に使われることは認められないと言っておきました」

この日は閣議の日である。大臣たちは閣議終了後それぞれのクラブの記者たちを相手に記者会見をするから、蔵相や厚相らは銘々の記者会見の様子について語ったのである。

市倉書記長が、考えを整理しながら言うときによく見せる、自分で頷きながらひと言ひと言嚙んで含めるような口調になって言った。広い額にきちんと髪を分け、眼鏡を掛けた書記長の発言はいつも鋭く、カミソリのようである。

「景気対策として所得減税が必要かどうかという問題と、宮下内閣崩壊の原因となった年金や医療保険整備の財源問題が混同されています。民自党が故意に混同させているのです。後者の問題、つまり社会保障システムの整備のための財源の問題には民自党は答えていない。この問題に答えているのは、連立の案だけです。だからこの問題に関する限り、妥協はあり得ない。しかし逆に景気対策としての所得減税が必要かどうかの問題には、連立はまだ答えを出していない。出していないというだけで、拒否するとは言っていないのだから、場合によっては妥協もあり得る」

きわめて論理的な整理の仕方だと風見も思った。このロジックは、総理答弁にも使えると思われた。しかし財部一郎が反論した。

「ふたつの問題を混同してはいけないというのは、そのとおりだが、所得減税については妥協の余地ありという態度は見せない方がいいでしょう。ふたつは新たな消費税率をいくらにするかという点で連動しているのだし、所詮この国会の攻防は現行の三%の消費税率を何パーセントにするかにあるのです。私は七%でも八%でも構わないが、社民党が五％より上は認められないという覚悟でい五％を突破されればわれわれの負けだ、という以上、かなければならない。赤木さん、社民党は所得減税を上乗せするなら六％、七％というのは、呑めるのですか？」

「それは困ります。消費税は所得税に比べて逆進性が強く好ましくないというのが社民党の立場ですから、消費税を財源とする所得減税はわれわれの党是に反します。われわれとしては、景気対策なら、時限的に消費税を二％とか一％とかに引き下げる方が効果があるという考えです」

「引き下げの問題は与党ですでにやった議論の蒸し返しになるから、しないことにしましょう。いずれにしても、赤木書記長の今の発言からも明らかなように、われわれとしては原案を粛々とというすでに確認した立場を貫くしかない」

財部の発言ぶりは自信に満ちていた。財部が総理との間で確認した消費税を財源とする時限的な所得減税を法律の附則に書くという落とし所を、この日口にしなかったのは、落とし所は最後まで取っておいてこそ落とし所になるからだった。今そのアイデアを話したら、この顔ぶれでは夜回りの記者に自慢げに洩らす者が必ず出ると思わなければならない。そうなれば、民自党が必ず次の手を打ってくることになる。

財部が落とし所に触れなかったもうひとつの理由は、社民党の了解が得られていなかったからである。減税なら、所得税や県民税、市町村民税などの所得減税ではなく、消費税でという社民党の主張は、財部一郎の考える落とし所に到達するうえでの今ひとつの障害だった。しかし時間はまだ十分にあった。

「本日は召集日で、この後各会派の議員総会が予定されておりますので、そろそろ終わりにしたいと存じますが」

時間を気にしながら、三国官房長官が言った。

「とにかく審議もまだ始まっていないのだから、今後の対応は状況に応じて随時検討するということで、当面はすでに合意している原案を粛々とということで意思統一をしておくということでいいのではないですか」

と園部代表幹事が言った。個性派揃いの責任者のなかでは、概して園部が一番まっとうな、従って結論になりやすいことを言う。出席者全員が口々に「賛成」、「結構です」と応じた。最後に総理が、

「開会中は何かとご尽力いただくことになりますが、何卒よろしくお願い致します」

と挨拶し、十二時三十三分にこの日の最高首脳会議は終了した。

三十分からは、官房長官も触れていたように、各会派の議員総会が一斉に開かれていた。総理と官房長官、それに武藤蔵相と園部代表幹事、鶴井副長官は揃って、民主改革新党と新党改革の風の統一会派の議員総会の会場である同派の控え室に赴いた。特別国会の首班指名の夜にも顔を出したあの控え室である。盛大な拍手と歓声に迎えられて、総理、大蔵大臣、官房長官がそれぞれ挨拶をした。挨拶が終わるのを待っていたかのように予鈴が鳴り、人々は本会議場に急いだ。

今日は総理も一議員として本会議に出席するから、向かうのはひな壇ではなく、議席の出入口である。

本会議場入口の前のロビーには、すでに多くの議員たちが集まっていた。総理に気付いて挨拶する議員や握手を求めにやって来る議員もいる。入口の扉の幕が左右に引き上げられていて、その横にソファーが置かれている。座っていた議員が立ちあがって総理に譲ろうとしたが、総理は手で制し、立ったままで周囲の与党の議員と雑談していた。風見とSPも総理の近くで、人込みに混じって待った。

ふと気がつくと、少し離れた先の人込みを分けて、元総理の竹中昇が秘書を連れて歩いていくところだった。小柄で華奢な体つきで、髪はほとんど白い。竹中元総理がこちらに目を向けたので、総理は軽く目礼した。竹中は片手を挙げて、穏やかな笑顔で頷いてみせたが、総理に近づいてくることはしなかった。民自党改革派の長老で、元副総理の京藤丈晴も通った。戦前の内務官僚で、若い頃は「カミソリ京藤」と呼ばれ、曽根田内閣では官房長官も務めた。やはり片手を挙げ、ニコニコ笑っただけで、民自党の議席の入口の方に歩いていった。

けたたましく本鈴が鳴り始めた。入口の両側に立っていた二人の制服姿の衛視が、それを合図に議場への大きな扉を開けた。誰もいないガランとした議場内の一部が覗かれた。別段総理が最初というルールはないし、総理の議席は入ってすぐのところだからゆっくりでもいい。しかし周囲が遠慮をしているので真っ先に総理が入場した。後を追うようにガヤガヤと議員たちが入場していき、その後も五月雨《さみだれ》式に入場者が続いた。

今日の本会議の所要時間は五分間だけだったから、風見もSPもその場で待った。

「秘書官。帰りは官邸に直行でよろしいですね?」

兵頭警部が確認したので、風見は「そうです」と答えた。

議員たちがいなくなったので、総理の番記者たちも集まってきた。議場を出た後の総理のぶらさがりに付くためである。登院のときの合同通信の記者もいた。

「今度は聞き役は誰だ？」

と、風見は記者たちに尋ねた。社会経済新聞の泉川が、

「私ですが」

と名乗りをあげた。

「泉川か。今度はあんまり、下らないことは聞くなよな」

「下らないことって、どんなことです？」

「特別委員会はどうとか、強行突破は何だとか。総理は行政府の長なんだからな。国会運営のことを聞かれても、答えようがないのは分かるだろう。総理が答えられることを聞け」

「風見秘書官。言論統制ですね」

ＮＴＢの来島が言った。無論、冗談である。

「言論統制？　君たちが言論機関の使命を全うできるように、親切心で言ってやっているんだ。短い時間なんだから、有効に使えよな」

「風見さん。今度われわれもゆっくり総理に話を聞ける時間を作って下さいよ」

「ゆっくりって、例えばどんな？」

「総理が喫煙室で休憩されるとか」

「なるほど、喫煙室なら君らの守備範囲だなあ。ただ、あまり君たちを優遇すると、キャップたちがへそを曲げるんだ。またそろそろキャップ懇をというのを、そんなに急くなと待たせているからね。しかし分かった。草野秘書官とも相談しておくよ」

「お願いします」

本会議場の閉ざされた扉の中から、マイクを通じて、

「ギチョオ――――」と最後を長くのばす声が漏れてきた。与党の若手の議運理事が務める議事進行係で、あらかじめ議運で決まった筋書きに従って、議事進行に関する動議を提出しているのである。その後はよく聞き取れなかったが、最後の「マ――――ス」だけが聞き取れた。大方、何かを提案したうえで「本日はこれにて散会されんことを求めマ――――ス」と言っているのである。もう終わりである。

程なく議場の扉が開き、総理が先頭で退出してきた。素早く陣形が組まれ、泉川がぶらさがりに付いた。大判の取材ノートを小脇に抱えて、いつものニコニコした調

子で聞いている。

「社会経済の泉川です。よろしくお願い致します」

「はい」

「昼の政府与党最高首脳会議で、民自党と組んで政府法案の修正、廃案を画策している役人がいると、問題になったそうですが」

もう漏れている。最高首脳会議の様子についての鶴井副長官のレクは、今日はまだである。仮にやったところで、そんなことには触れない。風見は開いた口が塞がらなかった。確かに国会運営に関することではなかったが、平静を装っている総理も内心困っているだろう。

「そうですか？　そんな話、ありましたかね」

「行政府の長の総理としては、そういう事実があるとお考えですか」

「事実があるかどうか、私は承知していません。さあ、どうでしょうかね」

「連立のなかには、官僚機構が長年一緒にやってきた民自党と今なお癒着をしているのではないかという懸念があるようですが」

泉川がそう質問している間に、衆議院の正玄関前のホールに降りるエレベーターの前に着いた。しかし間が悪いことに、衛視がボタンを押して呼んでいるものの、エレベーターは塞がっていた。本会議が終わって、こちらに近い扉から出てきた民自党議員が使っているのだろう。議事堂内のエレベーターは、ガラスの扉に金色の金属の縁やアームの付いた荘重ではあるがきわめてのろい旧式のものだった。

一同は大理石の内装が美しいエレベーター・ホールで立ち止まった。記者たちが総理の返答を待っていた。

「今なお癒着しているというようなことは、私はないと思っていますがね。個人的に親しい関係というのは、それはあるでしょう。しかしそれと癒着は別です」

「総理としては、役人たちにどのような対応を期待されますか」

「官僚機構が中立の存在として、その時々の政権の政策の実現に協力するというのが、本来の官僚システムのあり方です。日本でもこれからは政権交代が常態化するでしょうから、段々そういうシステムが確立されていくでしょうね。今はまだ過渡期ですから、誤解を受けるようなことがないとは言えないかもしれない。閣僚懇談会あたりで、官房長官からでも各閣僚に注意を喚起してもらって、日本にも本来の官僚システムが根づくように徹底してもらいます」

エレベーターが来て総理が乗り込んだ。一階に降りると、正玄関車寄せに総理車が待機していて、乗り込んで発車すると、車列はたちまち官邸に戻った。泉川ら番記者たちは間に合わなかったとみえて、執務室までぶらさがりはなかった。

総理のこのときの発言は、翌日の朝刊各紙で「中立的な官僚システムの確立を」というようなベタ記事になった。霞ヶ関では、「われわれは中立でやっている」とあからさまな不満の声が上がり、民自党でも、「とんでもない言いがかりだ」と、またしても連立に対する批判が渦巻いた。これまでの恩義を忘れて掌を返したように連立に擦り寄っている官僚たちを、重箱の隅を突っつくように「ネチネチといびっている」というのである。選挙で役人たちに業界団体を連立支持で動かされたら大変だと危機感を深めていた民自党は、今や役人たちの歓心を買うのに必死だった。

官邸に戻ると、風見の昼食が秘書官応接室に用意されていて、慌ただしくそれを掻き込んでから、全秘書官が入る所信表明演説の最終確認に加わった。それが済むと、通産省のレクが始まった。

席に戻った風見には、相変わらず細々した秘書官業務が待っていた。この頃増えた仕事のひとつは、様々な行事への総理のメッセージの作成だった。宗像総理がひっきりなしに依頼が来る行事への出席にあまり熱心でなかったことから、風見はあらかじめ総理の了解を取ったうえで、出席の代わりに総理のメッセージを送ったことがあった。それ以来、総理の出席に代えてメッセージを送るという手法が風見のものとなり、またその話が広まって、この頃は総理の出席が無理ならメッセージを送って欲しいと、先方から言ってくるケースも増えていた。

先週のはじめに、民自党の輪島慶太郎議員から、九月十七日の夕刻に戦後保守政界の巨頭で元総理大臣の長谷川幹介の七回忌の集いを赤坂パシフィック・ホテルで開催するので、総理にも出てもらいたいという依頼が風見にあり、招待状も送られてきた。日程からすれば出席は不可能ではなかったが、しかし民自党の創立者の一人で、その歴史に大きな足跡を残した長谷川幹介の会への出席は、当の民自党政権を打倒して日本の改革に乗り出している宗像総理の立場にそぐわなかった。風見は総理とも相談して、今回もメッセージで代えることにし、輪島議員にも伝えてあった。そのメッセージを作成し、ワープロ浄書をさせたうえで総理の署名をもらい、開会前に風見が自ら届けるのがこの日の仕事のひとつだった。

風見は自分の机でしばらく想を練ってから、一気に書き上げた。

「　長谷川先生の七回忌に寄せて

長谷川先生が御逝去されてから足かけ七年が過ぎました。つい昨日のことのように思われますものの、まことに時の流れは早く、ひとつの時代が足早に過ぎ去っていく思いであります。

長谷川先生は、申すまでもなく、昭和政界の巨星であられました。先生が心魂込めて取り組まれた保守合同と民主自由党の設立、日米安保条約の改定などは、疑いもなく戦後の日本政治上の大事業でありました。奇しくも私は、新しい政治を掲げ、民主自由党の下野《げや》により、政権を担うこととなりました。しかしながら、長谷川先生のお姿は、民自党政治を作り上げた風格あるおひとりの政治家像として、今なお私の眼前に彷彿と致しております。

長谷川先生が明日の日本のために燃やされた情熱、そして遺された巨大な足跡から、今後とも多くのことを学ばせていただくことになりましょう。

長谷川先生の七回忌にあたり、改めて先生の御遺徳をお偲び申し上げる次第であります。

平成○○年九月十七日

内閣総理大臣　（宗像芳顯）」

風見はそれを秘書官室分室に回して、和紙に毛筆書体で印字させ、レクの合間に総理に見せた。総理はゆっくりと目を通し、黙って頷いて、内閣総理大臣の字句に続けて毛筆ペンで「宗像芳顯」と署名した。

その日の総理日程は、通産省レクの後は文明テレビの社長の交代による新社長の挨拶、小山内閣情報調査室長の定例レク、経済連盟ホールでの全国流通業協会年次総会での挨拶、官邸に戻っての所信表明演説の論説懇、桂楓昌中国対外協会会長の表敬と続き、六時から衆議院の有泉議長と鷺坂副議長の招待による夕食会が衆議院議長公邸で催され、風見が同行することになっていた。

風見は論説懇が終わるとすぐ車を出させ、赤坂パシフィック・ホテルの分館まで総理のメッセージを持参した。

赤い絨毯を敷き詰めたパシフィック・ホテルの分館の二階に上がると、開会前のホールにはすでに大勢の人が集まっていた。現職の議員もいたが、年配のOB議員たちの姿が目についた。風見は人込みを掻き分けて幹事役の輪島議員を見付けて近寄った。名乗って総理が出席できないことを改めて詫びてから、封筒に入れて持参したメッセージを手渡した。

輪島議員は、長谷川元総理の側近であった。封筒を開け、目を通すと、

「これはこれは、お心の籠もったご丁寧な文章を頂戴しました。総理にはくれぐれもよろしくお礼を申し上げて下さい」

と言った。

風見はすぐその場を辞したが、開会前にすでにこれだけの人々が集まっていることは、確かに長谷川元総理の遺徳と言えないこともなかった。長谷川内閣は治安の強化や教師の勤務評定など国民に対する高姿勢の政策を続け、その頂点は戦後最大の大衆の反対運動を引き起こした日米安全保障条約の改定の強行であった。彼の内閣は今なおそういうものとして国民に記憶されているが、しかし福祉元年を標榜し、福祉国家への道を歩み出したのも長谷川内閣である。改定された日米安全保障条約にしても、国民の多くはそれを軍事同盟とのみ見がちだが、実際に読んでみれば自由な諸制度の強化とか、経済的安定及び福祉の条件の助長など、平和と安全の問題をもっと幅広い文脈に位置づけようとしているのが分かる。長谷川総理が追求したのは、むしろ現代国家の姿であったのかもしれない。戦後政治史の一般的な理解は、長谷川内閣のイデオロギー対決型の政治から、池端内閣の経済成長路線への転換によって、日本は今日の姿を作り上げたと見るが、しかし経済への政府の関与を含む現代日本の国家システムの整備は、きわめて自覚的に長谷川内閣の時から始まっていた。

風見の車は官邸表門から入った。官邸は外装も含め何度も補修工事をしているので、長谷川内閣時代の官邸そのままではない。それでも、あの新日米安全保障条約の自然成立の夜、厳重な機動隊の警備に守られ、何十万ものデモ隊に包囲されて、長谷川総理らが籠城したのはまぎれもなくこの官邸であった。当時白黒のニュース映画で見た官邸は今目の前にあったが、あの頃の官邸と日本政治はどんなものだったか、リーダーたちはどんな思いを秘めてこの官邸の表玄関を出入りしたのだろうか。そして日本とその政治は、それからどれだけ遠いところに来てしまったのだろうか。そう思っている間に車は車寄

せに滑り込み、風見と知って黒の制服姿の守衛が近づいて車のドアを開けた。

臨時国会に臨む総理の所信表明演説は、九月二十一日の三時から衆議院で、四時から参議院で行われた。

この日総理は、何度も官邸と院内を往復した。八時四十分に出邸して、すぐ当番の尾崎秘書官を伴って院内に入り、中央交通安全対策会議に出てから閣議、そのまま院内で日程をこなして十一時から税制改革特別委員会その他の特別委員会の設置のための衆議院本会議に出席し、それから官邸に戻って、昼は総理夫妻主催のアルゼンチンのメナン大統領夫妻歓迎午餐会を官邸大ホールで催した。このため正午少し前に沙貴子夫人が鮮やかなロング・ドレス姿で執務室に現れて待機し、正午前に連れ立って玄関ホールで大統領夫妻を迎えた。午餐会終了後、執務室でモーニングに着替えて、再び院内に入り、二時から参議院本会議場で天皇の臨席する開会式に参列した。そして終了後再び官邸に戻り、平服に改めて三度目の院内入りをし、所信表明演説に臨んだ。

この日の夜は、秘書官たちは総理答弁の作成に追われた。総理の訪米のために、所信表明の翌日直ちに衆議院で代表質問が行われることになっていたからである。

今回民自党は、所得減税を含む景気対策問題で内閣を追及する一方で、安全保障や憲法問題をめぐる与党内の基本政策の不一致を攻撃する作戦に出た。前回の特別国会では、河崎総裁は宗像政権の理念や哲学を問い、これからの日本政治のあるべき姿を論ずるといった大所高所からの質疑を行った。それは党首という立場もあるし、また民自党としてどう宗像内閣を攻めてよいのか決め兼ねていたという事情にもよる。しかし予想を超える内閣支持率の高さとともに、一方で民自党の消費税の七％への引き上げ案に対するマスコミ各社の世論調査の箸にも棒にもかからない不評ぶりに直面して、民自党は一切の余裕を失って宗像内閣攻撃に走り出そうとしていたのだった。

今回の代表質問のトップバッターは、先日景気対策の申し入れに官邸にやって来た民自党政調会長の橋川龍三であった。橋川の質疑原稿は、民自党の政策責任者として、民自党案の七％は背後に隠して表看板である所得減税の意義など景気を中心に内政と外交の主要な問題を網羅していたが、そのひとつに自衛隊法改正問題があり、社民党の山岡執行部は神経を尖らせていた。海外で緊急事態が発生した場合の邦人救出のために、自衛隊機を派遣できるようにしようと、民自党政権時代に内閣提出法案として自衛隊法の改正法案が提出された。しかし社民党が自衛隊の海外派兵につながると強く反対し、衆議院をかろうじて通過して参議院の審議中に解散総選挙となったために、法案は廃案となった。宗像内閣では、新世紀党や中道党は、国民の安全を守るのは政府の責任だから、当然政府法案として再提出し、成立させるべきだという意見だったが、社民党内では依然反対が強かった。それだけに、民自党にしてみれば宗像内閣の基本政策の不一致を突く絶好のテーマで、果たして橋川の原稿でも、「政府としては、どういう態度で臨むか、明確に示されたい」とあった。

防衛庁が上げてきた答弁は、「政府としては同法案の速やかな成立が必要と考えており、そのために目下与党内の調整に努めているところ」となっていた。「必要と考えているが、目下与党内の調整を見守っているところ」というよりは、成立させるべきだという防衛庁の意見が強く出ている答弁だと思ったが、風見は口は出さなかった。日本の官僚機構は、政権側の政治事情にはお構いなく、日本の総理大臣としてかくあるべしという答弁を書くのである。

風見の担当する「作成せず」は、橋川の分に限らず多かったが、民自党の犬飼議員の質疑に「過日の記者会見で、総理はカラオケで自分の番が来たら存分に歌いたいと言われたが、どんな歌を歌われるつもりか。総理のお得意のレパートリーをお聞きかせいただきたい」というのがあった。これには風見もあれこれ知恵を絞った。国政の行方には関係ないが、総理のセンスの良さを演出しなければならない。こういう答弁が一番難しく、楽しみでもある。

最初風見は、「曲はすでにチャージしてある」と書いたが、また官邸クラブや霞ヶ関で勘ぐられても困ると考え直し、結局「何を歌うかは、曲のイントロが始まったところでお分かりいただけよう。レパートリーはいろいろあるが、マイクを握る前からあれこれ宣伝するよりも、実際に歌うことでお示ししたい」と書いた。

公邸の書斎で風見の案文を読んだ総理は、ニヤッと笑った。

「この間も賀来さんから同じようなことを聞かれましたよ。代表質問でもやられたら、ますますカラオケが有名になってしまう。それにしても下らない質問だな。代表質問で聞くようなことですかね」

賀来というのは、民主改革新党の議員である。

「総理が記者会見でカラオケなど持ち出されるからですよ。何でしたら、今度閣僚の懇親会でカラオケ大会をおやりになられたらいかがですか。総理日程に入れておきますが」

総理は「エヘヘヘッ」と笑ってから言った。

「大臣では、どなたがお上手か、聞いていますか？」

「さあ、大臣は存じませんが、与党では米山書記長と市倉書記長が双璧です。あのお二人が一緒だと、お互いにいったん握ったマイクを離さなくて大変だそうです」

「金井さんは相変わらずカラオケに行っているのですか」

秘書官の中では、自ら公言する金井秘書官のカラオケ好きは有名だった。仕事が終わった後、ときどき金井の携帯が「電波の届かない距離」になるのは、多分カラオケのせいだと風見は思っていた。もっとも待たされている運転手はつかまるから、緊急のときでも心配はいらなかった。

「当然行っているはずですが。私は実際に聞いたことがありませんが、お上手らしいですね」

「民主改革新党の事務局の檜垣ね。一度一緒に行ったと言っていました。檜垣も歌はプロ級だと思うんだが、彼がイヤー大したものですと言っていたから、相当なものなんでしょうね」

「演歌ですか、それともフォーク？」

「何でもいいらしい」

「へえー、やっぱり相当なものなんでしょうね。……で、答弁はいかがされますか」

「ウーン。……まあ、これでやってみますか。ただ、レパートリーは『実際に歌うことでお示ししたい』というのはちょっとね」

と総理は言い、その部分を削って「いろいろあるが、マイクを握る前からあれこれ宣伝に努めることは控えさせていただく」となった。

風見が帰るときには、尾崎秘書官だけが植野とともにまだ作業を続けていた。所得減税が争点になる今国会では、尾崎の負担はいつにも増して大きかった。

翌日風見は、いつもの通りＮＴＢの中継で代表質問の様子を見守った。相変わらず民自党の野次で、議場は騒然としているようだった。

風見が楽しみにしていたのは、犬飼議員のカラオケ談義への総理の答弁に対する議場の反応であった。「次に過日の記者会見で、私がカラオケで自分の番が来たら存分に歌いたいと申し上げたことについて、どんな歌を歌うのか、得意のレパートリーは何かというお尋ねがありました」と総理が述べると、一瞬場内が静まったようだった。そして総理が答弁すると、議場が爆笑に包まれた。カメラが議場の様子に切りかわったが、民自党席では議員たちが大きな口を開けて笑い、与党席では笑いとともに拍手が沸き起こった。

二十四日の参議院の代表質問は、原稿が前日の二十三日の秋分の日の昼頃までに提出されることになっていたから、二十二日の夜は答弁準備はなかった。

秋分の日、風見は昼近くまで家で寝て、車を呼んで赤坂パシフィック・ホテルで昼食を済ませてから官邸に出た。総理はこの日、モーニング着用の上で九時三十五分に公邸を出て、乾門《いぬいもん》から皇居に参入して、秋季皇霊祭神殿祭の儀に出席した。終了後公邸に戻り、幾組かの個人的な客を迎え、午後にはアメリカ人の知り合いが来て英語の国連総会演説の練習をし、外務省による日米首脳会談のレクも行われた。答弁打ち合わせは夜に組まれていて、各秘書官たちもそれまでに答弁を仕上げればよかった。

風見は、昼過ぎにケイコの携帯に電話をした。二日前、官邸にケイコから電話があり、総理のニューヨーク行きに同行し、出発前日の在京プレス・インタビューにも出るので、総理の国連演説の基本的な考え方と、日米首脳会談に臨む方針について、差し支えない範囲で話を聞きたいと言われていた。それは風見の担当ではなかったが、基本的な考え方や背景だけなら構わないと答えていた。代わりにアメリカ側の考えを教えてもらうことになっていた。ただその日は答弁準備があったので、秋分の日に風見の方から連絡すると答えていたのだった。

ケイコとは六時半に銀座の三越前で会うことにした。それまでに「作成せず」の答弁を書き上げ、渋滞を見越して早めに官邸を出たが、道が思ったほど混んでいなかったので、予定より早く着いた。

秘書官バッジを外してショーウインドウの前で待っていると、休日ながら夕暮れ時の人の流れは多かった。天気は生憎《あいにく》の曇り空で、辺りはすでに暗く、少し肌寒いほどだった。それでも久々の銀座だった。以前にも増して美しく、整然とした街並みに、赤や青のネオンが鮮やかさを増しつつあった。バブルの崩壊後とはいえ、人々の服装にもこの国が豊かな国であることが感じられた。華やいだ街並みに溶け込んでケイコを待つことで、風見の心は自然に弾んでいた。

と風見は、不意に釘付けになった。少し離れた先を通り過ぎて行った母娘連れは、由希子と由加梨ではないのか。ショート・ヘアーに緑色のワンピース、中背でふくよかだが、すらりと足の長い後ろ姿は、由希子のはずだった。肩から掛けたシャネルのバッグは、パリで風見が買ってやったもののような気がした。そして並んで歩いていく中学生風の女の子はどう見ても由加梨だった。風見は胸が高鳴った。銀座は確かに由希子のお気に入りの街だった。

風見は追いかけようかどうしようか迷った。追いかけなければならないと思う気持ちと、ためらい、むしろ見られてはならないと思う気持ちが交錯していた。その時背後から、「風見さん」と呼びかける透明な声が風見の耳に響いた。振り返るとケイコが微笑みかけていた。風見は頷いてからもう一度母娘を見かけた方角に目を向けたが、人込みの中に紛れて、その姿はすでに失われていた。

「どうしました?」

ケイコの瞳にためらうような色が浮かんだ。微笑みかけたことに、自分で戸惑っているかのようだった。

「いいや」と風見は答えたが、自分でもはっきりと分かるほどに態度はぎこちなかった。

近くのビルの二階にあるこぢんまりしたフランス料理のレストランに行ったが、何となく気まずさが残り、この日はケイコとの会話は新聞記者と総理秘書官のそれに終始した。前回ケイコは風見の家族のことも話題にしたが、この日は宗像内閣の外交政策と今回の総理の訪米以外の話には触れなかった。

別段ケイコが怒ったり、すねたりしたというわけではない。そういう態度を取るには、自分にそれだけの権利が与えられていることを相手も認めてくれていると信ずるだけの自信が必要だが、風見とケイコの関係は、どう考えてもまだそんなものではなかった。ケイコは淡々と聞き、メモを取っていたが、風見には笑顔が少ないように思われた。ただそのことを口に出して言うだけの勇気は、風見にもなかった。

その代わり風見にとっては重要ないくつかの情報を、このときケイコがくれた。ひとつはウルグアイ・ラウンドのコメに関して、日米で極秘の交渉がかなり進展しているらしいという情報である。アメリカ側から漏れているのだろう。ケイコは、ウルグアイ・ラウンドの決着が近付いたらまた話を聞かせてもらいたいとも言った。

もうひとつは、日米首脳会談に先立ってワシントンで開かれるG7の蔵相・中央銀行総裁会議で、各国から日本に対する所得減税の要求が出されるらしいという見通しだった。

「大統領は、宗像さんとの初顔合わせになるニューヨークでの首脳会談では、宗像さんの立場に配慮すると思いますわ。ただG7では、ベルマー財務長官ははっきりと所得減税を要求してくるという観測もあります。ワシントンではかなり日本に対して厳しい雰囲気になるかもしれませんね」

とケイコは言った。

民自党の所得減税案に、アメリカのお墨付きが与えられるというのである。それは大きなことだった。国民に評判の悪い対案を抱えて苦境に陥っている民自党は、勢いづくだろう。風見はこの後の国会審議の展開を思って緊張した。

七　権力亡者

九月二十五日の土曜日に、総理は国連総会に出席のため夫人とともにニューヨークに向けて出発した。

　歴代の日本の総理が初外遊にワシントン詣でを選んだのと違って、同じくアメリカの地ながら国連総会への出席を選択したのは、日本が政治的に自律した国家になろうとする宗像総理の決意を表したものだと風見は思っていた。ニューヨークまで行きながらワシントンに行かないことについては、財部一郎も第一回の政府与党最高首脳会議で評価する発言をしていた。

　総理はまた、この機会に総理大臣の外遊のスタイルを大きく変えた。これまでは総理が外国に行くというと、閣僚のほか何人もの議員たちが随行し、さらに大勢の政治家たちが羽田に見送りに出、迎えにも出た。幹事長だとか何々会長だとか何々委員長だとか、与党の政治家たちがズラリと特別機や政府専用機のタラップの前に勢揃いし、飛行機に乗り込む総理と握手を交わし、声をかけ、夫人にもお辞儀をし、手を振って送るのが習わしだった。外国に出掛けるということが、何か特別のことで、国運を担って出発するという時代には、それも意味があったろう。しかし随行の議員たちを世話する在外公館と、見送りと出迎えの手配をする官邸のスタッフたちや、羽田で人の出入りをチェックする警備陣は大変だった。一体、それだけ大勢の政治家たちが羽田に駆けつけて、握手をしたり手を振って帰ってくることにどれだけの意味があるのだろう。「今日は、総理をお送りして来ました」と、戻ってから支持者たちを前に挨拶するためだけに、事務方が振りまわされることは意味がないことだったし、第一今はそんな時代ではない。

　今回は政治家の随行は羽根外務大臣と、鶴井副長官、それに総理特別補佐の田崎議員だけだった。総理秘書官で随行するのは、牧本、尾崎、草野の三人で、風見と金井は留守役だった。見送りと出迎えも、政治家はすべてシャットアウトし、風見と金井の二人だけだった。

しかしニューヨークに飛び立つ総理の一行が、これで全員というわけではない。外務省からは倉橋外務審議官をはじめ総合外交政策局長、北米局長、経済局長、外務報道官、それに北米局北米第一課、北米第二課、総合政策局国連政策課、大臣官房報道課、国際報道課などの課長や課長補佐、事務官、大臣官房要人外国訪問支援室の室長と事務官などが大挙して同行するし、今回は外務大臣に随行する欧亜局、アジア局、中近東アフリカ局、中南米局の参事官や課長、事務官なども同乗する。巌外務大臣秘書官に加えて、羽根事務所から垣田秘書も加わる。外務省以外では大蔵省国際金融局長、農林水産省経済局長、通商産業省通商政策局長、経済企画庁調整局長などが同行する。

官邸からは田畑内閣広報官のほか、川野辺官房副長官秘書官、金平、上村の両公式カメラマン、そして総理の個人事務所の長谷部秘書も随行することになっていた。兵頭、渡嘉敷の両SPをはじめ四人のSPも出発から帰国まで総理と行動をともにする。これで総勢六十人以上になる。さらに同行記者団が付く。社により官邸クラブのほか、外務省担当の霞クラブ、大蔵省担当の財政研究会、場合によっては与党クラブや本社報道局の記者が同行し、国会映放クラブのカメラマンたちも加わる。時差の関係で、アメリカでの出来事はテレビの速報力が生きるから、特にテレビ各社は力を入れ、NTBは最大の十人を派遣する。現地で各社のニューヨークやワシントンの支局のスタッフも合流するが、同行の記者だけで五十人になる。風見は同行記者団の名簿をめくってみたが、ケイコの名前はなかった。多分前日の在京プレスのインタビューが終わると、直ちにニューヨークに発ったのだろう。

総理の外遊には普段は政府専用機が使われるが、今回は一行の人数が膨らんで、全日航の特別機が用いられた。政府専用機もジャンボ機だが、総理夫妻の使う貴賓室にゆったりとスペースを取り、ほとんどまったく使われた実績のない会議室なども設けられているから、搭乗定員は特別機より少ない。その特別機が羽田にスタンバイしていて、総理夫妻の一行が到着して乗り込むと直ちに飛び立つことになっている。訪米団の全員が出発間際に乗り込むわけではない。車でタラップまで乗り付けて最後に乗り込むのは、総理夫妻と羽根外務大臣はじめ政治家たちと、総理秘書官や外務大臣秘書官など側近随員たちとSPたちに限られる。

総理は十時三十五分に公邸を出発することになっていたから、風見は地下鉄で十時過ぎには官邸に入り、出発の十分前に内廊下を通って公邸に行った。

羽根外務大臣と巌秘書官のほか、総理秘書官では尾崎だけが自宅から羽田に直行し、特別機のタラップの前で一行を待つことになっていて、残りの四人の秘書官が公邸から出発することになっていた。その全員がすでに公邸の玄関近くの廊下や、第一応接に集まっていた。鶴井副長官と田崎議員もすでに顔を揃えていた。

しばらくすると、総理と沙貴子夫人、それに各種の勉強会資料などの大部の書類を入れた総理の鞄をもった長谷部秘書が、公邸の居住部分から姿を現した。総理は紺のスーツに濃い茶の渋いネクタイで、夫人は黄色のスーツを身にまとい緑のネッカチーフを首に巻いたカラフルないでたちだった。華やかで明るい顔立ちの夫人は、原色がよく似合った。

「お天気がよくて、よかったですね。お気をつけて行っていらして下さい」

風見は総理に挨拶した。

「国会が順調なら、風見さんにも一緒に行ってもらいますのに。留守中、日程協議の様子や、与野党の動きをできるだけつかんでおいて下さい」

「普段取材できない議員の方々からも、この機会に少し様子を伺っておきます」

「お願いします。……さあ、行きましょうか」

せっかちな総理は兵頭警部に声を掛けた。しかし兵頭は腕時計に目をやってから、

「もうしばらくお待ち下さい」

と答えた。普段と違ってこの日は交通規制が行われるから、勝手に早く出ることはできない。三分ほど経ってから、兵頭警部が、「それではお願いします」と声を掛けた。

一同は公邸玄関前に出た。玄関のすぐ前に待機しているのは総理車で、総理夫妻と兵頭警部が乗る。夫人が乗ると秘書官ははじき出されるが、兵頭警部はつねに総理車に乗る。玄関前のスペースには、他に何台も黒塗りの車が止まっている。今日は秘書官たちはハイヤーで、二台だけである。一台には牧本秘書官と草野秘書官が乗り、もう一台には風見と金井秘書官、それに長谷部秘書が乗る。牧本、草野の両秘書官は総理とともに出発してしまうから、帰りはその空いた一台に風見が乗って戻ってくる。他に鶴井副長官と川野辺秘書官の車と、田崎議員と

田畑内閣広報官の車で全部である。

　車列が動き出した。先頭に二台の白バイが付き、その次にパトカー、総理車、覆面パトカー、副長官車、田崎議員車と続いて、次が牧本、草野秘書官車、最後が風見たちの車で、最後尾にもパトカーが一台付いた。霞ヶ関ランプまでは、一般道路を信号に従って走った。霞ヶ関ランプ前で右折して首都高に入った。これから羽田までノンストップである。車列は一気にスピードを上げた。

　首都高は総理の通過に合わせて閉鎖されていて、土曜日の昼前という時間帯ながら、羽田に向かう車線には一台も車がいない。その車線を猛スピードで走る。対向車線は渋滞していて、人々が車列に視線を向けているのが分かる。

　高層建築の立ち並ぶ間を縫って、首都高はうねるように連なり、幾本にも分岐して立体的な姿を晒《さら》している。コンクリートとアスファルトでできているその巨大な人造物に、昼日中に一台も車がいないのは異様な光景だった。そこを車列は二列で走った。先頭の白バイは二台が並走するが、次のパトカーが左車線だと総理車は右車線、続く覆面パトカーが左車線、鶴井副長官車は右車線というように、互い違いに走るのである。車列の間隔を空けず、なおかつ車間距離を取るためだった。それでも猛烈なスピードにもかかわらず車間距離は狭く、運転手たちの並外れた技量を窺わせた。

　時々二列になった車列が左右の車線を入れ替えた。パトカーが右車線に移り、総理車が左車線、覆面パトカーが右車線、副長官車が左車線にと移るのである。それを先頭から最後尾までの八台の車が少しもスピードを緩めず、一斉に行うのである。しばらく繰り返すうちに、風見にもその理由が呑み込めてきた。首都高の合流地点に達するたびに、総理車を合流する車線から遠い方の車線に移すのである。例えば左手から別のルートから来た車線が合流する場合には、その地点に達する前に総理車を右車線に移し、パトカーと覆面パトカーが左車線に出るようにするのである。万が一にも総理を襲撃する暴漢の車が、突然合流する車線から侵入して来ないとも限らない。しかし百キロを優に超えるスピードで、八台の車が一糸乱れずに車線の交代を繰り返すさまは、驚嘆に値する技術だった。

　途中赤く塗られた料金所があったが、車列はほんの少しスピードを落としただけでそこを通過した。芝浦方面に出て、視界が開けてきた。左手は東京湾である。

「それにしても、総理が外国に行くという程度の話で、こんなに国民に迷惑を掛けてもいいのかねえ。総理の訪米阻止と学生たちが騒ぐような時代でもないし」

と風見は隣の席の金井秘書官に言った。

「僕もそう思うけど、総理の時間が遅れる方が、警備陣にも飛行場にも迷惑を掛けるんじゃない。もっと厳重な規制をやっている国もあるし」

「総理になると、すぐ外国に行きたがるというのも分かる気がするね。行った先でも歓迎されるんだろうし。さすがの金井さんも、首都高を閉鎖して乗るのは初めてでしょう？　パトカーにはしょっちゅう乗っているんだろうけど」

「現場をやっているわけじゃないから。僕だってこんな体験はもうしないよ」

首都高を降りて飛行場に近づくと、はるか手前から点々と警備の警察官が立っていた。風見は何だか申し訳ないような気になった。

車列は空港ビルの間を通ってそのまま滑走路に入り込んで進んだ。前方に特別機が待機していて、タラップが取り付けられている。周辺にはかなりの人数の人々が立っている。警備陣のほか、持田和之と及川雅文など官邸のスタッフたちもいた。空港や全日航のスタッフはもとより、外務省のスタッフもいるのだろう。総理の一行を送り出す裏方を務める人たちだった。一緒に乗り込む羽根外務大臣と夫人、巌秘書官、それに尾崎秘書官の顔も見えた。

タラップから離れたひとところに三脚を取り付けたテレビカメラが何台も並んで、報道陣が群れていた。総理が特別機に乗り込んだときに下から見上げるようにならないように、三脚は高く設えられ、カメラマンたちは高い脚立に乗って構えていた。

総理車がタラップのすぐ下で止まり、風見たちの車も止まった。風見と金井はすばやく車を降り、足早にタラップの方に急いだ。総理と夫人が降り立ち、SPが夫妻を取り囲んだ。総理は周囲に挨拶し、羽根副総理夫妻とも挨拶を交わして、夫人とともにタラップを上り始めた。副総理夫妻、鶴井副長官、田崎議員が続き、その後に秘書官と田畑広報官、同行のSPたちが続いた。タラップの頂上まで上り詰めた総理夫妻が、向きを変えて手を振った。副総理夫妻と鶴井副長官も並んだ。後ろからタラップを上っていった牧本秘書官たちは、総理らの脇を摺り抜けるようにして機内に入った。

総理夫妻たちが手を振っても、見送りは風見と金井秘書官だけだった。後は日本に残るSPたちと事務方だけだった。確かにこれでは様にならないかと風見も思った。その代わり総理も夫人も、しっかりと風見たちの方を向いて手を振ってくれた。スチュワーデスが花束を総理夫人と羽根副総理夫人に手渡し、一同が機内に消えた。

風見と金井は、事務方とともにその場から少し下がった滑走路の上で特別機が飛び立つまで見守った。滑走路の端まで行った特別機は、滑り出すように滑走を始め、徐々にスピードを上げて離陸すると、ぐんぐん高度を上げて、青く澄み切った美しい秋の空に長い航跡を残して次第に小さくなって消えていった。

月曜日、風見は普段よりゆっくりと十時過ぎに官邸に入った。

主が不在の館が何となく緊迫感に欠けて見えるという事情は、官邸でも変わらなかった。特に官邸の場合は、主の不在は外観からもはっきり知ることができる。まず表玄関に立ち番のSPがいない。中央階段を上り詰めたところにも、執務室前にもSPはいない。そして秘書官応接室の入口には、番記者たちがいない。

それは総理が日本にいて単に外出しているだけのときも同じだったが、それでも帰って来る予定があるときは、一種の心の準備のような雰囲気が辺りを支配している。しかし幾日も不在にする外遊のときは、はっきりと官邸の空気自体が緩んで見え、女王蜂のいない蜂の巣のようだった。

風見は留守中国会の動きをつかんでおいてほしいという総理の言葉が気になっていた。しかし目下焦点の予算委員会の日程を話し合う同委員会の理事懇談会は、火曜日の午前中に予定されていた。一般の議員たちも、月曜日の午前中はまだ選挙区だから、安請け合いはしたものの、総理の帰国までにできることといって、大したことはなかった。

予算委員会の日程は、合意の見通しが立っていなかった。普通であれば、衆参での代表質問が終われば、翌日から衆議院の予算委員会である。今回は総理の国連総会出席が入ったから、総理が帰った翌日からにすればいい。総理の帰国は二十八日の深夜で、翌日から直ちに予算委員会というのは大変なことだが、そこは若く頑強な総理のことである。頑張ってもらうしかない。

しかし民自党は、日取りよりもまず何日間予算委員会を開くのか、その大枠を先に決めるべきだと言い張った。民自党の要求は、民自党自身は質疑者を二十二人立てるので、一人二時間で計四十四時間確保してもらいたい、後は連立与党と労働者党が好きなだけやってくれて結構だというものであった。四十四時間ということは、一日八時間として五・五日で、それはあくまでも民自党の分だという。途方もない要求である。しかもこれは衆議院だけの話であり、続いて参議院でも通常は同じ時間だけやらなければならないから、予算委員会全体としてはその倍になる。

日程協議は、所詮は短く済ませたい与党と長くやりたい野党の交渉だから、当然最初はそれぞれの言い出し値から始まるが、ものには常識というものがある。本予算も補正予算も提出されていないときの予算委員会は、通常は一日だけで、最長でも二日間だった。しかし民自党は、四十年ぶりの政権交代で、議論すべきことは山のようにあり、国民も期待していると譲らなかった。

もうひとつの問題は、二十九日と三十日に民自党が臨時党大会を予定していることであった。政党間の礼譲として、いずれかの党の党大会の日は国会審議はやらないという慣行がある。しかし肝心な時期に、しかも臨時の党大会をぶつけてきたのは、どう考えても民自党の作戦くさかった。

「やるなら総理の訪米中にやれよ。社民党だってそうするんだから」

「ずっと前から決めていたことだ。今更変更は間に合わない」

「やるなら一日だけにしろ」

「われわれは野党に転落したんだ。党の再建のために、議論することはいっぱいある」

「やりたければ何日でもやっていいが、敬意を表して国会をやらないのは最初の一日だけにする」

「総裁も幹事長も政調会長も党大会に取られ、司令塔不在で、どうやって国会をやれというんだ。あんたらが野党のとき、われわれが何かにつけ無理を聞いてやったのを忘れたのか」

与党がいくら強硬に言っても、民自党は怯まなかった。

結局民自党の主張は、二十九日の水曜日と三十日の木曜日は民自党大会のため審議はやらず、十月一日に始めても中途半端になるから、十月四日の月曜日から最初の週は衆議院、翌週は参議院で予算委員会を開けということである。日本構造改革プランの諸法案の審議のために召集し、しかも召集日当日に法案が提出されていなければ審議はやれないと言われて召集が遅れた臨時国会が、いざ召集してみればいつまで経っても肝心の法案の審議に入れずにいた。

　風見には腹立たしいことだったが、もっと腹立たしかったのはマスコミの報道ぶりだった。当然「ケシカラン民自党」と書いてくれるはずだと風見は思っていた。しかし民自党政権時代に民自党に厳しい論調だった太陽すら、「押されっぱなしの与党」、「鳩首協議の与党、なすすべなし」といった調子だった。

　風見は召集日当日、政府与党最高首脳会議で、マスコミに対する批判が吹き荒れたことを思い出した。国会運営をやりながら新聞を読むと、本当に腹の立つことばかりである。

　連立側も相場を超える主張をしているわけではない。いずれ第二次補正予算が出たらまた予算委員会をやることになるのだから、今回は衆参二日ずつで充分だ、二十九日は民自党大会に敬意を表してやらず、三十日、十月一日が衆議院、週明けの四日と五日が参議院というのが連立の主張だった。

　当然民自党は突っぱねた。突っぱねてさえいれば時間はどんどん経っていき、三十日が過ぎてしまう。さらに民自党は難題を持ち出していた。衆議院予算委員室では、テレビカメラの席は、委員長席に向かって右手の二階にある。そこから委員席最前列の質疑者の姿を映すと、その質疑者から左側に座っている委員たちの姿も同時に映る。今はそこが民自党の席である。予算委員会の総括質疑の各党一巡目は、ＮＴＢが一日七時間も八時間も生中継するから、民自党議員は映りっ放しである。これに対して質疑者の右側にいる旧野党の議員たちはほとんど映らない。そこで政権交代を機に新与党側が、席を入れ替えるように要求した。民自党はあれこれ理屈をつけて抵抗したが、形勢が不利になってくると、この問題を日程協議にからめ出した。日程で譲るなら、まず席は替えないことを確約してほしいというのである。与党は日程とは関係のない話だから、日程は日程で決め、それが決着してから席は席で決めると回答したが、からめられること自体面倒なことだった。

　以上が総理が日本を発つ時点での国会の状況である。

　日程協議など委員会の運営をめぐる与野党協議は、それぞれの委員会の理事会または理事懇談会で行われる。予算委員会の場合は、予算委員長は社民党の岩城猛夫、与党筆頭理事はやはり社民党の清家嘉男である。社民党からもう一人、他に与党からは公正党、新世紀党、中道党、民主改革新党・新党改革の風から理事が出ている。野党の方は、民自党の理事は合計四人で、筆頭理事は中條桂であった。労働者党は衆議院予算委員会には理事ポストを持っていなかった。

従来は委員会理事会での協議が行き詰まると、国会対策委員長会談に上げ、そこでも埒《らち》があかないと幹事長・書記長会談に上げた。国会対策委員長というのは、各党の本部機関である国会対策委員会の責任者である。各党の国会対策委員会は、所属の各委員会の理事や委員を指揮するとともに、常時国会対策委員会どうしで交渉したり、取引をしたりする。このような日本独特の国会運営の姿を表す言葉が、「国対政治」である。それは国会の正式手続きによらない不透明さ、密室での取引による不明朗さ、委員会の頭越しに取引する政治性などの点で、日本の国会の悪しき姿を表す言葉と受け取られてきた。政官業のいわゆる「鉄の三角形」と「国対政治」が、宗像内閣による政権交代直前の民自党政治の悪弊を最もよく表す言葉として好んで使われていた。

「国対政治の廃止」は、宗像内閣の看板のひとつともなっていた。それぞれの与党が国会対策委員会を置くことは自由に委ねられたが、連立としては与党責任者会議の下に主要五会派の政務幹事による政務幹事会を置いた。従来式に言うと与党統一国対ということになるが、しかし民自党の国会対策委員会と直接交渉することはせず、議院運営委員会及び各委員会の与党理事を指揮するにとどめることにした。与党理事たちの自主権も大幅に認め、国会運営自体はあくまでも国会法の建て前に従って委員会が自律的に行う形にしたのである。

これらの改革自体は評価できるものだったが、しかし国会のルール自体がこれまでの長い国対政治の伝統の上に成り立っていたから、自分たちの組織だけを変えてもうまくいかないのは目に見えていた。まして足元を見透かした民自党が、慣行慣行と言いたてると、埒があかなくなっていた。

午後になって風見は、院内内閣参事官室に行ってみた。

議事堂本館の裏手の二階の院内秘書官室を入ると、左手が院内大臣室、反対の右手が院内内閣官房長官室で、その官房長官室を突っ切った先が院内内閣参事官室である。当然廊下に面しても入口があり、普通人々はそちらから出入りするが、風見は官房長官室の側から入るのを習慣にしていた。その方が部屋の奥にいる蛇沢内閣参事官や茅沼副参事官の席に近いからである。

内閣参事官は、総理府の官房総務課長が兼務する首席内閣参事官や、人事課長、会計課長の兼務する内閣参事官のほか、専任として蛇沢内閣参事官と茅沼副参事官がいる。国会が始まると二人とも院内内閣参事官室に詰め、情報収集、連絡調整、文書授受などの内閣の国会対応の最前線を務める。内閣参事官室には他に飯岡課長補佐をはじめ十人近いスタッフがいて、内閣参事官、副参事官の手足となっている。

総理に対する本会議の代表質問や委員会質疑の答弁準備のための問表を作成するのは、ここである。議院運営委員会その他の委員会の理事会に入って国会の動きを逐一つかみ、必要な情報も随時上げて来る。国会に関する限り内閣の目であり耳であり、開会中は深夜まで忙殺される最前線基地となる。

内閣参事官室は、総理も不在で国会も動いていないことから、久しぶりに寛いだ雰囲気だった。代表質問の最中に顔を出すと、前夜の答弁準備で机で眠り込んでいる者もいるが、この日はそういうこともなかった。

蛇沢参事官が席にいたので、風見は席の側の椅子に座って話し込んだ。

「民自党も常識外の要求だけど、与党も軟弱だね。もっと何とかならないのかなあ」

「与党は取引の材料は何も持っていませんからね。かつての社民党に対する人事院勧告の扱いのような餌もありませんし、与党になったばかりで民自党が嫌がるような情報も仕込んでいません。以前は野党の分断という手がありましたが、労働者党を取り込んで民自党を孤立させるというのも不可能でしょう。むしろ民自党の国対が盛んに労働者党と連絡を取り合って、民労蜜月時代ですよ」

「あれだけ労働者党に洟《はな》も引っかけなかった民自党が、なりふり構わずだな」

「与党が八党派の連立、野党が労働者党を別にすれば民自党単独、かつ議席差が接近しているなんていうのは、国会運営ではこれ以上ないほどに弱い形ですよ。それで上にはあげず現場で決着しろといったって、民と労はただ頑張っていればいいわけですからね」

「明日の予算委員会の理事懇では、少しは動くのかねえ？」

「前回のもの別れのときから、状況は何も変わっていませんからね。与党としては、何が何でも三十日から始めさせてもらうで押しておいて、委員長裁定に持ち込むということでしょうね」

「岩城委員長で、大丈夫なのかなあ」

「むしろ与党理事がどこまで押し込めるかですよ。ただ与党の筆頭の清家さんも弱いですからね」

要するに内閣参事官室としては、まったく展望を持っていなかった。それにしても、過日の千代紙の懇親会での岩城委員長の「順調そのものでやりますから」という発言などは、まったく当てにならないものであることが分かった。これからも当てにならないだろう。

「現場任せでは動きませんよ。政務幹事会も連日対策を検討していますが、やはり一度与党責任者と政務幹事を一堂に集めて、総理からお願いしていただいた方がいいと思いますね。それで知恵が出るわけではないでしょうが、政権としてのやる気を示していただかないと」

と蛯沢が進言した。

「それはそうだなあ。官房長官と相談してみよう。……率直なところ蛯沢さんの見通しはどんなところ？」

「私としては、今の与野党の力量からすると、結局十月四日から始まって、ただ民自党の五・五日の要求をどこまで値切れるかというくらいだと思いますが」

「参ったねえ。マスコミもまったく民自党を叩いてくれないし」

「与党の力が足りないと書かれるだけです。私が見ていてもそう思うんですから。まあ予算委員会は我慢して、税制改革委員会の方は少しはスムースに行くように、今から手を打っておいた方がいいと思いますね。……それと、与党は取引の材料がないと言いましたが、たった一つだけありました」

「何？」

「予算委員室の席の配置を、民自党の希望するように今までどおりにしてやることです」

「情けない話だなあ」

「私も長いわけではありませんが、こんな国会は初めてです」

風見は官邸に戻った。官房長官秘書官室に電話をして、長官の都合を尋ねると、

「今、大蔵が入っています。空きましたら、ご連絡します」

という返事だった。

大分経ってから「空きました」と連絡があったので、風見は官房長官室に行った。

総理秘書官応接室を出て、閣僚応接室前の廊下とは直角に交差する廊下の数段の階段を上がると、すぐ官房長官室だが、出入りは隣の官房長官秘書官室から行う。官房長官秘書官室には、政務秘書官のほか警察、外務、大蔵から秘書官が来ている。総理秘書官には局次長や審議官、部長などに上がる直前の課長級が来るが、官房長秘書官は課長に上がる直前の筆頭補佐級が来る。秘書官のほか、総理府所属の職員も何人かいる。

風見が入っていくと、政務秘書官の半沢靖夫が、どうぞというように手で長官室の方を示した。風見はノックをして長官室の扉を開けた。

昭和四年竣工の官邸の総理執務室は狭いが、官房長官室は当然のことながらもっと狭い。入るとテーブルと古臭い茶色の皮張りの応接セットが置かれているが、室内はほとんどそれでいっぱいという感じである。長官は応接セットの奥の一人掛けの椅子に座っていた。サイドテーブルには資料が山積みになっていて、部屋全体が雑然としている。

「総理はお元気そうだねえ。アメリカでの受けもいいようだ」

三国官房長官は、風見の顔を見るなり言った。

「そのようですね。長官もテレビのニュースをご覧になられていますか？」

風見は日曜日も月曜日も、朝六時のニュースを見るために早起きしていた。総理夫妻はもとより、牧本秘書官をはじめ秘書官たちの様子もちらっと映り、皆元気そうで風見は安心していた。

「ニュースは見たり、見なかったりだが、今朝鶴井君が電話で様子を報告してきたよ。総理を初めて見るアメリカ人は、異口同音に二つのことを言うんだそうだ。日本の総理大臣なのに、年寄りじゃない、背が低くないとね。これは少し考えないとね。民自党政権の長老政治の弊害だよ。張り切って、大勢の見送りを受けて外遊して、日本人に対するマイナス・イメージを振り撒いてきていたということだね」

背は別にして、年齢の問題は確かに政治のあり方と関係している。民自党の当選回数主義の下では、一段一段階段を上り詰めて最後の最後にならなければ総理の座を得られない。それは一種の教育システムでもあるが、しかし既存の仕組みに染まることにもなり、本当の改革はできない。若さは改革者の絶対の条件で、今回の訪米でアメリカ人は、総理の若さに改革者の可能性を見ているのだろう。

「国連総会演説は、今日の深夜だね。鶴井君には、LとRの発音だけ気を付けるように総理に言ってくれと頼んでおいた。日本人の英語で注意すべきはこれに尽きるよ。もっとも総理も、向こうでアメリカ人の先生が付いてまた練習しているそうだ。合間合間の勉強会もあって、総理も相変わらずのんびりするどころではないらしいね」

確かに大変なのだろう。しかし特別機を仕立てて、あれだけの人数が付いて行っているのである。観光旅行ではないから、それは仕方がないことだった。

「ところで長官。総理は出発のときにも、国会の見通しを気に掛けておられました。明日理事懇がありますが、今週中に予算委員会が動き出すのは厳しそうですね。総理が戻られたら直ちに与党責任者と政務幹事の合同会議を開いて、総理から今一層の与党の努力をお願いする必要もあるかもしれないと思いまして」

「そうかねえ。予算委員会は、やっぱり厳しいかねえ」

官房長官がこんな認識では、先が思いやられると風見は思った。

「僕もねえ、岩城委員長にお願いに行こうと思って、さっき連絡を取らせたんだが、委員長は今日は選挙区で、明日の理事懇前でなければ戻らないそうなんだ」

本当にこんなことでいいのかと風見は思った。これではマスコミが、「ケシカラン民自党」となど書くはずがない。

「理事懇前にお願いができるように、予定を入れておいてもらったから、とにかく明日お願いしてくるよ。それでも見通しが立たなかったら、水曜日にでも急遽与党の関係者に集まってもらおう」

「お願いします」

秘書官室に戻ると大沢さんが、衆議院税制改革特別委員長の新世紀党の神谷晃の母親が亡くなったと伝えた。総理が承知しておかなければならない慶弔の情報は、さまざまなルートを通じて大沢さんのところに伝えられてくる。

「税制改革関連法案の審議入りを控えて、神谷先生も大変だなあ。おいくつだったの?」

「八十九歳だそうです。ご葬儀は広島の方でなさるそうです。総理のご弔慰は、生花、お香典、弔電でよろしいですか?」

総理の弔慰の表し方は、様々である。総理名の弔電については、国務大臣経験者、議員経験者、勲一等以上の受勲者、文化勲章受章者やノーベル賞受賞者、人間国宝など、必ず打たなくてはならない者の基準があるが、これらは機械的に処理される。その他の場合は、風見が個別に判断する。もし総理が日本にいて、神谷委員長の母堂の葬儀が都内で行われるなら、総理が直接顔を出さないわけにはいかないが、広島では無理である。その場合には、生花、香典、弔電の三点セットが相場である。

「弔電の文面は、どうしますか?」

放っておけば、「御母堂さまの御逝去をいたみ、つつしんで哀悼の意を表します」になる。風見は文面を考えて大沢さんに渡した。

総理の弔電といっても、大沢さんが一一五番に掛けて打つだけである。大沢さんは、机の直通電話を取り上げた。

「弔電をお願いします。こちらは、三五八〇の×××です。……本文を申し上げます。御母堂様の御逝去をいたみ、つつしんで哀悼の意を表します。悲しみを乗り越えられ、今後とも日本の改革の事業に先生のお力添えをたまわりますよう切にお願い申し上げます。内閣総理大臣、宗像芳顯。……おし花の香華でお願いします」

風見は神谷晃の広島の事務所に電話をした。秘書が出たのでお悔やみの言葉を述べ、総理の生花と弔電の手配を済ませたところで、香典は議員会館の事務所に届けさせるからと伝えた。そして、当然特別委員会の審議までにはお戻りいただかなければならないが、まだ先になりそうなので、国会の状況を見守りながら、家での必要な務めをお果たしいただきたいと伝えた。

「議員も国会審議の状況を大変気にしておりまして、総理にご迷惑をおかけすることはないと存じます。ありがとうございました。お電話を頂戴しましたことは、早速議員に伝えます」

と秘書は述べた。

しばらくすると、今度は衆議院税制改革特別委員の社民党の柴崎圭介から電話が掛かってきた。

「今まだ選挙区なんだけど、今夜には帰る。コメの決議など、官邸に心労をおかけして申し訳ない」

総理の出発の土曜日に開かれた社民党大会で、「日本の文化であるコメは、一粒も輸入しないという国是を維持し」という執行部の予定外の大会決議が採択されたことを言ったのである。

「コメもそうですけど、民自党の強硬姿勢もあって予算委員会がさっぱり動き出しません。岩城委員長と清家さんの筆頭理事で、本当に大丈夫なんですか?」

「大丈夫じゃないと思うよ」

「困りますね。何とかして下さいよ」

「ただ予算委員会は、遅れていようと、やりさえすればそれで済みだよ。問題はわれわれの特別委員会の方だよ。こっちの方は法案を抱えて、本当に成立、不成立が問われるからね。衆議院を通らないことはないけれど、少しでも早く参議院に送ってやらないと、参議院でどうなることか。そこで吉井さんとも話して、一度風見秘書官と状況分析をしておこうということになった」

吉井というのは、衆議院税制改革特別委員会の与党筆頭理事の吉井重太で、柴崎議員とは親しい。今てこずっている衆議院予算委員会で言うと、清家嘉男に当たる重要ポストである。

「それは願ってもないことですね。私の方も一度社民党の内情をじっくり伺っておかなければと思っておりました。村野委員長、久保田書記長の新布陣になっての影響もお聞きしたいところです」

結局翌日の夜、九時に総理の出迎えに官邸を出る前の六時から八時半まで吉井、柴崎と会うことにした。電話を切ってから、風見は議員二人と食事をするのに適当な店はないかと、大沢さんに尋ねた。

「料亭はダメだよ。総理が料亭を使わないのに、秘書官が使うわけにはいかない。料理の旨い和食の店がいい。あまり政治家の行かないところね」

と風見は言った。

「そうですね。それなら赤坂の関根がよろしいですね。政治家の方はあまりお使いになりませんが、お料理は大変結構なお店です。お席をお取りしますか?」

「お願いします」

翌日風見は朝の六時前に起きて、六時からのニュースと、六時半からの総理の内外記者会見を見た。

ニュースのトップは、クックス大統領との日米首脳会談だった。ベンジャミン・アリストア・ホテルの大統領のスイート・ルームで行われた首脳会談のニュースでは、スイートの椅子に座り、記者団に向けて握手をしてみせたり、互いに笑顔で語り合う総理と大統領の様子が映し出されていた。総理は堂々としていた。これまでのように、背伸びし、作り笑いをし、精一杯日本国の総理大臣を演出している小柄な日本の総理大臣というのとは違って見えたから、確かにアメリカ人たちもこの新しい日本の総理に誇張でなく驚きに満ちた新鮮さを感じているのだろう。

ニュースでは、国連総会での総理の演説の様子も報じられた。国連のエンブレムを背負い、青い大理石で囲まれた厳粛な雰囲気の広い壇上の演卓に一人立った総理は、少し緊張気味で演説原稿を読んでいた。音声も入ったが、英語の発音はところどころ巻き舌が多少気になったものの、日本の政治家としては立派なものだった。総理も練習に努めた甲斐があったろう。これで世界が直接宗像芳顯を見、知ったことになる。

総理の内外記者会見は、定刻から少し遅れて日本時間の午前六時三十五分から始まった。生中継の画面だった。総理の後ろに並べられた椅子に鶴井副長官と田崎議員が座っていた。そこから離れた横手の椅子に牧本、尾崎、草野の三人の秘書官が座っているのがチラッと映った。

平塚外務報道官の司会で、内外の記者たちがほぼ交互に質問した。クックス大統領は、日米間の懸案の処理の仕事を一緒にできる相手と見たか、ウルグアイ・ラウンドの年内決着に向けてリーダーシップを発揮する覚悟、G7で各国から日本の所得減税に対する期待が表明されたこととあわせて、民自党の所得減税要求にどう答えるか、国連の平和維持活動に対する人的貢献についてどの程度のことを考えているかといった質問や、さらに社民党の村野新執行部との関係、日米総括協議の見通し、国連改革への日本の具体的な取り組みなどの質問が出たが、いずれも総理はうまく答えていた。カメラが記者席を映したとき、後ろの方でメモを取っているケイコの姿も映った。ケイコを見付けたとき、自分が無意識にその姿を探していたことを風見は知った。

記者会見終了後、総理は直ちにJ・F・ケネディ空港に向かい、特別機で帰国の途に就く。羽田への到着は日本時間で夜の十時十五分の予定だった。

官邸に出てから、風見は蛯沢参事官に予算委員会理事懇談会が終わったら様子を知らせてくれるように頼んだ。昼前にその報告が来た。報告は民主改革新党・改革の風の予算委理事の上田司からも来たが、衆議院の予算委員会の開会日数をめぐって、民自党がそれまでの五・五日の要求を四日にまで引き下げ、与党側は二日の主張を二・五日にまで引き上げた以外は進展はなかった。のみならずこの日はもう理事懇談会はなく、民自党の理事

が、

「とにかく明日と明後日はウチは党大会だから、党大会終了の三十日の午後五時にまた来る」

と一方的に通告して席を立ったという。結局民自党に押し切られ、十月一日の金曜日から予算委員会を始めるのは、きわめて厳しい状況になった。

午後六時に風見は赤坂の関根に行った。関根は車も入れない狭い小路の奥にあるこぢんまりした店だった。一階はカウンターと椅子席、それに小上がりがあり、二階も多分三室程度しかなかった。

柴崎議員はすでに来ていて、二階の和室でお茶をすすっていた。

「総理もアメリカでは好印象で迎えられているらしいね。誇らしいことだよ。やっぱり政治には見てくれも大切だ。われわれのような貧相な日本人では勤まらない大役をこなされているよ。今夜戻ってくるんでしょう?」

「はい。予定は十時十五分着です。総理の留守中に国会が少し動いていてくれればよかったのですが、予算委員会もまったく駄目ですね。留守中の変化といえば、社民党が村野執行部になったくらいですよ」

「まあ村野さんも、委員長になって少し自重しているようだ。連立を壊すような無茶なことはしないだろう。問題は法案が参議院に行ったときの個々の議員の造反だ。村野さんの立場を慮って、数としては山岡執行部のときより少なくなっていると思うけど、しかしどこに潜んでいるか分からない」

仲居が現れ、

「もうお始めになられますか?」

と尋ねたが、風見は、

「もう一人が来てからにします」

と答え、柴崎議員と党大会後の社民党の様子について話した。

そのうち隣の部屋が賑やかになってきた。次々に人が集まる気配がした。大沢さんが、政治家はあまり使わない店だと言ったわけが理解できた。襖一枚で隔てられているだけで、声が筒抜けなのである。

話し声の合間に、人々が「会長」、「会長」と呼びかけるのが聞こえた。座の中心にいるのは、何とか会長という肩書の人らしかった。そのうちに、時折「宗像」という語が混じるのが聞き取れて、風見は耳をそばだてた。

料理に舌鼓を打つという風でも、陽気に羽目を外すという風でもない。騒々しいのは、口々に鬱憤を晴らし、他人を悪しざまに言ったり大言壮語を吐いてみせたりしているからのようである。風見も柴崎も、やがて状況が呑み込めてきた。隣にいるのは民自党の議員たちで、会長というのはどうやら総務会長らしかった。とすれば、渡良瀬派の樫山貴史である。樫山総務会長を中心に、民自党渡良瀬派の面々が集まっているらしかった。風見も柴崎も思わず話に引き込まれていった。

「われわれがたまたま財部の動きに気付かずに、野党になっただけのことを、歴史の必然のように言う論法は許せん。何でわれわれが野党でいなければならないんだ。全く人を馬鹿にした話だ」

「その通りだ。何でも目新しいものに惑わされるところが、日本人の弱いところだ。ただのパフォーマンスを新しい政治のように言いくるめられて、そのつもりになっている。肝心の国会答弁は、官僚の作文の棒読みで、ひどいもんだ。会長。あの欺瞞は徹底的に暴いてやらなければなりませんな」

「大丈夫。こんな政権は、長続きしないよ。国民は熱病に取り憑かれているだけだ。そのうちに、宗像内閣を支持した自分たちに恥ずかしくなるさ。今日の役員連絡会でも、予算委員会での攻め方を議論したんだ。どうせ与党は、水と油のようにもともとくっつくはずのないものを無理にくっつけただけだ。ちょっと突っつけばすぐガタガタになる」

「そのつもりで手ぐすね引いているのに、予算委員会がさっぱり始まらない」

「ワッハハハハハッ」

皆が笑ったが、可笑《おか》しいから笑っているというよりも、はけ口を求めていたものが吹き出したような、隣で聞いていても圧倒される笑い方だった。

「予算委員長も筆頭も社民党だ。止め方は知っているが、動かし方は知らない」

「野党のわれわれのところに何も頼みに来ない。アイツらが野党のとき、何度も足を運んで頼みに行ったわれわれの苦労なんか、ちっとも理解していなかったということだ。汗をかくつもりのないあんな奴等に、与党の資格なんかない」

「そうだ。与党は努力するから与党なんだ。そこが分かっていないんだ」

「幸い社民党では、財部にいいようにやられて、反財部感情が吹き出している。村野もそうだが、今度国対委員長になった安永が、これからは財部の思い通りにはさせないと言っているという話だ。これは見ものだ」

「権力欲しさのためだけに、社民党なんかを抱え込むからそういうことになるんだ。アイツらには理念も何もなく、党利党略しか眼中にないんだ。政治を私物化しやがって。このままでは日本は大変なことになる。政治はあくまでも国家国民のためにあるんだ。その肝心なところが奴等には分かっていない。このまま好き勝手にやられたら、一体この国はどうなるのか」

「だからわれわれがしっかりしなければ駄目なんだ。予算委員会だって、すんなりとは開かせない。開いたところで各駅停車だ。徹底的にやって、この政権の正体を国民に見せてやるんだ」

「ワッハハハハハッ」

話の随所に、罵詈雑言《ばりぞうごん》と不遜な高笑いが同居していた。それはある意味で風見の知る永田町の人間たちの心理構造でもあった。彼らの話は、決して不満とか泣き言では終わらない。そういうときであればあるほど必ず高笑いで終わるのである。

「お見えです」

という声がし、仲居が吉井議員を案内してきた。

「いやいや、遅くなって」

と言いながら部屋に入ってきた吉井に向かって、柴崎が口に指を当てる仕種をし、目で隣の部屋に注意するように合図した。風見が廊下に跪《ひざまず》いている仲居に、わざと普通の調子で「では始めて下さい」と告げると、仲居は「はい」と答え、飲み物を尋ねて行ったが、別段風見たちの様子に気を留めた風ではなかった。

「民自党だ。樫山総務会長もいる」

と柴崎が小声で吉井に言った。隣に目をやった吉井は、すぐに状況を悟った。三人は続けて自然に漏れてくる話を聞いた。

「今度の国連総会演説も、パフォーマンスだけで全くの無内容に呆れたよ。一体国益を何だと思っているのか。会長はニュースでご覧になられましたか?」

「いや、最近はニュースを見ないことにしている。見れば腹の立つことばかりだから」

「まったく、マスコミの権力に擦り寄る態度は、見ていて吐き気がするね」

「宗像人気なんて、マスコミが作り上げた虚像だよ。特にワイドショーが悪い。地元の人間にマイクを向ければ、誇りだと答えるのは分かり切った話だ。宗像のカミさんが自転車に乗って買い物に行くの追っかけたり。政治と何の関係があるのかね」

「宗像は、この改革は族議員政治と手を切ったから初めて可能になったと言ったが、あの言い方は何だ。われわれが政権を握ってきたのは、国民が支持してきたからだ。その国民に対する冒瀆じゃないか」

「そうだ」

「国民と心を通わせるわれわれの真心の政治を、族議員政治とレッテルを貼りさえすれば、国民が喝采すると思っている」

「そうだ。そうだ」

「どうやら宗像は、税制改革の次は、日本再編とか言って、この国をひっくり返すことを考えているらしい。これまでの歴史も伝統も無視して地方を引っ掻き回して、しかも地方分権の名のもとに地方を切り捨てることを本気でやりかねない。中央が助けなくて、地方が生きていけると思っているのか。殿様気取りで、いまだに江戸時代のつもりで政治をやっている」

「会長。本気で早く政権を取り戻さないと、このままでは日本は大変なことになりますぞ。権力は、奴等には阿片ですからね。奴等が阿片の味を覚えないうちに手を打たないと。委員会でチクリチクリやるような悠長なことでは間に合いませんな」

「分かっている。分かっている。こんなおかしな政権はいつまでも続けさせておかないから。私が何とかする」

「河崎も、林も本当にやる気があるのか。橋川なんか、相変わらず鼻にかかったような声で強がりばかり言っていて、何で野党が政府案を上回る消費税の引き上げ法案を出さなければならないんだ。馬鹿なことをしやがって。解散でもやられたらどうするつもりだ」

「大丈夫、絶対解散はやらせない。景気が味方しているよ。私だったら、さっさと補正をやって解散するが、与党は補正は先延ばしのようだ。税制改正を先行させる腹のようだ」

「財部も結構馬鹿だね。相変わらず政治は政策だなんて言っている。とにかく税制改革法案はそのままでは通させない。所得減税で攻める。攻めて攻めて、攻めまくるんだ。G7でも日本に対して所得減税の大合唱だったというじゃないか」

風見たち三人は言葉もなかった。「ひどいもんだ。まったく」と柴崎議員が小声で言ったが、吉井も風見も返事をしなかった。

やがて仲居がビールとお通しを運んできた。風見たちはビールをグラスに注ぎ、乾杯をしたが、意気は上がらなかった。続けて最初の料理が来て箸をつけたが、まるで通夜の食事のようだった。

しばらく聞き取れなかった隣の声が再び大きくなった。文脈は分からなかったが、「宗像ならやりかねない」という話だった。

「宗像ならやりかねない。そこは気を付けないといけない」

「会長。いっそ、宗像を取り込んではどうですか? 財部や武藤のように苦労していないだけ扱いやすい。どうせ殿様ですから、本人は御輿に担がれていさえすれば満足で、担ぎ手は誰でもいいんです」

「それは妙案だ。今にして思えば、確かに迂闊《うかつ》だった。財部が担ぐ前にさっさとわれわれが担いでいれば、こんな苦労はせずに済んだのに。ただ理念なんて何もないくせに、格好だけは人一倍気にする男だから、馬を乗り換える大義名分を作ってやらないと」

「とにかく何をするにしても、国会で徹底的に追い詰めないと。追い詰めさえすれば、後はどうにでも仕掛けることができる」

「そうですよ、会長。年内に実現しなければ責任を取ると公約しているんですからね。飛んで火に入る夏の虫だ。絶対衆議院は通さない。万が一衆議院を通っても、参議院で阻止する。年内にはウルグアイ・ラウンドの決着も控えている。どうせ連立はガタガタになる。それが参議院の審議と重なることになります。参議院で否決されたことを理由に、衆議院を解散するわけにもいかないし。そうなれば宗像内閣の末路が見えてくる」

「宗像内閣の末路か。いい言葉だ。音を立てて崩れる連立の中に立ち尽くす奴等の阿鼻叫喚が聞こえてくるようだ」

「どうせ宗像は脇の甘い男だ。攻め方はいくらでもある。歴史の新たな一頁が始まるなどとほざいた奴等の無残な末路だ。連立の崩壊も遠くはない」

「連立の崩壊だけでは駄目だ。こんなことが二度と起きないように、資格も能力もない奴が権力を握ろうなどと大それたことを考えると、煉獄の火で炙《あぶ》られることを、この際徹底的に教え込んでやらなければならないんだ。そのうえで宗像が十分反省して恭順の意を表したら、今度はわれわれが担いでやってもいい。われわれに逆らいさえしなければ、あの家柄の良さと人気は使い出があるかもしれない。その代わり一から十までわれわれの命ずるとおりやってもらう」

「財部は、土下座しても駄目だな」

「しかし曽根田御大が評価されているし、渡良瀬会長も買っておられる。ここは、御大と会長に任せておいた方がいい」

「まあ、連立はいずれ瓦解する。ここしばらくは、皆さん方も耐えてそれぞれの持ち分で頑張って下さい。そうすれば国民は必ずまたわれわれを求める。再び春が巡ってくるということだ」

「真心の政治が、パフォーマンスの政治に勝つということだな」

「面白くなるぞ」

「本部もまた官僚や陳情団で賑やかになる」

「ワッハハハハハッ」

「ワッハハハハハッ」

それから程なく、ドカドカッと廊下を出て行く音がして、隣はひっそりとなった。思いがけない嵐が襲い、あっという間に去って行ったようなものだった。

隣が去っても、風見たちの部屋では三人が食事を前に憮然としていた。

「ひどいもんだ。まったく」

柴崎議員がもう一度言った。

「日本はあれで四十年間やってきたということか」

吉井議員も、自分に言って聞かせるように呟いた。

彼らの言っていたことは、要するに太陽が東から出て西に沈むように権力は民自党にあるのが自然の摂理だということだった。それに逆らう者は、理念もなく、党利党略だけでの権力亡者で、彼らは資格も能力もないのに権力を握ろうなどと大それたことを考えたが故に、やがて煉獄の火で炙られ、阿鼻叫喚が待っているというのである。すさまじい論理である。むろん論理などと言えるものではない。彼らが求めているものは、詰まるところ党本部が官僚や陳情団で賑やかになることだった。それが彼らの「春」なのであり、そこで彼らは「真心の政治」をやるのだという。真心の政治と彼らが呼ぶ政治の正体は、言うまでもなく利権政治のことである。「センセイ、センセイ」と言い寄られ、「ヨシ、ヨシ」と答えるのが彼らの言う真心の政治なのである。

「日本の政治の本当の構造改革も考え、法案の行方も考えて、党内を説得して民自党との妥協をやろうかとも考えたが、あんな話を聞くとイヤになったよ」

と吉井がポツンと言った。風見もとりなす言葉がなかった。

「自分たち以外が政権をもつと権力亡者で、自分たちは真心の政治だというのは、一体どんな論理なのかねえ。おかしいことは、自分たちも本当は分かっているのかなあ」

「何でもう連立が崩壊して政権が自分たちに戻ったような話になるんだ。無残な末路だとか、ガタガタと音を立てて崩れる連立の中に立ち尽くすとか、何を勝手なことを言っているんだ。ぶん殴ってやりたいよ、もう」

柴崎と吉井は、すっかり憤慨し切っていた。ところがしばらくして怒りが収まると、驚いたことに吉井が一転して民自党議員たちのことをしきりに感心し出した。そればかりか、柴崎も同調し出したのである。

「しかしあの常軌を逸したすさまじいばかりの権力への執着心は、学ばないとなあ。社民党に欠けているのは、あの執着心と気迫だ。国会議員になっただけで、双六の上がりだと思って満足し切ってきた。それに対して民自党は、政治はそこから先のことだと思っている」

「そうだよ。ウチの組合の組織内議員は、十年経ったら交代させられる。議員年金が付くからね。こんな政党が、あれだけの権力亡者の集まりで、権力への渇望と権力をめぐる怨念が渦巻く民自党に対抗できるわけがない」

「それに黒を白と言いくるめ、カラスを鷺と言いくるめるあの能力だ。ウチなんか覚めた評論家ばかりだから駄目だ」

「五五年体制の政治は、政権交代のない政治という以上に、与野党の執着する権力そのものに格差があった体制だった。あの連中は権力はわれわれには阿片だと言ったが、阿片の味を覚え、それに溺れてきたのは奴等の方さ。それに対して、社民党の執着してきた権力は、国会議員に再選され、センセイと呼ばれ続ける程度のものだった。それで満足し、時折政府に抵抗して国会議員としての存在証明をしてきただけのことだ。これでは勝負にならない。それでも社民党は満ちたりてハッピーだったんだ。民自党とわれわれは、別々の二つの双六をやっていたということだ。政治がよくなるはずはない」

風見が口をはさんだ。

「民自党もあんな議員たちばかりではありませんが、しかし多くの民自党議員の心のうちに、あの連中と似たような思いがあることは確かです。予算委員会は、最悪各駅停車になっても、まあ何とかなるでしょう。問題は税制改革特別委員会です。あの調子でやってきます。吉井先生と柴崎先生は、何と言っても社民党の中の最も頼りにさせていただける方々です。改めてよろしくお願いします」

と風見は頭を下げた。吉井が答えた。

「当然頑張るさ。しかし、強行一本でいいのかねえ。あんな連中の話を耳にすると、意地でも蹴散らして行きたくなるけれど、しかし本当に所得減税なしで行けるのかねえ？　僕らより総理の方がアメリカの圧力を感じているはずだし、僕らが政府与党最高首脳会議の申し合わせを真に受けて原案死守で突っ走って、本当に梯子を外されることはないのかねえ？」

なるほど、この日二人が風見と話をしたいと言ってきた狙いがようやく分かったと風見は思った。

日曜日に、ワシントンで開かれていたG7の蔵相・中央銀行総裁会議で、ケイコが言っていたように各国から日本の所得減税に対する強い期待が表明されたというニュースが報じられていた。会議後発表された合意事項では、日本側の抵抗によって直接の言及はなく、「日本は一層の規制緩和により経済の構造改革をめざすとともに、追加的措置により持続的な経済成長に努める」となっていた。しかし同時刻に記者会見したアメリカのベルマー財務長官は、「日本はすでにさまざまな景気対策を取ってきており、追加的として残されたものは所得減税だけだ」と述べた。所得減税要求を掲げながら、世論の支持が得られずに窮地に陥っていた民自党にとっては、願ってもない追い風になるかもしれないのだった。

吉井と柴崎は、アメリカから所得減税の圧力が掛かったことで、総理が民自党との妥協に走るのではないかと心配しているのである。その辺りの感触を風見から聞き出したいと思っているのである。

吉井が重ねて聞いてきた。

「本当に総理は、最後まで原案で行くつもりなのかねえ」

「正直私には分かりません。多分総理もまだ決めておられないと思います。G7で各国、特にアメリカから所得減税の圧力が掛かってからの話は、まだ総理とはしていません。しかし、……そうですねえ。アメリカの要求は無視できないとしても、法案をどうするかはまた別の問題です。消費税の引き上げは、財政再建と二十一世紀の社会保障システムの確立のためのものですから、所得減税とは別に必要なものです。所得減税には他の方法で対応することも可能だと思います。ただ、……テクニカルな工夫は必要でしょうね」

「僕たちは、所得減税は時限的にやるなら、財源は赤字国債でもいいんじゃないかと思っているんだよ。ただ財部さんが嫌うだろうし、改革の旗手の総理がそんな民自党的手法でウンと言うか、今ひとつ確信がもてないんだ」

「その辺は正直まったく決まっていないと思います。ただ、いずれにしても社民党次第ですよ。社民党が所得減税の財源を消費税に上乗せして、六％でも七％でもいいというのなら、話は簡単なわけです。でもそれは、村野執行部になって、社民党としてはこれまで以上にきついと思うんです」

「そう決め付けなくてもいい。本当に必要なことだったら、僕が委員長に談判するよ」

「分かりました。特別委員会が始まるまで、遅くとも本格的に動き出すまでに、総理のお考えをお伝えします。無論それまでに総理の気持ちが固まっていればの話ですし、多分総理も状況を見ながらということになるでしょうが、しかしまあどんな感じかという程度のことはお伝えできると思います」

「ぜひそうしてくれよ。僕たちは総理がやりたいようにしてあげたいと思っているんだから。言っておくけれど、決して社民党の建て前どおりにやってくれということではない。もし民自党と妥協するというのであれば、それはそれで協力するよ。ただその場合には、予め仕掛けが要ると思うんだ。その準備をさせてくれということだ」

「分かりました」

話が終わって、関根の料理を堪能した。隣の民自党のグループの話を聞きながら食べた料理のことはよく覚えていなかったが、その後は一品一品を味わうことができた。最後は鯛茶漬けで、食後のフルーツも新鮮だった。

九時前に風見は官邸に戻り、車を乗り換えて羽田に向かった。車のフロントガラスには「風見総理政務秘書官」と書かれたステッカーが貼られていた。羽田はすでに警備の態勢が整えられていたが、ステッカーのお陰で風見の車はノーチェックで通り抜け、ビルとビルの間から滑走路に入ってそのまま進んだ。滑走路の中に平屋建ての貴賓室があり、その近くに人々が群れている。そこで風見は車から降りた。

人々の中には持田和之や及川雅文、植野重之もいる。秘書官室のスタッフが総出である。外務省のスタッフやSPもいる。当然全日航や空港のスタッフもいるのだろう。

「秘書官。三十分ほど遅れています。貴賓室でお待ち下さい」

　持田が近づいてきて言った。風見は貴賓室に入った。広大な滑走路のなかにポツンと建った貴賓室は、黄色い絨毯を敷き詰めた室内の正面に、豪華な造りの椅子が二脚置かれていて、周囲にも多くの椅子が置かれていた。両サイドはガラス張りで、滑走路を見渡すことができる。総理が訪欧の旅から戻られる天皇皇后を出迎えた際にも、ここを使ったのかもしれなかった。

　やがて金井秘書官も到着した。警察庁出身で警視長である金井には、ＳＰたちが気を遣って、案内をしたり挨拶をしたりしていた。秘書官としての務めが終われば警察に戻って、さらに出世していく身である。

「遅いじゃない。一曲歌ってきたの？」

　風見がからかった。

「大切な用事があるときは、歌わないことにしている。止まらなくなるから」

　金井は平然と答えた。二人はときどき時計に目をやりながら、とりとめのない話をして時間を潰した。

「程なく着陸です」

　持田が伝えに来たので、風見も金井も滑走路に出た。


見守る風見たちの右手の夜の空の中から、灯りを点けた特別機が姿を現した。そしてぐんぐん高度を下げて、彼方の滑走路に着陸した。総理が無事帰って来たと思うと、心の重しが取れたようなほっとした気持ちになった。滑走路の先まで行った特別機は、向きを変えて、暗い空間を背景に赤や青の無数の光が点いている誘導路を通り、風見たちのいる方に近づいてきた。やがて特別機は風見たちから少し離れたところで静止した。エンジンの音が低くなったので、そこが定位置なのだろう。

　タラップが運ばれた。車列が近づいて、総理車がちょうどタラップから降りたすぐの位置になるようにして停車した。特別機にはライトが当たっているが、さらに明るいライトが加わったように思われた。扉の向かい側の離れたところにカメラの放列が敷かれている。出発時と同様にカメラは高い三脚の上に据えられ、カメラマンたちは脚立に乗って身構えている。その下に群れている人々は記者たちに違いなかった。来島、小林、真壁ら総理番の記者たちもいるのかもしれなかった。

　風見はタラップの下に立った。一番手前は空港長で、次が風見、向かいに金井が立った。他にも大勢の人がいるが、出迎えと呼べるのはこの三人しかいない。係員がタラップを上っていき、ややあってから扉が開かれた。

総理と沙貴子夫人が姿を現した。総理も夫人も笑顔でちょっとの間周囲を見渡したが、手は振らなかった。タラップの上は少し風があるようだった。髪とネクタイが揺れた。総理と夫人は、足元に注意しながらタラップを降り始めた。続いて鶴井副長官、田崎議員、さらに牧本、尾崎、草野の秘書官たちが姿を現して、タラップを降り始めた。羽根外務大臣は他に回るので、この特別機には乗っていない。

総理は元気そうだったが、座席に座ったままでの十四時間以上の長旅で、さすがに疲労の色が浮かんでいた。続く田崎議員は心なしか憔悴しているようにも見え、足取りが危なかった。三人の政治家の中では一番の年長である。一段一段踏みしめるようにタラップを降りている。

「お帰りなさいませ」

総理があと一、二段を残すまでに近づいたところで、風見は言った。総理は顔を上げて風見を見てニッコリ笑った。夫人も風見に笑顔を向けた。風見は秘書官たちにも「お疲れさま」と声を掛けた。牧本たちも風見と金井に頷いてみせた。

地上に降り立った総理と夫人は、ＳＰたちがドアの横に立って周囲を見回しているなかを、総理車に乗り込んだ。風見は駆け足で自分の車まで戻って乗った。すぐに総理車が動き出し、用意のできた他の車も続いたが、副長官車は付いてこなかった。

動き出して分かったことだが、出発のときと違って、帰国のときは車列では走らない。出発のときは特別機や政府専用機がスタンバイしていて、そこに総理一行が到着してすぐ出発するから、揃って車列で乗りつける必要がある。しかし帰りは、車列はタラップの下に並んだところまでである。人によって帰る方向がまちまちだから、どうせ車列は途中でバラバラになる。首都高は総理の通過に合わせて閉鎖されていてガラ空きだが、その閉鎖されている間に銘々が自由に帰ることになる。

滑走路から出て、首都高に向かう空港の構内の道路に出た。風見もかつて帰省する由希子の送り迎えに自分で運転して通った道である。総理車はスピードを上げ、猛烈な勢いで飛ばし始めた。多分特別機の到着が遅れて、首都高の閉鎖が長引き、解除の時間が迫っているのであろう。

「総理車を追って」

と風見は運転手に命じた。

首都高に入った。先頭は白バイと、パトカーと覆面パトカーにガードされた総理車、それに金井秘書官の車が必死に追走している。総理車がこれから向かう先は皇居である。帰国した総理はまず皇居に赴き、帰国の記帳をしなければならない。同行は金井秘書官の役目だから、総理車に遅れるわけにはいかないのである。

その一行に続いて尾崎秘書官車、次が風見の車である。他の車はどうなったか分からない。風見の車は懸命に総理車を追っているが、次第に離されていった。すでに二、三百メートルの距離はある。風見の車も尋常なスピードでないが、それ以上に総理車が速い。

大都会の中空に架けられたうねった夜の暗い首都高の彼方の先を、総理車は走った。テール・ランプの他、後部のナンバー・プレートの部分に小さな青いランプがひとつ点っていて、遠くからもはっきりと見える。小さいながら、サファイアのような強い光を放って見えるそれが、総理車の目印である。その青いランプの大型の総理車が、右に左にカーブを描きつつ、猛烈なスピードで夜の無人の高架の道を疾駆していく。先導のパトカー、総理車、覆面パトカー、金井秘書官車だけが、互い違いの車線の陣形を保って、何か大事に急ぐようにひた走る。

やがて途中の分岐点で尾崎秘書官の車は、別のルートに入った。尾崎の自宅はそちらの方向にある。路がしばらく並行して走り、並んで続く橋脚の間から疾駆する車が見え隠れしていたが、すぐに見えなくなった。金井秘書官を別にすれば、総理車を追っているのは風見だけになった。このまま皇居まで付いていこうかと風見は迷ったが、霞ヶ関ランプが近づいてから風見は運転手に言った。

「霞ヶ関で降りて、官邸に行って下さい」

「分かりました」

風見の車は霞ヶ関の出口への道に入ってスピードを緩めたが、総理車はそのまま本線を駆け抜けて行った。

ランプを出ると、午後十一時の周囲は暗く、ひっそりとしていた。彼方に議事堂の黒い影が見え、前庭の鬱蒼とした木々が闇の中に揺れている。一般道まで交通規制をしているわけではないが、この時間帯に車はほとんどいなかった。

霞ヶ関ランプから官邸までの道は青信号で、暗い道にその信号の光だけが点々と輝いていて、両側の建物は闇に閉ざされていた。総理の到着に備えて、表門は開け放たれていた。風見の車はスピードを落としただけで、制服警官の合図で、停まることもなく構内に入った。官邸に着いて、内玄から入って内部の通路を通って公邸に行った。ものの十分もすると、公邸の玄関に気配がして総理が戻ってきた。あのスピードで皇居に向かい、記帳を済ませて戻ってくるのにそれほどの時間はかからなかったのである。

「お疲れさまでした。国連演説も好評で、おめでとうございました」

「日本でも報道されましたか」

総理は笑顔だった。羽田で見たときよりも元気そうに見えた。

「扱いも普段より大きかったようです。総理の英語の演説も流れました。練習の甲斐があったようですね」

総理はエヘヘヘヘヘッと笑った。

そこに三国官房長官がやって来た。

「いやー、お疲れさまでございました。大成功でございましたな。クックスともすっかりウマが合ったようで。国連演説も、LとRがよく区別できていたと、アメリカ人にも好評だったようで」

総理は長官にも笑顔を見せていた。風見は取り急いで総理に話さなければならないこともなかったから、退出することにした。総理は疲れているし、長官が何か報告することがあるかもしれない。

「国会は残念ながら全然動いていません。詳しい状況は、明日ご報告しますので、今日はこれで失礼します」

「全然駄目ですか。コメも騒々しかったそうですね」

「はい。社民党大会で、コメの市場開放反対の決議が採択されました。その件についても改めてご報告します」

「お願いします」

風見はそのまま退出した。

翌日風見は、九時過ぎに秘書官室に入った。当番の金井秘書官はすでに来ていたが、総理に同行した秘書官たちは、しばらく経ってからポツポツと姿を見せ、全員が揃ったのは昼近くだった。

総理の日程表はほとんど空欄にしてあり、最初の日程はPKOによる第二次カンボジア派遣施設大隊一行の帰国報告だった。それが午後二時からだったから、出邸は午後一時半の予定だった。しかし十時前に公邸のSP室から金井秘書官のところに、「これからお出になられます」と連絡があり、金井が飛んで行った。さすがに若く壮健な総理だけのことはある。連絡漏れした番記者たちは間に合わず、状況を察知した公邸の張り番の合同通信と特報通信の記者だけが付いてきた。

総理の出邸は、官邸内の主要な部屋でランプが点いて知ることができる。それを見て、岩原副長官が真っ先にやって来た。留守中のことで総理に報告したり、指示を仰ぐことがあり、また官僚機構を束ねる立場から日米首脳会談の様子なども承知しておく必要があるからである。しばらくしてから三国官房長官も加わった。別に深刻な様子ではなく、ときどき笑い声も聞こえてきた。

長官と副長官が退出すると、風見が入った。国会の報告もあるが、月曜日に社民党の中田総務部長から、「新執行部も決まりましたので、総理にご挨拶をさせていただきたいのですが」と連絡があり、風見としてはできればこの日に入れたいと考えていたのである。

「村野新委員長はじめ社民党の新執行部がご挨拶したいということですが、一時半から三十分入れさせていただいてよろしいでしょうか？」

「結構です」

それから総理は、執務机の前の椅子に風見を座らせた。

「クックス大統領はいかがでしたか？」

と風見は、自分の方から尋ねた。

「なかなかの政治家ですね。ウマは合いそうだが、そのつもりでいるとやられますね。人を持ち上げるのは絶妙です。まあ、真剣勝負はまだ先だということです」

新聞はエールの交換と書いたが、首脳会談などそんなものなのだろう。総理が続けた。

「国会もまったく駄目なようですね。官房長官が予算委員長に頼みに行ってくれましたが、さっぱり埒があかないという報告でした」

「知恵ではなく、やる気の問題なんです。内閣参事官室からも総理から発破をかけてもらいたいという話がありまして、私の方からも官房長官にお願いしておきました」

「連立になったら国会が動かないというのでは、示しがつきません。明日、拡大政府与党最高首脳会議をやるということのようですので、私の方からも強くお願いするつもりです」

総理のやる気に、風見も光明を見る思いがした。

総理と打ち合わせてから、風見は社民党の中田総務部長に電話をして、村野新委員長らの挨拶は午後一時半にお願いしたいと伝え、できればこれから自分が委員長を尋ねて、挨拶もし、多少の手順の打ち合わせもさせていただきたいと告げた。委員長は院内にいるので、連絡しておくとのことだった。

風見は車を出させて、院内に入った。村野富一郎とは何となく互いに顔を見知っているという程度の関係だった。社民党の控え室に行くと、ロの字形に机を並べた部屋で、村野は副委員長に就任した黒川と二人で話をしていた。

「あとはＡＷＡＣＳの問題ですな。これもウチの立場は譲れませんから」

村野は黒川の言うことを黙って聞いていた。黒川が一方的に喋り、村野が仕方なく聞いているという感じだった。早期警戒管制機のＡＷＡＣＳの導入経費が来年度予算の概算要求に含まれていて、やはり社民党が反対している件のようだった。

風見は入口近くに立ったまま、村野が話し終わるのを待っていた。やがて話を終えて村野が風見のところにやって来た。白髪の痩身で、濃く長い眉毛がトレードマークである。

「総理秘書官の風見でございます。今後何卒よろしくお願い致します」

「いや、よろしく。一時半だったな。中田が言ってきた」

「はい。急なことで申し訳ありませんが、よろしくお願いします。予定は三十分です」

「うん」

「頭撮りがございますので、閣僚応接室の方にお願い致します。表玄関から守衛がご案内致します。それと、時間が限られておりますが、総理にお話しされたいことがございましたら、何なりとお話し下さい」

「何を話すんじゃ？」

「ご自由で結構ですが、社民党としての要望、ご注文がございましたら、この際総理にはっきりと申されたらよろしいかと思いまして」

「分かった。考えておく」

「ではよろしくお願いします」

「あんたも大変じゃなあ。忙しいじゃろう」

「仕事ですから。今後ともよろしくご指導いただきますように」

「分かった。よろしくお願いするよ」

村野委員長、久保田書記長、黒川、新堀、金子の三副委員長は、予定時刻きっかりの一時半にやって来た。閣僚応接室で待機し、総理が入って頭撮りがあってから、執務室に移って話した。

「党大会では、消費税の五％への引き上げを承認し、連立政権を支えていくことになりましたので、何分にもよろしく。その他いろいろあるが、そこは連立だから話し合いをやっていくしかないということで」

と村野委員長が党大会の様子を報告した。別段肩肘を張っている風もなかった。

「党の主体性発揮の決議もなされたようで、ご注文がきつくなられるのではと、気を揉んでいるのですが」

消費税引き上げの見返りとして、平和と人権、民主主義などについての社民党の基本政策の堅持と、連立政権内での党の主体性の発揮の決議が採択されたことについて、総理がやんわりと懸念を示した。

「総理も河崎総裁の代表質問に、各党の主体性を尊重と答弁されたわけで、それに従っただけです。別段連立の運営を難しくすることを考えているわけではありませんから」

村野委員長が答えた。結構やるという感じだった。

「コメの決議も採択されたようですね」

「それは総理が、コメの市場開放は受け入れられないという従来の政府方針に変更はないと、ニューヨークの記者会見で述べられたので、援護射撃をさせてもらったまでと、まあ、そんなこともないが。ウルグアイ・ラウンドの決着は、正直なところどんなものですか？」

「現在政府の従来方針を貫くように交渉しています。どうなるかは、最後の大局的な判断ということになりましょう」

「コメは、ウチは大きいから、ひとつ大騒動にならないようにお願いします」

「事務方にはその方針で交渉させています。どう転ぶかは分かりません。鍵はアメリカとEUの交渉です。ここがまとまらなければ、コメも逃れることができるでしょう。最後まで分かりませんね」

アメリカとEUの交渉がまとまらなければ、コメも逃れることができるというのは、まとまれば逃れることはできないということである。確かにウルグアイ・ラウンド交渉決着に向けての最大の難関である農産物をめぐるアメリカとEUの交渉は、予断を許さない熾烈なものになっているが、そこがまとまれば交渉は決着に向けて大きく前進し、日本もコメの市場開放問題について最後のギリギリの決断を迫られることになる。しかし、アメリカとEUの交渉が決着してからコメの交渉に入るわけではない。実はコメをめぐるアメリカと日本の極秘の交渉はすでに進んでいて、その情報は一部漏れているとケイコは言っていた。社民党に限らず、日本中がやがて大騒動になるだろうと、風見には思われた。

「党大会では、総理にいろいろご心配をおかけする決議も採択されましたが、しかし八党派だということは、ウチも分かっているから。連立の軸は、主要五会派の責任者会議だから、これを大切にします。久保田さんも苦労されるじゃろう」

責任者会議の座長は、赤木広志から久保田渉蔵に交代する。

「赤木書記長には八党派の取りまとめに何かとお心を砕いていただきました。今度は久保田さんですね。よろしくお願いします」

と総理は、予め久保田新書記長の苦労を労った。久保田は軽く頷いただけだった。

「税制改革法案の趣旨説明の本会議は、何が何でも八日にはやらなければいけない。後がきつくなるから。予算委員会は、金曜、場合によって土曜から始めて衆参二・五日ずつで、八日の金曜日の午前中で終わり。午後に衆議院本会議で、趣旨説明ということじゃろう」

村野委員長が国会の見通しを語った。前国対委員長らしい計算だった。国対をやると日程計算には強くなる。

「明日、政府与党最高首脳会議で検討することになっています。委員長にもお出でいただけるのですか?」

「そういうことで連絡をもらっています。明日の理事懇で決着しなければ、委員長職権で始めたらいい」

「ぜひ岩城委員長に伝えて下さい」

「あれは、人の言うことを聞かんからのう」

「予算委員会を早く済ませるために、連立側の質問時間をできるだけ短くするのは仕方ないでしょう」

と黒川副委員長が口をはさんだ。

「予算委員会は、社民党は黒川副委員長にお願いすることになります。質問時間が短くなるのは申し訳ないが」

「黒川さんですか。これは大変ですね」

黒川は、野党時代は予算委員会の「止め男」と呼ばれ、予算委員会の審査では、鋭い質問でしばしば政府を立ち往生させたことで知られる。しかし黒川は至って神妙だった。

「与党として質問しますから。十分打ち合わせてやります」

「止めないようにお願いします」

「難しい質問はやらない。ちょっとワサビを利かすくらい」

　それから話は、子どもの権利条約のことになった。子どもの権利条約というのは、最近締結された国際条約で、日本も調印したが、国会承認に当たってその日本語の題名が問題になっていた。外務省と文部省が、「子ども」ではなく「児童」だと言って譲らないのである。もっとも社民党をはじめとする条約推進派もまた、「子ども」に執着し、当事者たちの間では一大論争になっていた。

「総理の所信表明では、子どもになっていた。やはり総理の方針に従ってもらわないと」

　国際問題担当の新堀副委員長が言った。所信表明演説の原稿を読みながら、多分総理はそんな言葉の使い分けのことは意識していなかったろう。演説の検討のための読会に加わった風見もそうである。

「どうして外務省は名前にこだわるの？」

　村野委員長が尋ねた。新堀副委員長が答えた。

「面子《メンツ》とか他の法令との整合性です。しかし言葉の問題ではなく、精神の問題です。ここはひとつ総理のリーダーシップを発揮してもらわなければ」

「大した問題ではないでしょう。いずれ子どもに落ち着くのではありませんか」

　総理は答えたが、聞いていた風見も、こんなことにまで総理のリーダーシップを持ち出されては大変だと思った。

　話はこの後、エヤーナフ大統領の訪日に絡んだ北方領土問題や、消防士の団結権に関するＩＬＯの勧告などに及んだ。最後に村野委員長が、

「いずれにせよ、連立は事前の調整が大切だから、そこはよろしく」

　と頭を下げて、三十分の時間が経過した。肝心の所得減税の是非と、実施する場合の財源問題は話に出なかった。出席者たちが意識的に避けたのかもしれなかったが、いずれ村野委員長とのギリギリの折衝が必要になるだろうと、風見は思った。

　この日は、社民党新執行部の挨拶の他にも次々に日程が入り、総理は時差の疲れを癒すまもなく多忙だった。ぶらさがりで総理が「さすがに眠いですね」と言ったのが伝わって、夕方津村久夫から電話が掛かってきた。

「眠いのは当然だけど、へばっていないかと財部さんが心配している」

　というのである。初外遊の一方で、国会審議は停滞し、体力よりもむしろ気力が大丈夫か心配しているのである

う。

「まったく元気です」

と風見は答えた。それにしても、財部が総理のことを気遣っているのは、興味深かった。


翌日の三十日の重要な出来事は、まず総理と入れ換えに財部一郎が海外に飛び立ったことである。前日に総理が電話をして国連総会と日米首脳会談の様子を伝えた際、財部は「私も総理にお電話をしてご報告しようと思っていました」と、海外行きを伝えた。政権の発足で夏を棒に振らした家族に遅い夏休みを贈るために、パリに行くのだという。家族の他は秘書一人だけで、大物政治家の外遊の際には付きものの同行記者もシャットアウトである。


今は国会開会中で、一週間を超える議員の請暇は議院の許可を要し、本会議の議題となるので、家族はともかく財部は期限内に戻って来る。それにしても国会の開会中で、しかも審議が行き詰まっているこの時期の外国行きは唐突だったから、マスコミや政治家の間では憶測が飛び交った。財部は一度心筋梗塞で倒れたことがある。治療後の定期検診のためだとか、あるいは経過が思わしくないから外国で密かに心臓のバイパスの手術をするのだという話は、財部が外国に行く度に決まってまことしやかに流れる話である。

「また心臓だという話が流れるでしょうね。でも本当に心臓ではないのですか?」

総理から財部の外国行きを聞いたとき、風見は尋ねた。

「どうですかね。まったく分かりませんね」

と総理は言下に答えた。

政治家の健康は、その政治家にとっては最大の政治機密である。互いに協力し合っている総理と財部にしても、その垣根を越えることはない。しかし今回は期間も短く、行き先もパリだから、健康がらみのことはないだろうと風見は思った。しかし永田町では、「パリはカモフラージュで、本当はロンドンだ」とか、「こんなときに出掛けるのは、よほど悪いということだろう」という話が飛び交った。


この日開かれることになっていた国会対策のための拡大政府与党最高首脳会議は、突然のことで出席者たちのスケジュールの調整に手間取り、開かれたのは午後五時半になってからだった。社民党は執行部の交代によって、村野富一郎と久保田渉蔵が出席した。また不在の財部一郎の代理は、いつものとおり松崎源三だった。それにこの日は、議院運営委員長の新世紀党の山科善司と税制改革特別委員会与党筆頭理事の吉井重太が参加した。

予算委員長の岩城猛夫にも参加してもらうつもりだったが、同時刻に予算委員会の理事会が開かれることになり、委員長は当然ながらそちらを優先させることになった。

予算委員会を動き出させるための拡大政府与党最高首脳会議だったが、並行して予算委員会理事会が開かれたため、作戦会議というよりも評論家の集まりのようになった。新参の村野委員長も、国対委員長経験者らしい蘊《うん》蓄《ちく》を傾けたが、場合によっては委員長職権も考えたらいいと、思ったより強硬派だった。これは心強いことだった。

しばらくして官房長官室のスタッフがメモをもってきて、予算の理事会が五時半に開会し、与野党が委員長裁定を申し入れて、現在休憩中であることを伝えた。予算委員室の席の配置も裁定の中に入るとのことだった。

村野委員長が解説した。

「理事会が委員長に一任したら、もう委員長に任せるしかない。与党としてそれをひっくり返すことは無理じゃ。衆議院の委員長だから、衆議院のことしか決められないが、多分金、月、火じゃろう。席は従来どおり。参議院は水、木、金になる。確実にそれで終わり、十二日には税制改革関連法案の趣旨説明の衆議院本会議をやれるようにしなければならん」

その後再開された予算委員会の理事会で、岩城委員長の裁定が示されたが、その内容は村野委員長の解説をはるかに越えて民自党に譲歩したものだった。明日一日の金曜日は予算委員会は開くが、総理の帰朝報告ということで三十分のみ。総括質疑は四日の月曜日からで、総枠は二十二時間とし、各党への配分は一日の理事会で決定する。委員室の席の配置は継続協議とし、協議が整うまで現状のままとする、というものであった。

金曜日に総理の帰朝報告を行うという案は、すでに理事懇で出ていたものだったが、やるなら三十分の帰朝報告をやって、その後直ちに審議に入れば済む話である。さらに審議時間二十二時間というのは、要するに月、火、水の三日である。参議院も同じ時間やることになるから、土曜がやれなければ翌週までかかる。日本構造改革プランの諸法案の十二日の趣旨説明はほぼ不可能になった。

加えて席の配置は継続協議とし、まとまるまで現状どおりというのは、テレビに映る席はずっと民自党でよいということである。風見は個人的には、予算委員会の審議が一日延びても、席は取った方がよいと考えていた。審議は一日の話だが、席はこの先ずっとである。国会中継など見る人は限られているが、その映像はニュースでも使われる。国会は依然として民自党が牛耳っているという宣伝効果は、民自党には計り知れない恩恵である。テレビの宣伝料に換算したら、その金額は見当もつかないほど途方もないものになる。

後日岩城委員長が、「席を餌に、民自党の四日の要求を値切ってやった」と自慢話をしているということを耳にして、風見はほとんど吐き気を催した。そもそも、与野党一致で一任されたら受けるというのはどういうことなのか。党籍離脱をしている議長とは違う、れっきとした与党の委員長なのである。本来なら村野委員長も言っていたように、そこそこのところで委員長職権を行使しても開会に漕ぎ着けるべきところだ。何か不透明なものが感じられる決着とさえ言えた。

風見の憤懣は翌日の一日にはもっと膨れ上がった。二十二時間の配分が行われたが、何とその内訳は民自党が十八時間四十五分、労働者党が一時間半、連立与党が五党の合計で一時間半であった。かつて市倉書記長は政府与党最高首脳会議で、与党が二時間、野党第一党は六時間の従来の例からすれば、与党五会派で十時間、民自党六時間、労働者党四十五分で一巡とすべきだと発言していたが、実際に決まったものとの落差はあまりにも大きかった。全体を短くするために与党が譲ったというが、枠はすでに決まっていたはずである。二十二時間の委員長裁定の前に、内訳についても暗黙の合意が存在していたということなのだろうか。

一日の総理の帰朝報告は、牧本秘書官が同行しただけで、何事もなく終わったが、風見にはつくづくとこの先の国会が思いやられた。

八　第一委員室の決闘

宗像内閣下初の予算委員会審議は、国民注視のなか、十月四日の月曜日から始まった。

初日のこの日には、総理は昼の一時間の休憩を挟んで、午前九時から午後六時四十五分まで、実に八時間四十五分にわたって計十一人の質疑を受けるのである。

三日間の衆議院予算委員会の質疑のうち、与党質疑は初日の午前中の一時間半のみである。五党で一人わずか十五分から二十分に過ぎない。他はすべて野党で、労働者党もあるが、大半は民自党で、そのなかでも最大の注目は、この日の午前中の残り一時間半を一人でフルに使って総理に迫る民自党政調会長の橋川龍三の質疑である。過日の本会議での代表質問にも立ったが、政治家にしてはやや生一本のところのある橋川は、正面から挑んだつもりの論戦を総理にかわされたという思いがあり、この日は一問一答方式の委員会質疑を前に手ぐすねを引いているはずだった。政策通の自分が今は民自党の政策責任者の地位にあるという気負いもあるだろうし、先日赤坂の関根で耳にしたような「執行部は本気でやる気があるのか」という党内からの風圧も感じているに違いない。迎え撃つ総理も、当然そのへんの事情は分かっている。それだけに事前通告され、さらに各省の政府委員室が手分けをして質問どりをした橋川の質疑には、総理は特に入念に準備をしていた。

風見は与党質疑の間は官邸で自分の仕事を片付けて、橋川の質疑の直前に衆議院予算委員室に入った。予算委員会が開かれるため、予算委員室と呼ばれるが、正式には第一委員室である。衆議院の中庭の渡り廊下まで車で行き、そこからエレベーターまで歩いて三階に行くと、すぐ予算委員室である。

風見は政府委員室のスタッフたちの間では「別室」と呼ばれている入口の方から入った。それは予算委員室の隣の縦長の狭い部屋で、各省の政府委員室の若手スタッフたちで溢れていた。彼らは連絡や何かあればすぐ資料を差し入れたりする役目で、隣の委員室の審議の様子を窺いながら待機しているのである。入省からさして間のない彼らは、委員室の周囲でのそんな使い走りのようなことから始めて、次第に日本の国権の最高機関たる国会の生きた仕組みを学んでいき、やがてその国会を裏で操縦する術も学んでいくのである。

風見は別室の奥から開け放しになっているドアを通って、予算委員室に歩み入った。予算委員室は、特に広いとも言えない長方形の部屋で、高い天井からはすずらんの花のような形の明りをいくつも点けた古風な大型のシャンデリアが五つぶらさがっている。鶯色の絨毯を除けば、木製の家具の他、壁もカーテンも椅子もテーブル掛けも、すべて濃いあるいは淡い海老茶系の色調で統一されている。一種厳粛な雰囲気とともに、テレビ中継のライトの眩しさが、ここが国民から注目される特別の儀式の場であることを思わせた。

風見が入ったのは、二階にある傍聴席の前列のカメラの位置の反対側からだったから、委員室は見慣れたテレビの中継画面とは逆に見えた。所々に制服姿の衛視が立ち、すぐ目の前にはクッションの利いた大型の海老茶色の布製の椅子が二列並べられ、すべての閣僚が着席している。総理の席は前列の中央よりの端である。その後ろは小谷内閣法制局長官で、その右隣が三国官房長官である。

大臣席の後ろに、壁を背に肘掛けのない椅子で一列に窮屈そうに座っているのは、大臣秘書官たちである。総理秘書官席は二席あり、総理の後ろだが真後ろではない。委員会のスタッフである常任委員会調査室の職員のテーブル席が張り出してきているからである。今は総理秘書官席には尾崎と草野が座っている。

総理の左前には、やはり海老茶色の布を掛けて何本もマイクが並んだ答弁者席の小テーブルが置かれている。総理は立つと一歩前に出るだけで答弁者席だが、閣僚席の後列の大臣が答弁するときは、狭い間隔で置かれた席を抜け出して辿り着くまでに時間がかかる。

総理の左のやや奥の一段高い場所に、書斎机のような立派な机を前に岩城予算委員長が座っている。マイク越しに質疑者と答弁者の名前を交互に呼んでいる。委員長席の下のテーブルには、四人の男女が着席して手を動かしている。速記者である。二人一組で速記を取り、しばらくすると別の二人が現れて、先の組と交代するということを繰り返している。

委員たちの席は、委員長席や閣僚席と向かい合う形で配置されている。机は三人でひとつの長机である。委員の総数は五十人で、机は場所により三列から四列で配置されている。最前列の中央のマイクが並んだ席が質疑者の席である。そこだけ布が掛けられた三人用の机に、ひとりだけ着席する。今は与党の中道党の渡瀬俊太郎が質疑している。発言するときは立ち、答弁を聞くときは座る。質疑者の机の上には分厚い資料が置かれ、隣には氷水が入った水差しがお盆の上に置かれている。氷水の水差しは、閣僚席の前のところどころの台にも置かれている。

質疑者以外に委員席の最前列に座っているのは、委員会の理事たちである。質疑者のすぐ左には、民自党が従来の座席配置を確保したため、野党筆頭理事の中條桂が着席している。テレビが質疑者を映したときにすぐ隣に見える最高のポジションである。与党筆頭理事の清家嘉男は質疑者の机の右側にいるが、まずテレビの画面には登場しない。

委員席の後ろの壁際にも肘掛けのない椅子が並べられているのは、議員の傍聴席と閣僚席の後ろに座り切れない大臣秘書官たちの席である。議員傍聴席は、普段はそれほどでもないが、注目を集める質疑のときはいっぱいになり、時には立ち見も出る。橋川龍三の質疑が始まると、民自党の議員たちとともに与党の議員もやって来て、野次を飛ばすことになるだろう。

予算委員室には、その他にも一群の人々が着席している席がある。風見が入った入口のすぐ右手の席で、テレビカメラが据えられた二階の満席の傍聴席からは、ちょうど正面に当たる。座っているのは政府委員たちである。

政府委員というのは、政務次官や内閣法制局長官、人事院総裁なども含まれるが、多くは各省庁の局長や審議官級の官僚で、伝統的に次官は政府委員にはならない。政府委員は大臣を補佐する任にあるが、しかし黒子ではなく、委員会では所管事項の範囲内で自ら答弁にあたることができる。

宗像内閣では、総理と財部一郎の極秘の会談で、政府委員の廃止に踏み出すこととし、すでに政府与党最高首脳会議で与党責任者会議において検討を始めることが了承されていた。またこの臨時国会ではできるだけ政府委員の数を絞ることとし、任命されたのは従来より百人近く少ない二百五十人だった。それより削減することには官僚が抵抗した。さらに閣僚懇談会で、国会答弁にあたってはできるだけ閣僚自らが答弁にあたり、政府委員に依存しないことが申し合わされた。

その方針は委員会理事会で野党にも伝えられ、政府委員でなければ答弁できないような細かな数字や行政の細部にわたる事項はできるだけ質疑の対象とはせず、政治家同士の議論の実現に努めることが要請された。その方針には、民自党も異論がないどころか、渡りに船といってもよかった。長いこと政権を担って実務の知識も豊富な民自党議員にしてみれば、むしろ政府委員に手助けをさせない方が、多くは最近まで野党の議員に過ぎなかった大臣たちとの論戦で優位に立てると密かに思っていたし、下手に質疑で官僚をいじめたときの仕返しの怖さも知っていたからである。

予算委員会では、政府委員席として五十八席が設けられており、秘書官席と同様に、省庁別にあらかじめ配分されている。先頭の一列は大蔵省が四席、外務省が三席、防衛庁が二席である。省でなく庁に過ぎない防衛庁が最前列に二席を確保していることは、これまでいかに安全保障問題が予算委員会の与野党の論戦の花形のテーマであったかを物語っている。

第二列は大蔵省が五席、法務省が二席、総務庁が一席、経済企画庁が二席である。大蔵省は第一列と第二列のしかも閣僚席寄りの好位置に、計九席を確保していることになる。二番目に多いのが外務省と総理府の三席であることを思うと、いかに予算は大蔵省の所管だとは言っても、霞ヶ関における同省の図抜けた力を思わせる。局長クラスの多忙な政府委員は、自分の所管に関連のある質疑のとき以外は顔を出さないが、今日は橋川の質疑を控えて、最前列には市毛主計局長、加瀬主税局長、河原官房長など霞ヶ関に君臨するエリート官僚が着席していた。

委員室では、与党質疑の最後の中道党の渡瀬俊太郎の質疑がまだ続いていた。風見はしばらく政府委員席の前から三列目の席に着いて待った。ここに内閣も三席を与えられていて、総理秘書官も使うことができたからである。やがて渡瀬の質疑が終わって与党席から疎《まば》らな拍手が起きた。

岩城委員長が発言した。

「これにて渡瀬俊太郎君の質疑は終了致しました。続きまして、橋川龍三君」

質疑者の席の隣に、資料をいっぱい用意した橋川がすでに着席していて、渡瀬が席を空けると、資料を手に質疑者の席に移った。

　その間に風見は、急ぎ足で総理と委員長の席の間を通って草野秘書官と交代し、総理の斜め後ろの秘書官席に着いた。政府委員席にも多少の人の出入りがあった。事務局の女性が質疑者用の水差しを新しいものと取り換えたり、大臣秘書官が大臣席に駆け寄って新しい答弁資料を手渡したり、大臣のグラスに氷水を注ぎ足したりしている。風見もバッグを開けて、内閣参事官室が作成した橋川龍三用の問表や、関連の資料を取り出した。それから隣の尾崎秘書官に、

「黒川副委員長の質疑はどうでした?」

　と尋ねると、尾崎は、

「まったく問題なし」

　と答えたので、風見は安堵した。

　閣僚たちの背後から委員席の方を見ると、質疑者の席に移った橋川が、まず資料を広げ、次に水差しからグラスに氷水を注いで机の上に置いていた。少し忙《せわ》しない動作だった。表情も官邸に民自党の緊急経済対策の申し入れに来たときとは別人のように険しかった。全国にテレビ中継される予算委員会での総理との論戦ということを、強く意識した表情だった。それから姿勢を正し、黒々とした髪に端正な顔を委員長席に向け、真っ直ぐ手を挙げて、

「委員長」

　と言った。

「橋川龍三君」

　民自党席と傍聴席の民自党議員の間から盛大な拍手が起きた。「頑張れよー」、「手加減するな」などの掛け声も掛かった。橋川が立ち上がった。

「国民が待ちに待っていました予算委員会の論戦が、ようやく、本当にようやく始まったわけであります。振り返ってみますと、ここ四ヵ月近くの間に日本の政治は、激動を経験致しました。本来であれば、国民は早速にでも予算委員会での各党の論戦に耳を傾け、この激動をもたらしたものとその意味を考える機会が与えられたはずであります。しかし驚くべきことに、この間予算委員会はまったく開かれず、ここ四ヵ月の間に起きたことが本当は何であったのかを検証する作業は、不当にもなおざりにされてきたのであります」

　橋川の話し方は端正で明瞭であり、声もよい。しかし衣の下から鎧《よろい》が見えるように、端正な話し方の陰に、闘志がたぎっているのが見えた。緊迫感を孕《はら》んで静まり返

った委員室に橋川の声だけが響いた。

「私はどう考えてみても、今回の政権交代なるものは、民主主義に反するものだったと思っています。我が民主自由党は、過日の総選挙で過半数を割ったわけではない。投票日以前に、一部の勢力の脱党によって過半数を失ったのであります。総選挙での国民の審判はというと、あくまでも民自党に従来どおりの抜きん出た第一党としての地位を維持させるというものでした。つまり、民意は民自党が政権を担う投票日直前の現状を肯定したわけでありますならばどうして政権交代が起きたのか。これはもう申し上げるまでもなく、国民がなお第一党として選択した民自党を押しのけて、イデオロギーも政策もバラバラな八党派が結託したからであります。まったく政策に整合性がなく、従って国民に対する責任を果たし得ない八党派が、単に政権目当てに結託したから、としか言いようがないのであります」

　橋川はメモを片手に、ときどき総理に目をやりながら続けた。風見の席は、総理の後ろの小谷内閣法制局長官の後ろだから、総理の姿は背中しか見えない。しかしその背中から、総理がまじろぎもせずに橋川の質疑に集中しているのが分かる。

　演説原稿を読むだけの本会議と違って、委員会論戦はぶっつけ本番である。質疑項目は事前通告されているが、それは「政権交代の評価」、「政府の緊急経済対策」、「所得減税の是非」など、大雑把なものでしかない。そこで各省庁の政府委員室で質問取りをし、問表と答弁資料を作成するが、それでも実際の質疑でははずみということもあるし、質疑者が組み立てを変えるかもしれない。突然、「この点についてどう思うか」と尋ねられて、「聞いていませんでした」というわけにはいかないのである。だからじっと辛抱強く聞くことになる。しかし風見には、総理もまた単に辛抱強く聞いているという以上に闘志を秘めているのが分かった。今はまだ静かだが、これは戦いであり、少なくとも当人同士には決闘なのである。

　橋川は今回の連立政権の不当性についてなおも続けた。

「単独で衆議院の過半数を制する政党がなく、連立政権にならざるを得ない場合には、第一党を中心として連立を組むのが民主主義の原則であります。第一党を中心として、政策的にそれに近い政党が協力をする。無論第一党も、単独政権のときのように何でも自分の意見を通すことはできなくなる。そこには自ずと自制というものが働き、譲るものは譲ることになるわけでありますが、それは過半数を割ったのだから止《や》むを得ない。しかし現実に起きたことは、このような民主主義の原則に反するものだった。総理は先の本会議での私の代表質問に対する答弁において、国民は非民自党政権を選択したと述べられましたが、それならなぜ政権交代を最も声高に叫んだ社民党が大敗北したか、説明がつかないではありませんか。すべては選挙後に起きたのであります。選挙結果の数だけを見て、八党派が党利党略、つまり国民に対してどのように責任を果たすかという観点はまったく抜きに、民自党を政権から引き摺り下ろし、そして代わりに自分たちが政権に就くということのためだけに結託をしてしまった。まったくの野合、党利党略としか言いようがありません」

そのとき突然、後ろの方から「今更、泣き言を言うな！」という罵声が飛んだ。議員傍聴席からの野次だった。多分与党の新世紀党の議員である。委員室の視線が一斉にそちらを向き、委員室が騒然となった。「黙って聞け！」、「お前たちの党利党略を言っているんだ」と、民自党議員が言い返し、傍聴席の別の与党議員が「泣き言なんだよ」、「政権交代はもう起きたんだ」と口々に叫んだ。キッとなって振り返った橋川は、何も言わなかったが、顔つきが一層険しくなった。

「静粛に願います。静粛に願います」

岩城委員長がマイクを通して叫んだ。野次は無論よくないし、橋川が臍《へそ》を曲げて質疑を中断したりすると、それだけ終了時間がずれ込むから賢明なことではないが、しかし「泣き言」というのは風見も感じていた。場内が落ち着いて、橋川が続けた。

「私が申し上げたいことは、政権交代によってわれわれが野党になったということではありません。いま傍聴席のどなたかが誤解をされたようですが、そんなことを問題にしているわけではない。その誤りははっきりと正しておきます。そうではなく、われわれの代わりに成立した政権がどんな政権なのか、果たして国民に対して政治の責任を果たす覚悟、能力、意欲、そして責任感のある政権なのか、ということであります。冒頭に私が、国民が待ちに待っていた予算委員会の論戦がようやく始まったと申し上げたのも、そのことに関連しています。総理、よく思い出して下さいよ。先の特別国会では、当初総理は所信表明演説もおやりにならないつもりだった。驚くべきことです。新しい内閣が成立して、国民がさあ今度の内閣はどんな政治をやるのかと関心をもって見守っているときに、その政治の最高の方針を示す所信表明をやらない。われわれの要求でようやく所信表明演説だけはやったが、予算委員会も開くべきだと言うわれわれの主張は黙殺されたままでした。なぜ今度の政府は論戦を回避するのかというと、要するに八党派の寄せ集めで、政策がバラバラで、われわれの追及にあうと馬脚を現すからであります。今国会でも何故こんなに予算委員会の開会が遅れたのか。われわれがさあ国民も期待している論戦をやりましょうと求めたのに対して、政府はとにかく短く、短くと逃げの一手で、本格論戦を求める野党と折り合いがつかなかった。どうしてこの内閣はわれわれとの論戦を回避するのか。この点は真剣に反省をしていただくよう、まずもって申し上げざるを得ない」

これはカラスを鷺と言いくるめるに等しかった。開会が遅れたのは、後ろに控える日本構造改革プランの諸法案を廃案に追い込もうと、審議の遅延を図る民自党の戦術のせいだった。与党側が短くと言ったのは、民自党の理不尽な要求に屈しないためであり、論戦を回避するためではない。

「とにかく本日予算委員会が開かれるまで、政権発足から二ヵ月近くを要したということに対しては、まず苦言を呈させていただきます。さてそこで、今日の日本が直面する課題は、まさに山積しているわけですが、当然その全部はこの限られた時間では議論することはできませんし、午後には同僚議員が関連質問に立ちますので、私は特に重要と思われる基本的なテーマを中心にお尋ねをします」

と橋川は続けた。全国にテレビ中継されているこの場で、政権交代や予算委員会の開会が遅れたことについての民自党の勝手な言い分を述べただけで、政府や与党には一切の反論や弁明の機会を与えることなく、次に進もうというのである。一方的過ぎると風見は思った。そのとき、風見の斜め前の席に座っている総理が、「委員長」と声をあげ、岩城委員長の方を見た。

与党の委員席から、「総理だ」、「答弁させろ」と声があがった。与党も橋川の一方的な主張に内心憤慨していて、総理がどう反論してくれるか楽しみにしていたのに、素通りされそうになって慌てたのである。それに対して民自党と労働者党席から、「答弁は求めていない」、「続けろ、続けろ」と応答する声があり、再び委員室は騒然となった。

　こういうときには、与党から出ている委員長が機敏に総理を指名しなくてはいけない。しかし岩城委員長は、そうしなかった。その場合には、与党の理事が飛び出して来なければならない。与党筆頭理事の清家嘉男か、それでなければ総理の会派である民主改革新党・新党改革の風理事の上田司が素早く対応する必要がある。理事が飛び出して来れば、議事は中断される。与党理事が出れば、野党理事も出て、委員長席の前で委員会運営に関する議場内協議が行われる。与党理事は、「総理が発言を求めているんだ。総理に発言させろ」と言い、野党理事は「質疑者が答弁を求めていないんだから、認めるべきでない」と反論する。議論のうえでほどほどのところで折り合うか、委員長が双方の意見を聞いて決定する。双方がどうしても納得しないときは、委員会を休憩にして別室で理事会を開くということもあるが、今はまだそれほどの問題でもない。最後には譲っても、一方的な議論は許さないという牽制と、一回こちらが譲ったという実績作りの意味はある。しかし与党の理事が誰も出て来ない。何をやっているのだと風見も思った。

　しかし場内の雰囲気に、橋川が怯んだ。立ったままで言った。

「答弁は求めておりませんが。総理、何かご発言がございますか？　じゃあ、手短にお願いします」

　悪役に徹し切れない橋川の人の良さが出たのである。いずれにしても、質疑者が答弁を求めたのだから、問題は解決した。少し室内の緊張が緩んだようにも思われた。

「宗像内閣総理大臣」

　岩城委員長が総理の名を呼んだ。総理が立ち上がって、答弁者席に立った。野党に対する総理の初答弁であり、事の次第から答弁原稿のない答弁である。総理が口を開いたが、それは騒然となった委員室内の雰囲気にまったくそぐわないほどに冷静沈着な口調だった。

「最初に先の総選挙での民意についてご発言がございましたが、先の総選挙は宮下内閣に対する不信任案が可決されて行われたもので、民自党は不信任案の対象となった自らの立場と政策の正当性を訴えて、過半数議席を上回る候補者を擁立しながら、過半数を回復できませんでした。橋川委員からは、民意は投票日直前の現状を肯定したものというご指摘がありました。しかし投票日直前の現状とは、内閣不信任案が可決された現状と理解すべきであります。衆議院によって内閣が不信任された、それなら国民の審判を仰ごうということで行われた総選挙で、その状況を覆すに足る議席を、民自党は獲得できなかったということであります。従って、私はまさに憲政の常道による政権交代が行われたと受け止めております。次にこの度の八党派の政権が、野合とか党利党略であるというご指摘が何度かございました。しかしこの政権は、ただいま申し上げましたように、民自党の政策的失敗を受けて、『連立政権樹立の覚書』に署名した政党の政権であります。民自党は『連立政権樹立の覚書』に署名されませんでした。与党と野党が政策によって区別されているわけで、野合という批判は当たらないと考えております。最後になかなか予算委員会が開かれなかったというご指摘がありました。特別国会におきましては、まず論戦の最大のテーマとなるべき構造改革プランの法案の取りまとめを優先させる立場から、与党は予算委員会を開くには機が熟していないと判断したものと承知しておりますが、法案の取りまとめが済んだ今国会では、政府と致しましてはつとに一日も早い本委員会の開会をお願いして参ったところでございます」

そう述べて総理は席に戻った。与党席からは、「よーし」とか「そうだ。そうだ」と声が掛かった。本会議であれば、盛大な拍手を浴びたことだろう。

「委員長」

「橋川龍三君」

再び橋川が立ち上がった。抑制した声の裏に、心持ちピリピリしたようなものが感じられた。

「憲政の常道という大変古めかしい言葉を言われましたが、イギリスのような二大政党制のもとでならともかく、政権党から分裂した政党や、新党ブームなどというものに乗って出てきた政党が寄って集まって旧政権党の議席を上回ったから、政権を獲得するというのが、本当に憲政の常道なのか。政党の分裂というパワー・ゲームで政権が交代するのが憲政の常道なのか、私は大いに疑問があります。『連立政権樹立の覚書』に署名したとか、しなかったということも言われましたが、覚書なるものが本当に国民に対して責任を果たし得るものなのか。本質的な政策の不一致をそのままに言葉面だけで妥協した、イチジクの葉のようなものでしかない」

また野次が飛んだ。「イチジクの葉とは何だ!」、「ふんどし扱いするな!」という野次で、また委員室は騒然となった。たまりかねた橋川が傍聴席の与党議員を睨み付け、

「少し静かに聞きたまえ。人の話も聞けないのか、君ら

は！」

と怒鳴った。委員長が、

「静粛に願います。静粛に。理事は注意して」

と叫んだ。新世紀党の若林理事が立っていって同党の議員に注意した。確かに少しやり過ぎだった。しかし委員長も与党にだけ注意するのはどういうことかと風見は思った。与党の理事もだらしなかった。橋川の言った「イチジクの葉」など、公党に対する冒瀆で、会議録削除にして当然だから、本当は与党理事が問題にしなければならないのである。しかし、橋川が続けた。

「いずれにしましても、ただいまの総理の答弁の破綻は明らかであります。そこで、今申し上げましたように、この連立政権の本質的な政策的不一致を具体的に検証してみることにします。まずこの内閣は、民自党の政策を継承されるおつもりかという点からお尋ねします。総理も特別国会の所信表明演説で、民自党の政策は継承すると言われましたが、そこはお間違いありませんね？　まずそこからお願いします」

「委員長」

「宗像内閣総理大臣」

総理が答弁に立った。これは橋川の質疑通告にも、「民自党の政策を継承するのか」とあり、大蔵省政府委員室の質問取りでも出ていて、風見が答弁原稿を書いていた。もっとも総理は、本会議での代表質問と異なり、委員会では内閣参事官室の作成した手書きの問表にポイントのみを自分で書き込んだ資料を手元に置いて使っていた。それの方が一覧性があったからである。

「私が先の特別国会の所信表明演説で申し上げましたのは、確立した国の政策は継承する、ということであります。民自党の政策のかなりの部分が、私の申し上げている確立した国の政策と重なることは否定できませんが、しかし国の政策とはなっていない民自党固有の政策というものもございます。従いまして民自党の政策を継承するとは一概に申し上げることはできないわけであります」

橋川はオヤッという表情になった。民自党の政策を継承するというのは間違いないかと尋ね、「間違いありません」という答えを踏まえて次に進もうとしていたのが、予想外のことが起きたという表情だった。民自党席からも「どこが違うんだ」、「民自党の政策は国の政策だよ」という声が上がり、室内がざわついた。総理が続けた。

「例えば自主憲法の制定は、民自党の党是と承知しておりますが、民自党政権時代においても一貫して政府は現行憲法を変える意思はないと述べてきたわけで、従って確立した国の政策ではございません。靖国神社国家護持、スパイ防止法の制定なども、民自党は党議決定を致しておりますが、同様に確立した国の政策とは申せません」

　そう言って総理は席に戻った。橋川がちょっと頭を整理するように一呼吸置いてから手を挙げた。

「委員長」

「橋川君」

「靖国神社とかスパイ防止法案というのは、民自党がかつて提出したが、今も提出しているわけではない」

　ワーッと与党席と傍聴席の与党議員が騒いだ。「民自党の政策が国の政策にならなかったということじゃないか」、「憲法はどうなんだ」、「政調会長だぞ」などの野次が一斉に飛んだ。それに比べると民自党席はおとなしかった。意外に正直だと風見は思った。橋川がちょっとたじろいだ。

「総理は民自党の政策と国の政策を使い分けておられるが、しかし過去四十年間、民自党が国政の運営の責任を担ってきた。このことは否定できない事実であります。従って民自党が今の国の政策と呼べるものを形成してきたのであり、また民自党がノーと言う政策は、国の政策とはならなかったということであります。そこは、総理ですね、ひとつお間違いのないようにお願いします。そこでですね。民自党が形成した国の政策のひとつに、安全保障政策があります。言うまでもなく、政権交代があったからといって、一国の安全保障政策がふらふら変わるようでは、国民は安心できない。民自党の政策であり、かつ国の政策となっているこれまでの安全保障政策は、この内閣では継承されるおつもりがあるのか。先程は一般論でお尋ねして総理が少し誤解をされたようでありますので、具体的にお尋ねを致しますが、総理、いかがですか？　民自党の安全保障政策は、継承されますか？」

「委員長」

「宗像内閣総理大臣」

「一言で安全保障政策と申しましても、二十年近く手がつけられていない防衛計画の大綱が、そのままでよろしいのか、という問題もございます。冷戦構造の終結という大きな世界情勢の変化もありましたし、兵器のハイテク化も加速度的に進んでおります。安全保障環境のきわめて大きな変化があるわけであります。現行の中期防衛力整備計画も、宮下内閣で一度減額修正がなされておりますが、このまま最終年度まで行くのかということもございましょう」

座ったままの橋川が、「根幹だけ、根幹だけ」と言っている。細かい話を長々やるなということである。

「むろん日米安全保障条約を基本とし、憲法の枠内で防衛力の整備に努めるという根幹は、この内閣で変更するつもりはございません」

「委員長」

「橋川君」

「ひとつ総理にはですね、簡潔にお答えをいただきたい。中期防の話になれば、私は現行中期防の取りまとめの際に大蔵大臣をやっていましたから、戦闘機一機の値段はいくらで性能はどうだとか、護衛艦はどうだとか、そんなことはみんな承知しております。総理がそうだとは申しませんが、にわか勉強とは違う。いくらでも議論はできるんです。防衛計画の大綱についても、総理が望まれるのであればいずれやりましょう。そういう細かな政策的議論は、われわれにとっては我が家の庭みたいなものだ、正直言ってですよ。そこで安全保障政策の根幹は、この内閣で変更されるつもりはないとおっしゃられた。日米安保条約を基本とすると言われたわけですから、当然日米安保条約は合憲、憲法の枠内で防衛力の整備に努めると言われたから、当然自衛隊は合憲、でよろしいですね。簡潔に、イエスかノーでお答え下さい」

「委員長」

発言を求めて「委員長」と呼ぶとき、普通は手を挙げる。しかし宗像総理はそのスタイルを嫌がった。大型の椅子に深く腰を下ろし、長身の胸を張って時には両手で椅子の左右の肘掛けをつかんだ姿で委員長の方を向きながら、「委員長」と言うのである。

「宗像内閣総理大臣」

「合憲で結構です」

「委員長」

「橋川君」

日米安保条約と自衛隊を合憲とする総理の答弁を引き出してから、橋川は攻撃の矛先を山岡運輸大臣に向けた。日米安保条約と自衛隊について、大臣がつい先日まで委員長であった社民党の見解を尋ねた。質問取りをして橋川の質疑の筋道は分かっているが、質疑が他の閣僚に向けられると、風見もほっとする。

大柄の山岡運輸大臣が、前列中央寄りの席から立ち上がって答弁者席に立った。手には答弁原稿が握られていたが、それを見ずに答えた。

「お答えを致します。社民党の見解をということでありますから、社民党の見解を申し上げます。なお、これは各党固有の政策を一定限度で自制しつつ、総理も先程触れられておられました『連立政権樹立の覚書』に参加している社民党の立場、及び閣僚として現在私が置かれている立場とは異なるものである、ということを予めお断りをさせていただきます。そのうえで申し上げますが、社民党としては、日米安保条約及び自衛隊の実態は、平和主義の理念に立ち、戦争と武力による威嚇または武力の行使を、国際紛争を解決する手段としては永久に放棄することを定めた日本国憲法に違反すると考えております」

そこまで言ったところで、身構えていた民自党の委員席と傍聴席から、一斉に野次の攻撃が始まった。「何でそれで政権に加われるんだ」、「離脱しろ」、「総理は罷免しろ」、「無責任だ」。与党席からは社民党の委員だけが反撃した。「野次はやめろ」、「連立政権だからいいんだ」。再び騒然とした雰囲気である。

「静粛に願います。静粛に願います」

見ていて風見は思ったが、野次もゲームなのである。一斉に始まって、頃合いでピタリと止む。社民党が日米安保条約と自衛隊を違憲と主張していることは周知のことだから、山岡委員長の答弁を聞いて本気で怒っている民自党の議員など誰もいない。静かになってから、山岡大臣が続けた。

「社民党と致しましては、日本の政治の基本はあくまでも日本国憲法にあると考えておりまして、やはり日本国憲法の最も重要な基本原則のひとつである平和主義は、……」

質疑席の橋川が、座ったまま「理由は結構」と言いつつ、右手を左右に振った。山岡大臣は、

「いずれにしましても、憲法に照らして日米安保条約と自衛隊の実態には疑義があるというのが、社民党の立場でございますが、しかし先程も申し上げましたように政権に参加している立場はこれとはまた別でございます」

と答弁を締め括った。

「委員長」

「橋川君」

「別段ここではですね、社民党の政策について講釈を承ろうというのではありませんから、答弁は聞かれている

範囲でお願いを致します」

　まずそう言ってから、橋川はそれならどうして大臣はこの内閣の閣僚でいることができるのか、理由や講釈は結構だから、簡潔にお願いすると述べた。再び山岡大臣が答弁に立った。

「お答えを致します。日米安保条約も自衛隊も、法的には存在致しております。私自身は、憲法の規定に従ってそれらは解消されるべきものだと思っておりますが、内閣としてそれらは合憲であり、存在を前提として政治をやるということであるならば、閣僚としてはそれに従うということでございます。幸いと申しますか、それらの所管大臣ではございませんから、職務の遂行に支障はないと受け止めております」

　また一斉に野次が飛んで、騒然となった。「使い分けるな」、「国務大臣なんだぞ」、「閣議に参加しているんだろう」などの言葉が投げかけられた。

「委員長」

「橋川君」

　橋川は再び総理に矛先を向けた。日米安保条約と自衛隊を違憲とする政党の閣僚が入っていることで、内閣の安全保障政策が円滑に進まないのではないかというのである。総理は、山岡大臣も閣僚としては合憲論を受けいれていると言っているのだし、この内閣では閣議やとりわけ閣議後の閣僚懇談会はこれまでになく充分時間を取り、毎回様々なテーマについて真剣に議論を致しているが、各党が信念と相互尊重の精神に立って主張すべきは主張し、譲るべきは譲る、それによって整合性のある政策というものに到達しているのであり、その際自分がリーダーシップを発揮する必要がある場合には当然発揮させていただいており、安全保障政策も例外ではなく、問題はないと突っぱねた。

　橋川は具体的な問題として、在外邦人救出のための自衛隊機の派遣に関する自衛隊法の改正を持ち出した。これは橋川が本会議の代表質問でも取り上げた問題である。

「総理は問題はないと言われましたが、果たしてそんなことでよろしいのか、少し具体的に検証してみたいと思います。政府は目下自衛隊法の改正問題というきわめて重要、かつ差し迫った問題を抱えているはずです。海外で不測の事態が起きたときに、その地にいる在留邦人をどうやって救出するか。湾岸危機のときには、救出のための自衛隊機を飛ばそうというわれわれの主張に、当時の野党の諸君が法的根拠がないと強く反対したため、結局民間の航空会社の飛行機に行ってもらうしかなかったわけであります。民間の飛行機だから、会社やパイロットから少しでも危険のあるところには行けないと言われて、政府はどうしようもなかったわけです。そこで宮下内閣で、自衛隊法を改正して、自衛隊機が行けるようにしようとしたら、野党、特に社民党が反対している間に解散となって、法案は廃案になったという、こういう経緯であります。冷戦の終結でかえって局地的紛争が多発する状況にあり、万が一の場合に国が自らの責任で海外にいる同胞を救出する備えをすることが、従来以上に喫緊の課題となっているわけですが、どうですか、総理。宗像内閣としては、この自衛隊法の改正は、なさるのですか？」

「委員長」

「宗像内閣総理大臣」

「代表質問の答弁でも申し上げさせていただきましたが、政府と致しましては、ご指摘のような趣旨で在外邦人の救出のために自衛隊機の派遣を可能とする自衛隊法の改正は必要と考えておりまして、目下与党内の調整に努めているところであります」

本会議での答弁はここまでだった。しかしこの日総理はさらに付け加えた。

「様々な技術的な工夫も含めて、与党責任者会議で議論をしていただいておりまして、政府としては早期に取りまとめがなされることを期待しつつ、今のところはそれを見守っているということであります」

総理の答弁に、橋川は勢いづいたように見えた。「委員長」と呼び、指名されるのももどかしそうに立ち上がった。凪見は不安を覚えた。後ろ姿の総理は、数メートルの距離で橋川に対峙しているが、その表情は分からなかった。

「与党の取りまとめを期待しつつ、見守っていると言われました。驚くべき無責任としか言いようがありません。内閣は議論をしていないんですか、内閣は？　総理が先程言われた閣僚懇談会では議論していないんですか？　どうなんです、総理。閣僚懇談会は、これまで以上に時間を取り、毎回真剣に議論をしていると言われたではありませんか」

これは質問取りによるシナリオからは外れていた。質問取りでは橋川は、「自衛隊法改正に関して、総理の見解と社民党閣僚の見解を尋ねたい」と言っていた。その範囲内のことと言えなくもないが、しかしこの問題に関する閣僚懇談会での議論の経緯については、総理は答弁を準備していなかった。

もうひとつこの質問には罠《わな》が仕掛けられているのが見えていた。実は一度閣僚懇談会で、公正党の閣僚が自衛隊法の改正問題について早くまとめるべきだと発言し、これに対して社民党の閣僚が慎重な対応を主張したことがあった。その様子は閣議後の記者会見で紹介され、記事にもなっていた。当然橋川は知っている。山岡大臣は自分たちは安全保障政策について内閣の方針に従っていると述べたが、実は社民党の閣僚の発言が内閣の安全保障政策に影響を与えているではないかと、橋川は主張したいのである。そしてもしそうなら、自衛隊違憲論の社民党を閣内に入れても、政府の安全保障政策の遂行に問題はないとする連立側の主張は崩れることになる。

総理はすぐには立たなかった。ちょっと後ろを振り返ろうとして、途中で止めた。不意を突かれたのである。風見は立って行って、総理の耳元で囁《ささや》くべきか迷った。しかし風見も咄嗟には判断がつかなかった。そういうことは閣僚懇談会で議論していないとしらばっくれるべきなのか、それとも正直に言ったうえでそれでも内閣の安全保障政策に一向に支障はないと主張すべきなのか。正直に言うと、あとが面倒なような気もした。風見が迷っている間に総理が立った。

「閣僚懇談会で議論したか、というお尋ねでありますが、閣僚懇談会は非公開でありますし、そもそも政府部内のことでありまして、三権分立でございますから、この場でお話しするのは適当ではないと申し上げさせていただきます」

ワーッと民自党席と傍聴席の民自党議員が騒いで、委員室は騒然となった。ほとんど何を言っているか聞き取れない。橋川は、キッとなった。

「委員長」

「橋川君」

橋川は立ち上がったが、思いがけない総理の挑戦的な答弁に、カッカしてはいけないと自分に言い聞かせるように自制するような口調で言った。

「この内閣では、閣僚懇談会はたっぷりと時間を取って、毎回様々なテーマについて真剣に議論をしていると胸を張っておいてですよ、じゃあ、その閣僚懇談会で議論したのかとお尋ねすると、言えないと、こういうことですね？　新聞記者には喋っているんですよ。その記事は、今私の手許に、ここにですね、ここにあるのですよ。読みましょうか？　新聞記者には喋っておいて、国権の最高機関たる国会が尋ねると、言えないと、総理、こういうことでよろしいんですか？　憲法には、内閣は連帯して国会に対して責任を負うと書いてあるんですよ。その国会が尋ねているのに、言えないと、こういうことでよろしいんですね？　もしイエスと言うなら、これは立派な憲法違反ですよ」

「委員長」

「宗像内閣総理大臣」

今度は総理はすぐ立った。先刻の答弁を述べながら、その後の答弁方針も決めていたからに違いなかった。

総理の口調はあくまでも冷静沈着だった。無論作った冷静沈着だが、作ろうとして作れる冷静沈着は大したものだった。早口になることなく、平然と答えた。

「それは慣行でございますから、われわれが始めたのではなく、民自党政権時代から行われている慣行でありますから、閣議後の記者会見で、各大臣は閣議の様子と閣議後の閣僚懇談会の様子について、問われるままに話すわけであります。しかし記者の質問は強制ではありません。言えないと言うと、そのまま次に進むわけでありまして、これに対して国会が質問したときには、必ず答えなければならないということにはならないと思うわけであります」

また民自党席が騒いだ。「国会に対する冒瀆だ」と叫んでいる者もいる。「取り消せ」と叫んでいる者もいる。与党席からは逆に、「そうだ、そうだ」、「それでいいんだ」という声も掛かって、またしても委員室は騒然となった。

「静粛に。静粛に」

と岩城委員長が叫んだ。

橋川は、腕組みをして席に座ったままで、「そんな答弁ではダメだ、ダメだ」と言い、首を左右に振りながら左隣の民自党筆頭理事の中條桂の方を見た。中條が立ち上がり、他の民自党理事も立ち上がって、委員長席に歩み寄った。それを見て与党の理事も出てきた。審議中断である。

与野党の理事たちは、委員長の机の前に集まった。「国権の最高機関を冒瀆した発言だ」、「国会は新聞記者以下だということになる」と、民自党の理事たちが息巻いている。

「記者会見は、サービスだから」

「国会にはサービスできないということか」

「そうじゃなくて、サービスで話しているだけで、強制されて話しているわけではないということだ」

委員長席で理事たちの議論が始まった。

「速記を止めて」

と委員長がマイクを通して言った。四人の速記者は、両手を膝の上に置いた。

風見は委員長席の様子を窺っている余裕はなかった。すぐ総理の傍らに駆け寄った。尾崎秘書官も来て、自衛隊法改正問題が出るというので政府委員席で傍聴していた金井秘書官も飛んできた。

「閣僚懇談会の議論は、原則非公開というのは結構です」

総理のすぐ後ろの席の小谷内閣法制局長官が言った。

「閣議後の閣僚懇談会」というのは、閣僚たちによる自由な議論の場のことである。風見は高校生の頃、新聞でよく見かけるこの言葉から、閣僚たちが閣議が終わると別室でお茶でも飲みながら懇談でもしているのだろうと思ったものである。しかし実は、閣議室で予め用意された案件が終わると閣議は終了し、続けてその場で大臣たちが国政について自由に話し合うのを「閣議後の閣僚懇談会」と呼ぶのである。普通の会議なら、議題の最後の「その他」に当たる。例えば会社の役員会が、予め用意された案件が終わって「その他」に入ると、「役員会後の役員懇談会」になるわけではない。しかし閣議の場合は、その案件はすべて前日の事務次官会議を通ったものに限られることになっているから、事務次官会議を通っていない「その他」を大臣たちが議論する場は、閣議ではないという理屈である。閣議と閣僚懇談会の区別は、すべてを仕切ろうとする日本の官僚の傲慢さに基づいていると、風見は思う。

法制局長官の言葉に、

「じゃあ、そのことは、長官の方から答弁して下さい」

と、総理が言った。

「はい。……ただ、記者会見で言ったことを国会で言えないというのは、やはり国会軽視ということに」

長官がちょっと渋った。

「しかし、総理が記者会見したわけではありませんから」

と風見が口をはさんだ。

「そうだよ。聞きたければ記者会見をした閣僚に聞けばいいんだ。総理は答える必要はない」

総理の隣の羽根副総理が同意した。しかし小谷長官が反論した。

「記者会見が行われることは、総理が予期しながら放置したわけですから。もしその事項が公表されるべきでないと判断したら、予め禁止の措置を取っていませんと」

なかなか答弁方針が決まらなかった。こういうときに、まとめ役をやるのは官房長官である。しかし官房長官は午前十一時からの官邸での定例の記者会見のために、事前に委員会理事会の承認を取って退出していた。

すぐ横の委員長席では激論が続いていた。「これは言う、これは言わないというのを内閣が恣意的に選択できるとしたら、国会の権威は失墜する。絶対に認められない」と、民自党の理事の平林晋吉がいきり立っている。

「そんなこと言ったって、閣議の内容まで喋らされるんじゃ、三権分立は崩れる」と、新世紀党の若林茂が防戦している。風見は再び総理の方を向いた。

「とにかく閣議や閣僚懇談会の内容は、一般的には答弁の対象にならないということは、最低限守らないと」

と総理が言った。

「その点は大丈夫です」

小谷長官が請け合った。

羽根副総理が脇坂防衛庁長官を手招きし、立って来た長官に言った。

「内閣法制局長官が答弁するから、理事に言って」

脇坂長官は、清家与党筆頭理事にそのことを伝えた。副総理が脇坂長官に言わせたのは、こういう紛糾した場面では、風見たちのような議員身分のない人間は口をはさむことができないからである。しばらくして清家理事が法制局長官の答弁内容を聞きに来て、戻ってしばらく議論をしてから、再び来て言った。

「最初に総理から、閣議と閣僚懇談会の内容と国会答弁の関係について法制局長官から答弁させますと言っていただいて、長官が答弁します。そのうえで総理が、先程の答弁には行き過ぎがあったということで、取り消していただくということでいかがでしょう」

なんで総理が発言を取り消さなければならないんだと、風見は思った。しかしそれを拒否すると、審議はいつまでも中断する。総理は妥協の道を選んだ。

「少なくとも一般的に、閣議や閣僚懇談会の内容は、答弁の対象にならないという点はいいんですね」

「それは民自党も了解しています」

「では、それで結構です」

清家理事は、協議の場に戻って、「総理はそれでいいそうです」と伝えた。

今度は民自党の中條桂が、橋川龍三のところに行って説明した。「記者会見はどうなるんだ」と橋川が言っているのが聞こえた。橋川は渋っているようだった。一般論として閣議や閣僚懇談会の内容は答弁の対象とならないというのはいいとしても、記者会見で公表した内容についてて尋ねられた場合には、答弁すべきだと橋川は言っているようだった。確かにその点は抜け落ちている。しかし民自党の理事も、そのことだけでいつまでも審議を止めては、テレビ中継を見ている国民にごり押しの印象をもたれると心配しているのだろう。橋川は渋々納得したようだった。中條理事がＯＫの合図に手を挙げ、理事たちが自席に戻った。審議再開である。

「速記を始めて」

と委員長がまず言ってから、「宗像内閣総理大臣」と総理の名を呼んだ。総理が立ちあがった。

「閣議及び閣僚懇談会での議論と国会での答弁の関係について、小谷内閣法制局長官から答弁致させます」

「委員長」

「小谷内閣法制局長官」

長官が答弁者席について、憲法第六六条第三項の規定により、内閣は行政権の行使について国会に対し連帯して責任を負うが、それは行政権の行使によってもたらされる結果についてであり、いかに行政権を行使するかについての意思形成のための閣議及びそれに準ずる閣僚懇談会の議論は、直接には責任の対象にならないこと、また閣議及び閣僚懇談会の議論は、内閣の連帯及び一体性確保の見地から秘密とすべきものであり、一般的には国会での質疑に対する答弁には馴染《なじ》まないことについて説明した。続いて総理が「委員長」と呼び、委員長の指名を受けて答弁者席に立った。

「先程の私の答弁には行き過ぎがございましたので、取り消させていただきます」

と言って、そのまますっと席に戻った。

まさにこれが国対政治だった。彼らは国会対策委員ではないが、その手法は国会対策委員たちのそれと完璧に同じだった。橋川龍三と総理の議論の結末を、議論の当事者でない彼らが交渉と取引によって決定したのである。結末は議論を深めて双方の納得する論理を発見することによってでなく、早く審議の再開に漕ぎつけたい与党と、ごり押しと受け取られ兼ねないことを心配する野党の間で、解決の最も難しい問題、つまり記者会見で内容を公表した事項については果たして答弁義務が生ずるのかという問題を棚上げすることで得られた。野党は総理がいったん行った答弁を取り消させるという手柄をあげたが、政府と与党は閣議と閣僚懇談会の議論は非公開だという主張を守り、野党に新しいものは何も生み出させないという実を得たのである。あのきわめてスマートさに欠ける場面で貫かれていた政治のロジックに、風見は感心した。

「委員長」

「橋川君」

橋川はそれから、閣僚懇談会で自衛隊法改正に関して、社民党の閣僚の慎重意見によって、内閣として意思決定ができないという現実があるではないか、基本政策が不一致の政党による連立政権では、総理もその必要を認める自衛隊法の改正が進まないという具体的な弊害が生じているではないかと、総理と山岡大臣を交互に追及した。しかし山岡大臣は、廃案となった宮下内閣の改正案は、自衛隊機の機種の限定がなく、法的には戦闘機でも海外に派遣できることとなって国民と周辺諸国にかえって不安を与えるなどの欠陥があり、これを改善する立場から議論をしているのであり、別段自衛隊法自体を否認しているからではないとかわした。

質疑と答弁は、次第に噛み合わないものになった。しかし噛み合わなくなれば、政府の勝ちなのである。質疑と答弁という方式は、日本独特の方式である。例えばイギリスの議会は、政府と野党のどちらが国民を唸らせるかという演説合戦である。しかし日本の方式では、政府がかわし、野党が追及し切れなければ野党の負けということになる。

その後議論は経済問題に移った。橋川はアメリカが日本の所得減税を求めたというG7の蔵相・中央銀行総裁会議の議論の様子について尋ね、武藤大蔵大臣と参考人として出席していた金澤日銀総裁が答弁した。ともに合意事項に盛られた「追加的措置」が所得減税であることを認めたが、しかし会議では単に一部の国から言及があった程度で、むしろ宗像内閣の構造改革に対する称賛と期待の方が勝ったと述べて、橋川にその後の追及の手掛かりを与えなかった。

景気の現状については、この年の第一四半期のGDP統計の速報値を小村佳江経済企画庁長官が答弁した。第一四半期のGDP成長率は前期比マイナス〇・五%、年率換算でマイナス二・〇%、民間最終消費は前期比マイナス〇・六%、民間設備投資はマイナス三・七%で、民間住宅はプラス五・一%、公的固定資本形成はプラス五・二%、輸出はマイナス五・四%などであった。

そのうえで橋川は再び総理に迫った。現在の景気の低迷の原因は結局バブル崩壊後の逆資産効果による個人消費の低迷にあり、個人消費に刺激を与えるためにどうしても所得減税が必要だというのである。むろん所得減税を可能とする民自党の消費税七%案のアピールのためである。しかし総理は、個人消費の拡大のためには、供給サイドの改善によって国民の新たな需要が発掘されるようにすることの方が大切であり、その意味で政府の緊急経済対策の規制緩和策の方が有効だとしたうえで、今の時点で所得減税を行っても減税分は貯蓄に回る可能性があるとかわした。

橋川は食い下がった。橋川の立場からすれば、今日の質疑はここが山場のはずだった。しかし総理もこのあたりは特に念入りに準備をしていて、次第に余裕を見せ始めていた。橋川は執拗に総理を攻め立てた。

「貯蓄に回る部分はあっても全部ではない。収入が減ってやりくり算段していた人が、所得減税で給料の手取りが増えるんですよ。これでこれまで我慢をしていたあれを買おう、これを買おうということになるわけです。手取りが増えたから、嬉々として貯金を増やそうというのは、私は人間というものを理解しない机上の空論だと思うのですねえ。いかがですか、総理。もう一度お願いします」

「委員長」

「宗像総理大臣」

「そういう人がいないと申しているわけではありません。しかし国民というのは、やはり利口でございますから、今手取りが増えたからすぐこれを使ってしまおうというのは、宵越しの金はもたないという江戸っ子ならいざ知らず、現代人はもう少し利口だと思うわけでありま す。まして減税はタダでできるわけではありません。二年後か三年後に例えばその財源として消費税の引き上げが待っているとするなら、今使い切ってしまうことは賢明でないと、国民は当然考えるわけでありまして、そのことを申し上げているわけです」

「委員長」

「橋川君」

「二年後、三年後に消費税の引き上げがあるなら、今買った方が得ですね。今なら百円で百円のものが買える。消費税の引き上げ後は、百円では九十八円のものしか買えないとなると、今買うことになる。だから消費に火がつき、そこから経済の自律的な回復につながる。誰にも分かる簡単な話ではありませんか」

「委員長」

「宗像総理大臣」

「所得減税の財源を消費税に求めるということは、累進課税の所得税を一律の消費税に置き換えるということであります。相対的に高額所得者の税負担を軽減し、低額所得者の税負担を増やすことになります。税のあり方としては、そういう議論もございましょう。しかし純経済理論的に申しますと、低額所得者ほど貯蓄余力に乏しく、消費性向が高いわけですから、従って消費性向が高い層の可処分所得をより減らすことになり、その結果国民全体としての消費を減らすことになると、こう思うわけであります」

橋川は総理を追い詰めることはできなかった。皮肉なことに、民自党の作戦によって予算委員会の開会が遅れた分、総理の勉強時間は増えていた。大蔵政務次官を経験し、知事を務めてもともと経済に疎くはなかった総理に、尾崎秘書官と草野秘書官が答弁準備であの手この手の知恵をつけていたのである。

最後に橋川が取り上げたのは、ロシア情勢だった。ロシアでは十二日からのエヤーナフ大統領の訪日を前に、最高会議派とエヤーナフ大統領派の対立が続いていた。前日には、最高会議派によるモスクワ市庁舎とテレビ局の占拠、両派の間での銃撃戦、さらに最高会議派の最高会議ビルへの立て籠りへと発展し、大統領はモスクワに非常事態宣言を発していた。

実は日本時間のこの日の午後に、大統領は軍に最高会議ビルへの攻撃を命じ、軍が最高会議ビルに大砲を撃ち込んで、立て籠っていた最高会議派を武力で鎮圧して、結局大統領がこの並外れた権力闘争に勝利する事態に発展するのだが、それは橋川の質疑の後に起きたことである。だから橋川は、ロシアの政局混乱と大統領の訪日の見通しについて総理に質し、正統性の揺らいでいるエヤーナフ大統領を交渉相手とすることの妥当性に疑問を呈しただけだった。総理も情勢の推移を見守るという以上の答弁は避けたし、大統領の訪日の招待はもともと民自党政権時代に行われたものだったから、橋川もそれ以上は追及しなかった。こうして橋川龍三の質疑は終了した。

十二時をやや過ぎて、委員長が、

「午前中の質疑は、これにて終了致しました。午後一時まで休憩致します」

と宣言し、午前中の予算委員会の審議は終わった。

この日はこのようにして過ぎた。昼には院内で政府与党最高首脳会議が開かれ、食事中にはひとしきり橋川龍三の質疑と、ロシア情勢が話題になった。橋川の質疑については、社民党の閣僚からは「所詮は社民党のノウハウを真似ているが、まだまだ」という評価が下された。参加者たちは口々に総理の答弁の機敏さ、冷静沈着さ、そして勉強ぶりを誉めた。総理は笑っていた。

ロシア情勢については、羽根副総理が「ロシア正教の仲介があるのではないか」と語り、総理が「訪日までには落ち着くのではありませんか」と見通しを述べた。いずれも外務省情報だったが、この頃現にモスクワで進行しつつあった事態の情報は、無論まだ届いていなかった。

この日も財部一郎はまだ外遊中で、代理出席の松崎源三は、「官邸のメシもうまくなった」としきりに感心していた。

午後の質疑は、橋川の持ち時間四時間の残り二時間半に二人の民自党議員が関連質疑に立ち、労働者党が四十五分やってから、その後さらに一時間半と一時間の民自党議員の質疑があった。関連質疑というのは、実際のところは配分された時間を複数の議員が分担するというだけのことで、言葉が示すような質疑内容の関連性は何もない。民自党議員の間に労働者党が入ったのは、最初の与党質疑から始まってここまでで各党一巡ということである。NTBの国会中継はこれで終わり、以後二巡目に入り、与党はそれには枠をもっていないということである。

午後七時に初日の質疑が終了すると、総理は牧本秘書官を伴って直ちにアジア開発会議のレセプションのために高輪パシフィック・ホテルに向かった。

翌日は火曜日で、閣議の日だった。しかし衆議院予算委員会の二日目が九時から始まるし、総理はその前にアジア開発会議での十分間の基調演説のために、高輪まで往復しなければならなかったから、閣議は七時四十分からだった。さらにそれに先立って短時間の答弁の打ち合わせがあり、風見は七時十五分に官邸に入った。

閣議が始まって手が空いてから、風見は官邸の表門を入ってすぐ左側にあるSP小屋と呼ばれるSPたちの詰め所を訪ねた。兵頭警部をはじめとするSPたちは、総理に付くとき以外は、ローテーションの立ち番の者を除いて、このSP小屋で待機する。次のスケジュールが始まる少し前になると、ここを出て配置に就き、総理が執務室や閣議室にいるときは、再びこの小屋に戻って休憩するということを繰り返しているのである。

警備担当の金井秘書官と違って、風見がSP小屋を訪ねることは滅多にない。その風見がこの日訪れたのは、総理スケジュールに関連して、兵頭警部に尋ねておかなければならないことがあったからである。

労働者連盟の定期大会が十月八日の金曜日から開かれることになっていて、総理に来賓として出席してもらいたいという依頼が山際会長から総理にあり、風見にも楯山幸彦事務局次長がぜひにと申し入れていた。しかし国会日程が未定であったので、風見は返事を留保していた。ようやく国会が動き出し、金曜日には参議院予算委員会の二日目の審議が行われる見通しになり、日中では昼の休憩時間しか空かないことがはっきりした。従って来賓として顔を出し、挨拶するとすれば、その時間帯しかない。問題はその会場が新宿の福祉基金会館だということで、従って休憩時間に往復が可能か、可能であれば総理は新宿に何分くらい滞在できるかを、兵頭警部に確認しておく必要があったのである。電話ででも、あるいは警部を秘書官室に呼んで聞くことも無論可能だったが、この機会にSP小屋を覗いてみるのも悪くないと思われた。

風見は表玄関を出て、アスファルト舗装の前庭を歩いてSP小屋に入った。内部は狭く、雑然と机や椅子が置かれ、そして多くのSPたちがいた。風見は一種思いがけない光景にちょっとたじろいだ。SPたちは、全員上着を脱いで、そのために脇や腰に付けた拳銃が剝き出しだったのである。いつも風見が見るSPたちは、きちんとしたスーツ姿だったから、拳銃は見えない。しかし多分拳銃のお陰で、実は上着は窮屈で、そのためSP小屋での休憩になると上着を脱ぐ習慣が付いているのだろう。

風見が小屋に入って、若いSPに兵頭警部の所在を尋ねると、

「奥にいますので、呼んで参ります」

と答え、傍らの椅子を勧めた。

すぐ兵頭警部がやって来て、風見の前の椅子に腰を下

ろしたが、その時、

「秘書官、どうぞ」

という声がした。和泉という女性のSPがお茶を入れてくれたのである。総理担当のSPには、和泉と花房という二人の女性がいて、総理をガードするときは交代で必ずどちらかが付く。二人は総理が執務室にいるときの立ち番も、男性のSPたちとまったく同様にこなしていた。

和泉も体格は普通の女性と変わらなかったが、花房の方はもっとほっそりした大和撫子といった感じだった。風見は最初に見たとき、なんでこれでSPなのかと思ったものだ。金井秘書官に言うと、「あれで空手初段、合気道二段だからね。くれぐれも手を出さないように」と真顔で注意された。

和泉SPが風見の座っている前のテーブルにお茶を置いた。見ると彼女もブレザーを脱いでいる。下は白いブラウスに吊りズボンである。そして彼女も脇の下に拳銃を吊っていた。頭では分かっていても、いざ目撃すると、若い女性のそんな姿は風見を不安にさせた。和泉がお茶を置くために屈んだとき、彼女の豊かな胸元とともに、黒光りする拳銃がほとんど風見の鼻先に触れた。自分たちが訓練されてきたのとはまったく別の窺い知れないプロの世界が、そこにはあるように思われた。

兵頭警部に事情を話すと、昼の休憩の一時間に新宿まで往復することは問題ないと答えた。

「渋滞するでしょう」

と風見は言った。

「大丈夫です。会場には、二十分は居れるでしょう」

と兵頭警部は請け合った。風見は和泉SPの入れてくれたお茶を飲み干して退出した。

十時過ぎに風見は、労働者連盟の楯山事務局次長に電話をして、金曜日には十二時二十分頃から最大限二十分間顔を出せると回答した。

「分かりました。その時間に合わせてプログラムを変更します」

と楯山は答えた。これまで労働者連盟の大会に、時の総理が出席したことはない。四十年ぶりの政権交代と非民自党連立政権の仕掛け人を自負する山際会長にしてみれば、大会への総理の出席は悲願と言ってよく、連盟としては開会時間を遅らせても、ぜひ総理に出席してもらいたいということのようだった。風見は、総理の出席と挨拶を請け合った。

それから風見は予算委員室に入り、政府委員席で午前中の質疑を聞いた。建設大臣を務めた荒川信義は、宗像内閣が公共事業費の削減を目指していることを強い口調で牽制したが、全体的に大向こうの受けを狙ったような演説調で、総理や閣僚が答弁にてこずるような話はなかった。

午後の質疑は、風見は総理の後ろの秘書官席で聞いた。民自党六人、労働者党一人の計五時間四十五分に及ぶ質疑だった。午後のトップバッターの真崎隼人は、総理の侵略戦争発言について質疑通告をしていた。

総理のこの発言は、記者会見の直後から民自党内で問題にされていた。民自党内には、「侵略戦争」などと言われるとそれだけで感情的に反発する者が多かったが、一応表向きには、アメリカやソ連との戦争までをひっくるめて、すべてが侵略戦争であるかのような言い方は問題だと言っていた。真崎も質疑で、「先の大戦」が侵略戦争だったというその「先の大戦」は具体的にどの戦争のことなのかと食い下がった。しかし総理は、

「いちいち申し上げなくても、胸に手を当てて考えてみれば、思い当たる節はございましょう。多くの国の方々に耐え難い苦しみと痛みを与えたことを深くお詫びし、これからの国際社会に寄与していく決意を示す必要があるのではないかと、申し上げているわけです」

と、冷静な口調で繰り返すばかりで、真崎の挑発には乗らなかった。

夜、公邸に客が来て、九時前に客が帰ってから、公邸でそれぞれの秘書官と翌日の衆議院予算委員会最終日の答弁の打ち合わせがあった。風見が公邸に入ったのは十時半過ぎだった。

予算委員会も二日間が過ぎ、総理も次第に答弁に自信をつけていた。県議会での答弁の経験はあるが、なにしろ閣僚経験もなしにいきなり総理大臣になった身である。あれこれ考えているうちは、不安もあったろう。しかし二日間を終えて、総理はコツをつかんだようだった。それは不用意に語り過ぎないようにするということだった。質問取りし、時には役所が質問のポイントまで教えてやっているような議員の質疑は、無論どうということはない。民自党の議員のなかにも、そういう議員はいる。荒川信義のように演説したがる議員も大したことはない。真崎隼人のように、言いたいことがはっきりしていて、時にはどぎつい言葉を使って攻撃してくる議員も、

実はそれほどのことはない。闘牛のように、適当に突進をかわしていればそれで済む。特に思い込みの強い議員は、最初にかわしてやれば、ペースはこちらのものになる。気を付けなければならないのは、自分は語らず、答弁者に多くを語らせようとする議員である。それでいて知識が豊富で、即座に答弁の弱点を見抜き、その場でロジックを組み立て、簡潔な言葉で逆襲してくるだけの力のある議員だった。そういう議員になればなるほど、水を向けられても語り過ぎないようにしなければならない。

これまでの質疑では、やはり橋川龍三の力が抜きん出ていた。しかし橋川も本当は最も得意のはずの経済では、総理を追い詰めることはできなかった。橋川級の人間でも、このロジックを認めさせてやろうと意気込んでくれば、まずはそうならない。特に経済政策のような甲論乙駁の世界のことは、違う意見もあると答えて、議論をすれ違いに持ち込めば政府の勝ちである。こういうときには、新聞も「議論は終始嚙み合わなかった」と書くだけである。そのための知恵は、官僚機構がいくらでも提供してくれる。日本の野党が、しばしば政治スキャンダルを取り上げるのは、それが甲論乙駁ではなく単純明快なロジックが支配する世界の話であるとともに、所管外のことで自分たちの利害に絡む政策とは無縁でもあるから、官僚機構が手助けしないからである。

馴れてきたからといって、しかし答弁準備に手を抜くことはできない。日々新しいテーマが取り上げられるのである。明日は新たに失業と雇用対策、原子力行政、戦域ミサイル防衛構想、ＰＫＯ要員の武器使用方法、特殊法人改革、科学振興対策、政府開発援助、医療保険改革の特に薬剤費の参照価格制度と定額制、消費税の簡易課税制度の改革などの諸問題が取り上げられる。風見の関係では、財部一郎についての評価や、選挙制度改革の見通しなどが質問通告されていた。これで六日間では本当に大変だと、風見も思った。

総理は、委員会審議については、答弁のポイントだけ問表に記入するという方法を維持した。細かな数字などは、担当大臣に振ればいい。総理に質疑通告されていても、役所は自分の大臣にも同じ答弁原稿を渡しているから、「担当大臣から答弁致させます」と答えれば済む。その方が大臣たちの眠気覚ましにもなる。

この日も総理は、問表の質疑事項に対する答弁方針を風見と議論し、ポイントを記入していった。場所は第三応接室だった。

電話が鳴って総理が自分で出た。

「これはどうも。ジュネーブですか。……ずっとパリだと思っていました。相変わらず隠密行動ですね」

と総理が答えていた。財部一郎からだと咄嗟に風見は理解した。家族との遅い夏休みといって出掛けた財部が、ジュネーブに入っているのだろう。心臓の治療でロンドンに行くという話は、やはりまやかしだったのだ。

「もう連日サンドバッグですよ。朝から七時近くまで予算委員室に縛り付けられ、民自党にやられっぱなしです。昨日は橋川さんでした。十分ほど止められてしまいましたが、何とか逃げ出しました」

第三応接室の電話は、テーブルから離れたところにあって、立ったまま話すことになる。風見は椅子を総理のところに運んだ。その椅子に腰を下ろして、総理は話し続けた。

「そうですか。アメリカとの交渉の経過は随時報告が来ていますが、アメリカとEUの交渉は、外務省も農水省も充分つかめていないようです」

ジュネーブは、ウルグアイ・ラウンド交渉の舞台である。財部はそのジュネーブに入って、交渉の進捗状況について情報収集をしているのであろう。それからしばらく総理は聞き役に回り、「なるほど」とか「そうですか」と言っていた。しばらくしてから、

「社民党の新執行部が挨拶に来まして、村野委員長がコメはウチは大きいから、大騒動にならないようにお願いすると言っていかれました。騒動の鎮め方を研究しておく必要がありそうですね。……予定どおりご帰国されますか？　……それでは、帰国されてからまた詳しくお伺いを致します」

そう言って総理は電話を切った。

「財部先生は、ジュネーブですか」

と風見は水を向けた。

「アメリカとEUの交渉はまとまると言っていました。最終決着は十二月にずれ込みそうだということです」

「税制改革を仕上げてからコメに行きたいですね。法案が上がらないうちにコメだと、社民党がどうなりますか」

「そうなんです。もともと法案審議で気懸かりなのは参議院なのに、このままでは参議院での審議がコメに重なります」

民主連盟の広田晋に言われて、風見も参議院を気にしているが、総理もそう思っているのである。与野党の議

席差は参議院の方が少ないし、議長も予算委員長も民自党で、議運委員長と特別委員長は社民党である。総理の民主改革新党も財部の新世紀党も、参議院では力を発揮できない。のみならず総理は議員生活を参議院から始め、今回衆議院に転ずる前も一年余り参議院に籍を置いた。一種参議院のことは風見より総理の方がずっと詳しい。一種の土地勘で、最初から参議院のことを心配しているのである。

総理が続けて言った。

「金曜日の朝戻るそうです。まだ税制改革関連法案の趣旨説明にも辿り着けていないのに、これだけ民自党に引き延ばされています。財部さんと少し長期的な見通しについても話し合っておいた方がいいでしょう。戻られたら、話ができるようにセットして下さい」

「今度はホテルでなく、公邸に来ていただきましょう」

「それで、お願いします」

「分かりました」

翌日の衆議院予算委員会最終日は、審議は午後二時半で終わり、その後の時間帯には、五人の秘書官によって久しぶりにたまっていた総理日程が詰め込まれた。

論戦の舞台を参議院に移して二日目の昼の休憩時間は、労働者連盟の定期大会で、新宿まで往復しなければならなかった。

この日の風見の動き方の予定はこうであった。昼近くまで風見は官邸秘書官室にいて、総理の弁当ができ上がるのを待つ。昼に新宿まで往復するのだから、総理には昼食は車の中でとってもらうしかない。でき上がった弁当を持って院内に入り、弁当は越山運転手に総理車に積んでもらう。そして参議院予算委員会室に行き、昼の休憩に入るのを待つ。審議中だから総理の後ろの秘書官席ではなく、政府委員席で待つ。そして休憩に入ると、素早く風見が付いて、総理は参議院の正玄関から新宿に向かうのである。

十時近くに武藤蔵相の政務秘書官の末広和晃から電話があり、その後に宮島厚生大臣の事務方の秘書官からも電話があった。用件は両大臣とも労働者連盟の大会に出席して挨拶したいが、連盟側が出席はいいが総理の滞在時間が限られているので挨拶は駄目だと言っている、風見に口を利いてもらいたいということと、往復に総理の車列に入れて欲しいというものだった。今回は時間が限られているので、場合によって総理車は赤信号もサイレンを鳴らして通過する。しかし大臣車はパトカーの先導がないから、それができない。だから総理の車列に入れてくれというのである。風見は二つ返事で引き受け、連盟の楯山次長と連絡を取って挨拶の了解も取った。

連立与党の党首で、他に連盟大会に出席するのは村野社民党委員長である。しかし村野は閣僚でないから、予算委員会に縛られていない。だから時間を気にせず行って帰ることができるのである。

十二時少し前に総理の弁当ができ上がって、大沢さんが持ってきた。サンドイッチが入ったバスケットと魔法瓶だった。

「ピクニックに行くみたいだね」

「よろしいじゃありませんか。秘書官は、戻られてから院内で召し上がって下さい」

風見はバスケットと魔法瓶をもって院内に入り、降り際に越山運転手にそれらを総理車に載せるよう指示して、参議院予算委員会室に赴いた。

民自党の委員長だから時間通りにいくか心配したが、十二時きっかりに葦原予算委員長が、

「午前中の質疑はこれにて終了致しました。午後一時まで休憩致します」

と宣告した。

総理が素早く立ちあがり、風見が付き、委員会室の出口でSPと衛視が付いて足早に参議院正玄関に向かった。ぶらさがりでは記者は、ロシアのエヤーナフ大統領の訪日の見通しについて尋ねた。「予定どおりです」と総理は答えた。風見は後ろを確認したが、武藤大蔵大臣と宮島厚生大臣も、それぞれの秘書官とSPを従えて付いてきていた。

参議院の正玄関には、総理車に二台の大臣車が並んで車列を作り、エンジンをかけて待っていた。総理と大臣たちは素早くそれぞれの車に乗り込んで、車列が動き出した。

交通規制されている衆議院南門前を、車列は勢いよく左折し、霞ヶ関ランプに向かった。ランプから首都高に入ると、案の定首都高は渋滞していた。どうなるかと風見が思ったとき、突然、先導のパトカーがけたたましくサイレンを鳴らし始め、赤い非常灯が点滅を始めた。同時にパトカーの拡声器から、女性の声が流れた。官邸のSP小屋を訪れたときお茶を入れてくれた和泉SPだった。

「緊急車両が通過します。ドライバーの皆さん、左右に

寄って道を空けて下さい。横浜ナンバー、白のクラウンの運転手さん、左に寄って下さい」

　渋滞していた車が左右に寄ると、中央に一車線分の空間ができ、そこを車列は走った。自分で運転して走るときは、首都高の車線の幅の狭さが気になるが、実はこれだけの余裕があったことは驚きだった。無論渋滞しているから車は左右の限度いっぱいに寄ることができるのだが、その空いた車線を車列は優に時速四十キロのスピードで進んだ。

　首都高を進む間中、和泉SPは拡声器で前の車をさばいた。

「品川ナンバー、紺のグロリアの運転手さん、右に寄って下さい」

　そのさばき方は鮮やかで、大したものだった。怒鳴り立てるのではなく、余裕をもった声で落ち着いて、しかし的確に指示している。やはり女の子ではなく、訓練を重ねたプロなのだと思った。風見の脳裏に、あのSP小屋で見たブレザーを脱ぎ脇の下に拳銃を吊り下げた和泉SPの姿が甦った。

　総理車の窓には白のレースのカーテンが掛かっている。だから外からは誰が乗っているかは分からない。しかし車内からは外の様子が見え、室内には赤い非常灯の点滅が映っている。その点滅を受けながら、風見はバスケットを開けて、サンドイッチを取り出して総理に手渡し、魔法瓶からグラスに紅茶を注いだ。

「車中の昼食で、申し訳ありません」

　パトカーのけたたましいサイレンの音に負けないように、風見は言った。しかし総理は、笑いながら答えた。

「選挙中は、昼食は毎日車の中でした。こういうのは、馴れているんですよ。そうか、風見さんは選挙の経験がないのでしたね」

　それは文献だけで政治に精通したつもりになっていても、本当の政治は知らないと言われたようなものだった。

　総理に食事を手渡すと、風見は労働者連盟の楯山事務局次長の携帯に電話をして、時間どおり国会を出たので、近くまで行ったらまた連絡すると伝えた。

　車列は外苑ランプで地上に降りた。降りると同時にパトカーはサイレンを止めたが、昼時のことで少し渋滞している。しばらく進んでから、総理車の助手席の兵頭警部が、SP無線のマイクを口に当てた。

「行こう！」

　直ちにパトカーのサイレンが鳴り、赤い非常灯が点滅し出した。また和泉SPが拡声器で車をさばいた。風見は再び楯山次長の携帯に掛けて、そろそろ到着すると伝えた。

　車列は、福祉基金会館が左手になるように、いったん別の道を少し先まで進んでから、右折で会館前の道に入った。進行方向は赤信号だった。和泉SPが拡声器で告げた。

「緊急車両が、赤信号を右折します。停止して下さい。停止して下さい」

　同時にパトカーの窓から男性のSPが大きく半身を乗り出し、笛を吹きながら赤い指示棒を振って合図した。車列は、停止した青信号の車をわき目に、スピードを落とすことなく右折した。

　福祉基金会館に到着した。先導のパトカーからSPたちがバラバラッと降りた。SPの一人が風見のドアを開けた。風見は素早く降り、車の後ろを回って総理の席のドアの横に立った。兵頭警部が周囲を確認してから、ドアを開けた。総理が降り立った。

　会館の前には、大勢の人が群れていた。総理が姿を現すと、どよめきが起きた。総理のすぐ前まで、楯山次長が迎えに出ていた。次長は腰を屈めて挨拶すると、すぐ総理を案内した。階段を上がって玄関を入り、長い廊下を通り、楽屋裏のような狭い通路を抜けると、大会の会場のホールの舞台の袖に出た。舞台は明るく照明が当たり、いかにも大会風に設えられた席には、大勢の役員や来賓が着席していた。演壇では、山際徹会長が挨拶しているところだった。

　楯山次長が案内して、総理は来賓席の最前列に着席した。こういう会場では、必ず総理の真後ろに兵頭警部、その横に秘書官の席が用意されている。兵頭警部と風見も着席した。SPが二人、舞台前面の左右に立って、威圧するように周囲を見渡し始めた。武藤蔵相と宮島厚相もそれぞれの席に着いた。

「宗像総理が到着されました。国会のため時間が限られているとのことでありますから、早速総理にご挨拶いただきます」

　山際会長が述べた。総理は立ちあがり、拍手のなか、舞台中央で山際会長と両手を取り合った。

　総理が演壇に進んだ。会場は階段席になっているので、舞台からは満座の聴衆が山のようにそそり立って見える。

「十二時まで参議院予算委員会がございまして、一時か

ら再開でありま す。限られた時間ではありますが、大変なご支援を頂戴している労働者連盟の大会でございますから、パトカーに先導させ、サイレンを鳴らし、赤信号を突っ切り、車の中で昼食のサンドイッチを頬張って、ただいまここにこうして駆けつけて参りました」

万雷の拍手と歓声で、総理の挨拶はしばし中断された。それは山際会長にとっては、おそらく生涯最良の栄光の一瞬であったろう。単に時の総理が顔を出してくれたというだけでなく、それほどまでにして馳せ参じてくれたのである。それというのも、自分が四十年ぶりの政権交代を仕掛け、非民自連立政権を仕掛け、この男を総理にしてやったからだと会長は思ったことだろう。

短いながら、総理は気迫に満ち、力に溢れた挨拶をした。風見の原稿を下敷きにはしていたが、パトカーやサンドイッチの話同様に、総理なりの枝葉が加えられていて、生き生きとした内容だった。総理は、生産者であるとともに生活者、消費者としての立場に立つ労働組合、従って日本の改革の先頭に立つ労働組合であって欲しいと訴えた。

挨拶が終わった総理を、山際会長が立っていって迎えた。二人は再び舞台中央で手を取り合った。

続いて武藤蔵相、宮島厚相が挨拶した。二人とも駆けつけることができて光栄だと述べた。

宮島厚相の挨拶が終わったところで、風見は腕時計を見た。少し余裕があった。総理の退出のタイミングを決めるのは風見である。しばらくしてから、風見が、

「総理、出ます」

と言った。その声が届いて、総理が立ち上がった。

「それでは、総理がご退出されます」

進行役の楯山事務局次長がマイクで告げ、拍手のなかを総理は退出した。

福祉基金会館前には、到着時にも増して人だかりがしていて、新宿警察署の制服の警察官たちが整理にあたっていた。総理が姿を現すと拍手と歓声が起きた。遠くの通行人たちも、立ち止まって見ている。

「宗像さーん」

という声も掛かり、総理も手を振って応えた。

帰りは時間に余裕があったので、首都高には上がらず、サイレンも鳴らさずに戻ることができた。

九　極秘シナリオ

ウルグアイ・ラウンドをめぐる各国の熾烈な交渉の中心地のジュネーブに、隠密裏に立ち寄って金曜日に帰国した財部一郎との極秘の会談のセットを総理から依頼されて、風見は財部の秘書の高桑と連絡を取り、財部に日曜日の昼に公邸に来てもらうことにした。

十月十日の日曜日はめずらしく他に客もなく、火曜日のエヤーナフ大統領との日ロ首脳会談のための第一回の勉強会も、土曜のうちに済ませて、久しぶりに総理は寛いでいた。

先週は、金曜日に労働者連盟の大会から戻った後の参議院予算委員会が、揉めに揉めた。相変わらず社民党の安全保障政策をめぐる閣内不一致と、総理の侵略戦争発言を民自党が突いてきたのである。特に山岡運輸大臣ら社民党の閣僚の「自衛隊の実態は違憲」という発言をめぐって、民自党は「本当に自衛隊の実態が違憲と考えるなら、自衛隊廃止の努力をすべきで、それをしないのは、国務大臣は憲法を尊重し擁護する義務を負うと定める憲法第九九条に違反する」という首を捻《ひね》りたくなるような理屈を持ち出して攻め立てた。政府側は、「別に国務大臣という立場で、自衛隊が違憲と言っているわけではない」と突っぱねたが、民自党は納得せず、審議は度々中断した。途中委員会を休憩にして、一時間以上理事会を開くという事態が二度もあった。このため散会は、異例の午後十一時四十七分になり、なおかつ民自党の質疑の一部を連休明けの火曜日にまで持ち越していた。

参議院予算委員会初日の木曜日も、散会は午後十一時半だった。当初「連立は立ち往生する」と見られていた衆議院での審議が、それほどまでには混乱しなかったことから、参議院の民自党が「衆議院はだらしない」と、手ぐすねを引いていたのである。参議院は自らを「理性の府」と呼ぶが、風見の目にはそんな風には見えなかった。総理が構造改革プランの諸法案の参議院での審議が気掛かりだと言うのは本当だった。

連日の深夜に及ぶ審議で疲労した総理も、しかし土曜日には元気を回復していた。そして日曜日である。風見は早めに公邸に入り、書斎で総理に、財部と話し合ってもらいたいと思うことについて念押しをした。法案の落とし所のカードをどの段階で切るのか、衆議院段階なのか、参議院段階なのか、また民自党と合意できなかったときはどうするのか、強行策に転ずるのか、さらに強行策が失敗したときはどうするかなども含めて、これからの国会の具体的な運び方について財部と十分話してもらいたいと、風見は総理に言った。どのような運びになるにしても、民自党が警戒する解散あるいは解散の脅しをいかに効果的に使うかが、今後の勝敗を決める最大の鍵だから、その点についても財部と腹固めをしてもらいたいとも進言した。

「分かりました。私なりの心づもりもありますし、財部さんもいろいろ考えているでしょうから、よく話してみます」

と総理は答えた。

昼少し前に財部が到着した。予め打ち合わせておいた場所で、風見が迎えた。先頭を公邸のSPが歩き、続いて財部と風見が並んで歩き、最後に財部のSPがついて、官邸の南庭を横切った。広大な庭で、都会の真っ只中にいることを忘れさせるほどに静かである。広い芝生の周囲を鬱蒼とした木々が取り囲み、木々の間に立つと、林の中にいるようである。監視装置が取り付けられた高い塀で囲まれ、さらに外の要所要所では制服警官が二十四時間警備にあたっている。

木々は心持ち色づいたようにも思われるが、それでもまだ濃い。芝生もまだ緑を保っている。明るい陽の射す爽やかで気持ちのよい日曜日だった。陽は、総理より年下とはいえ少しも白髪の出ない財部の豊かな髪や、紺の背広の肩にも注いでいた。

「ジュネーブはお疲れ様でございました」

歩きながら、風見が挨拶の言葉を述べた。

「本当は外務大臣も農水大臣も行かなけりゃならないだろうに、国会にばかり縛り付けておくのは愚かなことだ。今はまだ事務方の交渉の段階などと、高を括ってはいけない」

「総理も連日の予算委員会で大変です」

「相変わらず下らない質問ばかりやっているそうだね。民自党も恨みつらみばかりでなく、本当にこの国をどうするのか考えてくれないとな」

話しているうちに公邸に着き、SPがガラス戸を開け、レースのカーテンを持ち上げて、財部と風見が入りやすいようにした。

風見は財部を第三応接室に案内した。テーブルの上には、総理に言われて風見が財部に希望を問い合わせた昼食の蕎麦が用意されていた。二人分小分けされているほかに、中央の大きなざるにたっぷりと盛られ、好きなだけ食べられるようになっていた。

「総理はすぐ参りますので、しばらくお待ち下さい」

そう言って風見が第三応接室のドアを開けて廊下に出ると、総理がすでに出て来ていて、入れ代わりに入った。ブルーのカラーシャツのラフな服装だった。

総理と財部は、一時間以上話していた。途中波多野さんがデザートとお茶をもって入っただけで、風見は入らなかった。

一時過ぎに、廊下で気配がしたので、風見は待機していた第二応接室から出た。総理がカラーシャツの上にブレザーを羽織っていた。

「これから自宅まで行ってきます。後で財部さんを出して下さい」

六本木の自宅に行ってくるというのである。無論前後をパトカーと覆面パトカーにガードされ、総理車で行くのである。公邸前の番小屋の二人の記者は、必ず総理の動静を把握しなければならないから、番車で後を追う。番小屋は空になる。そこで財部の車を公邸の玄関に回して、財部を出してやってくれというのである。

「承知しました」

総理車を準備するまで少し手間取ったが、総理は程なく沙貴子夫人を伴って出発した。予め番記者には、目方秘書が、「自宅から必要な物を取ってくるだけだから、付いて来なくてもいいですよ」と言っていたが、当然のことながら番記者は付いていった。

財部の車が回ってくるまで、風見は財部のいる第三応接室に入った。財部は風見を見て、

「総理がお元気なようなので、安心したよ」

と言った。国連総会から帰国した翌日、財部が「総理はへばっていないか」と心配していると、津村久夫が伝えてきたのを思い出した。

「気力は充実しておられます」

「そのようだな。俺の方がへばらないようにしないと」

と財部は、自分に言い聞かせるように言った。

財部を送り出し、程なく総理も戻った。風見は総理の

書斎に入った。

「国会、ウルグアイ・ラウンド、北朝鮮情勢と安全保障、補正予算、日本再編計画、それに民自党の動向についての情報交換。そんなところですね」

総理は、財部との話の様子を語って聞かせた。

「法案は、衆議院は修正なしで通すことにします。衆議院より参議院の方が危ないという点では、財部さんと私の見方は一致しています。仮に衆議院段階で民自党と合意しても、河崎執行部は参議院の民自党を押え込むことはできないでしょう。衆議院で修正なら、参議院ではもう一段階上積みされる。仮に衆議院で時限的な所得減税で妥協すると、参議院では恒久減税にされる。とても国家財政がもちません。だから、衆議院を通したうえで、参議院民自党の顔も立てて、参議院での一回だけの修正で決着させる方針でいきます」

「参議院で民自党が合意を拒否し、社民党の造反もあって、否決されたらどうされますか？」

「その場合には、衆議院の再議決にかけます。無論三分の二の多数で可決されれば成立ですが、可決されない場合には解散します」

憲法の規定で、衆議院を通過した法案が参議院で否決された場合には、衆議院で出席議員の三分の二以上の多数で再議決すれば、法案は成立する。立法に関する衆議院の優越を定める規定である。無論連立は衆議院で三分の二の多数を確保してはいないから、それによって本当に成立するわけではない。しかし衆議院の再議決にかけるのは、成立させるのが目的でないことは、風見にもすぐ理解できた。赤坂の関根で、民自党の議員たちは、参議院で否決されたことを理由に、衆議院を解散するわけにはいかないと言っていたが、衆議院が再議決しないことを理由に衆議院を解散するのである。政治というのは、そういう知恵の出し合いのゲームである。

しかし総理と財部は、それ以上のことを考えていた。

「衆議院の再議決は、当然解散を睨んでのことですから、その時点で民自党を切り崩します。民自党が政府案では消費税の引き上げ方が足りない、もっと上げろといって否決するわけですから、国民に五％と七％を選んでもらう総選挙ということになります。勝敗は見えていますから、その時点で民自党に手を突っ込んで、再度民自党を分裂させるということです」

恐ろしい話だった。河崎総裁ら民自党の執行部が聞けば、身震いするだろう。逆にそれだけのことが控えていることが見えて来れば、民自党は妥協せざるを得なくなる。しかし本当にそうなるのか。予想外の民自党の逆襲があるかもしれない。出口の見えない死にもの狂いの、本物の闘いになる可能性があった。

「再議決の衆議院本会議のベルを押すことに、有泉議長が同意するでしょうか。参議院で否決されるということは、社民党の造反があるということですね。総選挙をやれば社民党は壊滅するかもしれません。元委員長の有泉議長が、そのための本会議のベルを押すことができるのかどうか」

「衆議院が三分の二の多数で再議決をすれば、内閣が提出している法案は成立する。しかし衆議院がそのための本会議を開かない。これは内閣が衆議院を解散する立派な理由になりますね」

風見はちょっと虚を衝かれたように思った。総理と財部はそこまで検討していたのである。

「社民党の閣僚が、解散の閣議で署名しないでしょうね」

「罷免して私が兼任します」

「社民党が離反して、連立政権は崩壊しますね」

「だから民自党を切り崩すのです。私は総理の地位に恋々《れんれん》としません。誰か民自党の総理候補に手勢を連れて出て来てもらえばいいということです」

「渡良瀬通男ですか」

「まあ、有力候補のひとりでしょうね」

渡良瀬通男は渡良瀬派の領袖で、民自党内で政権獲得を目指しながら目的を達することができずにいた。それにしても、あの赤坂の関根の隣の部屋で息巻いていた民自党渡良瀬派の面々と一緒にやることになるのか。聞かれていることも気付かずに、「煉獄の火」とか「阿鼻叫喚」とか、「宗像が十分反省して恭順の意を表したら、今度はわれわれが担いでやってもいい」とか、「財部は土下座しても駄目だ」と言っていたあの連中とやることになるのか。この連立政権が発足したときと同様に、新しい仲間同士として互いに笑顔で握手を交わすことになるのか。風見は、ため息が出た。

「風見さんに、まだ何か懸念がありますか」

「解散と総選挙の時期はどうなりますか？　予算編成と日米首脳会談があります」

「十一月上旬に法案は衆議院を通過し、参議院の山場は十二月上旬でしょう。年末か新年の総選挙になります。私としては、十二月十五日のウルグアイ・ラウンド決着前に解散できた方が、ウルグアイ・ラウンド自体は静かにやれて結構ですが、その代わり農民票は当てにできなくなるでしょうね」

「どうせ、いつやっても当てにはできません」

「仕方がないでしょう。十二月は二十七日に投票をやった例があり、今年は二十六日が日曜日です。来年は一月は二日と九日が日曜日で、二日というわけにはいきませんから、九日が有力ですね。予算編成は越年で問題ありませんが、日米首脳会談が今のところ一月中旬で日程調整が進んでいますから、一月投票だと影響が出ます。当然解散したら、私からクックス大統領に電話をすることになります。それは大統領も了解してくれるでしょう」

「いずれにしても、税制改革法案はできるだけ早く衆議院を通過させ、参議院で日程の余裕をもっておかないと、いろいろやりにくくなりますね。それと解散するなら、第二次補正は早くやっておいた方がいいのではないでしょうか」

「その点も財部さんと話しました。今のところは税制改革法案を優先させ、第二次補正は後回しですが、解散するとなると、さっさとやった方がいいですね。状況に応じて機動的に対応できるように、私から尾崎さんに言っておきます。国会の運びについては、他に問題がありますか？」

「いいえ。そこまでお覚悟ができ、シナリオができているのなら、何も申し上げることはありません」

「ウルグアイ・ラウンドの方は、ブレアハウス合意の見直し問題に関するECとアメリカの交渉は、アメリカが譲歩していずれ決着すると財部さんは言っていました。そうなると、いよいよこの問題が国内政治の表舞台に登場することになります。財部さんは、コメも例外なき関税化の受け入れが、一番日本の国益に適うという意見ですが、私の方から、アメリカとの間でミニマム・アクセスと引き換えに六年間の関税化猶予で話が進んでいると説明しておきました」

　ウルグアイ・ラウンドは、一九八六年に南米ウルグアイでのプンタ・デル・エステ宣言によって開始された自由貿易推進のための多角的交渉である。

　交渉は当初四年で終結する約束だったが、妥結に至らず延長されている。世界の百ヵ国以上が参加し、十五の交渉分野にまたがる壮大な交渉で、もつれにもつれ、何度も中断や決裂や再交渉を繰り返してきた。今年も四極貿易大臣会合やサミット、TNC（貿易交渉委員会）、さらには様々な閣僚交渉の場で十二月十五日までの決着が確認されながら、その行方は依然として混沌としていた。

多くの国によって地球上の至る所で多彩な交渉が行われているウルグアイ・ラウンドが、わが国では専らコメの問題と受け止められているのは、全般的にはラウンド交渉の進展が国益に適う貿易立国のわが国にとり、コメの市場開放が最大の問題であり関心事だからである。わが国ではコメは、食糧管理制度のもとで生産から流通までを政府が管理する特別の農産物であり、自由な貿易を許さない国家貿易品目である。しかしこれは、自由貿易を掲げるガットの理念にそぐわない。そこでアメリカをはじめとするコメの生産国によって、コメの市場開放がウルグアイ・ラウンドの主要項目に盛り込まれ、日本は追い込まれている。

しかしウルグアイ・ラウンド交渉をこれだけ長引かせている最大の理由は、コメに限らず農業分野全体で、日本以外の各国の間でも利害が複雑に交錯しているからである。そのなかでも最大のものはアメリカとＥＣの対立である。アメリカは世界最大の農産物輸出国であり、一方のＥＣ内にもフランスをはじめ農業を主要産業とする国がある。両者の対立はそのままウルグアイ・ラウンド交渉の歴史である。一九九一年十二月にドンケル・ガット事務局長は、農業交渉グループの非公式会合で、それまでの交渉の成果を基礎に、未解決の問題には独自の裁定案を織り込んだ合意のための案文の文書を配付した。これがドンケル合意案とかドンケル・ペーパーと呼ばれるものである。

ドンケル・ペーパーの基本原理は、例外なき関税化とか包括関税化と呼ばれるもので、各国が自国農業の保護のために、輸入制限や輸入禁止など様々な形で行っている国境措置をすべて関税に一本化するというものである。関税は当初は国内の卸売価格と輸入価格の差だけかけてよいが、六年間の実施期間内に平均三六％、最低でも一五％以上削減する。ただし期間内に二五％以上の輸入数量の増大、一〇％以上の輸入価格の低下があったときは、特別セーフガードとして関税を引き上げることができる。

ドンケル・ペーパーの後、一九九二年十一月にワシントンの迎賓館ブレアハウスを舞台にしたアメリカとＥＣとの協議で、両者の合意が成立した。これがブレアハウス合意と呼ばれるものである。ブレアハウス合意によって、ウルグアイ・ラウンドは大きく決着に向けて動き出すかに見られたが、そうはならなかった。ＥＣ内でフランスが合意案に反対し、アメリカでも譲歩のし過ぎという農民の反対が吹き出し、加えてブレアハウス合意がドンケル・ペーパーの修正となったことから、日本や韓国、カナダが新たな修正要求を持ち出したからである。議論は四分五裂し、交渉は停滞した。現在行われており、財部一郎がアメリカが譲歩していずれ決着すると言った交渉は、このブレアハウス合意の修正をめぐって、アメリカとＥＣの間で行われている交渉である。

財部が、コメも例外なき関税化の受け入れが一番日本の国益に適うと述べたということは、一見伝統的な保守主義者の風貌をもつ財部の近代性と合理性を示している。風見はウルグアイ・ラウンドについては担当でないし、その知識ももともとないに等しかった。しかし官邸に入って学んだ限りでは、やはり例外なき関税化が一番いいような気がした。

日本がこれまで例外なき関税化に反対してきたのは、関税という防護装置はついているものの、形の上ではコメの市場開放になるからである。そしていったんこれを受け入れると、次には関税の削減を迫られ、遂には完全な自由化に至るからである。外国産の安いコメが流入し、日本のコメ農業は壊滅する。これに対して、この時総理から聞いた日米の極秘の交渉案では、特例措置として六年間関税化を見送り、その代わりにミニマム・アクセスと称して一定量の輸入が義務づけられる。輸入量は、当初は国内消費量の四％で、以後増加し最終の六年目には八％となる。七年目以降のことは、六年目に協議する。

日米交渉案では例外なき関税化を六年間先送りすることができるが、その代わりミニマム・アクセスを課される。関税化だと輸入業者が自由に輸入し、国境で国が関税を徴収し、国内ではその関税分を上乗せした額で販売される。ドンケル・ペーパーによる日本のコメの関税は、初年度はおそらく七〇〇％という途方もないものになる。国内の販売価格は日本米と変わらないことになり、日本の消費者は日本米を買うことになって、外国産米は売れない。だから結局輸入業者も輸入しない。一方ミニマム・アクセスは義務的輸入量だから、売れようが売れまいが日本は輸入する。これには関税はかからないが、その代わり輸入は食糧庁が取り仕切って、国内販売価格に見合った価格で販売業者に売ることになる。差額は同じく国の収入でも、食糧管理特別会計に入り、また食糧庁による売り渡しには多分農協系の団体が介在し、膨大な仲介手数料がその懐に入る。アメリカにしてみても、ミニマム・アクセスの割り当てを確保すれば、関税化よりもよほど確実に米国米を日本に輸出できる。日本が関税化を拒否して代わりに受け入れようとしている案は、アメリカにとっては好都合の案である。

それが分かっていて日本がこの案を受け入れようとしているのは、日本にもメリットがあるからである。まず例外なき関税化を阻止したと宣伝できる。政府が輸入するのだから、市場開放でもない。総理が「コメの市場開放は受け入れられないという従来の政府の方針に変更はない」と言っているのは、このためである。国会ではこれまで三度にわたって、コメの市場開放反対の国会決議が採択されている。総理としては、国会決議は尊重していると言うことができる。

しかし実は日米交渉案は、それ以上に政治家と官僚にとってもメリットが大きいのである。その最大のものは、食糧管理制度を維持できるということである。現在の食糧管理法では、コメは全量国が管理する。関税化では、国の関与は関税を徴収するだけになり、輸入するか否か、どれだけ輸入するかは輸入業者の判断になるから、食管制度は崩壊する。食管制度を軸に形成されてきた政官農のあらゆるウマミは消滅する。一方のミニマム・アクセスだと、食管制度は維持できる。現在の食管法にも政府の許可による輸入制度があり、今年の凶作によるコメの緊急輸入もこれによって行われたが、ミニマム・アクセスの輸入もこの枠内のこととして処理できる。無論国内でのコメ事情の変化もあり、日米交渉案によってもいつまでも現在の食管制度が維持できるわけではないが、関税化によるドラスティックな変化ほどではない。

総理も別段現在のコメをめぐる利権構造を維持しようとしているわけではない。むしろきわめて長期にわたる交渉だから、総理に就任したときにはすでに交渉の枠組みは変更の余地のないものになっていたと言った方が正確であろう。枠組み自体は、民自党政権が作ったのである。しかし民自党政権の許では、政府が国益を考えて交渉してきたことも、最後には農林族の議員が大騒動を引き起こして反古《ほご》にし、あるいは骨抜きにするということが起き兼ねない。総理はこの政権では絶対にそういうことはさせないと思っている。ウルグアイ・ラウンドのめざす自由貿易の最大の恩恵国は、日本である。その日本がコメが納得できないからと、最後の最後でノーと言えば、日本のノーを認めるなら俺もノーだという国が続出し、これまで百以上の国が参加して長年の紆余曲折のすえにようやく築き上げたウルグアイ・ラウンドのガラス細工のような合意の体系は、瓦解する。日本がウルグアイ・ラウンドを失敗に導いた張本人として、世界から袋叩きにあうことは目に見えている。そういうことだけは、絶対にさせまいと総理は心に決めているのである。

「財部さんは、日米交渉案には不満があるようでしたが、最終的には、外交は政府の専権事項だからお任せすると言っていました。ただ国内の取りまとめは、誰がするのかと聞きましたので、泥を被《かぶ》っても私がやると言っておきました。この問題だけは、党派的争いの問題ではなく、国益に関わるというのが、私の信念です。財部さんも、総理がそこまで言われるのなら、協力するということでした」

と総理は言った。

「知り合いのアメリカの記者から、極秘の日米の交渉がかなり進展しているという話を聞きましたが、日本では漏れていないのですか？」

風見はケイコが言ったことを思い出して言った。総理は真顔になった。

「日本の新聞は、仮に漏れたところで書かないでしょうが、アメリカの新聞に漏れているとなるとちょっとまずいですね」

日米の交渉に関する情報は極秘だから、担当者たちも情報管理には最大限の注意を払っているはずである。それに仮に新聞がつかんだところで、日本の新聞ならまず書くことはしない。大騒動になって、ウルグアイ・ラウンド全体が崩壊し兼ねないことだと分かっているからである。書いた新聞は、国益を弁《わきま》えない愚か者として袋叩きにあうし、以後役所の情報から外されるという報復も受けるだろう。週刊誌なら書くだろうが、しかし日本では週刊誌が書いただけでは「事実」にならない。

だから一番懸念されるのは、外国の新聞が書くことである。アメリカの新聞でも、書いたときの影響の大きさは理解しているだろうが、なかには日本でのリアクションの大きさに無知で、単純にアメリカのコメ栽培農家にとってのグッド・ニュースのつもりで書く記者がいないとも限らないのである。

「分かりました。記者には決して書かないように、言っておきます」

「ぜひそうして下さい。次は北朝鮮情勢と安全保障問題です。首脳会談でクックスから北朝鮮情勢について注意がありましたが、その後の動きは入っていません。万が一北朝鮮が爆発したときの対応策については、岩原さんに関係省庁での研究を始めてもらっています。財部さんとは、専ら社民党対策を話しました。自衛隊法の改正について、赤木さんとの間で、今国会の改正案の取りまとめを断念し、通常国会に回すと合意したことについて、財部さんから説明がありました。財部さんにしてみれば、社民党がしっかりと日本の安全保障について考え、一皮も二皮も剝けるための時間を与えたということだそうです。財部さんから久保田さんと赤木さんに少し事態を説明して、さらに真剣に考えてもらうことにしました」

「分かりました」

「第二次補正予算のことは、言いましたね。日本再編計画ですが、現代総研の方はその後どうですか?」

「申し訳ありません。九月に研究会の第一回の会合があったはずですが、報告を聞いていませんので、火曜日にでも聞いてご報告します。第二回ももうすぐのはずです」

「予定どおり進んでいるかだけでも聞いてみて下さい。財部さんも期待しています」

「承知しました」

「財部さんは、あまり州を置くことには賛成ではありませんね」

「どうしてですか?」

「強大な存在になるというのです。州が連合して国に対抗したら、国はやりにくくなるということです。しかし広域行政は必要ですから、あまり権限が強くなり過ぎないように考えることにしました」

「それは現代総研の方にも伝えておきます」

「お願いします。財部さんと話したのは、むしろ再編計画の出し方です。財部さんは、私自身が議長になり、閣僚と与党の責任者、それに学識経験者を加えた大組織を作るべきだと言っていました。審議会のようなものだと、答申が出た段階で与党や地方から反対が吹き出して、始末に負えないというのです。最初から私が議長となり、有無を言わせずにやらないと実現しないと言っていました。一案かもしれませんが、そこまで私が前面に出ていいのかという気もします。どうですか?」

「今の段階では判断がつきませんね。研究課題にして下さい」

「お願いします。解散になれば吹き飛んでしまう話ですが、準備だけは必要です」

「そうですね」

総理は最後に、財部と情報交換をした民自党内の様子について話してくれた。河崎執行部がいよいよ求心力を失っているという点は、風見のもつ情報とも一致していた。民自党内での橋川龍三の評価もいまいちだった。予算委員会で、総理を追い詰めることができなかったことが影響しているようだった。「あんな調子では、税制改革で宗像内閣を追い詰めるのは難しい」という見方が急速に広がっているようだった。逆に総理の評価が上がっているのだという。「宗像は、結構したたかだ。殿様のつもりでいると、とんでもないことになる」というのである。

保保連合構想を説いた曾根田元総理や、連立との提携の可能性もある渡良瀬派、それに改革派の若手などの動向もさることながら、総理と財部が最も関心を持っていたのは、民自党の中心にいる竹中昇のことだった。しかし総理と財部の情報交換によっても、竹中の動きは相変わらず不透明だった。もともと竹中は、行動も発言も、ファジーな曖昧さを特徴としていた。小柄な痩軀に笑顔を絶やさず、それでいて何を考えているのか、何をしているのか分からなかった。

風見は現代総研にいた頃、一度総理を辞めて程ない竹中に呼ばれて、二人だけで話をしたことがある。ある日突然、事務所の秘書から電話が掛かってきた。

「竹中が先生に政治のお話をお伺いしたいと申しております。こちらから日取りを申し上げるような真似は本来すべきではありませんが、もし木曜日の午後二時にお時間がおありでしたら、永田町の事務所にお寄りいただけないでしょうか」

予定はあったが、変更が可能だったので、指定された日時に風見は竹中の事務所を訪れた。

大勢の秘書たちのいる部屋を通り抜け、風見は案内の秘書が開けたドアを通って奥の部屋に歩み入った。竹中は広い個室に、軟らかなクッションの椅子に凭《もた》れて、後ろ向きに座っていた。客がまず竹中の背中を見る、計算され尽くした配置だと風見は思った。無防備さを印象づけるようにも、あるいは肝心の顔をいったん隠してみせるようにも思われた。竹中が静かに振り返り、そしてテレビで見慣れた顔を風見の方に向けながら言った。

「あんた、こちらから勝手に時間を指定するようなことをして、よかったのかなあ」

評判どおりの気配りの人とも言えたが、しかし人が指定された時間に現れたのを確認したうえで、存分に優しい気遣いとか労《いたわ》りの言葉をかけているようにも受け取れた。それが竹中の流儀なのかもしれないと、風見は思った。

しかし初めて竹中と話した印象は、悪いものではなかった。何のために自分を呼んだのか、話をするまで風見は理解し兼ねていたが、竹中は、

「忙しい身が急に時間が取れるようになってね。また一から政治を勉強したいと思っていたら、政治について為になる話をしてくれる人がいると耳にしたものでね」

と言った。そのうえで、

「何でもいいから、政治の話をして下さい」

と促した。

「何か分野を絞っていただけません」

「いや、何でもいい。思いついたことを何でも話して下さい」

風見は戸惑った。それまで何度も風見は、政治家に呼ばれて話をした経験があった。普通は、政治家が人を呼ぶときは用件がはっきりしている。そしてその用件が済めば、さっさと終わりである。しかし竹中の対応は違っていた。しかも「政治の話」というが、相手は民自党最高の実力者で、政治の裏の裏まで知っているはずの人物だった。風見はただ者ではないという思いとともに、虚空に向かって断崖の縁に立たされたような不安を覚えた。

風見は国会運営の話をした。欧米の議会とどこが違い、日本の国会政治の特徴は何なのかという話をした。外国の話なら、多分竹中も詳しくはないだろうと思って、そうしたのである。竹中は興味深そうに聞いていた。それから竹中は、日本の国会運営には、直前の総選挙での労働者党の得票数が見えざる形で影響を与えたと、数字を挙げて説明した。風見は驚いた。単に数字を出すだけでなく、それを思ってもみない切り口で切ってみせるところに、竹中の政治的技量があることを知ったと思った。竹中との話は、二時間以上に及んだ。

風見が竹中昇と話をしたのは、後にも先にもそれだけである。それは竹中を理解する手掛かりのひとつだったが、しかしそれ以上のものではなかった。民自党を真綿のようにくるんでいる竹中の影響力とは何なのか、風見はなお理解し兼ねていた。

竹中昇についての話で、興味深かったのは、秘書官になってから新世紀党の中堅議員の池野忠夫から聞いた話だった。新世紀党だということは、もともとは竹中派だ

ということで、初当選から竹中を見て過ごしてきたのである。

「彼は、黒沢明の『七人の侍』に出てくる村の長《おさ》のじさまだよ」

　と彼は言った。

「杖をついてよたよた歩きながら、口をもぐもぐさせて、フガア、フガアというあのじさまだよ。最後には水車小屋に火を放たれて死ぬあのじさまだよ。彼は村人たちの心をしっかりつかまえ、絶対の権威をもって人々を統率していた。知恵者だということもあるが、大切なのはコメを一粒一粒拾って食べるような村人の貧しさとそれ故の怨念を、彼が知り尽くしているということだ。幸せだ、というだけで育ってきた人間は、永田町の長にはなれない。民自党というのは、不満と怨念とそこから芽生えた野心で凝り固まった人間たちの集団なんだ。民自党に限らず、永田町の政治家たちが、理想や情熱だけで動いているなどと思ったら、間違いだ。竹中と師匠の角田茂男《かくたしげお》は、まったくタイプの異なる政治家だが、自分の周囲の人間たちの心の内を知り尽くしているという点では共通していた。彼らの前に出ると、永田町の政治家は誰でも、自分が裸にされたような気持ちになる。そしてそういう自分が、そのまま受け入れられ、それどころか励まされているのを感じるのだ。初めて全裸になった男に、女が優しく、人間てみんな裸で生まれてきたのよ、ほら私だって裸でしょう、と言ってみせるようなものだ。そしてどうしていいか分からずにいる男を、すっぽりと包み込んでみせるようなものだ。人は抵抗できない。あなたは正しい、あなたが考えていることは人間的なことだ、少しも恥ずかしいことではない、自信を持ちなさいと言うのだ。そしてさりげなく、怨念を晴らし、野心を成し遂げるためのヒントや手掛かりをくれる。悪魔が目を付けるのと同じところに目を付けている」

　池野は竹中自身が悪魔だとは言わなかった。そういえば、赤坂の関根で、吉井と柴崎は、社民党の議員の方がハッピーだったと言い、野党がハッピーなのだから政治はよくなるはずはなかったとも言った。二つの話には、どこか共通するところがあった。

　総理が自分の感想を語った。

「民自党のどんな動きにも、竹中さんの動きがチラツイて見えるということは、逆に竹中さん自身のシナリオはないということです。自分で幹を張り、花を咲かせる人ではありません。動き方には十分注意しなければならないという点で、財部さんと一致しましたが、しかしどう注意してよいか分からないところがあります」

　総理は率直な言い方をした。確かにどう攻めてくるかから、どう防ぎあるいはどう反撃するということが、竹中相手では皆目見当がつかないというところがあった。山道の「落石注意」と同じである。落石なら近寄らなければ済むが、竹中の場合は近寄らなくてもその影響から自由になれるわけではなかった。

「今後の運びについては、解散のことも含め、くれぐれも内密にして下さい」

　と最後に総理は風見に注意を与えた。

「よく分かっています」

　と風見は答えたが、むしろ財部が配下の議員にシナリオを漏らしたときの方が危険だと思った。これだけの極秘シナリオを、本当に秘匿できるのか、風見には不安だった。

　遅い昼食をとるために、風見は車で近くのホテルに行った。ホテルのロビーには、結婚式に参列したばかりの人々が集まっていた。その傍らを通るとき、風見は武者震いのようなものを感じた。解散・総選挙の日取りまでを含めたこの国の政治の最高機密を、自分は総理や財部一郎と共有しているという思いが、そうさせたのである。しかし今自分の目の前で笑顔で挨拶を交わしている人々は、総選挙では投票に行ってくれるのだろうか。選挙での総理の演説に、頷いてくれるのだろうか。いつも思うことだったが、政治は国民の小なる部分に過ぎなかった。


　火曜日は、参議院予算委員会の最終日と、エヤーナフ大統領の歓迎式や日ロ首脳会談が重なった。

　この日総理は、九時からの迎賓館でのエヤーナフ大統領の歓迎式典に出席し、いったん官邸に戻ってから、院内に入った。院内入りには、急遽用事ができた牧本秘書官に代わって、風見が同行した。十時五分前に官邸を出て、信号規制されている官邸前の交差点を通り、衆議院南門から構内に入る。議事堂の中央玄関前を通り過ぎてから左折し、参議院の中庭を通り抜けたところで車から降りる。渡り廊下から議事堂内に入り、衛視も加わって相当の一団に膨れ上がり、エレベーターで三階に上がって、予算委員会室に入るのである。このルートは、ぶらさがりが付いていても短いから好都合だということもある。ちなみに衆議院は予算委員室と言うが、参議院は予算委員会室という。

定刻になって葦原乙爾予算委員長が口を開いた。

「ただいまより、会議を開きます。予算の実施状況に関する調査を議題とし、これより質疑を行います」

予算が出ていないときの予算委員会の議題は、予算の実施状況に関する調査である。予算委員会の表向きの議題は、何でもいいということである。

今日の審議は、当初の予定では午前中だけで、それも十一時までには終わる見通しだった。総理に外務大臣と通産大臣も加わって、十一時十五分から迎賓館での日ロの全体会議に出席しなければならないからである。労働者党、新世紀党、参議院クラブの質疑が予定されていた。しかし金曜日の審議中断で、民自党の柿田敬三の質疑を持ち越したので、午後一時から再開してそれをやる。一時間ほどの見通しだが、また紛糾しないとも限らない。午後四時十五分から再び迎賓館で、今度はエヤーナフ大統領との第一回の首脳会談が予定されているから、それにかかるようだと大変なことになる。担当の牧本秘書官は気が気でないだろう。

労働者党の小早川美智夫の質疑が始まった。この不況のおり、消費税の引き上げが国民生活を破壊するという趣旨の質疑である。総理が答弁に立った。

「この度の政府の税制改革案は、二十一世紀の社会保障システムの財政基盤の確立のためのものでありまして、国民に将来の生活に対する安心を与えるためのものであります。従って国民生活を破壊するというようなことにはまったくならず、その逆であろうと考えております。この不況のおり、というご指摘がありましたが、実施はまだ二年以上先のことでございますし、税率も国民に何とかご負担いただける範囲内のものと考えておりますから、これが直ちにデフレ的な効果をもつという心配はないものと考えております」

この頃になると、総理もすっかり答弁慣れしていたし、同じような質疑が繰り返されるので、答弁は判で押したようなものになる。小早川議員は、五％への消費税の引き上げが、いかに低所得者層に重い負担となるか、数字をあげて説明した。しかしそんな質問に対する答弁のノウハウは、答弁原稿を書く大蔵省の机の引き出しにいくらでも詰まっている。小早川議員はさらに粘ったが、総理を追い込むことはできなかった。

衆議院の質疑と参議院の質疑で大きく異なる点は、衆議院の質疑時間が往復なのに対して、参議院のそれは片道だということである。往復というのは、一時間とか三時間などの質疑者の持ち時間が、答弁時間も含んだものであるということである。衆議院の質疑でよく質疑者が「答弁は短く」と言っているのは、このためである。これに対して参議院の片道は、答弁時間を含まない純粋に質疑者の発言だけの時間である。だから、参議院では、小会派の場合には、三分とか五分など極端に短い時間配分がなされる。

片道方式の方が合理的だというのが、参議院の言い分である。答弁者が要領悪く長々と述べた分まで持ち時間の内に含めるより、質疑者の責任に属する時間だけ正確にカウントすべきだというのである。もっともだと風見も思っていたが、いざ実際に経験してみると、そうではないことが分かった。

往復だと終わりの時間がきちんと決まる。だからその後の予定を入れることができる。しかし片道の場合には、そういうわけにはいかない。一応答弁時間を質疑時間の二倍に計算して予定を立てる。しかしかなり危険だから、総理の場合は、参議院の委員会の直後に重要な日程は入れられない。

それればかりではない。人によっては、ケチケチした時間の使い方をするのである。短く何かを言って、すぐ座る。座れば時計がストップするからである。衆議院の往復でも、自分の発言を短くすれば持ち時間を有効に使うことができるはずだが、しかし相手に長々と答弁されるとその努力は無駄になるから、そもそもケチケチした使い方をしようという気が起きない。しかし参議院は、質疑者は完璧に自分の持ち時間の消費のペースをコントロールできるから、そういう使い方の誘惑がある。その結果、持ち時間の十倍使った議員もいる。

金曜の予算委員会でも、民自党の質疑者が早口で何かを言ってすぐ座った。風見も聞いていて何を言ったのか、聞き取れなかった。総理は小首を傾げて、左右を見回している。滅多に野次が飛ばない閣僚席からも、

「分からなかった。分からなかった」

と声が飛んだ。

「もう一度言ってよ」

総理の隣の羽根副総理が質疑者に言った。どんな場面でも、誰に対しても、同じ口調でものを言うのが羽根副総理の特徴である。

しかし質疑者は、イヤだという。

「持ち時間が食われちゃうじゃないか。ちゃんと言った

んだもの」

「座ったままでいいから、もう一度言ってよ。分からなきゃ、答弁のしようがないじゃないか」

羽根副総理が語気強く言って、ようやく質疑者が座ったまま繰り返した。「全然そういう風には聞こえなかった」と、閣僚席でも、与党席でも、失笑が漏れた。

人により、状況によりなのだが、少なくとも内閣を追い込もうと手ぐすねを引いている参議院の民自党は、総じて自分では長々と演説せずにとにかく答弁させる戦術に出た。

「消費税と景気の関係についてては、どう考えるか」

と質されて、総理が答弁する。答弁が終わると、立ち上がって、

「逆進性の問題は?」

そう言ってすぐ座る。「これが、理性の府か」と思わせる場面は、度々あった。

労働者党の次は、新世紀党の吉川五郎が質疑に立ち、その次には、参議院クラブの大川啓作が立った。大川は、もともと名の売れたコメディアンで、関西ではなお圧倒的な人気を誇っていた。ギョロ目に真面目な性格が、人々に愛されていた。

「総理が参議院議員のとき、議員食堂で隣り合って、千円ご用立てしましたが、まだお返しいただいておりません。借用書はいただいておりませんが、お貸ししたことは間違いありませんから」

と言って、爆笑のなか総理を赤面させた。風見が自分の財布から千円札を取り出して総理に渡し、総理は笑いと拍手も混じるなか、それを大川に返した。福祉にも目を向けて下さいと言い、最後に「頑張って下さい」と締め括った。

総理が次の日程を睨んで答弁を短めに抑えていたこともあって、見通しの十一時少し前に午前の質疑は終わり、総理は牧本秘書官と日ロの全体会議のために直ちに迎賓館に向かった。

午後一時から予算委員会が再開され、日ロ全体会議から戻った総理を迎えて、金曜日から持ち越された柿田敬三の質疑が始まった。風見は今度は政府委員席で聞いた。最初に三国官房長官が、閣僚の憲法擁護義務について の政府統一見解を読み上げた。金曜日に揉めて決着を持ち越していた問題である。

「国務大臣が、政治家個人としての立場と断ったうえで、自衛隊の実態は違憲という見解を述べたとしても、その

ことによって憲法第九九条に規定する国務大臣の憲法の尊重擁護義務に違反するとは考えない。なお、国務大臣は、政治家個人としての見解を述べるように特に求められた場合はともかく、そのような見解があたかも国務大臣としての見解であるかのような誤解を生ずることがないように、慎重に対処すべきものと考える。以上であります」

要するに社民党の閣僚が、「国務大臣としては内閣の方針に従うが、政治家個人としては自衛隊の実態は違憲だと考える」などと、国務大臣と政治家個人の立場を使い分けて勝手なことを言うのは慎め、ということである。この政府統一見解は、官房長官と内閣法制局で原案を作り、予め民自党の理事や質疑者の柿田敬三の同意も取り付けていたものだった。

一応民自党も柿田本人も事前に了解したものだから、質疑は次に進んだ。

「委員長」

「柿田敬三君」

「九九条は、まあいいでしょう。しかしそれとは別に六六条があります。六六条第三項は、『内閣は、行政権の行使について、国会に対し連帯して責任を負ふ』とあります。自衛隊法の改正について、社民党の閣僚と、総理を含むその他の閣僚は、百八十度考え方が違うわけですから、この連帯してというところに違反していると思うわけですが、総理いかがですか」

その問題は衆議院で散々やったのである。またかとウンザリである。

「委員長」

「宗像内閣総理大臣」

「その問題は、衆議院でもご説明致しましたが、内閣としては、まだ自衛隊法の改正について何も意思決定していないわけであります。あくまでもこれから議論をしていこうという段階なのですから、今はまだいろいろな考え方があっても当然でありまして、連帯責任の問題にはならないと考えています」

「委員長」

「柿田君」

「ただいまの、衆議院でも説明したという部分は取り消して下さい。衆参は互いに独立なのですから、衆議院で何を言われたかは、われわれには関係ない」

民自党の二人の理事が立ち上がって、委員長席に行った。与党の理事も出ようとしたが、総理が制した。さっさと取り消すという意味である。

「委員長」

「宗像内閣総理大臣」

「衆議院云々の部分は、取り消させていただきます」

与党席、閣僚席、秘書官席、政府委員席の誰もがうんざりして聞いている。しかし柿田は怯まない。山岡大臣を指名して自衛隊法の改正について しばらく議論を続けてから、柿田敬三は思ってもみない戦術に出た。

「委員長」

「柿田君」

「過日の本会議での代表質問で、総理は自衛隊法の改正について、速やかな成立が必要と考えており、そのために与党内の調整に努めていると答弁されました。総理の答弁ですから、当然内閣としても速やかな成立が必要と考えていることになります。山岡大臣も、繰り返し内閣の方針には従うと答弁されております。山岡大臣、なぜ速やかな成立が必要と考えるのか、理由を説明して下さい」

山岡大臣はちょっと不意を突かれたような顔をした。斜め後ろの海老原建設大臣と小声で話し、しばらくしてからようやく答弁に立った。

「私が内閣の方針に従うと申しておりますのは、自衛隊法の改正案が閣議決定されたなど、何かが内閣の方針として正式に決定された場合のことでありまして、総理のお考えに異を立てるわけではありませんが、総理のご発言自体はまだ内閣として具体的な決定になっているわけではございません。憲法もそこまで内閣が一体化しなければならないと言っているわけではない、と考えております」

「委員長」

「柿田君」

「総理は、『必要と考える』と答弁されているわけです。当然閣僚も、そう考えなければ、閣内不一致になる。総理のリーダーシップを受け入れていないことになるし、国会に対する連帯責任を果たしていないことになる。運輸大臣、もう一度お願いします」

与党席から、「そんな理屈は、無理だよ」という声がかかった。野次というほどではないが、閣僚席からも、「おかしい」、「屁理屈だよ」など言う声がし、場内がざわついた。

「委員長」

「山岡運輸大臣」

「総理がそのように答弁されたのは、総理のご意向として、自衛隊法の改正を実現されたいというお考えを示されたわけで、私としましてはそれに異を唱えているわけではございません。ただ総理も、与党の調整に努められると言われたわけで、具体的には官房長官や防衛庁長官が与党側と話されているわけですから、私もそれを見守っておりまして、先程も申し上げましたように、まとまったところで最終的に判断したいということであります」

野党席の最前列で腕組みをして座っていた民自党筆頭理事の梅川辰巳が、「ダメだ、ダメだ」と言い、片手を挙げた。それを合図に民自党理事の肥田郁夫と島田周一の二人の理事が、立ち上がって委員長席に赴いた。

葦原委員長が、与党理事を手招きした。与党席から、ざわめきとともに、「そんなことで止めるな」、「委員長は公平にやれ」と野次が飛んだ。委員長に促されて、与党理事が出た。

「速記を止めて」

と委員長が言った。何といっても民自党の委員長である。参議院では政権交代後、他の委員長ポストと引き換えに議院運営委員長だけ連立が取ったが、それ以外は参議院の独立を盾に、常任委員長ポストも議長と副議長も従来と変わっていない。葦原乙爾は個人的には実直な人だが、多分民自党の理事たちと事前に打ち合わせしているのだろう。

「最低限、総理と同じ認識に立って、自衛隊法の改正自体は必要だと認める答弁でなければ、連帯責任に反する」

と民自党の理事たちが言い、与党筆頭理事の社民党の安川孝雄との間で議論になった。

「必要と考えるというのは、総理の認識で、閣議決定ではないから」

「それでは、われわれが代表質問で、総理の答弁を聞く意味は全くなくなる」

理事たちの間で、総理答弁と内閣の方針の関係という思いがけない方向に議論が発展し出した。これは様々な議論のある難題である。深みにはまると、面倒なことになると凧見は思った。

「暫時、休憩致します」

葦原委員長が宣告した。委員長と、与野党の理事たちが退出した。別室で理事会を開くのである。閣僚席からため息が漏れた。

日頃感情を表に出さない総理が、やや憮然たる表情をしている。社民党の閣僚は山岡大臣たちのところに集まって、真剣な表情で議論している。社民党の閣僚としては、「自衛隊法の改正自体は必要だ」という答弁に追い込まれる事態は、何がなんでも避けなければならない。理事会で社民党の与党筆頭理事が譲歩することはあるまいが、閣僚たちとしても理論武装は必要なのである。

牧本秘書官が風見のところに来た。

「どうなります。四時十五分から首脳会談ですよ」

「民自党だって、首脳会談までぶち壊すことはしませんよ。もとは彼らが招待したんだもの」

と風見は答えたが、確固たる自信はなかった。

風見は別室に移って、携帯で院内内閣参事官室に電話を掛け、鶴井副長官に首脳会談があると理事会で言ってもらうようにした。内閣と理事会のパイプ役は、政務の副長官である。普通は官房長官まで出ることはないが、いざとなれば官房長官にも行ってもらわなければならないかもしれない。

二十分ほど経過した後、与党理事の一人が委員会室に来て、

「五分待機です」

と告げた。

五分待機というのは、再開の連絡があったら、五分間で駆けつけることのできる場所で待機せよ、ということである。十五分待機だと、総理は官邸、閣僚はそれぞれの省庁に戻れるが、五分待機の場合は、総理は院内総理大臣室、閣僚は各政府委員室で待機することになる。いずれにせよ、再開時刻の見通しは立っていないということである。

総理は院内総理大臣室に入った。風見の他、牧本秘書官と金井秘書官も従った。風見は院内秘書官室にいる瀬戸さんに言って、ボーイにお茶を運ばせた。

「どういうことになりますか？」

と総理が尋ねた。

「総理答弁は内閣の方針ではありませんが、向こうの議論に引き摺られると面倒なことになります」

と風見は言った。牧本も金井も同意見だった。内閣法は、「内閣がその職権を行うのは、閣議によるものとする」と規定する。内閣法の建て前は、内閣の方針は全閣僚の参加する閣議で決めるというものだから、閣議決定の手続きを経ている総理の施政方針演説や所信表明演説とは異なり、総理が単独で行う国会答弁自体はまだ内閣の方針ではない。しかし内閣の首長としての総理の地位

の重みを持ち出して、民自党にあれこれ言い立てられると、議論が深みにはまる危険性があった。

院内総理室のソファーに腰を下ろしてお茶をすすっていた総理が、顔を上げて言った。

「首脳会談がずれ込めば、夕方の宮中晩餐会にも障りが出るかもしれない。副長官にそのことを言わせて」

「はい」

民自党も、首脳会談にまで影響が及ぶような真似はしないだろうが、旧ソ連であるロシアが相手では、場合によっては十分や十五分遅れても仕方がないくらいには思っているかもしれない。しかし民自党が、首脳会談がずれ込んだ結果、夕方から始まる宮中晩餐会に影響が出ても構わないと考えることはない。ましてや民自党筆頭理事の梅川辰巳は、皇室へのとりわけ厚い敬愛心で知られていた。こういうことを言うと、労働者党が天皇を政治的に利用したと騒ぎかねないが、その場合には天皇は関係なく、単に後ろにスケジュールが詰まっていることに注意を喚起しただけだと弁解できる。風見は、内閣参事官室に電話をして、

「鶴井副長官にメモを入れて、首脳会談の後には、宮中晩餐会が控えていると言ってもらって」

と伝えた。

二時半過ぎに、茅沼副参事官が院内総理大臣室にやってきて、経過を説明した。

「何とか動き出しそうです。自衛隊法の改正が必要と考えるという総理の答弁は、内閣の首長たる総理が、国権の最高機関たる国会において述べたものであり、連帯責任を負う立場にある閣僚としては、その重みを受け止めると、山岡大臣が再答弁するという方向で、集約されつつあります」

相変わらず白黒をはっきりさせない決着だが、双方が急いだ結果なのである。

しばらくすると、官房長官と鶴井副長官がやってきて報告した。

「梅川さんがまた政府統一見解を出せとわめいていましたが、山岡さんの再答弁で済みそうです。梅川さんは、本気で首脳会談をずれ込ませるつもりなんてありませんよ。あの人のやり方なんです」

梅川辰巳は、曽根田元総理の側近である。本気で喧嘩を仕掛けてきているわけではないが、一線を越えない範囲で荒っぽいことをやってみせるという手法でやっているのである。山伏のような風貌で、押しの強さと喧嘩早

さで、ここまでのし上がって来た男だった。

蛯沢参事官から、「再開されます」という連絡があって、総理は予算委員会室に戻った。

再開された予算委員会では、理事会で合意された内容に従って山岡大臣が再答弁した。「その重みを受け止める」は、「その重みを理解する」に変わっていた。おそらく社民党の閣僚の間の異論を踏まえて、社民党の理事が巻き返し、それに対して民自党も宮中晩餐会にまで影響が出かねないと言われて、ほどほどのところで鉾《ほこ》を納めたのだろう。しかし、その後も幾度か短い中断があった。質疑者の柿田敬三が止めるというより、傍で聞いている梅川が止めるのである。終わったのは三時五十一分で、総理は直ちに牧本秘書官とエヤーナフ大統領との首脳会談のために迎賓館に向かった。梅川は、時計を見ながら審議を止めていたのである。首脳会談にぎりぎり間に合うというところまで、止めたり再開させたりして、参議院予算委員会のことはすべて自分が握っているということを見せ付けたのだと、風見は思った。

この夜の宮中晩餐会のことについては、翌日総理から聞いた。控えの間で、正装した曽根田元総理が、「君の国会答弁は、ふてぶてしいところがいい。野党の攻撃なんて、強大な総理の座からすれば、所詮子どもの水鉄砲のようなものだ。期待しているから、大いにやりたまえ」と激励したという。側近の梅川を使って総理を揺さぶりつつ、一方で「強大な総理の座からすれば子どもの水鉄砲のようなものだ」と言い、「大いにやりたまえ」と激励しているのである。しかし総理の冷静沈着な国会答弁を、「ふてぶてしい」と表現したところに、風見は曽根田の眼力を見たような気がした。


ともかくも予算委員会は終わった。

政権交代後初めての予算委員会だっただけに、審議の全体を通じて、マスコミの扱いも大きかった。新聞は連日議論の詳報を載せ、テレビは毎日人々が関心を持ちそうなワンカットの場面だけを繰り返し流した。人々に偏見を植え付けるのには、テレビがふさわしいと風見は思った。

しかし審議の内容については、全般的にマスコミの評価は高くはなかった。「対決ムードが先行、議論は空回り」、「政策論議は置き去り、攻めるも守るも不馴れ」、「攻めあぐねる野党、政府にも弱み」といった調子のものが多かった。風見が期待したように、民自党を一喝して、その党利党略ぶりを諌《いさ》めるものは皆無だった。あの与党と閣僚の誰もがうんざりしていた参議院民自党の攻撃に対してすら新聞は、「自衛隊法改正をめぐって議論」、「弱点をつかれる連立」、「社民党閣僚が標的」という見出ししか立てなかった。

総理の答弁に対するマスコミの評価はまずまずだったが、しかしその程度では風見は物足りないというより、不満だった。閣僚経験もなくいきなり総理になった者の答弁としては、贔屓目《ひいきめ》でなく傑出していたし、あの冷静沈着ぶりは常人のものではなかった。風見はそれを自分の番記者たちにも言い、彼らも「なかなかですよね」と同調はした。しかしそれは記事にはならなかったし、総理の沈着さを指摘する記事もなかった。「練習の成果を発揮」とか「淡々とした口調」では、総理の本質を捉えたことにはならない。そしてそういう新聞報道と比べると、「君の国会答弁は、ふてぶてしいところがいい」という曽根田元総理の評価は、やはり希有のものだと改めて思わずにはいられなかった。

予算委員会が終わったので、待望の日本構造改革プランの諸法案の審議が始まった。入口に辿り着くまでどれだけの時間とエネルギーを費やしたことだろう。しかし辿り着いたのはあくまでも入口に過ぎず、この後も一瀉《いっしゃ》千里《せんり》にというわけには到底いかないのである。

諸法案の衆議院本会議での趣旨説明は十三日の水曜日、代表質疑は同日と翌日の二日間だった。法案に関する代表質疑が二日というのも異例のことだった。十三日の本会議は午後三時からで、この日の総理の最重要の日程は午前中の迎賓館でのエヤーナフ大統領との一連の公式日程だった。十時から彩鸞の間で第二回目の日ロ首脳会談、十一時半から花鳥の間で日ロ署名式、十一時五十分から羽衣の間で共同記者会見があった。いずれも風見はタッチしていなかった。

十三時から官邸大ホールで、総理夫妻主催の遅い午餐会が開かれた。いつものとおり直前に沙貴子夫人が秘書官室に姿を見せ、総理と連れ立って表玄関に主賓のエヤーナフ大統領を迎えに出た。ふと風見は、エヤーナフ大統領を見に行く気になった。あれだけ話題の大統領を、総理の傍に仕える身ながら、風見は一目も見ていなかった。官邸表玄関から大ホールに向かう姿を、遠くからでも一目見ようと思ったのである。

風見は秘書官室を出て、赤い絨毯の中央階段を玄関ホールに向かって降りた。ホールの左右にSPが立ち、左手に総理夫妻が立っている。代表取材の少数のカメラマンやクルーが離れたところにいるほかは、人々は遠ざけられている。風見はどうしようか迷ったが、総理秘書官の行動をたしなめることのできる者は誰もいない。風見がホールに降りるのと、エヤーナフ大統領が到着し、ホールに入るのとがほとんど同時だった。大統領にしてみれば、ホールに入った正面に風見がいた。大統領は風見に近づき、ニッコリと微笑みかけた。

大きな男だった。写真で見慣れたそのままの顔だったが、色白にわずかに紅を差したような肌をしている。微笑みかけた表情はいかにも人懐っこかったが、その人懐っこさの裏にある荒々しさを風見は同時に見て取った。この男なら、最高会議ビルに大砲をぶっ放すこともやりかねないと、風見は思った。怒らすと手に負えなくなるに違いない。外務省による首脳会談の勉強会で、政敵だったゴルビッチ元書記長のことは決して話題にしないように注意されたと、総理が教えてくれたが、そういうことを感じさせるようなロシア人特有の人懐っこさだった。

風見は左手で総理夫妻の方にどうぞという仕種をしてみせた。エヤーナフは並んで待つ総理夫妻に近付いて、握手を交わした。大統領のお付きの者たちがぞろぞろと続いた。やがて一行は、風見が見守るなか大ホールの方向に歩み出した。

午餐会は二時半に終わり、三時から衆議院本会議だった。風見は同行せず、本会議の様子はテレビで見守った。

代表質疑は、政府案と民自党案双方に対する質疑が入り乱れて行われた。民自党の質疑者のうちで、最も論客と目されていたのは、税制改革特別委員会理事の菅野佳樹だった。彼は大蔵省出身で、主に主税畑を歩んだことから税に明るく、緻密な論理を展開することで知られた。民自党内のいわゆる改革派で、人となりも真摯で、政権潰しだけを目的とした議論に走るという心配のない人だった。

そういう菅野佳樹が理事にいることは、連立側からすれば、税制改革特別委員会の運営にやり易さとやりにくさの両面をもたらしていた。このことは民自党の筆頭理事で、民自党案の趣旨説明に立った青山翔一についても言えた。彼は通産省の出で、経済に明るく、やはり改革派だった。青山にしても菅野にしても、与党筆頭理事の吉井重太らと理解し合える素地があったが、それだけに民自党側からの警戒の目を気にしなければならない立場にも置かれていた。連立政権潰しを公言する手練手管の主なら、委員会運営で連立側と妥協しても、民自党から不審の目で見られることはない。しかし青山や菅野だと、そういうわけにはいかなかった。だから彼らが「本国」の民自党の立場を慮って、かえって非妥協的な態度を採らざるを得ない場面もあったのである。

二日目の代表質疑が四時十分過ぎに済むと、税制改革特別委員会と内閣委員会が開かれ、付託された各法案の趣旨説明が行われた。国会用語で言う「お経読み」である。これによって与野党の攻防の舞台は各委員会に移った。

その翌日の十五日、総理は官邸小食で衆議院税制改革特別委員会の委員長や与党理事と昼食を共にした。出席したのは、神谷委員長、吉井筆頭理事のほか、公正党の重倉辰由、新世紀党の熊野猛、中道党の佐古田雄一、民主改革新党・新党改革の風の五島俊夫の各理事、政府側からは総理と官房長官の他、鶴井副長官、それに税制担当の武藤蔵相と伊藤自治大臣であった。風見と尾崎が同席した。

食事が終わると、司会役の官房長官が口を切り、最初に神谷委員長に特別委員会の状況について説明を求めた。大柄の委員長が、テーブルの席でやや前屈みになりながら、持ち前の野太い声でゆっくりと説明した。

「特別委員会の運営については、これまで何回も理事懇をやって、民自党との間でかなり共通の認識ができています。その他に吉井君が青山君や菅野君と毎日のようにやってくれています。昨日お経読みが済みまして、週明けの十八日が総括質疑です。今日からでもやってやれないことはなかったのですが、カレンダーを眺めてみると、十八日からでも出口は一日違いです。三日遅く始めて一日違いで仕上がるわけだから、ここは青山君たちの顔を立てることにしました。総理には十八日には九時から五時までですので、ひとつお付き合い下さい。予算委員会のように七時までなどということにはしませんでしたので。民自党の要求は、百時間以上やってくれということで、われわれの方も仕方がないと思っています。すると最低十五日ということで、民自党には表向き十一月五日には仕上げさせてもらいたいと言ってありますが、余裕をみて、われわれの腹は一週間後の十一月十二日の金曜日に本会議を通過させるというものです。従って、前日の十一日に委員会の締め括りと採決というのが、日下描いているスケジュールです」

十一月十二日に衆議院通過というスケジュールは、内閣成立後ほどなく風見が総理に示した見通しと同じである。民自党に予算委員会を引っ張られたが、実はそれほど遅れたわけではない。もっともあらかじめ織り込んでおいた余裕の部分は、ほぼ使い果たしたことになる。

神谷委員長が続けた。

「来週は月曜日の総括を含めて、連日開会で五日間やることで合意してもらっているし、再来週も少なくとも四日間はOKだと、これは吉井君が青山君から内諾をもらっているそうです。青山君らも審議し、議論する民自党の姿を見せたいということのようです。問題は公聴会日程です。ご案内のとおり、歳入法案だから、公聴会は省略というわけにはいかない。理事懇ではまだ出していませんが、常識的に中央公聴会一日、地方公聴会二日だろうと思います。十日前には決める必要があり、吉井君から青山君に言ってもらっているが、何分にも出口を決める話だから、青山君も簡単にはウンと言ってくれません。詳細は吉井君の方から」

民自党が連日開会に協力するというのは、むろん青山ら改革派の理事らとの信頼関係によるもので、青山らとしてもかつての抵抗野党との違いを見せたいのである。これまでの野党なら、連日開会などには協力しなかった。その代わり政権側も百時間の審査要求などは取り合わないし、ほどほどのところで採決を強行する。しかし青山らが審議し、議論する民自党の姿を見せたいと言うのは、簡単に採決をさせないという意味もあり、連立側に協力しようということばかりではない。議論しないのも抵抗だが、実は議論して終わらないのも抵抗である。

連日開会したところで、それで出口すなわち採決日が自動的に決まるわけではない。一法案当たりの審査時間に決まりはないし、欧米の議会の委員会のように、法案の第一条から始めて逐条的に審査し、最後まで辿り着けば終わりというわけでもない。野党が恐れるのはあくまでも法案の通過を意味する採決であり、そして採決に漕ぎつけるうえでの最大のハードルは、公聴会である。

公聴会というのは、委員会が利害関係者や学識経験者から意見を聴くためのもので、戦後アメリカ議会のやり方に倣《なら》って導入された。国会法では「重要な歳入法案」は、必ず公聴会を開かなければならないから、今回のような税制改革関連法案を公聴会をやらずに済ますわけにはいかない。だから公聴会の日程が固まらないと、採決日は決まらず、青山も審議すること自体にはいくら協力しても、公聴会日程の設定には簡単にはウンと言わないのである。

このあと委員長から指名された吉井重太が、青山理事らとの非公式折衝で合意している委員会での審査の進め方について説明した。政府側の出席者、政府案と野党案の一括審査方式、集中審議などの技術的な話が中心だった。それから吉井は、法案の内容の扱いについて話を進めた。

「民自党の本国の意図は、どうせ政府案の成立阻止だが、青山さんは個人的には本気で与野党妥協による修正成立を考えています。消費税は上げられるときに上げておかないと、二十一世紀に日本はやれなくなると真面目に考えているんです。『だったら、所得減税の財源で皆使ってしまっていいのか』と言うと、黙ってしまうのです。口には出さないが、あの人が考えているのは、消費税六%で三兆円程度の時限的な所得減税です。こちらが公聴会日程のことを言うと、審議が軌道に乗ってから、修正とセットでやろうと言い出している。修正の話も、最初の扱いは理事会ということになると思うのです。総理のご意向はあくまでも原案死守だと承っておりますが、修正は駄目だということでしょうか」

総理は財部と話し合って、衆議院では原案死守でいくと決め、吉井にも伝えておくようにと風見が指示を受けていた。風見は火曜日の参議院予算委員会終了後に、議員会館に吉井を尋ねて、「総理の意向」を伝えてあった。総理はまた原案死守について、官房長官と鶴井副長官に伝え、副長官はさらにそれを神谷委員長や与党各党の政務幹事、政策幹事にソフトな形で伝えていた。もっとも総理は、政府与党最高首脳会議で今後別の対応が決まれば、それを尊重すると留保もしていた。しかし「首相、野党との妥協に否定的」、「原案のまま成立の意向」などの記事が、水曜日以降の各紙に載っていた。

総理が吉井の質問に答えた。

「政府案は、与党の各党が激論の末にようやく到達した結論ですから、これを尊重させていただくのが私の務めだと思っています。それに世論調査などを見ても、民自党案は全く国民の支持を得ていません。どうして政府案を譲って、これだけ国民に評判の悪い野党案と妥協しなければならないのかという問題もあります」

吉井は不満そうだった。風見が伝えたときも、「民自党の協力を得ないで、果たして法案を成立させることができるのかね」と言った。赤坂の関根で話したときにも、吉井は民自党との合意による法案の修正のことに触れていた。青山らと毎日のようにやっていて、情が移ったということもあろうが、それよりも懇意になった青山らと修正の合意をまとめ、自分の手で法案成立の筋道をつける手柄を立てたいと考えているのだろう。それ自体は悪いことではない。戦国時代の合戦のように、手柄をあげたいと思う者がいなくなれば、政治は萎縮する。しかし民自党と妥協して修正するということは、消費税を五％からさらに上げるということであり、社民党が許さない。吉井は自分が社民党だからこそ、村野委員長に談判しても譲歩させ、連立のなかで唯一修正合意をまとめ得る立場にあると考えている。しかしそれは参議院社民党の造反の引き金となり、総理と財部の分析にあったように、参議院でさらに修正の上積みもされ兼ねないから、本当は危険なことである。

神谷委員長が現場の懸念を代弁するように言った。

「修正合意がなければ、円満採決はなかなか難しいと思う。青山君たちも、審議をやる、議論を尽くすというところまでは協力的ですが、どんなに改革派であろうと、民自党なんですから。日本との戦いで最前線に送られた日系人みたいなもので、祖国アメリカへの忠誠心を証明するために、死にもの狂いでやらなければならない立場に置かれている。われわれとしては、総理が原案死守と言われるのなら、無論従いますが、その場合には日程で譲っても円満採決ができるなら、できるだけそうしたいと思っています」

日程で譲ってもというのは、「もう一回委員会を開いて残された疑問点について質疑すべきだ」とか、「参考人質疑を入れてくれ」とかの野党の要求を呑んで、それで野党が円満採決に協力するのなら、そうすべきだということである。早々に成立させず、ここまで抵抗したという青山らの顔も立ててやるという意味である。その是非は、むろん程度問題である。

それには官房長官が答えた。

「政府としても当然円満採決を願っており、本当に野党が円満採決に協力するのなら、それに越したことはありません。しかしいろいろ政治日程が詰まっています。十二月十五日はウルグアイ・ラウンドの最終期限だから、政府としてはぜひその前に参議院を含めて上げていただきたい。参議院は一ヵ月要るでしょうから、衆議院の夕イムリミットは十一月十五日ということになりますな。無論これは政府として、国会運営に口出しをしているわけではありません。あくまでも政府としてのお願いというか、期待であり、十一月十九日には総理はＡＰＥＣの非公式首脳会議に発たれますから、それまでに参議院の趣旨説明と代表質問、願わくは特別委員会の総括質疑が済んでいると、何かと好都合であるということです。ＡＰＥＣ前というのは、重要な区切りですから、ご記憶下さい」

しばらく沈黙が支配した。神谷委員長をはじめ理事たちの誰もが、官房長官からこれほどはっきりとタイムリミットを申し渡されるとは、思っていなかったろう。自党の筆頭幹事の財部一郎からどういう指示を受けているかは分からないが、委員長自身はおそらく当初は青山らの希望する修正を餌に衆議院通過を図ろうと心づもりしていたのが、原案死守だと総理にはっきり言われて、それなら「日程で譲って」円満採決を目指そうと思ったのだが、それも十五日がタイムリミットと言われて窮しているのである。十二日は金曜日、十五日は月曜日だから、審議日数ではほとんど差がなく、民自党に大幅に譲ることはできない。要するに政府側が言ったことは、ほぼ彼らが当初描いていると言ったスケジュールどおりにやってくれということなのだが、それは場合によっては強行策も覚悟してくれと言い渡されたに等しかった。

神谷委員長が、テーブルの上に乗せた手を、組んだりほどいたりしながら言った。

「私も民自党時代に何度か委員長をやって、強行採決の経験もあります。だから、毅然とやれと言うなら、いくらでもやります。しかしこれから審議に入ろうという段階から、強行採決を振りかざす委員会運営などというのはない。そんなことが表に出れば、最初から空転ですよ。青山君たちの協力姿勢も、強行の素振りがちょっと出ただけで、すべて御破算だ。今大切なことは、円満に審議に入ることです。せっかく青山君らと充実した与野党の論戦を国民の前に見せようと誓い合い、連日開会で合意しているのです。審議に入れば、自ずとその後の審議日程が見えてくる。審議を積み重ねるなかで、そろそろ公聴会のセッティングもしてもらわなければ、ということで青山君たちに話をもっていける。こういう流れが大切です。こういう流れの中から、自然に採決の機が熟してくるものなんです。政府の方のお心づもりは伺いましたので、今後のことはひとつわれわれに任せていただきたい」

　吉井も総理に訴えるような口調で言った。

「充実した審議といっても、一週間で論点はすべて出尽くしますよ。われわれの経験からしても、後は繰り返しです。われわれの方は、毎日の理事会や理事懇で、その日の審議を点検して『なんだ、繰り返しじゃないか』、『時間を持て余しているんじゃないか？』、『後は賛成か、反対かだけだな』と言っていく。そういう手間暇をかけながら、委員長が言われたように機が熟してくるのを待つんです。委員会運営は相手のあることだから、理屈だけではうまくいかない。やはり現場の積み重ねです。修正についても、総理は原案死守というお立場ですが、それで本当に法案を仕上げることができるか、私は疑問をもっています。問題は社民党です。村野委員長が、そのうちあんたともゆっくり話さなければな、と言っている。委員長がOKと言えば、現場として修正の話を出すことも、ぜひお認めいただきたい」

　総理はいつもの透明な声で穏やかに吉井に答えた。

「村野委員長が参議院も見ながら、党内コンセンサスが得られ、採決で落ちこぼれが出ないというご判断のもとに修正に同意されるなら、無論私にも異論はありません。ただ私としては、政府案が最善と思っていますから、修正が必要ということであれば、最終的には責任者会議で与党として新たな合意をしていただくことと、国民に説明がつくように、修正の大義名分をはっきりさせていただく必要があろうかと思います。委員会運営については、無論神谷委員長のご采配にお任せします」

　年齢的には上だが、当選回数からは若手の新世紀党の熊野理事が、政府と現場を取り持つような発言をした。

「われわれは、政権運営の大きな枠組みのなかで、現場で汗をかいているだけです。委員会運営で一番まずいのは、司令塔と現場がちぐはぐだということです。今日、直接総理のご意向をお伺いできたのは、われわれとしても大変有意義でした。そのうえで、委員長や吉井筆頭理事のもとで現場として結束してやっていきますので、後はわれわれにお任せをいただきたい。委員長、そういうことでいかがでしょう」

「熊野君の言ったとおりです」

　神谷委員長が頷いた。官房長官が口を開いて、普段に似合わないやや決然とした口調で言った。

「大体の方向も見えてきたようなので、このへんで終わりにしますが、最後に私の方から何点か。まず先程、政府側が頑なな委員会運営を求めたかのようなご発言があったかと思いますが、そんなことは絶対にないので、国会運営は与党の仕事ですから、くれぐれも注意して下さい。次に修正について、総理は村野委員長がＯＫなら結構だと言われましたが、しかし最近新聞に総理は原案尊重と書かれているのに、今度は修正に前向きなどと書かれると、国民を混乱させます。総理も言われたように、責任者会議や最高首脳会議で決まれば当然修正はあり得ましょうが、総理ご本人が修正に前向きに変わったなどと書かれないようにお願いします。それと最後もマスコミ対策で、今日集まった趣旨ですが、ここで委員会運営の方針を決めたなどというと、官邸が国会運営に口をはさんだと、また民自党から難癖をつけられるし、連立の責任者会議や政務幹事会にも臍を曲げられる。今日の会合については、総理が直接現場の様子を聞きたがっているということで、一応各党の責任者の方々と安永さんには、私の方から事前に了解を取ってありますが、あくまでも状況報告の昼飯会で、皆さん方の方から一方的に説明をして、総理は『ウム、ウム』と聞いて、最後に『よろしく』と言っていたということで、総理のご発言はこの二つだけだったということでお願いします」

「二つだけだったというのは、いくら何でも」

「要するに総理からは、何も指示はなかったということで」

「分かりました」

「それでは、ご足労いただきまして、ありがとうございました」

この日は、久々に国会審議のない一日だった。溜まりに溜まっていた総理日程がいろいろ詰め込まれたうえに、午後には両陛下主催の秋の園遊会があって、総理はモーニング着用のうえ、沙貴子夫人と鮫が橋門から赤坂御苑に参入した。一時間半ほどで官邸に戻り、慌ただしく揮毫を済ませて、日程をこなし、夜は来日中のノルウェー首相との夕食会に迎賓館和風別館に赴いた。

総理が園遊会に出掛けている間、風見は銀座のデパートで、もうすぐ誕生日の由加梨の誕生祝いにセリーヌのショルダーバッグを買って送った。中学生にブランドもののバッグはどうかとも思ったが、日本の最高のものを集めた官邸で働いている身である。贅沢はいけないが、今のうちから一点だけ本物に触れておくのも、悪いことではないように思われた。

官邸に戻ると、秘書官応接室に現代総研の猪瀬が待っていた。日本再編計画プロジェクトの第二回の全体会議を昼にやった報告であった。総理にその後どうなっているかと聞かれて、風見は火曜日に猪瀬に様子を尋ねていた。慌てた猪瀬はすぐ飛んできて、第一回の資料を渡し、会議の様子を伝えたが、今度は言われる前に猪瀬の方から経過報告に来たのである。

プロジェクトは順調だった。参加者たちも別段依頼主を詮索することもなく、張り切って議論に参加してくれているという。当初の百瀬理事長の意見では、今後の調査のための企画調査という位置づけだったが、総理と内容について突っ込んだ打ち合わせもしたので、やはり本格的な報告書にまとめることにしたという。風見は了承した。州があまり強くなり過ぎないようにという総理と財部の要望は、すでに伝えてあった。しかしそれは、総理との検討会でもすでに方針として固まっていたから、議論を軌道修正する必要はなかった。

風見は自分の判断で、できれば十二月上旬、遅くても十日までに、それまでの議論を整理した「論点整理メモ」が必要になるかもしれないと言った。猪瀬は、事務局限りのものでよければ、そんなメモは一日でできるので、いつでも言って下さいと請け合った。

衆議院税制改革特別委員会の総括質疑は、十月十八日午前九時から、衆議院第一委員室で行われた。最初の一時間半は、与党であった。五会派だから十八分ずつで、午前中の残りの一時間半を民自党が七十分と二十分に分けて使った。その七十分は、民自党理事の菅野佳樹であった。

菅野は予算委員会での民自党のようにではなく、総理と真摯な経済論争をやりたいと言っていた。それだけに、事前に質問取りに議員会館の自室を訪れた大蔵省政府委員室の若手スタッフにも、丁寧に応対した。「ここは大蔵もこれまでのように曖昧にではなく、しっかりした見方を出して下さいね」とか、「この点もできれば質問しますので、準備しておいて下さい」といった調子で、こと細かに質問事項を説明した。大蔵省出身の改革派で、誠実な人となりの菅野らしいやり方だった。

しかしその菅野も、最後の質問だけは、かなり決然とした口調で言い渡していた。

「最後に、総理はわれわれと妥協して修正成立させるおつもりがあるか、お聞きしたいと思います。あなたたちが準備する答弁ではないでしょうが、総理ご本人のところまで、きちんと質問の趣旨が伝わるようにして下さい」

「はい」

「最近の新聞報道では、総理は僕たちの主張には一切耳を貸さずに、原案のまま通そうということのようですね。これまで政府としては原案が最善で、粛々とご審議いただけるものと思っていると言われてきたのは、決まり文句で慣習法みたいなものですから結構ですが、しかしいよいよ委員会が始まって、本当にどうされるのかという局面に来たわけですね。総理の答弁によって僕たちも対応を決めなければならない。一切耳は貸さないんだということであれば、僕たちにもそれなりの覚悟があります。こういう答弁は、尾崎秘書官が書かれるのですか〟風見秘書官ですか？」

「さあ。私どもでは、ちょっと」

「どちらでも結構ですが、僕たちにも国民にも、分かりやすい答弁になるよう伝えて下さい」

「承知致しました」

質問取りの様子は尾崎秘書官に伝えられて、尾崎が風見のところに相談に来た。二人であれこれ知恵を絞ったが、「原案を粛々と」はもう使えない。素っ気ない言い方もできないが、しかし少なくとも衆議院では修正するつもりはないのだから、気をもたせるようなことを言って、後で総理が「嘘を言った」とか「騙した」とか問題になるようなわけにはいかない。二人はとりあえず、

「政府としては、あくまでも原案が最善と考えている。審議が始まったばかりでもあり、今後の対応については、当委員会での議論や民自党の対案も、真剣に研究させていただいたうえで、判断して参りたい」とした。「研究させていただいたうえで」の前に「真剣に」を入れたのがせめてもだが、菅野の真摯な質疑に真摯に答えるというのはやはり難しいことだった。

菅野の質疑が始まった。政権の命運に関わる税制改革関連法案を審査する特別委員会の総括質疑だから、閣僚席や政府委員席はもちろんのこと、議員傍聴席にも一般傍聴席にも人が溢れていた。NTBも番組を組み替えて、審議の様子を中継している。菅野が委員長の指名を受けて立ち上がると、二階の一般傍聴席の前列のマスコミ席から、一斉に光の束のようにストロボが瞬き、しばらく続いた。

菅野の質疑の大半は、景気の現状についての認識と政府の取るべき対策についてで、内容はかなり専門的なも

のだった。菅野は原稿を片手に、気負ったところのない穏やかな口調で、現在の景気について「モノを作り過ぎたから売れなくなっているという伝統的な在庫循環型の景気サイクル」と見る政府部内の見方を問題にした。菅野は今回の不況の大きな特徴のひとつは長期にわたりデフレ的色彩を払拭できずにいることだと指摘し、その要因として恒常的な需給ギャップが生じていること、その理由として家計のバランスシートが痛んでいること、趨勢的円高によって輸出が頭打ちになり、逆に水平的分業の進展によりアジアの国々からの輸入が増えていること、一方供給の側はバブル期のエクイティ・ファイナンスの流行などもあって過剰資本ストックが生じていること、さらにバブル崩壊後に趨勢的成長率の下方シフトが生じていることなどを指摘した。

総理もよく応じた。菅野が質問取りの際にひとつひとつの質問を事細かに説明して、総理がはっきりした見方を出すことを求めていたから、尾崎と草野が家庭教師役を務めて、総理も念入りに準備をしていたのである。

菅野の論旨は、景気回復の手掛かりは、需要サイド特に家計にあり、家計の可処分所得を増やすことだというものだった。無論そのために大規模な所得減税が必要だというのである。総理の反論は、経済統計で実質賃金が上がっているにもかかわらず国民の平均消費性向が下がっている現状では、可処分所得を増やしても消費が上向くかは疑問だというものだった。

「消費の問題は、むしろ消費者の選好の問題ではないでしょうか。ですから、やはり規制緩和によって、国民が本当に求めているものが供給されるようにする。例えば今回の政府の緊急経済対策では携帯電話端末の売切制が盛り込まれましたが、これによって携帯電話は飛躍的に普及し、国民生活に欠かせないものとなりましょう。ビジネスのためばかりでなく、家族や仲間との連絡や恋人どうしの会話にも携帯電話が手放せなくなる日が、遠からず来るでしょう。そういう需要の発掘の方が大切だと思うのです。もうひとつは、将来特に老後に対する不安があるから、人々は貯蓄によってそれに備えているわけですから、やはり二十一世紀の社会保障システムをきちっと確立するということが必要で、そのための財源として税制改革をお願いしているわけです。従いまして、その財源をすべて家計の可処分所得を増やすために使ってしまうということは、いかがなものかと思うわけです」

と、総理はいつもの透明な声で明瞭に述べた。

議論は段々嚙み合わなくなってきた。その後しばらく所得減税をめぐって応酬が続き、武藤蔵相、伊藤自治大臣、小村経済企画庁長官に対する質疑も行われた後、菅野は最後に法案の扱いについて総理の見解を求めた。

「最後に総理は今後、本委員会に付託された両案をどのように扱われるおつもりか、お伺いしたいと思います。所得減税は不要ということで、あくまでも政府案の無修正での成立を図られるおつもりなのか。それとも本気で民自党案との妥協による政府案の修正成立を考えられるのか、あるいはまた今後のことは各党間の話し合いや本特別委員会の理事たちによる協議に委ねられるおつもりなのか。様々な選択肢があると思うのですが、総理は本当のところどのようにされるご所存なのか、ひとつ率直にお聞かせいただきたいと思います」

「委員長」

「宗像内閣総理大臣」

「本特別委員会の審議も、本日が初日でございます。これから様々な議論が出て参りましょう。私としましては、そういう議論にも耳を傾け、民自党の対案も真剣に研究をさせていただいたうえで、判断して参りたいと考えております」

「委員長」

「菅野君」

「そうしますと、少なくとも問答無用ということで、政府案を一方的に採決して成立させるということにはならないわけですね。新聞には、総理は無修正成立の意向などという記事が出ておりますが、いかがでしょうか」

「委員長」

「宗像内閣総理大臣」

「成立させるさせないは、国会のご判断で、政府はあくまでも成立をお願いするという立場でございます。採決するとかしないとかも、本委員会の運営の問題でございまして、私としましてはそれらについて何かを申し上げるという立場にはございません。政府案が最善と考えるということはつねづね申し上げており、目下その考え自体は変わってはおりませんが、ただ先程も申し上げましたように、最終的には本特別委員会での議論にも耳を傾け、民自党の対案も真剣に研究をさせていただいたうえで、判断して参りたいということです」

「委員長」

「菅野君」

「くどいようで申し訳ありませんが、総理としては、あくまでも原案を採決というお考えではないわけですね。国会のことだとお逃げにならないで、この際はっきりと、総理としては強行採決はされないと、ご確約をいただきたいと思います」

野次の少ない論戦だったが、さすがに与党席からは、「総理がやるわけじゃない」とか「始まったばかりじゃないか」などの声がかかった。これだけしつこく言うこと自体が、菅野たちの置かれた立場の苦しさを浮き彫りにしているように思われた。

「委員長」

「宗像内閣総理大臣」

「何度も申し上げておりますが、法案の扱いについては、国会のご判断されるところでございます。私が強行採決をしないと確約せよということでございましたが、これは国会のことでございますから、私がしようと考えたところで採決する権限は私にはありませんし、従ってそういうことを考えるということは、これはあり得ないわけであります。民自党におかれましても、ぜひご理解を賜りまして、円満に、かつできるだけ早い機会に成立をさせていただきたいと願うばかりです」

「委員長」

発言を求める菅野の名をすぐには呼ばずに、神谷委員長が言葉をはさんだ。

「菅野君にご注意申し上げます。申し合わせの時間を過ぎておりますので、これが最後のご発言ということで、ひとつ簡潔にお願いを致します。菅野君」

「委員長のご配慮に感謝します。ひと言だけですから。総理は、強行採決を考えることは、あり得ないと言われました。私としては、強行採決はしないとおっしゃっていただきたかった。あり得ないと、しないとは、やはり違うと思うのです。いずれにしましても、総理は行政府の長であると同時に、連立のリーダーでもあられるわけですから、ぜひリーダーシップを発揮され、われわれとも充分協議がなされ、合意が図られるようにしていただきたいと思います。長時間ありがとうございました。これで、終わります」

この日の午後五時をやや過ぎて、税制改革関連法案の総括質疑は終了した。日頃あまり喜怒哀楽を表に出さない総理にも、ほっとした様子が窺われ、官邸に戻ってからの来客との会話も弾んでいるようだった。

風見が午前零時近くに家に帰り、記者たちとの懇談を済ませてから、電話の留守録を聞くと、由加梨のメッセージが入っていた。誕生祝いに贈ったセリーヌのバッグが届いたのである。

「パパ、由加梨です。誕生祝いどうもありがとう。ママが、こんな高価なもの、由加梨にはまだ早いと言っていましたが、でも由加梨はとても嬉しかったです。今度お友達の誕生会があるので、持って行こうと思っています。パパは相変わらず忙しいようですね。ママが、パパは日本のために大きな仕事をしているのだと言っています。国会で、まだ忙しいのですか。時間ができたらでいいですが、今度官邸を見学させてもらえますか。日本の中心で、パパが働いているところを由加梨も……」

そこで録音時間が切れて、メッセージは終わっていた。

特別委員会の総括質疑が終わり、審議が軌道に乗り出したことで、総理はしばらく国会から解放された。しかしそれはのんびりとくつろげる時間をもてるようになったということでは無論ない。国会日程が空くや否や、遠くから総理の様子を窺っていた人間たちから、様々な依頼が殺到し始めるのである。総理の日程に関心をもつ人間がこれほど大勢おり、なおかつ彼らや彼らの希望を取り次ぐ人間たちが、遠くにいながらも総理の日程の繁閑に通じていることは、少なからぬ驚きでもあった。彼らの圧力を受けた五人の秘書官によって、たちまち総理の日程表は埋め尽くされてしまった。

総理の表敬に、世界最大のたばこメーカーのトーマス・モリソンの社長、韓国の東方日報の編集長、全国町村長会の会長、ベルギーの副首相、元駐日イギリス大使、日米産業人会議の両国代表、GEの会長、青少年ひまわり育成会の理事長、ノーベル平和賞受賞者の神父、シンガポールの元首相、国連の平和大使、貴重種保護議員連盟会長、パリ市長、道路公団の新旧理事長などが訪れ、労働省、通産省、運輸省、環境庁、科学技術庁のレクがあり、ポルトガルの大統領の来日に備えた勉強会があり、そしてそのポルトガルのモネロ大統領が来日して歓迎行事と首脳会談があった。さらに総理は、財界人たちとの朝食会、行政改革委員会懇親パーティ、同郷与党議員との夕食会、地球環境保護NGOフォーラム開会式、全国町村長会議、日米産業人会議パーティ、金城議員出版祝賀会などに顔を出した。さらに官邸に入るまではよく見えなかったことだが、総理大臣は頻繁に皇居を訪れる。この時期には総理は、ポルトガル大統領の歓迎宮中晩餐会のほか、皇后の誕生日祝詞言上と酒饌、叙勲の内奏、国政報告のために皇居を訪れ、また香川国体出席に向けて発たれる天皇皇后を羽田に見送った。

多忙ではあったが、国会に比べると気は楽だった。国会は、国政の最高責任者に対する批判が制度化されている場であり、それを務めとする野党が存在する所である。それこそが民主主義というものなのだが、それにしても現実の国会は、単なる質疑や討論にとどまらず、時には一国の総理に対するものとは信じられないような野次や、悪意剝き出しの追及が繰り返される場であることを、風見は実感した。そしてそういう国会に比べると、国会外の日程は、逆にお世辞と追従とご機嫌取りと、あるいは拍手と賞賛と歓声に満ちている。

しかし国政の行方、例えば宗像内閣の命運を握る税制改革関連法案の帰趨《きすう》は国会の手中にある。憲法が国会を国権の最高機関と呼ぶのは本当のような気が風見はした。

この頃から、ウルグアイ・ラウンドのコメの市場開放問題をめぐる動きが慌ただしくなった。

ことの発端は、韓国の東方日報が、韓国とアメリカとの極秘交渉をすっぱ抜き、日本はこの条件ですでにアメリカと合意していると報じたことだった。それを見て、日本の各新聞が二十日の朝刊で一斉に「ミニマム・アクセスで、日米間の合意が成立」と報じたのである。各紙が東方日報に直ちに追随したのは、マスコミ各紙が情報をつかみながら書かずにいただけだったということを意味していた。

二十日の朝刊各紙の記事は、「日本はすでにアメリカとの間で、関税化は受け入れるが、六年間の猶予期間を置き、その代わりこの六年間はミニマム・アクセス分だけ輸入するという内容で合意」というものだった。これは正確ではなかった。六年間ミニマム・アクセスは輸入するが、七年後に関税化を受け入れるか否かは最終年度の六年目に再交渉というのが、風見が総理から聞いていた内容だった。だから総理としては、「報道は間違いです。政府としては、例外なき関税化は受け入れていません」と言うことができる。

もうひとつは、アメリカと交渉していることの意味である。総理としては、「ウルグアイ・ラウンドは、多国間交渉ですから、アメリカと話したところで、それで決まるわけではありません。仮にアメリカと合意しても、多国間での最終決着は先の話です」と言うことができる。もっとも、これはまやかしである。農業問題については、いずれこの問題の交渉グループのドワイヤー議長の調停案というものが出てくることになっているが、その内容は日米の合意案がそのまま書き写されるだけという話になっている。韓国も現在米国と交渉中だが、もし韓国がアメリカから日本に対する以上の譲歩を勝ち取ると、調停案には実質的に韓国についての例外を認めるような条項が挿入されることになる。そうなると日本国内では不満が噴き出すことになろう。

新聞が日米の極秘の合意を報じたことから、永田町は騒然としてきた。朝の総理の出邸の際に関東新報の山田が、この問題について尋ねた。総理は冷静に、短く答えた。

「伝えられるような内容で、日米で合意したという事実はありません」

「すでに合意しているという事実はないということですか?」

「アメリカと交渉しているのは事実です。ウルグアイ・ラウンドは、世界中で二国間、多国間の様々な交渉が行われていますから、日米間の交渉も当然あります。しかし伝えられるような提案を日本あるいはアメリカがしたという事実はありませんし、それで合意したという事実もありません」

「アメリカとの交渉では、日本はどのような主張をしているのですか?」

「コメの市場開放は、日本としては受け入れられないということです。従来と変わりありません」

午後、農水省の井川次官が総理を訪ね、官房長官と岩原副長官も加わって対策が練られた。風見は同席しなかったが、後から聞いた話では、井川次官が、現在の状況を説明した。

「ウルグアイ・ラウンド全体の行方は、今なおきわめて不透明です。四極のフレーム作りもまだ決着していません。アメリカとECの間でも、仮にブレアハウス合意の修正問題が決着したところで、まだ個別品目で千四百五十品目について対立が残っており、決着の見通しは立っていません」

そういう状況下で、日本だけがコメについて譲歩を表明してしまうことは賢明ではない。国内の反対を押し切ってさっさと譲歩を宣言したところで、ウルグアイ・ラウンドの全体がまとまらずに終われば、日本だけが馬鹿を見たことになるのは当然である。

折も折、その翌日にガットのサニーランド事務局長が来日し、真っ先に官邸にやって来た。イギリス人の彼は、ドンケル・ペーパーを書いたドンケル前事務局長の後任で、ウルグアイ・ラウンド交渉取りまとめの最も中心的な人物だった。ウルグアイ・ラウンド推進のための各国政府への働きかけ行脚の一環として、日本にも立ち寄ったのである。往年のラグビーの名選手だそうで、いまなお堂々たる恰幅であり、目も鼻も大きな顔に人懐っこい笑顔を絶やさなかったが、しかし信念は曲げない強力な交渉者でもあった。そういう西欧人を見るたびに風見は、良心としたたかさという政治家にもとめられる二つの資質の両立という問題を、心に反芻《はんすう》せざるを得なかった。

サニーランド事務局長は、ウルグアイ・ラウンドのすべてを知る人間だから、閣僚応接室での大勢のマスコミによる頭撮りや、会談後の記者たちのぶらさがりの場面は別にして、国民の目の届かない総理執務室での会談では、当然のことながら総理と本音での話をしていった。

最初に総理が日本国内ではいかに包括関税化に対して、反対が根強いかを強調した。

「昨日も、民自党の農業関係議員が来て、またコメ市場開放反対の国会決議をしたいと言って行きました。とにかく日本では、反対反対の大合唱です。いずれにしても、現在日米で交渉している案は、日本が譲れるギリギリのものです。この案をドワイヤー議長の調停案として各国に提示していただき、日本もやむなしということで受け入れるという手続きを取りたいと思います。議長が調停案を示されるタイミングは、またよくご相談させていただきますが、当然農業分野をめぐるアメリカとECの合意が成立してからになると理解しています。アメリカとECの間では、合意は成立しますか？」

「ECは強硬な態度を取り続けていますが、一方で合意したがっています。危ないのは、アメリカです。クックス大統領自身は、何がアメリカの国益であるかをよく理解していると思いますが、議会が地元の農民利益の擁護で凝り固まっていて、かつ憲法上大変強い力を持っています。総理は先程、日本の国会の決議について述べられましたが、日本で強いのは、与党と役人で、総理はその両方のうえに立つリーダーですから、きっとうまくやって下さると思っています」

「コメの問題だけは、与党も野党も関係ありません。むしろ与党の中に、われわれは与党なのだから本気で合意を止めさせようと思えば、できるはずだと考える勢力がいて、苦慮しています」

「ご苦労は、お察しします。クックス大統領には、ぜひ総理から合意を助言していただきたいと思います。多くの国際交渉と同様に、今回も成否はアメリカの手中にあります」

「来月APECで大統領とお会いしますので、話してみましょう。ご指摘のように、成否はアメリカが握っていますが、少なくとも日本がウルグアイ・ラウンドの成功の障害になるということはありません」

「ありがとうございます。私は日米の交渉案は、多少字句の修正はあるものの、例外なき関税化の枠内のものと理解していますが、しかし今はまだ字句の修正を言い出す段階ではありません。昨日日本の新聞に、日米交渉案の内容が載ったそうですが、情報の漏洩にはお互いに気を付けましょう」

「あれは韓国から漏れたものです。幸い完璧に正確ではありませんでしたので、あまり苦労せずに否定することができました。情報の漏洩には気を付けますし、万が一漏れても私は否定し続けます」

「国際相場の五倍も六倍も高いコメを食べ続けることが日本の文化という主張に、世界の多くの国は首を捻っています。私がガットの事務局長であるときに、日本の本当の国益を理解する人が総理大臣でおられるということは、私にとって幸運なことです」

サニーランド事務局長は、二日間の短い日本滞在中に、精力的に関係方面を回った。民自党本部、与党第一党の社民党本部、経済連盟、全国農業者連合などである。コメの市場開放に理解のある経済連盟を除けば、いく先々で事務局長は激しい抵抗にあったようだ。民自党本部は当然のこととして、与党でも社民党本部では村野委員長が相変わらず「コメは日本の文化」と唱え、さらに「コメ安保論」も持ち出して、事務局長と激論を戦わせたと、新聞は書いていた。コメ安保論というのは、安全保障の観点からも主食のコメを全面的に他国に依存することはできないとする議論で、コメの市場開放反対論のもうひとつの常套的な論拠だった。もっとも、コメだけ自給しても、エネルギーは全面的に他国に依存していては、いざというときにはどうやってコメを煮炊きするのかという反論もあった。

事務局長は訪問先でただ先方の話に耳を傾け、受け身にばかり回っていたわけではない。むしろ彼は、「例外なき関税化」の伝道師だったと言っていい。関係方面を回った後の日本特派員協会での講演で、事務局長は大勢の内外の記者たちを前に力説した。

「例外なき関税化は、自由貿易の発展による世界各国の共同の繁栄を実現するための英知であり、特定の国を狙い撃ちにした黒船ではありません。それは、各国の平等の扱いと個別の事情への配慮をともに実現する方法です。コメが日本の文化なら、どうぞそれを守ってください。例外なき関税化は、ウルグアイ・ラウンドの合意を拒否して、国際社会で孤立するよりも、はるかによりよく日本の文化を守る道です」

記者たちを相手にした公開の場では、さすがに事務局長も国際価格の五倍も六倍も高いコメを食べることが日本の文化なのかとは言わず、むしろ例外なき関税化が日本の文化を守る道であることを力説した。しかしこのタフな伝道師も、講演の後半では、目下彼の頭を占め続けているラウンド不首尾の悪夢の不安も漏らした。

「自由貿易こそが、互いが協力し合い、共存し合う世界、それ故に戦争の愚かしさを弁える世界を作るのに、各国の指導者たちは、自分の国の小さな利益を守ることに汲々としています。どの国を訪れても、指導者たちは、私の話に耳を傾けることよりも、まず自分たちの主張を訴えることの方を優先します。このままでは本当にウルグアイ・ラウンドが成功裏に終結できるのか、それを考えると私は夜も眠れません。もしウルグアイ・ラウンドが失敗に帰したら、世界は分断と対立と憎悪によって支配されることになるでしょう。それは、歴史は各国の和解と協調の方向に進んでいるというわれわれの希望と信念を、覆すことになるでしょう」

サニーランド事務局長は、講演の場では、宗像総理はウルグアイ・ラウンドのよき理解者であるとは語らなかった。おそらく今回の彼の日本訪問の最も大きな収穫である総理の協力姿勢を、今この時点で表に出せば、総理の立場を損ない、ひいてはウルグアイ・ラウンドの成功を危険に晒すことになるのを、事務局長は充分理解していたのである。

最後に事務局長は、ウルグアイ・ラウンド妥結への日本の協力を呼びかけた。

「私が直面しているのは、日本のコメだけではありません。他の国を訪問すれば、また別の問題で私は責めたてられます。日本のコメが小さな問題だと言うつもりはありませんが、しかし先進国と途上国の対立など、もっと大きな、もっと構造的な問題もあります。しかしそれら

不透明感におおわれ始めていた。

の問題でも、関係者は必死に努力してくれています。戦後の荒廃から日本を今日の経済大国に育て上げたものは、自由貿易です。例外なき関税化は、日本にコメの文化を捨てるように強制するものではなく、それが自由貿易と調和することを可能にするものです。日本国民とともに、まず日本のリーダーの皆さんがそのことを理解されることを望みます」

その講演を最後に、サニーランド事務局長は慌ただしく離日した。彼のメッセージが果たして日本国民に届いたかどうかは分からなかった。風見が気懸かりだったのは、事務局長と激論を戦わせたという社民党の村野委員長のことだった。委員長は、就任後の総理への挨拶の際に、「コメはウチは大きいから」とは述べたが、それ以上に総理に申し入れをしたり、確約を迫るということはしていなかった。サニーランド事務局長との会談で、立場上従来の社民党の主張を述べただけなのか、それとも本気でウルグアイ・ラウンドに反対しようとしているのかも、風見には分からなかった。

税制改革法案の審議入りにウルグアイ・ラウンドもからんで、あたかも空一面を次々と黒い雲がおおって嵐の到来を予感させるときのように、政治の先行きは次第に

十　罠

税制改革特別委員会の審議は、静かな緊迫感を孕みながらも順調に進み始めた。内閣委員会も順調だった。

内閣委員会では、民自党と労働者党の理事が、同委員会への総理の出席を要求しており、与野党の協議事項になっていた。通常の法案審議は、総理が出席するにしても一時間程度のものだが、情報公開法案とNPO法案は日本構造改革プランの一部を成すものだから、総理の都合がつく日に九時から十二時までの三時間にわたって委員会に出席することでその後話が進み、鶴井副長官を通じて風見に総理日程の問い合わせがあった。調整の結果、結局十月二十六日の火曜日の午前九時から十二時まで総理の内閣委員会への出席が決まった。

前日の月曜日の午後、日程の合間に総理は風見を呼んで、内閣委員会では何を主張すべきかについて意見を求めた。質疑者に対する質問取りは、総務庁政府委員室がやっていて、答弁原稿は総務庁から尾崎秘書官のところに上がってくる。それとは別に、何か主張すべき点はないかというのである。

「情報公開法案は、官の恣意性をチェックするためばかりでなく、民が国のあり方を具体的に考えるために必要不可欠な情報を提供するためのものですし、NPO法案は、民の自発的な活動に公共性を認めようとするものです。両法案は国の運営に民もまた責任を負うシステムを目指すものであるということを、強調されたらよろしいかと思います」

と風見は率直に自分の意見を述べた。

「官主導の国家から、民主導の国家へということですかね。そうすると、政治の役割はどうなるのでしょうね」

「民自党政権時代には、情報を握っている官僚機構を手に入れることが、政治でした。政治家、特に与党の政治家が情報公開を望まなかったのは、自分たちの手に入れるものの価値が下がるからです。情報公開が進めば、そういう政治は意味のないものになります。民による政策評価が可能になりますし、民も次々に政策提案をしてくるようになるでしょう。政策は官からあてがわれる以外にないという状態から、様々な政策の選択肢を政治はもつことになります」

「そういうことでしょうねえ。ところで、……」

総理はそう言って話題を転ずると、風見が思ってもみなかったことを言い出した。

「実は、竹中さんと会ってみようかと思っているのですがね」

「竹中先生とですか?」

風見は思わず聞き返した。事もあろうに、総理自ら民自党の権力の中枢にいる竹中昇と会おうというのである。

「極秘にですね?」

「おおっぴらにというわけにはいかないでしょう」

「必ず漏れますよ」

最初に風見が思ったことは、それだった。理屈から言えば、最初に問われるべきは、何のために会うとか、会って何を話すのかということであるはずだった。しかし永田町の感覚では、それを問う以前に、誰と誰が会うということが出来事の核心である。総理はかつて同じ派閥の先輩であった竹中昇とは、当然旧知である。しかし今この時点で竹中と会えば、それは当然永田町では最大級の出来事になる。それだけに秘密の保持が問題だった。風見が危惧したのは、相手が竹中昇なら、会えば直ちにかどうかは別にして、必ず漏れるということだった。そして漏れれば、与野党を問わず永田町は蜂の巣を突《つつ》いたような騒ぎになり、どんなリアクションが待っているか予見不可能だった。

「まあ、竹中さんの方から漏れる恐れは、多分にあるでしょうね。宗像も俺の掌の中にいるという調子で、うまく使われるかもしれない」

「それがお分かりなら、危険なことは避けられた方がよろしいと思いますが」

「何を考えているか知りたいですね。私の勘では、必ず何かを考えていますよ。どういう罠を作っているのか。税制改革法案を抱えて、このまま突き進んでいくことは、すごく危険なことのように思えるのです」

強行突破の突撃命令をかけるべき総司令官の総理の頭にあるのは、何か罠が待っているのではないかという不安だった。その心理は風見にも分からないわけではなかった。しかしその不安に耐え兼ねてあがき出せば、必ず敵の術中に陥ることになるだろう。

「財部先生と決められたシナリオで、私は問題がないと思います。衆議院は無修正で行く。参議院で修正決着を図り、駄目ならば原案成立。それがなお駄目だったら衆議院の再議決にかけ、最終的に成立しないときは解散する。あとは迷わずにそのシナリオどおりに進むということで、よろしいのではないでしょうか」

そのシナリオのとおりに事が運ぶかどうかは、無論分からない。しかし風見が作ったわけではないが、シナリオはよくできているように思われた。まずこうして、それがうまくいけばこう、うまくいかなければこうというように、場合分けができていて、単純にひとつの道筋を描いているのとは違っていた。解散まで腹をくくれば、もう何も恐れるものはないはずである。

「シナリオは変えません。ただ、向こうの様子も見ておいた方がいいと思うのです。敵の陣構えを眺めてくるようなものです。ひょっとすると、竹中さんは竹中さんなりに、政界再編の構図を描いているかもしれません。何かのとっかかりになるかもしれない」

「竹中先生が政界再編の構図を描いているなどということは、あり得ませんね。お止めになった方がよろしいと思います」

「駄目ですかねえ」

「結構ですと、申し上げるわけにはいきません」

風見は政策の専門家として招かれたのであって、もともと宗像総理の内側の人間ではない。ほとんどいきなり総理大臣と秘書官という関係から始めたようなものだから、はじめは二人の間ではそのような外形的な関係が支配したと言ってもよい。しかし風見はこのときようやく、時の総理に向かって「いけません」と言えるようになった自分を感じた。

総理は思ったほど不満そうな様子も見せず、話題は再び内閣委員会での質疑に移った。

翌日総理は、九時から衆議院分館の第十六委員室で開かれた内閣委員会に出席した。質疑は特に問題もなく、総理は熱弁を振るい、風見が助言したように、民主導ということも強調した。

正午きっかりに内閣委員会が終わり、総理は尾崎秘書官と総理車で、風見は自分の車で官邸に戻った。一時から竹宮通産審議官のレク、その後黒河内財務官のレクと続き、それが終わって打ち合わせに入った草野秘書官が、終わって出て来ると、風見に総理が呼んでいると告げた。

風見は執務室に入った。総理が執務机に向かっていたので、その前の椅子に着席した。黒い革の椅子にゆったりと腰を下ろした総理は、ちょっと曖昧な笑いを浮かべるような、しかし思い直して毅然として見せるような、どっちつかずの表情をしていたが、すぐ風見の方を向いて、きっぱりとした口調になって言った。

「いろいろ考えましたが、やはり竹中さんに会ってみることにしました」

そんなことだろうという予感が、風見にもあった。しかも総理の言葉には、もう自分は決めたんだというような力があって、今回は風見も押し止めるのがためらわれた。

短い沈黙があった。

「何をお話しされます？」

何か言わなければならないと思って、風見はそう尋ねた。

「強いて言えば、日本はこのままでいいのかということですかね」

「それは竹中先生の得意なテーマではありませんね。曽根田先生のように、ビジョンが先にあって、それに従って動くというのではなく、状況に対応するというのが、竹中先生の流儀です」

言いつつ、そういうことを今この場面で言っても、無意味だということを風見自身が考えていた。人と人が会うのには、単純な興味や、何かあるかもしれないという漠然とした期待だけで足り、政治家と政治家が会うのにも、別段それと違う特別なものが必要なわけではない。

「まあ、収穫がなくてもともと、あれば儲けものというくらいのところですよ。もっとも収穫といっても、短期的なものばかりではありませんがね」

「ご決断されたのであれば、仕方がありません。ただくれぐれも慎重に運んでいただきませんと。永田町に漏れたりすると、事ですから」

「慎重にやります」

「税制改革関連法案に関する取引は、おやりにならない方がよろしいと思います。危険です。総理も、シナリオは変えないと言われましたし」

「私もそのつもりはありません。それはやるなら河崎執行部とやるべきことです」

「それなら、結構です」

「そこで、ひとつ風見さんにしてもらわなければならないことがあります。無論私が直接電話をして、お会いしましょうと言って言えなくはないが、やはり適当ではないでしょう。人を介する場合、官房長官では公式的になり過ぎるし、若手揃いの民主改革新党では、それだけの役が務まる人もいません。風見さんから、竹中さんの秘書経由で話を通してもらえますか。この際は、事務的なルートの方がいいと思うんです」

「分かりました」

「与党の党首や、責任者の人たちには、いちいち断りませんが、竹中さんと特別の行き掛かりのある財部さんにだけは、事前に断っておいた方がいいと思うのです。了承してもらうというわけではありませんが、万が一あらぬ疑いをかけられても困りますから。風見さんの方から、財部さんに断っておいていただけますか」

　総理が財部一郎に連絡したり話を通すとき、何であれば自分でし、何であれば風見を使うかの基準は必ずしもはっきりしていなかったが、今度の件はさすがに自分では言いにくいのだろうと思われた。

「承知しました。まず財部先生にお話しして、強く反対されなければ、竹中先生にご都合を伺います」

「ええ」

「竹中先生とは、どちらでお会いなされます？」

「総理の先輩ですから、公邸に呼び付けるような形になっては、失礼になります。適当な場所を考えてもらえますか？」

「またホテルを工夫しましょうか」

「週末にホテルに泊まることにして、そこでということでも結構です。土曜日は沙貴子とともに陛下に内輪の夕食会に招かれていますし、日曜日は朝霞で自衛隊の観閲式です。ホテルを起点に動いて、その間に来ていただくということでどうでしょう」

「週末の気分転換も兼ねて、ホテルでということで説明がつきますね。ホテル・ミレニアムでよろしいですか？」

「ええ。ついでにこの際いろいろな人に会いますかね。構造改革プランの諸法案の衆議院通過の見通しも、そろそろ具体的に固めておかなければなりませんし」

「例えばどんな方々と？」

「村野委員長とも、この際じっくり話しておいた方がいいと思うのです。ウルグアイ・ラウンドもありますし。神谷委員長にも、そろそろ本気で腹固めをお願いしなければなりませんね。公聴会日程の方は、まだ決まらないのですか？」

「本当はもう決まってもいいのですが、相変わらず青山さんたちがウンと言わないようです」

「まさか、来週にずれ込むのではないでしょうね」

「そんなことはないと思いますが。……あとはどうされます。表《おもて》のスケジュールも必要だと思いますが」

「表ね。表なら武藤さんだな。何か私が武藤さんと疎遠になって、財部さんに近付いているというような愚にもつかない話が流れています。また一緒に食事でもして、同志ぶりを示した方がいいでしょう。日曜日の夕食は、武藤さんと二人でとりますかね。土曜日の夜、陛下との夕食会から戻った後のスケジュールは、事務所の方で入れてもらいます」

総理の個人事務所が入れるスケジュールというのは、総理の個人的な交友関係のものである。文化人とか、個人的な知己とか、財界人の場合にはユニークな財界人が多かった。そういうプライベートな交友には、秘書官はタッチしない。

「それと、羽根さんにも来てもらいましょうか。連立の将来について、まだ羽根さんとじっくり話したことがありませんしね」

「羽根先生とは、表でよろしいですね」

「表で結構です」

「分かりました。それで手配してみます」

自分の席に戻って風見は、まず財部一郎の秘書の高桑に連絡を取った。高桑と話して、この日の午後三時半に風見は、財部が秘密の事務所に使っている六本木タワー・ホテルを訪ねた。

タワー・ホテルのロビーは、薄い褐色の大理石の内装が美しかった。天井は高く、入った左手は吹き抜けの明るいラウンジで、大きな緑の観葉植物がいくつも飾られていた。正面にはすぐ上のレストラン街に通じる洒落た階段があった。レストラン街には、名の通った高級フランス料理店や和食店や、中華料理店が、重厚な構えの入口を連ねていた。

平日の午後にホテルのロビーに溢れている人々は、何のためにここにいるのかと、風見は思うことがあった。宿泊客や会合に参加する者たちばかりでなく、面談のため、待ち合わせのため、あるいはビジネスや取引のため、背信や陰謀や、もしかしたら国家機密に関わる諜報活動のための人間もいるに違いない。華やかなホテルのロビーで、何食わぬ顔で通り過ぎる人々の本当の目的と魂胆は分からなかった。ホテルのロビーでは、完全に匿名化した現代社会の姿が凝集されていたが、しかし今は自分こそがその匿名の中に紛れる身だと、このとき風見は思った。

　風見はエレベーターで二十四階に上がった。ロビー階と違って、客室のフロアーには人影がなく、エレベーター・ホールに流れるかすかなＢＧＭのほかは、静寂が支配していた。絨毯の敷かれた細い廊下を、風見は部屋番号の案内表示に従って歩いた。閉ざされたドアの向こうには、誰がいて、何が行われているのか。この密室性もまたホテルの特徴だった。

　風見は指定された部屋の前で立ち止まって、ドアのチャイムを鳴らした。人の気配がして、ドアが開けられた。高桑だった。

「どうぞ。お待ちしておりました、秘書官」

　と高桑は風見を室内に招き入れた。高桑は三十過ぎの快活な青年で、言葉遣い同様、いつも姿勢がよかった。

「財部は、まだ来客中でございます。もうすぐ終わると思いますので、しばらくお待ち下さい」

　高桑はそう言って、部屋の椅子に風見を座らせると、部屋から出ていった。

　細長い部屋には、ベッドはなく、テーブルのほか赤い布張りの長椅子と何脚かの椅子、それに台の上にテレビが置かれているだけだった。スイート・ルームのリビングではなく、普通のシングル・ルームを模様替えしてもらっているようだった。それは財部が、この部屋をきわめて実用的な目的のために使っていることを物語っていた。財部のような政治家になると、何かあると報道陣に囲まれる事務所以外にも、隠密行動の拠点となるホテルの部屋は必須だった。

　壁の中央にドアがあって、その向こうから財部と客のものと思われる声が漏れていた。何を言っているのかは聞き取れないが、ボソボソといった感じで話している。風見は椅子に座ったまま、財部の用事が済むのを待った。

　しばらく続いていた話し声が聞こえなくなった。客は帰ったように思われた。しかしその後もしばらく、風見は待たされた。風見は少し焦《じ》れてきた。

　そのとき、隣室との境のドアが開き、ワイシャツ姿の財部が体を半分だけ出した。

「いやあ、秘書官。お待たせした」

　財部はそう言って、風見を招き入れた。

　こちらの部屋も、似たような造りだった。財部は、風見を長椅子に座らせ、自分は肱掛椅子に腰を下ろした。

豊かな黒い髪にやや大きめの財部の精悍な顔が、目の前にあった。財部はいつも優等生のような正しい座り方をする。風見はすぐ用件に入った。

「総理が先生にご報告しておくようにということで参りました。実は総理は、今度竹中先生とお会いになられます」

財部がバネ仕掛けのように顔を上げた。真顔である。ひと呼吸おいて財部が言った。

「先方から言ってきたのか?」

「いいえ。総理の方から言い出されました。具体的な用件があるわけではありません。とにかく会ってみるということだそうです。総理は、敵の陣構えを眺めてくるようなものだと言われました。どなたにもお断りしておりませんが、先生にだけは予めお耳に入れておくようにということで、参りました」

「いつ会うんだ?」

「今週末にお会いすることになると思います。具体的な日取りはこれからです」

財部は、少し考え込んだ。それから風見を見ながら言った。

「総理が誰と会おうと、それは総理の自由だ。別に俺にだって、断る必要はないよ。政治家は裏ではいろんな人間同士が会っているんだからな。政治家の基本的人権みたいなものだし、男と女の密会と同じだよ。ただ総理には、くれぐれも気をつけて下さいと言ってくれ」

「はい、承知しました。実は私も心配しておりまして、特に税制改革関連法案をめぐる取引はお止め下さいと、申し上げています」

「それは秘書官の言うとおりだ。いずれにしても、くれぐれも気をつけた方がいい。分かった。事前にご連絡をいただき、痛み入りましたと言っていたと申し上げて下さい」

「はい」

財部は、竹中内閣で政務の官房副長官を務めた身である。その後の竹中との確執と竹中派の内紛から民自党を割ることになった財部は、当然竹中の人となりを最もよく知る一人であるはずだった。

「ところで」

財部は竹中とのことにはそれ以上こだわらず、この際という調子で話題を変えて言った。

「総理は税制改革関連法案の成立を心配されておられるが、それはひとつわれわれに任せて下さいと言って欲しいんだ。国会運営の話なんだ。野党がどう出てくるか、どうやって委員会を通すか、いつ採決するかといった辛気臭い仕事は、われわれが汗をかいてやることで、総理の御心を煩わせるようなことではない。総理がお考えになるべきは、日本をどういう国に造りあげていくかとか、アメリカやアジアとの関係をどうするかとか、もっと大きな天下国家のことだ。総理の御心を煩わせているとすれば、われわれの至らないことでお詫びしなければならないが、とりあえず委員会は順調で、当面のハードルは公聴会日程の設定だけだ。今まで障りが出ないように手控えてきたが、期限も迫っているので、そろそろ本気で取り掛かろうと思っている。場合によっては、委員長職権も考えなければならないだろう。いずれにしても、総理にはご心配は要りませんと申し上げてくれ」

「承知致しました」

「衆議院も参議院も与党が過半数を握っているんだ。しかも税率を含めて、社民党の言い分は呑んだ。与党各党の執行部が腹を固めて結束すれば、不安は何もない」

「与党の委員会メンバーのなかに、民自党との妥協による修正案を模索する動きもあると聞いていますが」

風見はこの頃自宅の深夜の記者懇で、吉井重太が民自党筆頭理事の青山翔一との間で、「出口は消費税率六%」で密かに合意しているという話を聞いていた。やはり吉井は今なお修正合意で動いているのである。風見は総理に報告すべきか迷ったが、吉井は風見も懇意にしていたし、それに総理に言っても止め役としては適当でなかった。それでこのとき吉井の名は伏せたまま出してみたのである。

財部は事もなげに言った。

「吉井だな。青山さんたちとやっていることは承知している。吉井も最終的に社民党執行部がOKと言わなければ動けないが、消費税六%では執行部もOKとは言えない。俺はいいんだよ、七%を主張したんだからね。吉井を抑えるのは久保田さんというより、安永さんの仕事だ。そのうち安永さんにも言わなければならないと思っている。いずれにしても、大した問題ではない」

財部は社民党書記長の久保田ではなく、国対委員長の安永満の名前を出した。

「いろいろありがとうございます。ご伝言は間違いなくお伝えします」

「総理にはくれぐれもよろしく言って下さい」

「承知しました」

官邸に戻ると、総理は沖雄剣中国文化部長の表敬訪問の最中だった。風見は、議員要覧で竹中昇の公設秘書を調べてから、大沢さんに尋ねた。

「竹中総理のときの政務秘書官はどなただったの?」

「諸沢肇さんです」

諸沢は今は竹中の政策秘書だった。政策秘書というのは、議員の政策スタッフの強化のために最近導入された国費による秘書だが、実際は長年議員に仕えた従来の第一秘書が就く例が多かった。諸沢もそうだった。宗像総理の政策秘書は若い小野由利子で、一橋大学出身、衆議院事務局が行った政策担当秘書試験合格組の才媛だった。彼女は、普段は総理の個人事務所ではなく、民主改革新党の政策チームに加わって働いていた。

「大沢さんは、諸沢さんとは連絡が取れますね?」

「はい」

「竹中内閣では秘書官としてどういう風にやられていたのか、話を伺えないかな。民自党政権時代の官邸も参考にしたいんです。早い方がいい。できれば明日の昼食をご一緒できないか、尋ねていただけませんか?」

「分かりました」

大沢さんは、手帳を出して竹中事務所の電話番号を確認し、電話をしてくれた。諸沢はすぐにつかまり、即座に承知したと言ってくれた。風見は、大沢さんに昼食の場所の手配を頼んだ。大沢さんは、名の通った蕎麦屋で、和食の店でもあるくちなし荘に部屋を取ってくれた。

中国文化部長の表敬が終わったので、風見は総理に財部との話を報告した。

「そうですか、誰と会おうと、政治家の基本的人権のようなものだと言っていましたか」

と、総理はその言い回しが気に入ったようだった。

財部が税制改革関連法案の成立は自分たちの仕事だと述べ、総理には天下国家のことを考えてもらいたいと述べたことも、総理を喜ばせた。

「そろそろ公聴会の設定のために本格的に動き出されるそうです」

と風見が報告したことは、法案の衆議院通過が当面の最大の気懸かりである総理を何より安心させた。総理は満足した表情で、慌ただしく次の日程である全国福祉功労者表彰式のために出発した。


翌日、約束の十二時に風見がくちなし荘に行くと、ガラス戸越しに庭を見渡す明るい和室に、諸沢肇がすでに来て座っていた。多分宴会用の広い部屋だったが、客は諸沢と風見だけだった。二人はテーブル越しに初対面の挨拶を交わした。

「私たちのときも、税制改革でした。新税の導入とか、税率の引き上げは、政治が一番苦労する局面ですが、しかし宗像内閣は順風満帆で、私たちのときに比べると、苦労は少ないのではないですか？」

と、食事が始まってから、諸沢は風見には意外な感想を述べた。連立は強大な野党民自党にてこずっていたが、相手から見ると、また違って見えるものなのだろうか。

「そんなことはありませんよ。諸沢さんたちのときがどうだったかは存じませんが、与党がしっかりしていましたし、仕組みはきちんとできていたと思うのです。連立はそのへんはまったく駄目ですね。何でもかんでも官邸に持ち込まれるようなところがあります」

「与党がしっかりしていると、いい面もありますが、それはそれで大変なんです。民自党は派閥がありますから、これがなかなか神経をすり減らす種です」

民自党と非民自連立という立場の違いはあったが、話しているうちに、自然と同じ総理政務秘書官を務めた者同士の親近感のようなものが湧いてきた。総理が竹中昇に会えば、同じいやそれ以上の感情を味わうことになるのだろうかと、風見は思った。

「諸沢さんは、記者懇はどうされていましたか？」

話題を変えて風見が尋ねた。

「私は、週に一回か二回しかやりませんでした。家に来られても迷惑なものですから、場所を決めてやりました。日程中心で話をしました。風見さんは、毎日ですか？」

「ええ。毎日午前零時からやっています」

「風見さんは、政策もやられているから。私はその意味では、まったくの政務だけでしたから」

「諸沢さんの場合は、政務というとどんな範囲をカバーされておられたのですか？」

「民自党の伝統的な政務というと、人間関係ですよね。どこに何々さんという人がいて、その人はどういう人である。またどこには何々さんという人がいて、その人はどういう人である。さらに別のところには、何々さんという人がいる。何々さんはどういう事情で何で、何々さんはまたどういう事情でこうと。そういう無数の人間のつながりが政治だという世界です。皆仲良くやりたいけれど、これこれの事情で、誰はこっちについて、誰はあっちについてという、そんな陰影から政治が生まれるというイメージです。ですから、政治はいかに人間関係の網の目を広げていくかということが決め手です。それが政務です。役人には勤まらないだけに、私のような人間が地道にやっていくほかはありません。風見さんから見たら、猥雑な世界かもしれませんが」

「いや、そんなことはありませんね。それが民自党の強さなんでしょうね。構造改革と言っても、生きた人間と無縁では脆《もろ》いものです」

確かにそれが、民自党政治、ひいては竹中政治の極意かもしれなかった。あちらにいる人間、こちらにいる人間、とりわけ困っている人間、何かを求めている人間、そういう人間をつなげていくことから政治は始まるのである。いや、人間がいる限り、そこには必ず悩みがあり、困っていることがあるはずである。それを尋ね、解決することが政治の最も基本的な役割ということになる。それは赤坂の関根で聞いた民自党渡良瀬派の面々の「真心の政治」と同質のものだったが、しかし竹中はそれを作り笑いを浮かべながらでなく、本心から誠実にかつ丹念にやっているような印象があった。しかし、そんな政治はいかにも人間の顔に満ちた政治だが、宗像内閣の政治とは異質のものだった。ウルグアイ・ラウンドを、世界史の教訓と自由貿易の理念から考える政治とは、どこか根本から違っているように思われた。

もうひとつ風見が感じたのは、二種類の政治の土俵の広さの違いである。人間の悩みや欲望から始まる政治は、無限の土俵を持とうとする。人間の悩みや欲望は無限だからである。そしてそういう政治の土俵の縁は、いつしか闇の世界につながっていく。表の世界と闇の世界をともに抱えるのが政治だということになってしまう。それは風見には、恐ろしいことのように思われた。

風見は、そろそろ本題に移らなければと考えた。

「総理も思いがけず国政を預かる身になって、様々な助言を必要としています。不躾なお願いですが、竹中先生が総理にお会い下さって、お気の付かれていることを何なりとご助言下さるわけにはいきませんでしょうか？」

風見を見詰めたまま、諸沢の表情が動かなくなった。

「竹中が、宗像総理にお会いするのですか？」

「はい」

「総理もご了解されておられるのですか？」

「総理も、竹中先生にお話をお伺いできたらなあと申しています。そこで、ちょうど今日諸沢さんにお会いする

ので と、私が引き受けてきた話です」

「戻りまして早速竹中に聞いてみます。もっとも、竹中は人が会いたいというのを断ったことはありませんが」

風見は、もしかして週末の土曜の午後か日曜の午後に竹中の都合がつかないかを尋ねた。諸沢は土曜は二時から結婚式の予定が入っているが、一時間も顔を出せば済み、日曜は大した予定は入っていないと言い、戻り次第竹中に相談して電話をすると約束した。

最後に出されたくちなし荘の蕎麦に舌鼓を打ちながら、話は再び官邸の苦労話に戻った。

官邸に戻ると、ほどなく諸沢から返事があった。

「竹中は、喜んでお会いさせていただくということでした」

と、諸沢は告げた。風見は、両陛下との夕食会など動かせない日程は別にして、空白の時間帯の最初のスケジュールに、日曜日の午後三時からの竹中昇との会談を書き入れた。

それから風見は大沢さんに、ホテル・ミレニアムで総理の宿泊の手配をしたり、隠密に面会者を手引きしてもらったりするには、どうすればいいのかと尋ねた。大沢さんは、

「いい方がいらっしゃいます。連絡を取って来ていただきましょう」

と答えた。一時間ほどもすると、営業課長の喜多英次がやって来た。

喜多は大柄の物腰の柔らかな紳士で、風見のどんな質問にも親切に答えてくれた。部屋の配置の図面を持ってきていて、総理の部屋をどこに取れば、来訪者はどうと、具体的に説明してくれた。

ホテル・ミレニアムは、アメリカ大使館に近いことから、大統領の来日の際などアメリカ関係者がよく利用することで知られていたが、日本の政治家にもまた愛好する者が多かった。理由のひとつは、隠密行動に向いているからである。別館と本館があり、どちらからも入れるばかりでなく、表玄関の他、裏口も宴会場入口もあり、さらに車のまま地下駐車場からも入れた。風見も聞いて感心したが、その他に従業員の通用口も、荷物の搬入口もあるのである。互いに示し合わせて、別々の入口から入り、中で落ち合うことは容易で、新聞記者泣かせで知られていた。全部の入口を張るのには、相当の人数がいるし、大ホテルだから、たまたま重なる時間帯に入るのを目撃されたところで、互いに相手がいるのは知らなか

ったと言い逃れするのも容易だった。

「お入りになるお姿を見られない方がよろしい方は、またそれなりの対応をさせていただきます。当日は、係員の他に私も出まして、ご案内させていただきます」

と喜多課長は言った。凪見は概要の説明を聞いた後、ホテル・ミレニアムでの表と裏のスケジュールの相手と連絡を取って、予定を確定していった。裏は、竹中昇の他は村野委員長と神谷特別委員長だった。神谷委員長は、過日官邸に来てもらっただけで、委員長としての中立性を欠いていると民自党から批判が出たために、裏にしたのである。表では武藤蔵相は、当初の予定通り日曜に一緒にルーム・サービスで夕食をとることにし、羽根副総理は当初土曜の午後のつもりが、夫人と音楽会に行くというので、その前に一緒に昼食をとることにした。その日の午後には、総理のたっての希望で一時間のテニスを入れた。公邸住まいになって、深刻な運動不足になっているというのである。

こうしてスケジュールが決まった後、初めて喜多課長に裏スケジュールの来訪者の名を明かして、それぞれの入るルートを確定した。計画は完璧だった。

衆議院の特別委員会で税制改革関連法案の審議が順調に進み、いよいよその衆議院通過の鍵を握る公聴会の日程が、この頃の与野党の攻防の焦点になっていた。

神谷特別委員長と与党理事のいわゆる現場は、与党責任者会議の指示を受けて、日程の設定に取り組んだ。しかし特別委員会の理事懇で、民自党理事の青山と菅野は、公聴会日程の設定前に修正協議に入るか、少なくとも入ることを約束して欲しいと要求した。これに対して吉井重太は、「公聴会で公述人から意見を聴かなければ、修正が必要かどうか判断できないではないか。日程の設定だけで、今決めても公聴会自体は十日以上先になるのだから、修正要求について話し合う時間はまだたっぷりある。とにかく日程だけは応じて欲しい」と迫った。おそらく陰でも、「修正は責任をもって必ず実現するから、日程の設定自体には応じてくれ」と説得していたのだろう。しかし青山も、立場上ウンとは言えなかった。

総理の使いで六本木タワー・ホテルの部屋に財部を訪ねたとき、財部は「場合によっては委員長職権も考えなければならないだろう」と言っていた。委員長職権というのは、理事会での与野党の合意によらず、委員長の職権でものごとを進めることである。しかし蛯沢参事官らの話では、神谷委員長は「俺は委員長職権は使わない。青山君らが反発して、後が大変なことになる」と言っていた。何とかして青山らを説得する途を選ぶというのである。

こういう事態に、青山ら民自党の側が余裕をもっていたかというと、そうではない。むしろ苦しい立場に追い込まれていたのは彼らの方だった。毎回、駄目、駄目と拒否し続けるのは辛いものがある。初めて野党になった民自党に向けられる国民の目も気にしなければならなかった。民自党の姿が、次第に彼らが忌み嫌った五五年体制下の抵抗野党に似てくるのを、青山らも強く意識していた。

十月二十八日の理事会で、ようやく与野党間で公聴会の日程が合意された。しかしその内容は、風見を含め、与党の関係者を慌てさせるものだった。

十一月十日が中央公聴会、十一日と十二日が地方公聴会というのがその内容だった。中央公聴会はいつもの通り第一委員室で行うが、地方公聴会では委員は二手に分かれて、十一日には札幌と名古屋、十二日には仙台と福岡に赴く。厳密には国会法上の公聴会は十日の中央公聴会のみで、地方公聴会は委員派遣という別の形式なのだが、その違いは政治的にはさほど意味がない。問題はその日取りと、日程設定にあたって民自党が獲得した交換条件だった。

当初神谷委員長や与党理事が描いていたのは、八日が中央公聴会、九日と十日が地方公聴会というスケジュールだった。官邸で総理と打ち合わせた際に、神谷委員長が披瀝した十一月十二日に衆議院を通過するという予定の前提とされていたのがこのスケジュールである。それより二日遅れたことになるが、実は遅れは二日にとどまらない。十二日が金曜日だからである。当初案は、月曜から水曜日まで公聴会、木曜に委員会通過、金曜に衆議院通過になっていた。しかし合意案では、十二日の金曜日まで公聴会である。委員会通過は早くて月曜日になるから、委員会通過だけで最低四日遅くなる。

さらに交換条件があった。それは「公聴会終了後も、一般質疑を行う」というものだった。通常は公聴会が終わると、「締め括り総括質疑」通称「締め総《しそう》」と呼ばれる全閣僚出席の質疑をもう一度やり、これで質疑終局となり、引き続いて討論・採決となる。討論・採決はせいぜい三十分で済む。しかし公聴会終了後も一般質疑を行うということは、与野党合意による円満採決の前提となる締め総は、少なくとも月曜日の十五日には行われず、十六日以降ということである。官房長官が特別委員長や理事たちに示した期限の十五日はすでに不可能で、次の区切りの総理のＡＰＥＣ首脳会議への出発も十九日だから、日程はきわめて窮屈で、民自党がさらにあの手この手で抵抗してくれれば、ＡＰＥＣ前の衆議院通過もはなはだ危ういものとなる。

この日総理は、夕方六時半から霞ホールで開かれた規制緩和推進国民会議のパーティに来賓として出席し、三十分ほどで公邸に戻った。凪見は公邸に入って、茅沼副参事官から伝えられた理事会での与野党の合意内容を総理に報告した。

「どういうことになるのですか？」

総理は、折り目正しい言葉遣いは変えずに、しかしやや憮然とした調子で尋ねた。

「理論的には、公聴会が終われば、法案は一日で衆議院を通過します。十五日に一般質疑をやっても、民自党も合意して円満に十六日に締め総をやることができれば、可決後本会議に緊急上程して、その日の内に衆議院通過が可能です。しかし、民自党が十六日の締め総に反対すれば、もう一日二日かかるかもしれません」

「官房長官からは、十五日衆議院通過でお願いしているのに、それは不可能になったわけですね」

「そうです。しかし、ＡＰＥＣ前の通過は可能だと思います」

「民自党との合意を破棄して、改めて採決で十五日締め総で、衆議院通過というわけにはいかないのですか？」

「議長から差し戻されます。いずれにしても財部先生が、任せておいてくれと言われているのですから、しばらくお任せしておいた方がよろしいと思います。どうせ野党との間で十五日以降の委員会日程が決まるのは、十二日の地方公聴会終了後になりますから、時間はまだありま す」

「ミレニアムでは、神谷委員長の考えもよく聞いてみましょう」

「それがよろしいと思います」

翌二十九日の各紙の朝刊には、「税制関連法案の日程窮屈に」とか「ＡＰＥＣ前の衆院通過にも黄信号」などの見出しが躍った。新聞の見方は、特別委員会の与野党融和的な運営を心掛ける神谷委員長が、今後とも民自党が審議促進に協力することを条件に譲歩したというものだった。関東新報は、民自党理事が総理のＡＰＥＣ出発前の衆議院通過には協力するという感触を与えたことが、神谷委員長の判断の背景にあると書いていたが、日本産業新聞と政経新聞では、民自党の湊川幹事長代理が、「民自党案に大幅に譲歩するのでなければ、ＡＰＥＣ前の衆院通過にも徹底的に抵抗する」と述べたことが報じられていた。

　風見は津村久夫に電話をして、状況を尋ねた。

「財部さんも、昨夜は大分怒っていたね。今朝神谷さんを呼んで、本当にＡＰＥＣ前の衆議院通過に民自党が協力する保証があるのかと、問い詰めたようだ。神谷さんは、間違いないと言っていたが、担保になるものは何もない。逆に今無茶をしたら情報公開法案だってＮＰＯ法案だって飛んじゃうじゃないかと反論して、二人で怒鳴り合いをしたようだ」

「財部先生は、どうするつもりですか」

「風見さんよ、そう深刻になることはないよ。官房長官が十五日と言っても、皆最初からＡＰＥＣが期限だと思っていたからね。十九日といったって、総理の出発は夕方だから、十九日も使える。約束通り十五日が一般質疑でも、十六、十七、十八、十九と四日もあるじゃないか。まるまる一本の法案を通せるくらいの時間があるんだ。あまり心配しなくてもいいと僕は思うけどもね」

「当初の予定では、ＡＰＥＣ前に参議院の特別委員会の審査に入ることになっていたんですよ」

「参議院の民自党が、そんなことに協力するはずないじゃないか。どうせ参議院に行ってから、法案はしばらく寝るんだ。ここまで来たら、一日、二日を争って参議院にもっていく必要はないよ。大丈夫。民自党の国対は、僕がやっていたんだからね」

　津村の対応は、相変わらず余裕に満ちていた。

　この日の午後、急遽院内で与党理事の対策会議が開かれた。会、税制改革特別委員会与党理事の対策会議が開かれた。

神谷委員長も呼ばれていたが、「俺は中立の委員長だから」と、顔を出さなかった。「総理も呼ぼう」という意見もあったが、財部と市倉書記長が反対した。いかにも連立が慌てているようで、かえって民自党を勢い付かせるというのである。財部には、総理に「任せて下さい」と言った手前もあったのだろうと、風見は思った。

　対策会議では、当初風見が心配したように、吉井が吊るし上げられるというような事態にはならなかった。与党責任者たちのカッカも、大分収まっていたのである。ただ「ＡＰＥＣ前の衆議院通過に、本当に民自党は協力するのか」という責任者たちの質問に、理事たちは納得できるだけの答えを与えることはできなかった。

「われわれの側は、一般質疑は一日だけという意味に受け取っています」

と理事たちは言った。

「はっきりと確認しているのか」

と市倉書記長が尋ねた。

「青山さんは、一日だけでもいいから、公聴会後も一般質疑を入れて欲しいという言い方でした」

と、新世紀党理事の熊野が言った。しかしこれでは、民自党が「二日」とか「三日」と言い出してきたときに、「一日だけでいいと言ったじゃないか」と、与党側がこれを拒否する理由には使えるが、一日だけということで民自党と合意したというのとは違う。仮に公聴会後の一般質疑が一日だけで済んでも、その翌日に締め総をやるかどうかは、さらに別の問題である。多分青山らは、一般質疑が済んでから、修正協議をやろうと言い出してくるだろう。

結局目下のところは、APEC前の衆議院通過は、与党理事たちが「多分、大丈夫です」とか「われわれも努力しますから」とか言う以上のものではなかった。


この対策会議では、新たに重要な何点かのことが決められた。まずAPEC前の衆議院通過が、最終の絶対的な期限とされた。第二は、民自党との協議によって法案修正を行う場合は、与党責任者会議及び政府与党最高首脳会議で明確に方針を打ち出して、別途指示するから、それまでは「自分たちは修正に関しては一切権限がない」という前提で折衝に当たるように、はっきりと枠がはめられたことである。理事会や理事懇の場を離れて、個別に野党理事と交渉することも厳禁された。それは無論吉井を意識してのことで、会議終了後吉井は社民党政務幹事の安永満に呼ばれて、直々に厳しく申し渡された。もっとも吉井は、不満の表情を見せて、「話は聞いた」としか言わなかった。

現場の理事たちに修正協議を禁ずるということは、別の問題を生じさせる。理事会や理事懇談会で民自党の理事たちが、「あなたたちに権限がないなら、上に上げてくれ」と言い出すからである。自分たちより上のレベルの国会対策委員会対政務幹事会、あるいは幹事長と連立与党責任者会議の代表との間で修正協議をやり、それが決着するまでは、委員会の方は休みにしてくれとか、法案通過に関係のない一般質疑をやっていようと言い出すのである。それは別途対策を要することだった。

　いずれにしても、公聴会日程は決まったことだから、それを前提に今後は現場と上級機関の間で意思の齟齬がないようにして、公聴会終了後速やかに法案の衆議院通過を図ることが確認された。公聴会はまだ先のことで、それまでも法案審査は続き、理事会や理事懇談会も何度も開かれる。その都度民自党に対して、公聴会終了後の日程設定、特に法案の出口を意味する締め総の設定に協力するよう説得に全力をあげることが確認された。

　これらの決定は、責任者会議座長の久保田書記長が、電話で総理に伝えてきた。総理は関係者たちの努力を労《ねぎら》うとともに、改めて公聴会終了後の法案の速やかな衆議院通過を依頼した。


　翌十月三十日の土曜日、二組の公邸の朝の来客が帰ってから、午前十一時五十分に総理はホテル・ミレニアムに向けて出発した。いつもの通り前後をガードされた総理車に、総理とともに風見が同乗した。

　ホテル・ミレニアムまでは一息である。官邸表門からUターンする形で総理府前の坂を下り、ビルの谷間の道を抜けて、たちまち車列はミレニアム本館の表玄関車寄せに滑り込んだ。係員が二人待っていた。いつものように SPと秘書官が素早く降り、バタバタっと駆けて陣形を作り、最後にゆっくりと降り立った総理を取り囲んで、玄関を入り、足早にロビーを抜け、和服姿の女性係員がドアを開けて待機していたエレベーターに乗った。ロビーでは一般客はほとんど気付かなかったが、その代わり普段は官邸にいる番記者たちが、固まって見守っていた。表のスケジュールは報道室を通じて事前に出してある。通信社二社がカバーする公邸の土曜日曜とは違うから、全社の番記者たちが動員されているのである。

　泉川、真壁、来島、小林、辰野などのお馴染みの顔もいる。ご苦労な話だと思ったが、風見もそしらぬ顔で彼らの前を通り過ぎた。官邸でも院内でもないから、ぶらさがりはできない。彼らの主たる目的は、羽根副総理など、総理と面会して出てきた相手から取材することである。総理がテニスに出掛けるときは、車で付いていってプレーの様子も取材する。番記者体制を取っていない民放も、絵になるテニスの様子だけは、テレビ・クルーを配して取材するだろう。

　エレベーターは、十一階で止まった。宿泊階だから、番記者たちもこのフロアーには足を踏み入れることはできない。辺りには人影はないが、一行は総理を囲む陣形を崩さず、静謐な廊下を正確な歩調で黙々と歩いた。

総理の部屋は一一五五号室のスイート・ルームである。最初の来訪者の羽根副総理は、すでに到着していた。一一五五号室のリビングで、羽根副総理が立って迎えた。

「総理の部屋に勝手に入り込んでいました」

と、副総理は笑いながら言った。総理も笑顔を見せた。

「むさ苦しい公邸よりは、こちらの方がいいと思いまして。午後は、奥様と音楽会ですって?」

「房村さんが、東京シンフォニックと共演するのです。ぜひにと招かれているもので」

房村というのは、今注目の若手ピアニストの房村真由美である。

ミレニアムのスイートのリビングは、他の一流ホテルのそれに比べるとやや狭い感じがするが、アイボリーがかった色調の室内は高級感に富んでいた。応接コーナーとは別に白いテーブルがあって、総理と副総理はそこに着席した。

ウエイターがメニューを渡し、

「食前のお飲み物は、いかが致しますか?」

と尋ねた。総理が、

「どうぞ、何なりと」

と勧めたが、羽根副総理は、

「音楽会に赤い顔をして行くわけにも、いきませんから」

と辞退した。

注文も済んだので、風見は二人を残して総理の部屋を離れた。風見には別に一一四九号室が用意されていた。こちらはツイン・ルームである。総理のすぐ隣のやはりツイン・ルームは、SPの詰め所になっている。覗いてみると、SP無線の親機が持ち込まれ、二、三人のSPたちが覗き込んで、交信していた。総理が外泊するというのも大変な話である。奥では兵頭警部が背広を脱ぎ捨てて椅子で寛いでいる。風見は労った。

「今日は兵頭さんも泊まり込みですか。ご苦労様ですね」

「秘書官も、せっかくの土日なのに、家族サービスができませんね」

自分はひとり身だとは、風見は言わなかった。

自分の部屋に入っていると、喜多課長がやって来た。

「秘書官、ようこそおいでなさいませ」

「いろいろお気遣いをいただき、ありがとうございます」

「お入りになられる方の手引きは、準備OKでございます。私も出まして、ご案内させていただきますから」

「本当にお世話になります」

風見は、ロビー階に降りてみた。番記者たちの様子を見て来ようと思ったのである。風見の姿を見て、ロビーの椅子に腰掛けていた記者たちが集まって来た。

「風見さん。羽根さんは、こちらの出口から出ますよね？」

「俺は副総理の秘書官じゃないから分からない」

「こちらから出るように頼んで下さいよ」

「分かった。頼んでおこう」

「ありがとうございます」

「風見さん」

社会経済新聞の泉川が言った。

「何だ」

「来客がポツポツで、随分空き時間があるんですが、その間総理は何をされるんですか？」

「週末の息抜きに来たんだよ。昼寝もするだろうし、ボケーッともするだろう。俺を相手にこれからの政治の話だってするかもしれない」

「何で、風見さんと政治の話をするのに、ミレニアムに来なければならないんですか？　われわれは信用していないんですけど」

辰野がニヤニヤしながら言った。

「本当に総理の面会者はあれだけなんですか？　知らないところで、大物が入っていたりするんじゃないでしょうね」

そう言ったのは、小林だった。皆同感だというような表情で、風見を覗き込んでいる。

「大物って、誰のこと？」

「財部一郎とか」

「なるほど。話としては面白そうだが、しかし、あんまり想像をたくましくするものじゃない。さっきも言ったように、休息が目的なんだ。そんなに怪しいと思うのなら、あっちの入口、こっちの出口と、皆で手分けして張り番でもしろよ」

「太陽が動員をかけているらしいですけど」

「やりたいところは、やればいい」

「風見さん、自信ありそうですね」

「自信があるもないも、ないよ。何もないんだから。そういうのを疑心暗鬼と言うんだ」

「とにかく、総理には土日は公邸でおとなしくしていてもらって下さいよ。われわれも迷惑ですよ」

日本産業の梨重が、口を尖らせながら言った。

「それはお宅の社長に言えよ。こちらが頼んで、来てもらっているわけじゃないからな。梨重、遠慮なく引き取ってもらって結構だよ」

全員が苦笑するように笑った。それだけ言うと、風見は十一階に戻った。

一時間二十分ほどで羽根副総理は帰った。どこにいたのか、帰るときには事務方の巌秘書官が付いていた。風見はエレベーター・ホールまで送りながら、ロビーに記者たちがいるので、本館表玄関から出てやって欲しいと頼み、総理との話も今後の日本外交についてだったことにして欲しいと頼んだ。

「分かっている。分かっている」

と頷きつつ、羽根副総理は、エレベーターの中に消えていった。

風見は総理の部屋に戻った。総理はワイシャツ姿で寛いでいた。

「いかがでしたか?」

「いろいろ話しました。羽根さんは、問題の本質は法案処理をいかに政界再編につなげるかだと言っていました。その意味でも、衆議院段階で民自党の修正要求を呑んだ方が、青山さんら民自党内の改革派を引き付けるためにもいいのではないかと言っていましたが、私はそれは違うと言いました。もともと民自党執行部が改革派を理事に就けたのは、責任をもたせて勝手なことができないようにするためです。この段階で民自党の修正要求を呑めば、改革派の立場を傷つけないのは確かだが、執行部もニンマリさせることになる。羽根さんの言うように、法案処理を政界再編につなげるためには、改革派と執行部の利害が対立する局面で、改革派の方の言い分を呑むということでなければなりません。そのためには、勝負はやはり参議院です。衆議院で民自党の対案を否決し、改革派が民自党案に責任を負わされている状況を断ち切ってからの話です」

それはなるほどと思わせるものだった。総理は総理なりに、想を練っているのである。

「羽根副総理は、財部先生からシナリオを聞かれていないのですか?」

「聞いたとは言っていました。しかし羽根さんがどこまで理解したかは、別ですね。羽根さんが、民自党との間での修正協議は特別委員会の与党理事より上の権限になったが、どのタイミングで連立側の態度を明確にするのかと聞いたので、タイミングは決めていないが、いずれにしてもゼロ回答だと言っておきました。それでは衆議院を荷崩れなしで通過するのは難しいと言うから、責任者会議に任せているが、仕方ないだろうと答えておきました」

　荷崩れというのは、単独審議や強行採決などの変則的なやり方での法案通過をいう。

　風見が、事態の見通しを述べた。

「何らかの荷崩れはあるでしょうが、ここまで来たのですから、やるとしても委員長職権による締め総の設定です。民自党が審議拒否に出て、議長がすんなりと本会議のベルを押すかどうかというところが、山場かもしれません。この次は村野委員長ですから、委員長からも議長によく言っていただくようにお願いされたらよろしいと思います」

「そうしましょう。あとは羽根さんには、改革派と手を結ぶチャンスは必ず来る、民自党内の改革派と気脈を通じておくのは、あなたたちの仕事だと言っておきました。民自党を割って出てきたのは、あなたたちなのだから、まだ残っている同志の面倒は、あなたたちが見てあげないと、と。羽根さんは、総理がおやりになれないのは当然だが、自分も国益を預かる外務大臣の立場だから、あまり党利党略で動いているように見られても困る。財部によく言っておくと言っていました。まあ、人任せでなく、私自身が動いて今から民自党に楔《くさび》を打ち込んでおく必要もあるかもしれませんね」

「できるだけ駒を動かすことを考えて、総理ご自身は表に出られない方がよろしいと思いますが」

「分かっています」

　総理は何かを快く請け合うときのような、笑顔を見せた。

　しばらく寛いでから、総理はテニスに出発した。目方秘書が、道具とテニスウェアーをもって同行した。その間に風見は昼食を済ませた。戻ると三津橋秘書が、大きなバッグに総理の下着や着替えを持って来ていて、衣類棚に整理して帰った。総理の身の回りの世話も、秘書の仕事である。

　一時間余りで総理は戻ったが、ショートパンツの白いテニスウェアーのまま総理車から降り立ったので、風見は驚いた。汗ばんだその姿のままSPに囲まれてロビーを通って部屋に戻った。

　総理はシャワーを浴び、自分で衣類棚から取り出して着替えていた。スーツも朝来たときとは違うグレーのスーツに取り換え、さっぱりした様子でリビングで待つ風見の前に現れた。

「村野委員長は、三時半ですね」

「そうです」

「委員長には、社民党の言い分を聞いて消費税は五％にしたのだから、法案の成立には社民党も責任をもってもらいたいと言うつもりです。特に参議院については、造反などということがないようによくお願いしようと思っています。とにかく与党第一党の党首なのですから、この際懸案は何でも話してみるつもりです」

そのときドアがノックされた。風見が立っていって開けると、喜多課長の後ろに村野委員長が立っていた。予定の時間には、まだ四、五分あった。

「ご到着されました」

と喜多課長が告げた。風見は委員長を通した。

「土曜日でご予定がおありでしたろうに、お呼び立てをして申し訳ありません。さあ、こちらにどうぞ」

総理が委員長を応接コーナーに招いた。

「このホテルには、あんな入口もあったんじゃなあ。知らんかった」

「新聞記者たちがうるさいものですから、ご不自由なところからお入りいただきまして。連立の他の党の目もありますし」

総理が弁解した。村野委員長も、別段不満の意味で言っているわけではない。それどころか記者たちをまいて、高級ホテルの一室に密かに時の最高権力者を尋ねることは、満更でないはずだと風見は思った。どこかひょうひょうとしたところのある老骨の村野富一郎ではあったが、与党の委員長になるということは、こういうことなのかと今思っているのだろう。

委員長が席に腰を下ろして、雑談風の会話が始まったところで、風見は部屋を出た。廊下にまだ喜多課長がいたので、風見は礼を言い、コーヒーを二つ、四十五分後に今度はお茶を二つ入れて欲しいと頼んだ。喜多課長は直ちに携帯で連絡を取った。風見はそれから、自分の部屋で予定の一時間を潰した。

頃合いを見計らって総理の部屋の前に行くと、すでに喜多課長も待機していた。

「太陽新聞が出入口を固めているという話がありますが」

と風見は、番記者の言っていた話を思い出して尋ねた。

「そんな報告は入っておりませんが。念のため、係の者に様子を見させます」

　多分、太陽が動員をかけているというのも、デマだろうと風見は思った。よほど政局が緊迫した場面で、各社の総動員態勢が取られているときならいざ知らず、単に総理が週末に宿泊して、しかも二泊もあるというときに、ホテルへの人の出入りを虱潰《しらみつぶ》しにするというのは、当てもなくコストばかりかかることをやるということである。しかし、……風見はハッとした。ひょっとして竹中昇の方から漏れているのではないか。「今度、宗像に会うんだ」と竹中が太陽の記者に漏らし、「いつですか?」という問いに、「週末、総理がホテルで静養しているところに行く」とだけ明かしたのではないか。あるいは、積極的に漏らしたわけでなくても、竹中本人かあるいは諸沢や事務所の誰かが、結果的に記者に手掛かりになるものを与えてしまったということも考えられる。竹中がミレニアムに入るところか、あるいは望むらくは出てくるところを押さえて質問ができれば、太陽としては編集局長賞級の特ダネをつかむことになる。

　しかし竹中の来訪は翌日である。今はまだやらせておけばいい。明日は注意しなければ、と風見は思った。

　程なく総理の部屋のドアが開き、村野委員長が姿を現した。風見を見ると、自然な笑顔を見せた。話の雰囲気は悪くはなかったのだろう。

「お疲れ様でした」

　と風見は言い、途中まで送った。

「泊まり込みか」

　と委員長が声を掛けてきた。

「はい。今夜と明日、二泊です」

「あんたも、大変じゃのう」

　前にも同じような言葉を掛けられたような気が、風見はした。村野委員長は、喜多課長の案内で、配膳用のエレベーターで消えていった。

　風見が戻ると、総理は、

「風見さん、プリンかババロアを頼んでくれますか。それと、ミルクティーと」

　と言った。テニス、会談と続いて疲れたのだろう。風見は館内電話で注文した。

「思ったよりは柔軟でしたよ」

　と総理が明るい口調で言った。

「村野委員長も、出ていらしたときの雰囲気は悪くありませんでしたね」

「消費税を五%より上げることは、ウチは呑めん、どうせ民自党も、六％ならＯＫ、七％ならＯＫというわけではないから、消費税率は動かさないでくれということでした。それなら原案での成立に責任をもってくれるかと言うと、衆議院は大丈夫、参議院も多分大丈夫ということでした」

「参議院は、多分ですか」

「そう。私もそれを言うと、久保田さんと一緒に最善を尽くすと言っていました。どうせ参議院で修正をやることになれば状況は変わるし、私はギリギリのところ、法案は参議院に行きさえすれば後はやりようがあると思っていますから、それ以上は言いませんでした。無論、シナリオは、委員長には言っていません。所得減税は、連盟の山際会長もうるさいし、社民党としてもやってもらった方がいいが、消費税率に跳ね返るのは困る、赤字国債で済む範囲で適当にやってくれという調子でした」

「衆議院は、強行しても付いてきそうな感じですね」

「衆議院での法案処理についても話しました。村野さんは社民党の国対委員長だったから、いろいろアドバイスしてくれました。十五日の一般質疑は仕方がないが、その日の委員会終了後の理事会が山だと言っていました。そこで円満採決の話がつけばそれでいいが、委員長職権を使うとすれば、事後処理に時間が掛かるから、それより先延ばしにはしないほうがいいという意見です。ウチは長年強行採決や単独審議を、民主主義の破壊だと糾弾してきたが、まあ今回は仕方ないだろうと言っていました。民自党にやられっ放しできたが、今度は早く民自党の鼻をあかしてやりたいと、張り切っている奴もいると言っていましたよ」

　そう言って総理は笑い、風見も笑った。

「有泉議長の説得は、お話しされましたか？」

「言いました。今から議長に強行採決をやるとも言えないから、委員会後に議長が面倒なことを言うようなら、連立の信義を大切にしてくれと、自分からも言うと言っていました」

「やはり村野委員長の説得が一番効くと思いますね」

「ＡＷＡＣＳ予算については、賛成はできないが、それで総予算に反対投票することはないと言っていました。一番面倒そうなのが、ウルグアイ・ラウンドですね。委員長が先頭を切って反対することはないと確約してくれましたが、党内がどうなるか、村野さんも自信がもてないようです。ウチは最後まで反対の立場は崩せんだろうと言っていました。ただ、全面拒否では外交交渉にならないだろうし、どう条件を付けたら党内でOKというわけでもないから、総理は総理の信念でやっていただき、国内は最後に一気に乗り切るしかないと言っていました。まあ、村野さんも、意外に現実的な判断ができる人だと分かったのは、収穫ですね」

「コメは日本の文化」と言い、あるいは「コメ安保論」を振りかざして、サニーランド事務局長と激論を交わしたのも、立場上のことだったのだ。それが分かった意味は大きいが、しかし委員長が党内のことに自信がもてないというのも困ったことである。依然としてウルグアイ・ラウンドは、岩山のように政権の前に立ち塞がっていた。

村野委員長との話の要点は、そんなところのようだった。相変わらず社民党の態度は固いが、村野委員長自身は、左派に担がれた身とはいえ、できるだけ連立の他党と歩調を合わせようと苦心していることが分かったことは、収穫であった。

「今度は神谷委員長ですね」

「そうです」

「国会運営の技術的な話になりますから、風見さんも入って下さい」

「分かりました」

村野委員長から少し間を置いてやはり裏スケジュールで入ることになっていた神谷特別委員長は、それからものの五分もたたないうちに、喜多課長の案内でやって来た。総理に直々に呼ばれたことで、張り切っている様子が窺われた。公聴会をその後が窮屈になるように設定したことに、悪びれる気配は全くなかった。

「最初に私の方から、現状をご報告します」

と、神谷の方から口を切った。

「審議自体は順調です。毎日ひたすら同じことを聞いて、同じことを答弁して、かくて時は過ぎて行くという調子でやっています。私も委員長席から、あんた、それこの前も聞いたろうと言ってやりたい衝動に駆られますが、我慢しています。すでに六十五時間消化しています。今の調子だと、十一月十二日の金曜日までで、百五十時間です」

「公聴会が終わった後の見通しはいかがですか？」

「こちらの当初の心づもりより遅くなり、総理にもご心配をお掛けしましたが、大丈夫です。水曜日に財部君から、そろそろ委員長職権を考えてくれと言われましたが、ここで青山君たちとの関係を壊すと、この後の委員会運営が大変になるから、私に任せておいて欲しいということで、財部君も了承してやったことです」

神谷委員長は初当選は財部一郎と同じだが、一度落選しているので、連続当選の財部よりは当選回数が一つ少ない。それでも年齢がかなり上だから、財部のことを「財部君」とかあるいは財部と呼び捨てにしていた。委員長が続けた。

「青山君たちは、本当に抵抗するつもりなら、もっともっと抵抗できたはずです。それがここで公聴会日程に応じてくれたということは、遅らせはするが、最後は協力してくれるということだろうと思っています」

それは甘い見通しだと、風見は思った。しかし委員長も、本気でそう思っているわけでもないだろう。

「委員長のご努力には感謝しますが、この後の具体的な手順はどうなりますか？　私のＡＰＥＣ出発までにはぜひとも衆議院を通していただきたいのですが、日程がなかなか窮屈なことは確かですね。責任者会議の方から、現場では修正協議の話はしないように指示が出たようですが、そうすると民自党は政務幹事会なり、責任者会議なりの方に協議を要求してくるでしょう。しかし今の状況では、連立としてはゼロ回答しかありませんね。民自党が硬化して、委員長もやりにくくなられると思うのですが、何とか乗り切っていただくほかはありませんね」

「やはり修正はないのですか？」

「社民党がウンと言わないと思うのです。無理をして、始まったばかりの連立を壊すわけにはいきません。仮に民自党と合意しても、河崎執行部が参議院の出口までを保証できるか、疑問ですね。社民党を離反させ、法案は参議院で否決では、何をやったのか分からないことになります」

しばらく沈黙が続いてから、委員長が言った。

「総理がそういうご判断であれば、それに従います。前にも申し上げたと思いますが、いざとなれば強行採決でも何でも私はやれる。私が心掛けているのは、どうやったら最もうまく運べるかという一点だけです。ただ、上で修正要求を拒否となれば、確かに民自党は硬化するでしょうが、しかしそれで強行突破以外になくなったというわけではない。後のことを考えると、できるだけ円満に事を運ぶのが一番だと思うのですが」

「十五日の委員会の後の理事会が、山だと思うのですね。そこで円満採決が合意できなければ、残りの時間も考えると、その段階で委員長職権も考えていただく必要があるように思うのですが」

「青山君たち相手に円満な運営に努めてきたからこそ、ここまで順調に進んできたのです。私が委員長職権を使えば、その時点で彼らの協力姿勢は失われます。仮に青山君たちになお協力するつもりがあっても、本国が民主主義を破壊する暴挙だとか言って、その後の審議のボイコットを指示してくるでしょう。同じパッケージの法案だということで、内閣委員会も止めてくる。内閣委員会の方は、そろそろ採決日の設定に入ろうかというところまで来ているのに、それも飛んでしまう。もしかしたら、すべての委員会を止めてくるかもしれない。委員会を突破しても本会議が大変です。強行というのは、いったん始めたら最後まで突っ走る覚悟でないとできないものです」

「最後まで突っ走るのも、手かもしれませんね」

総理が思いがけない強気の発言をした。内心は相当焦れているのだろう。神谷委員長は、ちょっと驚いた様子で言った。

「それでは、参議院が危ない。参議院の方は、もっと与野党の議席が接近していますし、特別委員長も社民党で、われわれの目から見れば本当にやれるか、不安がいっぱいです。参議院で廃案になるような真似は、われわれもできない」

「青山先生たちと、衆議院で六%なりに修正する方が、参議院は危ないと思うんですね。原案は社民党の参議院議員総会でも了承されたものですから、原案そのものには社民党の参議院も造反できません。しかし、六%にすると、造反の格好の口実を与えることになります」

と風見が口をはさんだ。神谷委員長は、風見の方を見て反論した。

「原案でも、私は危ないと思っています。姿は隠しているが、社民党が消費税の引き上げに手を貸すのは、支持者に対する裏切りだと本気で思っている連中がいる。彼らと民自党が手を結べば、政府案は廃案になる」

「廃案にされたら、解散すればいい」

すかさず総理が言った。神谷委員長は、ギクッとした表情になって、総理を見詰めた。

「本気ですか」

「いや、冗談です。ただ解散の脅しは使える」

「参議院で廃案になったからといって、衆議院を解散するのは、筋が通りません。選挙になれば連立は勝つかもしれないが、やはり法案の成立が第一目標だと思うのです」

「委員長としては、どうされるのがいいと思われますか?」

「期限は頭に入っています。期限は頭に入っているということで、後はお任せいただきたい。青山君たちだって、五五年体制下の抵抗野党のような真似はできません。週明けから、まだまるまる二週間あります。まだ強行突破と、頭から決めて掛かる必要は全くありません。今からそんな素振りが出ると、かえって障りが出ます。もうしばらくは、『俺は委員長職権は使わない』と言わせていただいた方が、うまくいきますよ。最善を尽くしますから、ここはお任せ下さい」

「結構ですが、責任者会議の方のご判断もあると思います。よく連絡を取って下さい」

「もちろんです」

神谷委員長は、総理の同意を得たと思って、饒舌になった。「財部君も了承してやったことです」と言ったのと同じように言われる恐れはあったが、それもまだ先の話だった。

「正直のところ、吉井君が青山君とやっても、与野党内にまったく広がりがなかったのは事実です。吉井君は、社民党の中でいろいろな人に打診していたようだが、誰も六%でいいとは言わない。吉井君は、最後は委員長に直訴すると言っていましたが、村野さんだって受けられないでしょう」

「まあ、無理でしょうね」

総理は、つい今し方村野委員長と話したことは伏せて、そう言った。

「民自党の方だって、七%の対案を出しているが、連立を困らせ、青山君らが政府案に乗らないようにするためだけのものだということは皆分かっている。青山君たちは、それなりに真面目に日本の将来を考えて、この際少しでも消費税を上げておいた方がいいという考えです。しかし仮に彼らが努力して連立との間で六%で決着しても、民自党でよくやったと誉めてくれるのは一部の改革派だけです。むしろ連立に、民自党のお陰で六%にさせられたと宣伝されるだけだから、余計なことはするなという人がほとんどで、青山君たちの修正案を呑めば政府案に賛成するということには全くなりません。所得減税は、確かに民自党執行部も本気で勝ち取ろうとしているが、それでは所得減税さえ認めれば政府案賛成となるかというと、これもそうはならない。だから、青山君はそんなことはないと言うけれど、私の見るところ、青山君たちの案も民自党内に全く広がりがないのです」

「一部のマスコミが書いているように、修正協議で成立ということは、あり得ないというのが最初からの私の認識です」

「民自党内にも、事態を真面目に考えている人は、無論います。若手の一部にもいる。税調や社労族の一部にも、税制や社会保障システムの問題として、民自党も真面目に検討すべきだと言う人はいるが、全く力をもっていない。今民自党で発言力のあるのは、腕力派とか情報屋とか陰謀屋の類で、要するにまっとうな奴等じゃない。何としても政権を取り戻すのだということで、総理のスキャンダル探しとかに血道を上げています。青山君らの修正案だって、動きは知っているが、時間稼ぎになって、連立を混乱させる効果があるなら、やらせておけということです。合意ができてもって行ったら、そんなのは駄目だと潰すだけです」

「民自党が求心力を失ってグニャグニャになっているという話は、いろいろ入ってきます。まるで崩壊しかかった国家のようなもので、これでは実行が担保される合意などもともと無理ですね」

「民自党というのは、私らも長いこと暮らしていたからよく分かるが、政権にあることを前提に作られたシステムなんです。そういうシステムとしては、よくできた面もあります。しかし政権を失うと、何分にもそういうことを前提にしていないから、途端にシステムが機能しなくなる。まさに総理が言われる崩壊した国家です。敵軍が首都になだれ込んできて、政府機構が瓦解してしまっているのと同じです。機能している勢力は、ゲリラだけです。力を持つのは、平時に出世コースに乗った由緒正しく学歴もある人間ではなく、扇動や陰謀に長けた連中です。表ではもっともらしいことは言っているが、今度は野党としての建設的な役目を引き受けるというようには、全くなっていない」

「そういう民自党の現状を、これからの日本を睨んで政界再編成に結び付けていく必要がありますね。法案が衆議院を通過した後は、ぜひ委員長に、そういう仕事もお願いしたいですね」

その後は民自党内の改革派や若手の動きの分析と、民自党の理不尽ぶりに対する批判の声があがるための世論形成の話が中心だった。結局神谷委員長は、ＡＰＥＣまでに間に合うように必ず仕上げる、と総理に約束して帰った。総理に言われてそれなりの覚悟もできたろうが、しかし場合によっては委員長職権を行使してでもやるという覚悟までできたかどうかは分からなかった。

神谷委員長が帰った後、総理はしばらく休憩した。夕方六時に沙貴子夫人が到着し、六時二十分に総理と連れ立って天皇皇后の招待による内輪の夕食会に出発した。夫人はピンクのスーツ姿だった。

夫妻で総理車に乗るので、秘書官は同行しなかった。留守中風見は、テレビのニュースで、昼に総理との会談を終えた後の羽根副総理のぶらさがりの様子を見た。ロビーで記者団が羽根副総理を取り囲み、副総理は「ＡＰＥＣに向けて日本の積極的な役割を打ち出していきたいということで、総理のご同意をいただきました」と述べていた。ニュースでは、総理のテニスの様子も報じていた。セミプロ・クラスのテニス仲間の狭間洋一とのプレーである。総理のテニスの腕前は、本物だった。種目は違うが国体出場の経験のあるスポーツマンの総理のプレーぶりは、周囲に見せるためだけの政治家のテニスとは違っていた。

二時間ほどで夫妻は戻った。これからは総理の個人事務所がアレンジしたプライベートな客の時間である。ファッション・デザイナーの仲村しのぶ、人材派遣会社の美人経営者として最近注目を集めている浅井香里、国文学者の笈川泰三らが集まることになっていた。その客が来る前に総理が風見に言った。

「草野さんとも相談して、経済連盟の植木会長やその他めぼしい財界人との朝食会を計画してくれますか。週明けか、遅くとも週末までには、連立与党は政府原案のままでの通過の方針を明確にするでしょう。それとタイミングを合わせて、所得減税をどうするつもりか、私の基本的な考えを打ち出しておく必要があると思うのです。最終的に所得減税をやりたくないから原案での通過を強行したと受け取られては、国民の納得は得られないでしょうね。私もそろそろ、所得減税自体はやるという考えを滲み出させる必要があると思うのです。そのための場としては、財界人との朝食会などが一番いいのではありませんか？」

「そうですね。ただ、どうせ所得減税をやるなら、どうして衆議院の通過前に民自党と話し合わないのだと、逆風になっても困ります。言い回しは草野さんと相談してみます」

「お願いします」

神谷委員長に話していた世論作りに、総理自ら乗り出すというのである。風見は、客たちが来ている間、自分の部屋から草野秘書官に電話して、総理の依頼を告げた。

「所得減税自体は考える。しかし消費税七％と引き換えにする六兆二千億の恒久減税など現実的ではないから、民自党とは少なくとも今の段階では取引しないということを、財界人に訴えたいということだよ」

と風見は説明した。

「僕の承知している範囲では、すでに大蔵と通産が財界を回って、六兆二千億の恒久減税の非現実性を説いている。財界もそれは理解したが、減税要求自体は下ろせないわけだから、政府が現実的な案としてどの程度のことを打ち出してくれるのか、計り兼ねているんだ。だから今のところ財界は沈黙している。もし総理が財界と朝飯を食べるとなると、少なくとも総理としてはどの程度の規模を考えているのか、感触くらいは出さないとね。それでなければ、彼らも塩の送りようがない」

臨時国会の召集直前に、総理に電話をしてきた財部との間では、大蔵と通産に財界を回らせ、民自党案の非現実性を訴えることになっていた。両省は、言われたとおりに動いたが、財界としてはそれまで主張していた「大型の所得減税」の看板を下ろせという意味なのかどうか、判断に迷っているのだろう。総理と財部の間でも、まだ減税の規模は詰められていなかった。草野秘書官は、総理がこの件で財界と話すなら、総理自身はどの程度の規模を考えているのか、感触だけでも示す必要があるというのである。

「大蔵はまだ総理から検討を指示されていないの？」

「僕は知らないな。当然大蔵は大蔵なりに考えているだろうけど、小出しにしてくるだけだよ」

「いずれにしても、所得減税の規模の話になると尾崎さんに無断でというわけにはいかないね。財界との朝飯会の設定とそこでの総理発言をどうするかは、お任せしますので、尾崎さんとも相談してみて下さい」

「分かった。月曜日にやるよ」

十一時近くに総理の部屋から客が帰り、それまで残っていた沙貴子夫人も目方秘書の車で公邸に戻った。総理番の記者たちは、今頃ロビーに降りた客たちから総理との話の様子について取材しているのだろうか。土曜日だというのに大変な話である。梨重が文句を言うのも当然だと風見は思った。

風見は総理の部屋に行き、翌日の朝食の注文を聞いた。

「ワッフル、ゆで卵は四分で二個お願いします。それとベーコンとコーヒーにして下さい。ベーコンは少し生がいいです」

ゆで卵は半熟とか固めとかは聞いたことがあるが、四分というのは初めてで風見は感心した。

「それと、明日の自衛隊の観閲式は、情報調査室に昼と夕方のすべてのテレビのニュースを録画させておいて下さい」

翌日は朝霞駐屯地での観閲式である。総理大臣訓示で、日本の防衛力整備について新方針を表明する予定で、テレビの反応を知りたいということだろう。内閣情報調査室は、普段はニュースはNTBとテレビ太陽だけを録画している。風見は内調の宿直に電話して、総理の指示を伝えた。

自分の部屋に戻ると、電話が鳴った。出ると、財部の秘書の高桑だった。

「財部が総理とお話しさせていただきたいのですが、交換がつないでくれませんものですから、秘書官のお部屋をお願いしました」

と高桑は言った。風見は交換を呼び出して、一一五五号室につなぐように言った。しかし交換がフロアー・マネージャーに回すと言うので、風見は断り、高桑にこちらから掛けるからと告げた。そして総理の部屋に行き、そこの電話から自宅にいるという財部に掛けた。

「いやいや、ホテルはホテルで、なかなか休まりませんよ」

と総理は言い、しばらく財部と話をしていた。

終わって様子を聞くと、神谷委員長が総理との会談について財部に報告したという。やはり神谷委員長は、「総理からもお任せいただいたから」というような調子でやったらしい。今度は別段喧嘩にならなかったようだが、それを踏まえて今後の運びについて財部なりの考え方を伝えてきたのである。週明けから与党責任者会議と政府与党最高首脳会議で、方針を打ち出していくという。とりあえずは、民自党の党としての修正要求が出てきたときの対応について検討したいということだった。総理にも異論はなく、財部の方針に同意した。

翌日は九時に金井秘書官がホテルに来て、九時二十五分に総理は出発した。市ヶ谷慰霊碑に拝礼し、それから赤坂プレスセンターと朝霞駐屯地の間をヘリコプターで飛び、恒例の自衛隊観閲式に出席した。訓示の様子は風見も昼のニュースで見たが、策定後ほぼ二十年を経ている「防衛計画の大綱」を、抜本的に見直すという趣旨だった。現在の陸偏重を海空重視に改めるという持論の実現に踏み出すのに、観閲式の機会を選んだのである。

その後総理は、脇坂防衛庁長官らと駐屯地で会食し、一時半近くにホテルに戻ってきた。風見は総理のスイート・ルームの前で、総理を取り囲む一団が、相変わらずメトロノームのように正確な歩調で廊下を近付いてくるのを迎えた。長身で姿勢の正しい総理を中心に、やはり長身の兵頭警部や渡嘉敷警部を交えた一団は、軍隊で言うなら重戦車隊のようだった。

竹中昇の来訪は三時からである。風見は喜多課長に、記者たちが入口を見張っている気配はないかを尋ねた。喜多は係員に念入りに点検させ、大丈夫だと伝えてきた。竹中の側から漏れていることはないと、風見は確信した。

三時きっかりに喜多課長の案内で、竹中と随行の諸沢が十一階に姿を現した。これだけ時間が正確なのは、やはり大物の証拠である。一般に永田町は時間に正確で、霞ヶ関はルーズである。霞ヶ関の役人たちが時間にルーズなのは、人を待たすことに慣れているからだが、それは本当に権力をもつ者のやり方ではない。

風見は挨拶をした。

「以前に事務所にお招きをいただき、国会についてお話をさせていただいた風見でございます。ご無沙汰を致しておりました」

竹中は歩みを止め、少し猫背の姿勢で、ニコニコしながら答えた。

「あのときはいい話を聞かせてもらいました。宗像さんは誰を秘書官に使うかと思っていましたが、いい人に目を付けました」

「本日は、ありがとうございました。総理もお待ちかねでございます」

そう言って風見は、竹中を総理の部屋に案内した。

「わざわざご足労いただき、ありがとうございます。さあどうぞ」

総理は、卑屈にはならずに、しかし折り目正しく竹中を招き入れた。

面会者の同行者の控えのために、ホテル側は別に部屋を用意してくれていたが、風見は総理と竹中の会談中、諸沢を自分の部屋に誘った。二人で先日のくちなし荘の続きのような政治論や、官邸の様子なども話題にして、待ち時間いっぱいを過ごした。

約束の一時間が迫って二人は、廊下に出た。竹中は予定より十分余りも過ぎてから出てきた。竹中は相変わらずにこやかに微笑み、喜多課長の先導で諸沢を従えて出て行った。風見はエレベーターまで送った。扉が閉まるまでの間、竹中は依然笑みを絶やさず、軽く頷いてみせるような仕種をした。その目は柔和なように風見には見えた。

風見は総理の部屋に取って返し、総理の向かいの椅子に腰を下ろすなり、「いかがでした」と尋ねた。

「まあ、いろいろ話したことは話しましたがね。民自党は求心力を失っている。仮に河崎君とトップ会談をやっても、河崎君は責任ある合意はできない。だから、あなたの思う通りにやりなさいと言っていました。私からは、そう言っても民自党が七％で立ち塞がっている、あなたが取りまとめた案ではないか、狙いは何かと、まあそんな正面切った言い方はしませんでしたが、率直なところをぶつけてみました。竹中さんは、民自党案は自分が取りまとめたわけではないが、ただ七％は政府案の突《つっ》支《か》い棒《ぼう》のようなものだと言っていました。もし民自党が消費税引き上げ反対を掲げたなら、社民党内の反消費税派は動揺する。消費税を導入した張本人の民自党さえ反対しているのに、それを押し切って税率の引き上げに手を貸すような真似は、彼らにはできない。政府の五％案は潰されるか、四％で決着するだろう。自分が消費税を導入したとき、自分としては五％を希望していたが、川中さんが三％にした。だから自分としては、今回ぜひあんたに五％を実現してもらいたいと思っている。民自党案はそのための突支い棒のようなものだ。そんな風に言っていましたが、どう思います？」

率直なようでも、巧妙なようでもあった。河崎君は責任ある合意はできない、だから、あなたの思う通りにやりなさいという言葉には、総理経験者として党派的立場を超えて率直に助言しようとする素振りも感じられた。しかし七％は本当に突支い棒なのか。竹中の説明はいかにももっともらしく聞こえるが、もともと七％論は百鬼夜行のような民自党内の政治家の入り組んだ魂胆や邪心のうえに成り立っているのである。竹中の説明はあまりにもきれいごとのようで、かえって警戒心を呼び起こし兼ねないものだった。真に受けてそのまま突き進むと、どこかに罠が待ち構えているようにも思われた。

「突支い棒ということなら、確実に五％を確保せよということで、政府案のままで竹中先生はいいということですね」

「だから、あなたの思う通りにやりなさいと言ったのでしょう。特別委員会の議論を見ても、七％自体は争点にはなっていないわけです。民自党も、しようがなく掲げているという魂胆が見え見えで、まあ、どこかで政府案反対の小道具として、また持ち出してくるのでしょうし、所得減税の財源の辻褄合わせの問題もあるが、私としては最終的に六％なり七％なりへの妥協を考える必要はなくなったと思うのです。まあ、もともと妥協するつもりもありませんがね。とにかくここのところは真に受けてもいいと思うのですが、どうですか？」

しきりに風見の同意を求めてくるのは、総理にも確信がもてないからである。生返事でも、風見が同意してやれば、総理は安心するだろう。しかし同意するということは、風見も責任を負うということである。本当に大丈夫なのか、この道を真っ直ぐ行っていいかと聞かれ、結構ですと答えて、その結果落とし穴にでも落ちたらどうしよう。風見はかすかな緊張感を感じながら、思い切って言った。

「よろしいと思います。国民が民自党と妥協して政府案より引き上げろと言っているわけでもありませんから」

「どうせ解散まで腹をくくったんですから、もう余計なことは考えないことにしましょう」

「そうですね」

「問題は所得減税ですね。竹中さんも、所得減税は本気で考えなければ駄目だと言っていました。いろいろなところから、自分のところにも言ってきていると言っていました。どうせ大蔵もいろいろ報告しているのでしょうし、マンデーレ大使だって会っているでしょう。いずれにしても、所得減税は避けられないが、まるまる恒久減税である必要はない、時限的なものや、一部が恒久減税で、それに時限的な積み増しを加えた二階建て方式など、いろいろ言っていました。財源も消費税の積み増しなり、赤字国債なり、行政経費の節約なり、いろいろあると言っていました。額はどのくらいかと聞いたのですが、最低限四兆円は要るという意見です。それと恒久減税と時限的な減税を組み合わせて、こうすれば何年で返済できるとか、消費税の積み増しの場合はこう、赤字国債の場合はこうと、いろいろ細かな数字をあげていました。私も全部はメモし切れませんでした。相変わらず、数字をいじるのは好きなようですね」

竹中の師の角田茂男も、数字に強いことで知られた。数字は、人を説得し、あるいは人に説得されないための有力な武器である。数字を他人に聞くしかない政治家は、自前の政策はもてないが、しかし政治家にはどうしても数字が好きになれないタイプがある。元総理でも曽根田雅弘は数字より理念先行だが、風見は宗像総理も、もう少し数字に興味を示してくれたらと思うことがあった。

「これからの日本政治のあり方や、政界再編成のことについても話しました」

総理は、メモ帳代わりの小型カードに目をやりながら続けた。日頃から、小型カードを何枚もポケットに入れていて、必要なことはそれにメモするのである。

「あなたは自分とは異質の政治をやろうとしている、日本もいろいろな政治を試してみた方がいいのだから、信念をもってやりなさいと言っていました。あなたの父上は、政治には手を染めなかったが、宗像家の血筋は政治を求めている、あなたには二代にわたってのエネルギーが充満している。日本の政治を変えてきたのは、鎌倉にしても、戦国時代にしても、幕末にしても、公家ではなく武家だ。あなたは武家の血筋なのだから、日本を変える資格があるとも言っていました」

総理の父は、岳父の四条公爵の総理秘書官を務めたが、公爵が政治に翻弄され、敗戦後に服毒自殺を遂げたときに、その枕元で、「俺は一生政治には手をださない」と心に決めた。だから総理が新聞記者を辞めて政治家になるというときに、強硬に反対して、総理はほとんど勘当の身で政治家への道を歩み出したのである。

「ただ、民自党があなたのスキャンダルを嗅ぎ回っているから、注意した方がいいと言っていました。政治家は、謂《いわ》れのないスキャンダルをどう振り払うかも大切だと」

「恫喝ですかね」

「どうでしょうかね。まあ、いいことを言うと思ったのは、人を育てなさいと言ってくれたことです。自分のところからは、七奉行と呼ばれる人材や、その他にも多くの人材が育った。しかし民自党出身者を中心にして行われた政権交代は、本当の政権交代ではない。社民党の問題点は、今回のようなビッグ・チャンスに政権を担う人材を輩出できなかったことだ。本物の政権交代は、民自党が育てたのではない人材によって政権が奪取されたときに初めて実現する。政界再編成と騒いでいるが、再編成よりも、まったく新しい政治家を育てる方が大切だ。だから、それをあなたがやりなさいと言っていました。あとは持論のふるさと論と、自分が消費税を導入したときの自慢話でした。ただ、自分がやったときよりあなたはずっと若い。自信をもちなさいと励まされました。あなたも韓国に行かれるようだが、自分もその後日韓議員懇談会の定期会議で行く。帰ったらまた話そうと言っていました。あまり頻繁になっても困りますので、私の方は曖昧に答えておきました」

確かにあまり頻繁になっても困るのである。一度だけでも、永田町に漏れるかもしれないのに、何度も会えばその危険は倍増する。のみならず、漏れたときの影響が違う。「何度も会っていた」という形で漏れたときは、民自党はともかく与党内から、「総理は竹中とつるんでいたのではないか」と決定的な不信の目を向けられないとも限らない。そういう事態にならないための細心の注意は、総理といえども怠ることはできない。

「法案の処理の仕方については、結局お話しされなかったわけですね？」

「それは、風見さんが怖い顔をして、駄目だと言ったではありませんか。まあ、こちらの手の内が分かっても困りますしね」

総理は笑った。風見は自分が言ったことも忘れて、法案の処理の仕方を竹中にぶつけてみたかったような気もした。

総理から聞いた限りでは、竹中昇との話し合いは以上のようなものだった。この話し合い、ひいては竹中という政治家をどう評価すればいいのだろう。交わされた言葉だけを辿れば、親身に相談に乗り、励ましたという構図になる。もしかしたら、それだけのことかもしれないのである。本当はこの民自党最大の実力者もそれだけのもので、ただ総理の前で披瀝した数字に対する強さ、抜群の記憶力、気配りや面倒見のよさ、さらにそれらのうえに築かれた人脈と積み重ねた経歴、その結果多くの人が頼ってくることや四方八方から集まる情報の豊かさなどが、竹中の存在を通常の政治家のそれよりも、多少大きなものにしているという程度なのかもしれない。

しかし、本当に竹中はそれだけの存在なのか。思った通りにやればいいとか、自信を持ちなさいと励まされ、その気でやっていたらいつの間にか術中にはまっていたということはないのか。ニコニコとした笑顔、柔らかな人当たり、そういう真綿のような感触に誘われて入り込んでいったら、いつの間にか真綿に絡みつかれて息ができなくなっていたということはないのか。所詮竹中の虚像に脅えているだけではないかという思いはつねにある。しかし風見も、そして多分総理も、まだ心の奥にある竹中に対する漠然とした警戒心を、解くことはできなかった。

翌日、九時五十五分に総理はホテル・ミレニアムを出発した。スイート・ルームからいつもの陣形で歩き、和服の女性がドアを開けて待機しているエレベーターに乗る。同じエレベーターに乗るのは、総理と風見、兵頭警部と何人かのSPで、乗れないSPはどうするのかと、風見は思うことがある。エレベーターの中では、誰も無言である。女性SPの花房が、手に隠したSP無線の小型マイクを口に近づけて小さな声で言う。「八階通過」。しばらく無言が続いて、彼女の声だけが聞き取れる。「五階通過」。……「到着します」。「到着」。

ドアが開くと、外で待機していた屈強な数人のSPが、エレベーターの出口をガードする。陣形が膨れ上がり、そのままロビーを足早に通る。番記者は今日はいない。官邸で待っているのである。気付いた客が、驚いた様子で、あるいは顔を輝かせて、一行を見送っている。出口では総理車がドアを開けて待機している。風見は素早く反対側に回る。風見のためにドアを開けていたSPが風見が乗ると勢いよくドアを閉め、駆けて先導のパトカーに飛び乗る。車列が動き出した。

「いかがでしたか？　一応の収穫はありましたね」

「いろいろ得るところはありました」

「武藤先生とのディナーも盛り上がっていましたね。部屋を出られたら、大蔵大臣は赤い顔をして、少し足元がふらついていましたよ」

「ワインを二本空けましたからね。私の招待で、武藤さんも上機嫌でした」

官邸表玄関から執務室までのぶらさがりは、「英気は養われましたか？　いよいよ衆議院審議の大詰めに近付いて来ていると思われますが」だった。総理は「私は大いに英気を養いましたが、法案のことは党と特別委員会にお任せしています」と答えていた。

到着してすぐの日程は、外務省の砂川北米局長らのレクで、その後鶴井副長官の母校のアメリカのスタンレー大学学長の表敬、全日漁連会長の挨拶などが続いた。

レクの間風見は、尾崎と草野から総理と財界人との朝食会についての検討結果を聞いた。総理は朝食会と言っていたが、九日午前八時から月例経済報告関係閣僚会議があり、依然として厳しい景気判断が示される見通しなので、それを踏まえて所得減税に前向きの姿勢を打ち出すためにその日の昼食会にするという。具体的な総理発言の内容は、大蔵で検討させるとのことだった。風見は念のため尾崎に、所得減税を今回の法案と切り離して、来年度予算と予算関連法で処理することはできないかを尋ねた。尾崎はそれは赤字国債でやれということになると、強く反対した。確かに減税財源に消費税を充てるのは、今回を逃したらやれないことは風見にも分かっていた。

午後、大蔵省の加瀬主税局長と河原官房長が飛んで来た。尾崎から総理が所得減税に前向きの発言をすると聞いて、真意を聞きに来たのである。風見は入らなかったが、三国官房長官と岩原副長官が呼ばれ、尾崎も入ってしばらく協議していた。総理は「前向きの感触だけです」と押し切ったと、後で聞いた。

月曜日だから、昼には政府与党最高首脳会議が開かれた。食事中の話題は、週末の総理のテニスから、健康管理法の話になった。全員箸を使いながら、前屈みで、相手の方は見ずに途切れ途切れに話している。

「公邸に移ってから、まったく歩かなくなりました。室内でペダルを踏むのを買って漕いだり、朝は公邸の庭を歩くようにしていますが、とにかく運動不足です」

朝総理が公邸の芝生の庭を歩いているなど、風見も知らなかった。公邸内で危険はないとはいえ、SPたちも付き添って周囲に鋭く目を配っているのだろう。

「公邸住まいの総理は、皆運動不足になるようですね。総理はスポーツマンだから、特にそうなのではありませんか。私はここ数年万歩計を着けていますが、国対委員長のときが一番歩きましたね。国会が緊迫してくると、あっちで協議、こっちで打ち合わせと、健康には一番よかった」

「やはり、ゴルフですな。緑の芝生を踏んで歩くのが一番いい」

「総理はゴルフはシングルの腕前なのに、就任後おやりになりませんな」

「周りに迷惑を掛けますから。総理大臣がやるときは、前と後ろの組はSPが回るのだそうです。作業員の格好をしたSPもいるとかいう話なので」

「市倉書記長は、ゴルフはなさらないのですか？」

「道具は持っているんです。一度コースに出たこともあります」

「指圧は結構運動代わりになりますな。麹町に上手な指圧師がいて、河崎総裁も通っているとかいう話です」

「副総理の声楽は、運動代わりになるんじゃありませんか。この間も、オーケストラをバックに腹を突き出して歌われているのを、テレビでやっていた。お宅では歌われないのですか?」

「近所に迷惑が掛かるからね。今は毎晩、青竹を踏んでいます」

やはり日本は平和な国なのだと、風見は思った。熾烈な権力闘争をやりながら、政治家は日々健康管理にいそしんでいた。

食事が終わって、三国官房長官が口を切った。

「それでは、宗像内閣の看板の諸法案も、衆議院での大詰めに近付きつつあります。今日の午前中に、内閣委員会は理事会で、四日に締め括り質疑と採決で合意しました。夕方の本会議で衆議院通過ということになります。残る当面の課題は、税制改革関連法案です。公聴会日程は決まりましたが、その後の運び方について責任者会議でご検討いただいたということですから、久保田書記長からどうぞ」

久保田書記長が、いつもの思い詰めたような重い口調で、ゆっくりと話し始めた。

「十一時から責任者会議をやっていまして、一時中断してこちらに来ました。また戻って続けます。情報公開法案とNPO法案は、ただいま官房長官からご説明がありましたように、衆議院通過のメドが立ちましたが、税制改革関連法案はようやく公聴会日程が決まり、かつその後の日程がかなり窮屈になったということで、ずっとその問題をやっていました。先週に責任者と政務幹事、与党理事が集まって対策会議をやりましたが、そこで明らかになった問題は二点あります。まず十五日の一般質疑後、締め総の設定を含めてどうやって衆議院を通過させるか、第二点は理事会で修正の話をすることを禁じた結果、当然民自党は政務幹事会なり責任者会議なりに、修正協議を申し入れてくる。その場合にどう対応するかです。第一点については、責任者会議でいろいろシミュレーションをやりました。まあ、私は参議院だし、国対はやっていないが、衆議院のかつての与野党の国会対策のそうそうたる顔ぶれが揃っているから、あの手この手のシミュレーションをやって、私も大変勉強になりました。現場が円満採決に持ち込めればそれに越したことはないが、それがうまく行かない場合は腹をくってやるということで、ポイントは委員長職権による締め総の設定、議運の運び方、議長対策です。この後また院内に戻って、シミュレーションを続けます。第二の修正協議ですが、われわれとしては、このガラス細工の連立で苦労してまとめたものだし、民自党案は非現実的で国民の求めるものではない、特に消費税を五％からさらに上げるということは国民が絶対に容認しないという立場から、政府案の修正はしないということで、各党の合意が得られました。従って、野党の修正要求に対しては、拒否ということになります。具体的には、まず現場で『自分たちには修正権限がないから、上に上げてくれ』と言わせる。特別委員会にはその間公聴会をやってもらいます。公聴会はすでに決定済みで、手続きも済んでいますから、民自党が出て来なくても、単独開会にはなりません。それで修正協議に関しては、民自党はまず国対委員長が来るでしょうから、修正要求を項目書きにして出せと言います。無論期限を区切ります。民自党案全部を呑めなどというのは認めません。政府法案のどこを直せというのか、項目だけでいいから出せと言います。持ってきたら、消費税七％と書いてきたら、駄目。六％でも駄目。原案通り五％で所得減税なら、ツジツマが合わないから駄目。消費税の欠陥是正の手直しは、国民が納得しないから駄目。要するにこちらから頭ごなしに無修正で原案通過とは言わない。具体的に出させて、具体的に駄目だと言っていく。それの方が国民に分かり易いということです。ざっとそんな方針が決まりましたが、細部はまだこれから検討します」

ちょっと沈黙があった。当惑とか緊張感ではなく、皆半分は感心し、半分は本当にこれでうまくいくのか懐疑的なのである。こういうときにまず発言するのは、責任者側では市倉書記長、政府側では羽根副総理である。羽根副総理が口を切った。

「与党理事に、修正協議は上でやってくれというのは、いつ言わせるの？」

それには久保田書記長が答えた。

「今日は特別委員会はありませんで、明日あります。終了後に理事会ですから、明日ということになります」

副総理が続けた。

「具体的に修正項目を出させるというのは、いいアイデアだね。民自党の要求の理不尽さを炙り出せる。しかし民自党は、要求を絞ることができるかね。もともと実現してもらいたくて出した対案じゃないからなあ。所得減税は本気だろうけど、じゃあ四兆円とか、五兆円とか、役員会で決めて来れるのかねえ」

「六兆二千億円を譲れないというなら、財源はと聞き、消費税七％なら拒否するということです。もし民自党の対案は全部が有機的に関連していて、肉の角切りにでもするように、項目に切り揃えることはできないというなら、じゃあ、両案で採決だと言う」

と市倉書記長が言った。

「なんだかんだと先送りして、期限内に要求をもって来ない恐れもありますな」

童顔に眼鏡をかけ、いつもニコニコ笑っているように見える伊藤自治大臣が、真面目な表情になって言った。それには米山書記長が答えた。

「その場合には、民自党のサボタージュぶりを糾弾します。サボタージュだけでなく、副総理が言われたように民自党の内部が混乱して、それで手間取っているということもある。そんなときは、記者会見などで民自党の混乱ぶりを宣伝する。自分たちの修正要求も整理できないような野党を、待っているだけの時間的ゆとりはないと言う。日本の構造改革のためには、テンポが必要だと訴えます」

いろいろなケースを想定し、久保田書記長の言うシミュレーションを重ねているようだったが、本当にうまく行くのか、風見には疑問だった。こちらも知恵を絞っているが、相手も知恵を絞っているのである。人間どうしの知恵比べでは、どちらかが圧倒的に勝つということにはならない。お互いに相手が想定外の反応をして、事態はジグザグに進行し、最後は相討ちになることも多い。ただし、紙一重の勝利というのもある。その紙一重に持ち込むことが大切だった。

財部がいつもの腹に力を込めるような言い方で言った。

「なぜ総理のＡＰＥＣへの出発が期限なのかということを、国民に充分に理解させることが大切です。今度の初の首脳会議で、ＡＰＥＣの重要性は飛躍的に増し、首脳が集まるのを機に当然二国間の首脳会談も持たれるようになる。そこに乗り込む日本の総理は、四十年ぶりの政権交代を実現したというだけでなく、日本の構造改革のための法案の衆議院通過を果たし、日本を変えつつある総理でなければならない。守旧勢力の抵抗に手を焼いて、衆議院も通過させることのできなかった総理であっては絶対にならない。これは国益の問題なのです。そこを国民にきちんと理解してもらえば、法案通過に抵抗する民自党の邪心は見透かされ、逆に多少手荒な真似をしても、われわれの真意は理解される」

　アジア太平洋経済協力会議を意味するＡＰＥＣは、一九八九年にオーストラリアや日本の提唱で始まった。当初の加盟は十二の国と地域だが、今は十五に増えている。今年はＡＰＥＣの重要性を認識したクックス大統領の提唱で、シアトルで初の首脳会議が開かれることになっていて、財部の言ったようにその重要性は飛躍的に高まる。なぜ法案通過を急ぐのかを国民に理解させるのは大切なことだと、風見も思った。

　村野委員長が、椅子の背もたれに預けた細身の胸を張って言った。

「久保田書記長の言われたシミュレーションは、抜かりなくやってもらいたい。しかし要は、ギアをチェンジする気構えじゃ。これまでは野党と融和的にやって来て、それはそれで意味があったが、これからは腹に力を込めてやることが大切じゃ。ワシらの経験では、与党が融和的にやってくれている限り、野党は内心シメタと思っている。一転与党に強行されると、表向き暴挙だとか騒ぐけど、野党の立場では辛いものがある。どうしようもないもんじゃ。四日に情報公開法案とＮＰＯ法案が衆議院を通過するまでは、あまり無茶はできないが、横目で四日を見つつ毅然としてやれば、後は自然と与党ペースになってくる」

　総理が頷きながら言った。

「ギアをチェンジするというのは、大切なことですね。現場には、最後まで円満に締め総の設定の努力をしていただきますが、その後の余裕がなくなるところまで引きずられても困ります。山場は十五日の一般質疑後の理事会あたりでしょうか。党の方は、かつての与党と野党の双方の国会対策のベテランの方々ばかりですから、安心してお任せしますので、よろしくお願いします」

　総理が村野委員長の発言を支持する強い姿勢を示したことで、一瞬小食の内部には、張り詰めた空気が流れたようだった。

　財部がすかさず口を開いた。

「それでは、総理のご指示をいただいたということを、本日の結論にしましょう。明日の夕刻あたりから緊迫してくるので、よろしくお願いしたい」

　しかし翌日の夕刻を待たずに、永田町は緊迫し始めた。夕方の時間帯で一番早い関東テレビのニュースが、政権側は原案修正の意思なし、断固として法案の通過を図るという方針を政府与党最高首脳会議で正式に決定したと報じた。ＮＴＢの七時のニュースでも、国会情勢は大きく扱われ、民自党の林幹事長の「これまで与野党合意による円満な審議が行われてきたのに、一方的な話でまったく理解に苦しむ」というコメントも加えられていた。

無修正の話はその後最高首脳会議メンバーたちが示し合わせて記者懇で否定して、情報は攪乱された。しかし連立側が総理のＡＰＥＣ首脳会議への出発までに、断固たる決意で法案の衆議院通過を目指すことを申し合わせた点は、与党の首脳たちも隠さなかった。

宗像内閣の命運をかけた税制改革関連法案は、いよいよ最初の山場に突入しようとしていた。

（下巻へ続く）

この作品はフィクションです。実在の人物、団体とは一切関係がありません。

◆著者紹介
成田憲彦（なりた　のりひこ）
駿河台大学法学部教授・法学部長。
昭和21年札幌市生まれ。44年 6月東京大学法学部卒業後、国立国会図書館入館（調査立法考査局政治議会課で国会議員のための選挙制度・議会制度等の調査に従事）。平成元年10月同館調査立法考査局政治議会課長、5年 8月細川護煕内閣総理大臣首席秘書官、7年 4月駿河台大学法学部教授、12年 4 月から同大学法学部長。
専攻は日本政治論、比較政治。著書に『この政治空白の時代』（共著、木鐸社、2001年）、『日本政治は甦るか』（共著、ＮＨＫ出版、1997年）、『選挙と国の基本政策の選択に関する研究』（編著、総合研究開発機構、1996年）などがある。

官邸《かんてい》　上

2002年 1 月30日　第 1 刷発行
2002年 2 月 7 日　第 2 刷発行

著　者　成《なり》田《た》憲彦《のりひこ》
発行者　野間佐和子
発行所　株式会社講談社
東京都文京区音羽二丁目12-21
郵便番号112-8001
電話　出版部　03-5395-3522
販売部　03-5395-3622
業務部　03-5395-3615
印刷所　慶昌堂印刷株式会社
製本所　黒柳製本株式会社

N.D.C.913 421p 20cm

ISBN4-06-211051-2（学図）